LA POURSUITE DANS LA PEAU

Robert Ludlum, maître incontesté du suspense, est l'auteur de plus de vingt romans, vendus à plus de deux cents millions d'exemplaires à travers le monde et traduits en trente-deux langues. À sa mort, en mars 2001, il a laissé de nombreux manuscrits inédits.

Né à New York en 1946, diplômé de l'université Columbia, Eric Van Lustbader a été enseignant puis a travaillé dans l'industrie du disque. Il est l'auteur de nombreux best-sellers, dont *Le Ninja*. À la suite de Robert Ludlum, il a repris le flambeau des aventures de Jason Bourne, incarné au cinéma, entre autres, par Matt Damon.

d'après
ROBERT LUDLUM

Eric Van Lustbader

La Poursuite dans la peau

Objectif Bourne

TRADUIT DE L'ANGLAIS (ÉTATS-UNIS) PAR FLORIANNE VIDAL

GRASSET

Titre original :

THE BOURNE OBJECTIVE
L'édition originale de cet ouvrage a été publiée
par Grand Central Publishing en juin 2010.

*À Jaime Levine dont le talent d'éditeur
et l'enthousiasme débordant ont pimenté cette aventure.*

PROLOGUE

Bangalore, Inde.

Comme un rideau grouillant d'insectes s'éveillant à la faveur du crépuscule, la nuit descendait sur Bangalore. Le bruit était presque insoutenable, l'odeur aussi. Ça puait la crasse, les excréments humains, la nourriture avariée, les corps en décomposition. Les ordures de Bangalore roulaient et refluaient telles des vagues boueuses portées par une immonde marée.

La pièce obscure où se tenait Leonid Danilovitch Arkadine sentait les circuits électroniques surchauffés, la fumée rance et les dosas tièdes. Il alluma sa cigarette à un briquet chromé et baissa les yeux sur le squelette nervuré de Phase Trois, un quartier de la Cité de l'Électronique dont l'expansion continuelle grignotait peu à peu les bidonvilles qui s'accrochaient à Bangalore comme une maladie de peau. Construite dans les années 1990, la Cité de l'Électronique était à présent la capitale mondiale de la sous-traitance technologique : presque toutes les grandes entreprises high-tech possédaient des bureaux ici. Cet endroit était la Mecque du support technique, activité toujours plus florissante étant donné les mutations technologiques qui ne cessaient de secouer le monde moderne.

Le béton se change en or, songeait Arkadine, émerveillé. Il s'était documenté sur l'histoire de l'alchimie dont les mystérieuses transmutations le passionnaient. Bien qu'on soit en début de soirée, le hall d'accueil, les couloirs étaient aussi paisibles et silencieux qu'en pleine nuit à New York. La foule des sous-traitants dont les bureaux remplissaient les immeubles alentour vivait au rythme américain, en fonction des heures ouvrables aux États-Unis. Et quand, la nuit, les travailleurs de l'électronique retrouvaient leurs consoles et leurs casques, ils ressemblaient à des fantômes sous la lueur bleutée des écrans.

Après la sinistre déconfiture de Maslov et son propre fiasco en Iran, Arkadine avait déplacé son centre opérationnel à Bangalore, loin des deux hommes qu'il considérait comme ses proies bien qu'ils se comportent avec lui comme des prédateurs : Dimitri Ilinovitch Maslov et Jason Bourne.

Depuis ses bureaux, il avait une vue directe sur le chantier en bas. Une immense fosse carrée, creusée dans la terre, qui accueillait déjà les fondations d'une nouvelle tour. D'habitude, des projecteurs aveuglants l'éclairaient en permanence. Les équipes d'ouvriers s'y relayaient jour et nuit. Mais deux semaines auparavant, le travail s'était interrompu et n'avait pas repris. Résultat, la fosse était désormais envahie par une armée de mendiants, de prostituées et des bandes de jeunes voyous détroussant tous les imprudents qui s'aventuraient dans le secteur.

Au rythme de la fumée qui lui sortait des narines, Arkadine entendait les pas furtifs de ses hommes disposés aux endroits stratégiques de l'étage. Dans cette pièce, il était seul avec Hassan, un petit génie de l'informatique dont les vêtements sentaient légèrement la poudre de cumin. Les hommes qui l'entouraient étaient tous de fervents musulmans. Ils ne présentaient qu'un seul inconvénient : les hindous haïssaient les musulmans. Arkadine avait bien songé à recruter un groupe de mercenaires sikhs mais décidément, ces gens-là ne lui semblaient pas fiables.

Hassan s'était révélé d'une aide inestimable. Ce programmateur avait servi sous les ordres de Nikolaï Ievsen, le défunt et nullement regretté marchand d'armes dont Arkadine s'était approprié le fonds de commerce au nez et à la barbe de Maslov. Avant d'écraser toutes les données présentes dans l'ordinateur d'Ievsen, Hassan avait copié les listes de ses clients, fournisseurs et contacts. À présent, Arkadine profitait grassement de ces informations ; il se remplissait les poches en vendant du matériel militaire à presque tous les chefs de guerre, despotes et autres organisations terroristes de la planète.

Le dos voûté devant son clavier, Hassan travaillait sur un logiciel crypté relié aux serveurs qu'Arkadine avait installés quelque part, en lieu sûr. Cet homme était un bourreau de travail. Au cours des semaines ayant suivi sa démission et la mort d'Ievsen à Khartoum, Arkadine ne l'avait pas vu une seule fois quitter son poste. Il avalait un déjeuner frugal, dormait de 13 heures à 15 h 30 précisément, puis retournait au boulot.

Arkadine considérait Hassan d'un œil distrait. De l'autre, il observait l'ordinateur portable posé sur une armoire basse. La machine était équipée de lecteurs faciles à retirer ; il y avait glissé le disque dur dérobé au narcotrafiquant colombien Gustavo Moreno peu avant qu'il soit abattu sur sa propriété de Mexico. Quand Arkadine se posta face à l'écran, il sentit sur sa peau cette lueur bleue surnaturelle, froide comme le marbre, dure comme le poing calleux de son père.

Sa cigarette écrasée, il fit défiler des fichiers qu'il avait déjà étudiés maintes et maintes fois ; un grand nombre de hackers travaillaient pour lui mais il ne leur avait jamais permis – et Hassan ne faisait pas exception à la règle – de pénétrer sur ce disque-là. Il repassa sur le fichier fantôme. Pour le faire apparaître, il avait fallu employer les grands moyens : un programme antivirus de première puissance. Arkadine le voyait à présent, bien qu'il fût toujours verrouillé, crypté par un logarithme que son logiciel cryptographique peinait encore à percer. Et pourtant, il tournait depuis plus de vingt-quatre heures.

L'ordinateur portable de Moreno était aussi mystérieux que ce fichier fantôme. Sur la tranche, à la place du branchement USB, il possédait une fente trop grande pour une carte mémoire SD, trop petite pour servir de lecteur d'empreinte digitale. De toute évidence, c'était un matériel modifié ; mais dans quel but ?

Que pouvait bien contenir ce fichier ? se demandait-il. Où un narcotrafiquant comme Moreno aurait-il pu se procurer un logarithme incassable comme celui-ci – pas dans une boutique d'électronique pour pros à Cali ou à Mexico, en tout cas.

Perdu dans ses pensées, Arkadine finit par lever la tête. Il avait reniflé le bruit plus qu'il ne l'avait entendu. On aurait dit que ses oreilles se contractaient comme celles d'un chien de chasse. Il se retrancha dans l'ombre et dit :

« Hassan, c'est quoi cette lumière qui bouge, en bas sur le chantier ? »

Hassan détacha les yeux de son écran.

« Laquelle, monsieur ? Il y a tellement de feux…

— Là, fit Arkadine en pointant du doigt. Non, plus bas. Lève-toi, tu verras. »

Hassan s'était à peine levé qu'une rafale de semi-automatique fracassa les vitres. Les éclats de verre aspergèrent l'informaticien, son bureau et la moquette tout autour. L'homme bascula en arrière et s'écroula en hoquetant, la bouche pleine de sang.

Arkadine éjecta le disque dur juste avant qu'une deuxième grêle de balles traverse ce qu'il restait des fenêtres et se fiche dans le mur opposé. Il se jeta sous un bureau pour s'abriter, braqua un fusil-mitrailleur Škorpion vz. 61 sur l'ordinateur de Hassan et le réduisit en miettes. La fusillade s'était rapprochée. On entendait déjà des rafales à l'intérieur même des bureaux, mêlées à d'autres bruits : les ordres hurlés par les uns et les autres, les cris des mourants. Il reconnut la langue qu'aboyaient les assaillants. Ils parlaient peu mais parlaient russe. Plus exactement le russe qu'on entend à Moscou.

Arkadine crut percevoir des borborygmes du côté de Hassan. Impossible de comprendre ce qu'il disait tant le vacarme était assourdissant. Puisque leurs agresseurs étaient russes, Arkadine devinait ce qu'ils étaient venus faire. Ils comptaient mettre la main sur le trésor d'Ievsen : la liste de ses contacts. Arkadine était piégé. L'ennemi l'avait pris en tenailles ; il progressait de bureau en bureau, occupait le terrain devant l'immeuble. Plus une seconde à perdre. Arkadine se leva et courut rejoindre Hassan. L'homme couché sur le dos le regardait de ses yeux rouges et fiévreux.

« Aidez-moi, implora-t-il d'une voix épaissie par le sang et l'épouvante.

— Bien sûr, mon ami, le rassura Arkadine. Bien sûr. »

Si, comme il le supposait, ses ennemis l'avaient confondu avec Hassan, il disposerait de quelques précieuses secondes. Juste assez pour s'enfuir. À condition que l'informaticien se taise. Il mit le disque dur dans sa poche, posa le pied sur la gorge de Hassan et appuya jusqu'à ce que le malheureux se torde en arrière, les yeux exorbités. Avec une trachée-artère brisée, on faisait beaucoup moins de bruit. Un brouhaha retentit de l'autre côté de la porte. Ses hommes le défendraient jusqu'à la mort, il le savait, mais aujourd'hui leur dévouement ne servait à rien. L'ennemi en nombre supérieur les avait pris par surprise. Ils ne tiendraient plus longtemps. Ne lui restaient que quelques secondes.

Comme dans tous les immeubles de bureaux modernes, les baies vitrées ne s'ouvraient pas, probablement pour éviter les tentatives de suicide qui se produisaient malgré tout, de temps à autre. Arkadine força une fenêtre latérale et se glissa dehors. Six étages en dessous s'ouvrait la fosse prête à accueillir le nouveau bâtiment. Tels des pachydermes au long cou, assoupis dans la pénombre, d'énormes engins de terrassement stationnaient dans le fond, au milieu des cabanes en carton et des feux de camp allumés par les squatters.

Sur cette façade lisse, de style postmoderne, les fenêtres ne disposaient pas de rebord extérieur mais entre chacune, des bas-reliefs décoratifs en béton et acier formaient des axes verticaux. Arkadine prit son élan et s'accrocha. Au même instant, à l'intérieur, une rafale arracha la porte du bureau – malgré leur vaillance, ses hommes venaient de perdre la bataille.

Du puits obscur, six étages plus bas, s'élevaient les remugles de la nuit bengalie. Beurre de buffle, dosas frits, jus de bétel, déjections humaines. Le tout porté par une vapeur toxique. En s'accrochant des mains et des pieds, Arkadine entreprit de descendre le long de la colonne de béton et d'acier. Soudain, il vit des faisceaux croisés balayer le sol, à sa recherche : n'ayant pas trouvé son cadavre là-haut, ses ennemis fouillaient le terrain vague. Il se sentait terriblement vulnérable, suspendu comme une araignée sur le flanc de cet immeuble. Il s'arrêta au troisième étage. Les fenêtres y étaient plus petites et plus régulièrement espacées. Cet étage abritait les systèmes de climatisation, d'alimentation en eau, en électricité, etc. Du bout de sa botte, il balança un coup de pied dans une vitre. Mais le verre était traité antichoc. Alors il recommença en visant la plaque de métal placée dessous. Elle se cabossa, se souleva légèrement dans un coin mais ne céda pas. Arkadine se laissa glisser de quelques dizaines de centimètres le long de la colonne et, malgré son équilibre précaire, réussit à plonger les doigts dans l'espace qui venait de s'entrouvrir entre le métal et le mur. Il tira, décrocha la plaque et se retrouva face à un trou ovale, juste assez grand pour lui permettre de passer. Empoignant la colonne à deux mains, il balança ses pieds, les introduisit dans le trou, poussa. Ses jambes entrèrent puis ses fesses. Et enfin il récupéra ses mains.

Pendant un instant, la partie supérieure de son corps resta suspendue dans le vide. La tête en bas, il eut le temps d'apercevoir les faisceaux des projecteurs monter vers lui, sur la façade. Très vite, ils l'éblouirent. Piégé dans le halo de lumière, il entendit des voix fortes, des beuglements en russe. Après quelques secondes d'hébétude, il donna un coup de reins et disparut à l'intérieur du conduit d'aération. Une rafale accompagna son geste mais Arkadine était déjà passé de l'autre côté.

Tapi dans l'ombre, il resta immobile le temps de reprendre son souffle et ses esprits. Puis, s'aidant des pieds et des genoux, il progressa dans le goulet en jouant des épaules pour ne pas rester coincé. Il parcourut ainsi un bon mètre avant de rencontrer une sorte de barrière. En se démanchant le cou, il repéra une tache grise et floue flottant dans l'obscurité derrière l'obstacle. Ce qu'il avait pris pour une barrière était en réalité un rétrécissement du conduit. Il eut beau pousser avec les jambes, il ne réussit qu'à bloquer ses larges épaules contre les parois. Alors il cessa de s'agiter, détendit ses muscles et se mit à inventorier les possibilités qui s'offraient à lui.

Il opta pour des exercices respiratoires. Tandis que le souffle le traversait comme une lame de fond, il modela une image mentale de son propre corps. Toujours plus détendu, il se vit sous la forme d'une chose molle, dépourvue de squelette, infiniment malléable. Puis il contracta les épaules, les ramena vers la poitrine comme il l'avait vu faire par un contorsionniste du cirque de Moscou. Lentement, il cala les semelles de ses bottes contre les cloisons du conduit et poussa avec l'extérieur du pied. D'abord rien ne se passa ; il resserra davantage les épaules. Son corps se mit à glisser petit à petit, franchissant bientôt le passage étroit. Ensuite, le conduit redevenait plus praticable. Arrivé au bout, il se cogna la tête contre la grille d'aération. Il leva les jambes aussi loin que le lui permettait l'espace confiné et, toujours en imagination, les passa au travers. Quand il eut formé l'image mentale, ses jambes se déplièrent d'elles-mêmes et arrachèrent la grille de son support. Arkadine bascula de l'autre côté ; il atterrit dans un réduit qui empestait le métal chaud et la graisse.

Après vérification, il comprit qu'il s'agissait de l'armoire électrique d'un ascenseur. Arkadine ressortit de l'autre côté et se retrouva dans la cage elle-même. Les cris des tueurs à ses trousses parvenaient jusqu'à lui. La cabine était en train de descendre vers le troisième étage ; les hommes qui patrouillaient dehors avaient dû les prévenir qu'Arkadine s'était réfugié dans l'immeuble via le conduit d'aération.

Juste en face de lui, il repéra une échelle fixée à la verticale dans le mur. Il n'eut pas le temps d'y accéder. Une trappe s'ouvrit dans le plafond de la cabine. Un

Russe passa la tête et le torse, vit Arkadine en dessous et braqua sur lui son fusil-mitrailleur.

Arkadine se baissa. Les balles se fichèrent dans le mur, à l'endroit occupé par sa tête une fraction de seconde plus tôt. Accroupi, son arme à hauteur de hanche, il toucha le Russe en pleine figure. La cabine descendait toujours. Arkadine attendit que le toit arrive à son niveau pour sauter dessus. Au même moment, une rafale jaillit de la trappe toujours ouverte. Il faillit tomber mais se rétablit et, d'une grande enjambée, franchit l'espace vide, empoigna l'échelle de l'autre côté et se mit à descendre à toute vitesse. Quand la cabine fut deux mètres sous lui, elle s'immobilisa.

Arkadine se figea, son torse pivota. Il attendit que quelque chose sorte par la trappe pour tirer trois courtes rafales. Puis comme une araignée il reprit sa descente en franchissant deux ou trois barreaux à la fois : une cible mouvante était toujours plus difficile à atteindre.

Les Russes répliquèrent. En heurtant l'échelle métallique, leurs balles faisaient jaillir des étincelles. Puis brusquement, les coups de feu cessèrent. Arkadine risqua un œil vers le haut. L'un des Russes encore valides venait de sortir par la trappe et commençait à le poursuivre, accroché à l'échelle.

Arkadine s'accorda une pause assez longue pour viser correctement mais le Russe le prit de court. L'homme lâcha prise et se laissa tomber. Quand il s'agrippa à lui, il faillit lui déboîter les bras. Se servant de son poids et de son élan, le Russe lui arracha l'arme qui dégringola dans la cage d'ascenseur, en heurtant les parois. Au même moment, la cabine se remit à descendre.

D'une main, le Russe appuyait sur la gorge d'Arkadine, de l'autre il sortit un couteau K-Bar de son fourreau. Du coude, il lui releva le menton pour mieux exposer son cou. Pendant que la grosse lame décrivait un cercle dans l'air, Arkadine leva brusquement le genou. Plié en deux par la douleur, le Russe fit un mouvement incontrôlé qui l'amena dans l'axe de la cabine.

Bien qu'ayant anticipé les effets de l'impact, Arkadine faillit être entraîné par l'ascenseur avec le Russe. Il resta un instant suspendu à l'envers dans le vide, les chevilles accrochées à un barreau de l'échelle. Quand il eut recouvré ses esprits, il se mit à se balancer puis donna un coup de reins. Ses mains puissantes firent le reste. Après avoir décroché ses chevilles, il se remit à l'endroit. Les muscles de ses épaules étaient tendus à se rompre. Ses pieds trouvèrent l'échelon suivant.

Sous lui, l'ascenseur poursuivait sa route vers le rez-de-chaussée mais personne ne passa la tête par la trappe. Arkadine sauta sur le toit et jeta un regard prudent à l'intérieur. Deux cadavres. Il se laissa tomber, ramassa un fusil puis appuya sur le bouton marqué SOUS-SOL.

Le sous-sol de la tour accueillait un vaste parking éclairé au néon. Il n'était guère fréquenté car la plupart des employés de l'immeuble n'avaient pas les moyens de s'offrir une voiture. Ils se rendaient au travail en taxis collectifs.

À part sa propre BMW, deux Mercedes rutilantes, une Toyota Qualis et une Honda City, le garage était vide.

Arkadine vérifia chaque véhicule ; personne à l'intérieur. Il força la serrure de la Toyota et, après quelques instants passés à trafiquer les circuits électroniques, vint à bout du système de sécurité. Il se cala derrière le volant, démarra, traversa le parking vide et s'engagea sur la rampe de sortie.

Dans un jaillissement d'étincelles, Arkadine déboucha sur une route défoncée, à l'arrière du bâtiment. Devant lui s'ouvrait la fosse. Il y avait tellement de feux de camp parmi les gravats et les engins de terrassement que le site tout entier semblait sur le point de s'enflammer.

De chaque côté de lui, des motos puissantes faisaient vrombir leur moteur. Les deux Russes qui les pilotaient semblaient vouloir le prendre en tenaille. De toute évidence, ils avaient attendu son apparition, cachés à chaque extrémité de la rue pour pouvoir le coincer d'où qu'il débouche. Appuyant à fond sur l'accélérateur, Arkadine fonça droit devant, traversa la chaussée et défonça la fragile barrière qui entourait le chantier.

La Toyota bascula dans la fosse. Les amortisseurs compensèrent presque entièrement l'impact de l'atterrissage. Arkadine rebondissait encore sur son siège quand la voiture heurta le fond et se stabilisa. Derrière lui, les deux motos s'envolèrent, retombèrent et reprirent leur course-poursuite.

Arkadine roula en direction d'un grand feu de camp. Les vagabonds s'éparpillaient sur son passage. Il traversa les flammes, donna un coup de volant sur la gauche et se glissa miraculeusement entre deux gigantesques engins de chantier sans les emboutir. Une fois passé de l'autre côté, il évita de justesse un tas d'ordures graisseuses, vira à droite et fonça vers un autre feu et un autre groupe d'âmes en peine.

Dans le rétroviseur extérieur, l'une des motos le suivait encore. Avait-il semé l'autre ? Il attendit que le brasier arrive à sa hauteur pour écraser la pédale de frein. Les sans-abri se dispersèrent dans toutes les directions. La moto percuta l'arrière de la Toyota, son pilote fut projeté en avant, cul par-dessus tête, s'écrasa sur le toit du véhicule, rebondit et atterrit dans la boue.

Arkadine était déjà descendu de voiture. Le motard gémissait en essayant de se relever. Il lui balança un bon coup de pied dans la tempe. Il revenait vers sa voiture quand des balles lui sifflèrent aux oreilles avant d'aller se planter dans son pare-chocs. Il se jeta derrière le véhicule. Le fusil d'assaut qu'il avait récupéré dans l'ascenseur était posé sur le siège du passager, hors d'atteinte. Il essaya d'atteindre la portière en marchant en canard mais les balles qui s'enfonçaient dans le flanc de la Toyota l'en empêchaient.

Alors il se mit à plat ventre et rampa sous la voiture. L'air sirupeux et âcre le frappa de nouveau comme un marteau. Émergeant de l'autre côté, il ouvrit la portière arrière et faillit avoir la tête emportée. Il replongea sous le véhicule. Que faire sinon l'abandonner ? Mais c'était exactement ce que désirait son adversaire. Il décida de rétablir l'équilibre des forces.

Les yeux fermés, il calcula la position du motard d'après la trajectoire des balles. Puis il fit un quart de tour sur lui-même et se hissa hors de son abri en s'accrochant au pare-chocs avant.

Le pare-brise explosa. Grâce au verre de sécurité, il resta en place mais s'étoila en milliers d'éclats. On ne voyait plus rien au travers. Arkadine en profita pour s'esquiver sans se faire repérer. Plus bas, il apercevait la foule des sans-abri, des opprimés, des rebelles. Il se mit à courir en zigzaguant dans ce bourbier rempli d'humains squelettiques, pâles comme des fantômes. Puis, quelque part entre les voix parlant hindi et ourdou, il entendit tousser le moteur de la moto. La foule des gueux ondulait comme une mer, s'écartant pour le laisser passer. Guidé par les mouvements de la populace, on aurait dit que le Russe le suivait sur un écran sonar.

Non loin de là, Arkadine repéra une structure constituée de poutrelles métalliques plantées sur des fondations de béton, au fond d'une fosse. Il courut dans cette direction. Avec un rugissement guttural, la moto jaillit de la vague humaine et fonça derrière lui. Mais Arkadine avait déjà disparu à l'intérieur du squelette d'acier.

Le Russe ralentit. À sa gauche, une barrière temporaire en tôle ondulée rouillait dans l'air moite. Il prit sur la droite dans l'intention de contourner le chantier, le regard braqué sur les profondeurs obscures où les socles massifs se dressaient comme des molaires géantes. Son AK-47 lui barrait le torse.

Il était à mi-chemin quand Arkadine, juché sur une poutrelle, bondit sur lui à la manière d'un léopard. Comme le Russe basculait en arrière, sa main par réflexe pressa la manette d'accélération. La moto fit un bond. Sa roue avant se releva. Les deux hommes furent éjectés et projetés contre les poutres d'acier. La tête du Russe heurta un montant métallique, l'AK-47 lui échappa. Arkadine allait lui sauter dessus quand il s'aperçut qu'un éclat de métal avait pénétré sa cuisse par l'arrière, jusqu'à l'os. Sans hésiter, il l'arracha. Le souffle coupé par la douleur, il vit le Russe se ruer vers lui. Des étincelles explosèrent devant ses yeux, l'air surchauffé lui brûlait les poumons. Son adversaire le bourra de coups à la tempe, dans les côtes, au sternum. D'un mouvement tournant, Arkadine répliqua en lui enfonçant le morceau de métal dans le cœur.

La bouche de l'homme s'ouvrit de surprise, ses yeux incrédules se posèrent sur Arkadine puis se révulsèrent. Le Russe s'écroula dans la boue imbibée de sang. Arkadine se retourna et remonta vers le niveau de la rue par le plan incliné creusé dans la terre. Il se sentait engourdi comme si on lui avait injecté un liquide paralysant. Ses jambes raides répondaient à peine aux ordres de son cerveau embourbé. Il avait froid, il flottait. Il essaya de reprendre son souffle, n'y parvint pas et s'écroula.

Autour de lui, tout n'était que brasier. Le ciel nocturne saignait sur la ville en flammes, pulsant au rythme des battements de son cœur fatigué. Les hommes qu'il avait tués s'amassaient au-dessus de lui, le dévisageaient de leurs yeux rougis. *Je ne veux pas de vos ténèbres*, pensa-t-il tout en glissant dans le gouffre de l'inconscience.

Cette pensée le sauva sans doute. Il cessa de lutter, respira à pleins poumons puis, dans un deuxième temps, accepta l'eau que lui offraient les âmes errantes assemblées autour de lui, ces inconnus qu'il avait pris pour des fantômes familiers. Ils avaient beau être sales, dépenaillés, sans espoir, ils savaient reconnaître un paria quand ils en voyaient un. Arkadine avait réveillé l'altruisme qui sommeillait en eux. Au lieu de le dépouiller comme des vautours, ils l'avaient pris sous leur aile. Ne disait-on pas que les pauvres, les réprouvés étaient plus enclins au partage que les millionnaires retranchés dans les tours sécurisées à l'autre bout de la ville ? Arkadine songeait à cela lorsqu'il accepta l'eau. Il leur donna en échange la liasse de roupies qui dormait au fond de sa poche. Quand il eut recouvré quelques forces, il appela l'hôpital local. Pour arrêter l'hémorragie, il déchira une manche de sa chemise et s'en ceignit la cuisse. Plusieurs adolescents le regardaient faire, comme une bête curieuse. Sans doute des fugueurs ou des orphelins ayant perdu leurs parents au cours d'une flambée de violence et de haine, comme il s'en produisait régulièrement dans ces faubourgs. Ils le prenaient sans doute pour un être virtuel, le héros d'un jeu vidéo. Il leur faisait peur tout en les attirant comme des papillons de nuit fascinés par une flamme. Sur un geste de lui, ils s'avancèrent d'un même pas, tel un insecte géant. Au milieu du groupe, Arkadine vit la moto du Russe. Ils la protégeaient, c'était leur bien, désormais.

« Je laisse la moto, elle est à vous, dit-il en hindi. Mais aidez-moi à rejoindre la rue. »

À ces mots, une sirène retentit. Les garçons l'aidèrent à s'extraire de la fosse et le remirent aux secouristes qui l'embarquèrent à l'arrière d'une ambulance.

On l'allongea. L'un des infirmiers lui prit le pouls, écouta son cœur, tandis que l'autre commençait à panser sa blessure.

Dix minutes plus tard, il entrait dans la salle des urgences, couché sur une civière. On lui attribua un lit. L'air glacial soufflé par la climatisation le réveilla comme une chute de fièvre. Il regarda le personnel aller et venir autour de lui tandis qu'on lui injectait un anesthésiant local. Le chirurgien se lava les mains avec le gel désinfectant contenu dans un distributeur fixé à une colonne, enfila des gants et entreprit de nettoyer, désinfecter et suturer la plaie.

Pendant ce temps, Arkadine repassait les derniers événements dans son esprit. Cette attaque était signée Dimitri Ilinovitch Maslov, chef de la Kazanskaïa, la mafia moscovite plus connue sous le nom de *grupperovka*. Maslov était son ancien employeur. C'était à lui qu'Arkadine avait soufflé la vente d'armes, trafic revêtant une importance cruciale pour Maslov. Depuis quelque temps, le Kremlin menait la vie dure à la *grupperovka*. Lentement mais sûrement, il dépouillait les grandes familles mafieuses du pouvoir qu'elles avaient accumulé depuis la glasnost. Pourtant, au fil des ans, Dimitri Maslov s'était révélé différent de ses homologues. Les autres parrains finissaient seuls ou en prison, alors que Maslov prospérait, malgré le contexte difficile. Il possédait encore le courage politique de défier les autorités ou du moins de les garder à distance. C'était un homme dangereux et un ennemi redoutable.

Oui, songea Arkadine pendant que le chirurgien coupait le fil de suture, *c'est sûrement Maslov qui a ordonné cette attaque mais ce n'est pas lui qui l'a organisée.* Il avait déjà trop à faire avec les ennemis politiques qui l'assiégeaient de toutes parts. De plus, Maslov ne traînait plus dans les rues depuis bien longtemps ; il avait perdu cette dureté maligne qu'on se forge sur le terrain et nulle part ailleurs. À qui avait-il confié ce travail ? se demanda Arkadine.

Tout à coup, comme par une intervention divine, il obtint la réponse à sa question. En chair et en os. Dans les ombres de la salle des urgences, invisible aux yeux des soignants trop occupés et des malades gémissants, il aperçut Viatcheslav Guermanovitch Oserov, le nouveau lieutenant de Maslov. Arkadine et Oserov avaient un passé commun. Une histoire aussi longue que violente sur fond de haine et de vengeance. Leur première rencontre avait eu lieu à Nijni Taguil, la ville natale d'Arkadine. Quant à leur dernière, Arkadine s'en souvenait comme si c'était hier. Sur les hauts plateaux au nord de l'Azerbaïdjan, il entraînait un groupe de commandos pour le compte de Maslov, tout en prévoyant de le doubler. Oserov s'était pointé. Arkadine l'avait presque réduit en bouillie. Il faut dire qu'il ne le portait pas dans son cœur. Oserov s'était rendu coupable d'une série d'atrocités à Nijni Taguil ; Arkadine lui avait démoli le portrait plus d'une fois à cause de cela. Bien sûr, c'était lui qui avait mis au point le guetapens de Bangalore. Cette attaque était signée Oserov. Depuis le temps qu'il rêvait de lui régler son compte.

Les bras croisés sur la poitrine, le fameux Oserov se tenait dans un coin sombre en faisant semblant de regarder dans le vide. En fait, il observait Arkadine avec la détermination d'un faucon traquant sa proie.

Son visage grêlé, couvert de cicatrices, révélait un passé peuplé de meurtres, de bagarres de rue, de rendez-vous avec la mort. Les commissures de ses lèvres minces se relevèrent. Arkadine retrouva le sourire haineux qu'il ne connaissait que trop, mêlant condescendance et obscénité.

Arkadine était entravé par son pantalon. N'ayant pu le lui ôter complètement, les infirmiers l'avaient baissé autour de ses chevilles. Il ne ressentait aucune douleur dans la cuisse, bien entendu, mais il ignorait si sa blessure lui permettrait de courir.

« C'est fait, déclara le chirurgien. Gardez la plaie bien au sec pendant au moins une semaine. Je vous prescris un antibiotique et un antidouleur que vous achèterez dans la pharmacie en sortant de l'hôpital. Vous avez de la chance, la blessure était propre et vous êtes venu avant que l'infection s'installe. Évitez les marathons pendant un certain temps, quand même. »

Une infirmière appliqua un pansement qu'elle maintint avec du sparadrap.

« Vous ne sentirez rien pendant une heure environ, dit-elle. Mais surtout, commencez votre traitement tout de suite. »

Oserov déplia les bras et s'éloigna du mur, le regard toujours aussi vague. Sa main droite disparut dans la poche de son pantalon. Arkadine ignorait quelle sorte d'arme y était cachée mais n'avait pas l'intention de rester pour le découvrir.

Il demanda à l'infirmière de l'aider à renfiler son pantalon. Quand il eut bouclé sa ceinture et se fut assis, elle se tourna pour partir. Le corps d'Oserov parut se contracter. En se glissant hors du lit, Arkadine murmura à l'oreille de l'infirmière :

« Je suis un flic en mission secrète. Cet homme que vous voyez là-bas est à la solde d'une organisation criminelle. Il est ici pour me tuer. »

Quand l'infirmière écarquilla les yeux, il ajouta :

« Contentez-vous de faire ce que je vous dis et tout ira bien. »

En gardant l'infirmière entre lui et Oserov, Arkadine se déplaça vers la droite. Oserov le suivit pas à pas.

« Vous vous éloignez de la sortie », chuchota l'infirmière.

Arkadine se rapprochait de la colonne supportant le distributeur de produit désinfectant. L'infirmière était de plus en plus nerveuse.

« S'il vous plaît, dit-elle, laissez-moi appeler la sécurité. »

Ils arrivèrent près de la colonne.

« D'accord », dit-il en la poussant si durement qu'elle s'écroula sur un chariot, entraînant dans sa chute une autre infirmière et un médecin. Dans la confusion, il vit un vigile apparaître à l'entrée de la salle et Oserov se diriger vers lui, armé d'un petit poignard.

Arkadine attrapa le distributeur de désinfectant, l'arracha de son socle, le brandit et l'écrasa sur la tête du vigile qui glissa sur le linoléum et s'écroula. Le distributeur sous le bras, Arkadine enjamba son corps avant de s'engager dans le couloir.

Oserov le suivait de près, se rapprochant à chaque pas. Quand Arkadine réalisa qu'il avait inconsciemment ralenti l'allure de crainte de faire sauter ses points de suture, il se fit violence, accéléra et écarta deux internes d'un coup d'épaule. Le couloir était dégagé. Il pêcha un briquet dans sa poche, l'alluma puis fit sortir un peu de désinfectant du distributeur. Les semelles d'Oserov martelaient le sol. Il pouvait presque entendre son souffle rapide.

Brusquement, Arkadine se retourna et, dans le même geste, enflamma le désinfectant avant de balancer le distributeur sur son poursuivant. Puis il pivota sur lui-même et partit en courant. Le souffle de l'explosion l'atteignit quand même et le renversa au milieu du couloir.

Une sonnerie d'alarme s'ajouta à la cacophonie ambiante. Des hurlements, des bruits de pas précipités, des gens qui s'agitaient en tous sens entre les flammes. Il reprit sa course. Quand il tourna au coin du couloir, deux vigiles et plusieurs médecins arrivant dans sa direction manquèrent de le percuter. Le sang recommençait à couler le long de sa jambe. Devant ses yeux, les choses prenaient une netteté surnaturelle, des couleurs vives, grouillantes de vie. Il tint la porte à une femme en fauteuil roulant avec un bébé dans les bras. Quand elle le remercia, il se mit à rire si fort qu'elle l'imita. Au même instant, un escadron de policiers aux mines patibulaires pénétra dans l'hôpital. Ils étaient tellement préoccupés qu'ils ne remarquèrent pas l'homme qui s'effaçait devant eux.

LIVRE PREMIER

1

« Oui, dit Suparwita, c'est bien l'anneau que Holly Marie Moreau tenait de son père.

— Cet anneau… » Jason Bourne fit tourner le bijou entre ses doigts, une simple alliance en or, gravée à l'intérieur. « … ne m'évoque aucun souvenir.

— Vous avez oublié beaucoup de choses, beaucoup de gens, reprit Suparwita, y compris Holly Marie Moreau. »

Bourne et Suparwita étaient assis en tailleur dans la maison que le chamane balinais habitait au fond de la jungle de Karangasem, dans le sud-est de Bali. Bourne était revenu sur cette île à la recherche de Noah Perlis, l'espion qui avait assassiné Holly, quelques années plus tôt. Il avait fini par l'abattre non loin d'ici, puis lui avait repris l'anneau.

« Quand Holly Marie avait cinq ans, ses parents ont quitté le Maroc pour s'installer à Bali, poursuivit Suparwita. Ils étaient des réfugiés et ça se voyait.

— Que fuyaient-ils ?

— C'est difficile à dire avec certitude. Si ce qu'on raconte est vrai, ils ont choisi cette île pour échapper à la persécution religieuse. »

Officiellement, Suparwita était un *mangku*, à la fois grand-prêtre et chamane. Mais il possédait un talent supplémentaire, impossible à formuler en termes occidentaux.

« Ils cherchaient une protection, conclut-il.

— Une protection ? s'étonna Bourne. Contre quoi ? »

Suparwita était beau, avec sa peau brun foncé, son sourire irrésistible, ses dents blanches et régulières. On ne lui donnait pas d'âge. Il était grand pour un Balinais. De lui émanait une sorte de pouvoir mystérieux qui fascinait Bourne. Dans sa maison bien cachée au cœur d'un jardin luxuriant, moucheté de soleil, entouré de hauts murs en stuc, régnait une pénombre rafraîchissante. Il y faisait toujours bon, même en plein midi. Un tapis de sisal recouvrait le sol en terre battue. Ici et là, des objets étranges – bocaux d'herbes médicinales, bouquets de racines, fleurs séchées tressées en éventail – semblaient germer du sol ou des murs, comme dotés d'une vie propre. Les ombres, nombreuses autant que profondes, bougeaient perpétuellement, à la manière d'un liquide.

« Contre l'oncle de Holly, répondit Suparwita. C'est à lui qu'appartenait l'anneau, à l'origine.

— Savait-il qu'ils l'avaient volé ?

— Il croyait l'avoir perdu, fit Suparwita en penchant la tête. Il y a des hommes à l'extérieur. »

Bourne acquiesça :

« Nous nous en occuperons dans une minute.

— Vous n'avez pas peur qu'ils fassent irruption ici, les armes à la main ?

— Ils vont attendre que je sorte. C'est moi qu'ils veulent, pas vous, précisa Bourne en jouant avec l'anneau du bout de l'index. Poursuivez. »

Suparwita s'exécuta de bonne grâce.

« Ils espéraient échapper à ce fameux oncle qui avait juré de ramener Holly dans la demeure familiale, au cœur des montagnes du Haut Atlas.

— Ils étaient berbères. Moreau vient de "maure", songea Bourne à haute voix. Pourquoi son oncle tenait-il tant à la ramener au Maroc ? »

Suparwita le regarda longuement.

« J'imagine que vous le saviez, autrefois.

— Noah Perlis était le dernier possesseur de l'anneau. Il a dû assassiner Holly pour le lui prendre, dit Bourne en contemplant l'alliance posée au creux de sa main. Que signifiait-il pour lui ? Qu'a-t-il de si important ?

— Cela fait partie du mystère que vous tentiez d'élucider.

— Autrefois, oui. À présent, je ne saurais par où commencer.

— Perlis possède des appartements dans pas mal d'endroits, dit Suparwita, mais son domicile est à Londres. Avant son retour à Bali, Holly a voyagé à l'étranger durant dix-huit mois. C'est à Londres qu'elle a rencontré Perlis. Il a dû la suivre jusqu'ici pour la tuer et lui prendre la bague.

— Comment savez-vous tout cela ? » demanda Bourne.

Le visage de Suparwita s'illumina une fraction de seconde. Quand il souriait ainsi, il ressemblait au génie de la lampe magique d'Aladin.

« Je le sais parce que vous me l'avez dit. »

Entre la CIA qu'elle avait connue sous le règne de feu Veronika Hart et la nouvelle agence dirigée par Errol Danziger, il y avait certaines différences. Soraya Moore en nota plusieurs dès qu'elle pénétra dans les bureaux du siège, à Washington. D'abord, la sécurité avait été à ce point renforcée que passer les multiples postes de contrôle revenait à prendre d'assaut une forteresse médiévale. Ensuite, les membres du personnel de sécurité lui étaient parfaitement inconnus. Tous les visages arboraient cette expression fermée et méfiante, propre aux soldats de l'Armée américaine. Cela ne l'étonna guère. Après tout, avant que le président décide de sa nomination à la tête de la CIA, Errol Danziger avait occupé le poste de directeur adjoint de la NSA chargé des transmissions. Il avait derrière lui une longue et remarquable carrière dans les forces armées puis au ministère de la Défense, et une carrière tout aussi longue et remarquable de salopard galonné. Une seule chose la surprenait. C'était la vitesse avec laquelle le nouveau directeur avait installé ses équipes entre les sacro-saints murs de la CIA.

Depuis la Seconde Guerre mondiale, époque où elle s'appelait OSS, l'agence exerçait un pouvoir sans partage sur son pré carré, loin de toute interférence du Pentagone ou de la NSA. Mais plus le secrétaire à la Défense Bud Halliday gagnait en influence, plus la CIA perdait cette spécificité. On avait d'abord assisté à sa lente fusion avec la NSA. Et voilà qu'à présent, Errol Danziger occupait le fauteuil de directeur. Or, Danziger était la créature du secrétaire Halliday.

Soraya dirigeait Typhon, une agence antiterroriste qui opérait sous l'égide de la CIA. Tous ses agents étaient de religion musulmane. Ayant passé les dernières semaines au Caire, elle ne prenait qu'aujourd'hui la mesure des changements imposés par Danziger. Heureusement, Typhon était un organisme semi-indépendant. Soraya rapportait directement au directeur de la CIA, en passant par-dessus les chefs de directorat. Arabe par son père, elle connaissait tous les membres de son personnel et les avait recrutés elle-même, pour la plupart. Ces gens l'auraient suivie en enfer si elle le leur avait demandé. Mais qu'en était-il de ses amis et collègues des autres départements ? Allaient-ils partir ou rester ?

À l'étage réservé au DCI, les vitres à l'épreuve des balles et des bombes filtraient une étrange lumière glauque. Ce halo éclairait un jeune homme mince comme un fil, dont les yeux d'acier et les cheveux en brosse le désignaient comme un marine. Assis derrière un bureau, il était occupé à brasser des papiers. La plaque posée devant lui indiquait : lieutenant R. Simmons Reade.

« Bonjour, je suis Soraya Moore, dit-elle. J'ai rendez-vous avec le DCI. »

Le lieutenant R. Simmons Reade leva les yeux. Bien qu'inexpressif, son regard se teinta d'un soupçon de mépris. Il portait un costume bleu, une chemise blanche amidonnée et une cravate rayée rouge et bleu, dans le plus pur style militaire. Sans prendre la peine de consulter son ordinateur, il déclara :

« Vous *aviez* rendez-vous avec le directeur Danziger. C'était il y a quinze jours.

— Oui, je sais, répondit-elle. J'étais sur le terrain, dans le nord de l'Iran, pour finir de régler certains détails délicats et… »

La lumière verdâtre donnait au visage de Reade des traits acérés, menaçants.

« Vous avez enfreint un ordre direct du directeur Danziger.

— Le nouveau DCI vient juste de s'installer, dit-elle. Il n'avait aucun moyen de savoir…

— Le directeur Danziger sait tout ce qu'il a besoin de savoir à votre sujet, madame Moore. »

Soraya se hérissa :

« Mais qu'est-ce que cela signifie ? Je suis le *directeur* Moore, pour votre gouverne.

— Désolé mais vous êtes à côté de la plaque, madame Moore, ce qui ne surprendra personne, reprit Reade de sa voix blasée. Vous avez été virée.

— Quoi ? Vous plaisantez, j'espère. Je ne peux pas… » Soraya sentit le sol se dérober sous ses pieds. « Je demande à voir le DCI ! »

L'expression de Reade se ferma plus encore. À présent, il ressemblait à l'acteur tenant le rôle du sergent recruteur dans les pubs pour l'Armée.

« Votre accréditation a été révoquée. Je vous prie de me remettre votre insigne, vos cartes de crédit et votre téléphone portable. »

Soraya se pencha en avant, les poings plantés sur le bureau.

« Mais qui êtes-vous pour me parler sur ce ton ?

— Je suis la voix du directeur Danziger.

— Je n'en crois pas un mot.

— Vos cartes sont déjà invalidées. Il ne vous reste plus qu'à sortir d'ici.

— Dites au DCI que je serai dans mon bureau s'il a besoin que je lui fasse un débriefing », annonça-t-elle en se redressant.

R. Simmons Reade se pencha pour ramasser quelque chose, à côté de lui. C'était une petite boîte en carton sans couvercle. Il la lui remit. Quand Soraya regarda dedans, elle faillit s'étouffer. À l'intérieur, bien rangés, se trouvaient tous les objets personnels qui avaient autrefois rempli son bureau.

« Je ne peux que répéter ce que vous m'avez dit vous-même. »

Suparwita se leva ; Bourne l'imita.

« Donc, déjà à l'époque, je m'intéressais à Perlis », répondit Bourne. Ce n'était pas une question et le chamane balinais ne la considéra pas comme telle. « Mais pourquoi ? Et quel est son lien avec Holly Marie Moreau ?

— J'ignore si c'est vrai, mais il semble qu'ils se soient rencontrés à Londres.

— Et qu'en est-il des caractères étranges gravés à l'intérieur de l'anneau ? reprit Bourne.

— Vous me l'avez déjà montré jadis. Mais j'ignore ce que signifie cette inscription.

— Il ne s'agit pas d'une langue moderne », déclara Bourne en sollicitant de nouveau sa mémoire défaillante.

Suparwita fit un pas vers lui et murmura ces paroles qui pénétrèrent dans l'esprit de Bourne comme le dard d'une guêpe :

« Je vous l'ai dit, vous êtes né en décembre, le mois de Shiva, fit-il en prononçant le nom du dieu Shiva à la balinaise. Mieux encore, le *jour* de Shiva : le dernier du mois. La fin et le commencement. Comprenez-vous ? Vous êtes destiné à mourir et à renaître.

— C'est ce que j'ai fait voilà huit mois, quand Arkadine m'a tiré dessus. »

Suparwita hocha la tête d'un air grave.

« Si je ne vous avais pas fait boire le lys de la résurrection avant l'attaque, vous seriez probablement mort à l'heure qu'il est.

— Vous m'avez sauvé, dit Bourne. Pourquoi ? »

Suparwita lui adressa un autre de ses sourires resplendissants.

« Nous sommes liés, vous et moi. » Il haussa les épaules. « Qui peut dire pourquoi et comment ? »

Pragmatique, Bourne annonça :

« Ils sont deux à m'attendre, dehors, j'ai vérifié avant d'entrer.

— Et pourtant c'est vous qui les avez conduits jusqu'ici. »

Bourne sourit puis il déclara dans un soupir :

« Cela fait partie du plan, mon ami. »

Suparwita leva la main.

« Avant que vous n'exécutiez votre plan, il y a quelque chose que vous devez savoir et quelque chose que je dois vous apprendre. »

Il s'accorda une pause assez longue pour que Bourne se demande ce qu'il avait en tête. Le connaissant, il savait qu'il s'apprêtait à lui faire une importante révélation. Suparwita avait eu la même expression quelques mois auparavant, en lui faisant boire la décoction de lys de la résurrection, ici même.

« Écoutez-moi, fit le chamane, soudain très sérieux. Durant l'année, vous mourrez. Il vous faudra mourir pour sauver ceux que vous aimez, ceux qui vous sont chers. »

En dépit de son entraînement, de sa discipline mentale, Bourne sentit une vague de froid l'envahir. Se mettre sciemment en danger, tutoyer la mort encore et encore, l'éviter de justesse était une chose, mais c'en était une autre que de s'entendre dire en termes non équivoques qu'il vous restait moins d'un an à vivre. D'un autre côté, il pouvait choisir de s'en moquer – c'était un Occidental, après tout, et il y avait tant de systèmes de croyance de par le monde qu'on pouvait bien en écarter 99 %. Et pourtant, dans les yeux de Suparwita, Bourne lisait la vérité. Les pouvoirs extraordinaires de ce chamane lui avaient déjà permis de voir l'avenir, l'avenir de Bourne du moins. *Nous sommes liés, vous et moi.* L'homme lui avait sauvé la vie voilà quelques mois. Douter de lui à présent eût été stupide.

« Savez-vous comment, quand ? »

Suparwita secoua la tête.

« Ça ne marche pas comme ça. Mes visions du futur sont comme des rêves éveillés, peuplés de couleurs et de pressentiments. Je ne vois pas d'images, rien de clair ni de précis.

— Vous m'avez dit un jour que Shiva me protégerait.

— En effet… »

Le sourire refleurit sur le visage de Suparwita. Il conduisit Bourne dans une autre pièce, un endroit obscur qui sentait l'encens parfumé à la fleur de frangipanier.

« ... et durant les prochaines heures, vous en aurez la confirmation. »

Valérie Zapolsky, la secrétaire particulière de Rory Dol, remit en main propre le message destiné au directeur Errol Danziger car son patron refusait de diffuser la nouvelle sur un système informatique, fût-ce le réseau hypersécurisé de la CIA.

« Pourquoi Dol ne s'est-il pas déplacé en personne ? grommela Danziger sans lever la tête.

— Le directeur des opérations est occupé ailleurs, répondit Valérie. Pour l'instant. »

C'était une petite femme à la peau sombre, aux paupières lourdes. Danziger n'appréciait pas que Dol l'ait envoyée à sa place.

« Bourne est vivant ? Mais putain, que... ? »

Comme s'il avait reçu une décharge électrique, il bondit de son fauteuil. Ses yeux survolèrent le rapport étonnamment bref, à la limite du laconique. Le visage du DCI s'empourpra, un léger tremblement agitait sa tête.

Puis Valérie commit l'erreur fatale de proposer son aide.

« Monsieur le directeur, y a-t-il quelque chose que je puisse faire ?

— Faire, faire ? répéta-t-il en la fixant du regard comme s'il sortait d'une crise de stupeur. C'est quoi ça ? Dites-moi que c'est une plaisanterie, une plaisanterie de

42

mauvais goût de la part de Rory Dol. Parce que, dans le cas contraire, ça va barder pour votre matricule.

— Ce sera tout, Val, dit Rory Doll en apparaissant sur le seuil. Regagnez votre bureau. »

Il se sentait coupable de l'avoir envoyée en première ligne. Le soulagement qui s'afficha sur le visage de son assistante ne le rassura qu'à demi.

« Bordel de Dieu, dit Danziger. Je jure que je vais la virer. »

Dol traversa le bureau à grandes enjambées et se planta devant son supérieur.

« Si vous faites cela, Stu Gold va vous tomber dessus comme une mouche sur une merde.

— Gold ? C'est qui ce connard et qu'est-ce qu'il vient foutre dans cette histoire ?

— C'est l'avocat de la CIA.

— Je vais le virer lui aussi.

— Impossible, monsieur. Son cabinet a signé un contrat en béton avec la CIA. Il est le seul à posséder une accréditation totale… »

La main du DCI fendit l'air dans un geste vulgaire.

« Et vous croyez que je ne trouverai pas une raison valable pour la virer ? » Il claqua les doigts. « Comment s'appelle-t-elle ?

— Zapolsky. Valérie A. Zapolsky.

— Tiens donc. C'est quoi ça, une Russe ? Je veux qu'on enquête sur elle. Je veux tout savoir, jusqu'à la marque de son vernis à ongles. C'est compris ? »

En bon diplomate, Dol calma le jeu d'un signe de tête. C'était un homme grand et mince dont les cheveux blonds rehaussaient l'éclat de ses yeux bleu électrique.

« Absolument, monsieur.

— Et s'il y a la moindre tache, le moindre doute dans ce rapport… »

Depuis le récent départ de Peter Marks, le directeur des opérations, le DCI était d'une humeur massacrante. On n'avait pas encore nommé son successeur. Dol avait servi sous les ordres de Marks et, s'il parvenait à gagner la confiance de Danziger, il parviendrait sans doute à décrocher le poste. Il contint donc sa fureur en grinçant des dents puis changea de sujet.

« Il faut que nous parlions de cette dépêche.

— Ce ne serait pas une plaisanterie, par hasard ?

— J'aimerais que ce soit le cas, répondit Dol en secouant la tête. Mais non monsieur, Jason Bourne a été photographié alors qu'il effectuait une demande de visa temporaire à l'aéroport de Denpasar à Bali, en Indonésie…

— Putain, je sais où se trouve Bali, Doll.

— Je voulais juste me montrer exhaustif, monsieur. En cela, j'applique les directives que vous nous avez données lors de notre journée d'accueil. »

Le DCI s'abstint de répondre. Il fulminait en regardant la mauvaise photo en noir et blanc glissée dans le dossier. Il tenait le cliché serré dans sa main – sa poigne de fer, comme il aimait à le répéter.

« Je poursuis. Comme vous pouvez le voir sur l'affichage en bas à droite, la photo a été prise il y a trois jours, à 14 h 29, heure locale. Notre département des transmissions a mis un certain temps à déterminer qu'il ne s'agissait pas d'une erreur. »

Danziger inspira profondément.

« Il était mort. Bourne était censé être mort. J'étais sûr que nous n'entendrions plus jamais parler de lui, tonna Danziger en froissant la photo avant de la jeter dans le bac fixé au broyeur de documents. Il est toujours là-bas, j'imagine que vous vous en doutez, n'est-ce pas ?

— Oui monsieur, répondit Doll en opinant du bonnet. Il se trouve à Bali en ce moment même.

— Vous l'avez placé sous surveillance ?

— 24 heures sur 24. Il ne peut pas faire un geste sans que nous le sachions. »

Danziger réfléchit un instant puis dit :

« Qui est notre homme de main, en Indonésie ? »

Dol s'attendait à cette question.

« Coven. Mais monsieur, si je puis me permettre, dans le dernier rapport que Soraya Moore nous a envoyé du Caire, elle disait que Bourne avait joué un rôle non négligeable dans l'affaire iranienne. Il nous a évité un désastre et a contribué à abattre Black River.

— En plus d'être un traître, ce type possède le talent presque aussi dangereux de… comment dire… d'influencer les femmes. Moore s'est fait rouler dans la farine, raison pour laquelle elle a été licenciée, ajouta le DCI. Activez Coven, monsieur Dol.

— C'est tout à fait faisable, monsieur, mais il lui faudra du temps pour…

— Y a-t-il quelqu'un de plus proche ? », demanda impatiemment Danziger.

Dol vérifia ses notes.

« Nous avons une équipe d'extraction à Jakarta. Ils peuvent embarquer dans un hélicoptère militaire d'ici une heure.

— Faites comme ça. Et envoyez Coven en renfort, ordonna le DCI. Qu'ils ramènent Bourne. Je veux le soumettre à un interrogatoire… complet. Je veux entrer dans son cerveau, je veux connaître ses secrets, pourquoi il ne cesse de nous filer entre les pattes, comment il fait pour tromper la mort. » Les yeux de Danziger pétillaient de malice. « Et quand nous en aurons terminé avec lui, nous lui tirerons une balle dans la tête et nous ferons porter le chapeau aux Russes. »

2

La longue nuit bengalie touchait à sa fin. Engluée dans la puanteur des égouts, de la maladie, de la sueur, l'aube pâle, gonflée par la peur, la frustration et le désespoir, peinait à restituer les couleurs de la ville.

Arkadine trouva une pharmacie, fractura la porte et se servit. Il rafla sutures, teinture d'iode, compresses stériles, bandages et antibiotiques, de quoi remplacer ce qu'il n'avait pas eu le temps de prendre à l'hôpital. En sillonnant les rues bruyantes, il réfléchissait au meilleur moyen de stopper l'hémorragie. Cette plaie à la cuisse ne le tuerait pas mais elle était profonde et il avait déjà perdu pas mal de sang. Avant tout, il avait besoin de se cacher, le temps de souffler, dans un endroit calme où il pourrait étudier la situation et la manière d'arrêter la course contre la montre déclenchée par Oserov. Il s'en voulait de s'être laissé surprendre. Mais il savait pertinemment que tout reposait sur la décision qu'il était sur le point de prendre. S'il ne redressait pas très vite la barre, le fiasco de tout à l'heure pouvait déboucher sur une catastrophe.

Comme son dispositif de sécurité à Bangalore avait été infiltré, il ne pouvait plus se fier à ses contacts habituels. Ne lui restait qu'une option : se réfugier dans la seule planque qu'il contrôlait totalement. En chemin, il entra un code donnant accès à un routeur de signaux sécurisé. Il appela Stepan, Luka, Pavel, Alik ainsi qu'Ismaël Bey, le chef de la fraternité d'Orient, un pantin à ses ordres.

« Maslov, Oserov et toute la Kazanskaïa nous sont tombés sur le poil, annonça-t-il sans préambule à chacun d'eux. À partir de cet instant, c'est la guerre. »

Il les avait entraînés à ne pas poser de questions superflues. Ils se contentèrent d'accuser réception du message avec des phrases courtes puis entamèrent la phase préparatoire qu'Arkadine avait mise au point à leur intention, plusieurs mois auparavant. Chaque capitaine avait son rôle à jouer, sa pièce à déplacer sur l'échiquier d'Arkadine. Un échiquier aux dimensions de la planète. Si Maslov voulait en découdre, il serait servi. Une vraie guerre, pas une simple escarmouche.

Arkadine secoua la tête et partit d'un rire qui tenait de l'aboiement. Ce moment, il l'attendait depuis longtemps. À présent que la chose était imminente, il ressentait un immense soulagement. Plus de sourires de façade, plus d'amitiés feintes masquant de profondes aversions.

Tu es un homme mort, Dimitri Ilinovitch, pensa Arkadine. *Mais tu ne le sais pas encore.*

Le ciel se teintait de rose buvard. Bientôt, il arriverait chez Chaaya. Le moment était venu de passer cet appel délicat. Il composa un numéro à onze chiffres. Une voix masculine grommela en russe : « bureau fédéral antinarcotique ». Sous la direction de Viktor Cherkesov, le tristement célèbre FSB-2 était devenu l'agence la plus puissante et la plus redoutée au sein du gouvernement russe, allant jusqu'à supplanter le FSB, successeur du KGB.

« Colonel Karpov, je vous prie, dit Arkadine.

— Il est 4 heures du matin. Le colonel Karpov n'est pas disponible, répondit la voix d'outre-tombe tout droit sortie d'un film de Georges Romero.

— Pareil pour moi, répliqua Arkadine sur un ton sardonique. Mais moi, je prends le temps de lui parler.

— Qui êtes-vous donc ? répondit le mort-vivant sans se laisser impressionner.

— Je m'appelle Arkadine, Leonid Danilovitch Arkadine. Allez chercher votre patron. »

On entendit l'autre inspirer avant de répondre :

« Ne quittez pas.

— Soixante secondes, dit Arkadine en regardant sa montre pour démarrer le décompte. Pas plus. »

Il y eut plusieurs déclics et, cinquante-huit secondes plus tard, une voix profonde et bourrue brisa le silence :

« Ici le colonel Karpov.

— Boris Ilitch, nous nous sommes croisés tant de fois sans vraiment nous rencontrer.

— Ça ne m'a jamais empêché de dormir. Au fait, comment puis-je savoir que c'est bien à Leonid Danilovitch Arkadine que je parle ?

— Dimitri Maslov vous donne encore du fil à retordre, n'est-ce pas ? »

Comme Karpov ne répondait pas, Arkadine continua :

« Colonel, qui d'autre pourrait vous servir la Kazanskaïa sur un plateau d'argent ? »

Karpov eut un rire grinçant.

« Le véritable Arkadine ne se retournerait pas contre son mentor. Qui que vous soyez, vous me faites perdre mon temps. Adieu. »

Arkadine lui donna l'adresse d'un coin perdu dans la zone industrielle de Moscou. Karpov garda le silence un moment mais Arkadine entendait nettement son souffle rauque. Tous ses projets dépendaient de cette conversation. Non seulement il fallait à tout prix que Karpov ait la certitude de parler à Leonid Danilovitch Arkadine mais il fallait aussi qu'il ajoute foi à ses paroles.

« Que suis-je censé faire de cette adresse ? demanda le colonel après réflexion.

— C'est un entrepôt. De l'extérieur, il ressemble à tous ceux qui l'entourent. De l'intérieur également.

— Vous m'ennuyez, *gospadin*. J'ignore qui vous êtes.

— Au fond, troisième porte à gauche. Elle donne sur les toilettes messieurs. Après les urinoirs. Rendez-vous dans la dernière cabine sur la droite. Il n'y a pas de cuvette, juste une porte dans le mur du fond. »

Karpov n'hésita qu'un instant avant de répondre :

« Et ensuite ?

— Venez armé, dit Arkadine. Armé jusqu'aux dents.

— Vous ne voulez quand même pas que j'arrive avec un bataillon de…

— Non ! Venez seul. Et n'en parlez à personne. Dites que vous allez chez le dentiste ou vous envoyer en l'air. Quelque chose de crédible, quoi. »

Le silence qui suivit était lourd de menaces.

« Il y a une taupe chez moi. Qui est-ce ?

— Non, pas ça, Boris Ilitch, ne soyez pas si ingrat. Vous ne voulez pas gâcher mon plaisir. Pas après le cadeau que je viens de vous faire. »

Arkadine inspira profondément. Voyant que le colonel mordait à l'appât, il jugea que le moment était venu de le ferrer :

« Mais si j'étais vous, je n'utiliserais pas le singulier – je dirais plutôt *des* taupes.

— Quoi… ? Attendez, écoutez-moi… !

— Maintenant, il faut y aller, colonel, ou vos cibles vont s'envoler, ajouta-t-il en gloussant. Je vous donne mon numéro. Je sais qu'il ne s'affiche pas sur vos téléphones. Appelez-moi quand vous rentrerez. Nous papoterons et plus si affinités. »

Il coupa la communication sans laisser à Karpov le temps de répliquer.

La journée de travail allait bientôt se terminer. Assise à son bureau, Delia Trane étudiait le schéma informatique tridimensionnel d'un engin explosif diaboliquement intelligent, en s'efforçant de trouver un moyen de le désamorcer avant que le minuteur se déclenche. Une alarme placée à l'intérieur de la bombe résonnerait à l'instant même où elle échouerait – si jamais elle coupait le mauvais fil avec son cutter virtuel ou le déplaçait inopinément. Elle avait créé elle-même ce programme de bombes virtuelles mais cela ne la dispensait pas de passer des heures à bûcher pour comprendre comment les désamorcer.

Delia avait une trentaine d'années, un physique banal, des yeux clairs, des cheveux courts et la peau brune de sa mère colombienne. Malgré son jeune âge et son sale caractère, c'était l'une des expertes en explosifs les plus recherchées de l'ATF. C'était aussi la meilleure amie de Soraya Moore. Quand l'un des gardes de service à la réception appela pour annoncer l'arrivée de Soraya, elle lui demanda de la faire monter.

Les deux femmes s'étaient connues dans le cadre de leur travail. Partageant le même tempérament et un goût prononcé pour la liberté, elles s'étaient liées d'amitié en raison même de leurs ressemblances. Les personnes dans leur genre étaient rares dans le petit monde fermé de l'administration fédérale. Comme elles s'étaient rencontrées au cours d'une mission clandestine, elles n'avaient pas eu besoin de s'entourer des précautions habituelles. Chacune savait ce que l'autre faisait dans la vie et l'importance qu'avait pour elle ce métier, ennemi public n° 1 des relations sociales dans la capitale. En outre, elles se savaient mariées à ce boulot, pour le meilleur et pour le pire. Elles étaient incapables de faire autre chose que ce métier dont elles avaient l'interdiction de discuter avec les civils. Un métier qui, dans un certain sens, donnait de la valeur à leur existence et renforçait leur indépendance en tant que femmes. Chaque jour, elles bravaient l'establishment, telles deux Amazones des temps modernes.

Delia se remit à étudier sa bombe. À ses yeux, ce modèle informatique était comme un monde en miniature. Quelques secondes plus tard, elle était tellement concentrée qu'elle ne s'interrogeait plus sur la raison de cette visite tardive. Une ombre passa sur son bureau. Quand elle leva les yeux et vit le visage de Soraya, elle comprit que quelque chose ne tournait pas rond.

« Pour l'amour du ciel, assieds-toi, dit-elle en tirant une chaise, ou tu vas tomber. Mais qu'est-ce qui t'est arrivé ? Quelqu'un est mort ?

— Juste mon travail. »

Delia la regarda, éberluée.

« Je ne comprends pas.

— J'ai été virée, saquée, foutue à la porte. Rayée de la carte, enfin de la carte de la CIA, ajouta-t-elle avec un humour grinçant.

— Mais que s'est-il passé ?

— Je suis égyptienne, musulmane et femme. Notre nouveau DCI n'a pas besoin d'autres raisons.

— T'en fais pas, je connais un bon avocat qui…

— Oublie ça. »

Delia se renfrogna.

« Tu ne vas quand même pas les laisser faire. Je veux dire, c'est de la discrimination, Raya. »

Soraya fit un geste de la main.

« Je ne vais pas passer les deux prochaines années de ma vie à me battre contre la CIA et le secrétaire Halliday. »

Delia recula sur son siège.

« C'est si grave ?

— Comment ont-ils pu me faire ça ? », rumina Soraya.

Delia se leva et contourna son bureau pour serrer son amie dans ses bras.

« Je sais, c'est comme se faire plaquer par un mec qu'on croyait connaître mais qui en fait se sert de vous et, pire encore, vous trompe depuis le début.

— À présent, je comprends ce que Jason ressentait, fit Soraya d'un air morose. Toutes les fois où il leur a sauvé la mise. Pour récolter quoi, ensuite ? La CIA l'a toujours pourchassé comme un chien enragé.

— Moi je dis bon débarras ! » Delia déposa un baiser sur les cheveux de son amie et ajouta : « Il est temps de passer à autre chose. »

Soraya leva les yeux vers elle.

« Vraiment ? Et quoi exactement ? Je ne connais rien d'autre que les services secrets et rien d'autre ne m'intéresse. Danziger est tellement furieux que je ne sois pas venue à sa convocation, l'autre jour, qu'il m'a collée sur une liste noire. Le monde du renseignement m'est totalement fermé désormais. »

Delia réfléchit un instant.

« Attends un peu, j'ai quelques trucs à faire, je dois passer un coup de fil. Après on ira boire un coup et dîner. Ensuite, je t'emmènerai dans un endroit spécial. Qu'est-ce que tu en penses ?

— Ça vaut mieux que rentrer chez moi et regarder la télé comme une imbécile, le nez dans un pot de crème glacée. »

Delia se mit à rire.

« Là, je te retrouve. » Elle agita un doigt. « Ne t'inquiète pas, on va tellement s'amuser ce soir que tu oublieras ta tristesse. »

Soraya lui fit un petit sourire.

« Et mon amertume ?

— Ouais, on peut s'en occuper aussi. »

Sans regarder ni à droite ni à gauche, Bourne sortit précipitamment de la maison de Suparwita. Ceux qui le surveillaient penseraient qu'il partait pour une mission urgente. Ils le suivraient sans doute pour savoir laquelle.

Bourne entendait leurs pas dans la forêt. Ils couraient, craignant de le perdre. Bourne courait, lui aussi, espérant qu'ils se rapprochent. Ils ne le tueraient pas. Pas avant de l'avoir interrogé du moins. C'était l'anneau qui les intéressait. Peut-être croyaient-ils agir avec discrétion, mais à Bali les secrets n'existaient pas. Bourne savait qu'ils avaient pris des renseignements sur lui, dans le village de Manggis. Il savait aussi qu'ils étaient russes. Il avait aussitôt fait la relation avec Leonid Arkadine, son meilleur ennemi, le premier diplômé du programme Treadstone. Leur dernière rencontre s'était déroulée dans le nord de l'Iran, au milieu d'un champ de bataille.

À présent, au cœur de la jungle diaprée d'émeraude et d'ambre, Bourne tourna à droite et fonça vers un énorme *berigin* – l'arbre que les Occidentaux appellent banyan –, symbole d'immortalité pour les Balinais. Il sauta, prit appui sur les branches basses puis s'insinua dans le labyrinthe des branchages, grimpant jusqu'à obtenir une vue panoramique du secteur. Les oiseaux s'interpellaient, les insectes bourdonnaient. Çà et là, les rayons du soleil perçaient les couches de la canopée, repeignant le sol d'une couleur chocolat.

Un moment plus tard, il vit un Russe avancer prudemment à travers l'épais sous-bois et contourner le tronc des arbres aux feuillages denses. Le canon de son AK-47 au creux du bras gauche, l'index de sa main droite posé sur la détente, on le sentait prêt à faire feu à la moindre alerte. Il avançait lentement en direction du *berigin*. Son regard noir fouillait la cime des arbres.

Bourne se déplaça sans bruit de branche en branche pour mieux se positionner. Il attendit que le Russe soit juste sous lui et se laissa choir. Quand ses talons heurtèrent les épaules de l'homme, une articulation se déboîta. Le Russe s'écroula. Bourne atterrit en roulé-boulé afin d'amortir sa chute avec le plat de l'omoplate. Avant que son adversaire ait repris son souffle, Bourne se redressa, prêt à poursuivre la lutte. Le Russe n'était pas un débutant. Il tendit la jambe et frappa Bourne au niveau du sternum.

Bourne étouffa un cri. Les mâchoires serrées à cause de la douleur, le Russe voulut se relever. Soudain, le temps parut se suspendre, comme si la forêt autour d'eux retenait son souffle. Le bras droit de Bourne partit comme un élastique. Du tranchant de la main, il brisa les os de l'épaule déboîtée. Le Russe poussa un gémissement mais, en même temps, enfonça la crosse de son fusil d'assaut dans les côtes de Bourne.

Prenant appui sur son AK-47, le Russe finit par se redresser et fit un pas vers son adversaire affalé au milieu des lianes. Bourne ne lui laissa pas le temps de presser la détente. Il décocha un coup de pied dans les genoux de son rival, l'amenant à son niveau. Une courte rafale résonna. Elle fit pleuvoir sur eux des feuilles déchiquetées, des bouts d'écorce, des brindilles. Le Russe voulut se servir de l'AK-47 comme d'un gourdin mais Bourne avait prévu son geste. Un coup rapide du tranchant de la main lui brisa la clavicule. Du talon de son autre main, Bourne lui écrasa le nez avec une telle force que le cartilage et l'os s'enfoncèrent dans son cerveau. Quand l'homme bascula en arrière, Bourne lui arracha le fusil d'assaut. C'est alors qu'il vit son tatouage. Un dessin vivement coloré, sans doute fait en prison et représentant un serpent enroulé autour d'un poignard. Le Russe faisait partie de la *grupperovka*.

Bourne s'extirpait encore des plantes grimpantes qui l'entravaient quand il entendit une voix gutturale derrière lui.

« Lâche ton arme », dit un Russe à l'accent moscovite.

Bourne se retourna lentement vers son deuxième poursuivant, sans doute attiré par le bruit de la fusillade.

« J'ai dit lâche ça, gronda le Russe en braquant son AK-47 sur le ventre de Bourne.

— Qu'est-ce que tu veux ? demanda Bourne.

— Tu sais très bien ce que je veux. Maintenant, lâche ton arme et donne-moi ce truc.

— Quel truc ? Dis-moi ce que tu veux et je te le donnerai.

— File-moi la bague tout de suite. Mais avant, lâche le fusil de mon équipier. » Il fit un geste vers lui. « Dépêche, salopard. Sinon je te pète une jambe après l'autre, et si ça ne suffit pas, je te tire dans le bide. Tu sais que ça fait très mal et qu'on met du temps à crever.

— Ah oui, ton équipier. C'est vraiment dommage pour lui », dit Bourne en laissant tomber l'AK-47.

Par instinct, le Russe ne put s'empêcher de regarder son compagnon mort puis le fusil qui heurtait le sol. Bourne profita de cette seconde de flottement pour saisir une liane et la balancer comme un lasso autour du cou du Russe. Il tira de toutes ses forces, l'homme fut propulsé en avant et s'empala sur le poing de Bourne qui, dans le même geste, lâcha la liane et frappa la nuque de son adversaire, de ses deux poings serrés.

Le Russe tomba à genoux. Bourne lui sauta dessus. L'homme encore étourdi happait l'air comme un poisson au fond d'une barque. D'une gifle, Bourne lui éclaircit les idées avant de s'agenouiller sur son sternum.

L'homme leva sur lui ses yeux bleus écarquillés de terreur. Son visage était étrangement rouge. Un filet de sang coulait au coin de sa bouche.

« Pourquoi Leonid t'a-t-il envoyé ? », demanda Bourne en russe.

L'homme cligna les yeux.

« Qui ?

— Ne t'amuse pas à ça. » Bourne appuya sur la cage thoracique de l'homme qui gémit. « Tu as très bien compris. Leonid Arkadine. »

Le Russe le considéra d'un air ahuri puis, malgré sa position délicate, se mit à rire.

« Tu crois vraiment que je bosse pour lui ? » Des larmes roulaient au coin de ses yeux. « Ce sac à merde ? »

La réaction du Russe était trop spontanée pour être jouée. En plus, pourquoi mentirait-il ? Bourne prit le temps de réexaminer la situation.

« Si ce n'est pas Arkadine, articula-t-il. Alors qui ?

— J'appartiens à la Kazanskaïa. »

On décelait de l'orgueil dans sa voix, une intonation difficile à feindre.

« Donc, c'est Dimitri Maslov qui vous envoie. »

Bourne avait récemment rencontré le chef de la Kazanskaïa, à Moscou. Un souvenir peu agréable, au demeurant.

« Façon de parler, dit le Russe. Je suis sous les ordres de Viatcheslav Guermanovitch Oserov.

— Oserov ? » Bourne n'avait jamais entendu parler de lui. « Qui est-ce ?

— Le chef des opérations. Viatcheslav Guermanovitch s'occupe des actions à mener et Maslov se charge de traiter avec le gouvernement. »

Bourne réfléchit un moment.

« OK, tu es sous les ordres de cet Oserov. Mais pourquoi le nom d'Arkadine t'amusait-il tant ? »

Les yeux du Russe étincelèrent.

« Tu es bête comme un âne. Oserov et Arkadine se haïssent cordialement.

— Pourquoi ?

— Ça date de longtemps. » Il cracha du sang. « C'est fini l'interrogatoire ?

— Pourquoi se haïssent-ils ? »

Le Russe découvrit ses dents ensanglantées dans un large sourire.

« Barre-toi. Tu m'écrases.

— Mais comment donc. »

Bourne se leva, saisit l'AK-47 et lui défonça le crâne avec la crosse.

« J'aurais dû m'en douter », dit Soraya.

Delia lui décocha un regard malicieux.

« Te douter de quoi ?

— Qu'une joueuse invétérée comme toi allait me conduire dans le cercle de poker le plus sélect du district. »

Delia se mit à rire et emboîta le pas à Reese Williams. Sur les murs du couloir, des tableaux et des photos représentaient la faune africaine, en particulier des éléphants.

« Je connais cet endroit de réputation, dit Soraya à Williams, mais c'est la première fois que Delia consent à m'y emmener.

— Vous ne le regretterez pas, dit Williams pardessus son épaule, je vous le promets. »

Elles venaient d'entrer dans son brownstone de Dupont Circle. Reese Williams était le bras droit du commissaire de police Lester Burrows. Elle lui était indispensable à bien des égards, et surtout pour son impressionnant carnet d'adresses attestant qu'elle connaissait pas mal de gens dans les hautes sphères de la politique.

Les portes coulissantes de la bibliothèque transformée en tripot pour l'occasion s'ouvrirent sur une table de poker, des fauteuils confortables et de la fumée de cigare. Les seuls bruits audibles étaient le cliquetis des jetons et le bruissement des cartes qu'une main experte battait et distribuait aux quatre hommes assis autour du tapis vert.

En plus de Burrows, Soraya reconnut deux sénateurs, un jeune et un vieux, un lobbyiste très influent et, oh surprise…

« Peter ? », fit-elle d'une voix incrédule.

Peter Marks leva les yeux des jetons qu'il était en train de compter.

« Dieu du ciel, Soraya ! », s'exclama-t-il en se levant avant d'annoncer à l'intention de ses partenaires : « Je passe. » Puis il fit le tour de la table de jeu pour la serrer dans ses bras.

« Delia, que dirais-tu de prendre ma place ? fit-il.

— Avec plaisir. » Delia se tourna vers son amie. « Peter est un habitué. Je l'ai appelé du bureau tout à l'heure. J'ai pensé que cela te ferait du bien de revoir un vieux collègue. »

Soraya, enchantée, lui posa un baiser sur la joue.

« Merci. »

Delia hocha la tête et les laissa pour s'installer à la table de jeu. Elle prit ses piles de jetons à la banque et signa une reconnaissance de dette correspondant au montant.

« Comment vas-tu ? », demanda Marks en attrapant Soraya par les épaules pour mieux la regarder.

Soraya l'examina d'un œil dubitatif.

« À ton avis ? »

— Mes potes de la CIA m'ont raconté ce que Danziger t'avait fait. J'avoue que cela ne m'a pas surpris.

— Que veux-tu dire ? »

Marks la fit passer dans une autre pièce, un salon où personne ne les dérangerait. Les portes-fenêtres donnaient sur une allée arborée. Sur le papier peint bordeaux s'alignaient des photos de Reese Williams en Afrique, au milieu d'une tribu. Certaines la montraient à côté d'un vieil homme, probablement son père. Des canapés en velours et plusieurs fauteuils profonds recouverts de tissu rayé étaient disposés devant une cheminée au manteau de marbre. Pour compléter le tableau, une jolie table basse trônait près d'un petit meuble surmonté de deux plateaux garnis de bouteilles d'alcool et de verres en cristal taillé. Aucun emploi municipal ne pouvait payer cette splendide demeure, songea Soraya. Reese devait être riche à millions.

Ils s'installèrent sur un canapé confortable, à demi tournés l'un vers l'autre.

« Danziger cherche seulement des prétextes pour se débarrasser des cadres dirigeants de la CIA, reprit Marks. Il veut placer ses gens – enfin, disons plutôt les gens du secrétaire Halliday – mais il sait qu'il doit agir avec précaution pour éviter de passer pour le fossoyeur de la vieille garde, même si tel est son objectif depuis le départ. Voilà pourquoi je me suis tiré dès que j'ai su qu'il arrivait.

— J'étais au Caire. J'ignorais que tu avais quitté la CIA. Où as-tu atterri ?

— Dans le privé. » Marks fit une pause. « Écoute, Soraya, je sais que tu peux garder un secret. »

Il se tut, le temps de vérifier du coin de l'œil la porte qu'il avait pris soin de refermer derrière eux.

« Alors ? »

Marks se pencha vers elle de telle façon que leurs visages se touchèrent presque.

« J'ai rejoint Treadstone. »

Pendant un instant, on n'entendit rien d'autre qu'un silence interloqué et le tic-tac de la pendule marine sur le manteau de marbre. Puis Soraya voulut rire.

« Allons, Treadstone est mort et enterré.

— La version ancienne, oui. Mais il existe un nouveau Treadstone, ressuscité par Frederick Willard. »

Le nom de Willard fit naître un sourire sur le visage de Soraya. Elle le connaissait de réputation. Willard avait servi d'agent dormant pour le Vieux au sein de la NSA. Grâce à lui, les pratiques d'interrogatoire pour le moins discutables de l'ancien directeur avaient été révélées au grand jour. Mais depuis, Willard semblait avoir disparu de la scène. Ce qui tendait à corroborer l'affirmation de Peter.

Soraya avait pourtant du mal à se faire à cette idée.

« Je ne comprends pas. Treadstone était une opération hors la loi, même selon les critères de la CIA. On l'a supprimée pour de très bonnes raisons. Pourquoi l'aurait-on ressuscitée ?

— C'est simple. Willard déteste Halliday autant que moi – autant que toi. Il m'a promis d'utiliser les ressources de Treadstone pour détruire la crédibilité de Halliday et les fondements de son pouvoir. Voilà pourquoi je veux que tu nous rejoignes. »

Elle n'en revenait pas.

« Quoi ? Travailler pour Treadstone ? »

Marks confirma d'un signe de tête. Soraya plissa les yeux d'un air soupçonneux.

« Attends une minute. Tu savais que j'allais me faire virer à l'instant même où j'ai passé les portes de la CIA.

— Tout le monde le savait, Soraya. Sauf toi.

— Bon Dieu ! »

Elle se leva d'un bond et se mit à arpenter la pièce en laissant courir ses doigts sur le dos des livres, les éléphants en bronze, les épaisses tentures. Elle ne se rendait pas compte de ce qu'elle faisait. Peter eut la bonne idée de s'abstenir de tout commentaire. Finalement, elle se tourna vers lui et dit :

« Donne-moi une bonne raison de vous rejoindre – et s'il te plaît, trouve quelque chose de convaincant.

— OK, mettons de côté le fait que tu as besoin d'un nouveau boulot, mais prends un peu de recul et réfléchis un instant. Quand Willard aura tenu sa promesse, quand Halliday sera parti, combien de temps penses-tu que Danziger restera à la tête de la CIA ? » Il se leva. « Je ne sais pas pour toi mais moi j'ai envie de retrouver la CIA que je connais, celle que le Vieux a dirigée pendant des décennies, celle dont je peux être fier.

— Tu veux dire celle qui s'est constamment servie de Jason avant de le balancer après usage ? »

Il se mit à rire pour mieux évacuer cette remarque cynique.

« C'est ce que les agences de renseignement font le mieux, n'est-ce pas ? » Il marcha vers elle. « Allons, ne me dis pas que tu ne souhaites pas retrouver l'ancienne CIA.

— Je veux retrouver mon poste à Typhon.

— Ouais, alors tu seras intéressée d'apprendre comment Danziger compte démanteler les réseaux que tu as toi-même mis sur pied.

— Pour dire la vérité, je ne pensais qu'à une seule chose en sortant de l'Agence, cet après-midi. L'avenir de Typhon.

— Alors, viens avec moi.

— Que se passera-t-il si Willard échoue ?

— Il n'échouera pas, dit Marks.

— Dans la vie rien n'est sûr, Peter, tu es bien placé pour le savoir.

— D'accord, je l'admets. S'il échoue, nous échouerons tous. Mais au moins, nous aurons fait tout ce qui était en notre pouvoir pour restaurer la CIA, au lieu de nous écraser devant Halliday et son cafard de la NSA. »

Soraya soupira et traversa la pièce pour rejoindre Marks.

« Je me demande bien où Willard a trouvé les fonds pour ressusciter Treadstone. »

Cette simple réflexion lui fit comprendre qu'elle venait d'accepter son offre. Elle savait qu'elle était coincée. Songeuse, elle faillit ne pas remarquer la moue crispée qui s'afficha soudain sur le visage de Peter.

« Je sens que tu vas me dire quelque chose de désagréable. Je me trompe ? demanda-t-elle.

— C'est tout aussi désagréable pour moi, mais... » Il haussa les épaules. « Le nom d'Oliver Liss t'évoque-t-il quelque chose ?

— C'est l'un des anciens dirigeants de Black River, non ? »

Elle le regarda d'un air ahuri puis éclata de rire.

« Tu plaisantes, c'est ça ? Jason et moi avons tout fait pour discréditer Black River. Je pensais que ses trois dirigeants avaient été inculpés.

— Les deux associés de Liss l'ont été, mais Liss avait coupé tout lien avec Black River plusieurs mois avant que vous révéliez leurs magouilles. Personne n'a pu prouver sa participation.

— Était-il au courant ou pas ?

— J'imagine qu'il a juste eu de la chance, fit Peter en haussant les épaules.

— Je n'y crois pas et toi non plus, rétorqua-t-elle avec un regard pénétrant.

— Tu as sacrément raison, je n'aime pas cela, reconnut-il. Cela en dit long sur le sens de l'éthique de Willard. »

Marks respira profondément et relâcha son souffle avant d'ajouter :

« Halliday est vraiment un sale type. Tout ce qui peut l'abattre me convient, disons les choses ainsi.

— Même si ça implique de passer un pacte avec le diable ?

— Parfois on doit se servir d'un diable pour en détruire un autre.

— Je ne sais pas si tu as tort ou raison mais je t'avertis. C'est une pente dangereuse, Peter.

— Pourquoi crois-tu que je t'ai proposé de nous rejoindre ? fit Marks dans un sourire. À un moment donné, je vais avoir besoin que quelqu'un me sorte de la merde avant que je m'y noie. Et je ne vois personne d'autre que toi. »

Son pistolet Lady Hawk sanglé dans son holster de cuisse, Moira Trevor contemplait les bureaux déserts de sa société mort-née, Heartland Risk Management, LLC. Ces lieux étaient vite devenus malsains, aussi les quittait-elle sans tristesse. Elle regrettait juste de n'avoir pas réussi à tenir un an. À présent, ne restait que de la poussière et même pas un souvenir à emporter.

Elle tournait les talons quand elle vit un homme s'encadrer sur le pas de la porte. Il portait un costume trois-pièces, des chaussures bien cirées et, malgré le temps clair, un parapluie de gentleman anglais.

« Madame Trevor, je présume ? »

Elle le regarda durement. Ses cheveux gris acier étaient coiffés en brosse. Il avait des yeux noirs et un accent qu'elle n'arrivait pas à situer. Méfiante, Moira jeta un œil au sac en papier kraft qu'il tenait à la main.

« Qui êtes-vous ?

— Binns, répondit-il en tendant la main. Lionel Binns.

— Lionel ? Vous devez plaisanter, personne ne s'appelle plus Lionel de nos jours. »

Il la regardait sans ciller.

« Puis-je entrer, madame Trevor ?

— En quel honneur ?

— Je suis venu vous faire une offre. »

Elle hésita un instant puis hocha la tête. Il franchit le seuil sans paraître bouger et, après un regard circulaire, s'exclama :

« Oh, mon Dieu, que s'est-il passé ici ?

— Les effets de la désertification. »

Binns la gratifia d'un sourire instantané.

« Moi aussi, je suis fasciné par les phénomènes climatiques.

— Que puis-je faire pour vous, monsieur Binns ? »

Quand il souleva le sac en papier et l'ouvrit, Moira se raidit. Elle se détendit en le voyant sortir des gobelets en carton.

« J'ai apporté du thé à la cardamome », dit-il.

Premier indice.

« C'est très aimable », dit Moira en acceptant le thé.

Elle ôta le couvercle en plastique pour regarder à l'intérieur. Il y avait un nuage de lait. Elle prit une gorgée très sucrée.

« Merci.

— Madame Trevor, je suis avocat. Mon client aimerait vous engager.

— Super. » Elle regarda autour d'elle. « En effet, il se peut que je cherche du travail.

— Mon client désire que vous retrouviez un ordinateur portable qui lui a été volé. »

Moira arrêta le gobelet à mi-chemin. Ses yeux couleur café se fixèrent sur Binns avec une attention peu commune. C'était une femme déterminée, cela se voyait à son visage.

« Vous devez me confondre avec un détective privé. Ça ne manque pas dans le secteur. N'importe lequel d'entre eux…

— Mon client ne veut que vous, madame Trevor.

— Il a sonné à la mauvaise porte. Désolée, dit-elle en haussant les épaules. Ce n'est pas mon domaine.

— Mais si. » Il n'y avait rien de menaçant ni même de déplaisant dans l'expression de Binns. « Voyons si j'ai tort ou raison. Vous avez exercé comme agent de terrain pour Black River. Vous faisiez partie de l'élite mais, voilà huit mois, vous avez démissionné pour fonder votre propre société en débauchant les meilleurs éléments de votre ancien employeur. Vous avez tenu bon malgré les tentatives d'intimidation de Black River. Vous avez même contre-attaqué et contribué à faire la lumière sur les agissements criminels de cette organisation. Aujourd'hui, votre ancien patron Noah Perlis est mort, Black River a été démantelé. Deux de ses dirigeants seront bientôt traînés devant les tribunaux. Arrêtez-moi si vous avez noté une quelconque erreur dans mon discours. »

Moira était trop stupéfaite pour prononcer un mot.

« Pour toutes ces raisons, mon client estime que vous êtes la personne la plus à même de récupérer son ordinateur volé, poursuivit-il.

— Et où se trouve votre client, exactement ? »

Binns lui décocha un sourire de triomphe.

« Intéressée ? Je précise que vous recevrez une compensation non négligeable.

— Ce n'est pas l'argent qui m'intéresse.

— Pourtant vous avez besoin de travailler, répliqua Binns en penchant la tête. Mais peu importe, je ne parlais pas d'argent. Évidemment, vos honoraires vous seront versés d'avance, mais non, madame Trevor, je vous proposais une chose qui vous tient plus à cœur. » De nouveau, il regarda la pièce vide autour de lui. « Une chose ayant un rapport avec la raison qui vous a poussée à partir d'ici. »

Moira se raidit, ses battements de cœur s'accélérèrent.

« Je ne vois pas de quoi vous parlez.

— Il y a un traître dans votre société, dit Binns sans hausser la voix. Quelqu'un à la solde de la NSA. »

Moira fronça les sourcils.

« Qui est votre client, monsieur Binns ?

— Je ne suis pas autorisé à révéler son identité.

— Et j'imagine que vous n'êtes pas non plus autorisé à me dire d'où il tient tous ces renseignements sur moi ? »

Binns écarta les mains en signe d'impuissance.

« Parfait, déclara Moira. Dans ce cas, je trouverai mon traître toute seule. »

Bizarrement, sa repartie déclencha un sourire sur le visage de Binns.

« Mon client s'attendait à cette réponse. Nous avons parié et je viens de perdre 1 000 dollars.

— Je suis sûr que vous trouverez un moyen de rentrer dans vos frais.

— Quand vous me connaîtrez mieux, vous comprendrez que je ne suis pas ce genre d'homme.

— Vous vous montrez exagérément optimiste, lâcha Moira.

— C'est possible. »

Il fit un pas vers la sortie en tendant le bras comme pour inviter Moira à lui emboîter le pas.

« Si vous voulez bien m'accompagner… » Comme elle ne bougeait pas, il ajouta : « Je vous en prie, cela ne vous prendra que quinze minutes de votre temps. Qu'avez-vous à perdre ? »

En effet, Moira n'avait strictement rien à perdre. Elle le suivit.

Chaaya occupait un grand appartement avec terrasse dans l'une des luxueuses mini-cités de Bangalore, une communauté résidentielle gardée jour et nuit contre les ravages de la populace. Mais avec de telles précautions, nul n'aurait su dire si les résidents étaient protégés ou enfermés dans cette citadelle. C'était juste une question de point de vue, estimait Arkadine.

À peine eut-il frappé que Chaaya ouvrit la porte, comme elle le faisait toujours quelle que soit l'heure à laquelle il débarquait. Elle n'avait pas le choix. Sa famille était riche, elle vivait dans l'opulence mais tous ces avantages disparaîtraient si jamais les siens apprenaient son secret. Elle était hindoue et l'homme dont elle était amoureuse musulman. Un péché mortel aux yeux de son père et de ses trois frères. Bien qu'Arkadine n'ait jamais rencontré son amant, il avait fait en sorte que le secret ne s'ébruite pas ; Chaaya lui devait tout et agissait en fonction.

Vêtue d'un déshabillé vaporeux, les yeux encore embués de sommeil, elle traversa l'appartement avec la grâce sensuelle d'une actrice de Bollywood. Elle n'était pas particulièrement grande mais son maintien donnait l'illusion du contraire ; quand elle entrait dans une pièce, les têtes se tournaient vers elle, celles des femmes comme des hommes. Arkadine se fichait éperdument de ce qu'elle pensait de lui, si elle l'aimait ou pas. Elle le craignait, c'était tout ce qui l'intéressait.

Il faisait plus clair, là-haut sous les toits. On avait l'impression que le jour était déjà levé. Or, c'était faux.

Mais cet appartement, comme leurs deux vies, était rempli de faux-semblants.

Dès qu'elle vit sa jambe blessée, elle l'emmena dans sa spacieuse salle de bains, tout en miroirs et marbre veiné de rose et d'ocre. Pendant que l'eau chaude coulait, elle lui ôta son pantalon. D'un doigt expert, elle vérifia les sutures. Il lui demanda si elle avait déjà fait cela auparavant.

« Une fois, il y a longtemps », dit-elle d'un air énigmatique.

C'était pour cela qu'il était venu. Il avait besoin de quelqu'un de confiance. Chaaya et lui possédaient en eux une brisure, une part d'ombre qui les rassemblait. Ils n'appartenaient pas à ce monde, ne vivaient pas comme les autres. Ils se déplaçaient à leur aise à l'intérieur des sphères qui terrifiaient la plupart des gens. Ils étaient des êtres à part, peut-être étrangers à eux-mêmes, mais quelque part bien assortis l'un avec l'autre.

Pendant qu'elle le lavait et s'employait à refermer sa blessure, il réfléchit à ce qu'il allait faire ensuite. Il devait quitter l'Inde, c'était indéniable. Où donc cette ordure d'Oserov irait-il le chercher ? En Suisse, à Campione d'Italia où la Fraternité d'Orient possédait une villa, ou bien dans ses quartiers généraux à Munich ? Oserov ne disposait pas d'un budget illimité. Maslov lui-même n'avait pas les moyens d'envoyer ses escadrons de la mort à travers le monde à la recherche d'un renégat comme lui. Il n'était pas homme à gaspiller son personnel et ses ressources, raison pour laquelle il dirigeait encore la plus puissante famille de la *grupperovka* en cette époque où le Kremlin s'échinait à démanteler la pègre.

Arkadine devrait s'installer dans un endroit absolument sûr où ni Oserov ni Maslov n'auraient l'idée de le chercher. Et il n'en parlerait à personne au sein de son organisation – du moins pas avant qu'il découvre comment Oserov avait appris l'emplacement de son QG provisoire, ici à Bangalore.

Donc il devait s'arranger pour sortir de la ville et du pays mais, au préalable, récupérer l'ordinateur portable de Gustavo Moreno, là où il était caché.

Quand Chaaya eut fini de le recoudre, ils passèrent au salon.

« Regarde le cadeau que je t'ai apporté. »

Chaaya pencha la tête ; un petit sourire jouait aux coins de ses lèvres.

« Tu veux dire que j'ai enfin le droit de l'ouvrir ? Je mourais de curiosité.

— Apporte-le. »

Elle sortit en courant de la pièce et revint un moment plus tard avec une grande boîte argentée, décorée d'un ruban pourpre. Elle s'assit devant lui, impatiente, la boîte posée sur ses cuisses.

« Puis-je l'ouvrir maintenant ? »

Arkadine examina l'emballage.

« Tu l'as déjà ouverte. »

Une expression de peur traversa le visage de la jeune femme aussi rapidement qu'une mouette survole un pont. Puis elle s'efforça de sourire.

« Oh, Leonid, je n'ai pas pu m'en empêcher. Cette robe est tellement belle. Jamais je n'ai vu de soie aussi fine. Elle a dû te coûter une fortune. »

Arkadine tendit les mains.

« La boîte.

— Leonid…, bredouilla-t-elle tout en obéissant. Je ne l'ai pas sortie, je l'ai juste touchée. »

En défaisant le ruban, il vit qu'elle l'avait renoué avec application. Il posa le couvercle de côté.

« Je l'aime tant, j'aurais tué quiconque s'en serait approché », dit-elle.

C'était tout ce qui l'intéressait. Quand il lui avait remis ce carton avec l'ordre de ne pas l'ouvrir, il avait vu luire la convoitise dans ses yeux. Il en avait déduit deux choses : la jeune femme n'aurait jamais la force mentale de respecter sa promesse mais elle défendrait cette robe au prix de sa vie. C'était du Chaaya tout craché.

La robe, qui coûtait effectivement les yeux de la tête, était soigneusement pliée en trois. Il sortit le portable glissé entre les couches de tissu puis lui tendit la merveille en soie.

Occupé à détacher la base de l'ordinateur pour insérer le disque dur dans son habitacle originel, il entendit à peine les petits cris de délice et les milliers de mercis qu'elle faisait pleuvoir sur lui.

La plupart du temps, le DCI Errol Danziger prenait ses repas de midi dans son bureau tout en feuilletant les rapports de renseignement remis par ses chefs de directorat. Il les comparait avec ceux de la NSA. Ce rituel changeait deux fois par semaine, quand il sortait déjeuner à L'Occidental sur Pennsylvania Avenue. Toujours dans le même restaurant et avec la même personne, le secrétaire à la défense Bud Halliday. Danziger savait comment avait fini sa malheureuse prédécesseuse, aussi parcourait-il la distance qui le séparait du restaurant dans une GMC Yukon Denali, en compagnie du lieutenant R. Simmons Reade, de deux gardes du corps et d'un secrétaire. Il n'était jamais seul. À cause d'une enfance difficile entre des parents qui passaient leur temps à se disputer et avaient fini par l'abandonner, il craignait la solitude plus que tout.

Soraya Moore guettait son apparition. Elle s'était procuré l'emploi du temps du DCI par son ancien directeur des opérations qui assurait actuellement l'intérim à la tête de Typhon. Assise à une table du Café du Parc, mitoyen de L'Occidental, elle vit la limousine arriver à 13 heures pile. Lorsque la portière arrière s'ouvrit, elle se leva et s'avança aussi près que le permettait la barrière humaine protégeant le DCI. L'ayant vue approcher, l'un des gardes du corps, une véritable armoire à glace, s'interposait déjà entre elle et son patron.

« Directeur Danziger, cria-t-elle par-dessus l'épaule du malabar, je m'appelle Soraya Moore. »

Le deuxième gorille portait la main à son arme quand Danziger ordonna à tout le monde de se calmer. Le DCI était un petit homme carré aux épaules de catcheur. Il avait étudié de près la culture islamique, ce qui n'avait fait qu'accroître son antipathie indéfectible envers une religion et plus encore un mode de vie qu'il estimait rétrogrades, moyenâgeux même, par leurs règles et leurs coutumes. Il croyait dur comme fer que les « islamiques », comme il les appelait en privé, ne pourraient jamais concilier leurs croyances religieuses avec le monde moderne, quoi qu'ils prétendent par ailleurs. Dans son dos, mais non sans quelque admiration, on le surnommait l'Arabe à cause de son désir avoué de débarrasser le monde des terroristes islamistes et de tous les musulmans assez fous pour se placer en travers de son chemin.

Il se faufila entre ses gardes du corps et dit :

« Vous êtes l'Égyptienne qui s'est crue autorisée à rester au Caire alors que je l'avais rappelée à Washington.

— J'avais un travail à faire sur le terrain, là où les balles et les bombes sont des choses bien réelles, pas des images simulées par ordinateur, répliqua Soraya. Et pour mémoire, je suis américaine tout autant que vous.

— Vous n'avez rien de commun avec moi, madame Moore. Je donne des ordres. Ceux qui refusent de les suivre sont indignes de confiance. Ils ne travaillent pas pour moi.

— Vous ne m'avez jamais reçue. Si vous saviez…

— Mettez-vous dans la tête que vous ne faites plus partie de la CIA, madame Moore. »

Penché en avant, Danziger avait adopté l'attitude du boxeur assurant sa garde.

« Je ne vois pas pourquoi je vous recevrais. Une Égyptienne ? Dieu seul sait à qui vous avez prêté allégeance. » Il lui jeta un regard mauvais. « Enfin si, peut-être que je le sais. Amun Chalthoum ? »

Amun Chalthoum était le chef d'al-Mokhabarat, les services secrets égyptiens. Soraya avait récemment travaillé avec lui au Caire. À la même période, elle avait reçu de Danziger un ordre laconique la sommant de rentrer au pays, ordre venant contredire la mission dont on l'avait chargée peu de temps auparavant. Durant les quelques jours qu'ils avaient passés ensemble, Amun et elle étaient tombés amoureux. Le fait que Danziger soit en possession d'une information si personnelle la choquait ou, pour être plus précis, l'interloquait. Comment diable l'avait-il découverte ?

« Qui se ressemble s'assemble, dit-il. Une telle attitude n'a rien à voir avec le comportement que j'attends de mon personnel. Il s'agit de fraternisation – encore que j'ignore si c'est le mot juste – avec l'ennemi.

— Amun Chalthoum n'est pas l'ennemi.

— Pas le vôtre en tout cas, c'est clair. »

Il se remit à marcher, ce qui eut pour effet de resserrer les rangs de sa garde rapprochée. Soraya le perdit même de vue.

« Bonne chance pour votre carrière gouvernementale, madame Moore. »

R. Simmons Reade eut un petit sourire suffisant puis se détourna et se dépêcha de suivre son maître qui entrait à grands pas dans L'Occidental. Soraya vit des passants la dévisager. Elle se toucha le visage. Ses joues brûlaient. Elle avait voulu plaider sa cause mais Danziger avait habilement retourné la situation. Elle s'était lourdement trompée en prenant ce type pour un simple homme de paille, un crétin installé à ce poste par le Président à l'initiative de Halliday. La réalité était bien différente et bien plus inquiétante.

Tandis qu'elle s'éloignait de la scène du désastre, elle se jura de ne jamais refaire ce genre d'erreur.

L'homme au téléphone avait eu raison sur un point : l'entrepôt dans les faubourgs de Moscou ressemblait à s'y méprendre à tous ceux qui l'entouraient, bien alignés en rangs d'oignons. Boris Karpov, caché dans l'ombre en face de la porte d'entrée, vérifia l'adresse qu'il avait prise en note durant sa conversation téléphonique avec l'homme qui s'était présenté comme Leonid Arkadine. Oui, c'était bien ici. Il se tourna et fit signe à ses hommes, tous lourdement armés, équipés de gilets pare-balles et de casques anti-émeute. Cet endroit puait le traquenard à plein nez. Karpov ne s'y serait jamais rendu seul, même armé jusqu'aux dents. Pas question de mordre à l'hameçon, surtout quand c'était Dimitri Maslov qui tenait la canne à pêche.

Alors pourquoi y aller ? se demanda-t-il pour la centième fois depuis le coup de fil. Parce que si, par chance, cet homme était effectivement Leonid Danilovitch Arkadine et s'il disait la vérité, c'eût été une grave erreur que d'ignorer cette piste. Depuis des années, le FSB-2, et Karpov le premier, cherchait à coincer la Kazanskaïa en général et Maslov en particulier. Sans grand succès.

Son supérieur immédiat, Melor Bukine, l'homme qui l'avait débauché du FSB et promu colonel avec une charge de commandement, lui avait donné mandat exprès de traduire Dimitri Maslov et la Kazanskaïa en justice. Ayant assisté à l'ascension météorique de Viktor Cherkesov, Karpov était déterminé à ne pas lâcher prise. Cherkesov avait transformé le FSB-2, une agence antidrogue à l'origine, en force de sécurité nationale capable de rivaliser avec le fameux FSB lui-même. Ami d'enfance de Cherkesov – ce qui en Russie constituait un énorme avantage – Bukine était devenu son bras droit, par-dessus le marché. Et comme Karpov était son protégé, il l'avait aidé à progresser vers le sommet de la pyramide.

Bukine était au téléphone quand Karpov lui avait annoncé où il allait et pour quoi faire. Il l'avait écouté d'une oreille distraite avant de lui accorder une hâtive bénédiction.

Karpov venait de déployer son escadron autour de la cible. À la tête de ses troupes, il lança l'assaut frontal sur l'entrepôt. Sur un geste de sa part, la serrure de la porte d'entrée fut fracturée à coups de fusil. Ils entrèrent. Karpov envoya ses hommes patrouiller par petits groupes dans les allées séparant les caisses empilées. La journée de travail était terminée depuis belle lurette. Normalement, il n'y avait personne sur les lieux. Ils constatèrent que c'était bien le cas.

Quand tous ses hommes se furent signalés, Karpov ouvrit la marche en direction des toilettes puisque tel était le lieu annoncé par l'homme au téléphone. Il vit la rangée d'urinoirs sur la gauche et, en face, les cabines. Les membres de l'escadron les ouvrirent à coups de pied. Elles étaient inoccupées.

Karpov s'arrêta devant la dernière et défonça la porte. Comme indiqué, il n'y avait pas de cuvette, juste une autre porte dans le mur du fond. Karpov sentit son estomac se nouer. Il fit sauter la serrure d'une rafale d'AK-47, finit d'ouvrir le battant d'un coup d'épaule et se retrouva dans une autre pièce. Au fond, une échelle métallique donnait accès à un bureau.

Il n'y avait personne dans ce bureau. Les téléphones avaient été arrachés du mur, les armoires à dossiers, les tables étaient renversées, les tiroirs ouverts. Visiblement ses occupants avaient tout détruit avant de partir en toute hâte. Il pivota lentement sur lui-même. Son regard exercé analysa tout ce qui se trouvait là. Sauf qu'il n'y avait rien à voir.

Après vérification auprès de ses hommes, il comprit la raison de son angoisse : personne n'était entré ni sorti de l'entrepôt depuis qu'ils y avaient mis les pieds.

« Merde ! »

Karpov appuya son imposant fessier sur le coin d'un bureau. L'homme au téléphone avait dit vrai du début jusqu'à la fin. Il lui avait demandé de ne prévenir personne, au risque d'éveiller les soupçons de Maslov. L'homme était donc certainement Leonid Danilovitch Arkadine.

La Rolls-Royce garée devant l'immeuble était gigantesque, une automobile version jurassique, et sa carrosserie métallisée brillait comme une locomotive d'acier. Lionel Binns s'en approcha et ouvrit la portière arrière, côté trottoir. Lorsque Moira se pencha pour monter, une bouffée d'encens roula vers elle. Elle s'assit sur la banquette en cuir pendant que l'avocat refermait la portière.

Peu à peu, ses yeux s'adaptèrent à la pénombre. Elle était assise à côté d'un homme de taille imposante avec une peau couleur châtaigne et des yeux sombres comme un puits sans fond. Ses épais cheveux bruns légèrement ondulés et sa grosse barbe bouclée lui donnaient l'air d'un roi assyrien. Nabuchodonosor. À présent, elle s'expliquait mieux le thé à la cardamome. L'homme était arabe. Elle prit le temps de l'examiner. Son costume occidental drapait ses épaules et sa poitrine à la manière d'une tenue berbère.

80

« Merci d'être venue, dit-il d'une voix puissante qui se répercuta sur le placage en châtaignier tapissant l'habitacle. Merci d'avoir eu confiance. »

Son accent était presque guttural mais son anglais parfait.

Un moment après, le chauffeur caché derrière un panneau de bois poli démarra en direction du sud.

« Vous êtes le client de monsieur Binns, n'est-ce pas ?

— Effectivement. Je m'appelle Jalal Essai, et j'habite au Maroc. »

C'était bien cela. Un Berbère.

« Et votre ordinateur portable a été volé.

— C'est exact. »

L'épaule droite de Moira reposait contre la portière. Soudain, elle frissonna. On aurait dit que la forte présence de cet homme modifiait l'espace autour de lui, répandant l'obscurité et le froid jusque dans le corps de Moira. Elle voulut reprendre son souffle mais ne parvint qu'à claquer des dents. L'air frémissait à la manière d'un mirage dans le désert.

« Pourquoi moi ? Je n'ai toujours pas compris.

— Madame Trevor, vous possédez certains… comment dire… talents qui, je pense, me permettront de récupérer mon bien.

— De quels talents parlez-vous ?

— Vous avez combattu Black River et la NSA. Et vous avez gagné. Pensez-vous qu'il existe un seul détective privé ayant ce genre de palmarès à son actif ? »

Il se tourna vers elle et lui montra deux rangées de dents d'un blanc étincelant. Elle observa son visage tanné au front plat, aux pommettes saillantes, ses yeux enfoncés dans les orbites, ses paupières de faucon.

« Inutile de répondre, ce n'était pas une question.

— D'accord. Alors c'est moi qui vais vous en poser une : croyez-vous que les services secrets aient trempé dans ce vol ? »

Essai prit le temps de réfléchir à sa réponse. Pourtant Moira avait la nette impression qu'il la connaissait déjà.

« C'est possible, dit-il enfin. C'est même probable. »

Moira croisa les bras sur sa poitrine comme pour se protéger des vagues d'énergie sombre qui émanaient de lui. Elle n'avait jamais rien connu de tel. Elle avait l'impression d'être assise à côté d'un accélérateur de particules.

« Désolée mais non », fit-elle en secouant la tête pour souligner son refus.

Essai ne réagit pas. On aurait dit que rien de ce qu'elle disait ou faisait ne le surprenait.

« En tout cas, ceci est pour vous. »

Il lui tendit une enveloppe kraft. Moira l'examina avec une impression de malaise, presque de crainte enfantine. C'était tellement étrange. Elle se sentait comme Ève devant la pomme de la connaissance. Ses mains bougèrent toutes seules. Elle prit l'enveloppe.

« Je vous en prie. Il n'y a pas de piège, dit Essai. Soyez rassurée. »

Elle hésita encore un instant puis l'ouvrit. À l'intérieur, elle découvrit une photo de surveillance montrant l'un des cadres qu'elle avait débauchés de chez

Black River. L'homme conversait avec un membre de la NSA, le directeur des opérations sur le terrain.

« Tim Upton ? C'est lui la taupe de la NSA ? Ce n'est pas une photo truquée, n'est-ce pas ? »

Comme Essai ne répondait pas, elle lut le papier qui accompagnait le cliché. Y étaient mentionnés les dates et les lieux de rendez-vous entre Upton et divers agents de la NSA. Elle poussa un profond soupir, s'enfonça dans son siège et referma lentement l'enveloppe.

« Extrêmement généreux de votre part. »

Essai haussa les épaules comme pour dire « ce n'est rien ». Puis, sur un signal invisible, la Rolls ralentit et se gara le long du trottoir.

« Au revoir, madame Trevor. »

Moira allait saisir la poignée pour sortir quand elle se retourna vers le roi barbu.

« Dites-moi un peu pourquoi cet ordinateur a tant d'importance pour vous. »

Essai la gratifia d'un sourire aussi lumineux qu'un phare dans la nuit.

4

Bourne débarqua à Londres par une matinée pluvieuse. Les volutes de crachin qui tourbillonnaient sur la Tamise enveloppaient Big Ben d'un cocon opaque. Le ciel bas et lourd pesait sur les gratte-ciel de la City. L'air empestait le pétrole et la poussière de charbon ; peut-être s'agissait-il d'une pollution industrielle transportée par le vent.

Suparwita lui avait donné l'adresse de Noah Perlis. C'était le seul indice qui restait de sa période londonienne. Assis à l'arrière du taxi qu'il avait pris à l'aéroport de Heathrow, Bourne regardait le paysage défiler sans rien voir de particulier. En ce moment, il avait l'impression d'oublier des pans entiers de ce qu'avait été sa vie avant son amnésie puis, sans prévenir, comme une claque en pleine figure, un fragment de mémoire refaisait surface et lui rappelait ce dont il était privé, ce qu'il ne récupérerait jamais. Quand ce genre de chose arrivait, il se sentait amoindri, comme un homme à qui l'on aurait dérobé la moitié de son existence, un homme vivant auprès d'une ombre qu'il n'arrivait ni à voir ni même à sentir. Pourtant elle était bien là, cette partie cachée de lui-même. Parfois, il parvenait à l'effleurer mais ces expériences fugaces débouchaient sur une plus grande frustration.

À Bali par exemple, lorsqu'il avait recherché Suparwita, quelques semaines auparavant, un souvenir lui était revenu. Il était monté jusqu'au premier temple du Pura Lempuyang et s'était tenu à l'endroit qu'il avait vu en rêve. Ce lieu, il le connaissait. C'était là qu'il avait rencontré Holly Marie Moreau et c'était là qu'elle était morte des suites d'une chute dans le grand escalier de pierre. Dans son souvenir, il avait assisté à la scène mais de si loin qu'il n'avait rien pu faire pour l'aider. Plus tard, il avait découvert que Noah Perlis l'avait poussée, tapi dans l'ombre du grand portail sculpté.

L'appartement de Perlis se trouvait à Belgravia, dans l'ouest de Londres, entre Mayfair et Knightsbridge. À l'époque moderne, cette vieille maison de négociants avait été divisée en lots séparés. Le bâtiment d'un blanc éclatant comportait une vaste terrasse surplombant une place arborée. Avec ses splendides villas blanches, ses ambassades et ses hôtels chic, Belgravia était un joli quartier où il faisait bon flâner.

La serrure de la porte du bas s'ouvrit aussi facilement que celle de l'appartement lui-même, situé au premier étage. Bourne pénétra dans un salon de belles dimensions, meublé au goût du jour, probablement par quelqu'un d'autre que Perlis. De son vivant, Perlis était trop occupé pour consacrer du temps à la décoration d'intérieur. Malgré le retour du soleil, l'ambiance était aussi froide et sinistre que dans un lieu abandonné. Bourne sentit une légère vibration chatouiller ses sens, comme si des particules de Perlis flottaient encore dans l'air. Mais ce n'était que le murmure du vent qui s'infiltrait par les vieilles boiseries des fenêtres et le lent fourmillement des grains de poussière flottant dans les rais de lumière.

Le style de l'endroit avait beau être résolument masculin – canapé en cuir couleur whisky, boiseries massives, papiers peints de couleur sombre –, Bourne décela une touche féminine dans certains accessoires, comme le candélabre en étain avec ses bougies ivoire à demi consumées, les lampes marocaines délicatement spiralées, les carreaux de faïence mexicains dans la cuisine, aussi irisés que le plumage d'un oiseau tropical. Mais c'était dans la salle de bains que cette impression était la plus forte. Son carrelage rétro, mêlant le rose et le noir, avait été choisi par une femme. Pendant qu'il était là, il regarda derrière le réservoir des toilettes puis en souleva le couvercle pour voir si Perlis n'aurait pas caché quelque chose à l'intérieur. C'était sa planque favorite. N'ayant rien trouvé, il passa dans la pièce qui l'intéressait le plus, la chambre. C'était dans les chambres que les gens – même les plus professionnels et les plus obnubilés par la sécurité, comme Perlis – avaient tendance à dissimuler leurs affaires personnelles, des objets qui, une fois découverts, en disaient long sur le personnage. Il commença par le placard et ses rangées de pantalons et de vestes noirs ou bleu marine – pas de costume –, tous à la pointe de la mode. Qui donc lui achetait ses vêtements ? Il repoussa les cintres, tapota le mur du fond pour vérifier s'il sonnait creux, et ne trouva rien. Il fit la même chose sur les cloisons latérales puis souleva les chaussures, une paire après l'autre. Aucune cachette creusée dans le plancher. Puis il ouvrit les tiroirs en passant la main sous chacun d'eux, au cas où Perlis y aurait scotché quelque chose. Dans celui du bas, il trouva un Glock bien entretenu et chargé. Bourne l'empocha.

Finalement, il s'occupa du lit dont il souleva le matelas. Un sommier était susceptible de cacher des papiers, des photos, des clés USB ou un compartiment secret contenant toutes ces choses. Glisser des objets de valeur sous un sommier était un réflexe enfantin, mais c'était précisément la raison pour laquelle on le faisait. Les vieilles habitudes avaient la peau dure. Il déplaça le sommier, le sortit de son armature de métal, le fit basculer mais ne trouva rien. Alors, il remit tout en place, s'assit au bord du lit et se mit à contempler les sept photographies posées sur la commode. Elles étaient alignées de telle façon que Perlis en s'endormant ne pouvait éviter de les voir. Même chose le matin quand il se réveillait.

Perlis figurait sur toutes sauf une. On le voyait avec Holly Marie Moreau, lors d'une promenade à Hyde Park. Ils s'étaient arrêtés devant l'estrade improvisée d'un prédicateur et Noah avait dû demander à quelqu'un dans la foule de prendre la photo. Sur une autre – sans doute prise au retardateur – ils faisaient du bateau, sur la Tamise sans doute. Holly riait. Noah avait dû dire une plaisanterie. Elle paraissait à son aise, ce que Bourne trouva profondément déconcertant, connaissant Perlis et la fin tragique de leur histoire.

La troisième photo montrait Noah épaule contre épaule avec un beau jeune homme en costume dernier cri, à la peau sombre et aux traits exotiques. Quelque chose dans son visage lui parut familier, comme s'il l'avait croisé autrefois, avant son amnésie. Sur le cliché suivant, les deux hommes n'étaient plus seuls mais accompagnés de deux jolies femmes, dans un night-club londonien branché. En arrière-fond, on voyait des tables de jeu sur lesquelles les parieurs se penchaient avec excitation. Bourne regarda plus précisément leurs charmantes compagnes, à demi cachées derrière eux, légèrement floues. Quand il reconnut Holly... et Tracy, il eut un choc. Bourne avait rencontré Tracy un mois plus tôt, dans un avion pour Séville. Ils étaient devenus amis et associés pendant leur voyage vers Khartoum où elle était morte dans ses bras. Ensuite, il avait découvert qu'elle travaillait pour Arkadine.

Tracy, Perlis, Holly et le jeune homme inconnu formaient donc un groupe soudé. Quel étrange caprice du hasard les avait-il rassemblés et poussés à se lier d'amitié ?

Le cliché suivant était un portrait du jeune homme. Il regardait l'appareil avec un mélange de suspicion et d'amusement sardonique, un sourire moqueur que seuls les gosses de riches savaient manier, soit comme une arme, soit comme un leurre. Sur la septième et dernière photo figuraient trois personnages : Perlis, le jeune homme et Holly Marie Moreau. Où était passée Tracy ? C'était sans doute elle qui tenait l'appareil. Ou peut-être était-elle partie pour l'un de ces innombrables voyages. Les bougies d'un gâteau alambiqué éclairaient leurs visages par-dessous. C'était l'anniversaire de Holly. Elle se tenait entre les deux hommes, légèrement penchée, une main retenant ses longs cheveux, les joues gonflées, prête à souffler. Son regard lointain disait qu'elle réfléchissait au vœu qu'elle allait faire. Elle semblait très jeune et innocente.

De nouveau, Bourne considéra les cadres alignés puis se leva et en prit un au hasard. Collé derrière la photo d'anniversaire, il trouva un passeport au nom de Perlis. Il le mit dans sa poche et reposa la photo encadrée sans la quitter des yeux. Qui était vraiment Holly Marie Moreau ? Comment Perlis l'avait-il rencontrée ? Avaient-ils été amants, ou juste amis ? S'était-il servi d'elle ? Ou elle de lui ? Il se passa la main dans les cheveux et se massa le cuir chevelu comme pour stimuler son cerveau. La panique l'envahit soudain ; il se sentait flotter dans un petit canot dérivant sur une mer nappée de brouillard, sans la moindre visibilité. Il avait beau se creuser la tête, il ne se rappelait pas l'époque où ils avaient été ensemble. S'il n'y avait eu ce rêve persistant dans lequel il la voyait mourir à Bali, il aurait perdu tout souvenir d'elle. Cette amnésie cauchemardesque finirait-elle un jour ? Bourne reconnaîtrait-il enfin toutes ces personnes qui surgissaient des brumes du passé pour le contempler tels des fantômes évanescents ? Habituellement, il gardait ses émotions sous le boisseau mais aujourd'hui, c'était différent, et il savait pourquoi : il sentait encore le corps de Tracy peser entre ses bras, il revoyait la mort l'emporter. Avait-il tenu Holly de la même façon, le jour où elle s'était fracassée au pied de cet escalier abrupt, dans le temple balinais ?

Il se rassit au bord du lit, recroquevillé. Dans le gouffre de ses souvenirs, il discernait les silhouettes des gens qui l'avaient côtoyé pour disparaître ensuite – à cause de lui ? À cause de leurs liens d'affection ? D'amour ? Il avait aimé Marie, la question ne se posait pas. Mais qu'en était-il de Tracy ? Pouvait-on s'attacher à quelqu'un en quelques jours, en une semaine ? Pour savoir si l'on aimait vraiment, il fallait plus de temps. Et pourtant l'image de Tracy restait imprimée dans son esprit, vibrante et infiniment triste. Il aurait voulu la toucher, lui parler, mais c'était impossible. Il se frotta les yeux. Et voilà qu'à présent, la même question se posait pour Holly. Avait-elle marché à ses côtés ? Avait-elle ri avec lui comme elle riait avec Perlis, sur la photo ? Il ne le saurait jamais. Il ne se rappelait d'elle que cette chute sur les marches du temple, une chute infinie… mortelle. Et comme si l'histoire n'en finissait pas de se répéter, il se retrouvait de nouveau seul, loin de Moira. Pour la bonne raison qu'il refusait d'imposer à la jeune femme le destin de toutes celles qui avaient tenté de partager son intimité. Seul, toujours et à jamais…

Tracy avait frissonné contre lui puis murmuré :

« *Jason, je ne veux pas être seule.*

— *Tu n'es pas seule, Tracy.* » Il avait déposé un baiser sur son front. « *Je suis là, avec toi.*

— *Oui, je sais, c'est bon, je te sens près de moi.* »

Juste avant de s'éteindre, elle s'était mise à ronronner comme un petit chat repu.

Les rideaux de l'appartement de Noah Perlis frémirent. Un rire rauque s'écoula des lèvres de Bourne. Holly avait-elle prononcé elle aussi la phrase que Tracy avait murmurée avant de mourir ? *Les secrets sont si lourds à porter quand vient notre dernière heure*. Tracy ignorait sans doute que, pour un amnésique comme lui, chaque heure recelait des secrets plus lourds que la précédente. Des secrets qui le dévoraient vivant à force d'en rechercher la clé. Tracy lui manquait. Cette sensation avait l'acuité d'une lame s'enfonçant entre ses côtes. Il poussa un profond soupir. Les rideaux bruissaient dans le courant d'air qui filtrait par la fenêtre entrouverte. Tracy posa sur lui ses grands yeux bleus, éclairés par un sourire aussi radieux que celui de Suparwita. Son rire s'égrena dans la brise, le dos de sa main caressa la joue de Bourne, rafraîchit sa chair.

Bien qu'ils n'aient passé que quelques jours ensemble, ils les avaient vécus intensément. Ils avaient lutté côte à côte, s'étaient accrochés à la vie. Quand rien d'autre ne compte que rester vivant, quand la mort vous guette à chaque tournant, une compagne de voyage vous devient aussi chère qu'une amie d'enfance.

Tracy avait touché son point faible, une zone à la fois bien cachée et lourdement défendue. Elle s'était insinuée à l'intérieur de lui et s'y trouvait encore.

Sa voix résonnait dans sa tête. Elle répétait les paroles de la nuit ayant précédé sa mort : « *Je vis à Londres, à Belgravia. Si vous voyiez mon appartement – il est minuscule, mais il est à moi et je l'aime. Dans l'allée privative qui passe derrière, j'ai planté un poirier où un couple d'hirondelles vient nicher au printemps. Un engoulevent me chante la sérénade presque tous les soirs.* »

Il inspira. Tracy et Perlis habitaient Belgravia tous les deux. Était-ce vraiment une coïncidence ? Bourne ne croyait pas aux coïncidences, surtout avec ce petit groupe de gens : Tracy, Holly, Perlis, les Hererra, Nikolaï Ievsen, Leonid Arkadine. Perlis et Ievsen étaient morts, Tracy et Holly aussi ; quant à Arkadine, il était Dieu seul sait où. Ne restaient que les Hererra, père et fils. Les deux derniers astres de cette petite constellation.

Qui était le jeune homme au sourire moqueur ? Il l'avait déjà vu. Mais où ? Ce visage lui était familier mis à part un détail subtil mais agaçant. Il l'avait peut-être connu quand il était beaucoup plus jeune… ou plus vieux ! Mû par une impulsion irrépressible, il retira le fond cartonné de la photo. Une petite clé était collée au verso. Il la prit. Par sa taille, elle devait correspondre au casier d'une consigne dans une gare ou un aéroport, ou bien… Il examina l'étiquette en papier retenue par un fil de fer et marquée d'une série de chiffres tracés à la main. Un coffre-fort. Il retourna la clé pour mieux voir le logo gravé au verso. Deux lettres entrelacées : AB.

Tout s'éclairait. Le jeune homme n'était autre que Diego Hererra, fils et héritier de Don Fernando Hererra, acteur majeur dans le trafic d'armes monté par feu Nikolaï Ievsen, le légendaire marchand d'armes que Bourne avait tué le mois précédent. Aux yeux du monde, Don Hererra était le grand patron de la banque Aguardiente Bancorp – AB – dont il avait confié à son fils Diego la direction de la succursale londonienne.

Ainsi, Noah Perlis et Diego Hererra étaient amis et ils connaissaient Holly. Bourne reprit la photo de l'anniversaire de Holly et détailla tous les visages. Leurs yeux brillaient, ils semblaient heureux. Perlis et

Holly avaient été amis et pourtant Perlis avait tué Holly. Cette expression de tendre complicité... et ensuite un meurtre.

Soudain, il eut un coup au cœur. Cette constellation ne lui était pas si étrangère. Il en faisait partie. D'après Suparwita, Holly avait reçu l'anneau de son père, Perlis l'avait tuée pour l'obtenir et maintenant, c'était lui, Bourne, qui le possédait. Lentement, il sortit la bague de sa poche et la fit rouler entre ses doigts. Que signifiaient ces mots gravés ?

Sur la photo, les trois amis – Perlis, Diego, Holly – le regardaient en se moquant. Sur quelles bases leur amitié était-elle fondée ? Avaient-ils formé un couple à trois, liés par une attirance physique qui aurait fini par lasser Perlis ? Ou bien Perlis s'était-il rapproché de Holly pour une raison bien particulière ? Et quelles relations ces trois-là entretenaient-ils avec Tracy ? Il y avait là quelque chose qui lui échappait. Un détail à la fois intime et repoussant. Pourtant, une chose était sûre : pour éclaircir le mystère de l'anneau, il lui faudrait d'abord expliquer ce qui avait soudé le destin de ces quatre personnes.

Un certain Coven – le directorat des opérations de la CIA le connaissait sous ce nom – avait débarqué à Bali au moment où Bourne en partait. Il avait donc fait demi-tour, direction Londres. Au volant de sa voiture de location, les jumelles collées aux yeux, il surveillait la fenêtre de l'appartement de feu Noah Perlis, à Belgravia. Profitant d'un mouvement des rideaux, il tenta d'apercevoir qui était derrière. Sur ses genoux s'étalait un document PDF tiré du dossier de Perlis. À présent, il en savait autant que la CIA sur ce monsieur – ce qui se résumait à bien peu de choses, il fallait bien l'avouer. Coven se demandait pourquoi Jason Bourne s'intéressait tant à Perlis. À l'origine, il avait reçu pour mission d'arrêter Bourne et de le ramener à Washington, menottes aux poignets. Mais depuis qu'il avait demandé à consulter le dossier de Perlis, Coven hésitait. Apprenant sa démarche, le DCI Danziger avait voulu lui tirer les vers du nez. En quoi le cas Perlis concernait-il un exécuteur comme Coven ? En temps normal, il ne fourrait pas son nez dans les décisions de ses chefs. Il préférait accomplir son sale boulot aussi vite et discrètement que possible avant de s'éclipser sans poser de questions. Mais cette affaire-là était différente, encore qu'il n'aurait su dire en quoi. Dès que le DCI Danziger en personne avait pris le dossier en main, Coven avait flairé l'embrouille. Puis, quand il avait modifié son ordre de mission en plein cours, ses soupçons avaient grandi au même rythme que sa curiosité. Désormais, Coven était officiellement chargé de découvrir la connexion entre Bourne et Perlis, avant même de ramener Bourne à Washington.

Il était midi mais il faisait sombre. D'abord les nuages bas crachèrent une bruine diffuse, puis la vraie pluie se mit à moucheter les trottoirs, courir le long des caniveaux, tambouriner sur le toit et le pare-brise de la voiture, repeignant le monde en gris sale.

Le changement de personnes à la tête de la CIA ne lui avait fait ni chaud ni froid. Pour Coven, une exécution était une exécution. Son boulot à lui n'avait strictement rien à voir avec les tendances politiques à l'intérieur du district. Il continuerait à le faire quel que fût l'individu qui tirait les ficelles là-haut. Mais le revirement de Danziger l'avait poussé à considérer la situation sous un autre angle ; les ordres qu'il venait de recevoir lui semblaient fort peu professionnels, voire carrément néfastes.

Coven plissa les yeux pour mieux voir à travers la pluie Bourne émerger du bâtiment. Il se demandait ce que Danziger avait derrière la tête. Tous les DCI avaient leurs manières à eux de procéder mais ce type-là faisait tache. Il venait d'ailleurs, n'avait jamais exercé dans les rangs de la CIA et ne méritait donc ni sa considération ni sa loyauté. Les hommes comme Coven risquaient leur vie sur le terrain vingt-quatre heures sur vingt-quatre et voilà que cet intrus se permettait de lui expliquer comment faire son boulot. Cette attitude l'énervait au plus haut point. Par conséquent, lorsqu'il aperçut Bourne sur le trottoir, il décida d'agir à sa guise sans tenir compte de Danziger et de ses intentions secrètes. Si Bourne détenait effectivement un objet que Danziger convoitait, Coven le trouverait et le garderait.

« Toute l'histoire de ma famille tient dans cet ordinateur portable, dit Jalal Essai.

— Je comprends d'autant moins que Black River et la NSA s'y intéressent, rétorqua Moira.

— C'est normal. »

Essai soupira en se rencognant dans son siège. Ils étaient attablés à la terrasse intérieure du Caravansérail, le petit hôtel-boutique qu'Essai possédait en

Virginie. Sur trois côtés, l'espace était cerné par des murs de briques couverts de lierre ; par le quatrième, il communiquait avec la salle du restaurant via de grandes portes-fenêtres.

On leur avait servi du thé à la menthe pour accompagner un menu succulent uniquement composé de produits du marché. Pourtant Moira ne s'intéressait qu'à son hôte. Il semblait plus détendu à présent, peut-être parce qu'elle allait accepter sa proposition, ou parce qu'ils se trouvaient dans un environnement sur lequel il exerçait un contrôle total. Le restaurant couvert était occupé aux deux tiers tandis que sur la terrasse dallée, ils étaient seuls. Une véritable escadrille de serveurs se tenait prête à réagir aux moindres désirs du patron. Il y avait quelque chose de typiquement oriental dans le style de cet endroit. On se serait facilement cru ailleurs qu'aux USA. Dans un pays très différent.

« Je pourrais mentir mais j'ai trop de respect pour vous, reprit Essai en trempant les lèvres dans son thé. L'histoire de ma famille intéresse – je dirais même passionne – certains membres de votre gouvernement, ainsi que quelques individus et organisations appartenant au secteur privé.

— Comment cela se fait-il ? s'enquit Moira. Je vous en prie, soyez plus précis.

— Dès que je vous ai vue, j'ai su que vous alliez me plaire, et j'avais raison, fit Essai dans un sourire.

— Avez-vous parié avec monsieur Binns ? »

Le rire d'Essai vibra comme un coup de gong.

« Notre monsieur Binns vous en a donc parlé ? »

Moira nota le *notre* mais décida de l'ignorer pour l'instant.

« Revenons-en aux fondamentaux. »

Essai reprit une gorgée de thé. Comme la plupart des Arabes, il s'exprimait par circonlocutions, estimant que, dans une conversation, les chemins détournés permettaient aux deux parties d'accroître leur connaissance de l'affaire qu'elles s'apprêtaient à conclure. Moira négligea ce point de détail. En revanche, elle n'appréciait guère que Binns et Essai aient touché son point faible. On venait de la noyer sous un flot de révélations ; maintenant, elle avait besoin de regagner du terrain en contrôlant le rythme et le déroulé de leur entretien.

« Cette affaire a quelque chose à voir avec Noah, n'est-ce pas ? dit-elle de manière impromptue. J'ai travaillé pour lui chez Black River et je sais qu'il était impliqué dans cette histoire d'ordinateur. Raison pour laquelle vous m'avez choisie. Exact ? »

Essai la regarda dans les yeux.

« Vous êtes la personne idéale pour ce boulot et ce pour plusieurs raisons, comme je vous l'ai déjà dit. L'une d'elles est votre relation avec Noah Perlis, en effet.

— Qu'est-ce que Noah a fait ? C'est lui qui a volé l'ordinateur ? »

Essai étudiait le menu.

« Je vous recommande la sole de Douvres. Elle est bien fraîche aujourd'hui, fit-il en posant sur elle un regard grave. Elle est servie avec un authentique couscous marocain.

— Alors je ne peux pas refuser.

— Splendide ! »

Il semblait sincèrement ravi. Quand il se tourna, un serveur attendait déjà sur sa droite. Il passa commande puis lui restitua les menus. Une fois seul avec Moira, Essai joignit les doigts et poursuivit sur le même ton :

« Votre défunt, et j'imagine peu regretté, patron monsieur Perlis était extrêmement impliqué. »

Moira se pencha en avant malgré elle.

« Et ? »

Essai haussa les épaules.

« Nous n'irons pas plus loin avant que notre accord soit entériné. Acceptez-vous ou non de retrouver mon ordinateur portable ? »

Moira avait l'impression de contempler la scène d'en haut, comme si elle était sortie de son corps. Elle pouvait dire non, c'était encore possible, mais curieusement elle tenait à cette mission. Elle avait besoin de travailler, elle avait besoin d'une ouverture vers l'avenir. En plus, les informations fournies par cet homme sauveraient sans doute sa société de la ruine.

« Très bien, s'entendit-elle dire. Mais je veux le double de mes honoraires habituels.

— C'est entendu, lâcha Essai comme s'il avait attendu cette réponse depuis le départ. Je suis très content, madame Trevor. Je vous remercie du fond du cœur.

— Vous me remercierez quand je vous aurai rendu votre ordinateur, répliqua-t-elle. Et maintenant parlons de Noah.

— Votre monsieur Perlis était une sorte de poisson pilote. C'est-à-dire qu'il profitait des initiatives d'autrui. Mais je ne vous apprends rien, n'est-ce pas ? », ajouta-t-il en écartant les mains.

Moira fit non de la tête.

« Comme d'habitude, monsieur Perlis est entré dans le jeu un peu tard », reprit Essai.

Une alarme résonna sous le crâne de Moira.

« Comment cela, un peu tard ?

— C'est la CIA qui convoitait mon ordinateur. Elle était prête à tout pour s'en emparer. Enfin, pas vraiment la CIA. Disons plutôt le petit DoN…

— DoN ?

— Dead of Night, expliqua Essai. Vous ne connaissez pas cette appellation ? » D'un geste de la main, il lui signifia que ce n'était pas grave. « Le DoN, plus connu sous le nom de Treadstone.

— Alex Conklin voulait votre ordinateur ? articula Moira, sidérée.

— C'est exact. »

Les hors-d'œuvre apparurent. Essai se redressa sur son siège. Le serveur déposa la salade de crevettes servies avec les têtes, et s'éclipsa sans un mot.

« Et c'est lui qui a monté l'attaque ?

— Oh non, pas Conklin ! »

Essai attrapa la fourchette avec sa main droite et passa quelques secondes à séparer méthodiquement les têtes des corps. Puis soudain il leva les yeux et, une crevette encore empalée sur les pics de sa fourchette, la foudroya du regard. D'instinct, Moira recula comme pour échapper au feu de ses prunelles.

« C'est votre ami Jason Bourne qui s'est introduit chez moi. Il a violé mon foyer, le lieu où ma famille mange, dort, rit. »

Le temps se figea. Le cœur de Moira cessa de battre. Elle identifia son malaise : cet instant nauséeux ressemblait à la seconde qui précède l'accident, quand les freins lâchent, que vous perdez la maîtrise de votre véhicule et que vous voyez surgir une autre voiture en face.

« Le lieu où mon épouse coud mes vêtements, où ma fille pose sa tête sur mes genoux, où mon fils apprend à devenir un homme. » Un sombre trémolo fit vibrer sa voix. Il poursuivit sur le même ton vengeur : « En volant mon ordinateur, Jason Bourne a foulé aux pieds tous les principes sacrés qui constituent mon existence. »

Il brandit sa crevette à la manière d'un étendard sur un champ de bataille avant d'achever :

« Et maintenant, madame Trevor, c'est vous qui allez me le rendre. »

5

La City de Londres s'étend sur un peu moins de
deux kilomètres carrés et constitue le centre historique
de la ville. À l'époque médiévale, Londres, Westminster et Southwark formaient une seule entité, protégée par une muraille défensive édifiée par les
Romains au IIe siècle. Tout autour, la métropole
moderne projetait ses nombreux bras comme une araignée étirant sa toile. La banque d'affaires Aguardiente
Bancorp possédait une seule et unique agence sur
Chancery Lane, au nord de Fleet Street. Par ses larges
et majestueuses fenêtres donnant au sud-ouest, Bourne
imaginait le Temple Bar, la porte historique qui, un
siècle plus tôt, reliait le centre financier de la City à
Westminster, le siège politique de Londres. Sur le
Temple Bar, ainsi nommé à cause de la Temple
Church, ancien foyer des Chevaliers du Temple, trô-
naient un griffon et deux dragons de pierre. Bien évi-
demment, Bourne avait pris l'apparence de Noah
Perlis. Pour cela, il lui avait suffi de quelques emplettes
dans une boutique d'accessoires de théâtre, à Covent
Garden.

Les espaces intérieurs de la banque alliaient le granit au marbre noir, la sobriété de ce décor convenant parfaitement à une institution qui comptait parmi ses clients de nombreuses sociétés multinationales. Son plafond voûté comme une nef d'église était si haut perché qu'il paraissait aussi brumeux que le ciel dehors – lequel, ayant déversé son fardeau aqueux, stagnait au-dessus de la ville comme les corbeaux de la Tour de Londres. Bourne traversa le grand hall en direction du comptoir des coffres où un gratte-papier tout droit sorti d'un roman de Charles Dickens l'attendait. Il avait des épaules frêles comme un cintre, un teint cireux et ses petits yeux sombres semblaient avoir vu défiler tous les plaisirs de la vie sans jamais s'arrêter sur aucun.

Bourne se présenta avec les papiers de Perlis. Le personnage de Dickens pinça les lèvres et loucha sur les fins caractères tandis que ses mains cramoisies inclinaient le passeport vers la lumière. Tout à coup, il le referma et articula :

« Un moment, monsieur. » Puis il disparut dans les mystérieuses entrailles de la banque.

Dans la barrière vitrée encadrant le guichet du préposé maladif, Bourne voyait les reflets diffus des personnes qui s'activaient derrière lui – les clients, le personnel de la banque. Son regard tomba sur un visage qu'il avait déjà vu dans la boutique de Tavistock Street, le matin même. La chose ne prêtait guère à conséquence. Quoi de plus normal, en somme ? Mais Bourne – et les quelques individus possédant une expérience et des talents similaires – savait déchiffrer l'intensité d'un regard à la manière dont il glissait et quadrillait l'espace comme s'il suivait les axes d'une carte topographique. Ces yeux-là balayaient le grand hall. L'homme était en train d'évaluer tous les chemins menant à Bourne, les distances jusqu'aux portes de sortie, la position des vigiles, etc.

Un moment plus tard, le Dickens réapparut. Son visage arborait la même expression, aussi hermétiquement fermée que la salle des coffres.

« Par ici, monsieur », annonça-t-il d'une voix proche du gargouillement.

Il ouvrit un panneau dans le mur de marbre et, quand Bourne fut entré, referma avec un léger déclic avant de le conduire entre des rangées de bureaux en bois verni où un bataillon d'hommes et de femmes vêtus de sombre parlaient au téléphone ou recevaient des clients. Personne ne leva les yeux sur leur passage.

Après les bureaux, l'homme gris appuya sur une sonnette, près d'une porte équipée d'un panneau en verre cathédrale ne laissant passer que la lumière. On répondit. La porte s'ouvrit. L'employé s'effaça pour le laisser passer.

« Tout droit, puis à gauche. Le bureau en coin, précisa-t-il avec un petit sourire vicieux. Monsieur Hererra recevra votre requête. »

Même son langage datait. Bourne le remercia d'un signe de tête, tourna à gauche et continua jusqu'au bureau en coin. Il cogna légèrement sur la porte fermée, entendit *Entrez* et s'exécuta.

La grande pièce somptueusement meublée qu'il trouva de l'autre côté offrait une vue stupéfiante sur la City, ses clochers historiques et ses étranges gratte-ciel postmodernes. Le passé et l'avenir se mêlaient de manière intime mais pas toujours harmonieuse, se dit Bourne.

En plus de l'habituel ensemble comprenant bureau, fauteuils, armoires, vitrines, se trouvait un coin salon sur la droite, avec un canapé en cuir et des fauteuils assortis, une table basse en verre et acier, des lampes, et un secrétaire faisant office de bar.

Diego Hererra ressemblait davantage à son père que sur les photos. Voyant Bourne approcher, il se leva et s'avança vers lui, tout sourire.

« Noah, dit-il d'un ton cordial. Te voici de retour ! »

Quand Bourne serra la main qu'on lui tendait, il sentit la pointe d'une lame traverser le tissu de sa veste, au niveau du rein droit.

« Qui es-tu ? », dit Diego Hererra.

Le visage de Bourne n'exprimait aucune émotion.

« Est-ce une manière de se comporter pour un banquier ?

— Je t'emmerde.

— Je suis Noah Perlis, comme mon passeport…

— Ça m'étonnerait beaucoup, répondit Diego Hererra d'une voix monocorde. Noah a été tué à Bali par une ou plusieurs personnes inconnues, il y a moins d'une semaine. C'est toi qui l'as descendu ? »

À ces mots, il appuya un peu plus fort sur le couteau à cran d'arrêt.

« Dis-moi qui tu es ou je te saigne comme un porc à l'abattoir.

— Charmante perspective », ricana Bourne. D'un seul geste, il glissa son bras sous celui qui tenait le couteau et l'immobilisa. Quand le banquier se raidit, il ajouta : « Si vous bougez, je vous casse le bras de telle

104

manière que vous ne pourrez plus jamais vous en servir. »

Les yeux sombres de Diego Hererra étincelaient de colère.

« Espèce d'ordure !

— Du calme, señor Hererra, je suis un ami de votre père.

— Je ne te crois pas.

— Appelez-le, dans ce cas, répondit Bourne en haussant les épaules. Dites-lui qu'Adam Stone est dans votre bureau. »

Le père d'Hererra n'avait certainement pas oublié le pseudonyme sous lequel Bourne s'était présenté à lui, voilà quelques semaines à Séville. Comme Diego Hererra ne semblait pas enclin à obéir, Bourne changea de tactique et opta pour la diplomatie.

« J'étais un ami de Noah. Avant de mourir, il m'a donné certaines instructions au cas où il lui arriverait quelque chose. Je devais me rendre chez lui à Belgravia pour prendre un duplicata de son passeport et la clé du coffre qu'il détenait dans cette banque. Il voulait que je vide son coffre. Je n'en sais pas davantage. »

Diego Hererra n'était toujours pas convaincu.

« Si tu étais son ami, comment se fait-il qu'il ne m'ait jamais parlé de toi ?

— J'imagine que c'était pour vous protéger, señor Hererra. Vous savez aussi bien que moi que Noah avait une vie secrète. Chez lui, tout était nettement compartimenté, même ses amis et ses associés.

— Et ses relations ?

— Noah n'avait pas de relations, rétorqua Bourne.

Leurs rencontres brèves mais intenses à Munich et à Bali le lui avaient laissé deviner.

Diego Hererra grommela. Bourne était sur le point d'ajouter qu'il avait également connu Holly mais son sixième sens l'en dissuada.

« En plus, je connaissais très bien Tracy Atherton », ajouta-t-il.

Cette dernière déclaration sembla affecter Diego Hererra.

« Ah bon ? s'étonna-t-il.

— J'ai assisté à sa mort. »

Le banquier plissa les yeux, un peu rasséréné.

« Alors, dites-moi où ça s'est passé.

— Dans les bureaux d'Air Afrika, répondit Bourne sans la moindre hésitation. Au 779 avenue El Gamhuria, à Khartoum, pour être exact.

— Seigneur, souffla Diego Hererra, vaincu. Quelle affreuse tragédie ! »

Bourne lui lâcha le bras. Hererra referma le cran d'arrêt puis lui indiqua un fauteuil où Bourne s'assit pendant que le banquier se dirigeait vers le bar.

« Je sais, il est encore tôt mais je pense qu'un verre ne nous fera pas de mal.

Il versa trois doigts de tequila Herradura Seleccion Superma dans deux verres de cristal épais, en tendit un à Bourne et s'assit en face de lui. Quand ils eurent savouré la première gorgée, il dit :

« Que lui est-il vraiment arrivé ? Pouvez-vous me le dire ?

— Elle effectuait la livraison d'un tableau, articula Bourne, quand le siège d'Air Afrika a été pris d'assaut par les forces de sécurité russes. Ils recherchaient Nikolaï Ievsen. »

Diego Hererra leva la tête.

« Le trafiquant d'armes ?

— Lui-même. Sa compagnie d'aviation lui servait au transport de la marchandise. »

Les yeux du banquier se voilèrent.

« Pour qui travaillait-elle ? »

Bourne porta le verre à ses lèvres en observant Diego à la dérobée.

« Pour un homme nommé Leonid Danilovitch Arkadine, répondit-il avant d'avaler une autre gorgée de tequila. Le connaissez-vous ? »

Diego Hererra fronça les sourcils.

« Pourquoi cette question ?

— Parce que j'ai l'intention de le tuer. »

Il est vivant, pensa Leonid Arkadine. *Viatcheslav Guermanovitch Oserov n'est pas mort brûlé dans ce couloir d'hôpital à Bangalore. Ce salaud vit toujours.*

La photo de surveillance montrait un homme dont le visage portait une horrible marque de brûlure sur le côté droit. *Mais je l'ai grièvement blessé*, pensa-t-il en touchant sa cuisse en voie de guérison, *ça, c'est sûr.*

Arkadine avait établi ses quartiers dans un vieux couvent, sec et poussiéreux comme un incunable, près de Puerto Peñasco, une ville côtière au nord-ouest de l'État de Sonora. Pour être honnête, tout était sec et poussiéreux à Puerto Peñasco dont les plages de sable blanc baignées par une mer tiède rachetaient à peine la hideuse zone industrielle.

Première raison qui avait guidé son choix : cette ville n'apparaissait guère sur les cartes touristiques. La seconde raison tenait à sa fréquentation. À cette époque de l'année, les étudiants américains franchissaient en masse la frontière de l'Arizona, attirés par le surf, les hôtels avec vue et l'indulgence des forces de police qui fermaient volontiers les yeux pour peu qu'on leur graisse la patte. Au milieu de tous ces gamins en goguette, Arkadine se sentait relativement en sécurité. Même si, par le plus grand des hasards, Oserov et son équipe de choc retrouvaient sa trace, comme à Bangalore, on les verrait arriver à des kilomètres.

Comment Oserov avait-il fait pour le pister jusqu'en Inde ? La chose demeurait un regrettable mystère. Certes, l'ordinateur de Gustavo Moreno était en lieu sûr, il avait pu rétablir la connexion avec le serveur à distance contenant les contrats d'armement, mais il avait perdu une demi-douzaine d'hommes dans l'affaire et, plus grave encore, il ne se faisait plus d'illusions sur la sécurité dont il avait été si fier. Quelqu'un à l'intérieur de son organisation transmettait des informations à Maslov.

Il était sur le point de descendre à la plage quand son téléphone portable sonna. Comme la réception était mauvaise dans ce bled perdu, il resta planté là, à contempler une guirlande de nuages éclairés comme des enseignes au néon par le soleil déclinant.

« Arkadine », dit-il dans le micro.

En entendant la voix de Boris Karpov, il ressentit une certaine satisfaction.

« Aviez-vous gardé votre destination secrète ? » Le silence qui accueillit sa question lui suffit. « Laissez-moi deviner. Il n'y avait personne. Tout avait été nettoyé, reprit-il.

— Qui sont-ils, Arkadine ? Maslov a infiltré mes troupes. Donnez-moi le nom des taupes. »

Arkadine réfléchit un instant pour mieux ferrer le colonel.

« Je crains que les choses ne soient pas aussi simples que cela, Boris Ilitch.

— Que voulez-vous dire ?

— Vous auriez dû y aller seul, vous auriez dû vous fier à moi, répondit Arkadine. À présent, la fin des négociations devient beaucoup plus compliquée.

— Quelles négociations ? demanda Karpov.

— Prenez le prochain vol, poursuivit Arkadine en contemplant le coucher de soleil qui éclaboussait les nuages de couleurs chaudes assez intenses pour blesser les yeux. Et quand vous arriverez à LAX – j'imagine que vous savez ce que c'est…

— Bien sûr. C'est l'aéroport international de Los Angeles.

— Quand vous arriverez à LAX, appelez le numéro que je vais vous donner.

— Mais…

— Vous voulez savoir qui sont les taupes, Boris Ilitch, alors ne pinaillez pas. Faites ce que je vous dis. »

Arkadine coupa la connexion et descendit vers la mer. Les pieds dans l'eau, il se pencha pour retrousser ses bas de pantalon.

« Arkadine n'a peut-être pas tué Tracy de ses propres mains mais il est responsable de sa mort, dit Bourne.

Diego Hererra se rencogna dans son siège, son verre posé en équilibre sur un genou.

« Vous étiez amoureux d'elle, n'est-ce pas ? fit-il d'un air pensif avant de lever la main, paume ouverte. Inutile de répondre, tout le monde succombait au charme de Tracy et pourtant elle ne faisait rien pour cela. »

Il hocha la tête comme s'il conversait avec lui-même.

« Personnellement, je trouve sa mort d'autant plus affreuse. Vous savez, certaines femmes font des efforts désespérés pour qu'on les aime. Elles sont si pathétiques qu'on finit par les fuir. Tracy, elle, était totalement différente. Elle avait… » Il claqua les doigts plusieurs fois. « … Comment dit-on ?

— De l'assurance.

— Oui, mais plus que cela.

— Du sang-froid. »

Diego Hererra réfléchit un instant avant d'acquiescer vigoureusement :

« Oui, c'est cela, elle possédait un sang-froid presque surnaturel.

— Sauf quand elle avait le mal de l'air », répondit Bourne en repensant aux trous d'air pendant le vol Madrid-Séville.

À ces mots, Diego rejeta la tête en arrière et partit d'un grand rire.

« Elle détestait les avions, c'est vrai, mais malheureusement, elle en prenait tout le temps. »

Il avala une autre gorgée de tequila et la fit tourner dans sa bouche avant de l'avaler.

« J'imagine qu'à présent, vous voulez vous acquitter de la mission posthume dont vous a chargé notre ami commun.

— Le plus tôt sera le mieux, j'imagine. »

Bourne se leva et sortit du bureau avec Diego Hererra. Ils parcoururent plusieurs couloirs sombres et silencieux puis descendirent un plan incliné qui aboutissait dans la salle des coffres. Bourne sortit sa clé. Il n'eut pas besoin de lui annoncer le numéro de la boîte parce que le banquier se dirigea droit vers elle. Bourne enfonça sa clé dans l'une des serrures, Diego glissa son passe dans l'autre.

« On compte ensemble jusqu'à trois. »

Ils tournèrent leurs clés et la petite porte de métal s'ouvrit. Diego retira une longue boîte, l'emporta jusqu'aux petites alcôves dont les rideaux tirés s'alignaient le long d'un mur, en choisit une et déposa la boîte sur un petit comptoir.

« À vous de jouer, señor Stone, lança-t-il. Veuillez sonner quand vous aurez fini et je viendrai vous chercher.

— Merci, señor Hererra. »

À son tour, Bourne entra dans l'alcôve, tira le rideau derrière lui et s'assit dans le fauteuil en bois. Pendant un moment, il se contenta d'écouter les pas discrets de Diego Hererra qui s'éloignait. Ensuite, il se pencha et ouvrit la boîte. Elle contenait un petit livre et rien de plus. À première vue, on aurait dit une sorte de journal intime. En fait, il s'agissait d'un carnet de bord dont chaque page était consacrée à un événement particulier, relaté par telle ou telle personne. Quand Bourne déchiffra le premier nom, les poils de ses bras se dressèrent. Involontairement, il regarda autour de lui. Il se savait seul mais ressentait une étrange vibration, comme si une énergie spectrale, maléfique, émergeait du carnet de notes de Perlis, se regroupait à ses pieds comme une meute de chiens affamés.

Leonid Arkadine, Viatcheslav Guermanovitch Oserov – ou Slava, comme Perlis l'appelait –, Tracy Atherton. Le front couvert de sueur, Bourne se mit à lire.

Les pieds dans l'eau salée, les orteils enfoncés dans le sable, Arkadine regardait les filles en deux pièces échancrés et les jeunes gens en shorts longs de surfeurs jouer au volley-ball ou courir sur la plage, à la lisière des vagues, des canettes de bière à la main.

Arkadine ne décolérait pas. Maslov lui mettait de sacrés bâtons dans les roues, mais ce n'était rien à côté d'Oserov. À coup sûr, c'était lui qui avait convaincu Maslov de l'enfoncer dans ce bourbier. Maslov n'était pas homme à rechercher la confrontation directe ; il jouait de prudence, surtout qu'en ce moment, il avait déjà fort à faire pour parer les attaques du gouvernement. Les autorités l'avaient dans le collimateur, elles attendaient juste qu'il commette une erreur. Mais Maslov avait du répondant ainsi qu'un réseau d'amis très dévoués. Jusqu'à présent, il avait réussi à tenir le Kremlin à distance. Enquêteurs, procureurs peinaient à rassembler contre lui des charges viables. Dans ses dossiers, Maslov possédait encore de quoi faire chanter pas mal de magistrats de haut rang.

Machinalement, il avait continué à avancer dans l'eau ; elle lui montait au-dessus des genoux, trempait son pantalon. Il s'en fichait. Il se sentait tellement libre ici, au Mexique. Jamais il n'avait éprouvé cela. Peut-être était-ce à cause du rythme plus lent ou de ce style de vie centré sur le plaisir. Aller pêcher, regarder le soleil se lever, passer la nuit à boire de la tequila en dansant avec des filles aux yeux sombres, dont les jupes colorées se soulèvent quand elles virevoltent autour de vous. L'argent était sans importance ici. Les gens vivaient de peu et s'en contentaient.

C'est alors qu'il la vit, ou crut la voir, émerger de la vague comme Vénus sortant des eaux. Le soleil rouge le contraignit à plisser les paupières. Il mit sa main en visière. Et pourtant, c'était bien elle, Tracy Atherton. Une femme longue et mince, blonde aux yeux bleus, avec ce sourire radieux qui n'appartenait qu'à elle. Mais non, c'était impossible. Tracy était morte.

Il la regardait approcher. Soudain, elle tourna la tête. Dès que son visage lui apparut de face, la ressemblance s'effaça. Arkadine reporta ses regards vers le soleil couchant.

Arkadine avait rencontré Tracy à Saint-Pétersbourg, dans le musée de l'Ermitage. Cela faisait deux ans qu'il vivait à Moscou et travaillait pour Maslov. La jeune femme était venue admirer les trésors tsaristes. Lui avait rendez-vous avec Oserov. Un pensum, comme d'habitude. Ses rencontres avec Oserov se terminaient souvent dans la violence. L'exécuteur préféré de Maslov avait autrefois tué un enfant – un petit garçon de six ans à peine – de sang-froid. Écœuré par cet acte odieux, Arkadine lui avait démoli le portrait et déboîté l'épaule. Il l'aurait achevé si son ami

113

Tarkanian n'était intervenu. Depuis cet incident, le ressentiment ne faisait que croître entre les deux hommes ; puis, tout récemment, à Bangalore, il s'était transformé en fureur meurtrière. Mais Oserov paraissait indestructible. Ce type était comme un vampire, songea Arkadine en ricanant. La prochaine fois, il lui enfoncerait un pieu dans le cœur. Depuis le début, Dimitri Maslov les avait obligés à travailler ensemble. Par pur sadisme, évidemment. Arkadine le lui ferait payer un jour ou l'autre.

Ce matin d'hiver glacial à Saint-Pétersbourg, il était arrivé tôt pour s'assurer qu'Oserov ne lui avait pas tendu quelque piège de son cru. Au lieu de son détesté collègue, il était tombé sur une jeune femme blonde aux grands yeux pervenche et au sourire étincelant, en admiration devant un portrait de l'impératrice Élisabeth Petrovna. La fille portait un manteau en daim bleu ciel tombant jusqu'aux chevilles, sur une chemise en soie rouge sang. Sans préambule, elle lui avait demandé son avis sur le tableau.

Bien sûr, Arkadine se souciait comme d'une guigne de ce portrait et de toutes les autres œuvres exposées dans la salle mais, lorgnant la peinture d'un œil torve, il fit l'effort de répondre :

« Ce machin date de 1758. Que voulez-vous qu'il signifie pour moi ? »

La blonde le considéra avec la même attention sincère qu'elle venait d'accorder à l'impératrice.

« C'est l'histoire de votre pays, dit-elle en désignant l'œuvre de sa main fine aux longs doigts. Louis Tocque, son auteur, était l'un des plus grands artistes de son temps. Élisabeth Petrovna l'a fait venir de Paris pour qu'il exécute son portrait. »

Arkadine, ignare comme il l'était, haussa les épaules.

« Et alors ? »

Le sourire de la blonde s'épanouit encore plus.

« S'il a répondu à son invitation c'est que la Russie jouait un grand rôle sur la scène mondiale. À cette époque, la France et la Russie entretenaient des rapports d'admiration et d'entente mutuelle. Cette peinture devrait vous rendre fiers. »

Arkadine allait lui balancer une remarque désagréable mais, au lieu de cela, il se mordit la langue et s'obligea à regarder l'altesse.

« Elle est belle non ? dit la fille.

— À vrai dire, je crois que je n'ai jamais rencontré quelqu'un comme elle. Elle n'a pas l'air réel.

— Et pourtant elle l'était, insista-t-elle en lui désignant la femme du portrait. Faites un bond dans le passé, imaginez que vous êtes là, à côté d'elle, dans le tableau. »

Il avait éprouvé une curieuse sensation, comme s'il voyait l'impératrice pour la première fois, comme s'il la découvrait à travers les yeux de la jeune femme blonde. Il s'entendit répondre :

« Oui, vous devez avoir raison.

— Ah tant mieux. Je vois que je n'ai pas perdu mon temps, s'écria-t-elle en le gratifiant d'un autre sourire éclatant. Au fait, je m'appelle Tracy Atherton », ajouta-t-elle en lui tendant la main.

Arkadine fut tenté de lui fournir un faux nom, presque par habitude, mais il finit par annoncer :

« Leonid Danilovitch Arkadine. »

Soudain, l'air s'était chargé d'une senteur mystérieuse, épicée. Un parfum d'histoire, mêlant la rose au cèdre. Bien plus tard, il comprit ce qui l'avait attiré tout en lui faisant honte. Il s'était senti stupide, comme un écolier pris en flagrant délit d'ignorance. En sa compagnie, il s'était toujours fait l'effet d'un balourd sans éducation. Et pourtant, dès cette première rencontre, il avait compris qu'il n'était pas si hermétique à la culture. Grâce à elle, il appréciait mieux la valeur des choses de l'esprit mais, au fond, il lui en voulait à cause de ce sentiment de honte, de fragilité qu'il n'avait jamais connu avant elle. Pour se venger, il s'était servi d'elle sans pitié. Il l'avait traitée avec cruauté en l'attachant toujours plus étroitement à lui.

Mais ce jour-là, bien sûr, il ignorait encore tout cela. Sur l'instant, il avait réagi avec colère. Sans ajouter un mot, il l'avait plantée là pour partir à la recherche d'Oserov, préférant la compagnie de son pire ennemi à celle de cette blonde impudente.

Contrairement à ce qu'il avait espéré, le fait de retrouver Oserov ne lui avait pas remis les idées en place. Il insista donc pour changer le protocole et sortir de l'Ermitage. Sur la rue Millionnaya, ils entrèrent dans un café avant que le vent glacial ne leur dessèche les lèvres et les joues.

La neige qui commençait à tomber produisait un étrange bruissement rappelant le souffle d'une bête sauvage arpentant les sous-bois à la recherche d'une proie. Arkadine n'oublierait jamais l'instant suivant. Tracy Atherton était apparue dans le café. Son manteau

116

en daim dansait autour de ses chevilles comme une vague gelée.

À cette époque, Arkadine venait de quitter Nijni Taguil, sa ville natale où il s'était terré pendant de longs mois. Dimitri Maslov avait envoyé Oserov et Misha Tarkanian l'extraire de ce piège à rats. Oserov était son chef et il abusait de sa prétendue supériorité. Quand Tracy était arrivée, il était en train de lui expliquer comment se débarrasser d'un homme politique sans laisser de traces. Le politicien en question avait commis l'erreur de s'opposer à Maslov et ce dernier l'avait dépêché à Saint-Pétersbourg pour lui régler son compte avec promptitude et efficacité. Arkadine connaissait son métier sur le bout des doigts, Oserov le savait pertinemment, mais il continuait à pérorer, à jouer au professeur, comme si Arkadine était un gamin attardé.

Quand Oserov parlait, peu de gens osaient l'interrompre. C'est pourtant ce que fit Tracy. À peine entrée, elle repéra Arkadine, marcha d'un pas léger vers leur table et déclara :

« Tiens, salut ! Quel plaisir de vous rencontrer là ! », dit-elle avec son doux accent britannique.

Coupé au milieu de sa phrase, Oserov resta la bouche ouverte et leva les yeux vers elle avec le genre de regard qui change les gens en pierre. Tracy se contenta de lui montrer ses belles dents blanches et, prenant une chaise à une table voisine, s'installa devant eux.

« Ça ne vous ennuie pas si je me joins à vous, n'est-ce pas ? »

Avant qu'ils aient pu proférer une parole, elle commanda un café.

Quand le garçon s'en alla, Oserov semblait sur le point d'exploser.

« Écoutez, je ne sais pas qui vous êtes ni ce que vous faites ici mais nous sommes en train de discuter d'affaires importantes.

— Je vois cela, répondit Tracy sans se démonter. Continuez, ne faites pas attention à moi. »

Oserov repoussa sa chaise, ce qui produisit sur le sol un grincement à vous donner la chair de poule.

« Va te faire voir, ma belle.

— Du calme, intervint Arkadine.

— Et toi, boucle-la », aboya Oserov. Il se leva et se pencha par-dessus la table. « Si tu ne te casses pas immédiatement, je te fous dehors à coups de pied dans ton joli petit cul. »

Tracy leva les yeux vers lui sans ciller.

« Vous n'avez pas besoin d'employer un tel langage.

— Elle a raison, Oserov. Je vais la raccompagner... »

Au même moment, Tracy saisit la cravate d'Oserov, qui menaçait de tremper dans son café. Oserov se jeta sur elle, l'attrapa par le col de son manteau et l'obligea à se lever. Son chemisier en soie se déchira. Alertés, les autres clients et le personnel du café les dévisagèrent. Oserov était en train de compromettre une mission soi-disant clandestine.

Arkadine se leva et murmura :

« Laisse-la partir. » Et, comme Oserov ne desserrait pas son emprise, il ajouta d'une voix encore plus ténue : « Laisse-la partir ou je te taille une boutonnière. »

Oserov baissa les yeux sur la lame du couteau à cran d'arrêt qu'Arkadine pointait au niveau de son foie. Dans son visage défiguré par la haine, quelque chose s'éclaira. Une étincelle maléfique enflamma son regard d'acier.

« Je n'oublierai jamais ce que tu viens de faire », chantonna-t-il en lâchant la jeune femme.

Comme ses yeux restaient fixés sur le visage de Tracy, on aurait pu croire qu'il s'adressait à elle. Arkadine supposa que ses propos leur étaient destinés à tous les deux. Pour éviter que la situation ne dégénère encore plus, Arkadine contourna la table, attrapa Tracy par le coude et la fit sortir du café.

La neige formait des tourbillons opaques. Leurs cheveux, leurs épaules blanchirent presque aussitôt.

« Eh bien, c'était intéressant », dit-elle.

Arkadine étudia son visage sans y déceler la moindre peur.

« Vous venez de vous faire un ennemi très dangereux, je suis navré de vous l'apprendre.

— Allez vous abriter à l'intérieur, répondit Tracy comme si elle n'avait pas entendu. Sans votre manteau, vous risquez d'attraper la mort.

— Je crois que vous ne comprenez pas…

— Connaissez-vous Doma ? »

Il cligna les yeux. Cette fille ne faisait-elle donc jamais attention à ce qu'on lui disait ? Il avait l'impression qu'une vague l'éloignait du rivage et l'emportait vers elle.

« Le restaurant près de l'Ermitage ? répondit-il sans réfléchir. Évidemment. Tout le monde connaît Doma.

— Huit heures, ce soir. »

Elle lui décocha un sourire étincelant, tourna les talons et le planta là, sur le trottoir enneigé. Oserov toujours aussi furibond, n'avait rien perdu de la scène.

La femme qu'il avait prise pour Tracy tout à l'heure n'était plus là mais Arkadine voyait encore les traces humides de ses pieds étroits dans le sable, à l'endroit où la vague venait mourir, à marée haute. Des méduses opalescentes luisaient entre deux eaux. Au loin, une radio diffusait une ballade mexicaine aux accents nostalgiques. La nuit tombait, le ciel noir se pailletait d'étoiles. Guidé par leur lueur, Arkadine regagna le couvent et, préférant les bougies aux ampoules électriques, les mélodies mélancoliques à la télévision, il s'installa pour savourer la douceur de la nuit. On aurait dit que, du jour au lendemain, le Mexique s'était infiltré sous sa peau.

Je commence à comprendre pourquoi Arkadine et Oserov se haïssent à ce point, songea Bourne en levant les yeux du carnet de Perlis. *La haine est un sentiment ravageur. Elle rend stupides les gens intelligents. En tout cas, elle les rend moins vigilants. J'ai peut-être fini par trouver le point faible d'Arkadine.*

Il en avait assez lu pour l'instant. Il referma la boîte, empocha le livre et appuya sur la sonnette pour signaler qu'il en avait terminé. De prime abord, le fait que Perlis ait employé cette méthode surannée pour transmettre une information cruciale pouvait paraître étonnant. Mais à y mieux réfléchir, la chose tombait sous le sens. Pour garder un secret, on ne pouvait se fier à l'informatique. Un texte calligraphié conservé à l'intérieur d'un coffre présentait beaucoup plus de garanties. Si le besoin s'en faisait sentir, on pouvait même le détruire définitivement avec une simple allumette. De nos jours, le recours aux bonnes vieilles recettes constituait la meilleure défense contre des espions capables d'infiltrer les systèmes électroniques les plus sophistiqués et récupérer des fichiers prétendument effacés.

Diego Hererra tira le rideau, reprit la boîte, l'enfonça dans sa niche numérotée et referma. Puis les deux hommes donnèrent ensemble un tour de clé.

En sortant de la salle des coffres, Bourne dit :

« J'ai besoin d'un service. »

Diego le regarda comme s'il attendait la suite pour s'engager.

« Un homme me suit. Je l'ai vu dans le hall de la banque, tout à l'heure. Il guette mon retour.

— Mais comment donc, fit Diego dans un sourire. Je vous montrerai la porte qu'utilisent certains de nos clients. Ceux qui apprécient plus que les autres la... discrétion, dirons-nous. »

Ils allaient rentrer dans son bureau quand un rictus d'inquiétude crispa son visage.

« Puis-je vous demander pourquoi cet homme vous suit ?

— Je l'ignore, dit Bourne. Et pourtant, j'ai l'impression d'attirer ce genre d'individus comme une flamme attire les insectes nocturnes. »

Diego étouffa un rire.

« C'est curieux, Noah disait plus ou moins la même chose. »

Bourne réalisa que cette réflexion revenait à lui demander s'il travaillait pour Perlis. Il commençait à apprécier le fils Hererra autant que le père mais il n'avait aucune raison de lui avouer la vérité. Diego dut se contenter d'un hochement de tête pour toute réponse.

« J'ignore qui c'est mais j'ai très envie de le savoir », ajouta Bourne.

Diego écarta les mains.

« Je suis à votre service, señor Stone », dit-il en bon Andalou.

Diego a beau vivre à Londres, pensa Bourne, *son cœur est resté à Séville.*

« Il faut le faire sortir de la banque avant mon départ. Une alerte à l'incendie devrait faire l'affaire », dit Bourne.

Diego hocha la tête.

« C'est comme si c'était fait. À condition que vous veniez chez moi demain soir », ajouta-t-il en levant le doigt. Il donna à Bourne une adresse à Belgravia. « Nous avons des amis en commun. Je me montrerais grossier si je ne vous offrais pas l'hospitalité. » Puis il découvrit ses dents blanches et bien alignées. « Nous mangerons un morceau et ensuite, si cela vous dit, nous irons tenter notre chance au Vesper Club, sur Fulham Road. »

Comme son père, Diego était le genre d'homme à tout prévoir, tout organiser sans pour autant tomber dans l'égotisme. Bien au contraire. Il correspondait parfaitement au profil que Bourne avait trouvé sur le

Web quelques semaines auparavant. En revanche, le Vesper Club, casino très fermé réservé aux gros joueurs, ne cadrait pas avec le personnage. Bourne classa cette anomalie au fond de son esprit et se prépara à passer à l'action.

L'alarme se déclencha dans les locaux de la banque Aguardiente Bancorp. Sous les yeux de Bourne et de Diego Hererra, les vigiles réagirent dans la seconde. Ils refoulèrent méthodiquement tous les clients vers la sortie. L'ange gardien de Bourne faisait partie du nombre.

Bourne s'esquiva par la porte latérale et, pendant que les clients faisaient les cent pas sur le trottoir, il prit le temps de repérer sa cible sans se faire voir. L'homme s'était positionné de telle manière qu'il pouvait surveiller en même temps l'entrée principale et la porte latérale.

Bourne se glissa entre les clients, auxquels étaient venus s'adjoindre des badauds, sans compter les automobilistes qui observaient la scène depuis leurs voitures garées. Il s'approcha de l'homme par-derrière.

« Marche tout droit, direction Fleet Street, lui dit-il en appuyant deux doigts recourbés dans le bas de son dos. Quand on tire avec un silencieux, les gens croient entendre un tuyau d'échappement bouché. » Il lui donna une gifle sur la nuque. « Je t'ai dit de te retourner ? Allez, vas-y. En route. »

L'homme fit ce que Bourne lui avait dit. Il s'extirpa de la foule des curieux et s'engagea d'un bon pas sur Middle Temple Lane. Il avait des épaules de déménageur, des cheveux blond sale coupés ras, un visage aussi vide qu'un terrain vague et un teint rougeaud, comme s'il souffrait d'une allergie ou avait passé trop de temps au grand air. Bourne savait qu'il n'allait pas tarder à contre-attaquer. Un homme d'affaires pendu à son téléphone portable marchait vers eux à grandes enjambées. Bourne sentit le rougeaud bifurquer vers lui. Il le bouscula délibérément, ce qui lui permit d'être légèrement déporté sur le côté. Dans le même élan, il se retourna vers Bourne, le bras droit replié, le poing déjà serré comme une masse. Bourne n'attendit pas qu'il se retourne complètement pour le frapper à la saignée du genou avec sa chaussure. Au même instant, il lui coinça le bras droit en faisant levier entre le coude et l'avant-bras. Un os craqua.

L'homme poussa un grognement de douleur et se recroquevilla. Quand Bourne se pencha pour l'obliger à se redresser, l'autre voulut lui enfoncer le genou dans le bas-ventre. Bourne esquiva le coup, fit un pas de côté et reçut le genou dans la cuisse.

Du coin de l'œil, il repéra une voiture qui roulait à contresens dans leur direction. Elle allait trop vite pour les éviter et encore moins s'arrêter. Bourne empoigna l'homme, le jeta devant les roues et, prenant appui sur son corps, bondit par-dessus le capot. Le conducteur freina à mort sans parvenir à maîtriser son véhicule. Quand les semelles de Bourne touchèrent le toit de la voiture, des balles percèrent la tôle. On lui tirait dessus depuis l'intérieur. Mais déjà il retombait de l'autre côté, en glissant sur le coffre.

Derrière lui, il reconnut le bruit caractéristique de la voiture percutant un corps, puis l'odeur du caoutchouc surchauffé. Risquant un regard par-dessus son épaule, il vit deux hommes émerger du véhicule, un Glock à la main. Ils pointèrent leurs armes mais au même instant, la foule qui battait le pavé devant la banque se précipita sur eux en hurlant. Les appareils photo des téléphones portables se mirent à crépiter comme une pinède au mois d'août. Les deux tueurs, pris au piège, restèrent cloués sur place. Les curieux affluaient depuis Fleet Street, à présent. En quelques secondes, la clameur familière des sirènes de police vint accroître le vacarme. Bourne traversa la foule, tourna tranquillement au coin de la rue, s'engagea sur Fleet Street et se fondit dans l'anonymat de la métropole.

6

« On l'a perdu, dit Frederick Willard.

— C'est pas la première fois, fit remarquer Peter Marks.

— Ce coup-ci, c'est différent, rétorqua Willard vêtu d'un costume strict à grosses rayures et d'une chemise bleue amidonnée avec col blanc et manchettes, agrémentée d'un nœud papillon bleu marine à pois blancs. Ça risque de continuer à moins qu'on ne redouble de vigilance, toi et moi. »

Depuis qu'il s'était embarqué à bord de Treadstone nouvelle version, Marks avait compris que soupçonner Willard de ramollissement dû à l'âge pouvait constituer une erreur mortelle. L'homme avait peut-être une soixantaine d'années mais il battait encore à la course la moitié des agents de terrain de la CIA. Quant à ses fonctions cognitives – sa capacité à résoudre un problème et en dégager la meilleure solution – elles valaient bien celles d'Alex Conklin, le fondateur de Treadstone. Par-dessus le marché, Willard possédait un talent remarquable pour deviner les points faibles de ses adversaires et trouver les moyens les plus originaux de les exploiter. Pour Marks, Willard était une sorte de sadique, comme il en traînait partout dans leur domaine d'activité. Les services secrets avaient toujours attiré les barbares, les masochistes et autres pervers comme une charogne attire les mouches. Le truc consistait à déterminer la bizarrerie du type en face avant qu'il ne s'en serve pour vous régler votre compte.

Ils étaient assis sur une banquette dans le vestibule d'un club – réservé aux hommes, visiblement – dont Oliver Liss faisait partie.

« Le Monition Club, dit Marks en regardant l'espace autour de lui pour la centième fois. Mais qu'est-ce que c'est que cet endroit ?

— Sais pas, répondit nerveusement Willard. J'ai passé ma journée à chercher sans rien trouver.

— Il doit bien y avoir quelque chose. À qui appartient cet immeuble, par exemple ?

— Une société en participation basée à la Grenade, grommela Willard. Une société écran. Ensuite, la trace se ramifie et se perd. Quels que soient ces gens, ils n'aiment pas la publicité.

— Il n'y a pas de loi contre cela, dit Marks.

— Certes, mais cela me paraît à la fois étrange et suspect.

— Je devrais peut-être m'y intéresser davantage. »

Les bruits résonnaient comme dans une cathédrale. Avec ses murs en moellons, ses arches gothiques et ses croix dorées, ce club ressemblait davantage à une institution ecclésiastique qu'à un espace de loisirs. Des tapis profonds, des meubles démesurés contribuaient à cette impression de calfeutrage. De temps en temps, quelqu'un passait par là, disait quelques mots à la femme en uniforme postée derrière le haut comptoir du vestibule, puis s'enfonçait dans les ombres veloutées.

Cette atmosphère évoquait à Marks l'ambiance qui prévalait dans la nouvelle CIA. De ce qu'il avait glané auprès de ses anciens collègues, il semblait que des visages inconnus autant qu'impassibles peuplaient aujourd'hui les couloirs tandis qu'une chape de silence encore plus épaisse s'étendait sur l'ensemble de l'agence. Cette ambiance délétère atténuait quelque peu le sentiment de culpabilité qu'il avait éprouvé en démissionnant, d'autant plus que son départ soudain avait laissé Soraya seule face au DCI, à son retour du Caire. Par ailleurs, Willard l'avait rassuré en lui disant qu'il aiderait plus efficacement Soraya de l'extérieur. *« Tes conseils lui paraîtront ainsi plus objectifs, ils n'en auront que plus de poids »*, avait dit Willard. Remarque qui s'était révélée tout à fait exacte. Marks savait qu'il était la seule personne capable de la convaincre de rejoindre Treadstone.

« À quoi penses-tu ? demanda Willard tout à coup.

— À rien.

— Mauvaise réponse. Notre priorité numéro un consiste à trouver un moyen de rétablir un contact clandestin avec Leonid Arkadine.

— Qu'est-ce que ce type peut avoir de si intéressant ? Je veux dire, en plus du fait qu'il est le premier diplômé de Treadstone et le seul à en être parti. »

Willard le foudroya du regard. Il avait du mal à supporter qu'on lui ressorte ses propres paroles, surtout quand le perroquet était un subalterne. Cela faisait partie de ses nombreuses bizarreries de caractère – Marks commençait à les cerner. Willard souffrait d'un complexe de supériorité dont son entourage faisait les frais. Il exerçait un contrôle féroce sur autrui. Marks supposait que ce tempérament arrogant l'avait aidé à s'infiltrer et à se maintenir au sein de la NSA qu'il avait espionnée pendant des années, depuis son poste de majordome. On supportait plus volontiers les ordres d'un maître quand on savait que le rapport de force s'inverserait sous peu.

« Je regrette d'avoir à te le répéter, Marks, mais au fond du cerveau d'Arkadine dorment les derniers secrets de Treadstone. Conklin lui a appliqué une batterie de techniques psychologiques dont nous avons perdu le mode d'emploi.

— Et Jason Bourne ?

— Arkadine ayant mal tourné, Conklin a changé de méthode avec Bourne. Ce qui explique pourquoi ces deux gars-là sont si différents.

— Différents, mais en quoi exactement ? »

Toujours aussi attentif aux détails, Willard tira sur ses manchettes pour qu'elles soient d'égale longueur.

« Arkadine n'a pas d'âme.

— Comment ? » Marks fit semblant d'avoir mal entendu. « Sauf erreur de ma part, il n'existe pas de technique, scientifique ou autre, pour détruire une âme. »

Willard leva les yeux au ciel.

« Pour l'amour de Dieu, Peter, je ne te parle pas d'une machine sortie d'un roman de science-fiction. » Il se leva. « Pose donc la question au curé de ta paroisse, la prochaine fois que tu le verras. Tu seras surpris de sa réponse. » Il fit signe à Marks de se lever aussi. « Voici venir notre nouveau seigneur et maître, Oliver Liss. »

Marks jeta un coup d'œil à sa montre.

« Quarante minutes de retard. Pile à l'heure. »

Oliver Liss vivait sur la côte Est, et pourtant tout en lui évoquait la star de cinéma. Il avait ce genre de beauté que cultivent les élites de Hollywood, mais chez lui c'était naturel, inné, peut-être génétique. En tout cas, dès qu'il pénétrait dans une pièce, c'était comme si le soleil entrait avec lui. Grand, mince, athlétique, il suscitait la jalousie chez tous les hommes qu'il croisait. Il aimait boire, manger de la viande rouge et s'entourer de jeunes femmes blondes et plantureuses. En bref, Oliver Liss correspondait exactement au type d'homme qu'avait visé Hugh Hefner en créant le magazine *Playboy*.

Sans ralentir l'allure, il les gratifia d'un sourire mécanique et leur fit signe de le suivre. Ils s'exécutèrent, franchissant du même coup les portes du sanctuaire, à savoir l'espace réservé aux membres du Monition Club. C'était l'heure du petit déjeuner. La tradition du club semblait commander que ce repas fût servi sur une terrasse fermée donnant sur un atrium en forme de cloître, agrémentée en son centre d'un jardin botanique. À cette époque de l'année, la terre en jachère était simplement quadrillée de barrières basses en fer forgé, servant sans doute à séparer la menthe de la sauge.

Liss les conduisit à une grande table de pierre marquetée. Il embaumait la cire d'abeille et l'eau de Cologne de luxe. Une cravate imprimée avec des renards visiblement affamés complétait sa tenue de gentleman-farmer combinant pantalon de flanelle et veste de tweed. Ses mocassins bordeaux luisaient comme des miroirs.

Après qu'ils eurent dégusté leurs jus de fruits fraîchement pressés et siroté une tasse de café, Liss entra dans le vif du sujet.

« Je sais que l'emménagement dans nos nouveaux bureaux vous a beaucoup occupés, ainsi que l'adaptation au matériel informatique, etc. Je vous demande de passer à autre chose. Le directeur administratif est payé pour ça, pas vous. L'un comme l'autre, vous valez mieux. Ne gâchez pas votre temps. » Sa voix était aussi éclatante que ses chaussures. Comme un brave tonton ravi d'assister à une réunion de famille, il se frotta les mains l'une contre l'autre et reprit : « Je veux que vous le consacriez à une seule chose. La disparition prématurée de Noah Perlis a laissé certains détails en suspens. »

Willard parut interloqué.

« Vous n'allez pas nous demander de nager au milieu des déchets toxiques de Black River, n'est-ce pas ?

— Pas le moins du monde. Voyant arriver la catastrophe ferroviaire, j'ai passé six mois à tenter, tant bien que mal, de m'extraire de cette organisation que j'ai contribué à fonder. Imaginez ce que ça représente, messieurs. » Il leva le doigt. « Oh oui, Frederick, vous êtes bien placé pour savoir ce que j'ai dû endurer. » Puis il fit non de la tête. « C'était Noah qui gérait ce domaine pour moi. Personne d'autre, au sein de Black River, n'avait d'information là-dessus. »

Liss s'enfonça dans son siège en attendant que le serveur finisse de disposer les plats devant eux puis, avant d'attaquer ses œufs Bénédicte cuits à point, il poursuivit :

« Noah possédait un anneau. Il l'avait obtenu à grand prix et, je crois, à la suite d'une tragédie personnelle. C'est un bijou très particulier, dirons-nous pour faire court. De l'extérieur, il ressemble à une simple alliance en or, mais son apparence est trompeuse. Tenez, jetez un œil sur ceci. » Il leur fit passer plusieurs photos en couleurs de l'anneau. « Comme vous pouvez le voir, une série de symboles est gravée à l'intérieur, sur toute sa circonférence. Les spécialistes les appellent des graphèmes.

— Qu'est-ce qu'un graphème ? s'enquit Marks.

— L'unité de base du langage. De tous les langages, en fait. »

Willard plissa les yeux.

« Oui, mais duquel s'agit-il, dans ce cas précis ?

— Un mélange de sumérien, de latin et de Dieu seul sait quoi. Probablement une langue morte et disparue depuis des siècles.

— Et vous voulez qu'on lâche tous nos dossiers pour ça ? s'écria Marks, incrédule. Pour qui nous prenez-vous ? Les cousins d'Indiana Jones ? »

Liss mâchait ses œufs avec une grande application. Tout en avalant, il lui adressa un sourire condescendant.

« Il ne s'agit pas d'un objet archéologique, cher Monsieur Je-sais-tout. En fait, cet anneau doit avoir dix ou vingt ans au maximum.

— Pourquoi cet anneau vous intéresse-t-il tant que cela ? fit Willard en secouant la tête.

— Top secret. » Liss lui fit un clin d'œil et se tapota la narine. « En tout cas, Noah avait l'anneau sur lui quand Jason Bourne l'a descendu. C'est pour s'en emparer qu'il l'a tué. Cela ne fait aucun doute. »

Marks réagit aussitôt. Sa sympathie envers Bourne n'était pas un mystère.

« Pourquoi aurait-il fait cela ? Il devait avoir une bonne raison.

— Quoi qu'il en soit, il s'agit d'un assassinat de sang-froid. Encore une victime à son tableau de chasse. Gardez bien cela à l'esprit. » Liss lui adressa un regard dur. « Trouvez Bourne et vous trouverez l'anneau. » Il perça délicatement le jaune d'œuf pour y enfoncer une mouillette. « Aux dernières nouvelles, on l'aurait aperçu à l'aéroport de Heathrow, dans le hall des arrivées. Il y a donc fort à parier qu'il s'est rendu dans l'appartement de Noah, à Belgravia. Commencez par là. Vous trouverez tous les détails sur vos téléphones portables. Je vous ai fait réserver un vol de nuit pour Heathrow. Vous dormirez dans l'avion et vous débarquerez en pleine forme demain matin à Londres. Bon pied bon œil. »

En rangeant les photos, Willard changea de physionomie. Sa mine soudain hargneuse déclencha une sonnette d'alarme sous le crâne de Marks.

« Quand vous avez accepté de financer Treadstone, dit Willard d'un ton glacial, il était convenu entre nous que je prenne en charge les opérations.

— J'ai dit ça, moi ? » Liss leva les yeux au ciel comme s'il cherchait dans ses souvenirs. Puis il secoua la tête. « Non. Non, je ne me rappelle pas.

— Vous… vous voulez plaisanter ?

— Je ne crois pas, non. » Liss enfourna la mouillette et se mit à mastiquer avec volupté.

« Je me suis fixé un objectif très précis, répondit Willard en détachant bien chaque mot. J'avais une raison bien particulière de ressusciter Treadstone.

— Je n'ignore pas votre obsession maladive pour ce Russe, Leonid Arkadine. Mais le fait est, Frederick, que ce n'est pas vous qui avez ressuscité Treadstone. C'est moi. Treadstone m'appartient, je l'ai entièrement financé. Et vous, vous travaillez pour moi. Toute autre interprétation reviendrait à méconnaître gravement la définition de votre poste. »

Marks doutait que cette déclaration soit une surprise pour Willard. L'homme savait pertinemment qu'en passant de la CIA à Oliver Liss, il ne ferait que troquer un chef honni contre un patron détestable. Lui-même ne l'avait pas caché à Marks le jour où il l'avait recruté : quand on passait un pacte avec le diable, il n'était pas question de revenir en arrière. Ils étaient donc tous les deux pieds et poings liés, coincés dans l'un des cercles de l'enfer.

Liss lui aussi regardait Willard. Il souriait avec bienveillance en brandissant sa fourchette tachée de jaune d'œuf.

« Vous devriez manger, votre petit déjeuner refroidit. »

Bourne mangea un morceau tout en poursuivant sa lecture de la querelle sanglante entre Arkadine et Oserov, puis il rangea le carnet de Perlis et retourna à Belgravia, mais cette fois chez Tracy Atherton. À travers les volutes brumeuses qui tourbillonnaient dans les caniveaux et enveloppaient les cheminées des maisons alignées, il trouva sa rue verdoyante. Ici, tous les immeubles étaient bien entretenus. On accédait à la porte d'entrée par une volée de marches raides. Les noms des occupants des six appartements étaient gravés sur des plaques de cuivre.

Il appuya sur la sonnette marquée T. Atherton comme si Tracy était encore vivante et qu'il venait passer l'après-midi avec elle, à boire, manger, faire l'amour, parler d'art et de sa vie compliquée. Quelle ne fut pas sa surprise quand un signal sonore lui répondit et que la porte s'ouvrit dans un déclic. Il passa dans un vestibule étroit, froid, humide et sombre comme on n'en trouve que dans les immeubles londoniens, en hiver ou au printemps.

Il atteignit l'appartement de Tracy au deuxième étage, par un escalier raide et étroit dont quelques marches craquèrent sous son poids. Il donnait sur l'arrière et tout en traversant le palier, Bourne se rappelait les paroles de la jeune femme : *Dans l'allée privative qui passe derrière, j'ai planté un poirier où un couple d'hirondelles vient nicher au printemps.* Les hirondelles avaient déjà dû faire leur nid, songea-t-il, et cette pensée douce-amère emplit son âme de nostalgie.

Il approchait quand la porte s'ouvrit en grinçant. Une silhouette se découpa en ombre chinoise dans l'embrasure. Bourne s'immobilisa un instant, le cœur

135

battant. C'était comme s'il apercevait Tracy, son corps élancé, ses cheveux blonds.

« Oui ? Puis-je vous aider ? »

Quand il vit les yeux de la femme, l'enchantement se brisa. Ils étaient bruns, non pas bleus, et pas aussi grands que ceux de Tracy. Bourne retrouva son souffle pour dire :

« Je m'appelle Adam Stone. J'étais un ami de Tracy.

— Ah oui, Tracy m'a parlé de vous. » Elle ne lui tendit pas la main, elle ne lui sourit pas. « Je suis Chrissie Lincoln, la sœur de Tracy. » Malgré sa froideur affichée, elle poursuivit : « Vous vous êtes rencontrés dans un avion pour Madrid.

— Entre Madrid et Séville, plus précisément.

— Exact, répondit Chrissie, toujours méfiante. Tracy voyageait tellement. Heureusement qu'elle aimait l'avion. »

Bourne comprit qu'elle le testait.

« Elle avait horreur de l'avion, répliqua-t-il. Cinq minutes après m'avoir dit son nom, elle a commencé à se sentir mal. » Il attendit vainement qu'elle réponde quelque chose puis ajouta : « Puis-je entrer ? J'aimerais vous parler de Tracy.

— Pourquoi pas », fit-elle en s'effaçant avec réticence.

Elle referma la porte derrière lui. Tracy avait dit vrai. L'appartement était minuscule mais aussi beau qu'elle, avec des meubles crème, orange profond. Des rideaux de taffetas beige encadraient chaque fenêtre. Jetés çà et là, des coussins à pois, à rayures, ornés de motifs animaux, parsemaient le salon d'éclats multicolores. Il entra dans la chambre.

« Cherchez-vous quelque chose en particulier, monsieur Stone ?

— Appelez-moi Adam. » Il se dirigea vers les portes-fenêtres qui donnaient sur la ruelle, sachant qu'il y verrait le fameux poirier. « Je cherche les hirondelles.

— Je vous demande pardon ? » Sa voix était un peu plus aiguë, plus frêle que celle de sa sœur, son débit plus rapide.

« Tracy disait que le printemps venu, un couple d'hirondelles faisait son nid dans ce poirier. »

Chrissie se tenait à côté de lui. Ses cheveux sentaient le citron. Elle portait une chemise d'homme en coton ordinaire dont les manches relevées découvraient des bras bronzés. Son jean n'était pas à la dernière mode ; c'était un bon vieux Levi's dont les revers frottaient des chaussures basses abîmées et usées aux talons. Elle transpirait légèrement comme si elle venait de faire le ménage ou de fouiller avec acharnement. Elle ne portait aucun bijou, pas même une alliance. Et pourtant elle s'appelait Lincoln et non Atherton.

« Vous les apercevez ? demanda-t-elle d'une voix ténue.

— Non », dit-il en se détournant.

Elle se renfrogna et ne dit rien pendant un long moment.

« Chrissie ? »

Comme elle ne répondait pas, il alla chercher un verre d'eau fraîche dans la cuisine, qu'elle accepta sans commentaires et but à longs traits, jusqu'au bout, comme un médicament.

Quand elle reposa le verre, elle lui dit :

« Je regrette de vous avoir laissé entrer. Je préfé-rerais que vous partiez. »

Bourne acquiesça d'un signe de tête. Il avait vu l'appartement. Il ne savait pas ce qu'il y cherchait, peut-être rien du tout, ou alors juste le parfum de Tracy. La nuit qu'ils avaient passée ensemble à Khar-toum demeurait gravée dans son esprit. Ils avaient par-tagé une sorte d'intimité que l'amour physique ne pro-cure pas toujours. L'expression « faire l'amour » cache trop souvent un acte impersonnel, presque indifférent. Si bien qu'en apprenant, quelque temps plus tard, que Tracy travaillait pour Leonid Arkadine, Bourne avait cru recevoir une gifle en pleine figure. Depuis qu'elle était morte, une idée le hantait : quelque chose n'allait pas dans cette histoire. Non pas qu'il doutât de sa sou-mission à Leonid Arkadine, mais au fond de lui, il était persuadé qu'il ne s'agissait pas simplement d'un rap-port d'employeur à employé. Il se demandait finale-ment s'il n'était pas venu à Londres pour chercher des preuves confirmant ses soupçons.

Chrissie lui ouvrait la porte quand elle se ravisa et dit :

« Monsieur Stone…

— Adam. » Elle voulut sourire mais les muscles de son visage douloureux refusèrent d'obéir. « Savez-vous ce qui s'est passé à Khartoum ? »

Bourne hésita, le regard braqué sur le couloir, à l'extérieur. Le visage de Tracy se dessina devant ses yeux. Son doux visage éclaboussé de sang, sa tête posée sur ses genoux.

« Je vous en prie. Je sais que je n'ai pas été très accueillante mais je… Je n'ai pas toute ma tête en ce moment, voyez-vous. » Elle recula pour l'inciter à faire demi-tour.

Bourne se retourna en posant la main à plat sur la porte entrouverte.

« Sa mort était un accident. »

Chrissie le regarda avec frayeur et une sorte d'espoir.

« Vous êtes au courant ?

— J'étais présent. »

Son teint devint livide. Elle le regarda fixement, comme incapable de détacher les yeux d'une scène d'horreur.

« Voulez-vous me dire comment elle est morte ?

— Il vaut mieux que vous ne connaissiez pas les détails.

— Si, insista-t-elle. J'ai besoin de savoir. Tracy était mon unique sœur. Et je n'ai pas de frère. »

Elle ferma la porte, tira le verrou et se dirigea vers un fauteuil mais ne s'assit pas. Debout derrière le dossier, elle contempla un point dans l'infini.

« Je vis un enfer depuis que j'ai appris la nouvelle, reprit-elle. La mort d'une sœur, c'est... Enfin, ce n'est pas une perte comme les autres... Je... J'ai du mal à expliquer cela. »

Bourne regardait ses doigts pétrir le rembourrage du dossier.

« Elle a été touchée par des éclats de verre, dit-il. L'un d'entre eux l'a transpercée. Elle s'est vidée de son sang en l'espace de quelques minutes. Il n'y a rien eu à faire.

— Pauvre Tracy. » Elle serrait si fort le dossier que ses articulations étaient blanches. « Je l'ai suppliée de rester, je l'ai suppliée de refuser cette maudite mission.

— Quelle mission ?

— Ce Goya de malheur.

— Pourquoi vous a-t-elle parlé du Goya ?

— Ce n'était pas le tableau en lui-même. Elle disait que ce serait son dernier contrat. Elle tenait à ce que je le sache. Parce qu'elle savait que je désapprouvais ses activités, j'imagine. » Elle frissonna. « Cette horrible Peinture noire.

— Vous parlez de ce tableau comme d'une personne », fit remarquer Bourne.

Elle se retourna vers lui.

« C'en est une, dans un sens, puisqu'il est lié à cet homme.

— Arkadine.

— Elle n'a jamais prononcé son nom. J'ai cru comprendre qu'il lui confiait des missions extrêmement dangereuses, mais il la payait si cher qu'elle les acceptait. Du moins c'est ce qu'elle me disait.

— Vous ne la croyiez pas ?

— Mais si, je la croyais. Quand nous étions petites, nous avions juré de ne jamais nous mentir. »

Ses cheveux étaient légèrement plus sombres que ceux de sa sœur, et plus abondants, son visage un peu moins anguleux, plus épanoui, bien que marqué par l'angoisse. Elle se déplaçait plus rapidement que Tracy ; ses membres bougeaient par saccades, comme soumis à de minuscules explosions intérieures.

« Les problèmes ont commencé quand nous avons grandi, reprit-elle. Je suis sûre qu'elle me cachait beaucoup de choses concernant sa vie privée.

— Vous n'insistiez pas.

— Elle avait fait le choix du secret, dit-elle, soudain sur la défensive. Je respectais cela. »

Il la suivit dans la chambre. Chrissie regardait autour d'elle, comme hébétée, comme si elle se demandait où pouvait bien se cacher sa sœur. Les feuilles du poirier fractionnaient la lumière pénétrant de biais dans la pièce en autant de losanges et rectangles lumineux, projetant sur eux un halo tamisé, comme dans une photo ancienne. La jeune femme passa dans l'une de ces formes géométriques.

Les bras croisés autour de la taille, elle tentait de refréner ses émotions.

« Mais je suis sûre d'une chose, poursuivit-elle. Cet homme est un monstre. Elle n'aurait jamais travaillé pour lui de son plein gré. Je suis sûre qu'il exerçait une pression sur elle. »

Bourne en était sûr, lui aussi. Chrissie en savait peut-être plus long qu'il ne l'avait cru de prime abord.

« Vous avez une idée là-dessus ? demanda-t-il.

— Je vous l'ai déjà dit, Tracy était la personne la plus secrète que j'aie jamais rencontrée.

— Donc, vous n'avez rien remarqué d'anormal dans son discours. Elle ne vous a jamais rien confié de bizarre.

— Non, répondit Chrissie en étirant la diphtongue. Enfin si, je me rappelle une chose. C'est un peu ridicule.

— Ridicule ? Comment cela ?

— Une fois, nous discutions toutes les deux et tout d'un coup, j'ai eu l'impression de parler toute seule. Nous n'avions plus rien à nous dire, chose plutôt rare. Cela m'a agacée, je crois, parce que je lui ai demandé, comme ça, pour plaisanter, si elle comptait me présenter le monsieur qu'elle cachait dans sa manche. »

Bourne inclina la tête.

« Et ensuite ?

— Eh bien, elle n'a pas apprécié. Je vous assure, elle a plutôt mal réagi. Je voulais parler d'un petit ami ou d'un mari. Elle m'a répondu sèchement que j'étais sa seule famille.

— Vous ne croyez pas…

— Non, répondit Chrissie d'un ton assuré. Cela ne lui aurait pas ressemblé du tout. Elle s'entendait mal avec nos parents. Tout ce qui les concernait la défrisait. Quant à eux, sa rébellion les insupportait. Des deux, j'étais la bonne fille. Je suis devenue professeur à Oxford, comme mon père. Quant à Tracy… Dieu seul sait ce qu'ils ambitionnaient pour elle. En tout cas, elle est entrée en conflit avec eux dès l'âge de treize ans. Puis, un jour, elle est partie en claquant la porte et n'est jamais revenue. Non, je peux vous assurer qu'elle n'avait pas envie de fonder une famille.

— Et vous trouvez cela triste.

— Non, répondit Chrissie, méfiante. Je trouve cela admirable. »

« Eh bien, au moins nous avons le droit de courir après Bourne, dit Marks. C'est déjà cela. Bourne est la moitié de l'équation Treadstone, n'est-ce pas ?

— Ne sois pas obtus, répliqua Willard. Liss n'a même pas pris la peine d'en parler parce qu'il savait que je lui rirais au nez. Il est bien conscient que je suis la seule personne au monde – du moins la seule travaillant sous ses ordres – capable d'approcher Bourne sans se faire tuer. Non, il tient les rênes depuis le début. C'est bien pour cela qu'il a accepté de financer Treadstone.

— C'était un prix exorbitant pour un anneau, dit Marks. Il doit avoir quelque chose de spécial.

— J'aimerais revoir ce cliché qui montre les lettres gravées, songea tout haut Willard. Comme Liss ne nous en parlera pas, je pense que c'est le seul moyen d'éclaircir le mystère. »

Ils avaient traversé le Mall à pied, entre le Washington Monument et le Lincoln Memorial. Les mains dans les poches de leurs manteaux, le dos courbé pour se protéger du vent, ils avaient décidé au dernier moment de faire un détour par le Mémorial des vétérans du Vietnam, tout en vérifiant, chacun à sa manière, qu'on ne les filait pas. Ils ne faisaient confiance à personne et surtout pas à Oliver Liss.

Ils s'arrêtèrent devant le grand mur couvert de noms. Willard poussa un profond soupir et ferma les yeux. Un petit sourire joyeux autant que fugace apparut sur ses lèvres.

« Il croit me tenir en échec alors que c'est moi qui possède la reine. »

Marks secoua la tête.

« Traduction ? »

Willard rouvrit les yeux.

« Soraya Moore. »

Marks lui adressa un regard inquiet.

« Oh non.

— Tu as bien fait de la recruter. »

Deux vétérans en uniforme, l'un manœuvrant le fauteuil roulant de l'autre, longeaient le mur de granit poli en s'arrêtant parfois pour lire les noms des soldats tombés au Vietnam. L'homme en fauteuil n'avait plus de jambes. Il tendit un petit bouquet et un minuscule drapeau américain piqué sur un socle en bois à son ami qui le déposa au pied du mur.

Willard contemplait la scène mais quand il se détourna, on vit ses yeux luire étrangement.

« Sa première mission consistera à retrouver Leonid Arkadine.

— Tu disais que tu avais perdu sa trace, fit remarquer Marks. Par où va-t-elle commencer ses recherches ?

— C'est son problème, répondit Willard. Moore est une fille intelligente, je suis sa carrière depuis qu'elle a pris du grade chez Typhon. » Il sourit. « Arrête de douter, Peter. Cette femme est un excellent investissement. En plus, elle possède un avantage considérable sur toi ou moi. Justement parce que c'est une femme. Une femme séduisante et très désirable. Connaissant Arkadine, je te parie qu'il la reniflera avant même de la voir. »

Son cerveau tournait à toute vitesse autour de son idée fixe.

« Je veux qu'elle le mette dans sa poche, Peter. Et quand ce sera fait, elle me tiendra au courant de tous ses faits et gestes. »

Les deux vétérans inclinés devant le mur revivaient sans doute des souvenirs pénibles pendant que les touristes et les parents des défunts défilaient en touchant de temps à autre les noms gravés. Une guide touristique japonaise brandissait son fanion jaune pour rassembler autour d'elle son troupeau de photographes amateurs.

Marks se passa la main dans les cheveux.

« Bon Dieu, j'espère que tu ne vas pas me demander de… lui servir de maquereau, hein ? »

Willard grimaça comme s'il venait de sucer un citron.

« Moi qui croyais que tu avais renoncé à ta carrière de boy-scout en entrant à la CIA ! S'il avait su cela, le Vieux t'aurait bouffé le cœur au déjeuner.

— C'est une amie, Fred. Une amie de longue date.

— On n'a pas d'amis dans notre métier, Peter. Je suis l'esclave de Liss, tu es le mien et elle est la tienne. C'est comme cela que ça marche. »

Marks semblait aussi déprimé que Willard à la fin de leur petit déjeuner avec Liss.

« Tu lui transmettras son ordre de mission avant que nous partions pour l'aéroport… » Willard jeta un coup d'œil à sa montre. « … Ce qui te laisse moins de six heures pour faire tes bagages et lui annoncer la nouvelle. » Il sourit de toutes ses dents. « C'est largement suffisant pour un petit malin comme toi, n'est-ce pas ? »

7

« Il est temps pour moi de partir, dit Bourne. Vous devriez aller vous reposer, vous aussi.

— Je ne veux pas aller dormir », répondit Chrissie en souriant d'un air triste. Puis elle se mit à fredonner « *Bad dreams in the night...* ». En penchant la tête, elle le regarda pour lui demander : « C'est une chanson de Kate Bush. Vous connaissez ?

— Oui, *Wuthering Heights*, n'est-ce pas ?

— Ma fille Scarlett l'adore. On n'écoute pas trop Kate Bush à Oxford, je peux vous le dire. »

Il était minuit passé. Bourne était descendu pour acheter à dîner et leur avait remonté des plats indiens. Après avoir picoré une ou deux bouchées, Chrissie avait posé sa fourchette pour le regarder manger. Étant donné les graves incidents qui s'étaient déroulés à l'extérieur de la banque, Bourne se disait qu'il ferait mieux de ne pas s'aventurer trop loin. Il redoutait même de regagner son hôtel.

À la voir en face de lui sur ce canapé, une conversation lui revint en mémoire. C'était à Khartoum, peu avant la mort de Tracy :

« *En imagination, on peut être qui on veut, faire ce qu'on veut. Alors que dans la réalité, quand on veut changer de vie, c'est sacrément difficile. On doit combattre des forces contraires sur lesquelles on n'a aucun poids, et on finit vite par s'épuiser.*

— *On peut toujours troquer son identité contre une autre*, avait-il répondu. *Quand on s'invente une histoire à partir de rien, changer devient moins difficile.* »

Elle avait acquiescé. « *Oui, mais cette méthode n'est pas sans risques, elle non plus. On doit renoncer à sa famille, à ses amis… à moins, bien sûr, qu'on se fiche de vivre isolé.* »

« La nuit qui a précédé sa mort, reprit-il, Tracy a dit quelque chose qui m'a conduit à croire que, dans d'autres circonstances, ailleurs, elle aurait aimé fonder une famille. »

Chrissie resta sans voix. Puis, elle reprit ses esprits et dit :

« Je vais vous avouer un truc drôle. C'est sacrément tragique quand j'y repense maintenant, mais il m'arrivait de l'envier. Elle n'avait pas d'attaches, pas de mari. Elle pouvait voyager où elle voulait, quand elle le voulait. Et elle ne s'en privait pas. Elle vivait à cent à l'heure parce qu'elle adorait prendre des risques. C'était comme si le danger était pour elle – je ne sais pas – un aphrodisiaque ou alors quelque chose de grisant comme les montagnes russes, quand on a l'impression qu'on va s'envoler tout en sachant qu'on ne risque rien. » Elle eut un petit rire amer. « La dernière fois que je suis montée dans ce genre de manège, j'ai été malade comme un chien. »

D'un côté, Bourne la plaignait sincèrement, de l'autre il estimait le moment venu de creuser un peu. Peut-être Chrissie lui en apprendrait-elle davantage sur Tracy et sa mystérieuse relation avec Leonid Arkadine. L'espion en lui – autrement dit sa vraie nature – considérait cette femme non pas comme un être humain mais comme une source de renseignements. Cette pensée lui faisait horreur et, en même temps, elle faisait partie intégrante de son personnage. Tenir ses émotions à distance avait toujours été pour lui un gage de succès. Il était ainsi, du moins depuis qu'il avait subi l'entraînement Treadstone. Comme Arkadine, Bourne était un soldat aguerri, parfaitement formé, pour le meilleur ou pour le pire. Pourtant, un gouffre les séparait, si profond que Bourne n'en voyait pas le fond. Arkadine et lui se tenaient au bord de cet abîme, face à face, invisibles aux yeux de tous. Une force inconcevable les poussait à s'entre-tuer, à détruire l'autre sans se détruire soi-même. Parfois Bourne se demandait si cette lutte ne déboucherait pas nécessairement sur la mort des deux.

« Vous savez ce que j'aimerais ? demanda-t-elle en se tournant vers lui. Vous vous rappelez ce film, *Superman* ? Ce n'est pas un chef-d'œuvre, loin s'en faut, mais quand même… Loïs Lane meurt et Superman a tellement de chagrin qu'il s'élance dans les airs, vole tout autour de la Terre, de plus en plus vite, plus vite que le son, plus vite que la lumière, si bien qu'il renverse le cours du temps. Il retourne dans le passé, quelques secondes avant la mort de Loïs, et il la sauve. » Chrissie semblait scruter le visage de

Bourne mais en fait, elle voyait autre chose. « J'aimerais être Superman.

— Vous remonteriez le temps pour sauver Tracy.

— Si je pouvais. Mais dans le cas contraire, eh bien, moi je saurais vivre avec ce chagrin. Alors que Superman, lui, en aurait été incapable, enfin d'après le scénario… » Elle voulut reprendre son souffle mais ne réussit qu'à déclencher un sanglot. « Un poids me tire vers le bas. J'ai l'impression d'être accrochée à une ancre. Ou au corps de Tracy. Son corps glacé, tout raide et… éternellement immobile.

— Cette impression passera, dit Bourne.

— Oui, j'imagine que vous avez raison mais je n'en ai peut-être pas envie.

— Vous voulez la suivre dans les ténèbres ? Que faites-vous de votre fille Scarlett ? Pensez un peu à elle ! »

Chrissie piqua un fard et bondit du canapé. Bourne la suivit dans la chambre. Elle observait le poirier dans le clair de lune argenté.

« Tracy, pourquoi es-tu partie, bordel ? Si elle était ici, en ce moment même, je jure que je lui tordrais le cou.

— Ou du moins vous lui feriez promettre de ne plus fréquenter Arkadine. »

Bourne espérait qu'en remettant le nom d'Arkadine sur le tapis, Chrissie se souviendrait de quelque chose. Ils se trouvaient à la croisée des chemins ; l'instant qu'ils étaient en train de vivre revêtait une importance cruciale. Non seulement Bourne n'avait pas l'intention de prendre congé mais il devinait qu'elle ne le jetterait pas dehors, car il était désormais son seul lien avec sa sœur morte. Le fait qu'il ait assisté à ses derniers moments signifiait énormément pour elle. Cela les rapprochait tout en rendant la disparition de Tracy un peu plus supportable.

« Chrissie, dit-il doucement, vous a-t-elle dit comment elle avait fait sa connaissance ? »

Chrissie fit signe que non avant de se corriger :

« Si. Peut-être en Russie. Saint-Pétersbourg ? Elle y était allée visiter l'Ermitage. Je m'en souviens parce que je devais l'accompagner mais, au dernier moment, Scarlett est tombée malade. Une otite avec beaucoup de fièvre, des vertiges… Mon Dieu, si seulement j'avais été avec elle, rien de tout cela n'aurait eu lieu ! Et maintenant… Scarlett va être anéantie. » Tout de suite après, elle se renfrogna. « Pourquoi êtes-vous venu, Adam ?

— Pour garder un souvenir d'elle, et aussi parce que je n'avais nulle part où aller. » Il réalisa un peu tardivement qu'il disait la vérité, ou du moins une vérité qu'il souhaitait partager avec elle.

« Moi non plus, répondit-elle dans un soupir. Scarlett était chez mes parents quand j'ai reçu l'appel. Elle s'amusait beaucoup, et elle s'amuse encore, à en juger d'après ses derniers messages. » Ses yeux se posèrent sur lui mais de nouveau, elle pensait à autre chose. « Vous pouvez emporter le souvenir que vous voulez. Allez-y. Jetez un coup d'œil.

— Je vous en suis reconnaissant. »

Elle hocha la tête d'un air absent puis se remit à contempler la ruelle et le poirier en fleur. Un instant plus tard, elle poussa un petit cri.

« Elles sont là ! »

Bourne se leva et la rejoignit à la fenêtre.

« Elles sont de retour, dit-il. Les hirondelles. »

Arkadine se réveilla dès l'aube, enfila un maillot de bain et descendit courir sur la plage. Le ciel était rempli de cormorans et de pélicans. Des mouettes affamées arpentaient le sable en picorant les restes des fiestas de la nuit dernière. Il partit vers le sud à petites foulées, jusqu'à la barrière d'un club de vacances qu'il contourna. Ensuite, il piqua une tête et nagea pendant quarante minutes. Quand il revint au couvent, une vingtaine de messages l'attendaient sur son téléphone portable. L'un d'eux provenait de Boris Karpov. Il se doucha, s'habilla et se prépara une salade de fruits. Ananas, papayes, bananes, oranges. Le tout accompagné d'une bonne cuillérée de yaourt. C'était drôle mais depuis qu'il séjournait au Mexique, il apprenait à se nourrir sainement.

Après s'être essuyé la bouche d'un revers de main, il prit son téléphone et passa un premier appel. Le client n'avait pas reçu la dernière livraison effectuée par le réseau de Gustavo Moreno, lui dit-on. C'était peut-être juste un retard. Pour l'instant, impossible d'en avoir le cœur net. Il demanda qu'on le tienne au courant puis raccrocha.

Tout en songeant qu'il allait devoir s'occuper de ce problème lui-même et, si jamais la drogue avait effectivement disparu, appliquer des sanctions sévères, il composa le numéro de Karpov.

« Je suis à LAX, dit Boris Karpov dans son oreille. Quelle est la suite du programme ?

— Une rencontre en face à face, répondit Arkadine. Il y a un vol pour Tucson en fin de matinée. Appelez dès maintenant pour louer une voiture – un coupé décapotable, aussi vieux et cabossé que possible. » Puis il lui donna des instructions ainsi que l'itinéraire. « Vous arriverez au point de rendez-vous avec la capote baissée. Attendez-vous à poireauter au moins une heure, le temps que je vérifie si vous avez bien respecté tous les termes de notre accord. Est-ce clair ?

— J'y serai, répondit Karpov, avant le coucher du soleil. »

Bourne veillait encore. Il écoutait les bruits de l'appartement, de l'immeuble, du voisinage. Il écoutait Londres respirer comme une bête immense. Lorsque Chrissie entra dans le salon, il tourna la tête vers elle. Voilà une heure, vers 4 heures du matin, elle s'était retirée dans la chambre mais, d'après la lumière de la lampe de chevet et le bruissement sec des pages tournées, Bourne avait compris qu'elle ne dormait pas. Peut-être n'avait-elle même pas essayé.

« Vous n'êtes pas couché ? » Elle avait la voix douce, presque enrouée, d'une femme qui vient de se réveiller.

« Eh non. »

Il s'était allongé sur le canapé, l'esprit aussi calme et sombre que le fond de la mer. Mais le sommeil n'était pas venu. À un moment, il avait cru l'entendre soupirer mais ce n'était que le souffle de la ville.

Elle s'assit à l'autre bout du canapé et ramena ses jambes sous elle.

« J'aimerais rester ici, si cela ne vous ennuie pas. »

Il acquiesça silencieusement.

« Vous ne m'avez pas parlé de vous. »

N'ayant pas envie de lui mentir, Bourne ne répondit rien.

Une voiture passa dans la rue, puis une autre. Un chien aboya. La ville semblait figée, comme prise par les glaces ; son cœur s'était tu.

Le fantôme d'un sourire étira les lèvres pleines de Chrissie.

« Vous êtes comme elle. »

Peu après, ses paupières s'alourdirent. Elle se recroquevilla comme un chat en posant la tête sur ses bras, poussa quelques vrais soupirs et s'endormit. Peu de temps plus tard, Bourne l'imita.

« Non mais ça va pas ! s'écria Soraya Moore. Je ne vais pas séduire Arkadine rien que pour vous faire plaisir !

— Je comprends ton appréhension, répondit Marks. Mais…

— Non, Peter, j'en doute fort. Sinon il n'y aurait pas de *mais*. »

Elle se leva et marcha vers la rambarde. Assis sur un banc, au bord du canal de Georgetown, ils regardaient miroiter les lumières autour des bateaux endormis. Derrière eux, des jeunes gens ivres passaient en chahutant. De temps en temps, les adolescents éclataient de rire en s'envoyant des textos. La nuit était merveilleusement douce. Quelques rares nuages s'effilochaient dans le ciel.

Marks se leva pour la rejoindre. Il poussa un gros soupir comme s'il souffrait plus qu'elle, ce qui ne fit que l'énerver davantage.

« On dirait que tu méprises les femmes au point de ne voir en elles que leur aspect physique », dit-elle avec colère.

Marks se garda de répondre. Il sentait qu'elle lui en voulait d'autant plus qu'il était un ami, quelqu'un en qui elle avait confiance. Et bien sûr, Willard avait anticipé sa réaction. Cette mission était une offense, surtout pour une femme comme Soraya, qui avait une haute opinion d'elle-même. Marks était la seule personne en mesure de la convaincre. Mieux encore, Marks était persuadé que si Willard avait fait la démarche lui-même, elle l'aurait envoyé sur les roses et l'aurait planté là sans l'ombre d'une hésitation. Willard ne s'était pas trompé puisqu'elle était encore là. Certes, elle fulminait mais elle ne lui avait pas encore dit d'aller se faire voir.

« Pendant des siècles, les femmes ont dû subir la loi des hommes, se lança-t-il. Du coup, elles ont inventé une manière imparable pour obtenir ce qu'elles souhaitaient : argent, pouvoir, droit de décider de son sort dans une société dominée par les mâles.

— Je n'ai pas besoin que tu me fasses subir un cours sur le rôle des femmes dans l'histoire », cracha-t-elle.

Marks ignora son commentaire.

« Quoi que tu en penses, admets quand même que les femmes possèdent une qualité imparable.

— Imparable ! Imparable ! Cesse de répéter ce mot, tu veux ?

— Celle d'attirer les hommes, de les séduire, de trouver les failles dans leur armure et de les retourner contre eux. Tu sais mieux que moi que le sexe est une arme puissante, quand il est utilisé à bon escient. Cela vaut surtout lors des missions clandestines. » Il se tourna vers elle. « Dans *notre* monde.

— Seigneur, je crois que tu n'es qu'un petit branleur. » Elle se pencha sur la rambarde, les doigts croisés, avec cet aplomb qui lui était propre.

Marks sortit son téléphone portable, afficha la photo d'Arkadine et lui tendit l'appareil.

« C'est un beau mec, n'est-ce pas ? Fascinant, m'a-t-on dit.

— Tu me dégoûtes.

— Ce genre d'insulte n'est pas digne de toi.

— Par contre baiser avec Arkadine si ? » Elle lui jeta le téléphone portable mais il n'essaya même pas de le rattraper.

« Tu auras beau ruer dans les brancards, il n'en reste pas moins que tu es une espionne avant tout. C'est la vie que tu as choisie. Personne ne t'y a obligée.

— Ah bon ? Qu'est-ce que tu es en train de faire, alors ? »

Il prit un risque calculé.

« Je ne te mets pas le couteau sous la gorge. Tu peux te lever et partir à tout moment.

— Et ensuite ? Je n'aurai rien. Je ne serai plus rien.

— Tu retourneras au Caire pour épouser Amun Chalthoum et fonder une famille. »

Il dit cela sans méchanceté aucune. Pourtant, le simple fait de lui brosser ce genre de tableau constituait une preuve de mépris. En tout cas, elle en fut profondément choquée. D'autant plus qu'elle venait de mesurer à quel point Errol Danziger s'était fichu d'elle. Il l'avait bien eue, ce salopard. Non seulement elle pouvait dire adieu à sa carrière au sein de la CIA – ce qui n'était pas rien – mais en plus, il avait veillé à ce qu'aucune agence gouvernementale concurrente ne l'embauche jamais. Quant aux sociétés de sécurité privées, mieux valait ne pas y penser. Elle refusait catégoriquement de s'engager dans une organisation de mercenaires comme Black River. Elle se détourna et se mordit la lèvre pour retenir ses larmes. Quelle humiliation ! Elle se sentait comme ces espionnes du temps jadis qui devaient obéir à leurs supérieurs masculins et ravaler leurs opinions, tout cela contre quelques secrets lâchés sur l'oreiller, jusqu'au jour où…

« Tu ne connais pas ce type, renchérit Marks pour cacher son impatience. C'est vraiment une ordure, Raya. Si tu arrivais à le coincer, ce serait vraiment une bonne chose.

— C'est ce que vous dites tous.

— Non, nous faisons notre devoir, c'est tout. C'est ainsi que les choses se passent.

— Facile à dire. C'est pas toi qui devras te coltiner…

— Tu ignores la mission qui m'a été attribuée. »

Encore une fois, elle détourna la tête. Il regarda son profil se découper sur l'eau du canal, les taches de lumière qui scintillaient à la surface. À gauche, les gamins hurlaient de rire à qui mieux mieux.

« Qu'est-ce que je ne donnerais pas pour avoir leur âge, murmura Soraya. Et me moquer de ce foutu monde comme d'une guigne. »

Marks étouffa un soupir de soulagement. Il savait à présent qu'elle avalerait la pilule amère qu'il lui tendait. Elle accepterait la mission.

« Bizarre. Franchement bizarre. »

Dans la lumière pâle du matin, Chrissie étudiait l'inscription à l'intérieur de l'anneau que Bourne avait arraché à Noah Perlis.

« Je connais la linguistique, dit Bourne, et je crois pouvoir dire qu'il ne s'agit d'aucune langue connue. Qu'en pensez-vous ?

— Eh bien, c'est difficile à affirmer. Je note quelque ressemblance avec le sumérien, le latin aussi, probablement, mais le mélange est surprenant. » Elle leva les yeux vers lui. « Où avez-vous trouvé cet objet ?

— Cela ne vous dit rien, alors.

— Non, rien du tout. »

Elle avait préparé du café. De son côté, Bourne avait trouvé deux crêpes dans le frigo. D'après les cristaux de glace collés au sachet, elles étaient là depuis pas mal de temps, mais tant pis. Ils dénichèrent un pot de confiture et mangèrent debout, trop énervés pour s'asseoir. Ni l'un ni l'autre n'avaient fait la moindre allusion à la nuit qui venait de s'écouler. Puis Bourne lui avait montré l'anneau.

« Ce n'est que mon opinion et je suis loin d'être une experte. » Elle lui rendit l'anneau. « La seule manière d'en avoir le cœur net, c'est de le montrer à un spécialiste, à Oxford. L'un de mes amis enseigne dans le Centre d'études sur les documents anciens. Si cette inscription peut être déchiffrée, il y parviendra. »

Il était minuit passé quand le lieutenant R. Simmons Reade retrouva enfin son patron en Virginie, sur un court de tennis ouvert la nuit où le DCI suait sang et eau pendant deux heures, trois fois par semaine. Reade était le seul membre de la CIA ayant assez de cran pour lui annoncer les mauvaises nouvelles sans appréhension. Il était dans ses petits papiers depuis l'époque où il l'avait eu comme professeur à l'Académie des Opérations spéciales, établissement clandestin géré par la NSA envers lequel le Vieux éprouvait un tel mépris – il méprisait tout ce qui émanait de la NSA – qu'il l'avait appelé l'Académie des Services spéciaux pour le seul plaisir de l'abréger en ASS, à savoir « cul » en anglais.

Reade attendit la fin du dernier jeu pour se manifester. Il pénétra sur le court qui sentait la sueur et l'effort malgré la climatisation poussée à fond.

Danziger donna sa raquette au moniteur, se passa une serviette autour du cou et rejoignit son assistant.

« Qu'est-ce qui cloche ? », demanda-t-il sans s'encombrer de préambule. Le simple fait que Reade soit venu le chercher à cette heure tardive et qu'il ait choisi de se déplacer en personne au lieu de lui passer un coup de fil suffisait à le renseigner.

« Bourne a réussi à neutraliser l'équipe d'extraction. Ils sont soit à la morgue, soit derrière les barreaux.

— Bon Dieu, s'écria Danziger, comment a-t-il fait ? Pas étonnant que Bud ait besoin de moi pour reprendre les choses en main. »

Ils s'avancèrent vers un banc et s'assirent. Il n'y avait personne d'autre sur le court et, dans le silence, on entendait seulement le ronflement des ventilateurs.

« Est-ce que Bourne est encore à Londres ? »

Reade acquiesça.

« Oui, monsieur, pour l'instant.

— Coven aussi, n'est-ce pas, lieutenant ? »

Danziger ne l'appelait par son grade que dans les moments de crise.

« Oui, monsieur.

— Pourquoi n'est-il pas intervenu ?

— Il y avait trop de monde, trop de témoins pour qu'il tente de l'enlever en pleine rue.

— D'autres options ?

— Aucune malheureusement, répondit Reade. Dois-je intervenir ? Je peux recourir à nos équipes de la NSA pour…

— Nous ferons cela en temps voulu, Randy. Pour l'instant, je ne peux pas me permettre de faire intervenir mes hommes. Ce ne serait pas politique, comme Bud se plaît à me le rappeler. Non, on va devoir faire au mieux avec ce dont nous disposons.

— D'après son pedigree, monsieur Coven est un tueur de premier ordre.

— Parfait. » Le DCI se donna une claque sur les cuisses et se leva. « Envoyez-le sur les traces de Bourne. Dites-lui qu'il a carte blanche, qu'il peut tout faire à condition de nous le ramener. »

8

Après avoir reçu de Peter Marks la mission de trouver et de se lier avec Arkadine, Soraya Moore était retournée chez Delia Trane où elle se planquait. Elle avait passé les deux dernières heures à discuter au téléphone avec plusieurs de ses agents de terrain, des gens qu'elle avait elle-même recrutés et entraînés pour occuper des postes hautement qualifiés dans le domaine du renseignement, et dont le boulot consistait à surveiller et infiltrer les groupements sunnites et chiites, les groupuscules insurgés, les jihadistes et autres extrémistes sévissant dans les pays du Moyen-Orient et en Extrême-Orient. On lui avait peut-être retiré la direction de Typhon mais ses collaborateurs lui restaient fidèles, quels que soient les ordres qu'ils recevaient par ailleurs.

Elle était en train de parler avec Youssef, son contact à Khartoum. À présent qu'il faisait dans le trafic d'armes, Arkadine était connu comme le loup blanc dans cette partie du monde.

« Arkadine n'est ni au Moyen-Orient ni planqué dans les montagnes d'Azerbaïdjan, déclara Youssef.

« — Et j'ai la confirmation qu'il n'est ni en Europe, ni en Russie ni en Ukraine, répondit Soraya. Sais-tu pourquoi il fait le mort ?

— Son ancien protecteur, Dimitri Maslov, a lancé une fatwa contre lui, enfin plutôt la version russe de la fatwa.

— Ça peut se comprendre, répliqua Soraya. Maslov l'a engagé pour reprendre à Nikolaï Ievsen son affaire de trafic d'armes, ce qui expliquait sa présence à Khartoum voilà quelques semaines. Mais au lieu de revenir au bercail, il s'est tiré avec la liste des clients d'Ievsen, stockée sur un serveur informatique.

— Aux dernières nouvelles, Maslov a failli lui régler son compte à Bangalore, mais Arkadine s'en est sorti et depuis, on a perdu sa trace.

— De nos jours, personne ne peut rester planqué très longtemps, répondit Soraya.

— Au moins, tu peux procéder par élimination puisque tu sais où il n'est pas.

— Effectivement. » Soraya réfléchit un instant. « Je vais demander qu'on vérifie les registres des services d'immigration de tout le continent américain. L'Australie aussi. On finira bien par le cibler. »

D'après les souvenirs de Bourne, David Webb avait séjourné au moins deux fois à Oxford, la plus ancienne université du monde anglophone. À cette époque, le Centre d'Études sur les Documents anciens faisait partie de la Faculté d'Études classiques dont les locaux se trouvaient à l'intérieur de l'Old Boys' School sur George Street. Depuis, le Centre avait emménagé dans l'École pour la Recherche en Études classiques et byzantines Stelios Ioannou, au 66 St. Giles, un bâtiment dont l'architecture ultramoderne contrastait avec l'enseignement qu'on y dispensait autant qu'avec les bâtisses oxfordiennes des XVIIIe et XIXe siècles plantées à côté. Cette partie de St. Giles était située dans le centre historique d'Oxford dont la charte remontait à 1191. Ce centre s'appelait Carfax, un mot dérivé du français *carrefour*. De fait, les quatre grandes avenues d'Oxford, dont High Street, se rejoignaient en ce carrefour, aussi célèbre, à sa manière, que le croisement entre Hollywood Boulevard et Vine Street.

Avant de quitter Londres, Chrissie avait téléphoné à son ami professeur, Liam Giles, pour le prévenir de leur arrivée. Oxford n'étant qu'à soixante-dix kilomètres, il leur suffit d'une bonne heure pour faire le trajet à bord de la vieille Range Rover que Tracy avait donnée à sa sœur quand elle avait commencé à sillonner le monde dans tous les sens.

Bourne trouva Oxford inchangée depuis sa dernière visite. Cette ville vous transportait en arrière dans le temps, vers une époque peuplée de messieurs en haut-de-forme, de dames en robes longues, d'attelages et de diligences postales. Tout semblait figé, comme pris dans un bloc d'ambre.

Lorsque Chrissie trouva une place où se garer, le soleil commençait à percer derrière les nuages, l'air se réchauffait doucement, laissant espérer une température printanière. Ils rejoignirent le professeur Liam Giles dans son bureau, une grande salle tenant à la fois de l'atelier et du laboratoire. Des manuscrits et de gros livres reliés à la main s'alignaient sur les étagères.

162

Armé d'une loupe, Liam examinait la copie d'un papyrus.

Chrissie lui avait présenté le professeur Giles comme le chef du département Richards-Bancroft mais, quand l'homme leva les yeux vers eux, Bourne fut étonné de voir qu'il avait à peine quarante ans, de même qu'un physique pour le moins atypique : un nez écrasé, un menton proéminent, des petites lunettes rondes relevées sur un crâne dégarni et des avant-bras aussi courts et poilus que les pattes antérieures d'un kangourou.

En remettant les pieds à Oxford, Bourne avait craint qu'on le reconnaisse. Certes, d'une décennie à l'autre, le corps enseignant ne se renouvelait guère mais, par ailleurs, l'immense université englobait plusieurs collèges, et celui qui l'avait accueilli autrefois en tant que professeur invité se trouvait à l'autre bout du site.

En tout cas, Giles ne sourcilla nullement en entendant le nom d'Adam Stone. Visiblement ravi de revoir Chrissie, il s'enquit aimablement de sa santé et de celle de Scarlett qu'il semblait bien connaître.

« Dis-lui de passer un de ces quatre, dit-il. J'ai une petite surprise pour elle. Je sais qu'elle n'a que onze ans, mais elle a l'intelligence d'une fille de quinze. Mon cadeau devrait donc lui faire très plaisir. »

Chrissie le remercia avant de rembrayer sur l'inscription mystérieuse gravée à l'intérieur de l'anneau. Bourne le lui tendit. Giles alluma une lampe spéciale et entreprit d'examiner les caractères, d'abord à l'œil nu puis à travers une loupe de joaillier. Il sélectionna quelques ouvrages dans sa bibliothèque, les feuilleta en faisant glisser son index sur les pages densément imprimées, entrecoupées de schémas tracés à la main. Pendant un certain temps, son regard passa alternativement des textes à l'anneau puis, enfin, il leva les yeux vers Bourne et dit :

« Voyez-vous un inconvénient à ce que je prenne cet objet en photo ? Je pense que cela m'aiderait. »

Bourne ne fit pas d'objection.

Giles porta l'anneau devant un curieux objet ressemblant à l'extrémité d'un câble à fibre optique et le fixa solidement autour du filament pour qu'il ne glisse pas, puis il leur tendit de grosses lunettes fumées et en chaussa lui-même une paire. Après s'être assuré que ses visiteurs étaient bien protégés, il tapa deux lignes de commande sur un clavier d'ordinateur. S'ensuivit une série de petits éclairs aveuglants. Bourne comprit que Giles avait activé un laser bleu.

À peine deux secondes plus tard, le laser s'éteignit. Giles ôta ses lunettes. Ils l'imitèrent.

« Formidable, s'écria le professeur en pianotant à toute vitesse sur son clavier. Allez-y, jetez un œil. »

Dès qu'il alluma l'écran plasma encastré dans le mur, plusieurs clichés haute définition montrant en très gros plan les lettres gravées à l'intérieur de l'anneau se mirent à défiler.

« C'est ainsi que l'inscription apparaît à l'œil nu, sur une surface circulaire. Mais si on veut la lire – ou la voir – en plan, comme la plupart des textes, que fait-on ? » Il procéda à quelques transformations des images numériques jusqu'à obtenir une seule et unique bande de texte. « Nous avions une suite de lettres formant visiblement un seul mot, ce qui à première vue pouvait sembler étonnant, voire improbable. » Il agrandit l'image.

« Du moins, c'est ainsi que les choses nous apparaissaient. Mais voilà qu'à présent, sous sa forme plane,
nous décelons deux césures, et nous constatons qu'il
s'agit en fait de deux séries de lettres bien distinctes.

— Des mots, dit Bourne.

— Cela m'en a tout l'air, répondit Giles avec un
étrange trémolo.

— J'aperçois des caractères cunéiformes, intervint
Chrissie. On dirait du sumérien.

— Eh bien, cela ressemble à du sumérien, effectivement, dit Giles, mais en réalité, c'est du vieux perse. »
Il fit glisser vers elle l'un des ouvrages ouverts.
« Regarde mieux. » Pendant qu'elle vérifiait, il se
tourna vers Bourne. « Le vieux perse dérive du
suméro-akkadien. Notre chère Chrissie est donc tout
excusée. » Le ton affectueux de sa déclaration en
atténua quelque peu la pédanterie. « Néanmoins, il
existe une différence notable entre ces deux systèmes
d'écriture. Les signes cunéiformes akkadiens forment
des syllabes entières tandis que ceux du vieux perse
sont semi-alphabétiques, c'est-à-dire que chaque signe
représente une lettre.

— Que font ces lettres latines au milieu ? demanda
Chrissie. Ces symboles inconnus constituent-ils un langage ? »

Giles sourit.

« Monsieur Stone, je dois dire que l'énigme que
vous me soumettez m'excite au plus haut point. » Il
désigna l'écran. « Vous voyez ici un mélange de vieux
perse, de latin et de – dirons-nous en l'absence d'un
terme plus précis – quelque chose d'autre. J'ai une
bonne connaissance de toutes les langues anciennes

connues et répertoriées au cours des âges mais j'avoue que celle-là me laisse songeur. » Il fit un geste de la main. « Mais revenons à ceci. »

Il déplaça la souris à l'horizontale, en dessous de l'inscription.

« Je peux déjà vous dire qu'il n'existe pas de langue composite. Les caractères latins et les signes cunéiformes ne se mélangent pas. Par conséquent, s'il ne s'agit pas d'une langue en soi, on doit se demander ce que c'est. »

Bourne leva les yeux vers lui et déclara :

« Un code secret. »

On vit les yeux du professeur Giles s'agrandir derrière les verres de ses lunettes.

« Très bien, monsieur Stone. Tous mes compliments, fit-il en opinant du bonnet. En effet, cela ressemble à un code secret. Mais comme l'inscription dans son ensemble, ce code est très étrange. » Il travailla l'image en réorganisant les blocs, pour répartir en deux groupes distincts les signes cunéiformes et les caractères latins et isoler le troisième groupe, les lettres de l'« alphabet » inconnu.

« *Severus*, lut Bourne.

— Ce mot latin peut signifier un tas de choses, dit Chrissie, ou rien du tout.

— Absolument, répondit Giles. À présent, passons au perse ancien. » Il agença différemment les caractères cunéiformes. « Regardez ici, nous avons obtenu un deuxième mot : *Domna*.

— Attends une minute, intervint Chrissie. Si je me souviens bien, Septime Sévère fut élevé au rang de sénateur vers 170 par Marc Aurèle. En 193, il devient

166

empereur et le restera jusqu'à sa mort, dix-huit ans plus tard. Durant son règne, il a instauré un régime de dictature militaire en réponse à la corruption de son prédécesseur, Commode. Sur son lit de mort, on sait qu'il a conseillé à ses fils d'"enrichir les soldats et mépriser les autres hommes".

— Sympathique, dit Giles.

— Certains aspects de sa vie peuvent nous intéresser. Il est né à Leptis Magna, dans l'actuelle Libye, et il a renforcé le pouvoir de l'armée en lui ajoutant des corps auxiliaires, constitués de soldats originaires des frontières orientales de l'Empire romain et d'Afrique du Nord.

— En quoi cela nous concerne-t-il ? », s'enquit Giles.

À son tour, Chrissie usa du trémolo pour répondre d'un air mystérieux :

« Septime Sévère a épousé Julia Domna.

— Severus Domna », articula Bourne.

Une lumière s'alluma en lui, dans une zone enfouie, au-delà des voiles de l'oubli. Peut-être était-ce un sentiment de déjà-vu ou un genre d'avertissement. Toujours est-il que certains morceaux épars de son passé s'assemblèrent en ordre dans sa tête. Ce soudain accès de lucidité lui fit l'effet d'une démangeaison. Il décida de donner le change jusqu'à ce qu'il détermine quel était son propre rôle dans l'histoire.

« Adam, ça va ? dit Chrissie, étonnée, presque alarmée par sa réaction.

— Ça va », répondit-il. Il allait devoir surveiller son attitude en sa présence ; elle était aussi observatrice que sa sœur. « Autre chose ?

— Oui, une chose qui va vous passionner. Julia Domna était syrienne. Sa famille venait de l'ancienne cité d'Émèse. Ses ancêtres, des rois prêtres du puissant temple de Baal, exerçaient à ce titre une grande autorité dans toute la Syrie.

— Nous avons donc une inscription – tenant à la fois du code secret et de l'anagramme – qui mêle deux langues mortes, l'une occidentale l'autre orientale.

— Tout comme le couple formé par Julia Domna et Septime incarnait l'Orient et l'Occident, confirma Chrissie.

— Mais qu'est-ce que cela signifie ? songea tout haut Bourne. J'ai l'impression qu'il nous manque toujours la clé de l'énigme. » Il considéra Giles d'un air interrogateur.

« Oui, le troisième système d'écriture. J'admets que vous avez raison, monsieur Stone. Nous ne connaîtrons la signification de Severus Domna qu'après l'avoir déchiffré. » Il rendit la bague à Bourne.

« Et tu ne vois pas ce que c'est ? demanda Chrissie.

— Mais si. Je sais exactement ce que c'est. Il s'agit d'ougaritique, un proto-alphabet qui a vu le jour dans une région de la Syrie, aussi petite qu'influente. Tout comme ta Julia Domna, précisa-t-il en regardant Chrissie. L'ougaritique forme un lien entre les langues les plus anciennes et l'écriture telle que nous la connaissons aujourd'hui. C'est la première manifestation connue des alphabets levantins et sud-sémitiques. En d'autres termes, l'ougaritique est à la source des alphabets grec, hébreu et latin.

— Vous soutenez donc que ce mot est écrit en alphabet ougaritique, dit Bourne. Seulement, vous ne savez pas ce qu'il signifie.

— Je vous répondrai de nouveau par oui et par non. » Giles se remit devant l'écran, pointa chaque caractère et prononça le son qui y était associé. « Je peux déchiffrer les lettres mais encore une fois, nous avons affaire à une anagramme. Bien que l'ougaritique fasse partie des langues proche-orientales connues, son étude demeure un domaine très spécialisé, très fermé. La plupart de mes confrères estiment qu'il s'agit d'une impasse – un langage créé pour faciliter les échanges plutôt qu'une langue à part entière. Il n'existe dans le monde que deux spécialistes de l'ougaritique et je n'en suis pas. Par conséquent, le déchiffrement de cette anagramme me prendrait un temps fou – un temps dont je ne dispose pas, pour parler franchement.

— Je m'étonne même qu'on l'étudie, dit Chrissie.

— En réalité, les universitaires s'y intéressent pour une seule raison. Certains sont persuadés que l'ougaritique recèle, dirons-nous, des pouvoirs magiques.

— De la magie noire ? », demanda Bourne.

Giles éclata de rire.

« Oh, mon Dieu non, monsieur Stone. Rien de si fantastique. Non, ils croient que l'ougaritique peut expliquer le mécanisme de l'alchimie, qu'il a été créé à l'usage des prêtres, comme des incantations servant à invoquer le divin. D'après eux, le processus alchimique utiliserait à la fois la langue ougaritique – par l'articulation de ses sonorités – et certains protocoles scientifiques.

— Tout cela dans le but de changer le plomb en or », conclut Chrissie.

Le professeur acquiesça.

« Entre autres choses, oui.

— On retrouve ce mélange Orient/Occident, reprit Bourne, comme dans le couple Severus et Domna, comme pour le vieux perse et le latin.

— Curieux, en effet. Je n'avais pas envisagé la question sous cet angle, mais oui. Ça paraît tiré par les cheveux, c'est difficile à croire mais finalement pourquoi pas ? Vous avez bien fait d'évoquer Julia Domna et ses origines syriennes. Regardez ceci. » Giles se pencha sur son clavier. À l'écran s'afficha une carte du Proche-Orient. Il zooma rapidement sur la Syrie moderne puis se concentra sur une région particulière. « La langue ougaritique est née dans cette partie de la Syrie, autour du grand temple de Baal considéré par certains comme le plus puissant des anciens dieux païens.

— Connaissez-vous personnellement ces deux experts de l'ougaritique, professeur ? demanda Bourne.

— J'en connais un, répondit Giles. Il est – comment dire ? – un peu excentrique. Mais tous les spécialistes des langues anciennes le sont plus ou moins, surtout dans ce domaine ésotérique. Pour tout vous dire, nous jouons aux échecs en ligne, tous les deux. Il s'agit plus exactement d'une version archaïque du jeu d'échecs, fort prisée par les anciens Égyptiens. » Il gloussa. « Avec votre permission, monsieur Stone, je vais lui envoyer tout de suite notre énigme par courriel.

— Vous avez ma bénédiction », déclara Bourne.

Giles rédigea le message, y attacha l'image de l'inscription et l'envoya.

« Il adore les énigmes. Plus elles sont obscures plus il les aime, comme vous pouvez l'imaginer. S'il ne trouve pas la solution, personne d'autre ne le pourra. »

Allongée sur le lit de la chambre d'amis chez Delia, Soraya rêvait d'Amun Chalthoum, l'homme qu'elle aimait et qu'elle avait laissé au Caire, quand son téléphone portable se mit à ronronner sur sa hanche. Elle l'avait mis en mode vibreur pour qu'il ne dérange pas son amie, endormie dans la pièce attenante.

Aussitôt, elle émergea des brumes du sommeil, posa le téléphone contre son oreille et murmura : « Oui ?

— On tient une piste, dit son interlocutrice, membre du réseau Typhon, une dénommée Safa dont la famille avait été tuée par des terroristes au Liban. Je suis en train de t'envoyer des images sur ton ordinateur portable.

— Ne quitte pas », dit-elle.

Soraya brancha son ordinateur et l'alluma. Un instant plus tard, elle se connectait. Le message contenait trois photos. La première était le portrait d'Arkadine que Peter lui avait déjà montré. Le seul bon cliché disponible, sans doute. Pourtant, cette image-là était de bien meilleure qualité. Marks disait vrai ; Arkadine avait du charme : des yeux bien dessinés, des traits virils. Il était blond. Mais était-ce vraiment lui ? Impossible à affirmer. De toute évidence, les deux autres vues venaient d'appareils de surveillance. Malgré la piètre qualité du rendu et des couleurs, on apercevait sur le premier un homme grand et musclé, coiffé d'une casquette bon marché marquée du logo des Dallas Cowboys, probablement achetée dans une boutique de l'aéroport. Son visage flou ne permettait pas une identification positive. Sur la deuxième photo, il soulevait sa casquette pour se gratter les cheveux. Des cheveux très bruns, très brillants, comme s'il venait de les teindre. Il n'avait sans doute pas remarqué la caméra, songea-t-elle en examinant le visage de l'homme.

« Je pense que c'est lui, dit-elle après l'avoir comparé au premier portrait.

— Moi aussi. Ces images ont été prises par les services de l'immigration, à l'aéroport de Dallas/Fort Worth, il y a huit jours. »

Pourquoi le Texas, s'interrogea Soraya, *et pas New York ou Los Angeles ?*

« Il descendait d'un vol en provenance de l'aéroport Charles-de-Gaulle, sous le nom de Cary Grant.

— Tu plaisantes, s'étonna Soraya.

— Pas le moins du monde. »

Ce type avait vraiment le sens de l'humour.

9

Les yeux plissés, Leonid Arkadine regardait la décapotable cabossée bringuebaler sur la route menant au
quai. Le soleil crachait ses dernières flammes sur
l'horizon ; c'était la fin d'une autre journée torride.

Il prit ses jumelles, fit le point et les braqua sur Boris
Karpov qui venait de descendre de voiture en s'étirant.
Avec un véhicule ouvert équipé d'un coffre minuscule, le colonel aurait eu du mal à cacher du renfort.
Karpov regarda autour de lui. Un instant, ses yeux glissèrent sur Arkadine mais il ne le vit pas. Arkadine avait
pris soin de se camoufler sur le toit en tôle d'un abri de
pêcheur, derrière une pancarte peinte à la main disant :
BODEGA – PESCADO FRESCO A DIARIO. Allongé sur le
ventre, il l'observait tout à loisir.

Les mouches bourdonnaient sans relâche, une forte
odeur de poisson pénétrait dans ses narines comme un
nuage toxique, la tôle surchauffée lui brûlait le ventre,
les genoux, les coudes, mais rien de tout cela ne le dis-
trayait de sa surveillance.

Il vit Karpov s'engager dans la file des passagers de
la croisière du crépuscule, payer son ticket et grimper à
bord de la goélette qui cinglait chaque soir vers la mer

de Cortés. Karpov et l'équipage mexicain étaient les plus vieux sur le pont, et de loin. À le voir ainsi, planté au milieu d'un essaim de donzelles en bikinis et de jeunes mâles bourrés de testostérone, Arkadine lui trouva un air pitoyable. *Comme un poisson hors de l'eau*, ironisa-t-il pour lui-même. Plus le colonel se sentait mal à l'aise, plus Arkadine jubilait.

Dix minutes après qu'ils eurent largué les amarres et mis les voiles, il descendit de son perchoir et marcha à grandes enjambées vers le quai où l'attendait un canot hors-bord en fibre de verre, de modèle Cigarette. À son bord, El Heraldo – Dieu seul savait où le Sonorien avait déniché ce surnom – se tenait prêt à mettre les gaz.

« Tout est prêt, patron, comme vous l'avez demandé. »

Arkadine sourit au Mexicain et lui donna une bonne bourrade sur l'épaule.

« Que ferais-je sans toi, mon ami ? », lança-t-il en lui glissant un billet de vingt dollars.

De petite taille, le dénommé El Heraldo était un vieux loup de mer au torse très développé et aux jambes arquées. Dès qu'il sauta au fond du hors-bord, Arkadine alla ouvrir la glacière pour en sortir un objet enveloppé dans un sac en plastique hermétique à fermeture Éclair. Puis il prit le volant. Quand les moteurs s'allumèrent, un grondement assourdi jaillit de la poupe et dériva sur l'eau en même temps qu'une bouffée de fumée bleue. El Heraldo détacha les amarres à l'avant et à l'arrière, fit signe à Arkadine de dégager le bateau du quai et regarda le hors-bord foncer en direction des balises marquant le petit chenal. Devant lui, le soleil couchant mouchetait les vagues bleu cobalt de rouge et d'orangé.

La mer était si calme qu'on se serait cru sur un fleuve. La Neva, pensa Arkadine tandis que des images du passé surgissaient dans son esprit. Saint-Pétersbourg au coucher du soleil, le ciel de velours, le fleuve gelé, Tracy assise en face de lui à une table près de la fenêtre, chez Doma. Le long des rives, les bâtiments anciens aux façades ornées rappelaient les palais vénitiens. Staline et ses successeurs les avaient épargnés. Le splendide édifice de l'Amirauté avait lui aussi échappé aux architectes militaires soviétiques qui avaient défiguré tant d'autres grandes cités russes.

Entre blinis et caviar, Tracy lui parlait peinture et Arkadine buvait ses paroles. Tout en l'écoutant, il songeait avec amusement qu'à deux pas de leur restaurant, le cadavre d'un homme politique reposait au fond de la Neva, attaché comme un sac de patates pourries, lesté par des lingots de plomb. Les lumières des monuments dansaient à la surface du grand fleuve paisible, cachant sous leur miroitement l'obscurité boueuse du dessous. Il se demanda un instant si les poissons se repaissaient déjà du sinistre repas qu'il leur avait servi, quelques heures auparavant.

Arrivée au dessert, elle dit :

« J'ai quelque chose à vous demander. »

Il lui avait adressé un regard interrogatif. Comme si elle ignorait comment aborder le sujet, elle avait d'abord pris une gorgée d'eau.

« Ce n'est pas simple pour moi, finit-elle par dire. Pourtant, bizarrement, le fait que nous soyons presque des inconnus l'un pour l'autre me facilite la tâche.

— Il est souvent plus facile de se confier aux gens qu'on vient de rencontrer. »

Elle acquiesça mais ses joues pâlirent. Les mots semblaient coincés dans sa gorge.

« En fait, c'est un service. »

Arkadine s'y attendait.

« Si je peux vous aider, je le ferai. Quel genre de service ? »

Un long bateau-mouche fendait les eaux de la Neva. Ses projecteurs éclairaient de grands pans du fleuve et des bâtiments sur berge. On aurait pu se croire à Paris, une ville où Arkadine avait réussi à se perdre plusieurs fois, lors de brefs séjours.

« J'ai besoin d'aide, dit-elle d'une petite voix ravivée qui le poussa à se pencher vers elle, les coudes sur la table. Le genre d'aide que votre ami… Comment s'appelle-t-il, déjà ?

— Oserov.

— C'est cela. J'ai un don pour cerner les gens. Dès que je l'ai vu, j'ai compris que votre ami Oserov était le genre d'homme dont j'avais besoin. Qu'en pensez-vous ?

— Quel genre d'homme exactement ? s'enquit Arkadine en se demandant où elle voulait en venir et pourquoi cette femme qui s'exprimait avec une telle aisance avait à présent tant de mal à trouver ses mots.

— Ouvert à toute proposition. »

Arkadine se mit à rire. Elle avait de la suite dans les idées.

« Que comptez-vous lui proposer ?

— Je préfère le lui dire personnellement.

— Ce type ne peut pas vous blairer. Vous feriez mieux de m'en parler d'abord. »

Elle prit le temps de contempler par la vitre le fleuve et la rive opposée, puis se retourna vers lui.

« Très bien. » Elle inspira profondément. « Mon frère a des problèmes… De graves problèmes. Je dois trouver un moyen… un moyen radical… de le sortir de là. »

Son frère était-il un criminel ?

« Sans que la police s'en mêle, j'imagine », dit-il à voix haute.

Elle eut un rire sans humour.

« J'en aurais bien parlé à la police. Malheureusement c'est impossible.

— Dans quel pétrin s'est-il fourré ?

— Mon frère est un joueur pathologique. Il est harcelé par un usurier. Je lui ai donné de l'argent pour qu'il le rembourse mais il a préféré claquer la somme au casino. Ensuite, il m'a volé une œuvre d'art que j'étais censée livrer chez un client. J'ai réussi à arrondir les angles avec mon client, mais s'il découvre la vérité, je suis fichue.

— J'imagine que les problèmes ne s'arrêtent pas là. »

Elle hocha la tête avec un air de profonde tristesse.

« Il a essayé de la fourguer à des escrocs qui lui en ont donné le tiers de son prix. Pas assez pour lui, en tout cas. À présent, si je n'interviens pas de manière drastique, son usurier va le faire assassiner.

— Cet usurier a-t-il vraiment les moyens de l'éliminer ?

— Oh que oui !

— Tant mieux. » Arkadine sourit en songeant que cette mission était faite pour lui. Comme un joueur d'échecs anticipant un mat de la reine, il savourait d'avance l'ascendant qu'il prendrait sur elle en la sortant de cette ornière. « Je m'en occuperai.

— J'ai seulement besoin que vous m'introduisiez auprès d'Oserov.

— Je viens de vous dire que vous n'aviez pas besoin de lui. C'est moi qui vous rendrai ce service.

— Non, dit-elle d'une voix ferme. Je ne veux pas que vous soyez impliqué.

— Je suis déjà impliqué, dit-il en écartant les mains.

— Je ne veux pas que vous le soyez davantage. » Les lumières tamisées donnaient à la scène un côté théâtral, comme si leur conversation était tirée d'une scène intime, comme si Tracy s'apprêtait à soulager la tension du public en prononçant des paroles attendues.

« Quant à Oserov, poursuivit-elle, sauf erreur de ma part, il aime plus l'argent qu'il ne me déteste. »

Arkadine ne put s'empêcher de rire. Il allait lui répondre qu'elle n'avait pas le droit de parler à Oserov quand une lueur dans les yeux de Tracy l'avertit qu'elle ne souffrirait pas d'autre contradiction. Sinon elle se lèverait, s'en irait et il ne la reverrait plus jamais. Or, Arkadine n'avait pas envie de la voir partir. Il la tenait entre ses mains et ne comptait pas la lâcher de sitôt.

Le Cigarette avançait et tanguait de plus en plus fort. Arkadine revint à la réalité. Après avoir croisé le sillage de la goélette, il la suivit par son flanc bâbord tout en discutant par radio avec le capitaine dont il s'était déjà assuré la collaboration active.

Cinq minutes plus tard, le hors-bord ballottait contre la coque du voilier. On amena une échelle de corde où s'accrocha la masse imposante de Boris Karpov.

« Un bel endroit pour un rendez-vous entre deux Russes, n'est-ce pas colonel ? fit Arkadine en assortissant son sourire d'un clin d'œil.

— J'admets que je prévoyais de vous rencontrer dans des circonstances bien différentes.

— Vous auriez préféré me voir menotté ou gisant dans une mare de sang, j'imagine. »

Karpov avait du mal à respirer.

« Ce n'est pas ma faute si vous vous êtes bâti une réputation d'assassin sanguinaire.

— C'est bien difficile de se montrer à la hauteur de sa réputation, rétorqua Arkadine en constatant non sans amusement que Karpov, verdâtre, ne semblait pas d'humeur à plaisanter. Ne vous en faites pas, le mal de mer cesse dès qu'on pose le pied sur la terre ferme. »

On remonta l'échelle, Arkadine s'écarta de la goélette et mit les gaz en laissant derrière eux un sillage d'écume. Quand il passa à la vitesse supérieure, la proue s'éleva et Karpov tomba sur son siège avec un bruit mat, la tête entre les jambes.

« Levez-vous et regardez un point fixe à l'horizon, suggéra Arkadine. Ce cargo, par exemple. Cela vous soulagera. »

Karpov finit par suivre son conseil.

« Et n'oubliez pas de respirer. » Arkadine vira sud sud-est. Dès qu'il estima avoir parcouru une distance suffisante, il s'arrêta, laissa le moteur tourner au ralenti, se retourna et regarda son passager. « Il faut reconnaître que notre gouvernement s'entend à former son personnel. Vous obéissez au doigt et à l'œil, cher colonel. Félicitations, ajouta-t-il en esquissant une courbette.

— Allez vous faire voir », dit Karpov en se retournant pour vomir par-dessus bord.

Arkadine sortit la glacière qu'El Heraldo avait rangée dans un coin et en retira une bouteille de vodka frappée.

« Pas de cérémonie entre nous. Sur la mer, on est un peu comme chez soi. Ça va vous remettre les boyaux en place. » Il lui tendit la bouteille. « Mais faites-moi plaisir, rincez-vous la bouche avant de boire. »

Karpov recueillit un peu d'eau de mer dans sa paume et la fit tourner dans sa bouche avant de recracher. Puis il dévissa la capsule et avala une bonne rasade de vodka en fermant les yeux.

« Ça va mieux, fit-il en restituant la bouteille à Arkadine. Cela dit, plus vite je retrouverai le plancher des vaches, mieux ça vaudra. »

Avant qu'Arkadine puisse répondre, Karpov fit volte-face et se remit à vomir, accroché au plat-bord. Blême, couvert de sueur, il poussa un gémissement puis un autre lorsque Arkadine procéda à une fouille méticuleuse de sa personne, à la recherche d'une arme ou d'un enregistreur numérique.

Ne trouvant rien de tel, Arkadine s'écarta et attendit que Karpov se rince la bouche pour commenter :

« En effet, le plancher des vaches a l'air de vous manquer énormément. »

Il rangea la bouteille dans la glacière, tendit au colonel une poignée de glaçons et reprit les commandes du hors-bord. Il mit le cap plein sud en suivant une troupe de pélicans blancs et gris, volant en formation parfaite au ras de l'eau sombre. Ensuite, il s'engagea dans l'estuaire d'Estero Morua où il jeta l'ancre dans une eau peu profonde. La nuit recouvrait la partie est de la voûte céleste. À l'ouest, le ciel comme un brasier sur le point de s'éteindre hésitait encore à laisser place aux ténèbres.

Ils pataugèrent dans l'eau jusqu'à la rive. Arkadine transportait la glacière sur son épaule musclée. En atteignant la plage, Karpov s'assit dans le sable, encore que le verbe asseoir, en l'occurrence, relevât de l'euphémisme. Toujours mal en point, il entreprit d'ôter maladroitement ses chaussures et ses chaussettes trempées. Avec ses sandales en caoutchouc, Arkadine n'avait pas ce genre de problème.

Arkadine partit ramasser du bois flottant pour faire du feu. Il décapsulait sa deuxième Dos Equis quand le colonel lui demanda, plutôt faiblement, de lui passer une canette.

« Il vaudrait mieux manger un morceau d'abord. » Arkadine sortit un casse-croûte enveloppé que Karpov refusa d'un mouvement de tête. « Comme vous voulez, fit-il en reniflant avec délices le burrito de carne asada enveloppé dans une tortilla.

— Grands dieux ! s'exclama Karpov en détournant la tête.

— Ah, le Mexique ! s'écria Arkadine en croquant dans son burrito à pleines dents. Dommage que vous ne m'ayez pas écouté le jour où vous avez débarqué dans l'entrepôt de Maslov.

— Ne m'emmerdez pas avec ça. Votre tuyau puait le guet-apens à plein nez. Qu'attendiez-vous que je fasse ? »

Arkadine haussa les épaules.

« Quand même, vous avez gâché une chance.

— Qu'est-ce que je viens de dire ?

— Je voudrais juste vous expliquer qu'avec un homme comme Maslov, il vaudrait mieux réussir la prochaine fois.

— J'avais saisi, bordel ! », répondit le colonel, furieux.

Arkadine accueillit ses paroles avec une admirable sérénité.

« L'eau coule sous les ponts. » Il décapsula une autre Dos Equis et la lui tendit.

Karpov garda les yeux fermés un instant. On aurait dit qu'il comptait mentalement jusqu'à dix. Quand il rouvrit les paupières, il articula aussi calmement que possible :

« J'ai parcouru des milliers de kilomètres pour entendre ce que vous avez à me dire. Vous avez sacrément intérêt à m'apprendre quelque chose de valable. »

Ayant engouffré son burrito, Arkadine secoua les miettes qui restaient sur ses mains et prit une autre bière pour faire passer son casse-croûte.

« Vous voulez savoir qui sont les taupes chez vous. Je ne vous blâme pas : à votre place, je ferais pareil. Je vais vous donner des noms mais d'abord, j'exige des garanties.

— Nous y voilà », dit Karpov d'un ton las. Il fit rouler la bouteille sur son front couvert de sueur. « Très bien, quel est votre prix ?

— Une immunité permanente.

— Accordée.

— Et la tête de Dimitri Maslov sur un plateau. »

Karpov lui adressa un regard curieux.

« Qu'est-ce qu'il y a entre vous deux ?

— Je veux une réponse.

— Accordée.

— J'ai besoin d'une assurance, insista Arkadine. Malgré tous vos efforts, Maslov continue d'avoir un tas de gens dans sa poche, depuis les apparatchiks du FSB jusqu'aux politicards régionaux en passant par les juges fédéraux. Je n'ai pas envie qu'il en réchappe encore une fois.

— Eh bien, cela dépendra de la qualité et du nombre d'informations que vous me fournirez, n'est-ce pas ?

— Ne vous en faites pas pour cela, colonel. Je vais vous servir du solide et du bien saignant.

— Alors, dans ce cas, tout va bien. » Karpov vida la moitié de sa canette. « Autre chose ?

— Oui. »

Karpov considérait ses chaussures trempées en hochant tristement la tête.

« Il y a toujours autre chose, pas vrai ?

— Je veux que vous me laissiez Oserov. »

Tout en retirant une algue de sa chaussure, Karpov fronça les sourcils.

« Oserov est le lieutenant de Maslov. On va avoir du mal à l'éloigner du centre de la cible.

— J'en ai rien à foutre.

— C'est drôle, je m'attendais à cette réponse », rétorqua Karpov. Il réfléchit un instant puis, ayant pris sa décision, acquiesça d'un signe de tête. « C'est d'accord. Mais je dois vous avertir que lorsque je commencerai à attaquer, vous aurez douze heures au maximum pour vous occuper de lui, ajouta-t-il en levant un doigt menaçant. Après cela, je l'embarque avec le reste de la troupe. »

Arkadine tendit la main pour sceller leur accord. Quand dans sa paume il sentit la grosse poigne calleuse de Karpov, il reconnut avec plaisir des mains de travailleur, pas de bureaucrate. Karpov avait beau être au service du gouvernement, ce n'était pas un robot mais un homme de parole.

À cet instant précis, Karpov bondit sur Arkadine, lui empoigna le cou et se mit à le soulever de terre. De l'autre main, il tenait une lame de rasoir sur sa gorge.

« Dans votre chaussure, fit Arkadine sans chercher à se débattre. Très basique mais très efficace.

— Écoute, mon salaud, j'apprécie pas trop qu'on me double. Tu t'es arrangé pour que je me plante, dans cet entrepôt. Maintenant, Maslov est au courant. Il va être sur ses gardes, ce qui rendra ma tâche encore plus compliquée. Depuis tout à l'heure, tu me traites avec irrespect alors que tu n'es qu'un assassin de bas étage, l'insecte le plus immonde du cloaque où tu vis. Tes victimes, tu les tourmentes, tu les tortures et après tu les exécutes, comme si la vie humaine n'avait pas d'importance. Je me sens sale rien qu'à te parler. Je rêve de te buter mais tu as de la chance parce que Maslov m'intéresse plus que toi. Donc je vais m'en tenir à la décision que j'ai prise. On passe sa vie à faire des compromis et à chaque fois, on enfonce un peu plus ses mains dans le sang. C'est comme ça, faut faire avec. Mais si tu veux qu'on bosse ensemble, il va falloir que tu changes de ton, sinon, je jure sur la tombe de mon père que je te tranche la gorge ici même, maintenant, et qu'après je me barre en oubliant que tu as jamais existé. » Il approcha son visage de celui d'Arkadine. « Est-ce bien clair, Leonid Danilovitch ?

— Tant que les taupes sont dans la place, tu n'auras pas Maslov », répondit Arkadine en regardant le ciel nocturne où des étoiles luisaient comme des yeux observant de très loin les chétifs habitants de la Terre.

Karpov le secoua comme un prunier.

« Est-ce bien clair ?

— Comme de l'eau de roche », répondit Arkadine en soufflant un peu. Le colonel venait de retirer la lame de sa gorge. Il ne s'était pas trompé sur la nature profonde de Karpov. Il n'était pas homme à se laisser intimider, pas même par l'effrayante bureaucratie russe. « D'abord colonel, tu vas devoir empoisonner les taupes dans la cuisine du FSB-2.

— Tu veux parler de la cave. »

Arkadine secoua la tête.

« Si ça se passait dans la cave, mon cher colonel, tes problèmes seraient simples. Non, je parle bien de la cuisine, vu que Maslov tient l'un des chefs cuisiniers. »

Pendant un moment, on n'entendit plus que le doux clapotis de l'eau, les cris des dernières mouettes encore réveillées. La lune émergea d'une traînée de nuages bas et projeta sur eux son manteau bleuâtre tout en parsemant de têtes d'épingle lumineuses la surface sombre de la mer.

« Lequel ? reprit Karpov.

— Je ne suis pas sûr que ça va te plaire.

— Je n'en suis pas sûr, moi non plus, mais bon sang, il est trop tard pour faire marche arrière.

— Tu crois ? fit Arkadine en sortant un paquet de cigarettes turques pour en offrir une au colonel.

— J'essaie de me débarrasser de mes mauvaises habitudes.

— Futile préoccupation.

— Tu m'en reparleras quand tu auras de l'hypertension. »

Arkadine alluma sa cigarette, rangea le paquet et avala une bonne bouffée. Pendant que la fumée sortait de ses narines, il dit :

« Melor Bukine, ton patron, est à la botte de Maslov. »

Les yeux de Karpov étincelèrent.

« Espèce d'enflure, tu cherches encore à m'avoir ? »

Sans un mot, Arkadine attrapa le sac en plastique au fond de la glacière, l'ouvrit et lui en tendit le contenu. Puis il ajouta quelques bouts de bois dans le feu qui menaçait de s'éteindre.

Karpov s'approcha des flammes pour y voir plus clair. Arkadine venait de lui remettre un téléphone portable, l'un de ces appareils bon marché qu'on trouve dans les bazars. Avec ce type de téléphone, on ne se faisait pas repérer. Il l'alluma d'un coup de pouce.

« Son et lumière », annonça Arkadine en attisant le feu du bout d'un bâton. Ayant prévu cette rencontre depuis bien longtemps, il s'était servi de ce téléphone

186

pour enregistrer discrètement les rendez-vous entre Maslov et Bukine auxquels il avait assisté. Il savait que cette preuve irréfutable achèverait de dissiper les doutes dans l'esprit du colonel. Lorsque Karpov leva les yeux du minuscule écran, il dit :

« J'ai besoin de garder ça avec moi. »

Arkadine fit un geste conciliant.

« Ça fait partie de l'accord. »

Quelque part dans le lointain, le moteur d'un petit avion bourdonnait aussi faiblement qu'un moustique.

« Qui d'autre ? demanda Karpov.

— J'en connais deux – leurs noms sont dans le répertoire du téléphone – mais il y en a peut-être davantage. Je crains que tu ne sois obligé de poser la question à ton patron. »

Karpov fronça les sourcils.

« Ça va pas être facile.

— Même avec cette preuve ? »

Karpov soupira.

« Il va falloir que je le prenne au dépourvu et que je l'isole avant qu'il puisse contacter quelqu'un.

— C'est risqué, répondit Arkadine. D'un autre côté, si tu vas voir le Président Imov avec cet enregistrement, il sera tellement sidéré qu'il te laissera sûrement le champ libre avec Bukine. »

Karpov semblait soupeser cette idée. Bien. Arkadine sourit intérieurement. L'apparatchik Melor Bukine était sorti du rang grâce au Président, puis Viktor Cherkesov, le patron du FSB-2, l'avait embauché. Cherkesov et Nikolaï Patruchev, l'un des disciples d'Imov, se livraient une véritable guerre à l'intérieur du Kremlin. Le très puissant Cherkesov avait grimpé sans l'aide du Président. Arkadine avait de bonnes raisons pour souhaiter la disgrâce de Bukine. Lorsque Karpov jetterait Bukine en prison, son mentor, Cherkesov ne tarderait pas à le suivre. Cherkesov était sa dernière épine dans le pied. Il n'avait jamais réussi à l'arracher mais heureusement, Karpov allait bientôt s'en charger.

Cependant il jubilerait plus tard. Son cerveau infatigable passait déjà à d'autres préoccupations. Il commençait à étudier les divers moyens de punir ce prétentieux colonel croyant à tort qu'on pouvait le menacer d'une lame sans encourir sa vengeance. Des images de meurtre défilaient devant ses yeux. Il s'imaginait tranchant la gorge de Karpov avec son propre rasoir.

10

Washington. Dans une suite de l'hôtel où Jalal Essai s'était temporairement installé, Moira et son hôte étaient assis devant deux ordinateurs portables : celui d'Essai et celui que Moira avait acheté la veille, dont elle était sûre, et qu'elle avait déjà équipé de tous les programmes nécessaires.

Elle était sur le point de lui demander par où commencer quand Essai se lança dans le récit des derniers événements. L'ordinateur avait été volé par Gustavo Moreno, un caïd de la drogue colombien sévissant dans la banlieue de Mexico. Peu de temps après, Moreno avait trouvé la mort pendant un assaut des services de renseignement russes sur sa propriété.

« Une opération dirigée par le colonel Boris Karpov », précisa Essai.

Curieux, songea Moira bien qu'elle sût combien ce monde était petit et refermé sur lui-même, comme un îlot au milieu de l'océan. Elle connaissait l'existence du colonel parce que Bourne lui avait parlé de lui ; ils étaient amis, autant que des hommes comme eux pouvaient l'être.

« Donc si je comprends bien, c'est Karpov qui a la main dessus, aujourd'hui.

— Malheureusement non, répondit Essai. L'un des hommes de Moreno l'a subtilisé juste avant l'attaque.

— Et cet homme travaillait pour qui ? Un concurrent ?

— C'est possible, dit Essai. Je n'en sais rien.

— Le nom du voleur ?

— Oui, j'ai son nom, sa photo, tout. » Essai tourna l'écran de son portable pour que Moira voie nettement l'image qui venait de s'afficher.

« C'est une impasse. On a retrouvé son cadavre une semaine après.

— Où cela ? s'enquit Moira.

— Près d'Amatitán. » Essai passa sur Google Earth et entra des coordonnées géographiques. Le globe terrestre tourna sur lui-même et s'arrêta sur la côte nord-ouest du Mexique. Essai désigna Amatitán dans l'État mexicain de Jalisco, le pays de la tequila. « Voilà, c'est juste ici. Sur l'estancia de la sœur de Moreno, Berengária. Depuis son mariage avec Narsico Skydel, le magnat de la tequila, elle se fait appeler Barbara.

— J'ai souvenir d'avoir vu passer un mémo sur ce Narsico, quand je travaillais pour Black River. C'est le cousin de Roberto Corellos, le gros trafiquant de drogue colombien, n'est-ce pas ?

— Aujourd'hui en prison, oui. Narsico a fait tout son possible pour prendre ses distances avec lui. Il n'a pas remis les pieds en Colombie depuis dix ans. Il y a cinq ans, craignant d'être rattrapé par la mauvaise renommée familiale, Narsico a changé de nom et placé son argent dans la plus grosse distillerie de tequila mexicaine. Actuellement, il en est l'unique propriétaire et ça marche très bien pour lui.

— Pourtant, son mariage avec la sœur de Gustavo Moreno n'a pas dû redorer son blason, fit remarquer Moira.

— Je l'ignore. En tout cas, c'est une femme d'affaires coriace. La plupart des gens estiment que c'est grâce à elle que la société prospère. Je pense qu'elle sait calculer les risques mieux que lui. Jusqu'à présent, elle n'a pas fait un seul faux pas.

— Quelles étaient ses relations avec son frère ?

— Selon les sources, ils étaient très proches, surtout depuis la mort de leur mère.

— Vous la croyez compromise dans ses activités illégales ? »

Essai croisa les bras sur sa poitrine.

« Difficile à dire. Elle l'était peut-être mais rien ne le prouve. Personne n'a jamais fait le lien entre elle et les trafics de son frère.

— Vous disiez que c'était une femme d'affaires redoutable.

— Vous croyez qu'elle aurait introduit un mouchard dans l'entourage de son propre frère ? », répondit-il en fronçant les sourcils.

Moira haussa les épaules.

« Tout est possible, non ?

— Ç'aurait été stupide de sa part, rétorqua Essai.

— Je suis d'accord, mais apparemment quelqu'un voudrait le faire croire. Donc il est urgent d'aller discuter de tout cela avec le couple Skydel. Mais d'abord, je vais rendre une petite visite à Roberto Corellos. »

En voyant le sourire diabolique de Jalal Essai, Moira frissonna jusqu'au tréfonds d'elle-même.

« Madame Trevor, je constate que vous avez déjà commencé à mériter vos honoraires. »

Bourne et Chrissie rentraient sous une pluie battante lorsque le portable de Bourne sonna.

« Monsieur Stone.

— Bonjour, professeur Giles, répondit Bourne.

— J'ai des nouvelles de mon partenaire d'échecs. Il semble avoir résolu l'énigme du troisième mot.

— Que signifie-t-il ? demanda Bourne.

— *Royaume*.

— *Royaume*, répéta Bourne. Donc les trois mots gravés à l'intérieur de l'anneau sont : *Severus Domna Royaume*. Traduction ?

— Eh bien, il pourrait s'agir d'une incantation, proposa Giles, ou d'un avertissement. Ou encore d'une recette alchimique – mais je ne me hasarderai pas davantage sur ce terrain. Sans donnée complémentaire, je crains que nous ne fassions chou blanc. »

La visibilité était réduite à cause de l'averse. Les essuie-glaces peinaient à évacuer l'eau. Bourne regardait dans le rétroviseur extérieur toutes les trente secondes environ.

« Mon ami m'a appris une chose intéressante au sujet de l'ougaritique, poursuivit-il. Encore que je ne voie pas à quoi elle peut nous servir. D'après lui, certains documents – ou fragments de documents – écrits dans cet alphabet proviennent de la cour du roi Salomon. Il semble que les astrologues de Salomon parlaient l'ougaritique et que cette langue avait pour eux des vertus alchimiques.

— L'or du roi Salomon a donné lieu à de nombreuses légendes, s'esclaffa Bourne. Rien d'étonnant à ce que les anciens savants aient cru pouvoir transformer le plomb en or grâce à quelques formules alchimiques.

— C'est un peu ce que je lui ai répondu, monsieur Stone.

— Merci professeur. Vous avez été d'une grande aide.

— C'est tout naturel. Les amis de Chrissie sont aussi les miens. »

Bourne rangeait son téléphone quand il vit dans le rétro un camion noir et or déboîter et doubler de force plusieurs véhicules pour se rapprocher d'eux.

« Chrissie, j'aimerais que vous quittiez l'autoroute, dit-il d'une voix calme. Quand vous serez sortie, rangez-vous sur le bas-côté.

— Vous vous sentez bien ? »

Il ne répondit pas. Ses yeux étaient toujours braqués sur le rétroviseur extérieur. Puis au moment où elle voulut mettre le clignotant, il l'en empêcha d'un geste.

« Ne faites pas cela. »

Chrissie poussa un petit cri de surprise en écarquillant les yeux.

« Que se passe-t-il ?

— Contentez-vous de faire ce que je vous ai dit et tout ira bien.

— Pas très rassurant. » Dès que le panneau de sortie apparut sous la pluie, elle passa sur la voie de gauche. « Adam, vous me faites peur.

— Ce n'était pas mon intention. »

Une fois engagée sur la bretelle, elle ralentit et se gara au bord.

« Et maintenant, qu'allez-vous faire ?

— Conduire, répondit-il. Laissez-moi le volant. »

Elle sortit de la Range Rover, se couvrit les cheveux, rentra la tête dans les épaules et se dépêcha de contourner le véhicule. Elle n'avait pas encore claqué sa portière que déjà le camion s'engageait sur la bretelle. Bourne démarra.

Le camion leur collait presque au pare-chocs, comme s'ils étaient reliés par une corde munie d'un grappin. Bourne appuya sur le champignon, grilla un feu rouge et passa sur la rampe d'accès à l'autoroute. Comme la circulation était fluide, il parvint à slalomer entre les voies. Il était en train de se dire que le camion aurait du mal à faire de même quand une BMW grise arriva à leur hauteur.

La vitre de la BMW s'ouvrit. Bourne cria à Chrissie de se baisser, joignit le geste à l'injonction et se recroquevilla lui aussi derrière le volant. Des éclats de verre mêlés de pluie se déversèrent sur lui. Sa vitre venait d'exploser. Au même instant, il vit le camion noir et or débouler derrière eux. Il s'apprêtait à emboutir la Range Rover.

Lancées à pleine vitesse, les deux voitures roulaient flanc contre flanc. Bourne risqua un coup d'œil dans le rétroviseur. Le camion noir et or se rapprochait toujours.

« Protégez-vous », dit-il à Chrissie déjà pliée en deux, la tête dans les bras.

Il donna un petit coup de volant et enfonça la pédale de frein. L'espace d'une fraction de seconde, la Range Rover dérapa sur le bitume détrempé. Le camion les heurta. L'extrémité du pare-chocs arrière se froissa sous l'impact, la Range Rover fit une brusque embardée en direction de la BMW. Comme Bourne l'avait prévu, l'autre extrémité de son pare-chocs arrière percuta comme un boulet de canon la BMW qui partit brutalement sur la droite et se fracassa contre le rail de sécurité. La tôle s'enfonça du côté conducteur. Il y eut une gerbe d'étincelles, un grincement atroce puis la BMW rebondit sur le rail et fit un tête-à-queue. Pour éviter de lui rentrer dedans, Bourne donna un coup de volant à droite et évita de justesse la Mini jaune qui arrivait derrière. S'ensuivit une série de bruits mécaniques révélateurs d'un carambolage : crissements de pneus, hurlements d'avertisseurs, pare-chocs amochés, avants aplatis… Bourne changea de file, doubla quelques véhicules et se replaça sur la voie rapide.

« Oh mon Dieu », murmurait Chrissie.

La Range Rover se balançait encore sur ses amortisseurs mais ils s'en étaient sortis. La BMW accidentée et le camion noir et or avaient disparu du rétroviseur.

On constate qu'après un accident, même si on en est sorti indemne, tout devient étrangement silencieux. À moins qu'il ne s'agisse d'une surdité temporaire, due au traumatisme. En tout cas, ils quittèrent l'autoroute sous un silence de mort. Bourne tourna sur la bretelle de sortie et, laissant derrière lui le fracas du carambolage, roula dans des rues bordées d'entrepôts et de solderies. Ici, l'ordre régnait encore. Le chaos de l'autoroute semblait appartenir à un autre univers. Pour se garer, il attendit d'apercevoir un terrain vague.

Chrissie était livide. Elle ne disait rien. Ses mains tremblaient sur ses genoux. On la sentait au bord des larmes, prise entre la terreur et le soulagement.

« Qui êtes-vous ? finit-elle par demander. Pourquoi ces gens voulaient-ils vous tuer ?

— Ils veulent l'anneau », se contenta-t-il de répondre avant de se raviser. Après ce qui venait de se passer, il lui devait un minimum d'explications. « J'ignore pourquoi. Je ne fais que supposer. »

Elle se tourna vers lui. Ses yeux paraissaient plus pâles, ou bien était-ce à cause de la lumière.

« Est-ce que Tracy avait quelque chose à voir avec cet anneau, elle aussi ?

— Elle, je ne sais pas. » Il redémarra. « Mais ses amis oui.

— Ça va trop vite pour moi, fit-elle en agitant la tête. Tout est sens dessus dessous. J'ai perdu tous mes repères. »

Elle se passa les mains dans les cheveux puis se tourna vers Bourne, intriguée.

« Pourquoi repartons-nous vers Oxford ? »

Il lui adressa un regard amer et s'engagea de nouveau sur la bretelle d'accès à l'autoroute.

« Je n'apprécie pas plus que vous qu'on me tire dessus, dit-il. J'ai besoin d'aller jeter un coup d'œil sur la BMW et son conducteur. » Puis, remarquant l'air paniqué de la jeune femme, il ajouta : « Ne vous en faites pas, je descendrai de cette voiture bien avant d'arriver sur les lieux. Je vous passerai le volant, d'accord ?

— Bien sûr. »

Tournant à gauche, il pénétra sur l'autoroute en direction d'Oxford. L'averse s'était transformée en un léger crachin. Il régla les essuie-glaces.

« Désolé pour les dégâts », dit-il.

Elle frissonna et sourit d'un air sinistre.

« C'était impossible à éviter, n'est-ce pas ?

— Quand Scarlett est-elle censée revenir de chez vos parents ?

— Pas avant la semaine prochaine mais je peux aller la chercher à n'importe quel moment, répondit-elle.

— Parfait. Je ne veux pas que vous rentriez chez vous, à Oxford. Avez-vous un autre endroit où aller ?

— Dans l'appartement de Tracy, peut-être.

— C'est hors de question. Ils ont dû me repérer quand je suis entré chez elle.

— Et chez mes parents ? Qu'en dites-vous ?

— Non plus. En revanche, je veux que vous alliez chercher Scarlett chez eux et que vous l'emmeniez dans un endroit où vous n'avez jamais mis les pieds.

— Vous ne pensez pas que… ? »

D'un geste rapide, il sortit le Glock qu'il avait trouvé dans l'appartement de Perlis pour le ranger dans la boîte à gants.

« Qu'est-ce que vous faites ?

— Ils nous suivent sûrement depuis que nous avons quitté l'appartement de Tracy. Il n'est pas question de leur révéler où se trouve Scarlett – et vos parents, par la même occasion.

— Mais qui sont ces gens ? » Il secoua la tête pour lui dire qu'il l'ignorait. « C'est un cauchemar, Adam, fit-elle d'une voix brisée. Mais dans quelle sombre histoire Tracy s'était-elle fourrée ?

— J'aimerais pouvoir vous répondre. »

Sur la voie opposée, la circulation était totalement coupée. Bourne en déduisit qu'ils approchaient du lieu de l'accident. Les véhicules devant eux roulaient au ralenti, pare-chocs contre pare-chocs. Dans ces conditions, passer le volant à Chrissie lui poserait moins de problèmes.

« Et vous ? demanda-t-elle quand il passa au point mort.

— Ne vous tracassez pas pour moi, répondit-il. Après, je retournerai à Londres. »

Visiblement, Chrissie ne le croyait pas. Il lui donna son numéro de téléphone mais quand il la vit sortir un stylo de son sac à main, précisa :

« Vous devez le mémoriser, pas l'écrire. »

Il descendit de la Range Rover. Elle se glissa derrière le volant.

« Adam, s'écria-t-elle en lui attrapant le bras. Pour l'amour du ciel, prenez soin de vous. »

Il sourit.

« Tout se passera bien. »

Mais elle ne voulait pas le laisser partir.

« Pourquoi faites-vous cela ? »

Il revit Tracy mourant dans ses bras. Il revit son sang sur ses mains. Alors il se pencha à la vitre et dit à Chrissie :

« Je lui dois quelque chose et jamais je ne pourrai m'acquitter de ma dette. »

Bourne sauta la barrière de séparation et passa de l'autre côté de l'autoroute détrempée. Plus il s'approchait, plus vite son esprit fonctionnait. Les ambulances, les véhicules des pompiers et de la police bloquaient l'accès au site. Tout n'était que désordre et chaos. Il y avait un monde fou, ce qui allait lui faciliter les choses. En plus, la police n'avait pas encore délimité le périmètre de sécurité. Par terre, il vit un corps recouvert d'une bâche. Une équipe médico-légale arpentait la zone, prenait des notes et des photos, marquait les indices – gouttes de sang, bouts de verre provenant d'un clignotant ou d'une vitre brisée, tissu déchiré, flaques d'huile – au moyen de cônes en plastique numérotés avant de les mitrailler sous toutes les coutures.

Bourne longea discrètement un véhicule d'urgence, ouvrit la portière et monta. N'ayant pas trouvé d'insigne dans la boîte à gants, il chercha du côté des pare-soleil. L'un des deux était entouré d'un gros élastique, retenant plusieurs badges, dont un périmé. Bourne s'était toujours demandé pourquoi les gens étaient attachés à leur propre histoire au point de conserver comme des preuves tous les objets qui avaient jalonné leur existence. Quelqu'un approchait. Bourne s'empara d'une paire de gants en latex qu'il enfila avant de sortir de l'autre côté. Ce faisant, il épingla l'insigne à son manteau et traversa d'un pas décidé la foule des experts qui, le nez sur le bitume, tentaient de donner un sens au chaos.

La carcasse de la BMW était là, empalée sur le rail de sécurité. Bourne repéra le premier impact, celui causé par la voiture de Chrissie, sur le pare-chocs arrière. Il s'agenouilla et se mit à frotter les écailles de peinture provenant de la Range Rover. Il mémorisait le numéro de la plaque quand un inspecteur de police s'accroupit près de lui.

« Tu as repéré un truc ? » C'était un homme terne avec des dents gâtées et l'haleine qui allait avec. On aurait dit que sa mère avait mis dans son biberon un mélange de bière tiède, de saucisses-purée et de mélasse.

« Il devait rouler à une vitesse phénoménale pour se retrouver dans cet état, dit Bourne d'une voix enrouée en adoptant son meilleur accent cockney.

— T'as pris froid ou t'es allergique ? demanda l'inspecteur. D'un côté comme de l'autre, tu devrais faire attention à toi, avec ce temps de chien.

— Il faut que j'examine les victimes.

— Dacodac. » L'inspecteur déplia ses genoux rouillés. Ses mains étaient rouges et gercées, résultat d'un hiver long et rude, passé dans un bureau mal chauffé. « Amène-toi. »

Ils se faufilèrent jusqu'à l'endroit où gisait le cadavre. L'inspecteur souleva la bâche. L'homme était en piteux état. Bourne fut étonné de constater qu'il était relativement âgé – une petite cinquantaine d'années –, chose plutôt étrange pour un exécuteur.

De nouveau, l'inspecteur s'accroupit en posant les poignets sur ses genoux osseux.

« Sans carte d'identité, on va avoir du mal à prévenir sa femme. »

Le cadavre portait une alliance au troisième doigt de la main gauche. Intrigué, Bourne se garda bien de partager ses impressions, ni quoi que ce soit d'autre, avec le policier londonien. Il était impatient d'examiner cet anneau de plus près.

« C'est bon, je m'y colle », répliqua Bourne.

L'inspecteur s'esclaffa.

Dès que Bourne fit glisser l'anneau, il remarqua son aspect usé. Il portait des éraflures et semblait beaucoup plus fin que le sien. Pour que l'or s'use ainsi, il fallait sans doute une centaine d'années, voire plus. À l'intérieur, des lettres étaient gravées. Les unes latines, les autres perses. Il vérifia une deuxième fois en faisant tourner l'anneau entre ses doigts. En effet, il ne comportait que deux mots, *Severus Domna*. Le troisième, *Royaume*, manquait.

« Tu as trouvé un truc ? »

Bourne fit non de la tête.

« Je pensais trouver une inscription du genre "à Bertie, de la part de Matilda".

— Encore une impasse, dit l'inspecteur d'une voix aigre. Nom d'une pipe en bois, mes genoux me font souffrir. » Il se leva avec un petit grognement.

À présent, Bourne savait ce que désignait *Severus Domna* : un groupuscule ou une société secrète. Quelle que fût l'appellation, une chose était claire : ces gens avaient tout fait pour rester dans l'ombre. Et voilà qu'aujourd'hui, pour une raison inconnue, ils faisaient surface, quitte à mettre en péril leur précieuse clandestinité. Tout cela pour récupérer un anneau gravé à leur nom auquel s'ajoutait le mot *Royaume*.

11

D'un pas ferme et décidé, Oliver Liss descendait North Union Street à Alexandria. Après avoir consulté sa montre, il entra dans l'un de ces immenses drugstores qui vous offre tout ce dont vous rêvez ou presque. Il dépassa les rayons hygiène dentaire, soins des pieds, et choisit un téléphone portable bon marché avec trente minutes prépayées, qu'il posa sur la caisse où une employée indienne l'enregistra, avec un numéro du *Washington Post*. Il régla en espèces.

De retour dans la rue, son journal sous le bras, il déchira l'emballage en plastique du téléphone jetable et, sous un ciel morne et sans étoiles, regagna sa voiture garée. Il monta, brancha le portable sur son chargeur. Dans cinq minutes, il pourrait s'en servir. En attendant, il s'enfonça dans son siège, posa la tête contre le dossier et ferma les yeux. Il n'avait pas beaucoup dormi la nuit précédente. En fait, il ne dormait plus guère depuis qu'il avait accepté de financer le nouveau Treadstone.

Pour la énième fois, il se demanda s'il avait fait le bon choix, puis il tenta de se rappeler la dernière décision qu'il avait pu prendre de son propre chef, dans son domaine d'activité. Plus de dix ans auparavant, un homme lui avait téléphoné en se présentant sous le nom de Jonathan. Liss avait tout de suite flairé le pseudonyme. Le fameux Jonathan se prétendait membre d'un groupement international de grande envergure. Il lui avait mis un marché en main. Si Liss se montrait habile, s'il plaisait à Jonathan et donc au groupement international, il deviendrait leur partenaire d'affaires attitré. Jonathan lui avait ensuite suggéré de fonder une société de sécurité privée exerçant en sous-marin aux côtés des forces armées américaines, sur les zones de conflit à l'étranger. C'est ainsi que Black River avait vu le jour. Le groupement de Jonathan avait fourni la mise de départ, comme promis, et recruté ses deux associés. Le même groupement, toujours par l'entremise de Jonathan, l'avait tenu au courant, avec une bonne longueur d'avance, de tous les événements susceptibles de nécessiter l'intervention de Black River. Et enfin, il lui avait sauvé la mise le jour où Black River avait coulé. Pour lui, pas d'enquête, pas d'audition devant le Congrès, pas de poursuites et encore moins d'emprisonnement.

Puis, quelques semaines après le naufrage de Black River, Jonathan était revenu avec une autre proposition, ou plutôt un ordre. Il lui avait commandé d'injecter de l'argent dans la refondation de Treadstone. Comme il n'avait jamais entendu parler de Treadstone, on lui avait remis un dossier codé expliquant ses origines et son action. C'est ainsi qu'il avait appris le nom du dernier membre vivant : Frederick Willard. Il ne lui resta plus qu'à contacter le dénommé Willard et le tour fut joué.

De temps à autre, il s'accordait le luxe de se demander d'où le groupement tirait une telle masse d'informations classifiées. Quelles étaient ses sources ? Ces renseignements concernaient tout ce qui passait sur la planète. Qu'ils proviennent des services secrets américains, russes, chinois ou égyptiens, pour ne citer qu'eux, ils touchaient systématiquement des points hypersensibles et leur exactitude n'avait jamais été remise en cause.

Ce chapitre de sa vie comportait de nombreux mystères parmi lesquels le plus insoluble était que jamais il n'avait vu le visage de ses clients. Jonathan lui faisait par téléphone des suggestions qu'il s'empressait d'accepter. Liss n'avait rien d'un homme soumis mais il savait que, sans ses étranges protecteurs, il serait mort depuis longtemps. Or il aimait trop la vie. En bref, il leur devait tout.

En affaires, Jonathan et ses collègues étaient de véritables tyrans mais, par ailleurs, ils n'étaient pas avares de récompenses. Pendant toutes ces années, Liss s'était enrichi grâce à eux. Il n'aurait jamais imaginé gagner autant d'argent. D'où tenaient-ils un tel trésor ? Là encore, c'était un mystère. Comme Jonathan le lui avait promis en lui épargnant le désastre ayant envoyé ses deux anciens associés de Black River dans des pénitenciers fédéraux pour le restant de leur vie, il n'avait rien à craindre de personne.

Un bip discret l'avertit que le portable était chargé. Il le débrancha et composa un numéro local. Après deux sonneries, quelqu'un décrocha. Liss prononça le mot « livraison ». Il y eut un court silence, puis une voix de femme enregistrée répondit : « l'Ecclésiaste 3 : 6-2 ».

À chaque fois, c'était un chapitre de la Bible, mais il ignorait pourquoi. Il se déconnecta et ouvrit le journal. « L'Ecclésiaste » correspondait à la rubrique sportive. « 3 : 6-2 » signifiait troisième colonne, sixième paragraphe, deuxième mot.

Du bout de l'index, il descendit la colonne jusqu'au code en vigueur ce jour-là : *vol*.

Il reprit le téléphone et composa un numéro à dix chiffres. « Vol », articula-t-il quand on décrocha. Au lieu d'une voix, il perçut une série de déclics et de signaux électroniques. À plusieurs reprises, le réseau complexe de servomécanismes réorienta son appel. Où diable tous ces embranchements menaient-ils ? songea Liss. Puis il entendit le son glacial des instruments de cryptage et, enfin, une voix humaine :

« Bonjour, Oliver.

— Bonjour, Jonathan. »

Le processus d'encodage ralentissait le débit, dépouillait les voix de leurs diverses inflexions, les rendant inidentifiables. Comme celle d'un automate.

« Ils sont partis ?

— Ils ont décollé il y a une heure. Ils seront à Londres demain matin, dès l'aube. » C'était cette voix qui lui avait appris l'existence de l'anneau. « Je leur ai donné toutes les instructions mais…

— Mais quoi ?

— Willard ne s'intéresse qu'à Arkadine, Bourne et Treadstone, le programme qui a créé ces deux monstres. Il prétend avoir découvert une méthode susceptible de les rendre plus… *utiles*. Je crois que c'est le terme qu'il a employé. »

Jonathan gloussa. Du moins, c'est ainsi que Liss interpréta les parasites qui grésillèrent à son oreille, comme une colonie d'insectes grouillant dans l'herbe.

« Je veux que vous le laissiez faire, Oliver, est-ce bien clair ?

— Très clair. » Liss se frotta le front : mais qu'est-ce qu'il mijotait ? « Seulement, je lui ai dit de suspendre ses projets en attendant que l'anneau soit retrouvé.

— C'est parfait.

— Willard n'était pas content.

— Cela ne m'étonne guère.

— J'ai le sentiment qu'il envisage déjà de tout laisser tomber.

— Quand il le fera, répliqua Jonathan, vous ne vous y opposerez pas.

— Quoi ? s'écria Liss abasourdi. Je ne saisis pas.

— Tout va pour le mieux », répondit Jonathan juste avant de raccrocher.

Soraya faisait toutes les agences de location de véhicules de l'aéroport de Dallas/Fort Worth avec une photo d'Arkadine. Personne ne le reconnaissait. Elle acheta un livre de poche et une barre de Snickers. Tout en dégustant le chocolat, elle se dirigea vers le comptoir de la compagnie par laquelle Arkadine était arrivé et demanda à parler au responsable.

L'homme nommé Ted faisait penser à un ancien footballeur attaquant ayant pris du ventre, comme cela leur arrivait à tous, tôt ou tard. Il la jaugea à travers ses lunettes poussiéreuses et, lui ayant demandé son nom, lui suggéra de passer dans son bureau.

« Je travaille pour Continental Insurance, dit-elle en croquant dans son Snickers. J'essaie de localiser un dénommé Cary Grant. »

Ted prit l'air interloqué, posa ses grosses mains sur sa bedaine et dit :

« C'est un canular ou quoi ?

— Non, pas du tout », répondit Soraya avant de lui fournir les références du vol.

Ted soupira et haussa les épaules. Puis il pivota sur sa chaise pour vérifier son écran.

« Eh bien, dites donc, le voilà. Exactement comme vous disiez. » Il se retourna vers elle. « Bon, que puis-je faire pour vous aider ?

— Je voudrais savoir où il est allé ensuite. »

Ted éclata de rire.

« Très drôle ! Cet aéroport est l'un des plus vastes et des plus fréquentés au monde. Votre monsieur Grant pourrait se trouver absolument n'importe où.

— Il n'a pas loué de véhicule, reprit Soraya. Et il n'a pas effectué de correspondance nationale puisqu'il a passé les services de l'immigration, ici à Dallas. Pour m'en assurer toutefois, j'ai vérifié les registres de télé-surveillance sur la journée d'aujourd'hui. »

Ted fronça les sourcils.

« Vous êtes quelqu'un de consciencieux, je vous le concède. » Il réfléchit un instant. « Mais moi je vais vous dire une chose que vous ignorez, je parie. Nous avons un certain nombre de correspondances régionales qui partent d'ici.

— J'ai vérifié cela aussi.

— Eh bien, répondit Ted en souriant, je suis sûr que vous n'avez pas pu vérifier nos vols privés, vu qu'ils n'ont pas de caméras de surveillance. » Il griffonna sur un papier arraché d'un bloc et lui tendit la feuille. « Voilà pour vous. Bonne chasse », ajouta-t-il avec un clin d'œil.

Elle toucha le jackpot à la cinquième compagnie. Un pilote se souvenait du visage d'Arkadine mais pas du nom de Cary Grant.

« Il disait s'appeler James Stewart. » Le pilote fit une sorte de grimace. « Ce ne serait pas le nom d'un acteur ?

— Simple coïncidence, rétorqua Soraya. Où avez-vous emmené monsieur Stewart ?

— À l'aéroport international de Tucson, madame.

— Tucson ? »

Qu'est-ce qu'Arkadine irait faire à Tucson ? se demanda-t-elle puis, comme si quelqu'un avait allumé la lumière, elle comprit.

Le Mexique.

Bourne prit une chambre dans un petit hôtel de Chelsea. Une bonne douche chaude le débarrassa de la sueur et de la crasse accumulées durant les dernières heures. Depuis la collision et la course-poursuite sur l'autoroute, les muscles de son cou, de ses épaules et de son dos le faisaient souffrir.

Il lui suffisait de penser aux mots *Severus Domna* pour déclencher une tempête sous son crâne. C'était à devenir fou. Une couche de brouillard enveloppait les souvenirs de son passé. La réponse à ses questions se trouvait juste là, sous ce brouillard. Il en était certain. Mais pourquoi ? Cette société secrète avait-elle fait l'objet d'une mission Treadstone ? Conklin la lui avait-il confiée ? Il avait reçu cet anneau des mains de quelqu'un, quelque part, pour une raison particulière. Mais en dehors de cela, il ne se rappelait plus rien. Pourquoi le père de Holly avait-il volé l'anneau de son frère ? Pourquoi l'avait-il donné à Holly ? Qui était cet oncle ? Que représentait l'anneau pour lui ? Comme Holly était morte, il ne lui restait plus qu'à interroger l'oncle.

Il ferma le robinet, sortit de la cabine et se frictionna vigoureusement avec une serviette. Peut-être devrait-il retourner à Bali. Le père ou la mère de Holly y vivaient-ils encore ? Suparwita devait le savoir mais il n'avait pas le téléphone et Bourne ne connaissait aucun moyen de le contacter hormis retourner à Bali pour lui poser la question de vive voix. Puis une idée lui vint. Il connaissait un moyen d'obtenir cette information. Et le plan qu'il était en train d'échafauder lui permettrait de coincer Leonid Arkadine par la même occasion.

Son esprit tournait encore à toute vitesse quand il enfila les vêtements achetés chez Marks & Spencer sur Oxford Street avant d'arriver à l'hôtel. Un costume sombre et un col roulé noir. Il cira ses chaussures avec le nécessaire fourni par l'hôtel, descendit dans la rue et partit en taxi pour Sloane Square où résidait Diego Hererra.

Arrivé à destination, il découvrit une demeure victorienne en brique rouge, avec un toit en ardoise très pentu et deux tourelles coniques, pointées vers le ciel nocturne comme une paire de cornes. Un heurtoir en cuivre en forme de tête de cerf contemplait les visiteurs d'un air impavide. Diego vient lui-même ouvrir.

Il l'accueillit avec un petit sourire.

« Je constate que vous vous êtes bien remis de l'aventure d'hier. » Il lui montra le chemin. « Entrez, entrez. »

Diego portait un pantalon noir et une veste dont l'élégance correspondait sans doute au code vestimentaire du Vesper Club. Quant à Bourne, qui avait gardé en la matière ses confortables habitudes d'universitaire, son costume chic lui faisait l'effet d'une cotte de mailles.

Diego précéda Bourne dans un vestibule à l'ancienne, éclairé par des lampes équipées d'abat-jour en verre dépoli, et le fit entrer dans une salle à manger dominée par une imposante table d'acajou. Au-dessus, un lustre en cristal parsemé d'un millier d'étoiles projetait une lumière discrète sur les tapisseries moirées et les lambris de chêne. Deux sets de table les attendaient. Pendant que Bourne s'installait, Diego alla chercher deux verres d'un excellent xérès pour accompagner les mets : sardines grillées, *papas fritas*, tranches de jambon Serrano fines comme du papier à cigarette, petites rondelles de chorizo, et un plateau de trois fromages espagnols.

« Prenez ce qui vous fait envie, dit Diego en le rejoignant à la table. C'est la coutume en Espagne. »

Pendant qu'il mangeait, Bourne se sentait observé. Diego semblait vouloir lui confier quelque chose. Finalement, il se décida :

« Mon père a été ravi que vous veniez me voir. »

Ravi ou intrigué ? se demanda Bourne.

« Comment va Don Fernando ?

— Comme toujours. » Diego picorait. Soit il n'avait pas faim, soit d'autres préoccupations lui coupaient l'appétit. « Il vous adore, vous savez.

— Je lui ai menti sur mon identité. »

Diego se mit à rire.

« Vous ne connaissez pas mon père. Croyez-moi, la seule chose qui l'intéresse, c'est de savoir si vous êtes un ami ou un ennemi.

— Je suis l'ennemi de Leonid Arkadine, il le sait.

— Justement, répondit Diego en écartant les mains. Voilà notre point commun, notre lien. »

Bourne repoussa son assiette.

« À dire vrai, j'étais en train de m'interroger.

— À quel propos, si ce n'est pas indiscret ?

— Je me demandais si notre lien ne s'appellerait pas plutôt Noah Perlis. Votre père connaissait ce monsieur, n'est-ce pas ?

— En fait, il ne le connaissait pas, rétorqua Diego un peu trop vite. Noah était mon ami. Nous passions des nuits entières au casino – le Vesper Club. Quand il était à Londres, Noah adorait jouer plus que tout. Dès qu'il m'informait de la date de son arrivée, je préparais tout – son autorisation de crédit, les jetons.

— Et les filles, bien sûr.

— Bien sûr, les filles, fit Diego dans un sourire éblouissant.

— Il ne voulait pas voir Tracy – et Holly ?

— Quand elles étaient là, oui, mais la plupart du temps elles étaient absentes.

— Vous formiez un quatuor.

— Qu'est-ce qui vous fait croire une chose pareille ? fit Diego, soudain méfiant.

— J'ai vu les photos dans l'appartement de Noah.

— Et qu'en avez-vous conclu ? »

Le comportement de Diego avait varié de manière imperceptible. On sentait une tension émaner de lui, aussi subtile qu'une ride sur l'eau. Bourne avait touché un point sensible. Il s'en félicita.

« Rien du tout, lâcha-t-il en haussant les épaules. C'est juste que, sur ces photos, vous avez l'air très proches.

— Comme je disais, nous étions amis.

— Plus que des amis, à mon humble avis. »

À cet instant, Diego jeta un œil sur sa montre.

« Si vous avez envie de tenter votre chance, il est temps de nous rendre à Knightsbridge. »

Le Vesper Club était un casino très huppé du quartier très huppé de West End. Un établissement fort discret, à peine visible depuis la rue, situé en cela à l'inverse absolu des night-clubs tape-à-l'œil fréquentés par la jet-set à New York et à Miami Beach.

Des banquettes en cuir crème signalaient la partie restaurant, tandis qu'un bar en cuivre et en verre, éclairé au néon, étirait son long comptoir sinueux. Plusieurs salles de jeu s'ouvraient devant eux, tapissées de marbre, de miroirs. Il y avait même des colonnes surmontées de chapiteaux doriques. Bourne et Diego se faufilèrent entre les tables. Un peu à l'écart, une salle était consacrée aux jeux électroniques. En émanait une musique rock à forte décharge de décibels, bien assortie aux néons qui clignotaient comme des enseignes racoleuses. Jetant un œil, Bourne vit que cette salle était surveillée par un vigile. Il se demanda si le patron du club estimait ses jeunes clients plus enclins au chahut que leurs aînés.

Ils descendirent quelques marches pour atteindre la salle principale, plus calme mais non moins opulente, où ils trouvèrent les habituels pousse-au-crime : baccara, roulette, poker, black jack. L'espace de forme ovale bourdonnait comme une ruche. On distinguait le murmure des paris, le cliquetis de la roulette qui tournait, les annonces des croupiers, le tout recouvert par le tintement des verres. Ils se glissèrent entre les parieurs jusqu'à une porte tapissée de feutrine verte, gardée par un malabar en smoking qui, apercevant Diego, se dérida en inclinant la tête avec respect.

« Comment allez-vous, ce soir, monsieur Hererra ?

— Pour le mieux, Donald, répondit Diego avant de désigner Bourne. Voici mon ami Adam Stone.

— Bonsoir monsieur, fit Donald en poussant la porte verte. Bienvenue dans la suite impériale du Vesper Club.

— C'est là que Noah aimait jouer au poker, dit Diego par-dessus son épaule. Il jouait gros avec des partenaires hors pair. »

Bourne examina les lieux : les murs sombres, le sol en marbre, les trois tables en forme de haricot. Le dos voûté, la mine concentrée, les hommes et les femmes assis autour du tapis vert analysaient leurs jeux, jaugeaient leurs adversaires et déterminaient leurs mises selon les résultats de leurs estimations. Il s'étonna :

« J'ignorais que Noah était assez riche pour fréquenter ce genre de lieu.

— Il n'était pas riche. Il jouait avec mon argent.

— N'était-ce pas risqué ?

— Pas avec Noah, répondit Diego dans un large sourire. En matière de poker, c'était l'as des as. En une heure, j'avais largement récupéré ma mise de départ. J'empochais les gains et j'allais jouer avec. C'était une bonne affaire pour l'un comme pour l'autre.

— Les filles vous rejoignaient ?

— Quelles filles ?

— Tracy et Holly », répondit patiemment Bourne.

Diego fit mine de réfléchir.

« Une ou deux fois, je crois.

— Vous ne vous en souvenez pas.

— Tracy aimait jouer, pas Holly, fit Diego avec un haussement d'épaules destiné à dissimuler son malaise grandissant. Mais vous le savez très certainement.

— Tracy n'aimait pas jouer, rétorqua Bourne en prenant soin d'évacuer de sa voix toute nuance de reproche. Si elle détestait tant son travail c'était justement parce qu'il lui imposait de vivre dans cette instabilité propre au jeu. »

Diego le regarda avec une expression consternée – à moins que ce ne fût de la peur.

« Elle travaillait pour Leonid Arkadine, poursuivit Bourne. Vous ne pouviez pas l'ignorer. »

Diego se passa la langue sur les lèvres.

« En fait si, je l'ignorais. » Visiblement, il avait besoin de s'asseoir. « Mais comment… comment est-ce possible ?

— Arkadine la faisait chanter, répondit Bourne. Il avait un ascendant sur elle. Qu'est-ce que c'était ?

— Je… je l'ignore, fit Diego d'une voix tremblante.

— Il faut tout me dire, Diego. C'est d'une importance vitale.

— Pourquoi ? Pourquoi est-ce si important ? Tracy est morte, non ? Elles sont mortes toutes les deux. Et maintenant, Noah est parti, lui aussi. Pourquoi ne pas les laisser en paix ? »

Bourne fit un pas vers lui. Sa voix avait baissé d'un ton mais elle vibrait de menaces.

« En revanche, Arkadine est bien vivant. Il est responsable de la mort de Tracy. Quant à votre ami Noah, c'est lui qui a assassiné Holly.

— Non ! se raidit Diego. Vous vous trompez, c'est impossible…

— J'étais là-bas quand c'est arrivé, Diego. Noah l'a précipitée au bas d'un escalier, dans un temple à l'est de Bali. C'est un fait incontournable, mon ami. Et tout ce que vous me racontez relève de la pure fiction.

— J'ai soif », fit Diego d'une voix cassée par la consternation.

Bourne le prit par le coude et le conduisit jusqu'au petit bar, au fond de la Suite impériale. Diego trébuchait comme s'il était déjà ivre. À peine se fût-il écroulé sur un tabouret qu'il commanda un double whisky – pour lui, finis les arômes subtils du xérès. Il éclusa son whisky en trois longues gorgées avant d'en demander un autre qu'il aurait pareillement descendu si Bourne n'avait pas récupéré le verre qui tremblait dans sa main pour le poser sur le comptoir en granit noir.

« Noah a tué Holly, balbutiait Diego, en contemplant au-delà des profondeurs ambrées du whisky un passé qu'il avait cru connaître. Putain mais c'est un cauchemar ! »

Comme Diego n'était pas homme à employer un langage grossier, sa dernière réflexion prouvait la sincérité de son désarroi. De là à penser qu'il ignorait le trafic d'armes auquel se livrait son père, et les réelles activités de son prétendu ami Noah Perlis, il n'y avait pas loin.

Soudain, il tourna la tête vers Bourne.

« Pourquoi ? Pourquoi aurait-il fait cela ?

— Il voulait d'elle une chose qu'elle n'avait pas l'intention de lui donner.

— C'est pour cela qu'il l'a tuée ? fit Diego incrédule. Quel genre d'homme se comporterait ainsi ? » Il secoua la tête d'un air triste et las. « Je n'arrive pas à concevoir qu'on ait voulu lui faire du mal. »

Bourne nota que Diego n'avait pas dit *Je n'arrive pas à concevoir que Noah ait voulu lui faire du mal.*

« Voyons les choses comme elles sont, Diego. Noah n'était pas la personne que vous pensiez connaître. » Et il se retint d'ajouter, *et Tracy non plus.*

Diego vida son deuxième verre.

« Dieu du ciel », murmura-t-il.

Bourne adopta un ton conciliant pour lui demander :

« Parlez-moi de vous quatre, Diego.

— J'ai besoin d'un autre whisky. »

Bourne lui en commanda un simple. Diego se jeta dessus comme un homme en passe de se noyer agrippe une bouée de sauvetage. À une table de jeu, une femme en robe chatoyante ramassa ses jetons, se leva et sortit. Un homme taillé en Hercule prit sa place. À peine entrée, une rombière aux cheveux grisonnants s'assit à

216

la table du milieu. Il ne restait plus aucune place aux trois tables.

Diego avala deux gorgées coup sur coup avant d'avouer d'une voix blanche :

« Tracy et moi avions une liaison. Rien de sérieux. Nous avions d'autres partenaires – enfin surtout elle. On se voyait de temps en temps, en toute simplicité. Nous prenions un peu de bon temps ensemble, c'est tout. Nous tenions trop à notre amitié. »

Quelque chose dans sa voix alerta Bourne.

« Il y avait autre chose, n'est-ce pas ? »

Diego fit une mine encore plus lugubre avant de détourner le regard.

« En fait, je suis tombé amoureux d'elle. Ça m'est arrivé comme ça. Je ne le voulais pas, ajouta-t-il, comme si ces choses relevaient du domaine de la volonté. Elle était si gentille avec moi, si douce. Et pourtant… » Sa voix se brisa.

Bourne estima qu'il était temps d'attaquer.

« Et Holly ? »

Tout à coup, Diego parut émerger du brouillard.

« Noah l'a séduite. Je le voyais venir. D'abord cela m'a amusé, je me disais que c'était sans importance. S'il vous plaît, ne me demandez pas pourquoi.

— Qu'est-il arrivé ?

— En fait, Noah avait des vues sur Tracy, dit-il en soupirant. Et c'est peu de le dire. Mais Tracy ne voulait rien avoir à faire avec lui. Elle le lui avait dit sans détours. » Comme si son verre contenait de l'eau et non du whisky, il s'envoya encore une bonne rasade. « Ce qu'elle s'est bien gardée de préciser, et même à moi, c'est qu'elle n'appréciait pas du tout Noah, ou du moins qu'elle ne lui faisait pas confiance.

— C'est-à-dire ?

— Tracy avait pris Holly sous son aile. Elle avait bien perçu que Noah avait jeté son dévolu sur Holly faute de pouvoir la séduire, elle. À ses yeux, Noah n'était qu'un cynique, un être autodestructeur alors que Holly prenait leur relation au sérieux. Tracy prévoyait que tout cela finirait mal et que Holly en pâtirait.

— Pourquoi n'est-elle pas intervenue auprès de Noah pour lui dire de faire marche arrière ?

— Elle l'a fait. Elle lui a dit – bien trop sèchement, si vous voulez mon avis – de ne pas se mêler de ses affaires.

— Avez-vous parlé à Noah ? »

Comme s'il portait toute la misère du monde sur ses épaules, Diego déclara : « J'aurais dû, je sais, mais je ne croyais pas ce que disait Tracy. Enfin, je ne voulais pas la croire, parce que la situation était déjà très compliquée et je n'avais pas envie de…

— De quoi ? De vous salir les mains ? » Diego hocha la tête tout en fuyant le regard de Bourne. « J'imagine que vous aviez des soupçons au sujet de Noah.

— Je ne sais pas. Peut-être. Mais le fait est que j'essayais de me persuader que tout allait bien, que tout s'arrangerait parce que nous avions de l'affection les uns pour les autres.

— Vous aviez de l'affection les uns pour les autres, certes, mais un genre d'affection plutôt malsain.

— Rétrospectivement, je comprends que tout était faussé. Nous jouions la comédie. Personne ne se montrait sous son vrai jour, en amour comme pour le reste. Je ne vois même pas ce qui a pu nous attirer les uns vers les autres.

— Telle est la question centrale, n'est-ce pas ? répondit Bourne sans méchanceté. Vous recherchiez tous quelque chose chez l'autre ; et votre amitié n'était qu'un prétexte pour parvenir à vos fins.

— Tous nos actes, nos conversations, nos confidences n'étaient que mensonges.

— Pas forcément, dit Bourne. Vous saviez que Tracy travaillait pour Arkadine, n'est-ce pas ?

— Je vous ai dit que non.

— Quand je vous ai dit qu'Arkadine la faisait chanter, vous rappelez-vous votre réaction ? » Diego se mordit la lèvre mais ne dit rien. « Vous avez répondu que Tracy était morte – qu'elle et Holly étaient mortes et qu'on devrait les laisser en paix, fit Bourne en cherchant le regard de Diego. J'en conclus que vous étiez au courant. »

Diego frappa le comptoir du plat de la main.

« Je lui ai promis de n'en parler à personne.

— Je comprends, dit gentiment Bourne, mais à quoi bon garder le secret à présent ? »

Comme pour tenter d'effacer un souvenir, Diego se passa la main sur le visage. À la deuxième table, un homme s'écria : « Je me retire. » Puis il repoussa sa chaise, se leva et s'étira.

« D'accord, fit Diego en affrontant le regard de Bourne. Elle disait qu'Arkadine l'avait aidée à résoudre un gros problème concernant son frère et qu'à présent il se servait de cela contre elle. »

Bourne faillit répondre, *Mais Tracy n'avait pas de frère*. Il préféra dire :

« Quoi d'autre ?

— Rien. C'était après… avant qu'on s'endorme. Il était très tard et elle avait trop bu. Je l'avais sentie déprimée toute la soirée. Après l'amour, elle s'était mise à pleurer. Quand je lui ai demandé si c'était à cause de moi, elle a continué de plus belle. Je l'ai gardée serrée contre moi pendant un long moment et quand elle s'est calmée, elle m'a tout raconté. »

Quelque chose clochait dans cette histoire. D'après Chrissie, elles n'avaient pas de frère. L'une des deux sœurs mentait, mais laquelle ? Quelles raisons pouvait avoir Tracy de mentir à Diego ? Quelles raisons pouvait avoir Chrissie de lui mentir à lui ?

À cet instant, Bourne vit quelque chose bouger à l'extrémité de son champ visuel. L'homme qui venait de quitter la table de jeu se dirigeait vers le bar. Une seconde plus tard, Bourne s'aperçut qu'il marchait dans leur direction.

L'homme n'était pas grand mais son allure avait quelque chose d'impressionnant. Il avait un visage tanné comme du cuir, des yeux noirs étincelants, des cheveux épais et une barbe taillée très court, de la même couleur que ses yeux. Ses joues taillées à la serpe encadraient un nez en bec d'aigle et une bouche large et pulpeuse. Une petite cicatrice coupait en diagonale l'un de ses sourcils broussailleux. Il marchait, les épaules tombantes, sans presque bouger les bras.

Cette démarche, cette allure particulières en disaient plus qu'un long discours. Ce type était un assassin professionnel ; il côtoyait la mort du crépuscule jusqu'à l'aube. Bourne se mit en alerte et, aussitôt, un souvenir le transperça.

Un frisson lui parcourut l'échine. Il l'avait reconnu. C'était l'homme qui l'avait aidé à se procurer l'anneau.

Bourne s'écarta de Diego et vint à sa rencontre. Ce type ne le connaissait pas sous le nom d'Adam Stone. Un sourire plissa son visage buriné. Il lui tendit la main.

« Jason, enfin je te retrouve.

— Qui êtes-vous ? D'où me connaissez-vous ? »

Le sourire perdit de son éclat.

« Je suis Ottavio. Tu ne te souviens pas de moi ?

— Pas du tout. »

Ottavio secoua la tête.

« Je ne comprends pas. Alex Conklin nous avait envoyés en mission au Maroc et…

— N'en dites pas plus, répondit Bourne. L'homme qui m'accompagne…

— Diego Hererra. Je le reconnais.

— Hererra croit que je m'appelle Adam Stone. »

Ottavio le rassura d'un hochement de tête.

« C'est bon, j'ai compris. Pourquoi ne pas faire les présentations ? ajouta-t-il en regardant discrètement par-dessus l'épaule de Bourne.

— Ce ne serait pas une bonne idée.

— À en juger d'après l'expression d'Hererra, il trouverait bizarre que tu ne le fasses pas. »

Voyant qu'il n'avait pas le choix, Bourne pivota sur lui-même et conduisit Ottavio vers le bar.

« Diego Hererra, je vous présente Ottavio…

— Moreno », compléta Ottavio en tendant la main.

Quand leurs mains se serrèrent, Diego écarquilla les yeux puis s'affaissa sur le tabouret. C'est alors que Bourne vit le balafré extraire le poignard à lame de céramique de la poitrine de Diego. Son extrémité légèrement recourbée vers le haut ressemblait curieusement au sourire dément de l'assassin.

L'attrapant par le devant de sa chemise, Bourne le fit décoller du sol mais l'homme serrait toujours la main de Diego comme dans un étau. Quand Bourne regarda Diego, il comprit qu'il allait mourir. Le poignard lui avait sans doute percé le cœur.

« Je te tuerai pour cela, murmura Bourne.

— Tu n'en feras rien. Je suis du bon côté, rappelle-toi.

— Je ne me rappelle même pas ton nom.

— Alors tu vas devoir me croire sur parole. Il faut qu'on sorte…

— Tu n'iras nulle part, rétorqua Bourne.

— Tu n'as pas le choix, tu dois me faire confiance. » Le balafré glissa un regard vers la porte qui venait de s'ouvrir. « Pèse le pour et le contre. »

Donald le videur venait d'entrer dans la Suite impériale, accompagné de deux grands balèzes en smoking. Bourne eut l'impression de recevoir une décharge quand il remarqua les anneaux d'or qui luisaient à l'index de leurs mains droites.

« Severus Domna », dit le balafré.

LIVRE DEUX

12

Parfaitement immobiles, ils percevaient à travers le silence les murmures des joueurs qui perdaient de l'argent. Ottavio tendit à Bourne une paire de protège-tympans et lui souffla :

« Maintenant ! »

Bourne enfonça les bouchons dans ses oreilles. Ottavio sortit une sorte de balle de sa poche en la tenant entre l'index et le majeur de la main gauche. Sa surface rugueuse et les protège-tympans renseignèrent Bourne sur sa destination. C'était une USW, une arme ultrasonique.

Dès qu'Ottavio la laissa tomber, la boule se mit à rouler sur le carrelage en marbre poli, en direction des trois agents de Severus Domna qui leur bloquaient le passage vers la sortie. S'étant déclenchée dès son contact avec le sol, l'arme diffusait un effet sonique destiné à affecter le fonctionnement de l'oreille interne de toutes les personnes présentes. Bourne les vit vaciller et s'écrouler, en proie au vertige.

En sautant au-dessus des corps prostrés, Bourne suivit Ottavio entre les tables. Donald et ses deux collègues étaient étendus parmi les joueurs et les croupiers, mais au moment où le balafré enjamba l'un d'entre eux, une main le saisit par l'arrière de la veste. Ottavio bascula et sa tête heurta violemment le marbre, au niveau de la tempe droite. Bourne l'évita de justesse. Tandis que le vigile se relevait, il reconnut l'homme qu'il avait remarqué en arrivant, dans la salle des jeux électroniques. À cause de la musique tonitruante, le vigile était équipé de boules Quies, lui aussi. Moins performantes que les leurs, elles lui avaient néanmoins permis d'échapper aux vagues de vertige.

Bourne lui enfonça son poing dans les côtes. L'homme grogna et se tourna en braquant vers lui un Walther P-99. Bourne frappa le poignet du videur du tranchant de la main. Le coup porté vers le haut fit valser le Walther dont la crosse manqua de peu le visage de l'homme. Bourne le jeta contre le mur. Le videur répliqua avec un coup au biceps droit qui lui ôta l'usage du bras. Cherchant à exploiter son avantage, il voulut le frapper au plexus solaire mais Bourne détourna son geste, juste le temps de récupérer son bras droit.

La bagarre se poursuivit dans le plus grand silence au milieu des gens affalés sur les tables de jeu ou gisant sur le sol comme des méduses échouées. Le spectacle avait quelque chose de surréaliste. Leur fureur muette associée à leurs déplacements précipités dans cet environnement totalement immobile donnait l'impression qu'ils se battaient sous l'eau.

Le sang circulait de nouveau dans le bras droit de Bourne quand le videur contre-attaqua avec un coup terrible, porté au même endroit. De nouveau paralysé, Bourne vit un sourire de triomphe sur le visage du videur. Il voulut feinter à droite mais l'homme avait prévu son geste. Son sourire s'épanouit un instant puis, le coude gauche de Bourne entra en contact avec sa gorge, brisant l'os hyoïde. Le videur émit un bruit bizarre, proche du déclic, s'écroula et ne bougea plus.

Entre-temps, Ottavio s'était redressé et tentait de s'éclaircir les idées. Bourne poussa la porte verte. Ils quittèrent la grande salle du casino en marchant juste assez vite pour ne pas attirer l'attention sur eux. Les ultrasons n'ayant pas atteint les espaces extérieurs, les gens se déplaçaient normalement, sans se douter de ce qui se passait dans la Suite impériale. Pourtant, Bourne se doutait que dans quelques minutes le chef de la sécurité ou l'un des managers chercheraient à contacter Donald ou les autres videurs.

Le balafré n'avait pas l'air pressé.

« Attends, disait-il, attends. »

Dès qu'ils avaient retiré leurs protège-tympans, les bruissements pourtant feutrés de l'environnement paisible les avaient assaillis comme le rugissement d'une déferlante.

« On n'a pas le temps d'attendre, répliqua Bourne. Il faut sortir d'ici avant… »

Mais il était déjà trop tard. Un homme raide comme un piquet se dirigeait vers eux d'un pas impérieux. Bien qu'il y eût trop de monde pour risquer l'affrontement, Bourne vit Ottavio s'avancer vers lui.

Bourne lui coupa la route et, dans un sourire éblouissant, demanda :

« Vous êtes le directeur de cet étage ?

— Oui. Andrew Steptoe, répondit l'homme en tendant le cou pour essayer d'apercevoir la porte verte que

Donald était censé surveiller. Je crains d'être un peu occupé, pour l'instant. Je…

— Donald a dit que quelqu'un allait vous appeler. » Il lui prit le coude et, la tête penchée vers lui, murmura en confidence : « Je suis en veine, vous pouvez pas savoir. Un truc pareil n'arrive qu'une fois par siècle, si vous voyez ce que je veux dire.

— Hélas, je crains que non. »

Bourne l'éloigna de la Suite impériale.

« Mais bien sûr que si. Un duel mano a mano au-dessus d'une table de poker. Vous devez bien savoir ce que c'est. Une question d'argent… »

Ayant prononcé le mot magique, Bourne eut droit à l'attention captivée de Steptoe. Derrière le dos du directeur, il voyait le sourire rusé du balafré. Pilotant discrètement Steptoe vers la caisse, placée à droite de la salle des machines à sous, assez près de l'entrée principale pour que la clientèle puisse acheter des jetons au passage et que les gagnants occasionnels retirent leurs gains en partant – à condition bien sûr qu'ils échappent aux divers appâts qu'on s'employait à leur balancer devant les yeux.

« Combien ? s'enquit Steptoe sans parvenir à effacer la nuance de rapacité qui faisait frémir sa voix.

— Un demi-million », répondit Bourne du tac au tac.

Steptoe ne savait pas s'il devait sourciller ou se pourlécher les babines.

« Mais je ne sais pas qui vous…

— James. Robert James, déclara-t-il en se plantant devant la cage du caissier sans perdre de vue la sortie. Je suis un associé de Diego Hererra.

— Ah je vois, fit Steptoe en pinçant les lèvres. Toutefois, monsieur James, cet établissement ne vous connaît pas personnellement. Vous comprenez, nous ne pouvons rassembler un tel montant…

— Oh non, ce n'est pas ce que je voulais dire, s'exclama Bourne en feignant l'outrage. Je demande simplement votre permission de quitter les lieux pour aller chercher la somme en question sans pour autant abandonner la partie. »

Cette fois, le directeur opta pour le froncement de sourcils.

« À cette heure de la nuit ? »

Bourne respirait l'assurance.

« Je n'ai qu'à effectuer un virement. Cela ne prendra que vingt minutes – trente au maximum.

— Eh bien, c'est totalement inhabituel, vous le savez.

— Un demi-million de livres est une grosse somme d'argent, monsieur Steptoe. Vous en conveniez vous-même. »

Steptoe hocha la tête en soupirant.

« Tout à fait. J'imagine que dans certaines circonstances, on peut admettre certains aménagements… Mais faites vite, ajouta-t-il en agitant l'index devant le visage de Bourne. Je vous accorde une demi-heure. Pas davantage.

— Marché conclu, dit Bourne en lui serrant la main. Merci. »

Bourne et le balafré montèrent allègrement les marches menant au vestibule, franchirent les portes en verre et débouchèrent dans la nuit ventée.

Trois cents mètres plus loin, alors qu'ils tournaient au coin d'une rue, Bourne agrippa le balafré par le revers et le plaqua contre une voiture garée.

« Maintenant tu vas me dire qui tu es et pourquoi tu as tué Diego. »

L'homme voulut empoigner son couteau mais Bourne lui attrapa le poignet.

« Laissons cela. Je veux une réponse.

— J'ai rien contre toi, Jason, tu le sais.

— Pourquoi avoir tué Diego ?

— Il t'a conduit dans ce club sur l'ordre de quelqu'un. »

Bourne revit Diego regarder sa montre en disant : *Il est temps de nous rendre à Knightsbridge.* Étrange façon de s'exprimer, en effet.

« Qui est le donneur d'ordre ? demanda Bourne qui connaissait déjà la réponse.

— Severus Domna. Ils l'ont contacté – j'ignore comment – en lui donnant des instructions précises. »

Bourne se rappela le dîner qu'ils avaient partagé. Diego picorait sa nourriture comme si quelque chose le préoccupait. Était-il en train d'échafauder un guet-apens ? Ottavio disait-il la vérité ?

« Tu ne me remets pas, hein ? dit le balafré en dévisageant Bourne.

— Je t'ai déjà dit que non.

— Je m'appelle Ottavio Moreno, annonça-t-il avant de se ménager une pause. Le frère de Gustavo Moreno. »

Les voiles de l'oubli se soulevèrent l'espace d'un instant. Bourne tressaillit.

« Nous nous sommes rencontrés au Maroc, fit-il dans un murmure.

— Oui. À Marrakech. Nous avons traversé ensemble les montagnes du Haut Atlas. Ça te dit quelque chose ?

— Pas vraiment.

— Bon Dieu ! » Le visage d'Ottavio Moreno exprimait de la surprise, peut-être plus encore. « Et l'ordinateur portable ? Tu ne t'en souviens pas non plus ?

— Quel ordinateur portable ?

— C'est pas vrai ! s'écria-t-il en attrapant Bourne par les deux bras. Allons, Jason. On est allés à Marrakech pour récupérer cet ordinateur portable.

— Dans quel but ?

— Tu disais que c'était une clé.

— Quel genre de clé ?

— La clé de Severus Domna. »

À cet instant, ils entendirent les deux notes répétitives des sirènes de police.

« Le bazar qu'on a laissé derrière nous dans la Suite impériale, dit Moreno. Bon, il faut y aller.

— Je ne vais nulle part avec toi, dit Bourne.

— Mais tu n'as pas le choix. Tu me le dois, dit Ottavio Moreno. Tu as tué Noah Perlis. »

« En d'autres termes, dit le secrétaire à la Défense Bud Halliday en parcourant le rapport posé devant lui, entre les mises à la retraite, les départs normaux et les demandes de transfert – lesquelles ont été, je le constate, non seulement accordées mais encouragées –, un quart du personnel de l'ancienne CIA nous a quitté.

— Et le nôtre a pris sa place », compléta le DCI Danziger sans se fatiguer à masquer la satisfaction qu'il ressentait. Le secrétaire appréciait l'assurance autant qu'il méprisait l'indécision. Danziger récupéra le dossier et le classa soigneusement. « Ce n'est qu'une question de mois, je présume, avant que ce nombre atteigne un tiers de la vieille garde.

— Bien, bien. »

Halliday passa ses grandes mains carrées sur les miettes de son déjeuner spartiate. L'Occidental bourdonnait de bavardages entre politicards, journalistes, attachés de presse, lobbyistes et autres rabatteurs. Tous ces gens l'avaient salué avec une déférence inquiète, les uns d'un sourire craintif, les autres par un hochement de tête servile. Ainsi le vieux et très influent sénateur Daughtry lui avait-il serré la pince avec un « on s'appelle, on se fait une bouffe ». Les sénateurs des États-pivots jouissaient d'un pouvoir énorme même en dehors des périodes électorales, puisque les deux partis étaient obligés de les courtiser en permanence. C'était une procédure opérationnelle standard à l'intérieur du Beltway.

Les deux hommes gardèrent le silence un certain temps, tandis que le restaurant commençait à se vider et que les familiers de la fosse aux lions de Washington retournaient au travail. Peu après, des touristes en chemises rayées et casquettes de base-ball marquées CIA ou FBI, achetées aux vendeurs ambulants du Mall, prenaient leur place. Danziger se replongea dans son assiette copieusement remplie pendant que Halliday devait se contenter d'un steak sans garniture qu'il eut tôt fait d'avaler, ne laissant devant lui que quelques traînées de sang caillé mêlées à de la graisse figée.

Halliday songeait au rêve qu'il avait fait la nuit précédente. Impossible de s'en souvenir. Il avait lu dans un magazine que les rêves étaient nécessaires au sommeil – le sommeil paradoxal, comme disaient les intellos – et que sans rêves, on devenait fou. D'un autre côté, il les oubliait systématiquement. Ses nuits de sommeil ressemblaient à un mur peint en blanc sans le moindre graffiti. Il s'ébroua comme un chien mouillé. Pourquoi se préoccuper de choses aussi futiles ? En fait, il savait pourquoi. Un jour, le Vieux lui avait confié souffrir de cette même maladie – c'était le mot qu'il avait employé : maladie. C'était étrange quand on y pensait. Halliday et le Vieux avaient été amis, naguère. Peut-être même plus que des amis, tout bien pesé. Des frères de sang. Étant jeunes, ils se racontaient leurs petites manies, leurs habitudes, les secrets peuplant les coins sombres de leurs âmes. Pourquoi s'étaient-ils éloignés l'un de l'autre ? Comment étaient-ils devenus ennemis jurés ? Peut-être à cause de la divergence graduelle de leurs opinions politiques. Mais les vrais amis sont au-dessus de cela. Non, ils s'étaient fâchés parce qu'ils s'étaient sentis trahis et, chez des hommes comme eux, la loyauté était l'ultime – la seule – preuve d'amitié.

En réalité, ils n'avaient trahi que leurs rêves de jeunesse, leur mutuel enthousiasme et leur idéalisme. Toutes ces belles espérances avaient échoué dans le broyeur de la capitale où ils avaient l'un et l'autre choisi de purger une peine à perpétuité. Le Vieux avait servi John Foster Dulles, alors que Halliday s'était lié à Richard Helms – deux hommes politiques que tout opposait, depuis les méthodes jusqu'à l'idéologie. Et comme l'idéologie était leur métier et qu'ils ne vivaient que pour leur métier, ils n'eurent d'autre choix que de s'affronter en s'efforçant de prouver que l'autre avait tort, de l'abattre et le détruire.

Pendant des décennies, le Vieux lui avait coupé l'herbe sous le pied. Mais aujourd'hui, la roue avait tourné. Le Vieux était mort et Halliday avait remporté le trophée qu'il convoitait depuis si longtemps : le contrôle de la CIA.

Halliday sortit de sa rêverie en entendant Danziger s'éclaircir la gorge.

« Aurions-nous oublié quelque chose ? »

Le secrétaire le regarda comme un enfant étudie une fourmi ou un scarabée, avec la curiosité réservée à une espèce si inférieure qu'elle paraît se situer à des années-lumière. Danziger était loin d'être stupide, sinon Halliday ne l'aurait pas envoyé caracoler sur l'échiquier des services secrets américains. Sa position à la tête de la CIA lui était fort utile mais, à part cela, il considérait Danziger comme un simple pion. Halliday s'était refermé sur lui-même dès l'époque où il avait reniflé la trahison du Vieux. Certes, il était marié et père de deux enfants mais sa famille ne l'intéressait guère. Son fils était poète – Dieu du ciel, un poète, a-t-on idée ! Quant à sa fille, il l'avait rayée de la carte depuis qu'elle vivait avec une femme. Son épouse, elle aussi, l'avait trahi en donnant le jour à ces deux ratés. À l'heure actuelle, en dehors des cérémonies officielles auxquelles les strictes valeurs familiales ayant cours à Washington exigeaient qu'elle assiste à ses

234

côtés, ils menaient des vies totalement séparées. Cela faisait des années qu'ils n'avaient pas partagé la même chambre, sans parler du lit. De temps en temps, ils se retrouvaient devant un petit déjeuner, torture bénigne dont Halliday s'échappait au plus vite.

Danziger se pencha vers lui avec un air de conspirateur.

« S'il y a quelque chose que je puisse faire pour vous aider, vous n'avez qu'à…

— Évitez de me confondre avec un ami, s'il vous plaît, lâcha Halliday. Plutôt que demander votre aide, je préférerais me coller le canon d'un pistolet dans la bouche et appuyer sur la détente. »

Il s'extirpa de la banquette et s'éloigna sans un regard en arrière, laissant Danziger payer l'addition.

Boris Karpov dormait dans le couvent. Arkadine se versa deux doigts de mescal et sortit, son verre à la main, dans la nuit vaporeuse de Sonora. Dans peu de temps, l'aurore éteindrait les étoiles. Les oiseaux de mer déjà réveillés sortaient de leurs nids en masse pour nettoyer le rivage.

Arkadine inspira une bonne bouffée de sel et de phosphore puis composa un numéro sur son portable. Il attendit plusieurs sonneries et, sachant qu'il n'y aurait pas de répondeur, allait raccrocher quand une voix rauque résonna à son oreille.

« Qui est-ce, par le sacré nom de saint Stéphane ?

— C'est moi, Ivan, s'esclaffa Arkadine.

— Ah, salut, Leonid Danilovitch », dit Ivan Volkine.

Autrefois, Volkine avait été l'homme le plus puissant de la *grupperovka*. Redoutablement indépendant, il avait fait fonction de négociateur pendant de nombreuses années, à la fois entre les différentes familles mafieuses et entre les parrains, les hommes d'affaires et les politiciens les plus corrompus. En bref, c'était un homme à qui tous les caïds russes devaient des services. Bien que retiré des affaires, il avait dérogé à la règle en devenant encore plus influent avec l'âge. Il avait un faible pour Arkadine dont il suivait l'insolite ascension depuis le jour où Maslov l'avait exfiltré de sa ville natale de Nijni Taguil pour l'installer à Moscou.

« Je croyais que c'était le Président, dit Ivan Volkine. Je lui ai dit que je ne pouvais rien pour lui, cette fois-ci. »

À la pensée que le Président de la fédération russe ait recours aux services d'Ivan Volkine, Arkadine se mit à rire de plus belle.

« Dommage pour lui, dit-il.

— J'ai fait quelques recherches sur le problème dont tu m'as parlé l'autre jour. C'est sûr, tu as une taupe chez toi, mon ami. J'ai ramené à deux le nombre des candidats potentiels. Désolé, je n'ai pas pu faire mieux.

— C'est plus que suffisant, Ivan Ivanovitch. Je te serai éternellement reconnaissant.

— Mon ami, tu es la seule personne au monde qui ne me devra jamais rien.

— Et pourtant, je pourrais te donner presque tout ce que tu désires, rétorqua Arkadine.

— Je le sais bien, mais très franchement, ça me repose de savoir qu'il existe quelqu'un comme toi dans ma vie. À qui je ne dois rien et qui ne me doit rien. Pas de ça entre nous, hein, Leonid Danilovitch !

— Non, en effet, Ivan Ivanovitch. »

Après que Volkine lui eut fourni les noms des deux suspects, il ajouta :

« J'ai encore une information qui va t'intéresser. Je n'ai trouvé aucun lien entre ces deux types et le FSB ou un autre service secret russe.

— Alors, de qui la taupe reçoit-elle ses ordres ?

— Ta taupe fait très attention à ne pas dévoiler son identité – il porte des lunettes noires et un sweat-shirt avec une capuche rabattue sur la tête, donc il n'y a aucune bonne photo de lui. Néanmoins, son contact a été identifié. Il s'agit d'un certain Marlon Etana.

— Curieux nom, fit Arkadine en se disant qu'il lui rappelait quelque chose.

— En effet, mais il y a plus curieux encore. Ce Marlon Etana n'existe nulle part, dans aucune base, aucun registre.

— Il s'agit certainement d'un pseudonyme.

— Ça se pourrait bien, oui, dit Volkine. Mais je n'ai rien trouvé, sauf que Marlon Etana a contribué à fonder le Monition Club, lequel possède plusieurs filiales à travers le monde et un siège central à Washington.

— Un agent ultrasecret travaillant pour la CIA ou l'une des nombreuses têtes de l'hydre de la Défense américaine.

— Quand tu le découvriras, tiens-moi au courant, Leonid Danilovitch. »

« Tiens-moi au courant, avait dit Arkadine à Tracy, quelques mois auparavant. Tout m'intéresse chez ce Fernando Hererra. Transmets-moi tout ce que tu apprendras sur lui, même si cela ne te paraît pas essentiel.

— Y compris le nombre de fois où il va aux toilettes chaque jour ? »

Il l'avait regardée fixement, sans bouger, sans ciller. Ils étaient attablés dans un café de Campione d'Italia, le pittoresque paradis fiscal italien perdu au cœur des Alpes suisses. La petite ville s'élevait au-dessus de la surface bleu marine d'un lac de montagne limpide, où cabotaient des navires de toutes tailles, depuis les canaux à moteur jusqu'aux yachts de milliardaires avec héliport, hélicoptères et, sur le plus grand d'entre eux, les femmes qui allaient avec.

Cinq minutes avant qu'elle n'arrive, Arkadine observait un yacht odieusement grand sur le pont duquel des mannequins aux jambes interminables prenaient des pauses comme si des paparazzis étaient en train de les mitrailler. Elles avaient ce teint idéalement bronzé que seules les femmes entretenues savent acquérir. Tout en sirotant son espresso, dont la tasse disparaissait dans ses grandes mains carrées, il pensait : *quel plaisir d'être le roi.* Mais quand il aperçut le dos velu du roi en question, il frémit de dégoût. On peut sortir l'homme de l'enfer mais pas l'enfer de l'homme. C'était sa devise préférée.

Puis Tracy était apparue et l'enfer de Nijni Taguil, qui le poursuivait comme un cauchemar récurrent, s'était dilué dans l'air. Nijni Taguil, la ville où il avait grandi, où des rats lui avaient dévoré trois orteils dans le placard où sa mère l'enfermait, où il avait tué et failli être tué tant de fois qu'il en avait perdu le compte. Il avait tout perdu à Nijni Taguil. Même la vie, pourrait-on dire.

Il avait commandé pour Tracy un espresso à la sambuca, comme elle l'aimait. En contemplant son beau visage, il se sentait tiraillé par des sentiments contraires. Elle l'attirait terriblement et, en même temps, il la haïssait. Il haïssait son érudition, son intelligence. Chaque fois qu'elle ouvrait la bouche, elle lui rappelait le peu d'éducation qu'il avait reçu. Et, pour ne rien arranger, il apprenait toujours quelque chose d'intéressant à son contact. Il arrive que l'élève déteste son professeur à cause de la supériorité que lui confèrent le savoir et l'expérience. Chacune de ses découvertes lui rappelait qu'il lui était lié, qu'il avait besoin d'elle. Raison pour laquelle il la traitait comme le bipolaire qu'il était. Il l'aimait, quand elle achevait une mission, il la récompensait par des sommes toujours plus importantes, et entre chaque mission, il la couvrait de cadeaux.

Elle n'avait jamais couché avec lui. Il n'avait pas essayé de la séduire, craignant de perdre le contrôle dans le feu de la passion. Il se savait capable de la saisir à la gorge et de serrer jusqu'à ce que sa langue et ses yeux lui sortent de la tête. Ensuite, il s'en serait voulu. Avec les années, elle lui était devenue indispensable. Grâce à son enseignement, il avait appris à faire chanter les richissimes amateurs d'art qu'elle avait pour clients. Et ceux qu'il épargnait, il les utilisait comme mules en cachant de la drogue dans les caisses qui transportaient leurs précieuses acquisitions.

Tracy fit glisser la rondelle de citron sur le bord de sa tasse.

« Qu'est-ce qu'il a de si spécial, ce Don Fernando ?

— Bois ton espresso. »

Elle baissa les yeux sur sa tasse mais ne la toucha pas.

« Qu'y a-t-il ? s'impatienta Arkadine.

— Laissons-le tranquille, tu veux bien ? »

D'abord, il ne dit rien, puis il se pencha en avant, saisit son genou sous la table et serra de toutes ses forces. Tracy releva brusquement la tête ; ses yeux cherchèrent les siens.

« Tu connais les règles, dit-il sur un ton menaçant. Tu ne discutes pas les missions, tu les accomplis.

— Pas celle-là.

— Toutes sans exception.

— J'aime bien cet homme.

— J'ai dit toutes. »

Elle le dévisagea sans cligner les yeux.

Il détestait plus que tout la voir se comporter ainsi, avec cette expression énigmatique collée au visage. Il avait l'impression d'être un gosse débile incapable d'apprendre à lire correctement.

« N'oublie pas ce que je sais sur toi. Tu veux que j'aille raconter à ton client que tu as tuyauté ton frère pour qu'il lui vole sa toile de maître afin de couvrir ses dettes de jeu ? Tu as vraiment envie de passer les vingt prochaines années de ta vie en prison ? C'est plus terrible que tu ne l'imagines, crois-moi.

— Je veux que ça se termine, dit-elle d'une voix étranglée.

— Bon Dieu, mais tu es stupide. *Une fois, juste une fois, j'aimerais te faire pleurer*, songeait-il. Ça ne se terminera jamais. Tu t'es engagée, tu as signé de ton sang, si je puis dire.

— Je veux que ça se termine.

— En plus, Don Fernando Hererra n'est qu'une cible secondaire – pour l'instant du moins. »

Elle avait commencé à trembler, très légèrement. Un nerf frémissait sous son œil gauche. Elle leva son café, vida la tasse et la reposa avec un petit bruit.

« Qui recherches-tu ? »

On en est proche cette fois, pensa-t-il. *Très proche.*

« Quelqu'un de très spécial, avait-il dit. Il se fait appeler Adam Stone. Et cette mission est un peu différente. Adam Stone n'est pas son vrai nom, bien sûr.

— Quel est son nom ? »

Arkadine sourit d'un air démoniaque, tourna la tête et commanda deux autres espressos.

L'aube étendait ses ailes sur Puerto Peñasco quand l'étincelle de ses souvenirs se fondit dans les ténèbres. Une douce brise venue de la mer soufflait le parfum d'un nouveau jour. Les femmes avaient défilé dans sa vie – Yelena, Marlene, Devra, et d'autres encore, dont les noms lui échappaient –, mais aucune n'était comparable à Tracy. Yelena, Marlene, Devra avaient compté pour lui, bien qu'il aurait eu du mal à dire en quoi, précisément. Chacune à sa manière avait changé le cours de son existence. Mais aucune ne l'avait enrichi. Seule Tracy, sa Tracy. Il serra les poings. Mais Tracy ne lui avait jamais appartenu. Jamais.

La pluie martelait le toit du cottage. De grosses gouttes glissaient sur les vitres. On entendait le tonnerre approcher. Les rideaux en dentelle frémissaient. Au cœur de la nuit, Chrissie allongée tout habillée sur l'un des lits jumeaux regardait la fenêtre mouchetée. Elle aurait dû dormir, se reposer mais, depuis l'incident sur l'autoroute, ses nerfs étaient tendus à se rompre. Elle avait bien songé à prendre une moitié de Lorazepam pour se calmer mais la pensée de s'abandonner au sommeil la rendait encore plus anxieuse.

Sa tension nerveuse n'avait fait qu'augmenter quand elle était partie chercher Scarlett chez ses parents. Son père qui la connaissait bien avait tout de suite remarqué que quelque chose clochait. Chrissie avait tenté de le rassurer sans y parvenir. Elle voyait encore son long visage émacié suivre ses mouvements pendant qu'elle faisait monter Scarlett dans la Range Rover. Il avait eu la même expression devant le cercueil de Tracy, au moment où on l'avait porté en terre. En s'asseyant au volant, Chrissie poussa un soupir de soulagement, se félicitant d'avoir garé le SUV de telle manière qu'il ne voie pas les éraflures sur le flanc. Elle lui fit un signe d'adieu et s'en alla. Il se tenait toujours sur le seuil quand elle avait tourné au coin de la rue.

À présent, des heures plus tard, des kilomètres plus loin, elle se retrouvait couchée sur ce lit, dans cette maison appartenant à l'une de ses amies, en voyage à Bruxelles. Elle avait récupéré les clés chez le frère de cette femme. Dans le noir, elle écoutait tous ces petits bruits inconnus, craquements, gémissements, sifflements, soupirs. Le vent tambourinait aux fenêtres. Elle frissonna et tira la couverture sous son menton. Mais la couverture ne la réchauffait pas. Les radiateurs non plus. Elle était glacée jusqu'aux os.

Ils nous suivent sûrement depuis que nous avons quitté l'appartement de Tracy, avait dit Adam. *Il n'est pas question de leur révéler où se trouve Scarlett – et vos parents, par la même occasion.*

À la seule pensée que les ennemis d'Adam puissent connaître l'existence de sa fille, elle avait envie de vomir. Elle tentait de se persuader qu'elle était en sécurité dans cette maison, qu'avec l'éloignement d'Adam tout danger était écarté, mais les doutes continuaient à la tenailler. Le tonnerre gronda, plus proche. Une nouvelle bourrasque secoua le chambranle de la fenêtre. Elle se redressa sur son lit, le souffle court. Son cœur battait la chamade. Elle chercha le Glock qu'Adam lui avait laissé. Elle connaissait un peu le maniement des armes mais surtout des fusils et des carabines. Quand elle était plus jeune, son père l'avait emmenée chasser, les dimanches d'hiver, contre l'avis de sa mère. Elle se souvenait de la morsure du froid, du soleil pâle et du cerf aux flancs haletants que son père avait touché d'une balle en plein cœur. Chrissie n'avait pas supporté ce triste spectacle. Elle revoyait le regard de la bête au moment où son père lui avait plongé un couteau dans le ventre. Les babines entrouvertes, figées dans la mort, le cerf semblait encore le supplier de l'épargner.

Scarlett gémit dans son sommeil. Chrissie se leva et se pencha pour lui caresser les cheveux, comme toujours lorsque sa fille faisait un mauvais rêve. Pourquoi les enfants étaient-ils sujets aux cauchemars ? se demanda-t-elle. Les cauchemars, ils auraient tout le temps d'en connaître au cours de leur vie d'adulte. Où s'était enfuie l'insouciance de sa propre enfance ? Était-ce un mirage ? Avait-elle fait des cauchemars, elle aussi, étant petite ? Avait-elle connu des angoisses, des terreurs nocturnes ? Elle ne s'en souvenait plus, et c'était tant mieux.

Tracy se serait moquée d'elle. Elle lui aurait dit : *L'insouciance ! Mais la vie n'a rien d'une partie de plaisir, ma chérie. Qu'est-ce que tu imagines ? Au mieux, on en bave. Au pire, on nage dans le cauchemar absolu.*

Pourquoi Tracy disait-elle ce genre de choses ? se demanda Chrissie. *Par quelles épreuves affreuses était-elle passée pendant que j'étudiais à Oxford, le nez plongé dans mes bouquins ?* Tout à coup, elle se sentit coupable d'avoir abandonné sa sœur. Elle n'avait rien vu de sa détresse, de son mal de vivre. Pourtant, qu'aurait-elle pu faire pour l'aider ? Tracy naviguait dans un monde si lointain, si différent du sien. Chrissie n'y aurait sans doute rien compris, tout comme elle ne comprenait rien à ce qui s'était passé aujourd'hui. Qui était Adam Stone ? Elle ne doutait pas de son affection pour Tracy mais en même temps, elle se demandait s'il n'était pas plus qu'un ami : un associé, un patron, qui sait ? Il était resté très discret sur ce point. Un parfum de secret environnait la vie de sa sœur, tout comme celle d'Adam. Ils venaient du même monde mystérieux et voilà qu'à présent elle s'y trouvait plongée, elle aussi, corps et âme. Elle frissonna de nouveau et, voyant que Scarlett s'était calmée, s'allongea près d'elle, dos à dos. Peu à peu, la chaleur du corps de sa fille pénétra en elle, ses paupières s'alourdirent et elle se mit à dériver, à s'enfoncer doucement mais inexorablement dans les délices du sommeil.

Un bruit sec la réveilla en sursaut. Sans bouger, l'oreille aux aguets, elle écouta la pluie, le vent, la respiration de Scarlett et celle de la maison. Avait-elle rêvé ? Avait-elle même dormi ? Au bout d'un temps qui lui parut très long, elle quitta le lit de Scarlett pour aller prendre le Glock caché sous son oreiller. Sur la pointe des pieds, elle se dirigea vers la porte entrouverte. À l'autre bout du couloir, une ampoule brillait, projetant un triangle lumineux sur le parquet. Elle avait laissé cette chambre éclairée pour pouvoir trouver la salle de bains dans la nuit, sans se cogner aux murs. Quand elle passa dans le couloir, elle sentit des gouttes de sueur couler sous ses aisselles, son souffle chaud au fond de sa gorge. Chaque seconde qui passait ravivait son angoisse mais aussi l'espoir d'avoir mal entendu, d'avoir imaginé ce bruit. En glissant le long du couloir, elle baissa les yeux vers la cage d'escalier et le salon noyé dans l'ombre, au rez-de-chaussée. Plantée en haut des marches, elle hésita. Elle avait dû se tromper. Tout était calme. C'est alors que le bruit recommença.

Tout doucement, elle se mit à descendre, passant de la pénombre à l'obscurité totale. L'interrupteur commandant l'éclairage du salon n'était accessible que d'en bas. Dans le noir, l'escalier lui paraissait plus raide, plus dangereux. Un instant, elle songea à rebrousser chemin pour aller chercher une torche mais, craignant ce faisant de perdre le peu de courage qu'il lui restait, elle décida de continuer sa descente, une marche après l'autre. Elles étaient en bois, couvertes d'un vernis épais mais sans tapis. Elle glissa et faillit basculer en avant. Agrippée à la rampe, elle écouta le sang cogner dans ses oreilles.

Calme-toi, Chrissie, se dit-elle. *Tu te calmes, oui ou merde ? Il n'y a personne ici.*

Le bruit retentit de nouveau. Elle l'entendit plus nettement, cette fois, car elle était plus proche de sa source. Il y avait quelqu'un dans la maison.

Au coucher du soleil, peu après que Karpov fut reparti pour Moscou, Arkadine et El Heraldo embarquèrent à bord du canot Cigarette. Arkadine sortit du port sans allumer ses feux de navigation. C'était illégal mais nécessaire. En outre, il avait vite compris qu'au Mexique la frontière entre légal et illégal bougeait plus souvent que les lignes de front en temps de guerre. De même, tout ce qui était illégal n'était pas forcément sujet à sanction.

Il avait pris soin d'encapuchonner le récepteur GPS du bateau, si bien qu'aucune lumière ne venait blanchir le velours bleu sombre de la nuit. À l'est, les étoiles s'apprêtaient à déployer leur splendeur.

« Temps, fit Arkadine.

— Huit minutes », répondit El Heraldo en consultant sa montre.

Arkadine modifia leur cap de deux degrés. Ils avaient déjà franchi le périmètre des patrouilles de la *policía* mais voguaient toujours dans le noir. L'écran GPS lui disait tout ce qu'il avait besoin de savoir. Les silencieux dont El Heraldo avait équipé les tuyaux d'échappement fonctionnaient à la perfection. Malgré sa vitesse, le canot glissait sur l'eau sans aucun bruit ou presque.

« Cinq minutes, annonça El Heraldo.

— Nous aurons bientôt un contact visuel. »

C'était le moment qu'attendait El Heraldo pour prendre le volant. Arkadine, quant à lui, ramassa une paire de jumelles militaires à vision nocturne et les braqua vers le sud.

« Je les ai », dit-il au bout d'un instant.

Immédiatement, El Heraldo réduisit la vitesse de moitié.

En observant dans ses jumelles le navire qui arrivait – un yacht de cinquante millions de dollars, à vue de nez –, Arkadine aperçut des éclairs de lumière infrarouge. Deux traits longs, deux courts. Personne à part lui n'était censé les voir.

« Tout va bien. Coupe le moteur. »

El Heraldo obéit. Le canot emporté par son élan fendit encore la houle sur quelques dizaines de mètres. Le yacht les dominait de sa masse sombre. Comme eux, il naviguait sans lumières. Pendant qu'Arkadine se préparait, El Heraldo chaussa des lunettes à vision nocturne pour installer la balise infrarouge. Le yacht était équipé du même genre de balise destinée à permettre l'accostage sans encombre de deux navires coque contre coque, en l'absence de lumière.

Une échelle de corde fut déployée sur le flanc bâbord du yacht. El Heraldo l'arrima au hors-bord. Un homme vêtu de noir lui tendit une petite caisse en carton. El Heraldo la prit sur son épaule avant de la déposer au fond du canot.

À l'aide d'un canif, Arkadine défit le carton d'emballage. À l'intérieur, il trouva des paquets contenant des tortillas de maïs bio. Arkadine en ouvrit un et sortit une tortilla. Les quatre sachets en plastique cachés dans la galette de maïs roulée contenaient une poudre blanche. Il y plongea sa lame et goûta. Satisfait du résultat, il fit de la main le signal convenu à l'intention de l'équipage du yacht, replaça le sachet de cocaïne dans son emballage, remit le tout dans le carton et donna ce dernier à El Heraldo qui le souleva pour le rendre à son expéditeur.

Quand l'homme disparut au sommet de l'échelle, on entendit un coup de sifflet. Arkadine attendit puis vit descendre deux paquets mesurant environ deux mètres de long. Dans le filet qui pendait au bout du treuil, ils ressemblaient à deux énormes thons.

Dès qu'ils touchèrent le plat-bord du canot, El Heraldo les fit rouler hors du filet qui remonta aussitôt, toujours tracté par le treuil. Enfin, El Heraldo détacha l'échelle de corde.

Un autre coup de sifflet, plus long celui-là, jaillit du yacht. El Heraldo démarra les moteurs du hors-bord et fit marche arrière pour s'éloigner. Quand ils eurent atteint la distance adéquate, le yacht partit de son côté, poursuivant son voyage vers le nord, le long des côtes sonoriennes.

Comme El Heraldo amorçait un virage et mettait le cap sur le rivage à l'est, Arkadine entreprit de lacérer l'extrémité des emballages. Puis il dirigea le faisceau d'une torche sur ce qu'ils contenaient.

Les visages des deux hommes apparurent dans le halo. Ils étaient blêmes, mise à part la barbe sombre qui leur mangeait les joues. Encore assommés par l'anesthésique qu'on leur avait administré lors de leur enlèvement, à Moscou, ils n'avaient pas vu la lumière depuis des jours. Leurs yeux se plissèrent et se mirent à couler abondamment.

« Bonsoir messieurs, fit Arkadine, invisible derrière le halo aveuglant de sa torche. Vous êtes arrivés au bout du voyage. Pour l'un d'entre vous, tout du moins. Stepan, Pavel, vous étiez mes capitaines, les plus fidèles de tous mes hommes. Et pourtant l'un des deux m'a trahi. »

Il fit jouer la lumière de la torche sur la lame de son couteau.

« Dans une heure environ, le traître passera aux aveux. Je le récompenserai par une mort rapide et sans souffrance. Sinon… Avez-vous déjà vu quelqu'un mourir de soif ? Non ? Que Dieu vous en préserve, il n'y a pas de fin plus abominable. »

Chrissie resta immobile pendant quelques instants. Que faire ? Attaquer ? S'enfuir ? Les deux ? Elle respira profondément et pesa le pour et le contre. Faire demi-tour ne servirait à rien. Elle resterait coincée au premier étage et l'intrus n'aurait plus qu'à monter. Elle ne pensait plus qu'à sa fille. Quoi qu'il arrive, elle devait privilégier la sécurité de Scarlett.

Le dos collé au mur, elle descendit une marche puis une autre. Encore cinq et elle pourrait allumer. Le bruit recommença. Elle se figea sur place. On aurait dit que quelqu'un passait de la cuisine au salon. Elle leva le Glock et, le tenant à bout de bras, balaya l'espace devant elle en décrivant un arc de cercle. Mais en dehors d'un bout de canapé et de l'accoudoir du fauteuil posé en face de la cheminée, elle ne voyait rien, en tout cas rien d'inquiétant.

L'interrupteur était tout proche à présent. Penchée en avant, elle tendit la main puis, dans un hoquet, la retira et fit un bond en arrière. Quelqu'un venait d'apparaître au bas des marches. Dans l'affolement, elle crut discerner un mouvement près du pommeau de la rampe. Elle braqua le Glock dans cette direction.

« Qui êtes-vous ? » Sa voix la surprit comme si elle sortait d'un rêve ou d'une autre bouche que la sienne. « Restez où vous êtes, je suis armée.

— Chérie, mais qu'est-ce que tu fabriques avec ce pistolet ? dit la voix de son père dans l'obscurité. Je savais bien que quelque chose n'allait pas. Qu'est-ce qui se passe ? »

Quand elle alluma, elle découvrit le visage pâle et tendu de son père.

« Papa ? fit-elle en clignant les yeux d'étonnement. Qu'est-ce que tu fais ici ?

— Chérie, où est Scarlett ?

— À l'étage. Elle dort.

— Bon, ne la réveillons pas, dit-il en hochant la tête. Maintenant viens t'asseoir ici. Je vais faire du feu et tu me raconteras dans quel pétrin tu t'es fourrée.

— Ce n'est rien, papa. Est-ce que maman sait où tu es ?

— Ta mère est aussi inquiète que moi. Quand je l'ai quittée, elle cuisinait. C'est sa manière à elle d'affronter l'angoisse. Je suis censé vous ramener à la maison avec moi, Scarlett et toi. »

Comme une somnambule, elle suivit son père dans le salon.

« Je ne peux pas faire ça, papa.

— Et pourquoi pas ? » Il fit un geste de la main comme pour éluder le problème. « Peu importe, je savais que tu dirais non. » Il se pencha et mit quelques rondins dans la cheminée puis regarda autour de lui. « Où sont les allumettes ? »

Quand il passa dans la cuisine, elle l'entendit fourrager dans les tiroirs.

« Comprends-moi, papa. C'est gentil de ta part mais franchement, pourquoi débarquer ici en pleine nuit ? Qu'est-ce que tu as fait ? Tu m'as suivie ? Comment es-tu entré ici ? »

Elle allait le rejoindre quand une main calleuse se plaqua sur sa bouche. Au même instant, on lui arracha le Glock. Une forte odeur masculine lui monta au nez. Quand elle vit son père étendu sur le sol, elle se débattit.

« Reste tranquille, souffla une voix dans son oreille. Si tu bouges, je t'emmène à l'étage et je bute ta fille devant tes yeux. »

13

Dès son arrivée à l'aéroport de Tucson, Soraya fonça vers les comptoirs des agences de location de véhicules pour montrer la photo de Cary Grant. Personne nc l'avait vu. Son nom ne figurait dans aucun registre – ce qui ne l'étonna guère. Un professionnel aussi aguerri qu'Arkadine n'aurait jamais commis l'erreur de louer une voiture sous le faux nom qu'il venait d'utiliser pour passer l'immigration. Sans se laisser décourager, elle interrogea les responsables de chaque compagnie. Connaissant la date et l'heure auxquelles Arkadine avait débarqué à Tucson, elle avait fait en sorte de se présenter à peu près au même moment de la journée. Elle demanda qui était de service neuf jours plus tôt. Les employés en question étaient tous là, sauf une femme répondant au curieux nom de Biffy Flisser, laquelle avait démissionné depuis pour tenir la réception de l'hôtel Best Western de l'aéroport. Aucun d'eux ne reconnut le visage d'Arkadine.

Le responsable fut assez aimable pour appeler le Best Western. Quand Soraya pénétra dans le hall clair et frais, Biffy Flisser l'attendait. Elles s'assirent au salon et discutèrent en sirotant des rafraîchissements. De nature franche et ouverte, Biffy accepta volontiers de l'aider dans sa recherche.

« Ouais, je le connais, dit-elle en tapotant la photo affichée sur le téléphone de Soraya. Je veux dire, je ne le connais pas vraiment mais il a loué une voiture, ce jour-là.

— Vous en êtes sûre ?

— Absolument. Il cherchait une location à long terme. Un mois ou six semaines, disait-il. Je lui ai répondu que, dans ce cas, je lui appliquerais un tarif spécial. Il a paru ravi.

— Vous rappelez-vous son nom ? demanda-t-elle d'un ton neutre après un court silence.

— C'est important, n'est-ce pas ?

— Ça me dépannerait énormément.

— Voyons voir. Frank, je crois. Frank quelque chose… C'est cela ! Frank Stein. Frank Norman Stein, plus exactement. »

Frank N. Stein. Soraya éclata de rire.

« Quoi ? dit Biffy, confuse. Qu'est-ce qu'il y a de si drôle ? »

Cet Arkadine était un petit plaisantin, songea Soraya en regagnant l'aéroport. Puis elle s'arrêta net. Pourquoi utiliser un pseudonyme aussi énorme ? Il avait probablement prévu d'abandonner la voiture quelque part après la frontière.

En proie au découragement, Soraya reprit son enquête, retrouva le directeur de l'agence de location et lui donna le nom dont Arkadine s'était servi pour louer la voiture.

« Quel véhicule a-t-il choisi ?

— Attendez un moment, dit l'homme en entrant le nom et la date dans son ordinateur. Une Chevy noire. Une vieille, année 1987. Un vrai tas de boue mais apparemment, elle lui plaisait.

— Vous conservez vos voitures si longtemps ?

— Premièrement, ici dans le désert, elles ne rouillent pas. Deuxièmement, comme nous avons beaucoup de vols, il est plus rentable de louer des vieux modèles. En plus, les clients apprécient nos rabais. »

Sans trop d'espoir, Soraya nota toutes les informations, dont le numéro de la plaque d'immatriculation. À supposer qu'elle la retrouve, la voiture ne la mènerait sans doute pas à Arkadine. Puis elle loua elle-même un véhicule, remercia le directeur et entra dans un bar pour commander un café frappé. Elle savait par expérience qu'il valait mieux éviter le thé glacé en dehors de New York, Washington ou Los Angeles. Partout ailleurs, les Américains aimaient boire leur thé glacé avec une tonne de sucre.

En attendant sa boisson, elle déplia une carte détaillée de l'Arizona et du nord du Mexique. S'il avait choisi le Mexique, Arkadine devait se trouver quelque part dans un rayon de cent cinquante kilomètres autour de l'aéroport. Sinon pourquoi débarquer à Tucson quand il aurait pu s'envoler directement pour Mexico ou Acapulco ? Non, décida-t-elle, il était certainement dans le nord-ouest du Mexique, peut-être même juste de l'autre côté de la frontière.

Son café frappé arriva. Elle le but noir et sans sucre. Sa saveur âcre glissa le long de sa gorge. Puis elle traça un cercle de cent cinquante kilomètres de rayon autour de l'aéroport. Tel serait son périmètre de recherche.

À peine Soraya eut-elle quitté l'agence que le directeur pêcha une petite clé dans la poche de son pantalon et ouvrit un tiroir de son bureau, en bas à droite. À l'intérieur étaient empilés plusieurs dossiers, une arme enregistrée à son nom et une photo d'identité. Il tint la photo dans la lumière et la regarda attentivement. Puis, les lèvres pincées, il la retourna et lut à mi-voix le numéro local qui était inscrit au verso, avant de le composer sur son téléphone.

Quand la voix masculine répondit, il dit :

« Une femme est venue enquêter sur votre homme – celui de la photo que vous m'avez donnée… Elle disait s'appeler Soraya Moore et j'ai l'impression qu'elle ne mentait pas… Non, pas de badge officiel, non… J'ai fait comme vous le disiez… Ça va être du gâteau pour vous… Non, c'est vrai, vous ne comprenez pas. Ce que je veux dire c'est que vous la retrouverez facilement : je lui ai loué une voiture… »

« … *Toyota Corolla, bleu métallisé, immatriculée… D comme David, V comme Victor, N comme Nancy, trois-trois-sept-huit.* »

La conversation se poursuivait mais Soraya en avait assez entendu. La puce électronique qu'elle avait fixée sous le bureau du directeur fonctionnait à merveille. La voix du type lui parvenait très nettement. Pas celle de son interlocuteur, malheureusement. Cela dit, elle savait à présent qu'on avait placé des espions dans l'aéroport de Tucson, et que ces gens-là la suivraient probablement jusqu'au Mexique. Elle savait aussi que l'interlocuteur ignorait les subtilités du langage parlé puisqu'il n'avait pas saisi l'expression « ça va être du gâteau ». C'était donc un étranger, mais pas un Mexicain frontalier car ces gens-là maniaient les expressions populaires américaines mieux que les Américains eux-mêmes. Cette personne n'était donc pas du coin. Peut-être un Russe. Peut-être un des hommes de main d'Arkadine, chargé de surveiller l'arrivée des sbires de Dimitri Maslov. Dans ce cas, ce serait son jour de chance.

Le premier réflexe de Peter Marks en débarquant à l'aéroport de Heathrow fut d'appeler Willard.

« Où es-tu ? demanda Marks.

— Moins tu en sauras, mieux cela vaudra.

— Sur le terrain, il n'y a pas pire que d'avancer à l'aveuglette, rétorqua-t-il.

— J'essaie de te protéger de Liss. Quand il t'appellera – et crois-moi, il le fera – tu pourras lui dire sans mentir que tu ignores où je suis. Et après, tu seras tranquille. »

Peter montra son badge officiel aux agents du service d'immigration qui tamponnèrent son passeport et lui firent signe de passer.

« Oui, mais toi ?

— Ça me regarde, Peter. Tu as déjà fort à faire pour récupérer l'anneau de Bourne.

— Il faudrait d'abord que je le trouve, répondit Marks en approchant du tapis des bagages.

— Tu as déjà eu affaire à lui, dit Willard. Je suis sûr que tu le trouveras. »

En jetant un coup d'œil à sa montre, Mark sortit sous le ciel maussade de cette matinée typiquement londonienne. Il était atrocement tôt et, déjà, le ciel crachait de la pluie en rafales intermittentes.

« Personne ne le connaît vraiment, dit-il, pas même Soraya.

— C'est parce qu'il n'y a rien de logique en lui, fit remarquer Willard. Il est complètement imprévisible.

— Tu ne crois pas que tu es mal placé pour t'en plaindre ? Je veux dire que c'est Treadstone qui l'a rendu ainsi.

— Absolument pas, répliqua vivement Willard. C'est à cause de la vie qu'il a menée et de sa forme particulière d'amnésie. Ce type est irrécupérable. À ce propos, je veux que tu ailles voir l'inspecteur-chef Lloyd Philips. Bourne a peut-être trempé dans le meurtre qui s'est commis la nuit dernière au Vesper Club. Commence tes recherches par là. »

Marks nota vite les coordonnées au creux de sa paume.

« C'est toi qui es incompréhensible », reprit-il en s'installant dans la file qui attendait les taxis. Il parlait à voix basse en se couvrant la bouche. « Tu es sorti de l'ombre pour aller l'aider quand il était en difficulté à Bali et maintenant, on dirait que tu le considères comme un monstre de foire.

— Mais c'est un monstre, Peter. Un monstre très dangereux – il a assassiné Noah Perlis et voilà qu'à présent, il est sans doute impliqué dans un autre meurtre. Combien de preuves te faut-il pour mesurer le danger qu'il représente ? J'espère que tu ne perds pas de vue notre objectif. L'entraînement Treadstone a fait de lui un exécuteur, mais ensuite quelque chose d'imprévu s'est produit, un caprice du destin ou de la nature, appelle ça comme tu veux. Il a changé, il est sorti du cadre. Raison pour laquelle je l'ai dressé contre Arkadine. Comme je te l'ai déjà expliqué, Arkadine était le premier diplômé Treadstone. Il a subi une forme d'entraînement très poussé. Après sa disparition, Conklin a décidé de revoir cet entraînement, de l'adapter pour le rendre moins… extrême. »

Arrivé en tête de file, Marks se glissa sur la banquette arrière du taxi et lui donna l'adresse du petit hôtel dans le West End où il aimait descendre.

« Si nous voulons que Treadstone progresse et remporte des victoires à la mesure de nos espérances, nous devons savoir qui est le meilleur des deux. » Comme une guêpe se cognant contre une vitre, la voix de Willard bourdonnait dans l'oreille de Marks. « Quand il n'en restera qu'un, nous saurons quoi faire. »

Marks regardait défiler le paysage d'un œil distrait.

« Si je comprends bien, si Arkadine gagne, tu reviendras à la méthode d'entraînement initiale.

— Avec les quelques petits ajustements que j'ai en tête.

— Mais si c'est Bourne qui tue Arkadine ? Tu ignores…

— C'est exact, Peter, nous nous retrouverons face à l'inconnu. Du coup, le processus prendra plus de temps. Il nous faudra étudier Bourne à l'intérieur d'un environnement contrôlé. Nous devrons…

— Attends une minute. Tu as l'intention de l'emprisonner ?

— Et de le soumettre à une batterie d'examens psychologiques, oui, oui, s'impatienta Willard comme si Marks était trop stupide pour percevoir la grandeur de ses ambitions. C'est ce qui fait l'essence de Treadstone, Peter. C'est à cela qu'Alex Conklin a dédié sa vie.

— Mais pourquoi ? J'ai du mal à comprendre.

— Le Vieux avait du mal à comprendre, lui aussi, répliqua Willard dans un soupir. Parfois, je me dis qu'Alex était le seul Américain à avoir tiré les leçons des tragiques erreurs de la guerre du Vietnam. C'était un génie. Il avait prévu les guerres d'Irak et d'Afghanistan. Il a vu arriver le nouveau monde. Pour lui, notre manière de faire la guerre était aussi dépassée, aussi inadaptée que le Code napoléonien. Alors que le Pentagone accumulait à grands coups de milliards les bombes intelligentes, les sous-marins nucléaires, les bombardiers furtifs, les chasseurs supersoniques, Alex, lui, se consacrait à l'élaboration de la seule arme de guerre vraiment efficace : les êtres humains. Depuis le tout premier jour de sa création, la vocation de Treadstone reposait sur la fabrication de l'arme humaine parfaite : sans peur, sans pitié, experte dans l'art de l'infiltration, de la désinformation, du mimétisme. Une arme à mille visages capable d'obéir sans broncher, de tuer n'importe quelle cible sans remords et revenir à la base pour embrayer sur une nouvelle mission. Tu vois mieux maintenant à quel point Alex était un visionnaire. Ses prédictions se sont réalisées. Grâce au programme Treadstone, l'Amérique détiendra l'arme la plus puissante pour combattre ses ennemis les plus habiles, les mieux cachés. Crois-tu que je vais renoncer à une telle merveille ? Si j'ai passé un pacte avec le diable, c'est uniquement pour ressusciter Treadstone.

— Et si le diable a d'autres ambitions pour Treadstone ? demanda Marks.

— Alors, répondit Willard, il faudra s'y prendre
autrement avec lui. Arkadine ou Bourne, cela ne fait
aucune différence, reprit-il après une courte pause.
Seul m'intéresse le résultat de leur lutte pour survivre.
Je ferai du vainqueur le prototype des futurs diplômés
Treadstone. »

« Commençons par le commencement, dit Bourne.
Tout cela ressemble fort à un cauchemar.

— En un mot comme en mille, dit Ottavio Moreno
dans un soupir, tu n'avais pas le droit de tuer Noah
Perlis. »

Les deux hommes s'étaient réfugiés dans une
planque à Thamesmead, un quartier en développement
au sud de Londres, séparé de l'aéroport par la Tamise.
L'immeuble était l'une de ces cages à lapins qui peuplent les banlieues tentaculaires. Ils y étaient arrivés à
bord de l'Opel grise de Moreno, un modèle qu'on croisait par milliers dans les rues de Londres. Ils avaient
mangé le poulet froid et les pâtes trouvés dans le réfrigérateur, descendu une bouteille de vin sud-africain
point trop mauvais avant de se retrancher dans le salon
où ils s'étaient littéralement affalés dans les canapés.

« Perlis a tué Holly Moreau.

— Perlis était en service commandé, fit remarquer
Ottavio Moreno.

— Comme Holly, je pense.

— Mais après, c'est devenu une affaire personnelle,
n'est-ce pas ? De l'eau a coulé sous les ponts, poursuivit Moreno en prenant le silence de Bourne pour un

acquiescement. Le seul truc qui t'a échappé c'est que j'ai embauché Perlis pour retrouver l'ordinateur portable.

— Il n'avait pas d'ordinateur portable. En revanche, il avait l'anneau.

— Oublie l'anneau et concentre-toi sur l'ordinateur. »

Bourne avait l'impression de s'enfoncer dans des sables mouvants.

« Je ne m'en souviens pas.

— Dans ce cas, j'imagine que tu as aussi oublié l'avoir dérobé au domicile de Jalal Essai. »

Bourne secoua la tête en signe d'impuissance.

Moreno se frotta les yeux avec les pouces avant de reprendre :

« Je vois pourquoi tu me demandais de commencer par le commencement. »

Toujours silencieux, Bourne ne le quittait pas des yeux. Il rencontrait systématiquement le même problème avec les gens surgis de son passé. Comment savoir qui ils étaient vraiment, et s'ils lui disaient la vérité ? Rien n'était plus facile que de duper un amnésique, songeait Bourne. C'était même un exercice assez amusant.

« On t'a ordonné de voler cet ordinateur.

— Qui ?

— Alex Conklin, j'imagine. De toute façon, nous avions pris contact à Marrakech. »

De nouveau le Maroc. Bourne se pencha vers Moreno.

« Pourquoi t'ai-je contacté ?

— J'étais le correspondant d'Alex Conklin sur place, expliqua-t-il. Je n'ai pas vraiment connu mon père. Ma mère est berbère. Elle vient des montagnes du Haut Atlas.

— Ton père était un grand voyageur.

— Très drôle. Mais t'inquiète, je ne vais pas te sauter à la gorge, s'esclaffa Ottavio Moreno. On vit dans un monde de merde, je te jure. Mon père brassait des tas d'affaires, la plupart illégales, oui, je l'admets volontiers. Et alors ? Il voyageait partout dans le monde, et souvent dans des endroits glauques.

— Il aimait faire des affaires mais son appétit de conquête ne s'arrêtait pas là, dit Bourne.

— C'est vrai. Il avait un faible pour les belles étrangères.

— J'imagine qu'il y a d'autres petits Moreno comme toi, un peu partout dans le monde ?

— Ça se pourrait bien, connaissant mon père, répondit Moreno en riant. Mais je n'en sais rien.

— Donc, tu disais que tu étais le correspondant de Conklin à Marrakech, reprit-il.

— Je ne le *dis* pas, fit Moreno avec un léger froncement de sourcils, je l'étais vraiment.

— Treadstone ne t'a sûrement jamais fourni de certificat de travail, hein ?

— Ha, ha », fit Moreno pour montrer que sa blague ne le faisait pas rire.

Il sortit un paquet de Gauloises blondes, en fit surgir une d'un coup sec, l'alluma et souffla la fumée en scrutant Bourne.

« On serait pas dans le même panier, toi et moi ? reprit-il.

— Je ne sais pas. C'est ce que tu penses ? »

Bourne se leva pour aller prendre un verre d'eau froide dans la cuisine. Il était furieux contre lui-même, pas contre Moreno. Il n'avait jamais été aussi vulnérable et il n'aimait pas cela. Dans son métier, la vulnérabilité était le pire des défauts.

En revenant dans le salon, il s'assit dans le fauteuil posé en face du canapé où Ottavio Moreno fumait toujours, d'un air méditatif. Il avait allumé la télévision pour suivre les informations sur la BBC. Le son était coupé mais on reconnaissait parfaitement la façade du Vesper Club. Les véhicules de la police et des services d'urgence clignotaient en travers de la chaussée. Des urgentistes faisaient sortir un brancard par l'entrée principale. Un tissu recouvrait entièrement le corps étendu dessus. Puis on repassa dans les studios de la chaîne où un présentateur lut le texte qu'on lui avait rédigé quelques minutes auparavant. Sur un geste de Bourne, Moreno augmenta le volume mais comme le type à la télé ne disait rien d'intéressant, le coupa de nouveau.

« On va avoir du mal à quitter Londres, à présent, dit Bourne laconiquement.

— Je connais plus de moyens de quitter Londres que ces types-là, fit-il en désignant le flic sur l'écran.

— Moi aussi, répliqua Bourne. Ce n'est pas le problème. »

Moreno se pencha en avant, écrasa son mégot dans un cendrier hideux et alluma une autre cigarette.

« Si tu attends des excuses, tu risques d'être déçu.

— Trop tard pour les excuses, répondit Bourne. Dis-moi pourquoi cet ordinateur a tant d'importance. Perlis possédait l'anneau. Il a tué Holly pour l'obtenir.

— L'anneau est le symbole de Severus Domna. Tous ses membres le portent au doigt ou le gardent sur eux, dans un endroit discret.

— Ah bon ? C'est tout ? Il n'y a pas de quoi fouetter un chat. Perlis aurait tué Holly pour lui voler un objet aussi anodin ?

— Je n'en sais rien. Peut-être croyait-il que l'anneau le conduirait à l'ordinateur, marmonna Moreno en écrasant sa Gauloise. Écoute, je sens que tu ne me fais pas confiance. C'est parce que Gustavo était mon demi-frère ?

— Ce n'est pas impossible, répondit Bourne.

— Ouais, eh bien dis-toi que mon frangin m'a toujours mis des bâtons dans les roues.

— Alors, sa mort est une bénédiction pour toi, rétorqua Bourne sèchement.

— Tu ne vas quand même pas imaginer que j'ai repris son trafic de stupéfiants.

— Je ne suis pas assez stupide pour ne pas y avoir songé.

— Bon d'accord, fit-il en s'enfonçant dans le canapé. Comment puis-je te prouver le contraire ?

— À toi de voir.

— Que sais-tu de la bande des quatre : Perlis, Holly, Tracy et Diego Hererra ?

— Pratiquement rien, répondit Bourne.

— J'imagine que tu as interrogé Diego. Qu'est-ce qu'il t'a dit ?

— Il m'a parlé de leur amitié, de leurs amours.

— Quels amours ? », demanda Moreno avec un froncement de sourcils.

Quand Bourne le lui dit, il explosa de rire.

« *Mano*, ton brave Diego t'a complètement roulé dans la farine. Entre ces quatre-là, il n'était pas question d'amour. Ils étaient juste des amis – et encore, jusqu'à ce que Holly se mette à porter l'anneau. Je crois que l'autre fille, Tracy, a commencé à s'intéresser à ce qui était gravé à l'intérieur. Plus elle s'y intéressait, plus Perlis devenait curieux. Il a photographié l'inscription pour la montrer à Oliver Liss, son patron de l'époque. Ce qui a débouché sur la mort tragique de Holly.

— D'où tiens-tu ces infos ?

— J'ai travaillé pour Black River jusqu'à ce qu'Alex Conklin me recrute. Le vieux schnock était bien content de lui, vu qu'il détestait Liss. J'ai rarement rencontré vautour aussi corrompu, dans ce métier. Liss jouissait du malheur des autres, il profitait du gouvernement sans la moindre vergogne et envoyait ses agents commettre les crimes et les atrocités que le gouvernement n'osait pas commettre lui-même. Jusqu'à la chute de Black River, Liss a été le grand ordonnateur de la chienlit moderne, et crois-moi ce n'est pas rien.

— Cela n'explique toujours pas comment…

— À l'époque, Perlis était sous mes ordres. Ensuite, Liss l'a pris sous sa coupe et en a fait son chargé de mission personnel.

— L'anneau faisait partie de ces missions.

— En effet. Comme Perlis avait besoin d'aide, il s'est adressé à moi. J'étais le seul en qui il avait confiance. Il m'a dit qu'en voyant l'anneau, Liss avait piqué une crise et l'avait lancé sur les traces de l'ordinateur portable.

— Celui que tu m'as aidé à voler au domicile de Jalal Essai.

— Exact. »

Bourne se renfrogna.

« Mais où est-il passé ensuite ?

— Tu étais censé le livrer à Conklin en personne mais tu ne l'as pas fait.

— Pourquoi ?

— Tu avais découvert un truc au sujet de cet ordinateur. Enfin, c'est ce que tu m'as dit. Un truc que Conklin ne voulait pas que tu saches. Résultat, tu as décidé de modifier les termes de la mission.

— Qu'est-ce que j'ai découvert ?

— Tu ne me l'as jamais dit, et moi, on m'a appris à ne pas poser trop de questions. »

Bourne sombra dans ses pensées. Le mystère de l'anneau s'épaississait davantage à chaque seconde. La réaction de Liss à sa vue laissait supposer qu'il avait un lien avec l'ordinateur volé. À condition bien sûr que Moreno dise la vérité. Bourne avait l'impression de se déplacer dans un labyrinthe tapissé de miroirs déformants. Une même vérité pouvait avoir de multiples reflets variant au gré de l'imagination de chaque protagoniste.

Sur l'écran de télévision, le présentateur évoquait à présent d'autres sujets, d'autres pays, mais les images du cadavre de Diego Hererra devant le Vesper Club vacillaient toujours dans l'esprit de Bourne. Moreno était-il sincère quand il prétendait que sa mort était nécessaire ? Ou bien était-il guidé par de sombres desseins ? Pour en avoir le cœur net, Bourne devait continuer à discuter avec lui, à lui poser des questions assez subtiles pour qu'apparaisse la faille dans son armure ou la preuve de sa loyauté.

« Que sais-tu sur Jalal Essai ? demanda Bourne.

— Pas grand-chose. Il est membre du comité exécutif de Severus Domna. Il descend d'une illustre famille qui, au XIIᵉ siècle, a pris part à l'invasion de l'Andalousie par les Maures. L'un de ses ancêtres a même gouverné l'Andalousie pendant quelques années.

— Et de nos jours ?

— De nos jours, plus personne ne s'intéresse aux berbères, ou Amazigh comme nous les appelons.

— Et en ce qui concerne Severus Domna ?

— Ah, de ce côté-là, je suis un peu plus avancé. Tout d'abord, je dois préciser qu'on sait peu de chose sur cette organisation. C'est un sous-marin presque impossible à tracer. Nul ne connaît le nombre de ses membres. En revanche, on sait qu'ils sont éparpillés sur toute la planète et qu'ils occupent des positions élevées au sein des gouvernements, des grandes entreprises, des médias et de la pègre. On en trouve dans tous les domaines d'activité.

— Quel est leur objectif ? demanda Bourne en songeant au mot *Royaume* inscrit à l'intérieur de son anneau. Qu'est-ce qu'ils veulent ?

— La puissance, l'argent, le pouvoir de contrôler les événements mondiaux. C'est juste une supposition mais on revient toujours au même poncif, non ? C'est comme ça depuis l'aube de l'humanité.

— Décidément, tu t'intéresses beaucoup à l'histoire, répliqua Bourne.

— J'en connais qui devraient le faire… »

Bourne inspira et relâcha lentement son souffle. Il se demandait ce qui avait bien pu l'inciter à modifier le cours de sa mission. Il ne se rappelait pas avoir jamais désobéi aux ordres de Conklin, le défunt patron de Treadstone, d'autant plus que, jusqu'à son assassinat, Alex Conklin et lui avaient été en très bons termes, pour ne pas dire amis.

Quand il lui en fit part, Moreno répondit :

« Tu m'as demandé de dire à Conklin que Jalal Essai ne possédait pas l'ordinateur, que tu ignorais ce qu'il était devenu.

— Et tu l'as fait ?

— Oui.

— Pourquoi cela ? Tu étais salarié par Treadstone. Conklin était ton patron.

— Je n'en suis pas tout à fait sûr, confessa Ottavio Moreno. Il y a une différence fondamentale entre les agents de terrain et le personnel de bureau. Les uns ne comprennent pas nécessairement les objectifs des autres, et vice versa. Pourtant on doit s'épauler, sinon on crève. Quand tu m'as dit que tu avais trouvé quelque chose d'assez grave pour modifier la mission, je t'ai cru. »

« Donc vous êtes venue voir le fameux Corellos. »

Du fond de son fauteuil moelleux, Roberto Corellos, le cousin de Narsico Skydel, souriait à Moira d'un air affecté. Avec son tapis épais, ses lampes de porcelaine, ses peintures accrochées aux murs, la pièce claire et spacieuse aurait pu passer pour un salon dans un quelconque appartement. Moira ignorait encore que les prisons de Bogotá ne ressemblaient à aucun autre lieu de détention dans le monde.

« Maintenant que le fameux Corellos est enfermé à La Modelo et qu'il n'y a plus de danger, la presse américaine se rappelle son existence », claironna-t-il en sortant un cigare de sa poche de poitrine.

D'un geste ostentatoire, il en mordit le bout et l'alluma au moyen d'un vieux Zippo. Avec un autre sourire en coin, il ajouta :

« Un cadeau d'un de mes nombreux admirateurs. »

Dans un premier temps, il fut impossible de déterminer s'il parlait du barreau de chaise ou du Zippo. Il souffla un nuage de fumée aromatique vers le plafond et croisa ses jambes passées dans un pantalon de lin.

« Redites-moi pour quel journal vous travaillez ?

— Je fais des piges pour le *Washington Post* », dit Moira.

Jalal Essai lui avait obtenu les documents adéquats. Elle ignorait où il les avait dégottés et s'en fichait. Il suffisait qu'ils aient l'air vrais. Essai lui avait promis que oui et, jusqu'à présent, elle n'avait eu aucune raison d'en douter.

Elle était à Bogotá depuis moins de vingt-quatre heures et avait immédiatement obtenu la permission d'interviewer Corellos. La chose ne semblait pas poser problème, ce qui la surprenait un peu.

« Vous avez de la chance d'être passée aujourd'hui. Car dans une semaine, je serai sorti. » Corellos contempla la braise de son cigare. « Ce séjour m'a fait un bien fou. Autant que des vacances. J'ai tout ce que je désire, ici, ajouta-t-il en montrant l'espace autour de lui. Bouffe, cigares, putes, tout et n'importe quoi. Et je n'ai même pas à lever un doigt.

— Charmant », répondit Moira.

Corellos se mit à l'observer. L'homme avait un certain charme, pour qui aimait les gros durs bien musclés. Ses yeux de velours noir, son extrême virilité faisaient de lui un personnage charismatique.

« Il faut que vous compreniez un truc au sujet de la Colombie, señorita Trevor. Ce n'est pas le gouvernement qui dirige ce pays. Non, non, non. En Colombie, le pouvoir est réparti entre les FARC, les Forces armées révolutionnaires, et les gros bonnets de la drogue. La guérilla de gauche et les capitalistes de droite, vous me suivez ? »

Il partit d'un rire aussi gras et tonitruant que le cri d'un perroquet enroué. Il semblait complètement détendu, comme s'il était chez lui dans la plus sinistre des prisons colombiennes.

« Les FARC contrôlent 40 % du pays. Nous contrôlons les 60 autres.

— Cela m'a l'air un peu exagéré, señor Corellos, fit Moira en affichant son scepticisme. Dois-je prendre toutes vos déclarations pour argent comptant ? »

Corellos attrapa derrière lui un pistolet semi-automatique Taurus PT92 et le posa sur la table qui les séparait.

Moira se sentit prise de court.

« Il est chargé, vous pouvez vérifier si vous voulez, dit-il en savourant l'effet de l'arme sur Moira. Ou alors, emportez-le en souvenir. Ne vous en faites pas, j'en ai des tas d'autres. Écoutez, señorita, comme la plupart des gringos, je pense que vous n'êtes pas très en phase avec les réalités colombiennes. Le mois dernier, il y a eu une guerre ici – entre les FARC et les, euh, hommes d'affaires. Une castagne tous azimuts, avec tout l'arsenal : AK-47, grenades à fragmentation, dynamite, et j'en passe. Bien entendu, les gardiens ont filé. Les militaires ont entouré la prison mais n'ont pas osé entrer parce que nous sommes mieux armés qu'eux. Je parie que le ministre de la Justice ne vous a pas parlé de cela, ajouta-t-il avec un clin d'œil.

— Non, en effet.

— Je n'en suis pas surpris. C'était un foutu bordel ici, permettez-moi de vous le dire.

— Comment ça s'est terminé ? demanda Moira, fascinée.

— Je suis intervenu. Les FARC m'écoutent. *Escuchame*, je n'ai rien contre eux – j'approuve leurs revendications. Le gouvernement n'est qu'un ramassis de guignols. Les guérilleros savent que je les soutiendrai et que mes hommes leur prêteront main-forte en cas de besoin – à la condition qu'ils nous fichent la paix. Moi, je ne fais pas de politique – la droite, la gauche, les fascistes, les socialistes, je laisse toutes ces conneries à ceux qui n'ont rien de mieux à faire dans leur vie de merde. Ce qui m'intéresse, c'est le fric. Point barre. Tous les autres peuvent crever. Je respecte les FARC. En fait, je n'ai pas trop le choix. Ils possèdent presque tout Bogotá. Et c'est eux qui savent comment on sort de taule. Un exemple : voilà deux semaines, à La Picota, l'autre prison de la ville, ces foutus FARC ont fait sauter tout un mur pour libérer quatre-vingt-dix-huit de leurs camarades. Pour un gringo, ce genre de choses peut paraître exagéré, voire impossible, j'ai raison ? Mais en Colombie, ça se passe couramment. On peut dire ce qu'on veut sur les FARC, mais ils ont des couilles, ces mecs, ajouta-t-il en gloussant. Respect.

— Si j'ai bien compris, señor Corellos, c'est même la seule chose que vous respectiez. »

Sans ajouter un mot, Moira saisit le Taurus, le démonta puis le remonta sans quitter Corellos des yeux. Quand elle le reposa sur la table, Corellos demanda :

« Pourquoi voulez-vous me parler, señorita ? Pourquoi êtes-vous venue, en fait ? Ça n'a rien à voir avec un article de journal, n'est-ce pas ?

— J'ai besoin de votre aide, dit-elle. Je suis à la recherche d'un ordinateur portable qui appartenait à Gustavo Moreno. Juste avant sa mort, l'ordinateur a disparu.

— Pourquoi vous vous adressez à moi ?

— Vous étiez le fournisseur de Moreno.

— Et alors ?

— L'homme qui a volé l'ordinateur prétendait travailler pour Moreno mais il avait été placé là par quelqu'un dont j'ignore l'identité. Or, l'homme en question a été retrouvé mort du côté d'Amatitán, sur la propriété de votre cousin Narsico.

— Cette fiotte qui se fait appeler Skydel, un nom de gringo ! Je ne veux rien avoir à faire avec lui. Pour moi, il est mort.

— Si grâce à vous, il devait répondre du meurtre de cet homme, ce serait une bonne manière de vous venger de lui, non ?

272

— Quoi ? Le balancer à la police mexicaine en espérant qu'ils l'arrêteront ? Pitié ! Pour ce qui est de résoudre des crimes, ces types sont nuls à chier. Tout ce qu'ils savent faire, c'est ramasser des pots-de-vin et pioncer. En plus, ça risquerait de retomber sur Berengária. Non, si je voulais la mort de Narsico, c'est son cadavre à lui qu'on aurait retrouvé à Amatitán.

— Alors, qui dirige les affaires de Moreno ? À qui vendez-vous votre marchandise, aujourd'hui ? »

Corellos souffla la fumée de son cigare en la regardant à travers ses paupières mi-closes.

« Je n'ai pas envie d'envoyer quiconque en prison, reprit Moira. Je sais bien que ce serait un coup d'épée dans l'eau. Je ne m'intéresse qu'à cet ordinateur. »

Corellos écrasa son cigare. Sur un geste de sa part, un individu – pas un gardien, apparemment – se présenta et posa devant eux une bouteille de tequila et deux petits verres.

« Je commande à manger. Qu'est-ce qui vous plairait ?

— La même chose que vous. »

Il hocha la tête et dit quelque chose au jeune homme qui acquiesça puis ressortit aussi naturellement qu'il était entré. Corellos se pencha pour leur verser à boire. Quand ils eurent vidé leurs verres, il dit :

« Narsico, je peux vraiment pas le sentir. Il faut que vous compreniez bien cela.

— Je suis une gringa, répondit-elle en haussant les épaules. Ces choses-là me passent au-dessus de la tête. En tout cas, je sais maintenant que vous n'avez pas l'intention de le tuer.

— Un meurtre ? Cette ordure ne mérite même pas ça.

— Donc, vous avez prévu quelque chose d'autre pour lui.

— Je ne vous ai pas attendue. On dit que la vengeance est un plat qui se mange froid. Celui qui a inventé ce dicton n'avait pas de sang colombien dans les veines. Pourquoi attendre quand l'occasion vous tend les bras ? »

Le jeune homme revint avec un plateau chargé de nourriture – plusieurs petites assiettes de riz, de haricots, de poivrons frits et de fruits de mer – qu'il déposa délicatement sur la table. Corellos lui fit signe de disposer et se jeta sur des crevettes baignant dans une sauce rouge épicée. Il les goba sans enlever la tête. Tout en léchant ses doigts poisseux, il embraya :

« Connaissez-vous le meilleur moyen d'approcher un homme, señorita ? Il faut passer par sa femme. »

À présent, elle comprenait.

« Vous avez séduit Berengária.

– Oui, je l'ai fait cocu, je lui ai foutu la honte, mais je ne me suis pas arrêté là. Narsico voulait à tout prix s'écarter de sa famille. Je me suis donc assuré qu'il n'y arriverait pas, déclara-t-il avec un regard étincelant. J'ai fait en sorte que Berengária Moreno prenne la suite de son frère. »

Et vous avez sacrément bien manœuvré, songea Moira. Essai disait lui-même que Berengária n'avait rien à voir dans les trafics de Gustavo Moreno.

« Vous croyez que c'est elle qui a placé la taupe chez son frère ?

— Si elle avait voulu la liste de ses clients, il lui suffisait de la demander. Ce qu'elle n'a pas fait, du moins tant qu'il était en vie.

— Alors qui ?

— Oh, je ne sais pas. Un millier de gens, peut-être plus. Vous voulez tous les noms ?

— Et vous ? poursuivit Moira en ignorant son sarcasme.

— Quoi moi ? ricana-t-il. Vous plaisantez ? Gustavo me payait une fortune et c'était lui qui se tapait tout le boulot. Pourquoi j'aurais fait foirer une affaire aussi juteuse ? »

Corellos savait-il que la liste des clients de Moreno se trouvait dans l'ordinateur portable, ou l'avait-il seulement supposé ? se demanda Moira. Essai n'était pas le genre d'homme à marcher sur les plates-bandes d'un narcotrafiquant colombien. Il voulait simplement récupérer son bien. Elle se pencha vers son interlocuteur en plantant ses coudes sur la table.

« *Escuchame, hombre.* Quelqu'un s'est tiré avec cet ordinateur. Si ce n'est pas Berengária alors c'est forcément quelqu'un d'autre qui cherche à mettre la main sur les affaires de Gustavo. Ce quelqu'un va passer à l'action, ce n'est qu'une question de temps. »

Corellos se mit en devoir de transférer les poivrons frits l'un après l'autre de l'assiette à sa bouche. Ses lèvres expressives luisaient de graisse mais il ne semblait pas pressé de les essuyer.

« Tout cela ne me dit rien du tout », déclara-t-il froidement.

Moira le croyait. S'il avait été au courant, il aurait déjà redressé la situation.

« Berengária pourra peut-être m'en apprendre davantage, fit-elle en se levant.

— Putain, ça m'étonnerait, répliqua-t-il. Tout ce qu'elle sait, je le sais aussi.

— Vous êtes bien loin de Jalisco.

— Vous me connaissez mal, *chica*.

— Je veux récupérer cet ordinateur, *hombre*.

— Alors bonne chance ! »

Il produisit un son guttural ressemblant à s'y méprendre au ronronnement d'un tigre.

« Il se fait tard, *chica*, reprit-il. Pourquoi ne pas passer la nuit ici ? Vous serez mieux logée que dans n'importe quel hôtel de cette ville.

— Je ne crois pas, dit-elle en souriant. Merci pour votre hospitalité – et votre franchise.

— Tout pour une belle señorita, répondit Corellos en montrant toutes ses dents. *Cuidad, chica*. Méfiez-vous. Berengária est pire qu'un foutu piranha. À la moindre occasion, elle vous dévorera toute crue, et il ne restera rien de vous. »

Peter Marks trouva l'appartement de Noah Perlis rempli d'agents de la CIA. Il en connaissait deux dans le tas, dont Jesse McDowell avec lequel il avait mené deux missions sur le terrain, avant de passer directeur.

Quand McDowell vit Marks, il lui fit signe de le suivre dans un coin discret et lui dit à mi-voix :

« Mais qu'est-ce que tu fous ici, Peter ?

— Je suis en mission.

— Eh bien, nous aussi. Et je te conseille de ficher le camp avant que l'un des nouveaux potes de Danziger te repère.

— Je ne peux pas, Jesse. » Peter se démancha le cou pour regarder par-dessus l'épaule de McDowell. « Je recherche Jason Bourne.

— Je te souhaite bien du plaisir, mon vieux, ricana McDowell. Combien de roses veux-tu que j'envoie le jour de ton enterrement ?

— Écoute Jesse, je viens de débarquer de Washington. Je suis crevé, j'ai faim et je ne suis franchement pas d'humeur à jouer ce petit jeu avec toi ni avec aucun des cow-boys de Danziger. Tu crois peut-être que ces gars-là me font peur ? »

McDowell leva les mains en signe d'apaisement.

« OK OK. Je te reçois cinq sur cinq, dit-il en prenant Marks par le coude. Je vais tout t'expliquer, mais pas ici. Contrairement à toi, je préfère éviter de braquer le DCI. Descendons au pub pour nous en jeter quelques-uns. Quand j'aurai une ou deux pintes dans l'estomac, ça ira mieux. »

Le Slaughtered Lamb ressemblait étrangement à ces pubs londoniens qui peuplent la littérature depuis des siècles. Sombre, bas de plafond, il sentait la bière fermentée et le tabac depuis longtemps refroidi. On aurait dit que ces odeurs planaient dans l'air comme une brume alcoolisée.

McDowell choisit une table contre un mur lambrissé de bois, commanda des pintes à température ambiante et, pour Marks, une assiette de saucisses-purée. Quand le plat arriva, Marks renifla la viande et crut vomir. Il demanda qu'on lui amène deux rouleaux au fromage à la place.

« Nous menons cette enquête pour le ministère de la Justice, dans le cadre de l'affaire Black River, dit McDowell.

— Je pensais que c'était réglé.

— C'est ce que tout le monde croit, répondit McDowell en vidant sa pinte avant d'en commander une autre. Mais il semble que quelqu'un de très haut placé ait envie de faire plonger Oliver Liss.

— Liss a quitté Black River avant que la merde ne tombe dans le ventilo.

— Il a réchappé à la première vague mais il n'est pas exclu qu'il succombe à la deuxième. On le soupçonne d'avoir monté certaines magouilles chez Black River. Notre job consiste à étayer ces soupçons avec des preuves solides. Et comme Noah Perlis était le toutou de Liss, nous fouillons son appartement.

— Une aiguille dans une meule de foin, dit Marks.

— Peut-être bien, répliqua McDowell en descendant sa bière. Mais nous avons trouvé un truc. Une photo de ce type, Diego Hererra. Tu as dû entendre parler de lui. Il s'est fait poignarder la nuit dernière dans un casino friqué du West End, le Vesper Club.

— J'ignorais, répondit Marks. En quoi cela me concerne-t-il ?

— Tu vas te marrer, mon gars. L'assassin de Diego Hererra était avec Jason Bourne. Ils ont quitté le club ensemble quelques minutes après le meurtre. »

Soraya roulait plein sud, sur les traces d'Arkadine – connu au Mexique sous le nom de Frank N. Stein. La nuit tombait aussi doucement qu'une feuille morte quand elle s'arrêta à Nogales. Elle n'avait pas encore quitté l'Arizona. Juste après la frontière se trouvait l'autre Nogales, dans l'État de Sonora.

Elle se gara, traversa d'un bon pas la place poussiéreuse, s'assit à la terrasse d'un café et commanda une assiette de tamales et une Corona. Elle parlait mieux espagnol que français ou allemand, c'est-à-dire qu'elle maniait cette langue à la perfection. En outre, avec sa peau brune, ses traits égyptiens et son nez busqué, elle pouvait facilement passer pour une Indienne. Elle s'accorda quelques minutes de repos en regardant les promeneurs passer d'une boutique à l'autre ou flâner main dans la main. Elle remarqua un grand nombre de personnes âgées assises sur des bancs, à jouer aux cartes ou à discuter. Plùsieurs véhicules passèrent devant elle – quelques guimbardes cabossées, des camions couverts de poussière et de rouille transportant des produits agricoles. Nogales vivait essentiellement de l'agriculture. Les marchandises arrivaient de sa ville-jumelle, de l'autre côté de la frontière, on les mettait en caisse et on les envoyait un peu partout sur le territoire américain.

Elle avait fini son dernier tamal et buvait sa deuxième Corona quand elle avisa une vieille Chevy noire, grosse comme un tank. Les plaques ne correspondaient pas à la voiture qu'elle recherchait. Elle termina sa bière, renonça au dessert mais commanda un café.

Son espresso venait d'arriver quand, par-dessus l'épaule du serveur, elle vit une autre Chevy noire passer devant le café. Cette fois, le numéro sur la plaque était le bon. En revanche, le conducteur n'était pas Arkadine mais un punk d'environ dix-huit ans. Il se gara près du café. Quand il descendit, Soraya examina ses cheveux coiffés en crête et ses bras tatoués avec des serpents et des oiseaux emplumés. Elle reconnut le quetzal, l'oiseau sacré des Aztèques et des Mayas. Elle vida sa tasse d'un coup, laissa quelques billets sur la table et se dirigea vers le jeune tatoué.

« Où as-tu trouvé cette voiture, *compadre* ? », lui demanda-t-elle.

Il la détailla de la tête aux pieds avec un air suffisant. En fixant ostensiblement ses seins, il répondit :

« Qu'est-ce que ça peut te foutre ?

— Je ne suis pas flic, si c'est ça qui t'inquiète.

— Pourquoi je m'inquiéterais ?

— Parce que cette Chevy a été louée à Tucson – et pas par toi. »

Son rictus méprisant resta collé à son visage. Il devait le travailler tous les matins devant sa glace.

« Tu les aimes ? dit Soraya.

— Quoi ?

— Mes seins. »

Il eut un rire gêné et détourna les yeux.

« Écoute, dit-elle, toi et ta bagnole vous ne m'intéressez pas. Parle-moi plutôt du type qui l'a louée. »

Il cracha par terre sans répondre.

« Ne sois pas stupide, dit-elle. Tu es dans de sales draps. Je peux te dénoncer.

— J'en sais rien, je le jure. Cette caisse, je l'ai trouvée dans le désert. Abandonnée.

— Comment l'as-tu fait démarrer – tu l'as bricolée ?

— Non, j'ai pas eu besoin. La clé était sur le contact. »

280

Ça devenait intéressant. Arkadine ne reviendrait probablement pas la chercher, ce qui signifiait qu'il n'était plus à Nogales. Soraya réfléchit un instant.

« Si je voulais traverser la frontière, comment devrais-je m'y prendre ?

— Le poste-frontière est à trois kilomètres d'ici…

— Je ne veux pas passer par là. »

Le punk la dévisagea en plissant les yeux, comme s'il la voyait pour la première fois.

« J'ai la dalle. Si tu me payais à bouffer ?

— OK, dit-elle, mais n'espère rien d'autre. »

Quand il éclata de rire, son masque de voyou blasé se fendilla d'un coup. Soraya vit la figure d'un gosse promenant son regard triste sur le monde.

Elle le fit asseoir à la table qu'elle venait de quitter, lui commanda des *burritos de machaca* et une énorme assiette de haricots au lard avec des *chiles pasados*. Il s'appelait Alvaro Obregón et venait de Chihuahua. Sa famille avait émigré dans le Nord à la recherche d'un travail et avait échoué dans cette ville. Son oncle maternel avait fait embaucher ses parents dans une maquiladora où ils empaquetaient les fruits et les légumes. D'après lui, sa sœur était une pute et ses frères passaient leurs journées à traîner au lieu de bosser. Quant à lui, il travaillait dans une ferme. Il était venu en ville pour prendre livraison d'une commande passée par téléphone.

« Au début, ça m'amusait de venir ici, dit-il. J'avais lu pas mal de trucs sur le Nogales américain. Du coup, j'ai appris que des tas de gens vraiment cool étaient nés ici, comme Charlie Mingus. Sa musique m'emmerde mais bon, c'est un mec célèbre, quoi. Et puis il y a

Roger Smith. Tu t'imagines tomber sur Ann-Margret, hein ! Mais la plus cool c'est Movita Castaneda. J'imagine que t'as jamais entendu parler d'elle. Elle a joué dans *Carioca*, *Les Révoltés du Bounty*, mais j'ai jamais vu ces films-là. Je l'ai juste vue dans *Tower of Terror*. En tout cas, elle a épousé Marlon Brando. C'était le dernier acteur vraiment cool, enfin avant qu'il explose comme un ballon. »

Il s'essuya la bouche d'un revers de main et claqua les lèvres.

« Il a pas fallu longtemps pour que le vernis craque. Je veux dire, regardez un peu autour de vous. Quel dépotoir, ce trou !

— Tu sembles avoir un bon boulot, fit remarquer Soraya.

— Ouais, tu parles. Ça fait chier.

— Un travail stable.

— Un rat se fait plus de fric que moi. Mais ça ne veut pas dire que je meure de faim, ajouta-t-il avec un sourire rusé.

— Ce qui nous ramène au point de départ. Je veux passer au Mexique.

— Pourquoi ? C'est la merde, là-bas.

— À qui dois-je m'adresser ? »

Álvaro Obregón fit semblant de se creuser la cervelle mais Soraya devinait qu'il connaissait déjà la réponse. Il regarda vers la place où les réverbères venaient de s'allumer. Les gens faisaient leurs derniers achats avant de rentrer dîner à la maison. Ça sentait les haricots réchauffés à la poêle et la nourriture aux relents acides qu'on mange plus au nord. Finalement, il dit :

« Bon, je connais deux *polleros* de l'autre côté de la frontière. » Les polleros, ou passeurs, vous faisaient passer la frontière en douce, au nez et la barbe des services des douanes et de l'immigration. « Mais sur les deux, y en a qu'un de bon. T'as de la chance, ce matin très tôt, il est arrivé du Mexique avec une famille d'immigrants. Je peux te le présenter. Il prétend s'appeler Contreras mais moi je sais bien que ce n'est pas son vrai nom. Je fais des affaires avec lui.

— J'aimerais bien que tu m'arranges un rendez-vous avec ton *compadre* Contreras.

— Ça va douiller. Cent dollars américains.

— C'est un coupe-jarret, ton copain. Cinquante.

— Soixante-quinze.

— Soixante. C'est ma dernière offre. »

Álvaro Obregón posa sa main ouverte sur la table. Les trente dollars que Soraya y déposa disparurent si vite qu'on eut à peine le temps de les voir.

« Le reste à la livraison, dit-elle.

— Attends-moi ici, dit Álvaro.

— Il vaut mieux que tu l'appelles. Ça fera gagner du temps.

— Pas de téléphone, jamais, c'est la règle. »

Il se leva et s'éloigna du pas nonchalant qui semblait affecter les habitants de Nogales de manière endémique.

Soraya passa l'heure suivante à savourer la douceur de la nuit pailletée d'étoiles et les suaves mélodies d'une banda dont le répertoire comprenait cette musique pour cuivres qui vient de Sinaloa. Deux hommes l'invitèrent à danser ; elle déclina leurs offres poliment mais fermement.

L'orchestre entamait une transition avant de passer à sa deuxième cumbia quand elle vit Álvaro Obregón émerger de la pénombre, accompagné d'un homme, probablement Contreras le *pollero*. Il avait dans les quarante-cinq ans, un visage aussi plissé qu'une carte routière trop souvent consultée et ses longues jambes un peu arquées donnaient l'impression qu'il descendait rarement de cheval. En bon cow-boy, il portait un chapeau à large bord, un jean en tuyau de poêle et une veste de style western, agrémentée de franges et de perles.

L'homme et le garçon s'assirent sans un mot. Soraya examina le visage de Contreras, ses yeux délavés par le soleil et l'aridité, sa peau tannée comme un vieux cuir.

« Le gamin me dit que vous allez vers le sud, fit Contreras en anglais.

— C'est exact. »

Soraya avait déjà vu ce genre de regard chez des joueurs professionnels. Il vous vrillait le crâne.

« Quand ?

— Le plus tôt sera le mieux », répondit Soraya.

Contreras regarda la lune comme un coyote sur le point de lancer son aboi.

« On est au début du premier croissant, annonça-t-il. Ce soir vaut mieux que demain, demain vaut mieux qu'après-demain. Ensuite… » Il haussa les épaules comme pour signifier que la porte se refermait.

« Vous prenez combien ? demanda-t-elle.

— Avec moi, pas question de marchander.

— Très bien.

— Mille cinq cents, la moitié tout de suite.

— Un quart, le reste quand nous serons passés de l'autre côté.

— T'avais raison, petit, c'est une foutue salope. »

Loin de se sentir offensée, Soraya prit sa réflexion comme un compliment. C'était ainsi que ces gens-là s'exprimaient, elle n'y changerait rien et n'en avait pas l'intention.

Contreras haussa les épaules et commença à se lever.

« Je vous l'avais dit.

— Vous m'avez dit quoi ? répondit Soraya. Vous aurez votre argent à condition que vous jetiez un œil sur une photo. »

Contreras la dévisagea un instant puis se rassit et tendit la main, comme l'avait fait Álvaro Obregón une heure auparavant.

Soraya fit défiler les images de son téléphone portable jusqu'à trouver la photo d'Arkadine. Elle posa l'appareil dans la paume du *pollero*.

« Est-ce que ce visage vous dit quelque chose ? Il se peut que vous l'ayez vu passer voilà neuf ou dix jours. »

Si l'histoire de la Chevy noire abandonnée dans le désert que lui avait servie Álvaro Obregón était exacte, Arkadine avait dû s'arranger pour passer au Mexique sans se faire remarquer par les autorités.

Au lieu de se pencher sur le téléphone, Contreras resta figé, ses yeux pâles fixés sur elle.

« Je marchande pas, répéta-t-il. Vous voulez que je vous rende un service ?

— J'imagine que oui.

— Je rends pas de service, dit-il en posant son regard sur la photo. Maintenant, c'est deux mille. »

Soraya recula sur sa chaise et croisa les bras sur sa poitrine.

« À présent, c'est vous qui abusez.

— Décidez-vous, repartit Contreras. Dans une minute, je passe à trois mille.

— Bon OK, fit Soraya en soupirant.

— Voyons un peu la couleur. »

Il voulait vérifier qu'elle avait bien l'argent sur elle. Quand elle eut déroulé les coupures de cent, il hocha la tête avec une satisfaction évidente.

« Je lui ai fait passer la frontière il y a dix jours.

— A-t-il dit où il allait ?

— Il a pas desserré les dents. Pas même quand il m'a donné le fric. Moi, ça me va comme ça.

— Et à votre avis, il allait où ? »

Contreras leva un instant le nez, comme s'il reniflait un gibier dans le vent.

« Un type comme lui… pas dans le désert, ça c'est sûr. Il supporte pas trop la chaleur, ça se voit. Et je vous fiche mon billet qu'il est pas du genre à bosser au noir dans une usine à Sonora. C'est un patron, ce mec, un indépendant. Comme vous, ajouta-t-il en la dévisageant.

— Alors, où ?

— La côte, patronne. Aussi sûr qu'on est assis sur cette foutue terrasse. Il allait sur la côte. »

Bourne dormait quand il reçut l'appel de Chrissie. La sonnerie le réveilla en sursaut. Il répondit en se frottant un œil.

« Adam. »

La tension dans sa voix le mit en alerte.

« Que s'est-il passé ? demanda-t-il.

— Il y a… Il y a quelqu'un qui veut vous parler. Oh, Adam !

— Chrissie, Chrissie… »

Une voix masculine prit le relais.

« Stone, Bourne, enfin peu importe ton nom. T'as intérêt à te ramener dare-dare. La femme et la gamine sont dans une sacrée merde. »

Bourne broya presque le téléphone dans son poing.

« Qui êtes-vous ?

— Je m'appelle Coven. J'ai besoin de te voir. Tout de suite.

— Où êtes-vous ?

— Je vais te donner l'itinéraire. Écoute attentivement, je ne répéterai pas, l'avertit Coven avant de débiter une liste d'autoroutes, de routes, de carrefours, de distances. Je t'attends dans quatre-vingt-dix minutes. »

Moreno lui faisait de grands signes.

« Je ne sais pas si j'y arriverai, répondit Bourne.

— Bien sûr que si, l'assura Coven. Sinon, je m'en prendrai à la gamine. Pour chaque quart d'heure de retard, je lui ferai une belle boutonnière. Est-ce bien clair ?

— Parfaitement.

— Bon. Le compte à rebours vient de commencer. »

14

Frederick Willard passa huit heures d'affilée sur Internet à parcourir les méandres du réseau mondial pour trouver des informations sur le Monition Club. Comment s'appelait son propriétaire ? Quelles étaient ses activités ? Qui le finançait et quels en étaient les membres ? Il ne s'accorda que trois récréations, deux pour aller aux toilettes et une pour dévorer un ignoble repas chinois commandé en ligne. Autour de lui, des ouvriers travaillaient à la rénovation des bureaux de Treadstone. Les uns installaient l'équipement électronique, les autres des portes insonorisées, tandis que les derniers repeignaient les murs dont ils avaient arraché le vieux papier peint, la veille.

Willard avait la patience d'une tortue. Pourtant, il finit par jeter l'éponge, descendit dans la rue et passa les quarante minutes suivantes à faire le tour du pâté de maisons pour réfléchir tout en se débarrassant par la même occasion des émanations de peinture et de la poussière de plâtre.

Quand il remonta dans son bureau, il imprima son CV puis rentra chez lui se doucher, se raser, mettre un costume et une cravate. Après s'être assuré que ses

chaussures brillaient comme il faut, il mit un CV dans sa poche et partit pour le Monition Club au volant de sa voiture qu'il laissa dans un garage souterrain voisin.

En grimpant les marches en pierre menant au grand hall, il se composa une allure d'homme pressé. La même hôtesse en uniforme occupait le comptoir du centre. Il se dirigea vers elle et demanda à voir le directeur des relations publiques.

« Nous n'avons pas de directeur des relations publiques, dit-elle sans bouger un muscle de son visage. Que puis-je faire pour vous aider ?

— J'aimerais rencontrer la personne chargée du recrutement, annonça Willard.

— Nous ne recrutons pas, répondit la femme, soupçonneuse.

— J'apprécierais néanmoins que vous m'annonciez au responsable du personnel.

— Il faut que vous lui présentiez un CV. »

Willard le lui montra.

La réceptionniste sourit et dit :

« Vous vous appelez ?

— Frederick Willard.

— Un instant, monsieur Willard. »

Elle composa un numéro interne et murmura quelques mots dans le micro de son casque à écouteurs. Quand elle raccrocha, elle leva les yeux et dit :

« Veuillez vous asseoir, monsieur Willard. Quelqu'un va venir vous chercher. »

Willard la remercia et choisit la banquette où il avait attendu Oliver Liss avec Peter Marks, l'autre jour. La réceptionniste reprit son travail au standard. Elle ne cessait de rediriger les appels venus de l'extérieur.

Willard trouvait ce système étrangement désuet. On aurait dit que le personnel du Monition Club ne possédait pas de lignes directes.

Cela l'intriguait tant qu'il se mit à étudier la femme de plus près. Bien qu'elle fût jeune et ressemblât de prime abord à n'importe quelle autre hôtesse d'accueil, quelque chose en elle laissait présager d'une tout autre fonction. C'était elle qui semblait décider de qui entrerait ou pas. De plus, on aurait dit qu'elle vérifiait chaque appel avant de le transférer.

Au bout d'une trentaine de minutes, un jeune homme mince vêtu d'un costume gris anthracite impeccable franchit une porte dissimulée dans une boiserie. Une sorte de galon doré ornait sa cravate. Il se dirigea droit sur l'hôtesse, se pencha vers elle et lui parla d'une voix si basse que même dans cet espace totalement silencieux, Willard n'entendit rien de leur échange.

Puis il se tourna et s'approcha de Willard avec un sourire impénétrable.

« Monsieur Willard, veuillez me suivre. »

À ces mots, il tourna les talons. Willard lui emboîta le pas et, comme il passait devant le comptoir de réception, surprit le regard inquisiteur de l'hôtesse.

Le jeune homme le fit passer dans un couloir moquetté mal éclairé. Sur les cloisons lambrissées de bois, il nota une série de peintures représentant des scènes de chasse médiévales. Toutes les portes qu'il longeait étaient fermées ; aucun bruit ne lui parvenait. Willard se dit que soit les bureaux étaient vides, ce dont il doutait, soit il s'agissait de portes insonorisées

– chose rare dans un espace de travail. Du moins, dans les sociétés qui n'avaient rien à cacher.

Le jeune homme finit par s'arrêter devant une porte à sa gauche. Il frappa un coup puis ouvrit.

« Monsieur Frederick Willard », annonça-t-il à la manière d'un majordome tout en franchissant le seuil.

Willard entra non pas dans un bureau mais dans une bibliothèque, et de belle taille. Les rayonnages couvraient trois côtés du sol au plafond. Une immense baie vitrée occupait le quatrième. Elle ouvrait sur un jardin de cloître, petit mais magnifiquement dessiné, avec une fontaine centrale de style mauresque. On se serait cru transporté dans un couvent du XVIᵉ siècle.

Devant cette fenêtre s'étirait une longue table de réfectoire en bois sombre, soigneusement lustré. Sept chaises à haut dossier étaient disposées à intervalles réguliers tout autour. Sur l'une d'entre elles, un homme était assis. Coiffée en arrière, son abondante chevelure argentée découvrait un front large, couleur miel. Il semblait absorbé dans la lecture d'un ouvrage impressionnant par son épaisseur. Quand il leva la tête, Willard vit ses yeux bleus perçants, son grand nez crochu et son sourire d'acier.

« Approchez, monsieur Willard, dit-il sans modifier en rien son expression glaciale. Nous vous attendions. »

« Ils utilisent des navires de plaisance, dit Contreras. Des yachts de luxe.

— Pour arpenter la côte dans un sens et dans l'autre, ajouta Soraya.

— C'est le meilleur moyen de transporter les marchandises des cartels colombiens. »

Dans le ciel infini du désert, les étoiles étaient si abondantes qu'à certains endroits la nuit semblait nimbée d'un bleu glacier. Un minuscule croissant de lune frôlait l'horizon, ne diffusant que très peu de lumière. Contreras vérifia le cadran de sa montre. Il connaissait par cœur les horaires et les habitudes des patrouilles.

Tapis dans l'ombre épaisse, au pied de quelques arbustes desséchés dominés par un cactus géant, ils parlaient d'une voix quasiment inaudible. Soraya avait pris modèle sur le *pollero*, si bien que ses chuchotements ne différaient guère du murmure du sable balayé par le vent.

« Votre type, il passe de la drogue, vous pouvez me croire, dit Contreras. Autrement, pourquoi chercher à franchir la frontière en loucedé ? À moins qu'il n'ait rejoint quelqu'un de l'autre côté, il a dû se rendre directement à Nogales, voler une voiture et rouler vers la côte, à l'ouest. »

Soraya allait répondre quand il lui fit signe de se taire. Elle tendit l'oreille. Un instant plus tard, elle entendit le bruit qui l'avait alerté. Un léger crissement de bottes sur le sol caillouteux. Un projecteur s'alluma. Contreras ne broncha même pas. Il s'y attendait. Le faisceau décrivit un arc de cercle en épargnant leur cachette. Il visait l'espace venteux longeant l'invisible ligne de démarcation entre les deux pays. Elle entendit un homme marmonner, puis le projecteur s'éteignit et les bottes s'éloignèrent.

Soraya voulut déplier ses jambes ankylosées mais Contreras l'arrêta en lui saisissant le bras. Elle sentait son regard posé sur elle, dans l'obscurité étoilée. Elle retint son souffle. Un instant plus tard, un autre faisceau lumineux, plus intense que le premier, glissa sur le désert en balayant une zone plus vaste. Trois détonations déchirèrent le silence de la nuit en soulevant des nuages de poussière sur le sol.

Le gargouillis qui s'ensuivit ressemblait à un rire. La lumière s'éteignit, tout s'apaisa et le murmure solitaire du vent reprit le dessus.

La bouche de Contreras articula silencieusement : *On y va.*

Soraya hocha la tête et sans déplier complètement les genoux, le suivit autour du buisson d'épineux. Ils tournèrent sur la droite et traversèrent à toute vitesse l'étendue plate séparant les États-Unis du Mexique. Rien ne marquait la frontière.

Au loin, elle entendit hurler un coyote. De quel côté se trouvait-il ? Un gros lièvre détala devant eux et la fit sursauter. Elle s'aperçut que son cœur battait la chamade. Ses oreilles sifflaient bizarrement comme si son sang trop rapide avait du mal à passer dans ses veines et ses artères.

Contreras avançait d'un bon pas, sans jamais s'arrêter, sans jamais se perdre. Il était totalement sûr de lui. À ses côtés, Soraya se sentait en sécurité. C'était un sentiment auquel elle n'était pas accoutumée. Elle songea au Caire, à Amun et au temps qu'ils avaient passé ensemble, dans le désert égyptien. Son séjour en Égypte remontait à quelques semaines seulement mais il lui paraissait si lointain. Peut-être parce que avec le temps, leur correspondance était devenue plus rare et plus laconique.

Les étoiles avaient disparu. La nuit ressemblait au fond de l'océan. Il faisait si noir qu'elle n'aurait pas été étonnée si on lui avait dit que l'aurore ne poindrait jamais, que le soleil s'était noyé pour toujours dans les abysses du cosmos. Soudain, un éclair zébra l'horizon du pays étranger qui s'ouvrait devant elle.

Ils marchèrent longtemps à travers un paysage plat et monotone, dépourvu de vie. Puis enfin, Soraya vit des lumières briller et, peu de temps après, ils pénétrèrent dans Nogales, Sonora.

« Je m'arrête là », dit le *pollero*, le regard tourné non pas vers les lumières du centre mais vers les quartiers est de la ville, plongés dans l'obscurité.

Soraya lui tendit les billets qu'il empocha sans les compter.

« Vous trouverez une chambre propre à l'Ochoa. Le gérant ne pose pas de questions, dit-il avant de cracher entre ses bottes de cow-boy couvertes de poussière. J'espère que vous trouverez ce que vous cherchez. »

Elle le remercia d'un signe de tête puis le regarda s'éloigner vers l'est. Quand la nuit l'eut avalé, elle se retourna et marcha jusqu'à ce que la poussière sous ses pas se transforme en sentier de terre puis en rues bordées de trottoirs. Elle trouva l'hôtel Ochoa sans grande difficulté. La ville était en fête. Sur la place centrale brillamment éclairée, un orchestre de mariachis jouait un air joyeux bien qu'atrocement faux tandis qu'à l'autre bout du terre-plein, des gens faisaient la queue devant des guérites pour acheter des tacos et des quesadillas préparés devant eux. Entre deux, la foule en liesse dansait, titubait, se mêlait à qui mieux mieux. Des fêtards avinés balançaient des vannes aux musiciens. On en voyait se battre, d'autres braillaient en réclamant du sang. Un cheval hennit et s'ébroua en martelant le sol de ses sabots.

Le vestibule de l'Ochoa était loin d'être désert. Dans son habitacle mal aéré, le veilleur de nuit, un petit homme vigoureux avec une tête de marmotte, regardait une telenovela mexicaine sur un petit poste portatif. Malgré la mauvaise réception, il paraissait si captivé qu'il ne remarquait rien de ce qui se passait autour de lui. Quand Soraya lui demanda une chambre pour la nuit, il décrocha une clé du tableau, au-dessus de sa tête. Il n'exigea ni passeport ni aucune autre pièce d'identité.

Sa chambre au premier étage donnait heureusement sur l'arrière, comme elle l'avait souhaité. En revanche, elle n'était pas climatisée. Soraya ouvrit la fenêtre en grand. La vue laissait à désirer. En bas, une ruelle crasseuse, en face, un mur de briques formant l'arrière d'un autre bâtiment, probablement un restaurant à en juger d'après les poubelles alignées près d'une porte à claire-voie équipée d'une moustiquaire sur lesquelles une ampoule projetait une clarté bleuâtre. Les ombres violettes faisaient penser à des hématomes. Un homme portant un tablier maculé poussa l'écran de la moustiquaire et alla s'asseoir sur le couvercle d'une poubelle pour se rouler un joint. Quand il aspira la fumée, ses yeux se fermèrent. Soraya entendit du bruit. Au bout de la ruelle, un couple faisait l'amour contre un mur. Perché sur son nuage, le cuisinier ne faisait pas attention à eux. Peut-être même ne les entendait-il pas.

Elle quitta la fenêtre pour inspecter la chambre. Comme avait dit Contreras, elle était propre et nette, même la salle de bains, Dieu merci. Elle se déshabilla, ouvrit le robinet de la douche et attendit que l'eau chaude arrive pour passer sous le jet bienfaisant. Elle sentit son corps se libérer de la crasse et de la sueur accumulée durant ces dernières heures. Peu à peu, ses muscles se décontractèrent ; elle commençait à se détendre. C'est alors qu'une vague de fatigue la submergea. Elle se rendit compte qu'elle était littéralement épuisée. Sortant de la douche, elle se frictionna vigoureusement. La serviette éponge trop rêche fit rougir sa peau sous son hâle naturel.

Avec la vapeur de la douche, l'air était devenu irrespirable dans la chambre. Elle se couvrit avec la serviette et s'approcha de la fenêtre pour profiter de la brise. C'est alors qu'elle remarqua deux hommes appuyés contre le mur du restaurant. Sous le halo de l'ampoule, elle vit l'un d'entre eux vérifier quelque chose sur son PDA. Elle se dissimula derrière le rideau juste avant que le deuxième homme lève les yeux vers elle. Son visage sombre était fermé comme un poing. Il dit quelque chose à son compagnon qui aussitôt regarda la fenêtre.

L'Ochoa n'était plus un lieu sûr pour elle. Soraya renfila ses vêtements sales et ouvrit la porte. Les deux hommes se jetèrent sur elle. Le premier lui attrapa les poignets en lui coinçant les bras dans le dos, pendant que l'autre lui collait un linge sur la bouche et le nez. Elle essaya de ne pas respirer, de se dégager. Mais ils étaient trop forts pour elle. Cette lutte silencieuse et inutile dura plusieurs minutes et ne fit qu'épuiser ses réserves d'oxygène. Malgré toute sa volonté, son système autonome prit le contrôle. Elle respira à deux reprises. Une odeur affreuse pénétra dans ses narines. Elle voulut crier. Des larmes lui montèrent aux yeux, roulèrent le long de ses joues. Elle ouvrit la bouche pour avaler un peu d'air frais. Sa vision s'assombrit, son corps s'amollit entre les bras de ses ravisseurs.

Arkadine regardait la nageoire dorsale fendre la surface de la mer. À en juger d'après sa taille, le requin devait mesurer dans les trois mètres, trois mètres cinquante. Il fonçait droit sur la poupe de son hors-bord. Rien d'étonnant à cela, étant donné la quantité de sang qui flottait alentour.

Arkadine avait passé trois heures à cuisiner Stepan. L'homme n'était plus qu'une épave sanguinolente. Recroquevillé sur le flanc en position fœtale, il sanglotait comme un gosse. Le sang qui coulait de ses multiples coupures formait des ruisselets rosâtres en se diluant dans l'eau de mer qui stagnait au fond du bateau.

Pavel avait assisté à l'interrogatoire – la torture physique et finalement, les cris d'innocence de Stepan – puis son tour était venu. Il avait cru qu'Arkadine le charcuterait avec son couteau à dépecer, comme il l'avait fait pour Stepan, mais c'était compter sans les multiples talents de son tortionnaire. La réussite d'un interrogatoire repose d'abord sur la surprise et la terreur qu'elle engendre.

Après l'avoir attaché par les pieds au treuil, Arkadine l'avait plongé dans la mer tête la première, à la poupe du bateau. Il lui fit boire la tasse à plusieurs reprises, en prolongeant chaque fois le temps passé sous l'eau, si bien qu'à la sixième ou septième immersion, Pavel sut qu'il allait se noyer. À la suite de quoi, l'ayant remonté, Arkadine se remit à jouer du couteau. Il lui fit une profonde entaille sous chaque œil puis le replongea dans l'eau. Et le petit jeu recommença. Il fallut une quarantaine de minutes pour voir arriver le requin. Pavel avait dû l'apercevoir car lorsque El Heraldo le hissa, il semblait mort de trouille.

Voyant qu'il était mûr, Arkadine lui porta trois coups rapides et puissants au thorax, lui brisant deux ou trois côtes. Pavel se mit à hoqueter. Il respirait difficilement. Sur un signe de son patron, El Heraldo redescendit Pavel dans la mer. Intrigué et visiblement attiré par l'aubaine, le requin pointa son museau.

Pavel se mit à gigoter. Plus il brassait l'eau plus le requin lui manifestait de l'intérêt. Ayant une vue médiocre, les requins se dirigent à l'odeur et au mouvement. La présence de sang frais et l'agitation qui régnait autour le portaient à croire que sa proie était blessée. Il passa à la vitesse supérieure et fonça comme une flèche.

Dès qu'Arkadine vit la nageoire dorsale filer vers eux, il leva le bras pour qu'El Heraldo remonte le treuil. Juste avant que la tête et les épaules de Pavel ne sortent de l'eau, son corps fut agité d'un immense frisson. La corde se balança violemment. Quand El Heraldo vit Pavel suspendu dans l'air, il produisit un cri étranglé, dégaina son pistolet, se pencha par-dessus la poupe du canot et vida son chargeur sur la bête.

298

S'ensuivit un bouillonnement frénétique. L'eau s'assombrit. Le requin se vidait de son sang. Arkadine s'approcha du treuil, le mit en marche et laissa tomber sa charge au fond du bateau. Pavel hurlait et pleurait à la fois. Arkadine laissa El Heraldo s'amuser un peu. Depuis que son jeune frère avait perdu une jambe à cause d'un requin tigre, trois ans plus tôt, El Heraldo voyait rouge dès qu'il apercevait une nageoire dorsale. El Heraldo lui avait raconté ce triste événement familial, une nuit où il avait le vin particulièrement triste.

Arkadine reporta son attention sur Pavel. L'intervention du requin avait achevé le travail commencé avec les immersions répétées. Pavel n'allait pas bien du tout. Le requin lui avait arraché un bout de l'épaule et de la joue gauches. Il saignait abondamment mais ce n'était pas le plus grave. L'attaque du squale l'avait mis en état de choc. Ses yeux écarquillés regardaient dans le vague, se posaient sur tout mais ne voyaient rien. Il n'arrêtait pas de claquer des dents et une odeur pestilentielle émanait de lui.

Arkadine fit comme si de rien n'était. Il s'agenouilla près de lui, posa la main sur sa tête et dit :

« Pavel Mikhaïlovitch, mon très cher ami, nous avons un grave problème à résoudre. Et tu es le seul à pouvoir m'aider. Des informations top secret ont été livrées à nos ennemis. Le coupable est soit Stepan soit toi. Comme Stepan jure de son innocence, je suis bien obligé de penser que c'est toi, la taupe. »

Pavel continuait à hurler de peur et de douleur, sans faire mine de répondre. Arkadine lui cogna le crâne contre le pont.

« Reprends-toi, Pavel Mikhaïlovitch ! Concentre-toi ! Ta vie en dépend. »

Quand le regard trouble de Pavel se posa sur lui et y resta, Arkadine sourit en lui caressant les cheveux.

« Je sais que tu as mal, mon ami. C'est horrible, tu pisses le sang comme un cochon égorgé ! Mais ce sera bientôt fini. El Heraldo va te réparer en deux temps trois mouvements. Et il s'y connaît, crois-moi. Écoute, Pavel Mikhaïlovitch, voilà ce que je te propose. Tu me dis pour qui tu travailles, quels renseignements tu as transmis, tu me dis tout et je te fais soigner. Tu seras tout beau tout neuf. En plus, je ferai croire que c'est Stepan la taupe. Ton patron respirera mieux, il conti-nuera comme avant, tu lui passeras des informations, sauf que ces informations c'est moi qui te les fournirai. Qu'en penses-tu ? C'est d'accord ? »

Pavel gémit en hochant la tête.

« Bien, fit Arkadine en se tournant vers El Heraldo. Tu as fini de t'amuser ?

— Ce fumier est crevé, annonça El Heraldo en cra-chant dans l'eau, satisfait du travail accompli. Et main-tenant ses copains vont avoir droit à un bon petit festin. »

Les yeux d'Arkadine glissèrent sur Pavel. *Même chose pour ce salopard*, pensa-t-il.

L'homme aux yeux bleu vif lui désigna un siège.

« Asseyez-vous, je vous en prie, monsieur Willard. Voulez-vous boire quelque chose ?

— Je prendrais volontiers un whisky. »

Le jeune homme qui avait introduit Willard disparut et revint quelques instants plus tard avec un plateau surmonté d'un verre de whisky en cristal taillé, d'un autre rempli d'eau et d'un autre encore de glace.

Comme un automate, Willard s'avança vers la table, tira une chaise et s'assit. Le jeune homme posa les trois verres devant lui avant de s'éclipser en refermant discrètement la porte de la bibliothèque.

« Vous attendiez ma visite ? Je ne comprends pas », dit Willard. Puis il se rappela les huit heures qu'il avait passées sur Internet à chercher des informations sur le Monition Club. « Le numéro IP de mon ordinateur est protégé.

— Rien n'est protégé. » L'homme prit le livre, le retourna et le poussa vers Willard. « Dites-moi ce que vous voyez là. »

Willard posa les yeux sur une série de lettres et de symboles étranges. Il déchiffra les mots écrits en alphabet latin mais les autres lui étaient étrangers. Puis un petit frisson lui parcourut l'échine du haut en bas. Cette série ressemblait à s'y méprendre aux caractères gravés sur les photos qu'Oliver Liss leur avait montrées, à Peter Marks et à lui.

Il releva la tête et plongea son regard dans les prunelles bleu électrique de son interlocuteur.

« Je ne sais qu'en penser, dit-il.

— Dites-moi, monsieur Willard, connaissez-vous l'histoire ancienne ?

— J'aime à le croire.

— Alors, vous savez qui était le roi Salomon.

— Mieux que la majorité des gens, j'imagine. »

L'homme se rencogna dans son siège et croisa les doigts sur son ventre plat.

« La vie et l'œuvre de Salomon sont enfouies dans le mythe et la légende. Quant à la Bible, il est souvent difficile, voire impossible, de déterminer ce qui en elle relève de la vérité ou de la fiction. Pourquoi ? Parce que ses disciples avaient tout intérêt à cacher la vérité. Le trésor de Salomon a fait l'objet de surenchères éhontées. On a parlé de quantités d'or dépassant toute imagination. Aujourd'hui, les historiens et les archéologues considèrent ces récits comme de pures affabulations. Pour une raison bien simple. D'où pouvait bien venir cet or ? Des fameuses mines du roi Salomon ? Même avec 10 000 esclaves, il n'aurait pas pu amasser un tel trésor dans un laps de temps aussi court. Aujourd'hui, il est communément admis que l'or du roi Salomon n'a jamais existé. Cette suite de lettres et de symboles raconte une histoire bien différente. Il s'agit d'une clé – enfin, c'est bien plus que cela, en fait. Elle révèle à ceux qui veulent bien entendre que l'or du roi Salomon n'est pas une légende. »

Willard ne put s'empêcher de glousser.

« J'ai dit quelque chose d'amusant ?

— Pardonnez-moi, mais j'ai du mal à prendre au sérieux ce galimatias mélodramatique.

— Eh bien, vous êtes libre de partir quand vous le voudrez. Tout de suite, si vous le souhaitez. »

Comme l'homme retournait le livre vers lui, Willard l'arrêta d'un geste.

« Je n'en ferai rien. » Il s'éclaircit la gorge. « Vous parliez de la vérité et de la fiction. Si je savais votre nom, cela m'aiderait peut-être à y voir plus clair, ajouta-t-il après une courte pause.

— Benjamin El-Arian. Je fais partie des quelques étudiants chercheurs employés par le Monition Club. Notre domaine est l'histoire ancienne et ses répercussions sur l'époque contemporaine.

— Encore une fois, pardonnez-moi mais j'éprouve quelque réticence à croire qu'après avoir passé huit heures sur Internet pour tenter de trouver des informations basiques sur le Monition club, je n'aie droit à présent qu'à un entretien avec un étudiant. Non, monsieur El-Arian, vous êtes peut-être universitaire, mais pas seulement.

— Quant à moi, monsieur Willard, j'ai l'impression que vous êtes un homme trop sérieux et perspicace pour vous amuser de mes paroles, rétorqua-t-il en tournant une page. Et je vous prie, n'oublions pas que c'est vous qui êtes venu. Pour chercher la connaissance, j'imagine. À moins que vous ne postuliez pour un emploi afin de mieux nous espionner, comme vous l'avez fait à la NSA.

— Vous êtes au courant ? C'est fort étonnant. Peu de gens le savent.

— Monsieur Willard, dit El-Arian, nous savons tout sur vous. Y compris votre rôle au sein de Treadstone. »

Ah, enfin, on y arrive, pensa Willard. Adoptant une expression parfaitement neutre, il regardait Benjamin El-Arian comme si ce dernier était une araignée tapie au centre de sa toile.

« Je sais que Treadstone est un sujet qui vous tient à cœur, reprit El-Arian. Donc je vais vous dire ce que je sais. Je vous en prie, n'hésitez pas à me corriger si je commets des erreurs. Treadstone a été fondée par Alexander Conklin, dans le cadre de la CIA. Son bébé a donné naissance à deux diplômés seulement : Leonid Danilovitch Arkadine et Jason Bourne. Vous aviez l'intention de ressusciter Treadstone sous l'égide d'Oliver Liss, mais très vite, Liss s'est montré aussi directif avec vous que la CIA l'était envers votre prédécesseur. »

Il s'arrêta pour laisser à Willard le temps d'objecter. Comme son hôte restait silencieux, il hocha la tête.

« Ce n'est qu'un prologue, néanmoins. Puisque Liss vous a ordonné de lui ramener l'anneau d'or portant cette inscription, vous serez peut-être intéressé de savoir que ce monsieur ne travaille pas pour son propre compte, ajouta-t-il en tapotant le livre ouvert.

— Pour qui alors ?

— Eh bien, ce n'est pas si simple, comme tout ce qui concerne les renseignements. L'homme qui a fourni l'argent et les informations s'appelle Jalal Essai.

— Jamais entendu parler de lui.

— Ce n'est guère surprenant. Jalal Essai ne gravite pas dans les mêmes cercles que vous. En fait, Essai fait l'impossible pour ne jamais croiser les gens de votre monde. Tout comme moi. Il est membre du Monition Club – ou, plutôt, il l'était. Voyez-vous, pendant quelques années on a cru cet anneau perdu. Or il est le seul dans son genre, pour des raisons que vous n'allez pas tarder à percevoir. »

El-Arian se leva, marcha jusqu'à une étagère de livres et appuya sur un bouton caché. Une partie du rayonnage se rabattit vers l'extérieur, révélant un service à thé comprenant une théière en cuivre ciselé, une assiette surmontée de pâtisseries saupoudrées de sucre glace et six verres, chacun aussi étroit qu'un verre à liqueur mais trois fois plus haut. Il posa l'ensemble sur un plateau qu'il transporta vers la table.

D'un geste cérémonieux, il remplit deux verres puis désigna l'assortiment de gâteaux pour que Willard se serve. Quant à lui, il s'installa pour siroter sa boisson, du thé à la menthe très sucré, comme le découvrit Willard. À la marocaine.

« Revenons à nos moutons, dit El-Arian après avoir gobé une friandise. Les lettres gravées à l'intérieur nous apprennent que l'or du roi Salomon est une réalité, pas une fiction. Nous avons là des symboles ougaritiques très particuliers. Salomon avait une ribambelle de voyants à son service. Certains d'entre eux étaient versés dans l'alchimie. Ils avaient découvert comment changer le plomb en or. Il leur suffisait de prononcer certaines incantations en ougaritique tout en procédant à quelques manipulations de leur cru.

— Le plomb en or ? finit par répondre Willard. Littéralement ?

— Littéralement, fit El-Arian en engloutissant une autre pâtisserie. Telle est la réponse au mystère apparemment indéchiffrable que je vous ai exposé tout à l'heure. À savoir : comment Salomon a-t-il pu amasser une telle quantité d'or dans un laps de temps aussi court.

— C'est à cela que vous vous amusez ici ? À courir après des contes de fées ? »

El-Arian le gratifia du sourire énigmatique dont il avait le secret.

« Comme je le disais, vous êtes libre de partir à tout moment. Et pourtant vous n'en ferez rien.

— Comment le savez-vous ? demanda Willard en se levant par bravade.

— Simplement parce que cette idée est irrésistible, même si vous n'êtes pas encore tout à fait convaincu.

— Même s'il s'agit d'un conte de fées. »

El-Arian repoussa sa chaise et traversa la pièce pour se replacer devant le rayonnage du service à thé. Il plongea la main dans la niche, prit un objet, le rapporta et le posa sur la table, devant Willard.

Ce dernier soutint un instant son regard puis baissa les yeux sur l'objet. Une pièce d'or très ancienne, visiblement. Il la prit en main. Le motif frappé sur un côté représentait un pentagramme, portant les formules GRAM, MA, TUM, TL, TRA réparties sur chaque branche. Le symbole au centre de l'étoile était trop usé pour qu'on l'identifie.

« Ce pentagramme est le sceau du roi Salomon. Certaines sources parlent d'une étoile à six branches, d'une croix gravée de lettres hébraïques, même d'un nœud celtique. En fait, ce pentagramme ornait l'anneau qui ne quittait jamais son doigt. Cette bague avait soi-disant des vertus magiques. Grâce à elle, il piégeait les démons, parlait aux animaux…

— Ne me dites pas que vous croyez à ces âneries.

— Bien sûr que non, répondit El-Arian. D'un autre côté, cette pièce d'or fait très certainement partie du trésor de Salomon.

— Comment pouvez-vous affirmer cela ? repartit Willard. Aucun expert n'est capable d'authentifier ce truc.

— Pour la bonne raison que nous avons vérifié son âge. Mais cela n'est rien face à ce que nous avons découvert. Retournez cette pièce, je vous prie. »

À sa grande surprise, Willard s'aperçut que le revers de la pièce était totalement différent.

« Vous voyez, ce côté-là n'est pas en or, dit El-Arian. C'est du plomb. Le métal d'origine. Juste avant sa transmutation. »

15

En tout début de matinée, Moira quitta la ville de Guadalajara pour la région de l'agave bleu, au cœur de l'État de Jalisco. Quelques lambeaux de nuages flottaient dans l'immensité du ciel. Le soleil cognait, le mercure grimpait à vue d'œil. Vers midi, il faisait tellement chaud qu'elle dut remonter sa vitre et mettre la clim. Elle sortit plusieurs fois du réseau GPS si bien qu'elle éprouva quelque difficulté à atteindre Amatitán.

Tout en conduisant, elle repensait à son entrevue avec Roberto Corellos. Pourquoi avait-il décidé de confier les affaires de son frère à Berengária ? Pourquoi diable un homme comme lui ferait-il confiance à une femme, surtout pour gérer son gagne-pain ? Moira avait croisé pas mal de Roberto Corellos dans son métier, et aucun ne brillait par sa tolérance vis-à-vis de la gent féminine. Ce qu'ils attendaient de leurs compagnes se réduisait à trois fonctions essentielles : baiser, cuisiner, pondre des gosses.

Elle passa des heures à remâcher le problème, puis soudain, aperçut Amatitán. Une chose était claire : Corellos voulait se venger, vite fait bien fait. Pour ce genre d'excité de la gâchette, la vengeance était une question d'honneur. Cocufier son cousin ne lui suffisait évidemment pas. Non, il cherchait à coincer Narsico en l'obligeant à se compromettre, à plonger jusqu'au cou dans la fange qu'il avait fuie quelques années auparavant. Ça, c'était une vengeance à sa mesure.

Berengária avait peut-être hérité officiellement du trafic de stupéfiants, mais il y avait forcément un homme qui tirait les ficelles en coulisses. Qui ? Corellos s'était bien gardé de le lui dire. De toute façon, elle n'avait rien à lui offrir en échange, hormis son corps. Et ça, pas question. Berengária, c'était une autre histoire. Piranha soit, mais Moira avait déjà eu affaire à des carnivores en tous genres. Lors de sa discussion avec Corellos, une chose l'avait étonnée. Le fait que le voleur de l'ordinateur ait, par le fait même, accès à la liste des clients de Gustavo ne lui faisait ni chaud ni froid. Seule explication, Corellos était déjà en cheville avec le type en question.

Les champs d'agaves bleus défilaient à perte de vue, de chaque côté de sa voiture. Des ouvriers trimaient dans les champs, transpirant et grognant sous l'effort. L'estancia Skydel s'étendait juste devant elle.

Si, comme elle en avait acquis la certitude, l'ordinateur de Jalal Essai – c'est-à-dire le portable dérobé à Gustavo Moreno – contenait la liste des clients du narcotrafiquant, il devait aussi receler un ou des documents d'une importance cruciale pour son employeur. Rien à voir avec une simple histoire familiale, comme il le prétendait. Pourquoi Essai lui avait-il menti ? Que cachait-il ?

« Oliver Liss vous a menti dès votre première rencontre, déclara Benjamin Al-Arian.

— Tout le monde me ment. J'ai l'habitude, répondit Willard. C'est un mal nécessaire dans la vie que je mène. »

Les deux hommes déambulaient dans le cloître mauresque, près de la bibliothèque du Monition Club. Ils y étaient protégés du vent. En revanche, le soleil à son zénith déversait ses doux rayons sur leurs épaules.

« Donc cela vous est égal.

— Vous plaisantez ? », répliqua Willard en s'emplissant les poumons. Il y avait une plante dans ce cloître, une herbe ou une épice, dont le parfum agréable lui paraissait familier. « Ma vie est un combat. Je passe mon temps à slalomer entre les mensonges. On m'a formé à déceler la vérité enfouie dessous et à orienter mes actions en fonction.

— Vous savez donc qu'Oliver Liss n'a pas l'intention de vous laisser diriger Treadstone à votre guise.

— Bien entendu, mais j'avais besoin de quelqu'un pour ressusciter Treadstone. Ses objectifs et les miens ne coïncideront jamais. Seulement voilà, c'était Liss ou personne.

— Aujourd'hui, il y a quelqu'un d'autre, dit El-Arian. Comme je vous le disais, Liss est la marionnette de Jalal Essai. Or, après avoir fait partie du Monition Club, Essai fait désormais cavalier seul.

— Pourquoi cela ? demanda Willard.

— Pour la même raison qui vous a empêché de me planter là, tout à l'heure.

— L'or du roi Salomon ?

— Après avoir découvert que l'anneau de Salomon n'était pas perdu, il a décidé de partir seul à la chasse au trésor.

— De quelle quantité d'or sommes-nous en train de parler ?

— Il est difficile de donner un chiffre mais disons qu'il s'agirait d'une somme oscillant entre 50 et 100 milliards de dollars.

— Largement suffisant pour corrompre toute une armée. J'ai quand même du mal à comprendre pourquoi vous me racontez tout cela.

— C'est Bourne qui possède l'anneau de Salomon, dit Al-Arian. Leonid Arkadine, l'autre diplômé de Treadstone, possède un ordinateur portable. Voilà quelques années, Alex Conklin a envoyé Bourne le dérober chez Jalal Essai. Bourne a exécuté sa mission mais pas jusqu'au bout. C'est-à-dire qu'il ne l'a pas rapporté à Conklin. Nous avons passé des années à le chercher en vain. Nous le croyions irrémédiablement perdu quand l'un de nos espions nous a fait parvenir une information par le biais d'un de nos agents, Marlon Etana. Le portable était entre les mains d'Arkadine. Comment l'a-t-il obtenu ? Un narcotrafiquant colombien du nom de Gustavo Moreno a péri lors d'un raid mené sur sa propriété, il y a un mois ou deux. Mais l'ordinateur portable contenant la liste détaillée de ses clients n'était pas sur place. On ignore comment Arkadine a réussi à s'en emparer. Toujours est-il qu'aujourd'hui, il s'en sert pour exploiter pour son propre compte les affaires de Moreno.

— Il s'agit du même ordinateur portable que celui dérobé à Jalal Essai ?

— Tout à fait.

— Mais dans ce cas, qu'est-ce qu'il pouvait bien foutre chez Gustavo Moreno ?

— Encore un mystère à résoudre.

— Bon, si ce n'est pas la liste des clients de Moreno qui vous intéresse, reprit-il. Qu'est-ce que c'est ?

— Il y a un fichier crypté dans son disque dur. Un fichier contenant des indices sur l'or du roi Salomon.

— Ne me dites pas qu'Arkadine sait déjà où se trouve l'or !

— Je doute qu'Arkadine connaisse l'existence de ce fichier. Comme je le disais, il a volé le portable pour obtenir la liste de Moreno. Et même s'il l'avait remarqué, il ne pourrait pas y accéder. Il est protégé.

— Rien n'est protégé. C'est bien vous qui me l'avez dit tout à l'heure, non ?

— Sauf ce fichier-là. Aucun programme de décryptage, aucun ordinateur existant n'est capable de le déverrouiller. Il n'existe qu'une seule manière de le lire. Le portable en question est muni d'une fiche spéciale. Quand on y adapte l'anneau du roi Salomon, un lecteur interne entre en action, scanne l'inscription gravée à l'intérieur et le fichier s'ouvre.

— Récapitulons. Essai possédait l'ordinateur portable. Et l'anneau ?

— Jalal Essai possédait les deux.

— C'est absurde. Pourquoi n'est-il pas parti à la recherche de l'or de Salomon, dans ce cas ?

— Parce que même s'il avait réussi à ouvrir le fichier, il n'aurait pas été plus avancé pour autant », répondit El-Arian en passant de la lumière à l'ombre.

Willard eut l'impression de le voir changer de taille, presque de densité, comme s'il venait de se dédoubler et que deux El-Arian marchaient à ses côtés, en léger décalage.

« Le fichier ne contient pas toutes les instructions, reprit-il.

— Et Jalal Essai ne possède pas les instructions manquantes.

— En effet.

— Qui les possède ?

— Elles se trouvent à Tineghir, une ville dans les montagnes du Haut Atlas, au Maroc. Cachées dans une maison particulière.

— Je sais que c'est facile de poser la question après coup, mais pourquoi lui a-t-on confié l'anneau et l'ordinateur ?

— Sa famille est la plus ancienne, la plus rigoureuse du point de vue religieux. De l'avis de tous, Essai était le mieux désigné. »

Un ange passa. Les deux hommes semblaient soupeser les regrettables conséquences de cette erreur de jugement.

« Je ne comprends toujours pas comment vous en êtes arrivés là. Pourquoi n'avoir pas raflé l'or au moment où vous aviez à la fois l'anneau et l'ordinateur portable ?

— Nous l'aurions fait si nous l'avions pu, répondit El-Arian, mais il nous manquait ces dernières instructions. Après des décennies de recherche, la totalité du document a été mise au jour en Iran, par pur hasard, après un tremblement de terre, parmi divers trésors archéologiques jadis volés dans la grande bibliothèque d'Alexandrie, avant le premier incendie. L'un de ces rouleaux contenait des informations sur la cour du roi Salomon.

— Cette découverte a donc eu lieu après que l'anneau et l'ordinateur eurent disparu.

— Exact, dit El-Arian en écartant les mains. Vous voyez, vos objectifs et les nôtres coïncident parfaitement. Vous voulez réunir Bourne et Arkadine pour savoir enfin lequel des deux est le guerrier idéal. Nous voulons l'anneau de Salomon et l'ordinateur portable.

— Pardonnez-moi, mais je ne vois pas le rapport.

— Nous avons tenté de reprendre l'ordinateur portable à Arkadine. En vain. Il a éliminé tous les hommes que j'ai envoyés pour le tuer. J'en ai assez de voir mourir les nôtres. Je n'ignore pas que la CIA a fait de même avec Bourne pendant des années. Et qu'elle a échoué, elle aussi. Non, pour parvenir à nos fins, nous devons réunir ces deux hommes. Il n'y a pas d'autre solution.

— Il est probable que Bourne soit en possession de l'anneau de Salomon mais je ne suis pas sûr qu'Arkadine ait l'ordinateur portable.

— Il l'emmène partout avec lui. »

Ils se remirent à tourner autour de la fontaine centrale où un rouge-gorge buvait en les surveillant nerveusement du coin de l'œil. Willard se sentait quelque affinité avec lui.

« Je n'ai pas cru Oliver Liss, dit Willard. Pourquoi devrais-je vous croire, vous ?

— Me croire ? Je n'en espère pas tant, rétorqua El-Arian. Mais pour prouver ma sincérité, je propose ceci : vous m'aidez à réunir Bourne et Arkadine

– comme vous aviez l'intention de le faire, de toute façon – et je vous débarrasse d'Oliver Liss.

— Comment allez-vous vous y prendre ? Liss est un homme de pouvoir.

— Croyez-moi, monsieur Willard, Oliver Liss ignore ce que signifie le pouvoir », dit Benjamin El-Arian en se tournant vers son interlocuteur. Ses yeux s'illuminèrent tout à coup. « Nous l'extirperons de votre vie.

— Les promesses ne me suffisent pas, répondit Willard avec un hochement de tête. Je veux la moitié tout de suite, le reste quand j'aurai réuni Bourne et Arkadine.

— Nous parlions d'un homme, pas d'argent.

— Ça, c'est votre problème, rétorqua Willard. Moi, il me faut des actes, pas seulement des paroles. Pour lancer la boule, j'attendrai de voir ce dont vous êtes capables.

— Eh bien, dans ce cas, fit El-Arian en souriant, il va falloir que monsieur Liss prenne quelques vacances très loin d'ici. »

L'hacienda de style colonial se dressait au cœur de l'immense estancia des Skydel. Murs de stuc blanc, volets en bois sculpté, grilles en fer forgé et tuiles rondes en terracotta. Une employée en uniforme de soubrette ouvrit à Moira et, quand celle-ci se présenta, lui fit traverser un vestibule pavé de mosaïque puis une pièce de séjour vaste et fraîche. Elle déboucha sur un patio dallé donnant sur un court de tennis, des jardins et une piscine où une femme – sans doute Berengária

Moreno – faisait des longueurs. Au-delà, les champs d'agaves bleus s'étendaient jusqu'à la ligne d'horizon.

Assaillie par le parfum capiteux des roses Old World, Moira s'approcha d'un homme assis à une table en verre et fer forgé, devant plusieurs assiettes garnies, en argile cuite mexicaine, et des pichets de sangria rouge et blanche où flottaient des rondelles de fruits.

La voyant venir, l'homme se leva avec un sourire fendu jusqu'aux oreilles. Son polo à manches courtes en tissu éponge et son short de surfeur révélaient un corps aussi maigre que poilu.

« Barbara ! appela-t-il par-dessus son épaule. Voici notre invitée ! »

Puis il serra la main de Moira.

« Bonjour, señorita Trevor. Narsico Skydel. C'est un plaisir de vous rencontrer.

— Tout le plaisir est pour moi, répondit Moira.

— Je vous en prie. Faites comme chez vous, fit-il en lui désignant un siège.

— Merci, dit-elle en s'asseyant près de lui.

— Blanc ou rouge ?

— Blanc, s'il vous plaît.

— Vous devez être affamée après ce long voyage. Je vous en prie, servez-vous. »

Quand Moira eut rempli son assiette, Berengária Moreno – alias Barbara Skydel – les rejoignit sur le patio en s'épongeant à l'aide d'une serviette. Grande et mince, ses cheveux mouillés, coiffés en queue-de-cheval, dégageaient son beau visage. Moira l'imagina dans les bras de Roberto Corellos. Pieds nus, Barbara grimpa sur le patio pour accueillir Moira d'une poignée de main ferme et officielle.

« L'agent de Narsico dit que vous écrivez un article sur la tequila ? fit-elle d'une voix plus grave que la moyenne des femmes mais qu'elle savait faire vibrer comme si elle avait suivi des cours de chant dès sa plus tendre enfance.

— En effet », répondit Moira en prenant une gorgée de sangria.

Narsico se lança dans un exposé savant. Il lui expliqua, en particulier, que la tequila venait de la *piña*, le cœur du plant d'agave.

Barbara l'interrompit :

« De quelle sorte d'article s'agit-il ? »

Elle s'installa de l'autre côté de la table, face à eux. Moira trouva ce choix révélateur. Elle aurait pu s'asseoir à côté de son mari.

« Une étude sociologique. Les origines de la tequila, ce qu'elle signifie pour les Mexicains, ce genre de choses.

— Ce genre de choses, répéta Barbara en écho. Eh bien, pour commencer, la tequila n'est pas une boisson mexicaine.

— Pourtant les Mexicains ont toujours utilisé l'agave.

— Bien entendu, dit Barbara Skydel en rassemblant dans son assiette un assortiment des diverses préparations culinaires présentées sur la table. Pendant des siècles, la *piña* a été préparée et vendue comme une friandise. Puis les Espagnols sont arrivés. Les franciscains se sont installés dans cette vallée fertile et ont fondé la ville de Santiago de Tequila, en 1530. C'est eux qui ont inventé la tequila en faisant fermenter les sucres de *piña*.

— Donc, l'agave est encore un autre exemple de l'appropriation par les conquistadors de la culture mexicaine originelle.

— Eh bien, c'est pire que cela, en réalité, fit Barbara en se léchant les doigts comme l'avait fait Roberto Corellos, dans sa cellule. Les conquistadors ont failli anéantir les Mexicains. Les franciscains qui voyageaient avec eux s'escrimaient à détruire le mode de vie indigène pour le remplacer par une version particulièrement cruelle du catholicisme à la mode espagnole. Ethniquement parlant, c'est l'Église espagnole qui a ruiné la culture mexicaine. Les conquistadors n'étaient pas vraiment des soldats, seul l'or les intéressait. En revanche, les franciscains étaient les soldats de Dieu ; ils cherchaient à confisquer l'âme mexicaine. »

Pendant que Barbara se versait un gobelet de sangria rouge sang, Narsico s'éclaircit la gorge.

« Comme vous le constatez, ma femme a pris fait et cause pour la culture indigène. »

Cette discussion semblait l'embarrasser, comme s'il craignait que son épouse dise des grossièretés. Moira se demanda depuis quand les opinions de Barbara sapaient leur couple. Narsico était-il simplement en désaccord avec elle ou estimait-il que le franc-parler de sa femme risquait de compromettre la réputation de sa société ?

« Si je comprends, cette bataille est relativement nouvelle pour vous, señora Skydel ?

— Ayant grandi en Colombie, je ne connaissais que la lutte de mon peuple contre le pouvoir des généraux et leurs armées fascistes.

— Le Mexique l'a changée. »

318

Moira décela une pointe d'amertume dans sa voix. Elle regardait Barbara manger. Les gestes quotidiens en disent souvent plus sur les gens qu'on ne le croit. Barbara mangeait vite, avec une certaine avidité, comme si elle craignait qu'on lui retire son assiette. Moira se demanda quel genre d'éducation elle avait reçue. Seule fille de la famille, elle avait sans doute attendu avec sa mère que les hommes soient servis. À la voir ainsi concentrée sur son assiette, Moira se dit que Barbara vivait une expérience sensuelle. Moira aimait la voir faire ; ses gestes presque enfantins la rendaient attachante. Elle repensa à Corellos et à sa comparaison peu flatteuse. Un piranha.

À cet instant, le téléphone portable de Narsico bourdonna. Il se leva et s'excusa. Barbara ne le regarda même pas rentrer dans l'hacienda.

« Comme vous pouvez le constater, dit Barbara, cette histoire peut être abordée sous divers angles. » Elle parlait sans détour et, ce faisant, ne vous quittait pas des yeux. « J'aimerais influencer la manière dont vous la raconterez.

— Vous l'avez déjà fait. »

Barbara hocha la tête. C'était une femme gâtée par la nature. Harmonieusement bâtie, elle avait une peau transparente et une solide musculature. Sa beauté n'aidait pas à lui donner un âge précis. À en juger d'après ses attitudes, elle devait avoir une petite quarantaine d'années, bien qu'elle fît nettement plus jeune.

« D'où venez-vous ?

— En fait, j'arrive de Bogotá », dit Moira. Elle savait qu'elle prenait un risque mais il fallait profiter de l'absence de Narsico. « J'y ai rencontré Roberto Corellos, le cousin de Narsico. » Elle regarda attentivement Barbara. « Un vieil ami à vous, à ce que j'ai appris. »

Une ombre glaciale traversa le visage de Berengária Moreno.

« Je ne vois pas ce que vous voulez dire. Je n'ai jamais échangé plus de deux mots avec Corellos.

— Même sur l'oreiller ? »

Barbara resta longtemps immobile et silencieuse. Quand elle rouvrit la bouche, sa beauté, sa séduction avaient laissé place à une froideur rageuse. Moira comprit enfin la comparaison de Corellos. *Tiens, le voilà, le piranha*, pensa-t-elle.

D'une voix menaçante, Barbara articula :

« Je pourrais vous faire jeter dehors, passer à tabac ou même…

— Ou même quoi ? demanda Moira pour la provoquer. Me faire tuer ? Nous savons toutes les deux que votre mari n'a pas assez de couilles pour vous y aider. »

De manière parfaitement inopinée, Barbara Skydel éclata de rire.

« Oh, *Jesus mio*, voyez-vous cela ? Roberto n'aurait pas dû vous raconter ces choses-là.

— Je n'y suis pour rien. Réglez ça avec lui. »

Moira vit Barbara jeter un coup d'œil vers la maison où Narsico, toujours au téléphone, faisait les cent pas derrière les portes-fenêtres.

Barbara se leva.

« Si nous allions faire une petite balade ? »

Moira hésita un court instant, finit sa sangria et suivit Barbara dans les jardins. Quand elles furent assez loin de la maison, au milieu d'un bouquet de pins poussiéreux, Barbara se tourna vers elle et dit :

« Vous m'intéressez. Qui êtes-vous, en réalité ?

— Je vous l'ai déjà dit. Je suis journaliste.

— Roberto n'aurait jamais confié ce genre de détail intime à une journaliste, lui chuchota Barbara à l'oreille. Il ne vous aurait rien dit du tout.

— Alors, je ne vois pas… J'ai dû lui plaire.

— Personne ne plaît à Roberto, il n'aime que lui-même. »

Quand elle pencha la tête vers elle, son attitude passa d'un coup de la menace à la séduction. Elle repoussa Moira contre le tronc d'un arbre, lui caressa les cheveux et enroula une de ses mèches autour de son index.

« Alors vous avez baisé avec lui ? Vous lui avez taillé une pipe ?

— Il ne m'a pas touchée. »

Barbara lui effleura la joue du dos de la main. Était-elle jalouse, essayait-elle de la séduire ou simplement de la percer à jour ?

« En tout cas, vous l'avez eu. Comment avez-vous fait ?

— J'étais toujours la première de ma classe en cours de charme », plaisanta Moira.

Les longs doigts de Barbara frôlaient sa joue et son oreille comme des plumes.

« Qu'est-ce que Roberto a décelé en vous ? C'est peut-être une brute et un porc mais il perçoit les gens dès le premier regard. Du coup, je me demande pourquoi vous êtes ici. Ce n'est pas pour interviewer mon mari, je pense que nous sommes d'accord là-dessus. »

Moira sentit que pour reprendre le dessus, elle devait la surprendre.

« Je suis venue enquêter sur l'homme qu'on a retrouvé mort sur votre domaine, voilà quelques semaines.

— Vous êtes flic ? La police américaine s'intéresse à ce meurtre ?

— Je ne suis pas de la police, répondit Moira. Je suis agent fédéral.

— Bon Dieu, je comprends mieux, lança-t-elle. C'est pour cela que vous avez pu interroger Roberto.

— Berengária, dit Moira. Je veux que vous me montriez l'endroit où on a trouvé le cadavre. Je veux y aller maintenant. »

Au volant de l'Opel grise d'Ottavio Moreno, Bourne suivait précisément l'itinéraire donné par Coven. À côté de lui, Ottavio vérifiait tous les achats que Bourne avait faits. Le silence régnait dans l'habitacle. On n'entendait que le bourdonnement des pneus sur la route et le sifflement assourdi des véhicules passant dans l'autre sens.

« Vingt minutes, dit enfin Bourne.

— Nous serons prêts, répondit Ottavio sans lever la tête. Ne t'en fais pas. »

Bourne ne s'en faisait pas, ce n'était pas dans sa nature. Et s'il avait un jour connu l'appréhension, son entraînement Treadstone l'en avait depuis longtemps débarrassé. Il pensait au fameux Coven, sans doute un nom de code correspondant à un agent de terrain de la CIA. Il connaissait l'existence d'une unité de la CIA spécialisée dans le travail de nettoyage. Avant de l'affronter, Bourne devait essayer de mieux le cerner, et il ne voyait qu'une seule personne susceptible de l'y aider.

Il sortit son téléphone portable et composa un numéro qui n'avait pas servi depuis un certain temps.

« Peter ? C'est Jason Bourne. »

Quand Peter Marks décrocha, il se rendait au Vesper Club pour rencontrer l'inspecteur-chef Lloyd Philips. En entendant la voix de Bourne, il ne put réprimer un frisson.

« Où diable êtes-vous ? hurla-t-il involontairement depuis la banquette d'un énorme taxi londonien.

— J'ai besoin de votre aide, dit Bourne. Que savez-vous au sujet de Coven ?

— L'agent de la CIA ?

— Vous n'avez pas dit *notre agent*. Avez-vous quitté la CIA, Peter ?

— En effet, j'ai démissionné il y a peu de temps », répondit Marks en espérant que son cœur renonce à tambouriner dans sa poitrine. Il devait absolument savoir où était Bourne et comment l'atteindre. « Je ne supportais pas l'ambiance pourrie que Danziger répand dans les bureaux. Il se débarrasse peu à peu de tous les fidèles du Vieux. Vous savez qu'il a viré Soraya.

— Non, je ne savais pas.

— Jason, je tiens à vous dire que… Je suis sacrément content que vous soyez en vie.

— Revenons à Coven.

— Oui, Coven. Il est aussi dangereux – et brillant – qu'on le dit. Dur, impitoyable, un beau salopard, ajouta Marks après un instant de réflexion.

— Serait-il capable de blesser un enfant ?

— Quoi ?

— Vous m'avez bien compris, dit Bourne.

— Grands dieux, je ne pense pas. C'est un bon père de famille, même si ça peut paraître étrange, fit Marks un peu essoufflé. Jason, dites-moi ce qui se passe ?

— Je n'ai pas le temps maintenant…

— Écoutez, on m'a envoyé à Londres enquêter sur l'incident du Vesper Club.

— Peter, l'incident du Vesper Club date de la nuit dernière. Si vous êtes vraiment à Londres…

— J'y suis. Je suis même à quelques minutes du club.

— Ce qui voudrait dire qu'à l'heure où j'ai quitté le club, vous étiez déjà dans l'avion. Arrêtez vos salades, Peter. Pour qui travaillez-vous aujourd'hui ?

— Willard.

— Vous êtes chez Treadstone.

— Exact. Nous travaillons pour le même…

— Je ne travaille ni pour Treadstone, ni pour Willard, lui renvoya Bourne. En fait, quand je reverrai Willard, je me ferai un plaisir de lui briser le cou. Il m'a trahi. Pourquoi a-t-il fait cela, Peter ?

— Je n'en sais rien.

— Au revoir, Peter.

— Attendez ! Ne raccrochez pas, j'ai besoin de vous voir. »

Il y eut un bref silence. Marks avait la main si moite que le téléphone faillit glisser.

« Jason, je vous en prie. C'est important.

— Vous vous demandez ce que je faisais avec l'homme qui a poignardé Diego Hererra ?

— Vous pouvez me le dire, si ça vous chante. Mais franchement, je m'en fiche. J'imagine que vous aviez une bonne raison.

— Je vois que vous assimilez bien l'entraînement de Willard.

— Je suis d'accord, Jason. Willard est une véritable ordure. Il serait capable de tout pour ressusciter Treadstone.

— Pourquoi ferait-il cela ? »

Marks hésita. Il ne partageait pas les rêves de grandeur de Willard. Mais en ce moment, il n'avait guère le choix. Jason avait raison, Willard l'avait manipulé en se servant de son désir de vengeance contre Bud Halliday et sa créature, Danziger. Quand Willard lui avait promis qu'il aurait la peau de ces deux fumiers, Marks avait signé des deux mains. Hélas, Willard avait commis une erreur en lui demandant de trahir Bourne. Ignorant pour sa part le principe de loyauté – hormis en ce qui concernait Treadstone – il n'envisageait pas un seul instant que Marks puisse souffrir d'une telle faiblesse.

Il inspira profondément et dit :

« Willard veut vous réunir, vous et Arkadine, afin de déterminer une fois pour toutes lequel des deux protocoles d'entraînement Treadstone est le meilleur. Si Arkadine vous tue, il reviendra au protocole originel, avec quelques ajustements mineurs et se mettra à recruter en fonction.

— Et si c'est moi qui tue Arkadine ?

— Dans ce cas, il vous placera sous surveillance pour découvrir en quoi votre amnésie vous a changé. Et en fonction des résultats, il modifiera le programme d'entraînement Treadstone.

— Comme un singe dans une cage.

— J'en ai peur, oui.

— Et c'est vous qui êtes censé me ramener à Washington ?

— Non. Ce n'est pas si simple. Mais si on se rencontre, je vous expliquerai tout.

— Peut-être, Peter. À condition que je vous fasse confiance.

— Vous pouvez, Jason. Vous pouvez, je vous assure. Quand pourrons-nous… ?

— Pas maintenant. Pour l'instant, j'ai seulement besoin d'en apprendre davantage sur Coven – ses méthodes, ses tendances, ce dont il est capable. »

Bourne écouta Peter Marks en mémorisant ses moindres paroles. Puis, lui ayant promis de rester en contact, il coupa la communication. Pendant un temps, il se concentra sur la circulation qui ralentissait en laissant son subconscient travailler sur le problème en cours – c'est-à-dire comment neutraliser Coven sans mettre en danger Chrissie et Scarlett.

Puis il vit le panneau indiquant George Street. Son après-midi à Oxford lui revint à l'esprit. Des souvenirs plus lointains affluèrent. Comme si c'était hier, il revit David Webb passer le seuil du Centre de recherches sur les documents anciens, situé dans les locaux de l'Old Boys' School, sur George Street. Il avait eu du mal à contenir l'identité Bourne sous son déguisement de professeur de linguistique. Il savait – même s'il ignorait *comment* il le savait – qu'à cette période de sa vie, il était encore en possession de l'ordinateur portable volé à Jalal Essai. Il avait pris le temps, entre deux cours, de se rendre au centre de recherches. Qu'y avait-il fait ? Que recherchait-il ? Il ne s'en souvenait pas. Mais une chose était sûre : ce qu'il avait découvert là-bas l'avait poussé à conserver l'ordinateur portable par-devers lui. Qu'était-il devenu ? La réponse se tenait là, au seuil de sa conscience, comme la lisière incandescente de la couronne solaire lors d'une éclipse.

C'est alors qu'il repéra sur la droite la sortie que Coven lui avait décrite. Le souvenir qui pointait son nez s'effaça aussitôt. Le moment était venu d'affronter le tueur de la CIA.

16

« On continue à pied. »

Barbara descendit de la jeep. Malgré la chaleur persistante, elle portait un jean, des bottes de cow-boy et une chemise à carreaux dont elle avait retroussé les manches au-dessus des coudes.

Moira la suivit à travers la steppe. Elles avaient roulé plein ouest sur quinze cents mètres environ, sans pour autant sortir des limites de l'estancia. Sur ce territoire immense bordé de collines bleutées, les remugles douceâtres de l'agave épaississaient l'air. Le soleil s'étalait sur l'horizon. Ayant emmagasiné la chaleur de la journée, la terre cuisait littéralement.

« Narsico disait que tout rentrerait dans l'ordre mais je ne partageais pas son opinion.

— Pourquoi cela ? demanda Moira.

— C'est comme cela que les choses fonctionnent.

— Quelles choses ?

— On finit toujours par tomber sur un os.

— Drôle de manière de parler d'un meurtre ?

— Je devrais m'apitoyer sur la mort d'un parfait inconnu ? lâcha Barbara, dédaigneuse.

— Comment s'est déroulée l'enquête de police ?

— Comme d'habitude. Un inspecteur a débarqué de Tequila pour poser des questions mais personne n'a identifié le corps et personne n'est venu le réclamer. Il a passé plusieurs semaines à nous interroger, ainsi que les membres de notre personnel. À la fin, tout le monde le détestait. Il n'arrêtait pas de rabâcher que la présence de ce cadavre sur notre domaine n'était pas une coïncidence, que nous étions les suspects numéro un. Comme tous les crétins de son espèce, il a bien fallu qu'il arrête de cracher son venin, faute de preuves. Ensuite, silence radio. Pour autant que je sache, l'affaire est classée.

— Côté mexicain peut-être, précisa Moira. Mais pour nous, ce meurtre a pris des dimensions bien plus vastes. »

De nouveau, Moira décela une nuance d'inquiétude dans la voix de Barbara.

« Quelles dimensions ?

— Premièrement, nous savons que la victime travaillait pour votre défunt frère, dans son domaine des environs de Mexico. Donc, il existe bien un lien entre vous et ce cadavre.

— Il travaillait pour Gustavo ? Je l'ignorais. Les affaires de Gustavo ne me concernaient pas.

— Vraiment ? Le fait que vous ayez couché avec son fournisseur jette un sérieux doute sur cette déclaration.

— Et deuxièmement ? »

Comme Barbara ralentissait le pas en regardant autour d'elle, Moira reporta sa réponse. Elles approchaient de la scène de crime ou, du moins, de l'endroit où le meurtrier avait abandonné sa victime.

« Voilà, fit Barbara en désignant un point situé trois ou quatre mètres devant. C'est là qu'on a retrouvé le corps. »

Sur le sol aride, on voyait encore des empreintes de pas datant de plusieurs semaines mais tellement embrouillées et piétinées par la police qu'elles ne servaient à rien. Moira contourna la zone pour mieux l'examiner.

« On dirait que la terre n'a pas été retournée, ni même creusée. Ils n'ont pas dû beaucoup s'attarder sur la scène de crime.

— Je peux vous le confirmer. Ils nous ont traînés jusqu'ici pendant qu'ils effectuaient les premières et dernières constatations », dit Barbara.

Moira décida de faire ses propres relevés. Elle enfila une paire de gants en latex et se mit à ratisser la terre, la poussière, les buissons. Par une source secrète, Jalal Essai avait obtenu copie des clichés pris par la police scientifique, sur lesquels on voyait la victime couchée sur le flanc gauche, les poignets attachés dans le dos, jambes repliées, tête penchée en avant. L'homme avait dû mourir à genoux. Essai avait tenté de se procurer le rapport d'autopsie mais ce document avait été égaré par le bureau du coroner ou bien par la police, ces deux institutions rivalisant d'incompétence.

« Autre chose, dit Moira pour continuer à faire monter la pression. Nous savons que la victime a quitté la propriété de Gustavo moins de trente minutes avant l'attaque durant laquelle votre frère a été tué. » Elle leva les yeux et dévisagea Barbara. « Ce qui veut dire qu'il savait l'attaque imminente.

— Pourquoi me regardez-vous comme cela ? s'énerva Barbara. Je vous ai dit que les affaires de Gustavo ne me concernaient pas.

— Vous aurez beau le répéter cent fois, je ne vous croirai pas.

— Allez vous faire voir. Je n'y suis pour rien dans la mort de cet homme. »

Moira cherchait une douille. D'après les photos de la police, il paraissait évident que le meurtrier s'était servi d'une arme de petit calibre. Une balle dans la nuque. Pourtant l'absence de poudre ou de brûlures sur la peau et les vêtements laissait deviner qu'il n'avait pas tiré à bout portant, comme les exécuteurs ont coutume de le faire dans ce type de circonstances.

Après quarante minutes passées à filtrer la poussière entre ses doigts, Moira dut s'avouer vaincue, bien qu'elle ait arpenté le site en balayant une surface calculée à partir du point de chute du corps. Évidemment, il n'était pas exclu que le meurtre se soit produit ailleurs, mais elle n'y croyait pas trop. En partant de l'hypothèse que le tueur voulait par son acte faire d'une pierre deux coups – se débarrasser d'un gêneur et compromettre les Skydel – il avait eu tout intérêt à commettre son forfait sur place.

Si elle étendait son rayon d'investigation, il lui restait quelques maigres buissons à fouiller. Moira se remit à genoux et entreprit de creuser autour des racines. Le soleil déclinant traversa une couche de nuages effilochés. Le paysage vira au bleu-gris. Moira attendit que la lumière revienne. En émergeant, le soleil bombarda la scène de crime de ses rayons orangés. Dans la lumière rasante, les ombres des deux femmes s'étiraient comme des géants filiformes cloués par terre.

Du coin de l'œil, Moira vit luire quelque chose. Elle tourna la tête, se précipita mais ne trouva rien. Sans se laisser décourager, elle racla la terre, tournant et retournant le sol autour de l'éclat entr'aperçu.

Et soudain, au creux de sa paume, tandis que le sable s'écoulait entre ses doigts, elle la vit. Quand elle la prit délicatement entre le pouce et l'index et la leva dans le soleil, la douille capta un rayon, révélant des lettres gravées sur le métal. Son cœur s'emballa.

« Qu'avez-vous trouvé ? demanda Barbara, légèrement oppressée.

— Vous ne vous êtes jamais dit qu'on avait peut-être fait exprès d'abattre cet homme sur votre domaine ?

— Quoi ? Pourquoi ?

— Je vous ai déjà dit qu'il travaillait pour votre frère Gustavo. Mais en sous-main, il servait un autre maître. Ce dernier l'ayant prévenu qu'une attaque allait se produire, il s'est sauvé et on l'a retrouvé mort quelques heures plus tard. Curieux, non ? »

Barbara secoua la tête sans mot dire.

« En s'enfuyant, il a emporté l'ordinateur de Gustavo contenant la liste exhaustive de ses contacts.

— C'est donc son véritable employeur qui l'a tué ?

— Oui.

— Et il a fait cela sur mon estancia.

— Oui. Dans l'espoir de vous salir, ajouta Moira. Et il aurait réussi son coup sans la redoutable incompétence de la police locale.

— Mais pourquoi agir ainsi ?

— Je ne fais qu'émettre des suppositions, précisa Moira, mais à mon avis, cette personne voulait vous faire disparaître de la circulation. »

De nouveau, Barbara secoua la tête sans rien dire.

« Réfléchissez, reprit Moira. L'actuel possesseur de l'ordinateur détient toutes les données nécessaires pour reprendre à son compte les activités de votre frère. Il ne lui reste plus qu'à se débarrasser par la force de quiconque se dressera sur son chemin.

— Je ne vous crois pas.

— C'est là qu'intervient cette douille, poursuivit Moira en lui montrant l'objet. Sur les clichés du coroner, on voit que la victime a été abattue d'une seule balle dans la nuque. Chose bizarre, le tueur s'est servi d'une arme de petit calibre mais sans se tenir derrière la victime. Ce qui m'a fait penser qu'il disposait de munitions spéciales. Et j'avais raison. »

Elle posa la douille vide dans la main de Barbara.

« Je n'arrive pas à lire ce qui est écrit, dit Barbara en la tenant sous les derniers rayons du soleil.

— Parce que l'inscription est en alphabet cyrillique. Le fabricant est basé à Toula. Il s'agit d'une munition très particulière, une balle creuse remplie de cyanure. Bien évidemment, c'est illégal. On ne peut même pas en acheter sur Internet. Ça ne se trouve qu'en Russie.

— Le tueur est russe, articula Barbara, sidérée.

— L'homme qui s'est emparé du juteux commerce de Gustavo aussi. Je sais que vous ne dirigez pas vraiment les affaires de votre frère. Vous n'êtes qu'une façade. Je sais aussi que Roberto et vous avez un nouveau partenaire. »

Sa déclaration eut l'effet escompté. Le visage de Barbara se décomposa.

« Bon sang, j'avais dit à Roberto de se méfier de ce Leonid mais au lieu de m'écouter, il s'est fichu de moi.

— Leonid ? » Le cœur de Moira fit un bond dans sa poitrine. « C'est Leonid Arkadine, votre associé ? »

« J'entends encore Roberto me dire : *Tu n'y connais rien. C'est normal, tu es une femme. Les femmes ne savent que ce qu'on veut bien leur apprendre. Rien de plus.*

— Barbara, dites-moi si Leonid Arkadine est votre associé. »

Barbara détourna le regard en se mordant la lèvre.

« Est-ce la loyauté ou la peur qui vous empêche de me répondre ?

— La loyauté, connais pas. Dans ce genre d'affaires, ce sentiment n'a pas cours. Encore une chose que mon mari ignore, dit Barbara avec un sourire.

— Alors, j'en déduis qu'Arkadine vous terrorise. »

Quand Barbara se retourna vers elle, ses yeux lançaient des éclairs.

« Il ne nous a pas laissé le choix, l'enfoiré. Il est allé voir Roberto et lui a mis le couteau sous la gorge en lui disant qu'il détenait la liste des clients de Gustavo. Roberto a répondu qu'elle lui revenait de droit mais Arkadine lui a fait comprendre que Gustavo appartenait au passé, que la liste était à lui désormais, ainsi que tous les clients figurant dessus. Et que si, au lieu de se la fermer et d'encaisser les profits, Roberto s'avisait de se dresser sur sa route, il trouverait bien un moyen d'approvisionner sa clientèle via une autre source. Roberto a essayé de tuer Arkadine à trois reprises. Toutes ses tentatives se sont soldées par des échecs. Lorsque Arkadine lui a sorti : *Va te faire foutre, les clients de Gustavo sont à moi, désormais. Débrouille-toi pour trouver d'autres pigeons à plumer*, j'ai cru que Roberto allait avoir une attaque. Je l'ai calmé.

— Votre mari a dû apprécier, dit sèchement Moira.

— Mon mari est une chiffe molle, comme vous avez pu le constater par vous-même, répondit Barbara. Mais il m'est tout dévoué et il y trouve son compte. » Elle désigna l'étendue du domaine d'un ample mouvement des bras. « En plus, sa société ne vaudrait pas un clou sans moi. »

Le soleil commençait à glisser derrière les montagnes. La nuit avançait à toute vitesse, comme si une immense couverture se déployait sur le ciel.

« Revenons à la jeep, dit Moira en reprenant la douille des mains de Barbara.

— Vous connaissez Arkadine, non ? »

Tout ce que Moira savait du Russe, c'était Bourne qui le lui avait appris.

« Assez pour deviner quelle sera sa prochaine étape. Il va mettre la main sur les affaires de Corellos. C'est ainsi qu'il a coutume d'opérer. »

En effet, Arkadine suivait le même schéma qu'à l'époque où il cherchait à s'approprier le trafic d'armes de Nikolaï Ievsen, à Khartoum. Pour Corellos, il se contenterait de suborner un gardien de La Modelo, de graisser la patte d'un membre des FARC ou d'une de ses nombreuses femmes, à l'intérieur de la prison. En tout cas, songea Moira, on n'allait pas tarder à le retrouver mort dans sa luxueuse cellule.

« Arkadine en a déjà marre de nous, poursuivit Barbara en passant sur une piste en terre. Le tout dernier chargement a eu du retard. Le bateau est resté au port à la suite d'une avarie des machines. Si vous connaissez un peu le Mexique, vous savez que ce genre de réparation prend des heures sinon des jours. Le bateau sera prêt demain soir mais je sais qu'il nous en tiendra rigueur.

— Je comprends, Berengária, franchement je compatis.

— Pourquoi me manquez-vous de respect ? Cela fait des années que je m'appelle Barbara.

— Je respecte votre vrai prénom. Vous devriez le porter au lieu de le renier. »

Comme Berengária ne répondait pas, Moira poursuivit :

« Arkadine procède selon des règles immuables qui lui sont propres. Il vous fera payer ce retard.

— Je sais.

— Alors écoutez, si jamais cette cargaison ne parvient pas à destination, vous recevrez une petite visite. Et pas quelqu'un de sympathique comme moi. Je suis prête à parier qu'Arkadine n'attend que ce prétexte pour vous éliminer. »

Berengária prit le temps de réfléchir. Le soleil avait disparu derrière les montagnes pourpres. Les nuages s'étaient envolés. À l'est, il faisait déjà nuit. Moira avait l'impression que leur trajet de retour n'en finissait pas, comme si Berengária roulait en cercle, comme si elle hésitait à rentrer chez elle. Finalement, elle freina, mit le moteur au point mort et se tourna vers Moira.

« Je n'ai pas l'intention de le laisser faire », s'écria-t-elle avec une singulière férocité.

Moira constata avec ravissement que la roue venait de tourner, que Berengária se rangeait enfin à ses vues. Elle lui répondit avec un grand sourire :

« Dans ce cas, je crois pouvoir vous aider. »

Berengária la dévisagea avec une telle intensité qu'une autre en eût rougi. Mais Moira voyait où elle voulait en venir. Elle admirait cette femme tout en la plaignant. Se faire admettre dans un monde d'hommes était déjà très difficile mais, en Amérique latine, asseoir son autorité et la maintenir relevait de l'héroïsme. C'était une tâche digne d'une Amazone. Pourtant, malgré toute son indulgence envers Berengária, elle ne perdait pas de vue que cette femme n'était qu'une cible pour elle. Elle en obtiendrait ce qu'elle était venue chercher et, à présent, elle savait comment.

Elle se pencha doucement sur elle, prit sa tête entre ses mains et pressa ses lèvres contre les siennes.

Les yeux de Berengária s'ouvrirent en grand puis se refermèrent dans un battement. Ses lèvres adoucies s'entrouvrirent pour accueillir le baiser.

Moira la sentit capituler. Le triomphe en elle se mêla à la compassion. Puis la main de Berengária se referma sur sa nuque et Moira, vaincue, se laissa envahir par le plaisir.

« Je m'appelle Lloyd Philips, inspecteur-chef Lloyd Philips. »

Peter Marks se présenta et lui serra la main, un mol appendice pâlichon taché de nicotine. Vêtu d'un méchant costume râpé aux manches, Lloyd Philips arborait une moustache rousse et des cheveux clair-semés dont l'ancienne flamboyance s'était éteinte sous un tas de cendres.

L'inspecteur-chef voulut sourire mais rata son coup. Ces muscles-là étaient sans doute atrophiés, songea ironiquement Marks.

Il lui présenta des pièces officielles attestant qu'il travaillait pour une société privée sous l'égide du ministère de la Défense. Ce qui revenait à dire qu'il était mandaté par le Pentagone.

Comme toute scène de crime, le Vesper Club avait été scellé par la police. Les deux hommes se tenaient au milieu du vestibule désert.

« Ma hiérarchie s'intéresse à l'un des suspects. Par conséquent, j'apprécierais de pouvoir jeter un œil sur les enregistrements effectués la nuit dernière par les caméras de surveillance. »

Lloyd Philips haussa ses maigres épaules.

« Pourquoi pas ? Nous sommes en train d'imprimer des affiches avec leurs photos pour les distribuer à la police municipale et au personnel des gares, des aéroports et des terminaux maritimes. »

L'inspecteur-chef le fit entrer dans le casino lui-même. Ils empruntèrent un corridor et, tout au bout, passèrent dans une salle de contrôle surchauffée. Un technicien, installé devant une sorte de tableau de bord truffé de cadrans et de curseurs, s'activait sur un clavier d'ordinateur. Juste au-dessus, deux rangées de moniteurs montraient le casino jusque dans ses moindres recoins. Les toilettes elles-mêmes n'avaient pas été oubliées.

Lloyd Philips se pencha pour murmurer quelques mots à l'oreille du technicien. Ce dernier acquiesça et se remit à pianoter sur son clavier. Marks les regardait faire. L'inspecteur-chef lui rappelait ces flics fatigués qui peuplent les romans d'espionnage britanniques. Son expression maladive cachant mal un ennui infini le désignait comme un bureaucrate de carrière, un œil braqué sur sa future pension de retraite, l'autre hermétiquement fermé.

« C'est parti », claironna le technicien.

L'un des moniteurs s'assombrit puis une image se dessina. Marks vit le bar de la salle réservée aux vrais flambeurs. Bourne et un autre homme, feu Diego Hererra, entrèrent dans le champ et y restèrent. Comme ils discutaient en tournant presque le dos à la caméra, il était impossible de deviner ce qu'ils se disaient.

« Diego Hererra est entré au Vesper Club hier soir aux environs de 9 h 35, commenta Lloyd Philips de sa voix légèrement blasée. Cet homme l'accompagnait. Un certain Adam Stone. »

La bande continuait à défiler. Soudain, un autre individu – probablement le tueur – pénétra dans le cadre. Lorsqu'il s'approcha de Bourne et de Diego Hererra, les choses commencèrent à devenir intéressantes.

Marks se pencha pour mieux voir. Bourne venait de se placer devant Hererra, comme pour bloquer l'avancée du tueur. Il l'interpella et tandis qu'ils discutaient, une chose étrange se produisit. La posture de Bourne se modifia sensiblement. On aurait dit qu'il le reconnaissait, ce qui contredisait sa toute première réaction. Bourne finit par le laisser approcher du bar. Dès que l'homme toucha Diego Hererra, ce dernier s'écroula. Bourne saisit le tueur par le revers de son veston, le repoussa, comme il aurait dû le faire dès le départ, mais de nouveau, les choses déraillèrent. Au lieu de lui tomber dessus à bras raccourcis, Bourne s'en prit aux trois vigiles qui venaient d'entrer. Le tueur l'imita.

« Voilà ce qui s'est passé, dit l'inspecteur-chef Lloyd Philips. Le meurtrier a terrassé tout le monde au moyen d'un genre d'armes émettant un son à haute fréquence.

— L'avez-vous identifié ? s'enquit Marks.

— Pas encore. Il n'apparaît sur aucune de nos banques de données.

— C'est un club très fermé. Le directeur le connaît forcément.

— D'après les registres d'inscription, le suspect s'appelle Vincenzo Mancuso. Trois personnes portent ce nom, en Angleterre, mais aucune d'elles ne correspond à l'individu qui apparaît sur la vidéo. Des inspecteurs sont allés interroger les trois Vincenzo Mancuso, dont un seul réside dans la région de Londres. Ils ont des alibis en béton.

— Des indices sur place ?

— Nous n'avons relevé aucune empreinte suspecte et l'arme du crime reste introuvable. Mes hommes ont écumé tout le secteur sur un rayon d'un mile autour du club. Ils ont fouillé les poubelles, vérifié dans les égouts et tout le toutim. Ils ont même dragué le fleuve, bien que le couteau ait fort peu de chances de s'y trouver. Jusqu'à présent, nos recherches n'ont abouti à rien.

— Et l'autre homme – Adam Stone ?

— Disparu, envolé. »

Par conséquent, l'enquête est au point mort, songea Marks. *L'affaire fait beaucoup de bruit à Londres. Pas étonnant qu'il soit à cran.*

« C'est le dénommé Adam Stone qui intéresse ma hiérarchie, fit Marks en prenant l'inspecteur-chef à part. Ces messieurs apprécieraient énormément que la photo de Stone soit enlevée des avis de recherche. Me rendriez-vous ce petit service ? »

Lloyd Philips sourit. Spectacle fort peu ragoûtant, car ses dents étaient aussi jaunes que ses doigts.

« Si j'ai pris du galon ce n'est pas en rendant des services. Je ne vais pas me salir bêtement les mains à quelques années de la retraite.

— Je me permets d'insister. Sachez que le ministère de la Défense américain vous en serait très reconnaissant.

— Écoutez mon vieux, je vous ai amené ici par pure courtoisie, cracha l'inspecteur-chef d'une voix soudain aussi cinglante que son regard. Vous pouvez bien travailler pour le Président des États-Unis, je m'en contrefiche. Moi, c'est à Londres que je bosse. Et ma hiérarchie à moi – le gouvernement de sa Gracieuse Majesté – n'aime pas trop que des Amerloques débarquent chez nous pour fouiner dans nos affaires, comme si nous étions une bande de sous-développés. Pour dire les choses carrément, je n'apprécie pas vos manières. Mettez-vous bien ça dans la caboche : cassez-vous avant que je m'énerve, sinon je vous emmène au poste et je vous cite comme témoin.

— Merci pour votre accueil, inspecteur-chef, rétorqua Marks. Mais avant de partir, pourrais-je avoir la photo de Stone et du meurtrier ?

— Tout ce que vous voudrez à condition que vous me lâchiez la grappe. »

Lloyd Philips tapota sur l'épaule du technicien. Marks lui donna son numéro de portable et, un instant plus tard, reçut un instantané tiré de la vidéo. On y voyait les deux hommes côte à côte.

« Parfait, fit l'inspecteur-chef en se tournant vers Marks. Ne me faites pas regretter ma générosité. Gardez vos distances et tout se passera bien. »

Dehors, le soleil bataillait pour se dégager des masses nuageuses. Marks émergea dans le brouhaha de la ville. Il vérifia la photo sur son PDA puis composa le numéro privé de Willard et tomba sur la messagerie. Willard avait éteint son téléphone. Étrange étant donné l'heure qu'il était à Washington. Marks déposa un message précis, lui demandant d'entrer la photo du meurtrier de Diego Hererra dans les banques de données Treadstone. Ces registres informatiques croisaient ceux de la CIA, de la NSA, du FBI, du ministère de la Défense, et d'autres sources auxquelles Willard avait obtenu l'accès. La soupe habituelle.

Sur la foi de son insigne, l'inspecteur qui se tenait à l'extérieur du club lui indiqua l'adresse du domicile de Diego Hererra. Quarante minutes plus tard, il y parvenait juste à temps pour voir se profiler une limousine Bentley gris métallisé. Le monstre tourna au coin et s'arrêta devant la maison. Un chauffeur en livrée en descendit, passa d'un bon pas devant la calandre rutilante, se planta près de la portière arrière et l'ouvrit. L'homme distingué qui s'extirpa de la banquette ressemblait à Diego en plus vieux. La mine sombre, il monta d'un pas lourd les marches du perron avant d'introduire une clé dans la serrure.

Marks eut le temps de courir après lui, avant que la porte se referme.

« Monsieur Hererra, je suis Peter Marks. Veuillez accepter toutes mes condoléances », ajouta-t-il quand le vieillard se retourna.

Hererra père s'immobilisa. Marks remarqua sa grande prestance. La crinière de cheveux blancs qui cascadait sur son col respectait les canons de la mode espagnole mais, sous son bronzage parfait, ses traits accusaient la fatigue et la peine.

« Vous connaissiez mon fils, señor Marks ?

— Hélas, je n'ai pas eu ce plaisir, monsieur.

— J'ai l'impression que Diego avait très peu d'amis masculins. Il préférait la compagnie des femmes. »

Marks grimpa une deuxième marche en brandissant son badge officiel.

« Monsieur, pardonnez-moi, je sais que le moment est mal choisi mais j'ai besoin de vous parler.

— Savez-vous quelque chose sur sa mort ? demanda-t-il soudain après un long silence.

— Ce n'est pas le genre de chose dont on peut discuter en pleine rue, señor Hererra.

— Non, bien sûr. Veuillez pardonner ma grossièreté, señor Marks. Entrez et nous parlerons », ajouta-t-il en joignant le geste à la parole.

Marks monta les dernières marches, franchit le seuil et entra dans la maison de feu Diego Hererra. Il entendit la porte se refermer puis la lame d'un couteau se posa contre sa gorge. Derrière lui, le père de Diego Hererra l'immobilisait d'une poigne d'acier.

« Maintenant, mon salaud, tu vas cracher le morceau. Sinon, par les clous du Christ, je jure que je te tranche la gorge d'une oreille à l'autre. »

17

Bud Halliday occupait une banquette semi-circulaire du White Knights Lounge, un bar de banlieue dans le Maryland où il venait souvent pour décompresser. Tout en biberonnant un verre de bourbon à l'eau, il essayait de débarrasser sa pauvre tête du fatras qui s'y était entassé au cours de cette longue journée.

Ses parents, des Philadelphiens pur jus, se vantaient de descendre en droite ligne d'Alexander Hamilton et de John Adams. Ils avaient fini par divorcer, comme cela arrive souvent chez les couples formés trop jeunes. Sa douairière de mère vivait désormais à Newport, dans le Rhode Island. Son père, un ancien gros fumeur, souffrait d'emphysème : il passait ses journées à arpenter la vaste demeure familiale, suivi à la trace par ses bouteilles d'oxygène et les deux infirmières haïtiennes qui s'occupaient de lui à plein temps. Halliday avait coupé toute relation avec eux. Il avait renoncé aux dorures de leur monde hermétiquement clos le jour où il s'était engagé dans le corps des Marines. Il n'avait que dix-huit ans à l'époque, et son geste avait fait scandale. Depuis sa caserne, il imaginait avec délectation sa mère apprenant la nouvelle et s'évanouissant d'horreur. Quant à son père, sur le coup de la surprise, il avait dû trancher le bout de son cigare avec ses dents avant d'accabler sa femme de reproches. Puis il était sans doute parti se réfugier dans les bureaux de la compagnie d'assurances qu'il possédait et dirigeait avec une écœurante réussite.

Voyant que son verre était vide, Halliday fit signe au serveur de lui en apporter un autre.

Les jumelles arrivèrent en même temps que son deuxième bourbon. Pendant qu'il leur commandait des Martini au chocolat, elles s'assirent de chaque côté de lui, l'une vêtue de vert, l'autre de bleu. Celle en vert était rousse, sa sœur blonde. Aujourd'hui, du moins. Michelle et Mandy aimaient cultiver leur étrange ressemblance tout en affirmant leurs différences. Elles mesuraient presque 1,80 m et leurs courbes corporelles étaient aussi sensuelles que leurs lèvres étaient pulpeuses. Elles auraient pu être mannequins, ou même actrices étant donné le talent avec lequel elles interprétaient leur rôle de bimbos sans jamais tomber dans le vulgaire et le stupide. Michelle était mathématicienne, Mandy microbiologiste pour le Centre de contrôle et de prévention des maladies. Michelle aurait pu décrocher un poste de professeur dans n'importe quelle grande université américaine mais préférait travailler pour la DARPA – l'Agence pour les Projets de Recherche avancée en matière de Défense – où elle s'amusait à concocter de nouveaux algorithmes cryptographiques, capables de damer le pion aux ordinateurs les plus performants. Sa dernière découverte en la matière était un programme employant des techniques heuristiques, c'est-à-dire qu'il s'enrichissait de lui-même à chaque tentative de décryptage, en évoluant au fur et à mesure. Pour le déverrouiller, il fallait une clé physique.

Jamais enveloppes charnelles aussi délectables n'avaient abrité esprits plus fertiles, pensa Halliday pendant que le garçon déposait sur la table les deux Martini au chocolat. Ils portèrent un toast silencieux à leurs retrouvailles. Quand elles n'étaient pas de service, les filles vouaient un culte au sexe, au chocolat et au sexe. Et inversement. Mais ce soir-là, elles étaient encore de service.

« Parle-moi de l'anneau. Quelle est ton estimation ? demanda Halliday à Michelle.

— Si tu m'avais donné l'objet lui-même au lieu de toutes ces photos, cela m'aurait facilité la vie, répondit-elle.

— Je sais. Alors, qu'en dis-tu ? »

Michelle prit une gorgée comme si elle avait besoin de temps pour rassembler ses idées ou formuler sa réponse. Pourtant, Halliday ne lui arrivait pas à la cheville question intelligence.

« J'ai l'impression que cet anneau est une clé physique.

— Ce qui signifie ?

— Exactement ce que je viens de dire. C'est peut-être à cause de mes recherches actuelles mais cette inscription à l'intérieur me rappelle les encoches d'une clé. »

Devant le regard ahuri de Halliday, elle changea de méthode, sortit un stylo-feutre et se mit à dessiner sur une serviette en papier.

« Ici, nous avons une clé correspondant à une serrure de modèle courant, reprit-elle. Elle possède des encoches qui n'appartiennent qu'à elle. Le cylindre de la plupart des serrures comporte douze sillons, six en haut, six en bas. Quand on glisse la clé dans le cylindre, les encoches soulèvent les sillons supérieurs, ce qui permet au dispositif de tourner et à la serrure de s'ouvrir. À présent, considérons chaque idéogramme comme une encoche. Il suffit de glisser l'anneau dans la bonne serrure et de dire Sésame ouvre-toi.

— C'est possible ? demanda-t-il.

— Tout est possible, Bud. Tu es bien placé pour le savoir. »

Comme galvanisé, Halliday regardait fixement le croquis de Michelle. Sa théorie avait de quoi décontenancer, mais cette femme était un génie dans son domaine. Quelle que soit l'apparente excentricité de ses idées, il n'avait ni le droit ni la capacité de les écarter.

« Qu'y a-t-il au menu, ce soir ? demanda Mandy que le sujet barbait visiblement.

— J'ai faim, rebondit Michelle en empochant son stylo. Je n'ai rien avalé de la journée, sauf un Snickers que j'ai retrouvé au fond de mon tiroir. Il était si desséché que le chocolat avait blanchi.

— Finis ton verre, dit Halliday.

— Tu sais ce qui arrive quand je bois sans avoir mangé, répondit Michelle avec une grimace.

— On m'en a parlé, oui.

— Eh bien, on ne t'a pas menti », lança Mandy. Et d'une autre voix, plus profonde, une voix de chanteuse, elle ajouta : « C'te gamine, elle a vraiment le diable au corps !

— Tandis que sa frangine, repartit Michelle en adoptant le même ton, elle l'a où je pense. »

Toutes les deux rejetèrent la tête en arrière en s'esclaffant. Leurs deux rires s'égrenèrent durant le même laps de temps, très exactement. Halliday les regardait l'une et l'autre, avec une légère sensation de vertige, comme lorsqu'on suit de trop près un match de tennis.

« Ah, te voilà enfin ! », s'écria Mandy en voyant apparaître le quatrième convive.

Halliday sauta sur la serviette en papier griffonnée et la cacha sur ses genoux. Les deux filles remarquèrent son geste mais ne firent aucun commentaire, se contentant d'accueillir le nouveau venu avec un sourire éclatant.

« Rien au monde n'aurait pu m'empêcher…, dit Jalal Essai en embrassant Mandy dans le cou, à l'endroit qu'elle aimait…, d'être des vôtres, ce soir. »

Peter Marks n'osait même pas respirer. L'homme derrière lui sentait le tabac et la colère. Le couteau qu'il tenait contre son cou était tranchant comme une lame de rasoir. Marks avait assez d'expérience en la matière pour savoir qu'Hererra avait l'intention de lui trancher la gorge.

« Señor Hererra, ne nous énervons pas, dit-il. Je serais très heureux de partager mes renseignements avec vous. Restons calmes. Évitons d'agir sous le coup de l'énervement.

— Je suis parfaitement calme, répondit Hererra d'un ton sinistre.

— Très bien. » Marks voulut déglutir mais sa gorge était trop sèche. « En fait, je ne sais pas grand-chose.

— Ça ne risque pas d'être pire que ce que m'a sorti ce Lloyd de mon cul. Il m'a juste conseillé de m'occuper des formalités de rapatriement de mon fils en Espagne, tout en précisant qu'ils avaient encore besoin du corps pour les analyses médico-légales.

— Je suis d'accord avec vous. Cet inspecteur-chef est un vrai connard, fit-il en avalant enfin sa salive. Mais ce n'est pas de lui que je souhaite vous parler. Je veux savoir pourquoi Diego a été assassiné presque autant que vous, croyez-moi. Et je suis déterminé à découvrir la vérité. »

C'était vrai. Pour retrouver Bourne, Marks devait au préalable faire toute la lumière sur les événements du Vesper Club et comprendre pourquoi Bourne en était sorti presque bras dessus bras dessous avec l'assassin de Diego. Quelque chose clochait dans cette histoire.

Il sentait le souffle d'Hererra sur sa nuque. Un souffle profond et régulier qui le remplit d'effroi tant il prouvait que cet homme accablé par le chagrin gardait la tête sur les épaules. Il avait affaire à une force de la nature. Jouer au plus fin avec lui ne l'avancerait à rien. Au contraire, ce serait du suicide.

« En fait, poursuivit Marks, je peux vous montrer une photo de l'assassin de votre fils. »

La lame du couteau trembla un instant dans l'énorme poing d'Hererra, puis elle s'écarta. Marks en profita pour se dégager.

« Je vous en prie, señor Hererra. Je compatis de tout mon cœur.

— Avez-vous un fils, señor Marks ?

— Non monsieur. Je ne suis pas marié.

— Alors vous ne pouvez pas comprendre.

— J'ai perdu ma sœur à l'âge de douze ans. Elle n'en avait que dix. J'étais si furieux que j'avais envie de détruire tout ce qui me tombait sous la main.

— Alors vous comprenez. »

Il conduisit Marks dans le salon, le fit asseoir dans un canapé et resta debout à regarder les photos de son fils et de ses multiples petites amies, garnissant le manteau de la cheminée. Les deux hommes restèrent silencieux un long moment, Hererra absorbé dans sa contemplation, Marks peu désireux de briser son recueillement.

À la fin, Hererra se reprit et traversa le salon pour rejoindre Marks.

« Montrez-moi cette photo », ordonna-t-il.

Marks sortit son PDA, fit défiler le menu déroulant et afficha la photo que le technicien de la police lui avait transmise.

« Là, sur la gauche », dit Marks en désignant l'inconnu.

Hererra prit le PDA et garda les yeux braqués sur l'écran pendant si longtemps que Marks crut qu'il s'était changé en pierre.

« Et l'autre homme, qui est-ce ?

— Un quidam.

— J'ai l'impression de le connaître.

— L'autre abruti de flic prétend qu'il s'appelle Adam Stone.

— Tiens donc, fit Hererra dont le visage s'anima soudain.

— Señor, c'est important. Connaissez-vous l'individu sur la gauche ? »

D'un geste impatient, Hererra rendit l'appareil à Marks puis fonça vers le bar et se versa un cognac dont il but la moitié d'un seul trait. Puis, s'efforçant de retrouver sa dignité, il reposa le verre avec précaution.

« Dieu tout-puissant, murmura-t-il.

— Señor, laissez-moi vous aider.

— Comment ? Comment pouvez-vous m'aider ?

— Je suis doué pour retrouver les gens. C'est ma spécialité.

— Vous pouvez trouver le meurtrier de mon fils ?

— Avec un peu de chance, oui, j'y arriverai. »

Hererra sembla soupeser le pour et le contre. Puis, comme s'il avait pris sa décision, il hocha doucement la tête.

« L'homme à gauche s'appelle Ottavio Moreno.

— Vous le connaissez ?

— Oh oui, señor, je le connais depuis qu'il est tout petit. Je l'ai fait sauter sur mes genoux quand j'habitais au Maroc. »

Hererra reprit son cognac et l'avala d'un coup. Sous l'apparente froideur de ses yeux bleus, Marks décelait une sombre fureur.

« Cet Ottavio ne serait-il pas le demi-frère de Gustavo Moreno, le narcotrafiquant colombien récemment décédé ?

— C'est mon filleul, dit-il entre ses mâchoires crispées, les mains tremblantes. Voilà pourquoi je sais qu'il n'a pas pu tuer Diego. »

352

Moira et Berengária étaient allongées dans les bras l'une de l'autre. La luxueuse cabine sentait le musc, l'huile de moteur et la mer. Le yacht se balançait doucement comme pour les bercer. Mais il n'était pas question de dormir. Elles devaient appareiller dans moins de vingt minutes. Elles se levèrent lentement, le corps endolori par l'amour, l'esprit encore vibrant du voyage qu'elles venaient de faire dans un pays lointain, hors du temps. Sans mot dire, elles s'habillèrent puis montèrent sur le pont. Comme une arche de velours, le ciel de nuit étendait ses bras protecteurs au-dessus d'elles.

Après avoir échangé quelques mots avec le capitaine, Berengária fit un signe de tête à l'intention de Moira.

« Ils ont tout vérifié. Le moteur fonctionne parfaitement. Il ne devrait plus y avoir de retard.

— Espérons-le. »

Le firmament pailletait l'eau. Leur voyage avait commencé à bord du Lancair IV-P de Narsico. Ayant atterri à l'aéroport international Gustavo Diaz Ordaz, sur la côte Pacifique, elles avaient rejoint en voiture Sayulita, le paradis des surfeurs, où était ancré le yacht. En tout, le trajet n'avait pas dépassé les quatre-vingt-dix minutes.

Moira et Berengária se tenaient côte à côte. Occupés aux manœuvres d'appareillage, les hommes d'équipage ne faisaient pas attention à elles. Berengária allait bientôt descendre à terre.

« Tu as réussi à contacter Arkadine ? demanda Moira.

— Je lui ai parlé pendant que tu te douchais. Il rejoindra le yacht juste avant l'aurore. Bien sûr après ce retard, il va vouloir monter à bord et vérifier lui-même toute la cargaison. Tu dois te tenir prête.

— Ne t'en fais pas », dit Moira. Quand elle lui toucha le bras, Berengária ne put s'empêcher de frissonner. « Qui est le destinataire ?

— Tu n'as pas besoin de le savoir. »

Comme Moira n'ajoutait rien, Berengária s'appuya contre elle en soupirant.

« Mon Dieu, dans quel foutu nid de vipères je me suis fourrée ! dit-elle. J'emmerde les hommes. Tous autant qu'ils sont ! »

Berengária dégageait un parfum d'épices et d'iode. Moira adorait ces odeurs. Pour elle, séduire une femme avait quelque chose de piquant. Cela ne lui posait aucun problème. Ces jeux-là aussi faisaient partie de son travail ; c'était comme un défi qu'elle se lançait, un pied de nez à la routine. Moira était une femme sensuelle mais, hormis une expérience de jeunesse plutôt agréable bien que fugace, elle avait toujours joué dans le camp hétéro. Berengária l'attirait à cause du danger qu'elle représentait. En outre, faire l'amour avec elle lui avait procuré bien plus de plaisir qu'avec la plupart des hommes qu'elle avait pu connaître, Bourne mis à part. Contrairement à eux, Berengária savait alterner dureté et tendresse, elle prenait le temps de découvrir à tâtons les parties secrètes de son corps et s'y attarder jusqu'à soulever en elle des vagues de jouissance infinie.

Roberto Corellos ne la connaissait pas sous ce jour, bien entendu. Berengária ne correspondait en rien à la description méprisante qu'il avait faite d'elle à Moira. Sa personnalité à la fois solide et vulnérable était trop complexe pour un homme comme lui, totalement hermétique à toute forme de subtilité. Elle avait creusé sa route dans un monde régi par les hommes ; elle avait travaillé dur pour développer la société de son mari et pourtant, la peur ne l'avait jamais quittée. Autrefois, elle avait craint son frère, aujourd'hui c'était Corellos et Leonid Arkadine qui la tenaient à la gorge. Berengária ne se berçait pas d'illusions. Elle ne faisait pas le poids face à eux. Ils inspiraient à leurs fidèles un respect dont elle ne jouirait jamais, quoi qu'elle fît pour cela.

De nouveau, Moira ressentit pour elle un élan d'admiration mêlé de pitié. Lorsque Moira partirait en mer rejoindre le point de rendez-vous fixé avec Arkadine, Berengária retournerait vers son destin, seule et toujours plus fragile. Coincé entre la toute-puissance malsaine de Corellos et la veulerie de Narsico, son avenir ne se présentait pas sous un jour très prometteur.

Sachant qu'elle la voyait peut-être pour la dernière fois, Moira l'attira contre elle et déposa sur ses lèvres un baiser passionné. Berengária le méritait, même si cet amour était sans lendemain.

Du bout de la langue, elle lui caressa le lobe de l'oreille et murmura :

« Qui est ce client ? »

Berengária frémit et la serra plus fort. Puis elle recula un peu pour la regarder au fond des yeux.

« C'est l'un des plus anciens et des meilleurs clients de Gustavo. Voilà pourquoi ce retard cause autant de problèmes. »

Les larmes que Moira voyait luire dans ses yeux en disaient plus que les mots. Berengária savait que cette nuit était à la fois le début et la fin de leur histoire. L'espace d'un instant, Moira reconnut le pincement au cœur que l'on ressent lorsqu'un océan ou un continent vous sépare de l'être aimé.

Soudain, Berengária capitula et dit en baissant la tête :

« Il s'appelle Don Fernando Hererra. »

Soraya se réveilla avec le goût du désert dans la bouche. Percluse de douleur, elle roula sur le dos en gémissant. Au-dessus d'elle, quatre hommes la regardaient. Ils avaient la peau sombre, comme elle, et comme elle ils étaient à moitié arabes. Ils se ressemblaient comme des frères.

« Où est-il ? demanda l'un d'eux.

— Qui ça ? », dit-elle en essayant d'identifier son accent.

Un autre s'accroupit en posant les poignets sur ses genoux, à la manière d'un Arabe du désert.

« Mademoiselle Moore – Soraya, si je puis me permettre –, vous et moi sommes à la recherche de la même personne. » Il parlait d'une voix calme et posée, comme un ami cherchant l'apaisement après une querelle. « Leonid Danilovitch Arkadine.

— Qui êtes-vous ? dit-elle.

— Nous, on pose les questions, lança le premier homme. Et toi, tu réponds. »

Quand elle voulut se lever, elle s'aperçut que ses poignets et ses chevilles étaient attachés par des cordes à des piquets de tente fichés dans la terre.

Les premières lueurs de l'aube rosissaient le ciel, comme des vrilles diaphanes rampant vers elle à la manière d'une araignée.

« Je n'ai pas de nom », dit l'homme accroupi. Il avait un œil brun et un autre d'un bleu laiteux, comme une opale, sans doute à cause d'une blessure ou d'une maladie. « Tout ce qui compte, c'est ce que je veux. »

Ces deux phrases lui parurent si absurdes que Moira eut presque envie de rire. On connaissait les gens par leur nom. Sans nom, pas d'identité, pas de personnalité, rien qu'une ardoise vide. C'était sûrement ce qu'il recherchait. Elle se demanda comment y remédier.

« Si vous ne coopérez pas, dit-il, nous devrons employer une autre méthode. »

Il claqua les doigts. L'un de ses comparses lui tendit une petite cage en bambou. Monsieur Personne la prit par l'anse et la fit osciller devant le visage de Soraya avant de la déposer entre ses seins. À l'intérieur, elle vit remuer un énorme scorpion.

« Même s'il me pique, je n'en mourrai pas, dit Soraya.

— Oh, je ne veux pas qu'il vous tue. Mais ce ne sera pas très joli. Ça commencera par des crises nerveuses, votre rythme cardiaque va s'accélérer, votre pression sanguine va faire un bond, vous perdrez la vue. Ai-je besoin de continuer ? »

La carapace noire et brillante se terminait sur une queue recourbée, menaçante. Un rayon de soleil l'effleura. Le scorpion scintillait, comme illuminé de l'intérieur. Soraya essaya de ne pas regarder, de maîtriser l'appréhension qui montait en elle. Mais son corps réagissait de lui-même. Elle n'y pouvait rien.

Sous l'effet de la peur, son cœur cognait dans ses oreilles, une douleur lancinante martelait son sternum. Soraya se mordit la lèvre.

« S'il vous pique plusieurs fois, vous souffrirez mille morts. Surtout si on ne vous soigne pas. »

Avec la délicatesse d'une ballerine, la bestiole trottina sur huit pattes et se lova entre les seins de Soraya qui dut se faire violence pour ne pas hurler.

Une serviette autour du cou, Oliver Liss était allongé sur un banc de musculation, dans son club de gym favori. Son torse et ses bras luisaient de sueur. Il amorçait une série de quinze tractions de biceps quand la rousse entra dans la salle. C'était une grande femme aux épaules larges, avec un port de reine et un physique d'actrice. Il l'avait déjà vue plusieurs fois, dans ce club. Moyennant un billet de cent dollars, le gérant lui avait appris que la splendide créature se nommait Abby Sumner, trente-quatre ans, divorcée, sans enfant. Elle travaillait dans le service juridique du ministère de la Justice. Il s'était dit que son mariage n'avait pas résisté aux heures supplémentaires. Liss aimait les femmes très occupées. Elles ne passaient pas leur temps à vous casser les pieds, une fois l'affaire engagée. Et cette affaire-là, il la sentait bien partie. Ce n'était qu'une question de temps.

Liss termina ses tractions, replaça les haltères sur leur support puis s'épongea tout en mesurant la situation d'un œil connaisseur. Abby avait choisi un banc, sélectionné les poids et s'était mise en position. Liss n'attendait que cela. Il se leva et s'avança vers elle d'un pas assuré. Baissant le regard, il lui lança dans un sourire étincelant :

« Auriez-vous besoin d'une parade ? »

Abby Sumner le contempla un instant de ses grands yeux bleus puis lui rendit son sourire.

« Merci. C'est bien possible, je débute sur cet appareil.

— C'est assez rare de voir une femme sur un banc de musculation. Vous suivez un entraînement particulier ?

— Je soulève beaucoup plus de charges, dans mon travail. »

Liss eut un rire discret. Abby empoigna les haltères et entama une série de tractions tandis qu'il veillait à sa sécurité, les mains placées juste en dessous de la barre.

« On dirait que je n'ai pas intérêt à vous embêter.

— Non, dit-elle. Vous n'avez pas intérêt. »

Les poids les plus lourds ne semblaient pas lui causer de difficulté. Quant à Liss, le plus dur pour lui consistait à regarder autre chose que sa poitrine.

« Ne vous cambrez pas », dit-il.

Elle recolla son dos sur le banc.

« J'ai cette fâcheuse tendance, dès que je soulève des poids importants. Merci. »

Quand elle eut terminé sa première série de huit, il l'aida à reposer la barre sur les supports. Pendant qu'elle soufflait, il se lança :

« Je m'appelle Oliver et j'adorerais vous emmener dîner, un de ces soirs.

— Ce serait intéressant, répondit Abby en levant les yeux vers lui. Malheureusement, je ne mélange jamais les affaires et le plaisir. »

Devant son air interrogateur, elle se glissa sous la barre et se releva. Quelle femme impressionnante, songea Liss. Elle jeta un coup d'œil vers le bar à jus de fruits, où un homme élégant sirotait une boisson à l'herbe de blé dans un gobelet vert fluo. Le type saisit son regard, posa le verre et la rejoignit d'un pas nonchalant.

Abby ramassa son sac de gym, le posa sur le banc, fouilla dedans et sortit plusieurs feuilles pliées qu'elle tendit à Liss.

« Oliver Liss, je m'appelle Abigail Sumner. Ce mandat d'amener délivré par le procureur général des États-Unis m'autorise, ainsi que mon collègue Jeffrey Klein, dit-elle en désignant le buveur de décoction planté près d'elle, à vous placer en garde à vue durant le temps d'une enquête portant sur les accusations dont vous faites l'objet. Les faits incriminants remontent à la période où vous étiez président de Black River. »

Liss resta bouche bée.

« Mais c'est absurde. Cette enquête a déjà eu lieu et j'ai été mis hors de cause.

— De nouveaux éléments sont apparus.

— Quels éléments ?

— Vous en trouverez la liste dans le mandat du procureur général. »

Il déplia le document mais ses yeux semblaient incapables de se fixer sur les lignes.

« Il doit y avoir une erreur, fit-il en lui rendant le mandat. Je n'ai pas l'intention de vous suivre.

— Je vous en prie, monsieur Liss, dit Abby, ne rendez pas les choses plus difficiles pour vous. »

Liss tourna la tête d'un côté et de l'autre comme s'il cherchait une sortie de secours ou un sursis quelconque. Où donc était Jonathan, son ange gardien ? Pourquoi ne l'avait-il pas prévenu de cette nouvelle enquête ?

Le colonel Boris Karpov rentra à Moscou comme une âme en peine. Il ne cessait de repasser dans son esprit sa visite à Leonid Arkadine. En fait, ce qui le gênait le plus, c'était le lien malsain qui venait de s'établir entre cet individu et lui. Maslov avait suborné un grand nombre d'apparatchiks à l'intérieur du FSB-2, y compris Melor Bukine, le supérieur direct de Karpov. Comme toutes les informations fournies par Arkadine, il s'agissait d'un fait aussi accablant qu'irréfutable.

Depuis la banquette arrière de la Zil noire du FSB-2, Karpov contemplait d'un œil vague le paysage qui défilait sur le trajet menant de l'aéroport de Cheremetievo à la capitale russe.

Arkadine lui avait suggéré de déposer la preuve sur le bureau du Président Imov. Pourquoi ? Karpov soupçonnait un coup fourré. Arkadine avait l'air de tenir à ce que le Président en personne soit au courant. Bien que cette démarche ait été dans ses intentions dès le départ, il se demandait à présent ce que ce type avait derrière la tête. Karpov jouait sa carrière, peut-être même sa vie.

Il disposait de deux possibilités. La première consistait à tout déballer devant Viktor Cherkesov, le patron du FSB-2. Mais il y avait un problème. Bukine était la créature de Cherkesov. Accuser publiquement Bukine revenait à impliquer Cherkesov. Qu'il soit ou non au courant de la perfidie de son protégé, il devrait se résoudre à démissionner. Et s'il ne voulait pas démissionner, il serait sans doute tenté de faire disparaître la preuve accablante contre son ami – et Karpov par la même occasion.

Karpov avait beau tourner le problème dans tous les sens, il devait admettre qu'Arkadine avait raison. Mieux valait informer directement le Président Imov, car ce dernier n'hésiterait pas à abattre Cherkesov. En fait, il n'attendait que cela. Karpov avait tout à y gagner. Peut-être même le Président lui exprimerait-il sa profonde reconnaissance en le nommant à la tête de l'agence.

Plus la logique de cette dernière solution lui apparaissait comme évidente, plus Karpov hésitait. Au fond de lui-même, une petite voix s'obstinait à lui répéter qu'en agissant de la sorte, il contracterait une dette indélébile envers Arkadine. Et il savait d'instinct qu'il s'en mordrait les doigts un jour. À condition qu'Arkadine reste en vie assez longtemps.

En riant dans sa barbe, il dit à son chauffeur de faire un détour par le Kremlin puis se rencogna dans son siège et composa le numéro du Président.

Trente minutes plus tard, il passait les contrôles. Deux gardes de l'Armée rouge l'introduisirent dans l'une des antichambres glaciales de la présidence. Fixé tout là-haut dans le plafond, comme une énorme toile d'araignée couverte de givre, un gigantesque lustre en cristal projetait ses facettes irisées sur le mobilier italianisant, tout aussi travaillé et tendu de soieries et autres brocarts.

Postées de chaque côté de la porte, les deux sentinelles ne le quittaient pas des yeux. Sur la cheminée de marbre veiné, une pendule égrenait les secondes avec un lugubre tic-tac. Elle sonna la demi-heure puis l'heure. Comme il le faisait souvent pour tuer le temps, lors des incalculables veillées solitaires qu'il avait passées à l'étranger, Karpov sombra dans une sorte d'état méditatif. Quatre-vingt-dix minutes après son arrivée, un jeune majordome, pistolet à la ceinture, vint le chercher. Karpov retrouva aussitôt toutes ses facultés. Il se sentait reposé, en pleine forme. Le majordome le salua d'un sourire et le conduisit à travers un labyrinthe de couloirs dont Karpov lui-même aurait été incapable de s'extraire.

Le Président Imov trônait derrière un bureau Louis XIV. Un grand feu pétillait dans la cheminée. Derrière lui, les superbes dômes en oignon de la place Rouge se dressaient comme d'étranges missiles vers le ciel pommelé de la grande Russie.

Imov écrivait dans une sorte de registre avec un stylo-plume à l'ancienne. Le majordome se retira sans un mot et referma les doubles portes derrière lui. Au bout d'un moment, Imov leva la tête, toisa Karpov à travers ses lunettes à monture d'acier et lui fit signe de s'asseoir dans l'unique fauteuil placé devant son bureau. Karpov traversa le tapis, se posa et attendit en silence le début de l'entretien.

Imov resta quelques instants à le fixer de ses yeux gris ardoise, étroits et légèrement bridés. Peut-être avait-il du sang mongol. En tout cas, c'était un guerrier. Il avait dû se battre pour accéder à la présidence et plus encore pour y demeurer, malgré les forces d'opposition.

Physiquement, Imov n'avait rien d'impressionnant mais il était doté d'un charisme indéniable. De toute façon, la position qu'il occupait le rendait presque intouchable.

« Colonel Karpov, votre démarche m'étonne fort, démarra Imov en tenant son stylo-plume comme s'il s'agissait d'un poignard. Vous appartenez à Viktor Cherkesov, un *silovik* qui a ouvertement défié Nikolaï Patruchev, son homologue du FSB, et moi par extension. Je ne vois pas pourquoi je devrais vous écouter puisque votre patron n'a pas daigné se déplacer lui-même.

— Je suis venu vous voir de ma propre initiative. En fait, Viktor Cherkesov ignore tout de ma démarche et je préférerais que cela continue. » Karpov déposa sur le bureau le téléphone portable contenant la preuve incriminante contre Bukine. « Par ailleurs, je n'appartiens à personne, et surtout pas à Cherkesov. »

Imov resta interdit.

« Ah bon ? Étant donné que Cherkesov vous a volé à Nikolaï, je dois dire que c'est une bonne nouvelle, dit-il en tapotant le bout de son stylo contre son bureau. Et pourtant je n'arrive pas à y croire totalement.

— C'est tout à fait compréhensible, répondit Karpov en jetant un coup d'œil sur le téléphone portable.

— Qu'y a-t-il là-dedans, Boris Ilitch ?

— Il y a une branche pourrie du FSB-2, dit Karpov en détachant bien ses mots. Plus vite nous la couperons mieux ce sera. »

Imov resta un long moment immobile puis il posa son stylo-plume, saisit le téléphone et l'alluma. Pendant un temps interminable, on n'entendit plus rien, pas même les déplacements feutrés des secrétaires et du personnel technique qui grouillaient dans le secteur. Le bureau du Président devait être protégé du bruit autant que des virus informatiques.

Quand Imov eut terminé, il empoigna le téléphone portable comme il l'avait fait avec le stylo-plume, à la manière d'un poignard.

« À qui avez-vous pensé pour couper cette branche pourrie, Boris Ilitch ?

— Votre choix sera le bon. »

À ces mots, le Président Imov rejeta la tête en arrière et partit d'un grand éclat de rire. Puis, il s'essuya les yeux, ouvrit un tiroir contenant un humidificateur en argent ciselé, retira deux havanes, en tendit un à Karpov et, d'un coup de dents, trancha l'extrémité du sien puis l'alluma avec un briquet en or offert par le Président iranien. En voyant Karpov sortir une boîte d'allumettes, Imov se remit à rire et poussa le briquet de luxe sur le bureau.

L'objet pesait son poids, pensa le colonel Boris Karpov. Il fit jaillir la flamme et aspira avec délectation la fumée entre ses joues.

« Nous devrions nous y mettre, monsieur le Président.

— Profitons de l'instant, Boris Ilitch, répliqua Imov en faisant pivoter son fauteuil pour mieux contempler les dômes de la place Rouge. On va nettoyer ce foutu machin – une bonne fois pour toutes. »

C'était presque comique, quand on y pensait, songea Soraya. Malgré leurs yeux innombrables – elle n'aurait su dire combien ils en avaient – les scorpions n'y voyaient pas grand-chose. Pour inspecter leur environnement, ressentir les mouvements et les vibrations, ils se servaient des cils minuscules parsemant leurs pinces. Pour l'instant, les cils en question étudiaient la poitrine de Soraya qui montait et descendait au rythme de sa respiration.

Monsieur Personne considérait le scorpion avec un mélange d'impatience et de mépris. La bestiole restait là, sans bouger, hésitant sur l'attitude à adopter. N'y tenant plus, l'homme prit son stylo pour lui appuyer sur la tête. Cette agression inopinée le mit en colère. Sa queue se contracta et frappa. Soraya eut un petit hoquet. Personne attrapa le scorpion avec le stylo et le replaça dans la cage.

« De deux choses l'une, dit-il, soit on attend que le venin fasse son effet soit vous nous dites où est Arkadine.

— Même si je le savais, répondit Soraya, je ne vous le dirais pas.

— Vous êtes vraiment sûre de ça ?

— Allez vous faire foutre.

— Ce sera instructif de voir combien de temps vous tiendrez après huit ou neuf piqûres. »

Il fit un geste négligent à l'intention du dresseur. Ce dernier détacha le petit loquet de la cage mais n'eut pas le temps de l'ouvrir. Une détonation assourdissante retentit. L'homme fut projeté en arrière. Du sang gicla, mêlé d'éclats d'os. La balle lui avait fait exploser le front. Soraya entendit d'autres coups de feu. Quand elle se retourna, ses ravisseurs étaient tous étalés par terre. L'épaule en miettes, monsieur Personne la regardait en grimaçant de douleur. Soudain, une paire de jambes terminées par des bottes poussiéreuses entra dans son champ de vision.

« Qui… ? »

Soraya leva les yeux vers le nouveau venu mais, entre le soleil et les premiers effets du venin, ne vit rien du tout. Son cœur battait à un rythme inquiétant, des élancements la parcouraient de la tête aux pieds, comme une forte fièvre.

« Qui… ? »

La silhouette masculine s'accroupit. Du revers de sa main tannée, il fit valser la cage posée sur la poitrine de Soraya. Un instant plus tard, elle sentit qu'on la détachait. Toujours aveuglée par le soleil, elle plissait les yeux pour tenter de voir les traits de son sauveur, quand un chapeau de cow-boy atterrit sur sa tête. Ses larges bords lui procurèrent une ombre salutaire.

« Contreras, dit-elle en reconnaissant le visage sillonné de rides.

— Je m'appelle Antonio, fit-il en l'attrapant sous les aisselles pour l'aider à s'asseoir. Appelez-moi Antonio. »

Soraya éclata en sanglots.

Antonio lui tendit son arme, un bel exemple de revolver fabriqué sur mesure. C'était un Taurus Tracker .44 Magnum, une arme impressionnante augmentée d'une crosse de fusil. Il soutint Soraya jusqu'à ce qu'elle parvienne à se lever. Le Taurus en main, elle baissa les yeux sur monsieur Personne qui lui rendit son regard avec un sourire de défi. Ils restèrent longtemps ainsi, à s'observer l'un l'autre. La brûlure du venin pulsait dans le cerveau de Soraya. Elle chancelait. Son index s'enroula autour de la détente. Elle pointa le Tracker et appuya. Comme soulevé par des fils invisibles, Personne s'arc-bouta puis retomba, inerte. Ses yeux aveugles reflétèrent les premiers rayons du soleil.

Elle ravala ses larmes.

18

Coven accomplissait son travail avec un calme effrayant. Après avoir ligoté Chrissie et Scarlett, il avait passé plusieurs heures à traîner dans la maison. Quant au père de Chrissie, il l'avait attaché, bâillonné puis enfermé dans un placard. Il sortit une quarantaine de minutes pour se rendre dans une quincaillerie où il acheta le plus gros générateur portable qu'il puisse transporter sans aide. Au retour, il vérifia l'état de ses prisonniers. Chrissie et sa fille étaient toujours bien sanglées sur les lits jumeaux, à l'étage. Le père ne faisait pas de bruit. Coven se fichait de savoir s'il était endormi ou inconscient. Il descendit tant bien que mal le générateur au sous-sol et le connecta en un tour de main au système électrique. L'engin servirait en cas de panne de courant. Quand Coven fit un essai, le générateur produisit un tic-tac digne d'une horloge rustique à bout de souffle. Il était nettement trop petit pour cette tâche. À vue de nez, même en réduisant les circuits, il tiendrait dix minutes au grand maximum. Coven allait devoir faire avec.

Quand il remonta à l'étage, il alluma une cigarette et resta à contempler Chrissie et Scarlett. La fillette à peine pubère était déjà plus jolie que sa mère. Devant ce jeune corps si tendre, un autre que lui aurait profité de l'occasion. Mais Coven méprisait ce genre de pulsions dégénérées. C'était quelqu'un de méticuleux, droit dans ses bottes. Son code de conduite professionnelle l'avait empêché de devenir dingue, dans ce monde insensé. Quant à sa vie privée, elle s'écoulait sans heurts, ennuyeuse et aussi réglée que du papier à musique. Il avait une femme – son flirt de lycée –, deux enfants et un chien nommé Ralph. Il remboursait un prêt immobilier, entretenait une mère sénile et un frère qu'il visitait tous les quinze jours dans un asile de fous, bien que de nos jours le terme ait changé. Quand il rentrait à la maison après une mission longue, difficile et souvent sanglante, il embrassait fougueusement son épouse, allait voir ses enfants et – qu'ils soient en train de jouer, devant la télé ou endormis dans leur lit – se penchait sur eux et respirait leur odeur lactée à pleins poumons. À la suite de quoi, il dégustait la cuisine de sa femme, l'emmenait à l'étage et la baisait à fond.

Il alluma une autre cigarette au mégot de la première. La mère et la fille gisaient étalées côte à côte sur ces lits jumeaux, bras et jambes écartés. La gamine était si jeune, si pure. Jamais il ne lui ferait de mal. La mère ne lui disait franchement rien. Trop maigre, trop pâle. Il la laisserait à quelqu'un d'autre. À moins que Bourne ne l'oblige à la tuer.

Redescendu au rez-de-chaussée, il fouilla dans le garde-manger et ouvrit une boîte de haricots cuisinés qu'il mangea froids, avec les doigts en guise de fourchette. Tout en mâchant, il écoutait les petits bruits qui l'environnaient. Il inspira et repassa dans son esprit les odeurs de chaque pièce. De même, il visionna chaque recoin de la maison en s'attardant sur tous les petits détails. À présent, c'était son territoire, son point d'observation, le lieu de sa prochaine victoire.

Puis il retourna dans le salon où il alluma toutes les lumières. Une détonation le fit bondir de son fauteuil. Son Glock à la main, il écarta les rideaux pour regarder ce qui se passait devant la maison. Tous ses muscles se tendirent. Jason Bourne courait en zigzaguant vers la porte d'entrée. Des pneus crissèrent, du gravier gicla. Une Opel grise venait de freiner à mort. Le chauffeur ouvrit sa portière, tira sur Bourne et le rata. Déjà il montait les marches du perron. Coven courut vers la porte, son Glock prêt à servir. Il y eut encore deux détonations. Coven s'accroupit et ouvrit la porte d'un seul coup. Bourne gisait à plat ventre sur les marches. Une tache de sang s'élargissait sur sa veste.

Coven se baissa pour éviter la balle suivante et, se retranchant derrière la cloison, riposta à plusieurs reprises. Pour se protéger, le tireur remonta dans l'Opel. De sa main libre, Coven saisit la veste de Bourne et le hissa sur le seuil. Il tira encore une fois et referma d'un coup de pied la porte derrière lui. L'homme démarra en trombe.

Il vérifia le pouls de Bourne puis s'avança jusqu'à la fenêtre donnant sur l'allée gravillonnée. Le tueur et l'Opel avaient disparu.

Coven se retourna vers la silhouette prostrée de Bourne et s'approcha en braquant son arme. Il s'apprêtait à retourner Bourne sur le dos quand les lumières vacillèrent, faiblirent puis se rallumèrent. Depuis la cave, lui parvint le tic-tac du générateur de secours.

À peine eut-il le temps de comprendre que le courant avait été coupé que Bourne, d'un seul mouvement, écarta son Glock et lui asséna un coup terrible au sternum.

« L'homme que vous recherchez se trouve à Puerto Peñasco. C'est sûr, dit Antonio en restituant son téléphone portable à Soraya. Mon *compadre*, le capitaine de la marina, il connaît ce gringo. Il habite le vieux couvent de Santa Teresa, celui qui est abandonné depuis des années. Tous les soirs, juste après le coucher de soleil, il sort en mer dans son hors-bord. »

Antonio et Soraya étaient assis dans une cantina ensoleillée de la Calle de Ana Gabriela Guevara, à Nogales. Pendant que Soraya se débarbouillait, Antonio était allé chercher de la glace pour faire des compresses. La plaque rougeâtre entre ses seins commençait à se résorber et les symptômes ressentis dans le désert étaient presque dissipés. Elle avait également demandé à Antonio de lui acheter une demi-douzaine de bouteilles d'eau qu'elle vida consciencieusement, autant pour combattre la déshydratation que pour évacuer le venin.

Au bout d'une heure environ, se sentant mieux, elle alla se racheter des vêtements dans un magasin de la Plaza Kennedy. Ensuite, ils cherchèrent quelque chose à manger.

« Je vais vous conduire en voiture à Puerto Peñasco », dit Antonio.

Soraya enfourna son dernier morceau de *chilaquiles*.

« Vous n'avez pas que cela à faire, j'imagine. M'aider ne vous rapporte pas d'argent. »

Antonio grimaça. En roulant vers Nogales, il lui avait confié que son véritable nom était Antonio Jardines. Il avait choisi Contreras pour les affaires.

« Voilà que vous m'offensez. Est-ce ainsi qu'on traite l'homme qui vous a sauvé la vie ?

— Je vous suis infiniment reconnaissante. Ce que je ne comprends pas c'est pourquoi vous vous intéressez à mes problèmes, ajouta Soraya en le dévisageant.

— Comment dire ça ? répondit Antonio entre deux gorgées de *café de olla*. Ma vie se limite à la bande de désert entre Nogales, Arizona et Nogales, Sonora. Et vous savez bien que c'est l'ennui qui pousse les hommes comme moi à boire. Je n'ai pas grand-chose à faire ici, à part aider ces foutus *migras* à passer la frontière. Mais ce n'est pas tout. Dans ce coin, les gens se foutent de tout sauf de l'argent. Leur vie se *définit* par l'indifférence, comme partout ailleurs en Amérique latine. L'indifférence pourrit les âmes, empoisonne les cœurs. Et puis vous êtes arrivée. »

Soraya prit le temps de méditer ses paroles. Elle ne voulait pas se tromper, bien qu'elle ne soit sûre de rien dans ce pays.

« Je ne veux pas aller à Puerto Peñasco en voiture », finit-elle par répondre. Elle y pensait depuis qu'Antonio lui avait parlé du hors-bord d'Arkadine. « Je veux y arriver par bateau. »

Les yeux d'Antonio scintillèrent.

« C'est ce que je veux dire. Vous ne pensez pas comme une femme, vous pensez comme un homme. Enfin je veux dire, comme moi je penserais.

— Votre compadre de la *marina*, il peut m'arranger cela ?

— Vous voyez que vous avez besoin de mon aide. »

Bourne frappa une deuxième fois. L'attaque qu'il avait subie n'était qu'une mise en scène. Ottavio conduisait l'Opel, il lui avait tiré dessus avec des cartouches à blanc et le sang imbibant ses vêtements venait d'une poche en plastique rempli de sang de porc. Coven encaissait les coups sans réagir. Il pointa son Glock sur le front de Bourne. Ce dernier lui saisit le poignet, le tordit puis lui cassa un doigt. Le Glock s'envola, glissa sur le sol du salon et termina sa course devant la cheminée éteinte.

Ayant repoussé Coven, Bourne se releva sur un genou. Mais l'autre lui balaya la jambe, ce qui le fit tomber en arrière. Coven se jeta sur lui et lui balança son poing dans la figure, à plusieurs reprises. Comme Bourne ne bronchait pas, Coven se leva et s'apprêtait à lui décocher un coup de pied dans les côtes quand, d'un geste furtif, Bourne lui bloqua la jambe et déporta la cheville vers la gauche.

On entendit les os craquer. Coven grogna de douleur. Il chuta de tout son poids mais roula aussitôt sur lui-même et se mit à ramper sur les coudes et les genoux vers le Glock, près de la cheminée.

Bourne saisit une sculpture en cuivre sur une table basse et la jeta sur Coven qui la reçut en pleine nuque. Il tomba de tout son poids, le menton et le nez en avant. Ses mâchoires se fermèrent en claquant, du sang jaillit de son nez. Mais ne s'avouant pas vaincu, il attrapa le Glock et, d'un seul mouvement fluide, se retourna vers

Bourne, l'arme à la main, le doigt sur la détente. La balle faillit atteindre Bourne à la tête. Elle toucha la table qu'elle renversa ainsi que la lampe posée dessus.

Avant qu'il se remette à tirer, Bourne se jeta sur lui et le fit basculer sur le dos. Coven saisit un tisonnier, voulu le frapper avec, mais Bourne esquiva en roulant sur lui-même. Le tisonnier rebondit contre le sol. Coven s'acharnait. Toujours avec le tisonnier, il accrocha la veste de Bourne et le cloua par terre en enfonçant la pointe dans le plancher. Puis il se leva péniblement et resta un instant à le regarder d'en haut, avant d'aller chercher la pelle à cendres. Il posa le manche de la pelle en travers de sa gorge et appuya de toutes ses forces.

Nogales était à deux cents kilomètres de Las Conchas où un collègue du *compadre* d'Antonio les attendait à bord du bateau demandé. Elle avait choisi un gros modèle, assez voyant pour qu'Arkadine le remarque au premier coup d'œil. Avant de se mettre en route, elle avait acheté dans le centre commercial de Nogales le bikini le plus provocant qui soit. Quand elle l'avait essayé, Antonio en était resté bouchée bée.

« ¡ *Madre de Dios, que linda muchacha !* », s'était-il écrié.

Pour dissimuler la marque laissée par la piqûre de scorpion, elle compléta sa tenue par un déshabillé diaphane, puis s'offrit des serviettes de plage, d'énormes lunettes de soleil Dior, une visière du dernier chic et de la lotion solaire dont elle s'enduisit largement, sans perdre de temps.

L'ami d'Antonio se nommait Ramos. Il avait trouvé le bateau idéal : gros et tape-à-l'œil. Ses moteurs diesel vrombissaient déjà quand Soraya et Antonio embarquèrent, accueillis par Ramos qui leur fit faire le tour du propriétaire. C'était un petit homme rond et jovial à la peau sombre, aux cheveux noirs bouclés et aux bras courts couverts de tatouages.

« J'ai des armes – pistolets, semi-automatiques – en cas de besoin, dit-il avec obligeance. C'est compris dans le prix, sauf les munitions utilisées. »

Soraya le remercia en lui précisant que les armes ne seraient pas nécessaires.

Peu après avoir regagné le pont du navire, ils se mirent en route. Puerto Peñasco n'était qu'à cinq miles vers le nord.

Par-dessus le grondement des moteurs diesel, Ramos dit :

« On a deux heures avant le coucher du soleil. C'est à ce moment-là qu'Arkadine sort en mer, d'habitude. J'ai du matériel de pêche. Que diriez-vous d'aller jusqu'au récif ? On y trouve du poisson en masse. Flétans, bars noirs, vivaneaux rouges. »

Soraya et Antonio pêchèrent sur le récif pendant une heure et demie puis ils rangèrent le matériel et mirent le cap sur la marina. Quand il contourna le promontoire et se dirigea vers les quais, Ramos désigna le canot Cigarette. Arkadine était invisible mais un vieux Mexicain s'activait aux préparatifs. Il avait la peau brûlée et le visage buriné par le dur labeur, le vent salé et le soleil brûlant.

« Vous avez de la chance, dit Ramos. Le voilà qui arrive. »

Soraya regarda dans la direction indiquée par Ramos. Un homme solide remontait le quai d'un pas assuré. Il portait une casquette de base-ball, un short de bain noir et gris, un tee-shirt Dos Esquis déchiré et des sandales en caoutchouc. Elle se débarrassa de son déshabillé. Sa peau brune et huilée brillait comme du bois poli.

Le quai s'étirait sur une bonne distance jusque dans la marina. Soraya eut le temps de l'observer à loisir. Ses cheveux bruns étaient coupés très court. Son visage robuste ne laissait rien deviner. Il avait les épaules carrées d'un nageur de compétition mais ses membres longs et musclés faisaient davantage penser à un lutteur. Il marchait à la manière d'un félin, sans effort apparent, comme si ses pieds étaient munis de coussinets. Une totale assurance émanait de lui. Une énergie difficile à qualifier, se dit Soraya mal à l'aise, pareille à un cercle de feu. Cet homme ne lui était pas totalement inconnu et pourtant elle ne l'avait jamais rencontré. Avec un malaise croissant, presque physique, elle continua de l'épier puis, dans un sursaut proche de la panique, elle comprit ce qui clochait : Arkadine marchait exactement comme Jason.

« On y va », fit Ramos en virant pour se placer juste devant le canot Cigarette. Il mit au point mort et se laissa dériver vers lui.

Arkadine était en train de discuter joyeusement avec le Mexicain quand le bateau de Ramos entra dans son champ visuel. Il leva les yeux en plissant les paupières pour se protéger du soleil oblique et, immédiatement, repéra Soraya. Ses narines frémirent devant le spectacle qu'elle lui offrait. Son visage exotique semblait le défier. Son corps gagnait encore en sensualité grâce à ce minuscule bikini qui le cachait juste assez pour affoler l'imagination. Elle leva un bras et plaça sa main en visière dans un geste qui mit sa poitrine en valeur.

L'air de rien, Arkadine se détourna et dit quelque chose au Mexicain qui gloussa. Déçue, Soraya agrippa la rambarde comme un motard attrape la poignée de l'accélérateur.

« Ce gringo n'est qu'un foutu *maricón*, voilà ce que j'en pense, s'exclama Antonio.

— Ne soyez pas stupide, répliqua-t-elle en se félicitant toutefois de son commentaire qui lui faisait oublier son impression d'échec. Je n'y ai pas mis assez de conviction. »

Puis une idée lui vint. Se tournant vers Antonio, elle lui passa les bras autour du cou, le regarda dans les yeux et dit :

« Embrassez-moi. Embrassez-moi longuement. »

Antonio ne se fit pas prier. Il la prit par la taille et colla ses lèvres contre les siennes. Elle ressentit comme une brûlure lorsque sa langue força la barrière de ses dents. Soraya se cambra pour mieux épouser le corps d'Antonio.

À dessein, Ramos rapprocha encore son bateau de la proue du canot Cigarette. Le gringo et son aide mexicain furent bien obligés de se retourner. El Heraldo se précipita vers le maladroit en gesticulant et en l'invectivant. En revanche, le gringo ne bougeait pas, trop intéressé par la scène d'amour torride qui se déroulait devant lui.

Ramos s'excusa, fit reculer son bateau puis accosta. L'employé de la marina qui l'attendait enroula les câbles d'amarrage à la proue et à la poupe. Dès qu'il sauta à terre, Ramos se dirigea vers le bureau du chef de port. Arkadine, lui, continuait de fixer Soraya et Antonio Jardines enlacés.

« Ça suffit, dit Soraya dans la bouche d'Antonio. *¡ Basta, hombre ! ¡ Basta !* »

Antonio n'avait pas envie de la lâcher ; elle dut le repousser avec une main puis avec deux. Quand elle se libéra enfin, Arkadine avait sauté sur le quai et marchait vers eux.

« *Mano*, c'est pas vrai, tu embrasses comme un *pulpo* », dit-elle à haute voix autant pour Arkadine que pour Antonio.

Fort satisfaisait de son rôle de composition, Antonio lui décocha un grand sourire puis s'essuya les lèvres d'un revers de main. Arkadine monta à bord et s'immisça entre eux.

« Eh, *maricón !* Je t'ai pas sonné ! Tire-toi de là », gueula Antonio.

D'un seul geste, Arkadine le balança par-dessus bord. Le Mexicain dans le canot Cigarette éclata d'un rire tonitruant.

« De quoi vous mêlez-vous ? lâcha froidement Soraya.

— Il vous faisait mal, répondit Arkadine comme un simple constat.

— Qu'est-ce que vous en savez ? répliqua Soraya toujours hautaine.

— C'est un homme, vous êtes une femme, dit Arkadine. Je sais exactement ce qu'il essayait de faire.

— Et si ça me plaît ?

« — Eh bien, dans ce cas, dois-je repêcher ce connard ? »

Soraya baissa les yeux vers Antonio qui recrachait de l'eau par le nez.

« J'aurais pu m'en charger. Non, laissez le connard là où il est », ajouta-t-elle en se retournant vers Arkadine.

Il se remit à rire et lui offrit son bras.

« Vous avez peut-être besoin d'un changement de décor.

— C'est possible. Mais pas avec vous. »

Elle lui passa devant, sortit du bateau et s'éloigna sur le quai d'un pas lent et aguicheur.

Bourne sentait ses poumons brûler. Des taches noires dansaient devant ses yeux. Bientôt la barre qui écrasait sa gorge lui défoncerait l'os hyoïde, et c'en serait fini. Il tendit le bras, agrippa la cheville fracturée de Coven et serra de toutes ses forces. Coven poussa un cri de surprise et de douleur, relâcha la pression. Bourne profita de l'occasion pour dégager la barre et se libérer en roulant de côté.

Furieux, Coven s'empara du Glock et visa. Au même instant, le tic-tac du générateur s'arrêta net. La maison fut plongée dans le noir. Coven pressa la détente. La balle manqua sa cible mais de très peu. Toujours en roulé-boulé, Bourne se laissa engloutir par l'obscurité. Il attendit le temps de dix bonnes respirations puis roula de nouveau. Coven tira encore et, cette fois, la balle se ficha dans un mur, très loin de Bourne. Coven avait perdu ses repères.

Bourne entendait Coven marcher. Il était sur son territoire, mais une fois les lumières éteintes, son avantage de départ se retournait contre lui. Il devait trouver un moyen de rétablir sa position dominante.

À sa place, Bourne serait parti rejoindre ses otages pour s'en servir comme boucliers. L'oreille aux aguets, il essayait de déterminer la direction de son pas. Il marchait de gauche à droite. Il passait devant la cheminée. Où allait-il ? Où détenait-il Chrissie et Scarlett ?

Bourne visionna mentalement la partie du rez-de-chaussée qu'il avait entrevue tout à l'heure, en entrant dans la maison. La cheminée, deux fauteuils à haut dossier, la table basse avec une lampe, le canapé et l'escalier menant au premier étage.

Coven fut trahi par le craquement d'une marche. Sans réfléchir davantage, Bourne jaillit de sa cachette et ramassa la lampe au passage ; son fil s'arracha de la prise électrique. Il la projeta violemment contre le mur à gauche et, dans le même mouvement, bondit sur un fauteuil. Pendant que Coven tirait deux coups de feu en direction du bruit, Bourne s'élançait par-dessus la rampe de l'escalier.

Il percuta Coven, le repoussa contre le mur du fond et lui tomba dessus. Bien que désorienté, Coven eut la présence d'esprit de tirer deux balles qui ratèrent leur but. Le feu de la détonation brûla Bourne à la joue. Coven contre-attaqua en cherchant à l'assommer avec le canon de son Glock. D'un coup de pied, Bourne démonta un montant de la rampe, l'arracha et l'écrasa sur le visage de Coven. Du sang éclaboussa le mur. Coven s'écarta à temps pour ne pas encaisser d'autres coups. Il déplia la jambe et, semelle en avant, frappa la joue de Bourne qui bascula et se retint au mur pour ne pas dégringoler. Coven tira deux autres coups de feu dans l'espace étroit de la cage d'escalier.

Bourne aurait été touché s'il n'avait pas sauté par-dessus la rampe. Il resta suspendu dans l'obscurité puis quand il entendit Coven monter les marches en vitesse, fléchit les bras et d'un coup de reins se glissa par-dessus la rambarde. Il se précipita au premier étage. À présent, il savait deux choses : Coven se dirigeait vers la pièce où étaient retenus ses otages et il était à court de munitions. Au moment où il s'arrêterait pour recharger, il serait extrêmement vulnérable.

Malheureusement, quand Bourne arriva sur le palier, il ne vit personne. Alors, il s'accroupit et attendit, l'oreille dressée. Les fenêtres laissaient passer une lumière faible et discontinue, à cause des grands arbres dont les branches effleuraient la maison. Il aperçut quatre portes de chambre, deux de chaque côté du cou-loir. Il ouvrit la première sur la gauche. Vide. L'oreille collée contre la cloison, il n'entendit aucun bruit dans la suivante et ressortit dans le couloir. Au moment où il passait en courant dans la première chambre à droite, Coven lui tira dessus. Bourne lui avait laissé le temps de recharger.

Sans perdre une seconde, Bourne fonça à la fenêtre, l'ouvrit en grand et enjamba le rebord. Un énorme chêne lui tendait ses ramures enchevêtrées. En progres-sant de branche en branche, il arriva devant la fenêtre de la deuxième chambre. Une ombre bougeait à l'inté-rieur. Bourne devina deux lits jumeaux et des sil-houettes couchées dessus : Chrissie et Scarlett ?

Il attrapa la branche plus ou moins horizontale qui poussait au-dessus de sa tête et se mit à se balancer. Quand il eut assez d'élan, il se lâcha, pieds en avant. Les vitres anciennes explosèrent en un millier d'éclats cristallins. Coven réagit instinctivement en se couvrant le visage avec l'avant-bras.

Bourne atterrit sans encombre et se jeta sur Coven comme un taureau furieux. Les deux hommes s'écrasèrent contre le mur du fond. Bourne lui décocha trois crochets successifs puis chercha à lui prendre le Glock. Coven avait anticipé son geste. Quand Bourne découvrit sa garde, il reçut un coup de poing formidable sur sa joue brûlée et s'écroula. Coven braqua son arme, non pas sur Bourne mais sur Scarlett qui gisait, bras et jambes écartés, sur le lit le plus proche. De là où il se trouvait, il ne pouvait pas tirer sur Chrissie, couchée près de la fenêtre.

Malgré son souffle haché, Coven réussit à articuler :

« Allez, lève-toi. Tu as cinq secondes pour mettre tes mains derrière ta tête. Sinon, je descends la gamine.

— S'il vous plaît, Jason, je vous en prie. Faites ce qu'il dit, gémit Chrissie d'une voix suraiguë, tendue par une terreur proche de l'hystérie. Je ne veux pas qu'il fasse de mal à Scarlett. »

Bourne regarda Chrissie puis, d'un coup de pied en ciseaux, frappa Coven au bras. L'arme fut détournée.

Jurant entre ses dents, Coven voulut reprendre le contrôle de son Glock. Il eut tort. Bourne lui coinçait encore le bras entre ses deux jambes. Il se redressa et d'un coup de tête finit de lui fracasser le nez. Coven hurla de douleur sans toutefois renoncer à libérer son bras. Bourne lui brisa la rotule d'un coup de pied. Il tomba. Bourne s'agenouilla devant lui. Les yeux de Coven ruisselaient de larmes, ses mâchoires tremblaient si fort qu'elles lui envoyaient des frissons dans tout le corps.

Bourne lui arracha le Glock et posa le canon sur son œil droit.

Lorsque Coven voulut se défendre, Bourne lui dit :

« Attention à ce que tu fais. Pense à ta femme et tes enfants. »

Coven renonça et se mit à observer Bourne avec son autre œil, injecté de sang. Il ne bougeait plus. Bourne crut qu'il capitulait mais, dès qu'il éloigna le canon, Coven se jeta sur lui pour le renverser en se servant de l'épaule et de la hanche. Bourne se laissa faire, sachant que Coven était en train de gaspiller ses dernières forces. Puis il lui asséna un coup sur le crâne avec la crosse du Glock, fracturant l'os malaire. Coven voulut crier mais aucun son ne sortit de sa bouche. Ses yeux se révulsèrent. Il s'affala aux pieds de Bourne.

19

Un vent violent soufflait sur Moscou. Plongé dans ses pensées, Boris Karpov traversait la place Rouge en respirant à fond. Comment allait-il s'y prendre pour abattre Bukine et, par association, cette vipère de Cherkesov ? Le Président Imov lui avait offert tout ce qu'il souhaitait, y compris le secret absolu jusqu'à ce qu'il débusque les traîtres du FSB-2. Il fallait commencer par Bukine. Il le briserait sans trop de peine. Et quand ce serait fait, les autres taupes pointeraient leur nez hors du trou.

Il neigeait un peu. De petits flocons tourbillonnaient dans les bourrasques. L'or des dômes en oignon scintillait sous les projecteurs. Les touristes se prenaient en photo devant cette splendide architecture. Il s'attarda un moment sur cette scène paisible, bien trop rare ces temps-ci, à Moscou.

Il retrouva sa limousine là où il l'avait laissée quelques heures auparavant. Le voyant revenir, le chauffeur démarra le moteur, descendit et ouvrit la portière pour son patron. Une grande femme blonde, en manteau de renard roux et bottes à talons hauts, passa près d'eux. Pendant que Karpov se baissait pour s'installer sur la banquette, le chauffeur tourna la tête vers elle et claqua la portière. Puis il retourna s'asseoir derrière le volant.

Karpov dit « QG », l'homme hocha la tête, passa une vitesse et sortit du Kremlin.

Le siège du FSB-2 sur Ulitsa Znamenka se trouvait à onze minutes environ, en fonction de la circulation – laquelle était relativement fluide, à cette heure de la journée. Karpov se mit à échafauder une stratégie pour isoler Bukine, le couper de ses contacts. Il l'inviterait à dîner. En chemin, il ordonnerait à son chauffeur de faire un crochet par le vaste chantier sur Ulitsa Varvaka, une zone blanche pour les réseaux de téléphone portable, où il pourrait « discuter » avec Bukine sans être dérangé.

La limousine freina à un feu rouge et ne redémarra pas quand il passa au vert. À travers sa vitre fumée, Karpov vit une limousine Mercedes arrêtée à côté d'eux. La portière arrière s'ouvrit, quelqu'un descendit. Il faisait trop sombre pour voir de qui il s'agissait. Un instant plus tard, d'un geste brusque, l'individu ouvrait la portière de Karpov – chose étrange puisque d'habitude son chauffeur les verrouillait systématiquement –, se baissa et s'installa sur la banquette.

« Boris Ilitch, quel plaisir de te rencontrer », dit Viktor Cherkesov.

Il avait un sourire de hyène et l'odeur qui allait avec, songea Karpov.

Ses yeux jaunes confirmaient cette impression de charognard assoiffé de sang. Il se pencha légèrement pour parler au chauffeur.

« Ulitsa Varvaka. Le chantier de construction. »

Puis il se rencogna dans son siège sans se départir de ce sourire écœurant qui luisait à travers les ombres de l'habitacle.

« Nous serons plus tranquilles, n'est-ce pas, Boris Ilitch. »

Ce n'était pas une question.

Mandy et Michelle étaient endormies, lovées l'une contre l'autre. Elles se tenaient toujours ainsi, après une longue partie de jambes en l'air. Quant à Bud Halliday et Jalal Essai, ils s'étaient retirés dans le salon de l'appartement qu'ils possédaient en commun sous un pseudonyme si bien étudié que personne ne pourrait jamais deviner l'identité des véritables propriétaires.

Par politesse plus que par goût, Halliday sirotait un thé à la menthe sucré.

« Ah oui, au fait, dit Halliday sur un ton détaché. Oliver Liss est en garde à vue chez les fédéraux. »

Essai se redressa.

« Quoi ? Qu'est-ce que tu viens de dire ? »

Halliday désigna la chambre où les jumelles dormaient à poings fermés.

« Mais… Que s'est-il passé ? Il semblait hors d'atteinte.

— De nos jours, personne n'est hors d'atteinte, rétorqua Halliday en cherchant l'humidificateur. Le ministère de la Justice vient d'ouvrir une nouvelle enquête sur ses agissements, lorsqu'il dirigeait Black River. » Il releva les yeux et força Essai à le regarder. « Cette enquête risque-t-elle de t'atteindre ?

— Je n'ai rien à voir avec tout cela, répondit Jalal Essai. Je m'en suis assuré dès le début.

— Alors, tout va bien. Liss n'a qu'à aller se faire voir. On continue.

— C'est tout ce que ça te fait ? s'étonna Jalal Essai.

— Je pense que Liss tire trop sur la corde depuis quelque temps.

— J'ai besoin de lui.

— Rectification : tu avais besoin de lui. Quand j'ai dit on continue, j'étais parfaitement sérieux. »

Halliday trouva l'humidificateur en cuir. Il en sortit un cigare et l'offrit à Essai qui refusa. Alors il en trancha le bout, le coinça entre ses lèvres et l'alluma en le faisant rouler sur la flamme. Le rituel se termina par une grosse bouffée de fumée.

« J'imagine que Liss ne nous est plus aussi utile qu'avant, reprit Essai.

— Exactement. »

Ayant inhalé la fumée, Halliday se laissa envahir par le calme. Baiser avec Michelle lui donnait toujours des douleurs cardiaques. Cette femme était une sacrée acrobate.

Essai se resservit du thé.

« Avec Liss, je ne faisais que suivre les ordres d'une organisation que j'ai quittée.

— À présent, c'est nous qui tenons les rênes de l'affaire. Toi et moi, observa Halliday.

— Une affaire valant cent milliards de dollars. Le tout en or. »

Halliday fronça les sourcils en examinant la braise au bout de son cigare.

« Tu ne regrettes pas d'avoir trahi Severus Domna ? Après tout, ces gens-là sont les tiens. »

Essai ignora la remarque raciste. Il s'était habitué à cet homme comme on s'habitue à la présence d'un kyste.

« Les *miens* et les tiens ne sont pas si différents. Des deux côtés, on trouve des bons, des méchants, des moches… »

Halliday faillit s'étrangler avec la fumée. Il dut se pencher en avant à la fois pour rire et pour tousser, les yeux pleins de larmes.

« Mon cher Essai, je dois dire que tu es plutôt marrant, pour un Arabe.

— Je suis berbère – Amazigh, déclara Essai sans une trace de rancœur.

— Tu parles arabe, n'est-ce pas ? demanda Halliday en l'examinant à travers la fumée.

— Entre autres langues, dont le berbère. »

Halliday écarta les mains, comme si cette réponse venait à l'appui de sa propre assertion. Les deux hommes s'étaient connus à l'université. Essai avait passé deux ans aux États-Unis dans le cadre d'un échange d'étudiants. En vérité, c'est à cause de lui que Halliday s'était intéressé au sujet qui allait devenir son dada : la menace arabe sur l'Occident. Bien qu'il fût musulman, Essai n'avait pas grand-chose à voir avec ce monde arabe divisé et religieux. Il avait des systèmes géopolitiques une vision globale. Grâce à lui, Halliday avait compris que, tôt ou tard, les luttes sectaires sévissant à l'intérieur des pays arabes déborderaient les frontières et se transformeraient en conflits à répétition. Voilà pourquoi il fréquentait assidûment Essai qu'il considérait comme un ami et un conseiller. Il réalisa beaucoup plus tard, lorsque Jalal Essai se fut détourné du combat mené par Severus Domna, que ce soi-disant ami avait été envoyé dans cette université américaine à seule fin de le rencontrer et de s'en faire un allié.

Puis son ambition devint telle que Halliday perdit toute sympathie pour lui. Le jour où Essai lui confessa ses véritables motivations, tous ses préjugés contre les Arabes revinrent au galop. Il se mit à le haïr. Un temps, il songea même à le tuer. Pourtant, il finit par abandonner ses fantasmes de vengeance et se laissa séduire – comme Essai avait été séduit – par l'or du roi Salomon. Qui pourrait résister aux attraits chatoyants d'un tel butin ? Même si cette idée le révulsait, Halliday devait admettre que Jalal Essai et lui avaient pas mal de points communs, malgré leurs éducations et leurs milieux différents. Avant tout, ils étaient l'un comme l'autre des combattants de l'ombre ; ils habitaient le monde obscur régnant aux confins de la société civilisée et la protégeaient des éléments destructeurs venus d'ailleurs mais sévissant également au sein même de cette société.

« Quelle différence entre Severus Domna et n'importe quel tyran – fasciste, communiste ou socialiste ? dit Jalal Essai. Sa raison d'être n'est autre que l'accumulation du pouvoir. Ses membres ont pour mission première d'influencer les événements mondiaux, et ce dans l'unique but d'amasser encore plus de pouvoir. Face à ce monstre, la politique, la religion ne servent à rien. Au début, Severus Domna souhaitait le changement, la rencontre spirituelle entre l'Orient et l'Occident, l'Islam, la chrétienté, le judaïsme… Noble objectif, s'il en était. Pendant un temps, ils ont suivi cette ligne en obtenant quelques modestes succès. Mais ensuite, comme cela se passe trop souvent dans le monde des hommes, leurs aspirations humanistes ont soulevé certains mécontentements. » Soudain, il se pencha vers Halliday. « Comprends une bonne fois pour toutes que les êtres humains sont entièrement dominés par la cupidité. Même la peur ne possède pas un tel pouvoir sur eux. La cupidité c'est comme le sexe. Elle rend les hommes stupides, aveugles devant le danger. Elle se substitue à tous les autres désirs. C'est la cupidité qui a dénaturé les belles ambitions de Severus Domna. Ses membres ont continué à feindre l'altruisme des origines mais tout était gâché. Aujourd'hui, cette organisation est pourrie jusqu'à l'os.

— Qu'est-ce que ça peut nous faire ? répliqua Halliday en tirant sur son cigare. Nous sommes aussi cupides que Severus Domna, peut-être plus.

— Oui mais nous sommes conscients de ce qui nous mène, corrigea Jalal Essai avec une lueur dans le regard. Nous sommes toi et moi des êtres lucides et clairvoyants. »

Scarlett regardait Bourne lui ôter ses liens. Ses joues étaient striées de larmes mais elle ne pleurait plus. Elle grelottait sans pouvoir s'arrêter. Ses dents claquaient.

« Est-ce que maman va bien ?

— Elle va bien.

— Qui êtes-vous ? » Quelques larmes jaillirent encore. « Qui était cet homme ?

— Je m'appelle Adam et je suis un ami de ta mère. Je lui ai demandé de m'aider et elle m'a emmené à

Oxford voir le professeur Giles. Tu te souviens de lui ? »

Scarlett hocha la tête en reniflant.

« J'aime beaucoup le professeur Giles.

— Il t'aime beaucoup lui aussi. Vraiment beaucoup. »

La voix rassurante de Bourne avait sur elle l'effet d'un calmant.

« Vous êtes entré dans la pièce comme Batman.

— Je ne suis pas Batman.

— Je le sais, dit-elle un peu indignée. Mais vous avez du sang partout sur vous et pourtant vous n'êtes pas blessé.

— Ce n'est pas du vrai sang, dit-il en déboutonnant sa chemise trempée. Je voulais juste que l'homme qui vous retenait, toi et ta mère, le croie.

— Êtes-vous un agent secret comme tante Tracy ? », demanda-t-elle, admirative.

Bourne se mit à rire.

« Tante Tracy n'était pas un agent secret.

— Bien sûr que si. »

En percevant la nuance d'indignation dans sa voix, Bourne comprit qu'il ne devait pas la traiter comme une enfant.

« Qu'est-ce qui te fait penser cela ? »

Scarlett haussa les épaules.

« Quand on discutait toutes les deux, je sentais qu'elle ne me disait pas tout. Je pense qu'elle avait des tas de secrets. Et elle était toujours triste.

— Les agents secrets sont tristes ? »

Scarlett acquiesça d'un signe de tête.

« C'est pour cela qu'ils deviennent agents secrets. »

Il y avait quelque chose de simple et profond dans cette déclaration. Légèrement déstabilisé, Bourne décida d'y réfléchir un peu plus tard.

« Le professeur Giles et ta maman m'ont aidé à résoudre un problème. Malheureusement, cet homme voulait me prendre une chose que je possède.

— Il devait la vouloir très fort.

— En effet, fit Bourne en souriant. Je suis vraiment désolé de vous avoir mises en danger, ta mère et toi.

— Je veux la voir. »

Bourne la prit dans ses bras et souleva son petit corps glacé. Il la porta jusqu'au lit près de la fenêtre où Chrissie était couchée, couverte de bouts de verre, inconsciente.

« Maman ! s'écria Scarlett en se dégageant des bras de Bourne. Maman, réveille-toi ! »

Bourne se pencha sur Chrissie. Son pouls était régulier, sa respiration aussi.

« Elle va bien, Scarlett », dit-il en pinçant les joues de Chrissie. Ses paupières battirent puis s'ouvrirent.

« Scarlett.

— Elle est ici, Chrissie.

— Coven ?

— Adam est passé par la fenêtre comme Batman », claironna Scarlett, toute fière d'avoir assisté à la scène.

Chrissie fronça les sourcils et remarqua la chemise de Bourne.

« Tout ce sang. »

Scarlett attrapa la main de sa mère et la serra dans les siennes.

« C'est pour de faux, maman.

— Tout va bien maintenant, dit Bourne. Non, ne bougez pas encore. » Du mieux qu'il le put, il ramassa les bouts de verre qui la recouvraient. « Parfait, déboutonnez votre chemisier. » Mais les doigts de Chrissie tremblaient trop pour qu'elle le fasse elle-même.

« Mes bras ne me servent à rien », murmura-t-elle. Elle tourna la tête et sourit à sa fille. « Dieu merci, tu n'es pas blessée, mon cœur. »

Scarlett fondit en larmes. Chrissie leva la tête vers Bourne occupé à dégrafer et à lui enlever son chemisier.

Puis il l'aida à se lever. Quand ils enjambèrent le corps inanimé de Coven, Chrissie tressaillit. Ils passèrent d'abord dans sa chambre pour prendre des pulls. Scarlett pleurait à chaudes larmes, comme si elle commençait juste à accuser le choc. Elle s'agenouilla pour enfiler un pull jaune avec un dessin représentant des lapins roses mangeant des cônes glacés. En descendant les escaliers, elle se mit à gémir.

Chrissie la prit par l'épaule.

« Tout va bien se passer, mon cœur. Maman est là », répétait-elle dans un murmure.

Quand ils arrivèrent au rez-de-chaussée, elle dit à Bourne :

« Mon père est enfermé quelque part ici. »

Bourne trouva le vieil homme ligoté et bâillonné dans un cagibi de la cuisine. Il était inconscient, soit à la suite du coup qu'il avait reçu à la tempe gauche et qui lui avait laissé un gros hématome, soit à cause du manque d'oxygène. Bourne l'allongea sur le sol de la cuisine pour le détacher. Il faisait sombre, le courant n'était pas revenu.

« Mon Dieu, il est mort ? s'écria Chrissie en se précipitant vers son père, Scarlett sur les talons.

— Non, son pouls bat normalement », dit Bourne après avoir vérifié au niveau de la carotide.

En voyant son père réduit à l'impuissance, Chrissie perdit le courage qu'il lui restait. Elle se mit pleurer silencieusement mais, pour ne pas effrayer Scarlett, ravala vite ses larmes en se mordant la lèvre. Elle marcha jusqu'à l'évier, ouvrit le robinet d'eau froide, en imbiba un torchon et remplit un verre, puis elle s'accroupit et posa le linge mouillé sur la joue tuméfiée de Bourne.

Le vieil homme était maigre, comme beaucoup de personnes âgées. Bourne observa son visage ravagé par le temps et quelque peu déformé, sans doute à la suite d'une attaque récente. Quand Bourne le secoua, ses paupières frémirent, sa langue courut sur ses lèvres sèches.

« Pourriez-vous l'aider à s'asseoir ? Je vais le faire boire. »

Bourne le releva délicatement en lui passant un bras dans le dos.

« Papa ? Papa ?

— Où est le salopard qui m'a assommé ?

— Il est mort, dit Bourne.

— Allons, papa, bois un peu d'eau. Ça te fera du bien. »

Chrissie observait son père avec attention, craignant de le voir s'évanouir à nouveau. Mais le vieil homme ne faisait pas attention à elle. Il fixait intensément le visage de Bourne. Puis il se lécha encore une fois les lèvres et accepta le verre que sa fille lui tendait. Sa pomme d'Adam proéminente montait et descendait tandis qu'il buvait. Il s'étouffa.

« Doucement, papa. Vas-y doucement. »

D'un geste las, le vieillard lui demanda d'éloigner le verre puis il désigna Bourne d'un doigt tremblant.

« Je vous connais. » Sa voix crissait comme du papier de verre frottant sur une plaque de métal.

« Vous devez faire erreur.

— Non, je me rappelle. Je vous ai vu au Centre, à l'époque où je le dirigeai. Ça remonte à plusieurs années, bien sûr. À l'époque, le Centre se trouvait dans les locaux de l'Old Boys' School, sur George Street. Mais je n'oublierai jamais ce jour parce que j'ai dû appeler un ex-collègue à moi, un type nommé Basil Bayswater, un branleur de première, si vous voulez mon avis. Il a pris sa retraite à Whitney après s'être enrichi en boursicotant. Cet individu passait tout son temps à jouer aux échecs, enfin plutôt une version antique du jeu d'échecs. Une perte de temps scandaleuse. Mais vous, dit-il en posant l'index sur la poitrine de Bourne. Je n'oublie jamais un visage. Que je sois damné. Vous êtes le professeur Webb. C'est cela ! David Webb ! »

20

Quand Peter Marks reçut l'appel de Bourne – un coup de fil bref et laconique – il accepta de le rejoindre à l'adresse indiquée. Il ne savait que penser. D'un côté, il s'étonnait qu'il ait pris la peine de le rappeler. De l'autre, il avait l'impression que Bourne n'était pas dans son assiette. Marks se demanda dans quel pétrin il s'était encore fourré. Sa relation avec lui fonctionnait à sens unique : à travers Soraya. En apprenant qu'ils avaient eu une histoire ensemble, il s'était demandé si elle avait laissé ses sentiments personnels déteindre sur l'opinion qu'elle se faisait de lui.

La version officielle de la CIA était – et n'avait d'ailleurs pas varié depuis un certain temps – que l'amnésie de Bourne l'avait rendu imprévisible, et par conséquent dangereux. C'était un escroc, déloyal envers tout et tout le monde, et surtout envers la CIA. Bien que l'agence ait été contrainte de recourir à lui par le passé, elle avait dû pour ce faire employer la force ou la ruse, puisque c'était le seul moyen de l'obliger à coopérer. Malgré cela, il leur avait donné du fil à retordre. Bien que Marks connût parfaitement le rôle essentiel joué par Bourne dans la chute de Black River et la résolution d'une crise majeure qui aurait pu déboucher sur une guerre avec l'Iran, il ignorait presque tout du personnage. C'était une énigme totale. Personne ne savait d'avance comment il réagirait devant une situation donnée. En outre, la plupart des personnes ayant tenté un rapprochement avec lui avaient connu une mort violente. Heureusement, Soraya ne faisait pas partie du nombre. Pourtant, Marks se demandait si elle ne finirait pas comme les autres, tout compte fait.

« Mauvaise nouvelle ? s'enquit Don Fernando Hererra.

— Plus ou moins, dit Marks. Il faut que j'aille à un rendez-vous. »

Ils étaient toujours assis dans le salon de Diego Hererra. Marks se demandait ce que ressentait Don Fernando, au milieu de toutes ces photos de son fils. Était-ce réconfortant pour lui, ou bien le contraire ?

« Señor Hererra, avant que je parte, pouvez-vous m'en dire davantage sur votre filleul ? Savez-vous ce qu'il faisait au Vesper Club, la nuit dernière ? Pourquoi aurait-il poignardé Diego ? Quelle sorte de relations entretenaient-ils ?

— Aucune, pour commencer par votre dernière question. »

Hererra alluma une cigarette mais ne semblait pas pressé de la fumer. Ses yeux arpentaient la pièce, comme s'il craignait de les poser trop longtemps sur un objet en particulier. Marks le trouvait nerveux. Pour quelle raison ?

Hererra finit par fixer son regard sur Marks. La cendre de sa cigarette tomba sur le tapis.

398

« Diego ignorait l'existence d'Ottavio, du moins en ce qui concerne son rapport avec moi.

— Alors pourquoi Ottavio aurait-il tué Diego ?

— Il ne l'a pas tué. Je refuse même d'envisager cette éventualité. »

Après avoir insisté pour qu'ils échangent leurs numéros de téléphone, Hererra dit à son chauffeur d'emmener Marks jusqu'à la plus proche agence de location de voitures. La dernière déclaration d'Hererra résonnait encore dans sa tête quand Marks entra dans le programme GPS de son PDA l'adresse que Bourne lui avait donnée.

« Je veux que vous me teniez informé de votre enquête, dit Hererra. Vous m'avez promis de trouver l'assassin de mon fils. Sachez que je prends très au sérieux toutes les promesses qu'on me fait. »

Marks ne voyait aucune raison d'en douter.

Quinze minutes après avoir quitté le parking de l'agence, son PDA lui signala l'arrivée d'un message de texte envoyé par Soraya. Ensuite, Willard l'appela.

« Alors ?

— J'ai pris contact, dit Marks en parlant de Bourne.

— Tu sais où il est ? fit Willard sur un ton trahissant son impatience.

— Pas encore, mentit Marks. Mais ça ne saurait tarder.

— Bien, je suis dans les temps.

— Dans quels temps ?

— Il y a du nouveau. J'ai besoin que tu arranges une rencontre entre Bourne et Arkadine. »

Marks chercha le coup fourré. Quelque chose avait changé chez Willard. Marks se sentit soudain mis sur la touche et il détestait cela.

« Et pour l'anneau ?

— Tu m'écoutes ? tonna Willard. Tu fais ce qu'on te dit, et tu ne discutes pas. »

À présent, Marks avait la certitude qu'on lui cachait quelque chose d'essentiel. Ça recommençait. Un petit chef se servait de lui pour faire le sale boulot. Il se retrouvait encore une fois dans le genre de position qui l'avait poussé à claquer la porte de la CIA. Le ressentiment l'envahit.

« Soraya Moore a-t-elle pris contact ? poursuivit Willard.

— Oui. Je viens de recevoir un message de sa part.

— Appelle-la, dit Willard. Coordonnez vos efforts. Il faut que vous attiriez les deux hommes à cette adresse. Débrouillez-vous comme vous l'entendez mais sachez que je possède des informations qui risquent d'intéresser Arkadine. » Il lui rapporta ce qu'El-Arian lui avait appris au sujet du décryptage du dossier informatique. « Vous avez soixante-douze heures.

— Soixante-douze… ? », bredouilla-t-il, mais Willard avait déjà raccroché.

Au carrefour suivant, Marks vérifia la carte GPS pour s'assurer qu'il n'avait pas raté un embranchement pendant qu'il parlait avec Willard. Des nuages obscurcissaient le ciel ensoleillé du début de matinée, repeignant tout en diverses nuances de gris. Un crachin diffus troublait les contours des bâtiments et des pancartes.

Le feu passa au vert. En démarrant, il vit une Ford blanche se placer juste derrière lui. On le filait, c'était évident. Cette Ford, il l'avait déjà remarquée tout à l'heure. Son chauffeur avait pris soin de laisser plusieurs véhicules entre lui et Marks, disparaissant de temps en temps derrière un gros camion de produits alimentaires. Il portait des lunettes de soleil et il était seul. Marks appuya sur le champignon. Sa voiture bondit. Il passa de la première à la troisième avec une telle rapidité que l'embrayage récrimina. Il craignait d'avoir endommagé la transmission quand le moteur s'emballa. Il faillit même emboutir l'arrière du camion qu'il suivait. À toute vitesse, Marks vira sur la voie de droite avant d'accélérer encore, la Ford blanche dans son sillage.

La circulation était intense, dans ce quartier de Londres peuplé de boutiques et de grands magasins à plusieurs étages. Il ne vit qu'au dernier moment le panneau indiquant le parking souterrain, si bien qu'il donna un grand coup de volant pour ne pas rater l'entrée. Il racla le mur en béton avec le bord gauche de son pare-chocs, redressa les roues in extremis et dévala la pente inclinée de la caverne en béton, éclairée au néon.

L'emplacement qu'il trouva pour se garer était si étroit qu'il dut sortir par la vitre. Au même instant, il entendit crisser des pneus. La Ford ne le lâchait pas, se dit-il. Il repéra l'escalier à côté de l'ascenseur et s'y engouffra une fraction de seconde avant que la voiture blanche apparaisse. La cage d'escalier sentait le cambouis et l'urine. Tandis qu'il montait les marches quatre à quatre, il entendit une portière de voiture claquer et quelqu'un courir sur le sol en ciment. Peu après, les bruits de pas résonnèrent au bas de l'escalier.

Sur le palier, Marks tomba sur un clochard abruti par l'alcool. Il se pencha en retenant son souffle, hissa l'homme endormi sur la volée de marches suivante, se retira dans l'ombre un peu au-dessus et attendit, en s'efforçant de maîtriser les battements de son cœur.

L'homme approchait. Marks se recroquevilla sur lui-même. Il l'entendit tourner sur le palier et, comme prévu, trébucher sur le corps du clochard. Quand il bascula en avant, Marks bondit hors de sa cachette et lui balança un coup de genou dans la tête. L'homme tomba en arrière, passa par-dessus le clochard et s'affala sur le palier en contrebas.

Le voyant sortir un Browning M1900 de sa veste, Marks se précipita et dévia le tir d'un coup de pied. L'écho de la détonation résonna si violemment dans l'espace confiné que le clochard se réveilla en sursaut. L'homme au Browning l'attrapa par le col et lui colla son arme sur la tempe.

« Toi, tu viens avec moi, dit-il à Marks avec un accent d'Europe de l'Est à couper au couteau. Ou je lui fais exploser le crâne. » Il secoua le clochard avec une telle énergie que la salive lui jaillit de la bouche.

« 'tention, connard ! hurla le clochard totalement désorienté. Dégage ! »

Furieux, le tireur lui asséna un coup de crosse sur la tempe. Marks profita de la diversion pour se jeter sur lui. Avec le talon de sa main, il lui releva le menton. Dès que la tête partit en arrière, exposant le cou, il lui enfonça son poing dans la gorge tout en récupérant l'arme au passage. Le cartilage céda, l'homme

402

s'écroula en hoquetant à cause du manque d'oxygène. Ses yeux écarquillés roulaient dans leurs orbites. Il produisit quelques grognements bestiaux puis plus rien.

Le clochard pivota sur lui-même avec une étonnante agilité.

« Alors, tu fais moins le fier, espèce de sac à merde ! », hurla-t-il en lui décochant un bon coup de pied dans le bas-ventre.

Puis, en marmonnant dans sa barbe, il descendit lourdement les escaliers sans jeter un regard en arrière. Dans les poches de son agresseur, Marks ne trouva que les clés de la Ford blanche et une liasse de billets. Pas de passeport ni de papiers d'identité d'aucune sorte. Il avait la peau sombre, des cheveux noirs bouclés et une barbe épaisse. *Une chose est sûre*, pensa Marks, *il n'appartient pas à la CIA. Mais pour qui travaille-t-il, alors ? Et pourquoi diable me suivait-il ?* À part Willard et Oliver Liss, personne ne savait qu'il était ici.

Puis il entendit le sifflet d'un policier. Il fallait déguerpir, et vite. Une dernière fois, il examina le cadavre, espérant trouver un indice quelconque, un tatouage ou bien…

C'est alors qu'il vit l'anneau d'or au troisième doigt de sa main droite. Il parvint à le faire glisser. Ce genre de bague comportait souvent un nom ou une date, gravés à l'intérieur.

Il trouva beaucoup mieux que cela.

Soraya revit Leonid Arkadine dans le restaurant de la marina. Absorbée dans le décorticage de ses crevettes piquantes servies avec du riz au safran, elle ne

403

l'avait pas vu entrer. Le serveur lui apporta un verre – un tequini, précisa-t-il – de la part d'un monsieur au bar. Arkadine, bien entendu. Elle le regarda droit dans les yeux, prit le verre et sourit. Arkadine n'attendait que cela.

« Vous avez de la suite dans les idées, je dois l'admettre, dit-elle pendant qu'il s'avançait vers elle d'un pas nonchalant.

— Si j'étais votre petit ami, je ne vous laisserais pas dîner toute seule.

— Mon ex-maître nageur ? Je lui ai dit de faire ses valises. »

Il éclata de rire et désigna le box où elle était assise.

« Puis-je ?

— Vous n'auriez pas dû. »

Sans la moindre hésitation, il s'assit et posa son verre sur la table comme pour marquer son territoire.

« C'est moi qui régale.

— Je n'ai pas besoin qu'on me paie à dîner, dit-elle platement.

— Le besoin n'a rien à voir là-dedans », fit-il en levant la main. Le garçon arriva d'un pas glissant. « Je prendrai un steak, saignant, et un plat de tomatillos. » Le garçon acquiesça et disparut.

Soraya le vit sourire d'un air si sincère, si chaleureux qu'elle réprima un frisson.

« Je m'appelle Leonardo », dit-il.

Elle pouffa de rire.

« Ne soyez pas ridicule. Personne ne s'appelle Leonardo, à Puerto Peñasco. »

Il fit une mine contrite, comme un petit garçon pris la main dans le bocal à bonbons. Soraya commençait à comprendre sa technique de drague. C'était un personnage fascinant, envoûtant même. De lui émanait une incroyable assurance et pourtant, tout au fond, on percevait quelque chose de plus doux, de plus vulnérable. Quelle femme pouvait résister à une telle combinaison de virilité et de tendresse ? À présent qu'elle le cernait mieux, elle se détendit. Comme elle savait où elle mettait les pieds, il ne lui restait plus qu'à accomplir sa mission, un pas après l'autre.

« Vous avez raison, dit Arkadine. En fait, je m'appelle Léonard tout court.

— Penny, dit-elle en tendant une main qu'il serra brièvement. Qu'est-ce que vous faites à Puerto Peñasco, Léonard ?

— Je pêche, je participe à des courses.

— Dans votre canot Cigarette.

— Oui. »

Soraya terminait ses crevettes au moment où le steak et les tomatillos arrivèrent. La viande, saignante comme il l'avait commandée, était couverte de piment. Arkadine l'attaqua. *Il doit avoir un estomac en acier trempé*, pensa-t-elle.

« Et vous ? dit-il entre deux bouchées.

— Je viens pour le climat, répondit-elle en repoussant le tequini.

— Vous n'aimez pas ?

— Je ne bois pas d'alcool.

— Alcoolique ? »

Elle se mit à rire.

« Musulmane. Je suis égyptienne.

— Navré de vous avoir fait un cadeau inapproprié.

— Aucune importance, dit-elle en ponctuant ses paroles d'un geste de la main. Vous ne pouviez pas savoir. Mais vous êtes charmant.

— Charmant ? Je suis tout sauf charmant.

— Ah bon ? fit-elle en inclinant la tête. Alors quoi ? »

Il essuya le sang sur ses lèvres et s'appuya au dossier de sa chaise.

« Eh bien, pour vous dire la vérité, je serais plutôt un dur à cuire. C'est l'avis de mes associés, surtout depuis que je les ai virés. Et de ma femme aussi, pour la même raison.

— Elle appartient au passé ? »

Il hocha la tête tout en piochant dans son assiette.

« Ça fait presque un an.

— Des enfants ?

— Vous plaisantez ? »

Décidément, Arkadine possédait un don pour inventer des histoires, pensa-t-elle non sans une certaine admiration.

« Moi-même, je n'ai rien d'une mère de famille, dit-elle sans mentir. Mes affaires me prennent tout mon temps. »

Sans quitter des yeux son steak, il lui demanda ce qu'elle faisait dans la vie.

« Import-export, répondit-elle. Vers et depuis l'Afrique du Nord. »

Quand il redressa lentement la tête pour la regarder, elle sentit son cœur battre contre sa cage thoracique. C'était comme appâter un requin pour qu'il morde à l'hameçon, pensa-t-elle. Pas question de commettre la moindre erreur, maintenant. Un léger frisson la parcourut. Elle se tenait au bord du précipice. Bientôt son personnage inventé fusionnerait avec son être réel. C'était à cause de cette seconde de vertige qu'elle avait choisi de faire ce métier. C'était pour cela qu'elle n'avait pas envoyé Peter sur les roses quand il lui avait proposé cette mission, malgré la répugnance qu'elle ressentait à jouer ce rôle. Rien de tout cela n'avait d'importance. Seuls comptaient le précipice, le danger et l'excitation qu'il procure. En réalité, elle ne vivait que pour cela, *et Peter l'avait compris bien avant elle.*

Arkadine s'essuya la bouche.

« L'Afrique du Nord. Intéressant. Mes anciens associés traitaient pas mal d'affaires avec l'Afrique du Nord. Je n'appréciais pas leurs méthodes – ou, pour être honnête, les gens avec lesquels ils fricotaient. C'est l'une des raisons qui m'ont poussé à les virer. »

Il retombait très vite sur ses pieds, pensa Soraya. Un maître de l'improvisation. Cette conversation lui plaisait de plus en plus.

« Dans quel domaine êtes-vous ?

— Les ordinateurs, les périphériques, les services informatiques, ce genre de choses. »

Très bien, pensa-t-elle, amusée. Elle se colla une expression pensive sur le visage.

« Eh bien, je vous mettrai en contact avec des gens fiables, si vous voulez.

— Peut-être pourrions-nous faire des affaires ensemble, vous et moi. »

Il a mordu ! pensa-t-elle avec une légère euphorie. *Il est temps de remonter la ligne, mais très lentement et très prudemment.*

« Heu, je ne sais pas, bredouilla-t-elle. Je fonctionne déjà à mon maximum.

— Eh bien alors, il faut vous développer.

— Bien sûr. Avec quel capital ?

— J'ai du capital. »

Elle l'observa avec circonspection.

« Franchement, j'hésite. Nous ne savons rien l'un de l'autre.

— Alors, prenons le temps de faire connaissance. Disons qu'il s'agit du premier point à notre ordre du jour, ajouta-t-il en faisant signe au serveur. En fait, j'ai quelque chose à vous montrer qui pourrait vous inciter à accepter ma proposition.

— Qu'est-ce que cela pourrait bien être ?

— Ah, ah, ah, c'est une surprise. »

Quand le garçon arriva, il commanda deux espressos sans demander si elle en voulait un. En fait, ça tombait bien. Elle avait besoin de rester éveillée car elle ne doutait pas que le soir même, à un moment ou à un autre, elle devrait repousser ses avances de manière assez subtile pour qu'il continue à espérer.

Ils discutèrent aimablement tout en sirotant leurs espressos. Ils se sentaient bien ensemble. Le voyant se détendre, Soraya fit de même, toutes proportions gardées évidemment, car sous son masque souriant, elle sentait ses nerfs vibrer comme des câbles à haute tension. Arkadine avait un charme et un charisme fous. Elle comprenait mieux pourquoi tant de femmes s'étaient laissé prendre à son magnétisme. Mais en même temps, au fond d'elle-même, elle le considérait d'un œil froid, car elle savait bien que le spectacle qu'il lui offrait n'avait rien à voir avec le véritable Arkadine.

Celui-là, personne ne l'avait jamais croisé, tant était épais le mur derrière lequel il se cachait, loin du regard d'autrui. Se connaissait-il lui-même ? En y réfléchissant mieux, il n'était qu'un gosse perdu, loin de chez lui, incapable de retrouver le chemin du retour.

« Eh bien, dit-il tout en reposant sa tasse vide, on y va ? »

Il jeta quelques billets sur la table et, sans attendre de réponse, se glissa hors du box. Après avoir marqué un temps d'hésitation volontaire, Soraya saisit la main qu'il lui tendait.

En l'absence de toute brise, la nuit piquée d'étoiles était tiède et épaisse comme des tentures de velours. Ils s'éloignèrent de la plage, prirent vers le nord en marchant le long de la mer. À leur droite, la tache lumineuse de Puerto Peñasco semblait faire partie d'une peinture, d'un monde à part.

Après les réverbères qui dissipaient l'obscurité étoilée, elle aperçut les lumières d'une grande bâtisse d'allure vaguement religieuse. Une croix était fichée dans la pierre, au-dessus de la porte en bois renforcé de fer forgé.

« C'était un couvent, fit Arkadine, glissant la clé dans la serrure. Mon petit chez-moi quand je ne suis pas chez moi. »

L'intérieur était chichement meublé mais sentait bon l'encens et la cire à bougie. Il y avait un bureau, plusieurs fauteuils, une table de réfectoire et huit chaises, plus un canapé tenant plus du banc d'église que du sofa, garni de coussins mal assortis. Le tout en bois lourd et sombre. Aucun confort.

Arkadine alluma plusieurs cierges de diverses hauteurs, fichés sur des bougeoirs en fer. L'effet produit par cette source de lumière accentuait encore l'atmosphère monacale des lieux. Elle sourit pour elle-même, en se disant qu'il cherchait à créer une ambiance romantique, afin de mieux la séduire.

Il ouvrit une bouteille de vin rouge qu'il transvasa dans un énorme pichet mexicain. Puis il sortit du jus de guara à son intention. Il dit :

« Venez. Par ici. »

Il la conduisit plus loin, dans un coin sombre de la salle, tout en allumant d'autres bougies et cierges en chemin. Le mur du fond était presque entièrement occupé par une cheminée en brique, aussi énorme que celles des manoirs anglais. Elle sentait la cendre refroidie et la suie qui en tapissait le conduit après des décennies d'usage et, visiblement, de négligence.

Arkadine alluma un dernier cierge, celui-ci de taille impressionnante, et le tenant à bout de bras comme une torche, s'approcha de la cheminée. L'obscurité se dilua dans la lueur inconstante de la flamme.

Tandis que les ombres reculaient, une forme apparut dans le ventre de l'âtre. Une chaise. Et sur cette chaise, la silhouette d'un homme aux chevilles entravées, les bras rabattus dans le dos, sans doute ligotés eux aussi.

Arkadine s'approcha. Le cierge éclaira les jambes, le torse et finalement le visage de la personne assise là. Un visage affreusement tuméfié et sanglant.

« Comment trouvez-vous votre surprise ? »

Soraya lâcha le gobelet de jus de fruits qui heurta bruyamment le carrelage.

L'homme attaché sur la chaise était Antonio.

C'était comme une partie d'échecs. Bourne dévisageait le vieil homme en essayant de le replacer dans le contexte de l'époque. C'était lui qui dirigeait le Centre de recherches sur les documents anciens, quand David Webb s'était rendu à Oxford, voilà plusieurs années. Et il voyait dans son regard qu'il était sûr de son fait.

Chrissie les observait tous les deux, comme pour deviner lequel allait faire échec et mat.

« Adam, est-ce que mon père dit vrai ? Est-ce que vous vous appelez David Webb ? »

Bourne choisit de biaiser, bien que ce ne soit pas dans ses habitudes.

« Oui et non.

— De toute façon, vous ne vous appelez pas Adam Stone, rétorqua Chrissie d'une voix trop aiguë, presque métallique. Ce qui veut dire que vous avez menti à Tracy. Elle vous connaissait sous le nom d'Adam Stone. Et c'est aussi comme ça que vous vous êtes présenté à moi.

— Aujourd'hui, je m'appelle *Adam Stone*. Autrefois, je m'appelais *David Webb*. J'ai porté différents noms au cours de ma vie. Au fond, quelle importance ?

— Allez vous faire voir ! » Chrissie se leva, pivota sur les talons et partit à grandes enjambées vers la cuisine.

« Elle est très en colère, commenta Scarlett en tournant vers Bourne son beau visage encore poupin.

— Et toi ?

— Vous n'êtes pas un professeur ?

— En fait si, répondit Bourne. J'ai enseigné la linguistique.

— Alors ça me va. Vous en avez encore beaucoup, des fausses identités ? »

Bourne se mit à rire. Il aimait cette gosse.

« Oui, quand j'en ai besoin.

— Pareil que Batman ! » confirma-t-elle en penchant la tête avant d'ajouter à brûle-pourpoint comme font les enfants : « Pourquoi avez-vous menti à maman et à tante Tracy ? »

Bourne était sur le point de lui parler de sa tante au passé quand il se rappela que Scarlett la croyait encore vivante.

« Quand j'ai rencontré ta tante, je voyageais sous une fausse identité. Et puis Tracy a parlé de moi à ta mère. Et comme je n'avais pas le temps de tout lui expliquer, j'ai menti.

— Si vous n'êtes pas le professeur David Webb, qui diable êtes-vous ? intervint le père de Chrissie à peine revenu de sa surprise.

— La première fois que nous nous sommes vus, j'étais Webb, dit Bourne. J'étais venu vous voir en tant que confrère.

— Que faites-vous ici, avec ma fille et ma petite-fille ?

— C'est une longue histoire », répondit Bourne.

Une étincelle éclaira le visage du vieil homme.

« Je parie que ma fille aînée a quelque chose à voir là-dedans.

— Dans un sens, oui. »

Le vieil homme serra le poing.

« Cette damnée inscription. »

Un léger frisson descendit le long de l'échine de Bourne.

412

« Quelle inscription ? »

Le vieil homme le fixait avec curiosité.

« Vous ne vous rappelez pas ? Je suis le docteur Bishop Atherton. Vous m'avez consulté au sujet d'une phrase mystérieuse. Vous disiez qu'il s'agissait d'une inscription gravée. »

C'est alors que Bourne se souvint. Il se souvint de tout.

LIVRE TROIS

21

Antonio était affalé dans le ventre obscur de l'âtre. L'ombre y était si épaisse, si noire qu'elle semblait oblitérer non seulement la lumière mais la vie elle-même.

Soraya fit quelques pas vers lui, dans l'espoir de saisir son regard malgré tout.

« Ce monsieur n'est pas votre maître nageur, dit Arkadine. Cela me paraît évident. »

Elle s'abstint de répondre, voyant bien qu'il cherchait à lui soutirer des informations. Ce qui était une bonne nouvelle, finalement, car cela signifiait qu'Antonio n'avait pas parlé, malgré le passage à tabac qu'il avait dû subir.

Décidant d'adopter une attitude outragée, elle se tourna vers Arkadine, l'air affolé.

« Mais enfin, qu'est-ce que vous lui avez fait ? »

Le sourire qui crispa le visage d'Arkadine lui fit penser à un loup surgissant du bois.

« J'aime bien savoir avec qui je m'engage. Surtout quand je tombe sur une si magnifique aubaine, chère associée, ajouta-t-il en lui décochant un autre sourire menaçant.

— Associée ? ricana-t-elle. Mais vous rêvez, cher ami russe. Je ne voudrais pas de vous comme associé pour… »

Il l'attrapa, l'attira contre lui et l'embrassa de force. Soraya s'y attendait. Se pliant au niveau de la taille, elle lui envoya un coup de genou dans les parties. Elle sentit les mains d'Arkadine trembler mais il ne desserra pas son emprise. Son sourire carnassier lui resta collé au visage malgré les larmes qui luisaient au coin de ses yeux.

« Vous ne m'aurez pas, dit-elle à voix basse et mesurée. Ni comme ça, ni autrement.

— Mais bien sûr que si, répondit-il sur le même ton. Juste retour des choses, puisque c'est vous qui cherchiez à m'avoir. »

Soraya ne trouva rien à répondre. Elle espérait qu'il s'agissait de paroles en l'air, car autrement elle était très mal partie.

« Relâchez Antonio.

— Donnez-moi une raison.

— Nous discuterons. »

Il se massa doucement l'entrejambe.

« C'est déjà fait. »

Elle découvrit les dents.

« Nous tenterons une nouvelle forme de communication. »

Il lui toucha les seins.

« Dans ce genre-là ?

— Détachez-le, s'écria Soraya en s'efforçant de ne pas grincer des dents. Laissez-le partir. »

Arkadine sembla réfléchir à sa demande.

« Je ne pense pas, dit-il après quelques instants de silence pénible. Il ne vous est pas indifférent, ce qui fait de lui une monnaie d'échange très valable. »

Glissant la main dans sa poche, il sortit un couteau à cran d'arrêt, l'ouvrit, écarta Soraya du passage et s'avança vers Antonio.

« Que vais-je couper en premier ? À votre avis ? Une oreille ? Un doigt ? Ou quelque chose situé plus bas ?

— Si vous lui faites du mal…

— Oui ?

— Si vous lui faites du mal, je vous conseille de ne jamais fermer l'œil tant que je serai allongée à vos côtés. »

Il lui jeta un regard concupiscent.

« Je ne dors pas. »

Elle commençait à désespérer du sort d'Antonio quand son téléphone sonna. Sans attendre qu'Arkadine lui en donne la permission, elle répondit.

« Soraya ? dit Peter Marks.

— Oui.

— Qu'est-ce qui t'arrive ? »

Toujours aussi intuitif, il avait remarqué la tension dans sa voix.

Elle regarda Arkadine au fond des yeux et répondit :

« Rien. Tout baigne.

— Arkadine ?

— Tu parles !

— Excellent, tu as pris contact.

— Mieux que ça.

— Il y a un problème, je le sens. Eh bien, tu vas devoir trouver un moyen de sortir de là, et vite, parce que les choses se précipitent.

— Quoi de neuf ?

— Il faut que tu conduises Arkadine à l'adresse suivante dans les 72 heures. » Puis il récita l'adresse que Willard lui avait donnée.

« C'est impossible.

— Je suis d'accord, mais il faut le faire quand même. Bourne et lui doivent se rencontrer. Et c'est là que Bourne se trouvera. »

Une minuscule lueur perça les ténèbres. *Oui*, pensait-elle, *ça pourrait fonctionner*.

« OK, répondit-elle à Peter, je ferai l'impossible.

— Et assure-toi qu'il emporte son ordinateur portable avec lui.

— Comment dois-je m'y prendre, à ton avis ? souffla Soraya.

— Hé ! C'est toi qui as les cartes en main. »

Il raccrocha sans lui laisser le temps de l'envoyer balader. Avec un grognement de dégoût, elle rangea son téléphone.

« Des problèmes dans vos affaires ? s'enquit Arkadine sur un ton moqueur.

— Rien d'insoluble.

— J'aime les femmes positives. Et ce problème-là, comment comptez-vous le résoudre ? », ajouta-t-il en brandissant son couteau à cran d'arrêt.

Soraya se composa une expression pensive.

« Pas compliqué. » Elle passa devant lui et entra dans le foyer de la cheminée où Antonio la regardait

420

avec son seul œil valide. Elle constata, effarée, qu'il lui souriait.

« Ne faites pas attention à moi, dit-il d'une voix rauque, je m'amuse comme un fou. »

En cachette d'Arkadine, elle posa son index sur ses lèvres puis sur celles d'Antonio.

« Tout cela dépend de vous, dit-elle en se retournant vers Arkadine.

— Je ne pense pas. La balle est dans votre camp.

— Voilà comment on va s'y prendre, fit-elle en repassant sous la lumière vacillante des bougies. Vous laissez partir Antonio et je vous dis comment trouver Jason Bourne. »

Il s'esclaffa.

« Vous bluffez.

— Quand une vie est en jeu, dit-elle, je ne bluffe jamais.

— Je ne comprends pas. Comment quelqu'un comme vous peut-il connaître Jason Bourne ? Il ne fait pas dans l'import-export, que je sache.

— C'est très simple, répondit Soraya qui avait eu le temps de concocter une réponse relativement plausible. De temps à autre, ma société lui sert de couverture.

— Et comment se fait-il qu'une personne travaillant dans l'import-export soit au courant de mon intérêt pour Jason Bourne ?

— Alors, comme ça, il vous intéresse », dit-elle en inclinant la tête. Ce n'était pas le moment de reculer ou de montrer de la faiblesse.

« Et si vous n'étiez pas ce que vous prétendez être ?

— Je vous retourne la question.

— Non, je ne pense pas que vous travailliez dans l'import-export.

— Cela ne fait que rajouter à mon mystère.

— J'aime les mystères, je l'admets. Surtout quand ils me mènent à Bourne.

— Pourquoi le haïssez-vous à ce point ?

— Il est responsable de la mort d'une femme que j'aimais.

— Allons, soyez sérieux, dit-elle. Vous n'avez jamais aimé personne. »

Il s'avança vers elle mais Soraya eut du mal à déterminer s'il la menaçait ou voulait simplement se rapprocher.

« Vous vous servez des gens et quand c'est fait, vous les froissez comme un Kleenex usagé et vous les jetez à la poubelle, reprit-elle.

— Et Bourne alors ? Il est exactement comme moi.

— Non, dit-elle, il n'est pas comme vous. »

Le sourire d'Arkadine s'épanouit et, pour la première fois, elle n'y décela rien de malsain.

« Ah, enfin, vous dévoilez votre jeu. »

Elle faillit lui cracher au visage mais s'en abstint. Cela lui aurait fait trop plaisir et il aurait compris qu'il avait touché un point névralgique.

Soudain, un changement s'opéra en lui. Il tendit la main pour lui caresser le menton. Puis, il désigna Antonio du bout de sa lame et dit :

« Allez-y, détachez cette tête de mule. »

Pendant qu'elle s'agenouillait dans l'âtre pour libérer le malheureux Antonio, il ajouta :

« Je n'ai plus besoin de lui. Je vous tiens. »

« C'est ainsi que ça s'est passé. »

Chrissie se tenait devant l'évier de la cuisine. Elle regardait par la fenêtre mais il n'y avait rien à voir dehors, hormis le petit matin gris qui nimbait le faîte des arbres, comme une gaze. Elle avait attendu que Bourne soit derrière elle pour lui parler.

« Que voulez-vous dire ? répliqua Bourne.

— C'est pour cela que je vous ai menti », ajouta-t-elle en ouvrant le robinet d'eau chaude. Elle laissa l'eau couler sur ses mains puis se mit à les frotter frénétiquement, comme Lady Macbeth. « Un jour, un an environ après la naissance de Scarlett, je me suis regardée dans le miroir et je me suis dit : *Qu'as-tu fait de ton corps ?* Je ne sais pas si un homme peut comprendre ce genre de chose. J'avais abandonné mon corps à la maternité. Et du même coup, je m'étais abandonnée moi-même. »

Ses mains n'arrêtaient pas de s'agiter sous le jet, comme si la tache invisible qui les salissait refusait de s'en aller.

« Dès cet instant, j'ai commencé à me haïr. Et cette haine a recouvert toute ma vie, n'épargnant rien, pas même Scarlett. Bien sûr, je ne pouvais pas l'admettre. Je me suis battue mais la dépression m'a rattrapée. Je faisais mal mon travail. Quand le chef du département s'en est aperçu, il m'a suggéré de prendre un congé sabbatique, d'abord gentiment et après plus fermement. J'ai fini par accepter. De toute façon, je n'avais pas le choix, n'est-ce pas ? Mais quand j'ai refermé la porte de mon bureau et que j'ai pris ma voiture pour quitter Oxford, j'ai compris que je devais réagir de manière radicale. J'avais vécu enfermée pendant des années dans une ville immuable, une université séculaire. Ce n'était pas une coïncidence. Comme mon père, je me sentais en sécurité à Oxford. Ici, rien ne change jamais, tout fonctionne selon des codes préétablis, prédigérés. La moindre déviance est impensable. Voilà pourquoi mon père a rejeté Tracy. Ses choix le terrifiaient et comme il ne les comprenait pas, il l'a condamnée. Il a fallu que je quitte Oxford pour réaliser combien tout cela m'étouffait. Je me suis dit que j'avais choisi cette vie insipide pour mon père, pas pour moi-même. »

Elle ferma le robinet et se sécha les mains avec un torchon. Elles étaient rouges, comme écorchées.

« Il faut que je m'en aille d'ici, avec Scarlett.

— J'attends juste l'arrivée d'un ami. Après nous partirons, dit Bourne.

— Scarlett.

— Elle est avec votre père. »

Elle tourna la tête et regarda d'un air triste l'espace qui menait au salon.

« Au moins, Scarlett aime mes parents, fit-elle en soupirant. Sortons. J'ai du mal à respirer. »

Ils passèrent la porte donnant sur le jardin mouillé de rosée. Quand ils parlaient, des petits nuages de buée leur sortaient de la bouche. Les arbres étaient encore plongés dans l'ombre, comme si leurs racines retenaient la nuit. Chrissie frissonna et serra ses bras autour d'elle.

« Que s'est-il passé ? demanda Bourne.

— Par le plus pur des hasards, j'ai rencontré Holly.

— Holly Marie Moreau ? »

Elle acquiesça d'un signe de tête.

« Elle cherchait Tracy et elle est tombée sur moi. »

Décidément, tout nous ramène vers Holly, pensa-t-il.

« Et vous avez sympathisé ?

— Oui et non. Je sais que cela paraît insensé, ajouta-t-elle en haussant les épaules. J'ai travaillé pour elle. »

Bourne fronça les sourcils. Il avait l'impression de progresser le long d'un tunnel sans lumière comme un mineur de fond sachant d'instinct quel chemin emprunter.

« Que faisait-elle comme boulot ?

— Elle se disait négociante. Magnifique euphémisme. De temps à autre, elle passait deux ou trois semaines au Mexique à la demande d'un client pour approvisionner un *narcorrancho*. Les *narcorranchos* sont des propriétés-écrans appartenant à des narcotrafiquants mexicains. On en trouve surtout dans le désert de Sonora, au nord, mais aussi dans l'État de Sinaloa, au sud. Personne n'y vit, hormis un concierge et peut-être un ou deux gardiens.

« Un jour, elle m'a emmenée à Mexico faire la tournée des bars de nuit, des bordels. C'est là qu'elle faisait son marché, à partir d'une liste qu'elle mettait à jour chaque semaine, comme un calendrier ou un agenda. Nous avons conduit les filles dans le *narcorrancho* appartenant au client du jour. Quand nous sommes arrivées, il n'y avait qu'une poignée de Mexicains sur place, des péons et des soldats armés jusqu'aux dents, des types odieux qui nous toisaient en ricanant tout en bavant devant les filles. Mon boulot consistait à décorer les lieux et installer les prostituées dans leurs chambres. Les péons se chargeaient du reste.

« Puis les invités débarquaient, les uns après les autres, dans de grosses voitures blindées aux vitres fumées. Il y avait des Lincoln Town Car, des Chevy, des Mercedes… Les escadrons de vigiles établissaient un périmètre de sécurité autour de la propriété. On se serait cru en guerre, dans un bivouac de l'armée. Après cela, on voyait arriver les livreurs avec la viande fraîche, les fruits, les casiers de bière, les caisses de tequila et, bien sûr, des montagnes de cocaïne. On embrochait des quartiers de bœuf, des cochons et des agneaux entiers. La musique hurlait à pleins tubes. Salsa, disco. Les rôtisseurs puaient la sueur et la bière, c'était écœurant. À la fin, les gros bonnets faisaient leur entrée, au milieu de leurs gardes du corps et, à ce moment-là, la fête commençait pour de bon. La Fête des Morts, une orgie dépassant toute imagination. »

L'esprit de Bourne tournait si vite qu'il en avait le vertige.

« Parmi les clients de Holly se trouvait Gustavo Moreno, n'est-ce pas ?

— C'était même son meilleur client », dit Chrissie.

Oui, pensa Bourne, *c'était gagné d'avance. Encore une nouvelle pièce qui s'ajuste au puzzle.*

« Il y passait plus de temps que tous les autres. Des nuits entières à s'éclater. Il adorait ça. Plus ça durait tard, plus il se déchaînait.

— Vous étiez à mille lieues d'Oxford, professeur. »

Elle acquiesça d'un hochement de tête.

« À mille lieues de la civilisation aussi. Mais pour Holly c'était égal. Elle menait une double vie. À l'en croire, elle avait appris à se dédoubler pendant son enfance au Maroc, à cause de son éducation très stricte, très religieuse. Chez elle, les femmes n'avaient presque aucun droit, les filles encore moins. Apparemment, son père avait rompu avec le reste de la famille – dirigée par son frère, l'oncle de Holly. À la suite d'une terrible dispute, ils sont partis pour Bali. Ce pays représentait l'exact opposé de leur village dans les montagnes du Haut Atlas. À part moi, personne ne connaissait ses activités au Mexique. »

C'est faux, pensa-t-il. *Elle m'en a parlé, ou bien j'ai découvert son secret par moi-même. C'est sans doute lors d'une de ces soirées que Gustavo Moreno a mis la main sur l'ordinateur. J'ai dû lui donner. Mais pourquoi ? Dans ce puzzle, quoi qu'on fasse, il manque toujours une pièce.*

Chrissie se tourna vers lui.

« Je parie que vous connaissiez Holly. »

Comme il ne répondait pas, elle poursuivit :

« J'imagine que mes paroles vous ont choqué.

— Je suis désolé que vous m'ayez menti.

— Nous avons menti l'un et l'autre, remarqua Chrissie d'une voix où perçait encore un soupçon d'amertume.

— J'ai une grande expérience du mensonge », dit-il en continuant à sonder sa mémoire. Avait-il demandé à Holly de l'emmener avec elle au Mexique ? Ou bien lui avait-il imposé sa présence ?

« Pourquoi avez-vous renoncé à ce boulot ? reprit-il.

— Disons que j'ai eu une révélation dans le désert de Sonora. Le fait que nous ayons fait équipe n'est guère surprenant. Nous avions le même parcours. Elle fuyait son passé, elle voulait exister réellement. Moi aussi. Mais sur le chemin que nous avions pris, nous

427

courions à notre perte. Nous ne savions plus qui nous étions. Quant à se forger un avenir… En fait, nous vivions uniquement dans le rejet de nos milieux respectifs. Ce n'est pas très constructif. » Elle fixa ses mains rougies comme si elle ne les reconnaissait pas. « Je croyais que ma vie passée – le calme, la paix, l'ennui d'Oxford – n'était qu'une illusion. Mais au bout d'un certain temps, j'ai compris mon erreur. C'était la vie de Holly qui n'était pas réelle. »

Le ciel s'était encore éclairci. Des oiseaux lançaient leurs trilles du haut des arbres. Emporté par la brise, un parfum d'humus, une odeur de renouveau, leur chatouilla les narines.

« Une nuit, très tard, j'ai surpris Holly et Gustavo Moreno en train de baiser. Elle se tenait à califourchon sur lui. Je suis restée un moment à les regarder, comme si j'assistais au tournage d'un film porno. Puis j'ai pensé, *Putain, mais c'est Holly*. Et tout d'un coup, je me suis réveillée. Hélas, je crois que Holly ne s'est jamais réveillée. »

Bourne partageait ses craintes. C'était regrettable mais il fallait se rendre à l'évidence. Holly avait laissé son empreinte dans l'existence d'un grand nombre de personnes. Pour des raisons différentes chaque fois. Ces multiples identités lui avaient permis de s'enfoncer au tréfonds de son être, pour mieux se cacher. Finalement, c'était le monde entier qu'elle fuyait, alors qu'au départ elle voulait juste échapper à l'emprise de son oncle.

À cet instant, Scarlett passa la tête par la porte du jardin et leur lança :

« Eh, vous deux, nous avons des visiteurs. »

428

Plantés au milieu du salon, Ottavio Moreno et Peter Marks se surveillaient du coin de l'œil.

« Qu'est-ce qui vous prend ? s'étonna Bourne.

— Ce type s'appelle Ottavio Moreno, c'est l'assassin de Diego Hererra, dit Marks à Bourne. Et vous le protégez ?

— C'est une longue histoire, Peter, dit Bourne. Je vous la raconterai en chemin. Il faut qu'on se rende au…

— Vous êtes bien le frère de Gustavo Moreno, le seigneur colombien de la drogue, fit Marks à Moreno.

— Oui.

— Et le filleul de Don Fernando Hererra, le père de l'homme que vous avez poignardé. »

Comme Moreno ne répondait rien, Marks poursuivit :

« Je viens juste de discuter avec Don Fernando. Il est très abattu, comme vous pouvez l'imaginer. À moins que ce ne soit au-dessus de vos forces. En tout cas, il ne vous croit pas coupable. Contrairement à la police. Bordel, pourquoi l'avez-vous laissé faire ? », ajouta-t-il en se tournant brusquement vers Bourne.

Puis Ottavio Moreno fit une erreur tactique.

« Calmez-vous, mon vieux », dit-il.

Il aurait dû s'abstenir mais les paroles de Marks et son ton outré l'avaient sans doute piqué au vif.

« Ne me dites pas ce que je dois faire », rétorqua Marks hors de lui.

Bourne fut tenté de laisser les deux hommes régler leurs comptes avec les poings. C'était peut-être la seule manière de faire baisser la tension des deux dernières heures. Mais il ne leur permettrait pas de se battre devant Chrissie et sa famille. Il s'interposa donc, prit Marks par le coude et le fit sortir par la porte de devant pour lui parler en privé. Il n'en eut pas le temps car Moreno leur courut après.

Il fonça droit vers Marks. Au même instant, une détonation l'arrêta net. Le tir venait de quelque part dans les arbres. Moreno chancela. Une deuxième balle lui fit éclater la boîte crânienne. Bourne s'était déjà réfugié derrière l'Opel. Marks allait le rejoindre quand un nouveau coup de feu déchira le silence de l'aurore.

Marks trébucha et tomba.

Boris Karpov entra avec Viktor Cherkesov sur le site du chantier situé sur Ulitsa Varvarka. Ils s'introduisirent par une brèche dans la barrière grillagée et après avoir descendu un plan incliné, passèrent dans la zone de silence réseau. Cherkesov continua jusqu'au cœur d'un bourbier jonché de poutrelles rouillées et de blocs de béton fendillés. Comme des touffes de poils sur le dos d'un géant, les mauvaises herbes avaient envahi tout le terrain.

Cherkesov et Karpov s'arrêtèrent à côté d'un camion abandonné dont le moteur, les câbles et les composants électroniques avaient disparu depuis longtemps. Renversé sur le flanc, il ressemblait à un navire s'enfonçant dans l'océan. Il était vert mais quelqu'un l'avait décoré de graffitis obscènes bombés à la peinture argentée.

Cherkesov contempla un instant les dessins puis se retourna vers Karpov, un sourire grimaçant encore peint sur le visage.

« Bon, Boris Ilitch, veux-tu avoir l'obligeance de me dire pourquoi tu t'es rendu sans me prévenir chez le Président Imov. »

Ne voyant pas d'autre recours, Karpov lui fit le résumé des informations qu'il détenait sur Bukine et les taupes travaillant sous ses ordres. Cherkesov ne l'interrompit pas une seule fois. À la fin, il hocha la tête et sortit un pistolet Tokarev TT sans toutefois le braquer sur Karpov.

« À présent, Boris Ilitch, je te pose la question suivante : qu'est-ce que je vais faire de toi ? T'abattre et te laisser pourrir ici ? » Il fit semblant de peser le pour et le contre. « Eh bien, pour être honnête, j'avoue que cela risque de me desservir. En t'adressant directement à Imov, tu es devenu intouchable. Si tu disparais, Imov lancera une enquête tous azimuts et, tôt ou tard, on viendra sonner à ma porte. Comme tu peux l'imaginer, ce serait fort désagréable pour moi.

— Désagréable est un mot un peu faible, Viktor Deliagovitch, répondit Karpov d'une voix posée. Pour toi ce serait le commencement de la fin et une consécration pour Nikolaï, ton pire ennemi.

— En ce moment, Nikolaï Patruchev est le cadet de mes soucis », répondit Cherkesov comme s'il se parlait à lui-même en oubliant la présence de Karpov.

Puis tout à coup, il parut émerger de sa méditation. Ses yeux se posèrent de nouveau sur le colonel.

« Donc, je ne te tuerai pas, Boris Ilitch. Et c'est tant mieux parce que je t'apprécie beaucoup. Plus exactement, j'apprécie ta ténacité autant que ton intelligence. Raison pour laquelle je ne me fatiguerai même pas à te proposer de l'argent, reprit-il en produisant une sorte de rire raté virant au grognement. Je me demande même si tu ne serais pas le dernier honnête homme dans le monde du renseignement russe. Alors, que faisons-nous ?

— On attend, on ne fait rien, proposa Karpov.

— Non, non, non. Attendre sans rien faire est la pire des solutions, surtout pour nous deux, surtout en ce moment. Tu as fourni à Imov les preuves de la culpabilité de Bukine, Imov t'a chargé d'une mission. Nous n'avons pas le choix. Il faut aller jusqu'au bout.

— Ce qui reviendrait à un suicide pour toi, fit remarquer Karpov.

— Seulement si je reste à la tête du FSB-2, rétorqua Cherkesov.

— Je ne comprends pas. »

Cherkesov parla dans l'émetteur-récepteur qu'il avait à l'oreille.

« Tu peux venir », dit-il à son interlocuteur invisible.

Un sourire ironique déforma son visage. Karpov ne lui connaissait pas cette expression. Cherkesov fit un pas vers lui et désigna la silhouette qui les rejoignait.

« Regarde qui est là, Boris Ilitch. »

Karpov se retourna. Melor Bukine était en train d'enjamber les gravats.

« Eh bien, dit Cherkesov en lui collant le Tokarev dans la main. Vas-y, fais ton devoir. »

Bukine avait l'air parfaitement décontracté. Karpov cacha le Tokarev dans son dos en se demandant ce que Cherkesov avait bien pu lui raconter pour l'attirer ici. Lorsque Karpov sortit le pistolet et le braqua sur lui, il écarquilla les yeux.

432

« Viktor Deliagovitch, qu'est-ce que cela signifie ? »

Karpov lui tira dans le genou droit. Il s'écroula comme une cheminée d'usine dynamitée.

« Qu'est-ce qui te prend ? hurla-t-il en agrippant son genou en miettes. Tu es devenu dingue ? »

Karpov s'avança vers lui.

« Je suis au courant de ta trahison. Le Président Imov aussi. Maintenant, donne-moi le nom des taupes que tu as introduites au FSB-2. »

Bukine le fixa d'un regard interloqué.

« Quoi, qu'est-ce que tu dis ? Des taupes ? Quelles taupes ? Je pige que dalle. »

D'un geste calme et ferme, Karpov visa la rotule gauche et tira. Bukine hurla et se tordit par terre comme un ver.

« Réponds ! », ordonna Karpov.

Les yeux injectés de sang, le visage livide, Bukine se mit à trembler comme une feuille.

« Boris Ilitch, j'en appelle à notre vieille amitié, bredouilla-t-il. Je t'ai servi de mentor. C'est moi qui t'ai fait entrer au FSB-2. »

Karpov se pencha au-dessus de lui.

« Et pour te remercier, j'ai décidé de nettoyer tes écuries.

— Mais, mais, mais, postillonna Bukine, je ne faisais que suivre les ordres. Il désigna Cherkesov. *Ses* ordres.

— Il ment comme il respire, lança Cherkesov.

— Mais non, Boris Ilitch, c'est la vérité, je le jure. »

Karpov s'accroupit près de Bukine.

« Je sais comment nous allons résoudre ce problème.

— Putain, emmène-moi à l'hôpital, gémit Bukine. Je pisse le sang.

— D'abord, donne-moi les noms des taupes, dit Karpov. Et après, tu l'auras ton hôpital. »

Le regard exorbité de Bukine passa de Karpov à Cherkesov.

« Oublie-le, dit Karpov. C'est moi qui décide si tu mérites ou non de mourir dans ce cloaque. »

Bukine déglutit puis articula trois noms d'agents du FSB-2.

« Merci », dit Karpov. Il se leva et abattit Bukine d'une balle entre les deux yeux. Puis il se tourna vers Cherkesov et dit : « Qu'est-ce qui m'empêche de te tuer ou de te faire porter le chapeau ?

— Tu es peut-être incorruptible, Boris Ilitch, mais tu sais où se trouvent tes intérêts, n'est-ce pas ? fit Cherkesov en allumant une cigarette sans un regard pour son défunt lieutenant. Je peux m'arranger pour que tu grimpes au sommet du FSB-2.

— Le Président Imov peut faire la même chose.

— C'est juste, admit Cherkesov en hochant la tête. Mais Imov ne peut te garantir que l'un de tes futurs collègues ne versera pas du polonium dans ton thé ou ne te poignardera pas dans ton lit. »

Karpov savait pertinemment que Cherkesov avait encore le pouvoir d'identifier et d'éliminer tous ses ennemis potentiels au sein du FSB-2. Lui seul en était capable.

« Si je comprends bien, dit-il, tu me proposes ton poste ?

— Oui.

434

— Et toi, qu'est-ce que tu deviendras ? Imov va vouloir ta tête.

— Bien sûr, mais d'abord il faudra qu'il me trouve.

— Tu vas te cacher, devenir un fugitif ? fit Karpov en secouant la tête. Ce n'est pas un avenir pour toi.

— Je suis d'accord, Boris Ilitch. En fait, je vais passer à autre chose. J'ai un fauteuil bien confortable qui m'attend dans une organisation nettement plus puissante.

— Plus puissante que le FSB ?

— Plus puissante que le Kremlin.

— De quoi s'agit-il ? demanda Karpov en fronçant les sourcils.

— Dis-moi, Boris Ilitch, as-tu déjà entendu parler de Severus Domna ? »

22

Marks saisit sa cuisse gauche en grimaçant de douleur. Le tireur invisible continuait de les arroser copieusement. Bourne jaillit de sa cachette, attrapa Marks et le mit à l'abri.

« Baissez la tête, Peter.

— Dites ça à votre pote Moreno, répliqua Marks. Pour moi, c'est déjà fait.

— Surtout, ne me remerciez pas. »

Bourne inspecta la blessure. La balle n'avait pas sectionné l'artère. Il déchira une manche de la chemise de Marks et en fit un garrot autour de sa cuisse.

« Je ne suis pas près d'oublier cela, dit Marks.

— Normal, l'amnésique c'est moi », répliqua Bourne sur un ton si grinçant que Marks s'esclaffa malgré lui.

Bourne contourna le capot de l'Opel. Il respira à fond plusieurs fois tout en scrutant les épaisses frondaisons. Il avait escaladé l'un de ces arbres, un jour. Sa mémoire photographique affinée par son entraînement Treadstone lui permit de reconstituer au mieux les emplacements susceptibles d'abriter un sniper. À la manière dont Ottavio Moreno et Marks étaient tombés, il voyait assez bien d'où provenaient les tirs. Il se mit à la place du tueur. Quelle était la meilleure position pour viser la porte d'entrée tout en restant à couvert ?

Il entendit Chrissie l'appeler et, à en juger d'après l'anxiété de sa voix, il comprit qu'elle criait depuis un certain temps déjà. En rampant, il passa de l'autre côté de la voiture et hurla :

« Je vais bien. Restez à l'intérieur. Attendez que je vienne vous chercher. »

Puis il courut à l'arrière du véhicule et se retrouva à découvert. Une grêle de balles perfora le capot de l'Opel. Bourne avait compté les tirs depuis le début de l'attaque. Après cette dernière rafale, le sniper était obligé de recharger. Ce qui lui prendrait assez de temps pour que Bourne file se mettre à l'abri, sous les arbres. Deux secondes suffirent. À présent, les rôles étaient inversés. C'était lui le chasseur.

Les branches épaisses des sapins et des chênes retenaient une ombre centenaire. Ici et là, des points de lumière scintillaient dans le labyrinthe végétal. Comme de minuscules diamants, ils clignotaient au gré du vent. Ramassé sur lui-même, Bourne s'enfonça dans le sous-bois en évitant de faire craquer les brindilles et les pommes de pin sous ses semelles. Tous les cinq ou six pas, il s'arrêtait, l'œil et l'oreille aux aguets, à la manière des belettes ou des renards qui arpentent leur territoire de chasse tout en se méfiant des prédateurs plus gros qu'eux.

Il vit vaguement bouger une tache brune qui disparut aussitôt. Bourne partit dans ce sens. Un court instant, il songea à grimper dans les arbres mais se ravisa en comprenant qu'il risquait d'arracher des fragments d'écorce et que leur chute révélerait sa position. Soudain, il changea de direction et se mit à décrire un cercle pour prendre le sniper de flanc, tout en vérifiant sans arrêt ce qui se passait derrière lui et au-dessus.

Il pressa le pas en apercevant un reflet métallique dans les branches, droit devant. Le sniper se cachait derrière le tronc d'un chêne. Bourne repéra son épaule et sa hanche droites qui dépassaient. D'abord, il s'agenouilla derrière un buisson puis partit en biais. De là où il se trouvait, on voyait nettement, entre deux ramures, l'entrée de la maison et l'allée qui traversait le jardin à l'avant. Ottavio Moreno gisait là, baignant dans une mare de sang. Marks était toujours caché derrière l'Opel. Le sniper devait attendre que quelqu'un bouge. Il semblait déterminé à abattre tous ceux qui s'aventureraient à l'extérieur de la maison. Appartenait-il à la NSA ? À la CIA ? Était-ce un soldat de Severus Domna ? Il n'existait qu'un seul moyen de le savoir.

Bourne s'approcha à pas de loup mais, au dernier moment, le sniper dut le renifler car sans même se retourner, il attaqua le premier en frappant Bourne au ventre avec la crosse en bois de son Dragunov SVD. Puis il pivota sur lui-même et dans un mouvement tournant, lui écrasa le canon sur l'épaule. C'était un homme mince au visage plat avec de petits yeux noirs et un nez aplati.

Bourne tomba à genoux. En se servant toujours de son fusil comme d'une massue, l'homme le fit basculer sur le dos puis il appuya le canon du Dragunov sur son cœur.

« Ne bouge pas, ne dis pas un mot, fit-il. Donne-moi l'anneau et c'est tout.

— Quel anneau ? »

Le sniper lui balança la crosse dans la mâchoire. Du sang jaillit. À cet instant, Bourne passa à l'attaque. D'un coup de pied au genou, il lui fractura la rotule. L'articulation céda, les os craquèrent. Le sniper eut à peine le temps de presser sur la détente en gémissant de rage que déjà Bourne s'était esquivé en roulant sur lui-même. La balle se ficha dans la terre et fendit une vieille planche pourrie, hérissée de clous de charpente.

En équilibre sur une jambe, le sniper souleva son Dragunov à la manière d'un club de golf. Il se mit à fouetter l'air pour tenir Bourne en respect, le temps de récupérer un peu. Mais dès qu'il cessa d'agiter son arme et pour tenter une contre-attaque vacillante, Bourne se jeta sur lui, l'épaule en avant. Il le percuta à pleine force. Ils tombèrent. Aussitôt, le sniper fit des efforts désespérés pour empaler Bourne sur les clous de la planche. Bourne se dégagea. Les deux hommes se disputèrent le fusil jusqu'à ce que Bourne lui enfonce son coude dans la pomme d'Adam. Le sniper suffoquait. Bourne l'assomma d'un coup sur la tempe.

Espérant trouver un anneau, Bourne regarda ses mains, fouilla ses poches. Son passeport français l'identifiait comme Farid Levet, ce qui ne lui disait rien. Était-ce un faux ? Bourne n'avait pas le temps de vérifier. Levet, ou quel que soit son nom, avait sur lui 4 000 livres sterling, 2 000 euros et des clés de voiture.

Il retira les balles du chargeur, jeta le Dragunov dans le sous-bois puis gifla le sniper pour qu'il se réveille.

« Qui es-tu ? dit Bourne. Pour qui travailles-tu ? »

Ses yeux noirs n'exprimaient rien. Bourne attrapa son genou éclaté et serra. L'homme écarquilla les yeux, étouffa un cri mais aucun mot ne sortit de sa bouche. Bourne allait faire en sorte que ça change. Ce type avait tiré sur deux personnes, l'une d'elles était morte. Il lui ouvrit la bouche de force et lui enfonça son poing dedans. L'homme eut un haut-le-cœur, il s'arc-bouta, chercha à se dégager en agitant la tête de droite et de gauche, mais Bourne ne lâchait pas prise. Quand il leva les bras, Bourne les lui rabattit d'une claque et se remit à appuyer de toutes ses forces avec son poing.

Les yeux du sniper coulaient. Il voulut tousser, puis sa gorge se souleva d'elle-même pour vomir mais c'était impossible. Il commençait à s'asphyxier. La terreur se lisait sur son visage. Il secouait la tête de plus en plus fort.

Quand Bourne ressortit son poing, le sniper roula sur le côté et vomit, les yeux pleins de larmes, le corps agité de soubresauts. Bourne le prit par les épaules et le retourna sur le dos. Il était livide. On aurait dit un petit voyou qui venait de se faire casser la gueule dans la rue.

« Bien, dit Bourne. Qui es-tu et pour qui travailles-tu ?

— Fa… Fa… Farid Levet. » Bien entendu, il avait du mal à parler.

Bourne montra le passeport français.

« Encore un mensonge et je t'enfonce ça dans la gorge. Et cette fois, je te promets que je ne le retirerai pas. »

Le sniper déglutit sa bile en grimaçant.

« Farid Kazmi. J'appartiens à Jalal Essai.

— Severus Domna ?

440

— Anciennement. » Kazmi fit une pause, soit pour reprendre son souffle soit pour récupérer un peu de salive. « J'ai besoin de boire. Vous avez de l'eau ?

— Les deux hommes sur qui tu as tiré avaient besoin d'eau, eux aussi, répliqua Bourne. Continue. Jalal Essai…

— Jalal faisait partie de Severus Domna. Mais il est parti.

— Ce n'est pas très prudent de sa part. Il devait avoir une sacrée bonne raison.

— L'anneau.

— Pourquoi ?

— Il lui appartient. Pendant des années, il l'a cru perdu, mais à présent il sait que son frère le lui a volé et que c'est vous qui le possédez maintenant. »

Ainsi donc, Jalal Essai n'est autre que l'oncle dont Holly avait si peur, pensa Bourne. Le puzzle prenait forme. Holly l'hédoniste d'un côté, l'oncle Jalal le fanatique religieux de l'autre. Le père de Holly avait sans doute fui le Maroc pour la protéger de son frère qui, sinon, aurait tout fait pour éradiquer les tendances naturelles de la jeune femme. Ensuite, après la mort du père, qui s'était interposé entre Holly et son oncle ? La réponse lui parvint dans un éclair inespéré : lui, Bourne. Holly l'avait en quelque sorte recruté pour la protéger de Jalal Essai. Il avait rempli sa mission mais les relations douteuses – dont elle n'avait jamais réussi à lui parler – qu'elle entretenait avec Tracy, Perlis et Diego Hererra l'avaient conduite à sa perte. Elle n'aurait jamais dû révéler l'existence de l'anneau à Perlis puisqu'il avait fini par la tuer pour s'en emparer.

« On m'a chargé de récupérer l'anneau à tout prix, dit Kazmi en ramenant Bourne dans le présent.

— Peu importe le nombre de vies à sacrifier.

— Oui, peu importe », lâcha-t-il avec une grimace de douleur. Son regard sombre vacilla l'espace d'une seconde. « Et Jalal finira par l'obtenir.

— Qu'est-ce qui te fait dire ça ? »

Son visage crispé s'apaisa d'un coup. Bourne voulut lui ouvrir la bouche mais c'était trop tard. Il venait d'écraser une capsule de cyanure coincée dans une fausse dent. Le poison faisait déjà son œuvre.

Lorsque Kazmi eut poussé son dernier soupir, Bourne se leva et repartit vers la maison.

Peter Marks gisait sur le sol, en s'efforçant de remuer le moins possible pour ne pas perdre davantage de sang. Il avait suivi un entraînement très correct mais n'avait jamais reçu de blessure sur le terrain, ni nulle part ailleurs. Il n'était même jamais tombé d'une échelle ou dans l'escalier. Il écoutait sa respiration pénible, sentait le sang pulser dans sa jambe comme si un deuxième cœur y avait poussé, un cœur malveillant, noir comme la nuit.

Sa vie allait s'achever prématurément. Il mourrait jeune, comme sa sœur. Marks se sentait très proche d'elle en cet instant. Il avait l'impression de la tenir serrée contre lui, l'emportant loin de cet avion maudit. Soudain, il prenait conscience de la fragilité de la vie. De sa vie. Cette découverte lui faisait peur mais surtout, elle l'aidait à voir les choses sous un autre angle. Étendu là, blessé, sans défense, il regardait une fourmi se battre avec une feuille comme si sa vie en dépendait.

La feuille d'un vert brillant était trop grosse pour elle mais tant pis. La fourmi s'obstinait à la traîner sur les cailloux, entre les racines, autant d'obstacles titanesques dans son monde miniature. Marks admirait cette fourmi qui refusait de reculer face à l'adversité. Elle persévérait. Elle tenait le coup. Marks lui aussi tiendrait le coup. Il posait sur lui-même et les gens qui l'entouraient – Soraya par exemple – un regard totalement neuf, inimaginable pour l'homme qu'il avait été, avant qu'on lui tire dessus.

Il demeura ainsi pendant quelque temps, à écouter la rumeur du vent dans les branches. Et quand il entendit la voix de Chrissie, il répondit sans affolement inutile :

« C'est Peter Marks. Je suis blessé à la jambe. Moreno est mort et Adam est allé s'occuper du sniper.

— Je viens vous chercher.

— Non, restez où vous êtes », hurla-t-il. Il essaya de ramper pour aller s'asseoir contre l'Opel. « Le périmètre n'est pas sécurisé. »

Mais un instant plus tard, Chrissie apparaissait près de lui. Elle s'accroupit pour s'abriter derrière la carrosserie.

« C'est stupide d'avoir fait ça, dit-il.

— Surtout, ne me remerciez pas. »

C'était la deuxième fois qu'on lui disait cela, aujourd'hui, et il n'appréciait guère. En fait, il n'appréciait rien de ce qui lui arrivait en ce moment. Troublé, il se demanda comment il avait fait pour en arriver là. Il n'aimait personne et, sauf erreur, personne ne l'aimait, pas en ce moment du moins. Ses parents avaient dû l'aimer, à leur manière. Sa sœur aussi. Mais qui d'autre ? Sa dernière copine avait tenu six mois, ce qui était une moyenne chez lui. Puis, lassée de passer la moitié de son temps à l'attendre et l'autre à essayer de capter son attention, elle avait claqué la porte. Des amis ? Oui, quelques-uns. Mais comme avec Soraya, il se servait d'eux quand ce n'était pas l'inverse. À cette pensée, une nausée l'envahit. Un frisson le secoua.

« Vous êtes en état de choc, dit Chrissie qui le comprenait mieux qu'il ne l'imaginait. Nous ferions mieux de rentrer. Il faut vous réchauffer. »

Elle l'aida à se lever sur une jambe, il passa son bras autour d'elle et ils partirent clopin-clopant vers la maison. Il ne cessait de trébucher, tantôt sur un caillou, tantôt sur une racine, manquant de les faire tomber tous deux à plusieurs reprises.

Bonté divine, songeait-il, furieux contre lui-même, *je n'arrête pas de me prendre en pitié aujourd'hui*. Décidément, il était au-dessous de tout.

Le père de Chrissie se précipita hors de la maison pour l'aider puis, d'un coup de pied, referma la porte derrière eux.

Bourne trébucha sur une femme à demi enfouie sous les feuilles mortes. Elle avait la tête tournée. Il ne voyait pas bien son visage mais ses yeux étaient fermés et ses longs cheveux maculés de sang. À la manière dont elle était allongée, il n'aurait su dire si elle était morte ou vivante. C'était peut-être une voisine ayant eu la malchance de croiser la route de Kazmi. Sous les feuilles apparaissaient les carreaux rouges et noirs de sa chemise, des pans de son jean et ses chaussures de randonnée. On aurait dit que quelqu'un s'était dépêché de la recouvrir en donnant des coups de pied dans les feuilles.

Il devait retrouver très vite Peter Marks et les occupants de la maison mais, d'un autre côté, il ne pouvait pas laisser cette femme sans vérifier d'abord si elle était morte ou vivante et, dans ce dernier cas, estimer la gravité de ses blessures. Il se rapprocha doucement pour lui prendre le pouls au niveau de la carotide.

Ses yeux s'ouvrirent d'un coup, sa main se leva. Elle tenait un couteau de chasse. Bourne eut le réflexe d'esquiver mais la pointe déchira le devant de sa chemise et lui taillada la peau. Elle se mit sur son séant et se jeta sur lui. Les feuilles retombèrent comme des grains de terre meuble sur un cadavre revenu à la vie. Bourne lui saisit le poignet pour écarter le couteau mais elle en avait sorti un deuxième. Il ne s'en aperçut qu'au moment où la lame lui toucha l'os de l'épaule.

Elle était bien entraînée et étonnamment forte. Elle fit un ciseau avec les jambes et lui bloqua la cheville droite. Quand il bascula en arrière, elle se précipita sur lui. Il lui retenait encore le poignet mais la lame s'approchait de sa gorge. Alors, il fit surgir le clou de charpente et s'en servant comme d'une dague, le lui enfonça dans l'artère carotide.

Un geyser de sang se répandit sur les feuilles mortes, montant et descendant au rythme de son cœur. La femme retomba à l'endroit où il l'avait trouvée en le regardant avec ce sourire énigmatique qu'il avait remarqué tout à l'heure chez Kazmi. Ce sourire lui avait fait comprendre que Jalal Essai ne lâcherait pas si facilement, et qu'il allait devoir se méfier. Voilà pourquoi il avait ramassé ce clou avant de le cacher au creux de sa main gauche. Kazmi et la femme étaient-ils complices ? Lui servait-elle de renfort ? C'était très probable. Ce schéma diabolique laissait deviner la haine que lui portait Jalal Essai. Sans savoir quels obscurs événements les avaient fait se rencontrer autrefois, Bourne devinait qu'il avait affaire à un ennemi formidable nourrissant une rancune mortelle à son égard.

Tandis que Chrissie et son père déposaient Marks dans un fauteuil, ils entendirent une fusillade. Tracy poussa un petit cri, se rua vers la porte et l'ouvrit malgré les avertissements paternels. Cachée dans l'ombre sur le seuil, elle scruta l'espace compris entre l'Opel et le bois mais ne vit aucun signe de vie. Que faire ? Bourne était peut-être blessé ?

Elle s'apprêtait à le secourir, comme Tracy l'aurait sans doute fait à sa place, lorsqu'elle le vit émerger des fourrés. Avant qu'elle ait pu faire un pas dehors, quelqu'un la dépassa en trombe et dévala les marches du perron.

« Scarlett ! »

La fillette fonça dans l'allée, fit un crochet pour éviter le cadavre de Moreno, contourna le coffre de la voiture et se jeta dans les bras de Bourne.

« Ça c'est du vrai sang. Votre sang, dit-elle légèrement essoufflée, mais je peux vous aider. »

Bourne était sur le point de l'écarter gentiment quand il remarqua le visage défait de Scarlett. Elle voulait sincèrement l'aider, il n'avait pas le droit de la repousser. Alors il s'agenouilla pour qu'elle examine ses blessures.

« Je vais chercher des bandages dans la trousse de grand-papa », annonça-t-elle. Mais elle ne bougeait pas et ses doigts fouillaient la terre comme font les enfants embarrassés ou à court d'arguments. Soudain, elle leva les yeux vers lui : « Vous allez bien ?

— J'ai dû trébucher sur une pierre.

— Juste quelques égratignures ?

— Oui, c'est tout.

— Alors tout va bien. Je… Je viens de trouver ça. Est-ce qu'il appartient à monsieur Marks ? Je l'ai trouvé à l'endroit où il est tombé. »

Bourne prit l'objet et le débarrassa de la terre qui le salissait. C'était un anneau Severus Domna. D'où venait-il ?

« Je lui poserai la question quand nous serons dans la maison », dit-il en empochant l'anneau.

Au même instant, Chrissie arriva près d'eux, essoufflée d'avoir couru mais aussi d'avoir vu sa fille se précipiter vers le danger.

Elle allait lui faire la leçon quand elle vit Scarlett penchée sur les blessures de Bourne, l'air pénétré. Bourne et elle décidèrent de se taire et de la laisser jouer les infirmières.

« Je vais vous panser, dit Scarlett, et après vous irez bien.

— Alors il faut rentrer, docteur Scarlett. »

La fillette eut un rire nerveux. Bourne se leva et ils marchèrent tous les trois en silence jusqu'à la maison. Bourne s'approcha de Marks. Le père de Chrissie s'occupait de lui. Une trousse de secours étonnamment complète était posée sur une table basse. La tête de Marks reposait en arrière sur le dossier, les yeux fermés. Le professeur avait dû lui administrer un sédatif.

« La trousse de secours était dans le coffre de papa, dit Chrissie tandis que Scarlett fouillait dedans à la recherche de bandages et d'un flacon de mercurochrome. C'est un grand chasseur. »

Bourne s'assit en tailleur sur le tapis pour laisser Scarlett officier.

« La blessure est propre, dit le professeur Atherton à son patient. La balle est ressortie, donc le risque d'infection est faible, surtout maintenant que j'ai nettoyé la plaie. »

Il prit le mercurochrome des mains de Scarlett, en versa sur deux carrés de gaze stérile, appliqua les tampons sur les points d'entrée et de sortie, puis, d'un geste expert, enveloppa le tout dans du sparadrap chirurgical.

« J'ai vu bien pire à mon époque, reprit-il. Maintenant, il faut qu'il reste tranquille jusqu'à ce qu'on lui fasse une transfusion. Le plus tôt sera le mieux. Il a perdu beaucoup de sang. Heureusement que vous lui avez fait un garrot, sinon… »

Quand il eut terminé avec Marks, il se tourna vers Bourne.

« Vous n'avez franchement pas l'air en forme, monsieur X.

— Professeur, puis-je vous poser une question ?

— Vous ne savez pas faire grand-chose d'autre, fiston, grommela-t-il en s'appuyant sur l'accoudoir de Marks pour se relever. Eh bien allez-y, posez-les, vos questions. Mais je ne vous promets pas d'y répondre.

— Tracy avait-elle un frère ?

448

— Quoi ? »

Chrissie fronça les sourcils.

« Adam, je vous ai déjà dit que Tracy et moi n'avions pas de… »

Bourne leva la main.

« Je n'ai pas demandé si vous et votre sœur aviez un frère. J'ai demandé si Tracy avait un frère. »

Une expression hostile déforma le visage du professeur Atherton.

« Espèce de salopard, comment osez-vous dire une chose pareille ? À mon époque, je vous aurais cassé la figure pour ça.

— Vous n'avez pas répondu à ma question. Tracy avait-elle un frère ? »

Chrissie s'approcha des deux hommes qui se faisaient face comme deux roquets prêts à s'entre-égorger.

« Adam, pourquoi vous… ?

— Ne te mêle pas de ça », la rabroua son père avec un geste de la main. Puis, se tournant vers Bourne, il articula : « Vous me demandez si j'ai eu des relations sexuelles avec une autre femme et si un enfant est né de cette liaison ?

— Exactement.

— Jamais. J'ai aimé la mère de mes filles et je lui ai toujours été fidèle, martela-t-il en branlant du chef. Je pense que ce genre de chose vous dépasse.

— Tracy travaillait pour le compte d'un homme dangereux. Et je doute qu'elle l'ait fait de son plein gré. Tracy a dit à cet homme que son frère avait des problèmes graves. »

Soudain le comportement du professeur Atherton changea du tout au tout. Son visage se vida de son

sang ; il serait tombé si Chrissie ne s'était pas précipitée pour le soutenir. Non sans difficulté, elle l'aida à
s'asseoir dans le fauteuil en face de Marks.

« Papa ? dit-elle en s'agenouillant et en prenant sa
main moite entre les siennes. De quoi s'agit-il ? Quel
est ce frère dont j'ignore tout ?

— J'ignorais qu'elle était au courant, marmonna-
t-il dans sa barbe. Comment diable a-t-elle découvert
cela ?

— Donc c'est vrai, fit Chrissie en regardant Bourne
puis son père. Pourquoi maman et toi ne nous
avez-vous rien dit ? »

Le professeur Atherton soupira profondément puis
passa la main sur son front couvert de sueur. Il la
contemplait d'un œil vague comme s'il ne la reconnaissait pas, comme s'il voyait quelqu'un d'autre à
travers elle.

« Je ne veux pas en parler.

— Mais si, tu le dois, répliqua Chrissie en se redressant pour donner plus de poids à ses paroles. Tu n'as
plus le choix, papa. Il faut que tu me parles de lui. »

Toujours impassible, son père avait l'air d'un
homme terrassé par une chute de fièvre.

« Comment s'appelle-t-il ? implora-t-elle. Dis-moi
au moins cela. »

Le vieil homme évitait le regard de sa fille.

« Il n'a pas de nom. »

Chrissie recula brusquement, comme s'il l'avait
giflée à toute volée.

« Je ne comprends pas.

— C'est pourtant simple, dit le professeur Atherton.
Ton frère est mort à la naissance. »

23

Jalal Essai était un mort en sursis et il le savait. Dans l'obscurité de sa chambre, il réfléchissait à sa situation, assis sur une chaise pliante : sa décision de rompre avec Severus Domna n'avait pas été prise à la légère. Disons que la décision en elle-même avait été facile mais pas sa mise en œuvre. C'était normal, après tout, on hésitait toujours devant le danger, songea Essai. Voilà pourquoi il avait d'abord étudié toutes les stratégies de retrait en faisant mentalement la liste des diverses possibilités puis en les éliminant l'une après l'autre jusqu'à obtenir celle qui portait le moins à conséquences néfastes et présentait les meilleures chances de succès. Il avait coutume d'aborder tous les problèmes avec logique et méthode. En plus, cela lui permettait de calmer ses angoisses, comme lorsqu'il priait Allah ou méditait sur telle ou telle proposition de la philosophie bouddhiste. L'esprit vide se remplit de ce qui échappe aux autres.

Il était donc assis, parfaitement immobile, dans la pénombre de son appartement, ayant tiré les tentures pour se protéger de la lumière des réverbères et des phares des véhicules qui passaient de temps à autre.

Pour lui, la nuit était un peu comme une pause-café : un moment de calme et de plaisir. Il trouvait son chemin à travers l'obscurité sans craindre les cauchemars, grâce à la bénédiction d'Allah. Jalal Essai avait la foi.

Il était trois heures du matin et il savait ce qui l'attendait, raison pour laquelle il avait choisi de ne pas s'enfuir. Quoi de plus facile qu'abattre un fuyard une fois qu'il est sorti de son territoire. Il trébuche – et il meurt. Essai n'avait pas l'intention de trébucher. Au contraire, il avait tout préparé dans sa chambre et il ne bougerait pas avant que l'ennemi montre son visage.

D'abord, il entendit un bruit. Un minuscule grattement, comme un trottinement de souris. Ça venait de la porte d'entrée, via le salon. Ce bruit-là cessa très rapidement. L'ennemi avait dû réussir à crocheter la serrure, parce qu'on marchait dans l'appartement. Essai ne bougea pas. Pourquoi l'aurait-il fait ? Il coula son regard vers le lit. Sous les couvertures, un leurre imitait la présence d'un corps assoupi.

L'ombre environnante se modifia légèrement, devenant plus épaisse à l'approche du danger. Essai entra en lui-même. Son ennemi était penché au-dessus du lit, dans sa ligne de mire.

Essai ressentit un déplacement d'air lorsque l'assassin fit jaillir un poignard et le plongea dans le corps du dormeur. L'enveloppe de plastique explosa en un millier d'éclaboussures. La poupée gonflable était remplie d'acide de batterie.

Son ennemi réagit comme il l'avait prévu. Il s'écroula sur le dos en s'agitant tel un cafard blessé. Il se frottait le visage, le cou, la poitrine. Mais l'acide ne s'en répandait que mieux sur son visage, son cou, sa poitrine. Il lui dévorait les lèvres et la langue. Aucun cri ne sortait de ce qu'il lui restait de bouche. Ce type vivait un affreux cauchemar, songea Essai, en se levant de sa chaise.

Il s'agenouilla, se pencha sur son ennemi – l'homme que Severus Domna avait envoyé pour lui faire payer sa trahison – et sourit du sourire du juste. Il avait agi pour le mieux aux yeux d'Allah. Un doigt sur les lèvres, il souffla « chut » si doucement que nul n'aurait pu l'entendre, hormis son ennemi.

Puis s'emparant du poignard, il passa dans le couloir. Il resta quelques instants collé au mur, à attendre en évacuant toute impatience de son esprit. Du vide parfait naquit la réponse. Il vit le chemin que le deuxième tueur allait prendre. Il savait qu'ils étaient deux. Severus Domna respectait toujours cette double tactique : discrétion et travail d'équipe.

Une ombre barrait le couloir en diagonale sur toute sa largeur. Il avait deviné juste. Le deuxième assassin se tenait là. Mais déjà il se déplaçait. Estimant que son comparse avait eu le temps de commettre son forfait, il s'apprêtait à le rejoindre pour voir si tout s'était passé comme prévu.

En fait, rien ne s'était passé comme prévu. Il en eut la confirmation à l'instant où le poignard, lancé avec une précision remarquable, pénétra dans sa poitrine entre deux côtes et lui transperça le cœur. Il tomba lourdement, comme un gnou terrassé par un lion. Essai s'approcha de lui, s'agenouilla, constata que son pouls ne battait plus, puis repassa dans la chambre où le premier assassin se tortillait toujours, quoique avec des gestes plus désordonnés.

Il alluma pour observer le visage de l'homme. Il ne le reconnut pas mais cela n'avait rien d'étonnant. Severus Domna ne voulait pas qu'il identifie son agresseur. Il se pencha et dit :

— Mon ami, je te plains. Je te plains parce que j'ai décidé de ne pas abréger ta vie et tes souffrances. Non, je te laisserai dans l'état où tu es.

Il sortit un téléphone jetable et composa un numéro local.

« Oui ? répondit Benjamin El-Arian.

— Tu peux venir chercher le colis, dit Essai.

— Tu dois te tromper, je n'ai rien commandé. »

Essai plaça le téléphone devant la bouche de l'assassin dont les beuglements assourdis n'avaient plus rien d'humain.

« Qu'est-ce que c'est ? »

Essai nota un léger changement dans la voix d'El-Arian, une fébrilité qui lui parut de bon aloi.

« À vue de nez, dans trente minutes, ton exécuteur ne sera plus de ce monde. Sa vie est entre tes mains. »

Essai coupa la communication, se leva puis écrasa le téléphone sous son talon.

« Tu raconteras à Benjamin El-Arian ce qui s'est passé ici, dit-il à l'homme supplicié. Ensuite, il fera de toi ce qu'il voudra. Dis-lui que je recevrai de la même manière tous les tueurs qu'il m'enverra. Il a fait son temps – et toi aussi. »

Debout à tribord, Moira observait les signaux infrarouges à travers les lunettes spéciales que le capitaine du yacht lui avait prêtées. Le canot Cigarette immobile sur les flots grossissait au fur et à mesure de leur avancée. Elle déporta légèrement son axe de vision. Deux silhouettes se dessinaient à bord du canot, près de l'émetteur. Celles d'un homme et d'une femme. Très certainement Arkadine. Mais qui était la femme ? Pourquoi aurait-il emmené quelqu'un avec lui ? Berengária lui avait dit qu'il ne se déplaçait qu'avec un homme d'équipage, un vieux Mexicain nommé El Heraldo.

Les machines du yacht étaient toujours au point mort. Il dérivait, emporté par son élan. À présent, Moira était assez proche pour apercevoir le visage d'Arkadine. À côté de lui, il y avait… Soraya Moore !

Elle faillit laisser tomber ses lunettes par-dessus bord. *Mais qu'est-ce qui se passe ?* s'écria-t-elle intérieurement. Le plan le plus minutieusement préparé n'était jamais à l'abri d'un imprévu. Elle en avait la démonstration sous les yeux.

Le clapotis de l'eau résonnait dans le silence. Le canot aborda le yacht. Un homme d'équipage jeta une échelle de corde pendant qu'un deuxième manœuvrait le treuil. Deux autres hissaient la cargaison hors de la cale. Berengária lui avait expliqué la procédure en détail. Ils placèrent une caisse dans un filet et la descendirent au niveau du hors-bord.

Pendant qu'Arkadine en inspectait le contenu, Moira accoudée à la rambarde du yacht espérait attirer l'attention de Soraya. Dès que cette dernière la vit, elle ouvrit la bouche de surprise.

Qu'est-ce qui se passe ? articula-t-elle silencieusement. Moira avait envie de rire tant la situation était cocasse.

C'est alors qu'Arkadine l'aperçut. Les sourcils froncés, il escalada l'échelle, sauta à bord du yacht, un Glock 9 mm à la main.

« Qui êtes-vous ? dit-il en braquant l'arme sur le ventre de Moira. Et que faites-vous sur mon bateau ?

— Ce n'est pas votre bateau. Il appartient à Berengária », corrigea Moira en espagnol.

Arkadine plissa les yeux.

« Vous appartenez à Berengária vous aussi ?

— Je n'appartiens à personne, répliqua Moira. En revanche, je surveille les intérêts de Berengária. »

Ayant eu le temps de peaufiner son personnage et de préparer une série de réponses plausibles, elle avait abouti à la conclusion suivante : primo, Arkadine était un homme, deuzio c'était un assassin.

« Envoyer une gonzesse ! C'est bien un truc de bonne femme, ça ! cracha Arkadine avec le même dédain que Roberto Corellos.

— Berengária est persuadée que vous ne lui faites plus confiance.

— Elle a raison.

— Peut-être qu'elle ne vous fait pas confiance, elle non plus. »

Arkadine lui adressa un regard noir mais ne dit rien.

« C'est bien regrettable, dans les relations d'affaires, poursuivit Moira. Notre commerce risque d'en pâtir.

— Et comment la femme à laquelle vous n'appartenez pas suggère que nous procédions ?

— Pour commencer, je vous conseille de baisser cette arme », dit Moira.

Entre-temps, Soraya avait grimpé à l'échelle. À peine eut-elle enjambé la rambarde en cuivre qu'elle comprit l'étendue du problème.

« Allez vous faire foutre, grogna Arkadine. Et Berengária, même chose.

— Si elle avait envoyé un homme, vous vous seriez sans doute entre-tués.

— Erreur. Je l'aurais tué à coup sûr, répliqua Arkadine.

— Par conséquent, envoyer un homme aurait été stupide de sa part, conclut Moira sans se démonter.

— Bon Dieu, on n'est pas dans une cuisine, fit-il en secouant la tête comme s'il n'en revenait pas. Vous n'êtes même pas armée.

— Raison pour laquelle vous ne me tirerez pas dessus, répondit Moira. Raison pour laquelle vous écouterez ce que j'ai à vous dire. Je viens pour négocier et vous proposer de poursuivre notre collaboration sur des bases saines. »

Arkadine la regarda comme un faucon regarde un moineau. L'avait-elle amadoué ? Son offre l'intéressait-elle ? Toujours est-il qu'il cessa de la menacer et enfonça le Glock dans sa ceinture, au niveau des reins.

Moira ne quittait pas Soraya des yeux.

« Mais je refuse de négocier devant quelqu'un que je ne connais pas. Berengária m'a parlé de vous et de votre homme, El Heraldo. Qu'est-ce que cette femme fabrique ici ? Je n'aime pas les surprises.

— Nous sommes deux dans ce cas, lança Arkadine en penchant la tête pour désigner Soraya. C'est une nouvelle associée, en période d'essai. Si elle ne fait pas l'affaire, je lui logerai une balle dans la nuque.

— Ah oui ? Ça paraît simple. »

Arkadine s'avança vers Soraya en tendant le bras devant lui, le pouce et l'index en forme de pistolet. Il lui posa le doigt sur la nuque et : « Boum ! » Puis il se tourna et avec son sourire le plus charmeur, dit à Moira :

« Alors, parlez sans crainte.

— Il y a trop d'associés », s'obstina Moira.

Déconcerté, Arkadine ne répondit pas tout de suite.

« En ce qui me concerne, je m'en passerais bien, dit-il en haussant les épaules. Malheureusement, ils sont là. Mais si Berengária veut…

— Nous pensions plutôt à Corellos.

— Elle est sa maîtresse.

— Disons plutôt qu'il s'agit d'un arrangement d'affaires, répliqua Moira. Elle a fait cela pour qu'il lui fiche la paix. Entre nous, dispose-t-elle d'une arme plus efficace ?

— Corellos est un homme très puissant, dit-il.

— Corellos est en prison.

— Plus pour longtemps, j'imagine.

— Voilà pourquoi nous devons le frapper maintenant.

— Le frapper ?

— Le tuer, l'éliminer, l'assassiner… Appelez cela comme vous voulez. »

Arkadine accusa le coup puis éclata de rire.

« Où diable Berengária est-elle allée vous chercher ? »

Jetant un coup d'œil à Soraya, Moira se dit en elle-même : *Là où tu as trouvé ta nouvelle associée, à peu de chose près.*

« Pourquoi aurait-elle fait cela ? gémit le professeur Atherton, la tête entre les mains. Pourquoi Tracy aurait-elle dit qu'elle avait un frère'?

— Surtout que cela la mettait en dette vis-à-vis d'Arkadine, ajouta Chrissie.

— Elle ne s'est pas contentée de le dire, reprit Bourne. Elle a monté une histoire abracadabrante en lui racontant qu'il devait de l'argent à un bookmaker. Comme si elle voulait qu'Arkadine ait prise sur elle.

— Cela n'a ni queue ni tête. »

Bien sûr que si, songea Bourne, à condition qu'elle ait agi en service commandé. On l'avait sans doute chargée de se lier avec Arkadine, d'enquêter sur ses affaires, ses fréquentations. Mais ce n'était ni le lieu ni les personnes adéquats pour discuter de ses soupçons.

« Remettons cela à plus tard. Après ce qui vient de se passer dans le bois, il ne faut pas qu'on reste ici. Je vais porter Marks. Pourrez-vous y arriver de votre côté ? », ajouta-t-il à l'intention du professeur Atherton.

Le vieil homme répondit d'un bref hochement de tête.

Chrissie fit un mouvement vers lui.

« Je vais t'aider, papa.

— Occupe-toi de ta fille, dit-il d'un ton brusque. Je m'occupe de moi. »

Chrissie referma la trousse médicale, l'emporta et sortit en tenant la main de Scarlett. Bourne souleva Marks et le hissa sur son épaule.

« Allons-y », dit-il pour inciter le professeur à le suivre.

Chrissie emmena son père jusqu'à sa voiture garée derrière la maison. Bourne déposa Marks dans le véhicule de location qui, par miracle, n'avait pas été endommagé. Chrissie rejoignit Scarlett devant la maison et la fit monter.

Bourne s'approcha d'elle.

« Qu'est-ce qu'on fait maintenant ? demanda Chrissie.

— Vous allez reprendre votre vie d'avant.

— Ma vie d'avant ! » Elle partit d'un rire sans joie. « Ma vie ne sera plus jamais la même.

— C'est peut-être une bonne chose. »

Elle hocha la tête sans conviction.

« Je suis désolé, dit-il.

— Vous avez tort, répliqua-t-elle avec un sourire triste. Pendant un moment, je me suis prise pour Tracy mais maintenant, je sais que je n'ai jamais voulu être comme elle. C'était une illusion. Je suis contente qu'elle vous ait rencontré. Vous l'avez rendue heureuse.

— Pour une nuit ou deux.

— Certains n'ont même pas droit à cela. Au moins, Tracy aura choisi sa vie. Personne ne la lui aura imposée. »

Bourne se retourna vers la voiture et tapota contre la vitre pour que Scarlett la descende. Il déposa quelque chose dans sa main et lui referma les doigts.

« Ceci doit rester entre nous, dit Bourne. Ne regarde pas ce que c'est avant d'être seule chez toi. »

Elle prit un air sérieux et lui fit un signe de connivence.

« Allons-y », dit Chrissie sans regarder Bourne.

Scarlett remonta sa vitre et dit quelque chose que Bourne n'entendit pas. Il posa sa main à plat contre la vitre, Scarlett fit de même de son côté.

Marks avait laissé la clé sur le contact, si bien que Bourne put démarrer aussitôt.

En entendant le bruit du moteur combiné aux crissements des pneus sur le gravier de l'allée, Marks sortit de sa stupeur.

« Où suis-je ? marmonna-t-il d'une voix pâteuse.

— En route pour Londres. »

Mars hocha la tête comme un ivrogne essayant péniblement d'émerger des brumes de l'alcool.

« Putain, j'ai super mal à la jambe.

— On vous a tiré dessus. Vous avez perdu du sang mais ça va aller. »

Soudain, Marks parut se réveiller tout à fait. Un frisson le traversa comme si le souvenir des derniers événements venait de refaire surface. Il se tourna vers Bourne.

« Écoutez, je suis désolé. Je me suis comporté comme un imbécile. On m'a chargé de vous retrouver.

— Ça, j'avais compris. »

Marks se frotta les yeux avec les poings pour s'éclaircir les idées.

« Je travaille pour Treadstone, à présent. »

Bourne gara la voiture sur le bas-côté.

« Depuis quand Treadstone a-t-il été reformé ?

— Depuis que Willard a trouvé un financier.

— Et qui cela peut-il bien être ?

— Oliver Liss. »

Bourne ne put s'empêcher de rire.

« Pauvre Willard. Il s'est jeté dans la gueule du loup.

— C'est exactement ça, fit Marks sur un ton sinistre. Toute cette histoire n'est qu'une énorme bévue.

— Et vous y êtes jusqu'au cou.

— En fait, j'espère faire partie de la solution.

— Vraiment ? Et comment comptez-vous vous y prendre ?

— Il paraît que vous avez un truc qui intéresse Liss. Un anneau. »

Décidément, tout le monde court après l'anneau du Royaume, songea Bourne sans rien révéler de ses réflexions.

« Je suis censé vous le dérober.

— Je serais curieux de savoir comment.

— Pour être honnête, je n'en ai pas la moindre idée, dit Marks. D'ailleurs cela ne m'intéresse plus. Vous avez le droit d'être sceptique. Mais je vous dis la vérité. Juste avant que je vous trouve dans la maison, Willard m'a appelé pour me dire que la mission avait changé et que je devais vous envoyer à Tineghir.

— Dans le sud-est du Maroc.

— Ouarzazate, pour être précis. Apparemment, c'est là qu'Arkadine est supposé se rendre lui aussi. »

Bourne garda le silence si longtemps que Marks se sentit obligé de demander :

« À quoi pensez-vous ?

— Je pense qu'Oliver Liss ne tire plus les ficelles de Treadstone.

— Qu'est-ce qui vous fait dire cela ?

— Liss n'a pas plus envie de m'envoyer à Ouarzazate que de se casser une jambe, fit-il en se tournant

462

vers Marks. Non, Peter, il y a eu un changement radical.

— C'est ce que j'ai senti, moi aussi. Mais quoi ? » Marc sortit son PDA et passa en revue quelques sites d'information gouvernementaux. « Seigneur, Liss a été placé en garde à vue par le ministère de la Justice dans le cadre d'une enquête sur son rôle dans les crimes commis par Black River. Mais pourtant, il avait été lavé de tout soupçon.

— Je vous ai parlé de changement radical, insista Bourne. Willard reçoit ses ordres de quelqu'un d'autre.

— C'est sûrement un très gros poisson, sinon ils n'auraient jamais rouvert l'enquête.

— Et maintenant, vous voilà aussi avancé que moi. On dirait que votre patron vous a roulé dans la farine sans une seconde d'hésitation.

— Franchement, je ne suis pas surpris, dit Marks en se frottant la jambe avec une grimace de douleur.

— Je connais un médecin, à Londres. Un type discret qui ne vous posera pas de questions. Comme vous le savez, Diego m'a entraîné dans un piège. Des hommes à lui m'attendaient au Vesper Club.

— Moreno devait-il le tuer pour autant ?

— Nous ne le saurons jamais, dit Bourne. Tout ce que je vois c'est qu'Ottavio m'a sauvé la vie. Il ne méritait pas d'être abattu comme un chien.

— À ce propos, qui a bien pu nous tirer dessus, tout à l'heure ? »

Bourne lui parla de Severus Domna et de Jalal Essai sans trop impliquer Holly.

« Un type m'a agressé, à Londres. Il portait une curieuse bague en or au médium de la main droite, dit

Marks en fouillant dans ses poches. Merde, je crois que je l'ai perdue.

— Scarlett l'a trouvée. Je la lui ai laissée en souvenir, répondit Bourne. Chaque membre de Severus Domna porte un anneau semblable.

— Si je comprends bien, tout cela nous ramène à Treadstone et à cette ancienne mission. Savez-vous pourquoi Alex Conklin convoitait l'ordinateur portable ? fit Marks après avoir réfléchi un instant aux tenants et aux aboutissants.

— Aucune idée », mentit Bourne. Pouvait-il se fier à quelqu'un, en dehors de Moira et Soraya ? Il savait que Soraya et Peter étaient de bons amis, mais cela faisait-il de lui un allié sincère ?

« Il faut que je vous avoue quelque chose. C'est moi qui ai forcé Soraya à rejoindre Treadstone. »

Comme Typhon ne pouvait fonctionner sans elle, Bourne se dit que Danziger était en train de démanteler l'ancienne CIA pour la reconstruire à l'image de la NSA de Bud Halliday. Mais cela ne le concernait pas. Il considérait toutes les agences de renseignement avec le même mépris. En revanche, il respectait le travail accompli par le premier directeur de Typhon et ensuite par Soraya.

« De quelle mission Willard l'a-t-il chargée ?

— Vous n'allez pas apprécier.

— Dites toujours.

— Elle doit se rapprocher de Leonid Arkadine et de l'ordinateur portable.

— L'ordinateur portable que j'ai volé à Jalal Essai sur l'ordre de Conklin ?

— Celui-là même. »

Bourne étouffa un accès d'hilarité. En le voyant rire, Marks lui aurait posé des questions auxquelles il ne souhaitait pas répondre. Il se contenta de demander :

« C'est une idée à vous ?

— Non, de Willard.

— Il lui a fallu du temps pour la trouver ?

— Il m'en a parlé le lendemain du jour où je l'ai recrutée.

— Donc il y a des chances pour qu'il y ait pensé avant. »

Marks haussa les épaules comme s'il ne voyait pas le problème.

Pourtant il y avait bel et bien un problème. Les mécanismes mentaux de Willard lui en apprenaient long sur le fonctionnement de Treadstone. Ses poumons se vidèrent d'un coup. Et si Soraya n'était pas la première femme chargée de faire ami-amie avec Arkadine ? Si Treadstone s'était servi de Tracy pour le même genre de mission ? Tout concordait. Il comprit soudain pourquoi Tracy mentait, pourquoi elle s'était jetée tête baissée entre les pattes d'Arkadine. Elle voulait travailler pour lui, pénétrer dans son orbe, accéder à ses secrets pour les transmettre ensuite à ses employeurs. Ce plan machiavélique avait fonctionné jusqu'à la mort de Tracy à Khartoum. Puis Arkadine s'était de nouveau évaporé dans la nature. À présent, Willard avait besoin de rétablir le contact. Et pour cela, quoi de plus simple que de recourir à la bonne vieille technique estampillée Treadstone ? Arkadine considérait les femmes comme des êtres inférieurs. Il n'imaginerait jamais que l'une d'elles serait assez intelligente pour essayer de le doubler. Du moins le supposait-on.

« Je parie que Soraya l'a retrouvé.

— Elle est avec lui en ce moment, à Sonora. Et elle sait quoi faire, dit Marks. Croyez-vous qu'elle pourra l'emmener jusqu'à Tineghir ?

— Non, répondit Bourne. Mais moi je peux.

— Comment ? »

Bourne sourit. Il se souvenait de la note écrite par Perlis sur son calepin.

« Je vais lui faire parvenir une information. Elle saura quoi en faire. »

Ils arrivaient dans la banlieue de Londres. Bourne quitta l'autoroute à la première sortie, passa sur une voie secondaire et se gara. Puis il écrivit à Soraya sur le PDA de Marks.

Ils se remirent en route.

« Je ne sais pas comment c'est arrivé, dit Bourne, mais Willard et Treadstone sont aujourd'hui sous la coupe de Severus Domna.

— Qu'est-ce qui vous fait dire cela ?

— Jalal Essai est amazigh. Il vient des montagnes du Haut Atlas. Ouarzazate.

— Dans ce cas, Willard reçoit-il ses ordres de Jalal Essai ou de Severus Domna ?

— Pour le moment peu importe, répondit Bourne, mais je penche pour Severus Domna. Je doute que Jalal Essai soit assez influent pour pousser le ministère de la Justice à coffrer Oliver Liss.

— Parce qu'il s'est retiré de Severus Domna, c'est cela ?

— Ce qui rend la situation d'autant plus intéressante », confirma-t-il.

Il tourna à gauche puis à droite dans une rue bordée de maisons de style géorgien, blanches et proprettes. Un skye-terrier, la truffe au sol, menait son maître en prenant garde aux obstacles. Le médecin habitait un peu plus loin.

« Avoir des ennemis qui ne peuvent pas se sentir, c'est plutôt rare pour moi.

— Je parie que vous irez à Tineghir, malgré le danger. Le genre de décision à réfléchir mûrement.

— Occupez-vous de vos propres décisions, répliqua Bourne. Si vous voulez rester dans ce métier, Peter, retournez à Washington et réglez vos comptes avec Willard. Sinon, d'une manière ou d'une autre, il finira par vous détruire, vous et Soraya. »

24

Grâce au dossier qu'il constituait patiemment sur le secrétaire à la Défense Halliday, Frederick Willard connaissait le White Knights Lounge depuis pas mal de temps. Comme beaucoup d'hommes puissants et arrogants, Halliday aimait se vautrer dans la fange avec les prolétaires. Lui et ses semblables planaient à des hauteurs telles qu'ils se croyaient même au-dessus des lois.

Willard avait assisté de loin aux rencontres de Bud Halliday avec un homme qu'il n'avait pas tout de suite identifié. C'était Benjamin El-Arian qui lui avait appris son nom : Jalal Essai. Willard ignorait si El-Arian était au courant des relations que ces deux-là entretenaient et il n'avait pas l'intention d'évoquer le sujet. Ce renseignement-là, il ne le transmettrait qu'à une seule personne.

Et voilà qu'à présent la personne en question faisait son entrée, pile à l'heure, flanquée de ses gardes du corps, tel un empereur romain.

Errol Danziger se dirigea droit vers Willard et se glissa sur la banquette dont le skaï taché et déchiré révélait des décennies de beuverie.

« C'est un vrai bouge, ici », dit Danziger. Il fit une mine dégoûtée, comme s'il avait peur d'attraper une sale maladie. « Vous avez bien décliné depuis que vous nous avez quittés. »

Le restauroute crasseux où ils se trouvaient, planté quelque part entre Washington et l'État de Virginie, portait un nom passe-partout. Seuls les vieux piliers de bar rongés par l'alcool pouvaient se plaire dans cet endroit abominable, puant la bière aigre et l'huile rance. Impossible de déterminer de quelle couleur les murs étaient peints. Sur le vieux juke-box mécanique passaient des airs de Willie Nelson et de John Mellencamp, mais personne ne dansait. Et visiblement, personne n'écoutait non plus. Un ivrogne vautré au bout du comptoir poussa une sorte de grognement.

Willard se frotta les mains.

« Qu'est-ce qui vous ferait plaisir ?

— Sortir d'ici, répondit Danziger en évitant de respirer trop profondément. Le plus tôt sera le mieux.

— On est totalement incognito, dans ce troquet. Les gens que nous connaissons ou qui nous connaissent ne fréquentent pas ce genre de cloaque, déclara Willard. Connaissez-vous meilleur endroit pour une rencontre discrète ? »

Danziger n'était pas convaincu.

« Allez-y.

— Vous avez un problème, dit Willard sans autre préambule.

— J'ai des tas de problèmes mais c'est pas vos oignons.

— Ne soyez pas si péremptoire.

— Écoutez, vous êtes sorti de la CIA, ce qui signifie que vous n'êtes plus personne. Si j'ai accepté de vous rencontrer c'est par – euh, disons par reconnaissance pour les services que vous nous avez rendus. Mais je constate que c'est une perte de temps. »

Sans se démonter, Willard poursuivit :

« Le problème en question concerne votre patron. »

Danziger recula comme pour s'éloigner le plus possible de Willard sans pour autant tomber de la banquette.

« Ça vous intéresse, oui ou non ? Sinon, vous êtes libre de partir.

— Bon, allez-y.

— Bud Halliday entretient une… dirons-nous, une relation très confidentielle avec un homme nommé Jalal Essai. »

On sentit Danziger se hérisser.

« Avez-vous l'intention de faire chanter… ?

— Du calme. Cette relation est strictement professionnelle.

— En quoi cela me regarde-t-il ?

— En tout, répliqua Willard. Ce Jalal Essai n'est franchement pas fréquentable. Il peut vous nuire à tous les deux. En fait, il appartient à une organisation connue sous le nom de Severus Domna.

— Jamais entendu parler.

— Comme la plupart des gens. Mais sachez que si Oliver Liss est en examen à l'heure actuelle c'est parce qu'un membre de Severus Domna a glissé un mot à l'oreille du ministre de la Justice. »

Un étrange gémissement retentit dans le bar. L'un des habitués s'essayait au chant en entonnant un duo avec Connie Francis. L'un des gorilles de Danziger s'approcha du pochard et lui ordonna de la fermer.

Danziger se renfrogna.

« Insinuez-vous que le gouvernement américain reçoit des ordres de – quoi déjà ? –, un groupuscule musulman, si je me fie au nom de l'individu en question ?

— Severus Domna regroupe des personnes originaires du monde entier ou presque.

— Des chrétiens *et* des musulmans ?

— Et aussi, probablement, des juifs, des hindous, des jaïnistes, des bouddhistes et tout ce que vous voudrez.

— Grotesque ! Comment des hommes de religions différentes pourraient-ils s'accorder sur une date de réunion ? Quant à travailler ensemble au sein d'une même organisation… On croit rêver. Et d'abord, pourquoi feraient-ils cela ?

— Je sais seulement que leurs objectifs n'ont rien à voir avec nos objectifs.

— *Nos* objectifs ? Vous êtes un civil maintenant, cracha-t-il en mettant dans le mot « civil » tout le mépris dont il était capable.

— Le chef de Treadstone peut difficilement être qualifié de « civil », rétorqua Willard.

— Treadstone ? C'est quoi ce nom ridicule ? fit-il en partant d'un rire rauque. Vous et votre Machin Stone ne représentez rien pour moi. Cette rencontre est terminée. »

Il s'extirpait de la banquette quand Willard abattit son atout.

« Travailler avec un groupement étranger constitue une trahison punissable de la peine de mort. Imaginez la honte qui retomberait sur vous. Si vous vivez assez longtemps.

— Qu'est-ce que c'est que ce ramassis de conneries ?

— Imaginez un monde sans Bud Halliday. »

Danziger se figea. Pour la première fois depuis son arrivée, il perdait de son arrogance.

« Dites-moi, poursuivit Willard, pourquoi vous ferais-je perdre votre temps avec des élucubrations, monsieur le directeur ? Qu'aurais-je à y gagner ?

— Quel est votre intérêt là-dedans ? Pourquoi vous me fatiguez avec ces histoires à dormir debout ?

— Si vous pensiez vraiment qu'il s'agit d'histoires à dormir debout, vous ne seriez déjà plus là et je serais en train de parler avec le mur.

— Franchement je ne sais pas quoi penser, répondit Danziger. Pour le moment, je préfère écouter.

— Je n'en demande pas davantage », fit Willard.

Ce qui était parfaitement faux. Il en attendait beaucoup plus de la part de Danziger et désormais, il savait qu'il l'obtiendrait.

Karpov retournait au bureau. Sur la route, il demanda à son chauffeur de s'arrêter, descendit de voiture, se cacha dans des herbes hautes et vomit. Il n'en était pas à son premier meurtre, loin s'en fallait. Il avait abattu pas mal de salopards, dans sa carrière. Ce qui lui retournait l'estomac tenait à la situation dans laquelle il se trouvait. Il avait l'impression de barboter au fond d'un égout. Il devait y avoir un moyen d'en sortir mais, hélas, il était coincé entre le Président Imov et Viktor Cherkesov. Imov constituait un problème secondaire ; tous les *siloviks* ambitieux faisaient avec. Pour Cherkesov c'était différent. À présent, Karpov lui était redevable et, tôt ou tard, Cherkesov lui demanderait de lui rendre un petit service. Il voyait déjà ces petits services se multiplier à l'infini jusqu'à l'étouffement. Cherkesov était loin d'être idiot ! En lui faisant cette faveur, il avait cherché avant tout à briser sa carapace d'incorruptibilité. Il ne lui restait plus qu'à avancer, un pas après l'autre, dans la gadoue, comme les braves soldats russes l'avaient fait pendant des siècles.

Karpov se disait que c'était pour la bonne cause – l'éradication de Maslov et de la Kazanskaïa valait bien ce sacrifice. Mais pour lui, ce genre de posture frisait la lâcheté. C'était comme dire : *je ne faisais que suivre les ordres*. Et cela le déprimait d'autant plus.

L'âme en peine, il regagna la banquette arrière. Cinq minutes plus tard, son chauffeur rata un embranchement.

« Arrêtez la voiture, ordonna Karpov.

— Ici ?

— Oui, ici. »

L'homme lui jeta un regard inquiet dans le rétroviseur.

« Mais la circulation…

— Faites ce que je vous dis ! »

La voiture s'arrêta. Karpov descendit, ouvrit la portière du chauffeur, saisit l'homme par le collet et l'arracha de son siège. Sans se soucier des crissements de freins et des coups de klaxon donnés par les automobilistes qui arrivaient derrière, il se mit à lui cogner le crâne contre la carrosserie. Quand il s'affaissa, Karpov lui donna un coup de genou sous le menton. Le chauffeur cracha quelques dents et s'affala sur la chaussée. Après lui avoir décoché encore quelques bonnes ruades, Karpov se glissa derrière le volant, claqua la portière et démarra.

J'aurais dû être américain, pensait-il en s'essuyant les lèvres avec le dos de la main, dans un geste compulsif. Mais Karpov était un patriote, il aimait la Russie. Malheureusement, la Russie le lui rendait bien mal. C'était une maîtresse cruelle, sans cœur. *J'aurais dû être américain.* Il répéta cette phrase comme une berceuse, sur un petit air de son invention. À force de chantonner, il finit par se calmer. Comme son moral remontait, il se mit à réfléchir à la manière dont il abattrait Maslov et aux mesures qu'il prendrait pour réorganiser le FSB-2, une fois qu'il en serait nommé directeur.

Le plus urgent, pour l'instant, était de mettre les trois taupes hors d'état de nuire. Muni des noms fournis par Bukine, il se gara devant l'immeuble du XIXe siècle abritant le FSB-2 et grimpa les marches. Il savait dans quels départements travaillaient les traîtres. Une fois dans l'ascenseur, il sortit son pistolet.

Il ordonna au premier de sortir de son bureau. Quand l'homme refusa, Karpov lui colla son pistolet sous le nez. Tous les *siloviks* émergèrent de leurs tanières. Secrétaires, assistants levèrent la tête de leur abrutissante paperasserie pour mieux suivre le drame qui se jouait. Une foule se forma, ce dont Karpov se félicita. La première taupe attrapée, il passa dans le bureau de la deuxième. L'homme discutait au téléphone, le dos tourné vers la porte. Quand il pivota sur son siège, Karpov lui tira une balle dans la tête. L'impact l'envoya valser en arrière contre la fenêtre, bras écartés. Il tomba par terre, non sans avoir laissé sur le verre blindé une traînée de sang mêlée d'éclats d'os, formant un motif abstrait. Pendant que les *siloviks* abasourdis s'amassaient sur le seuil, Karpov prit plusieurs photos avec son téléphone portable.

Il se fraya un passage à travers le couloir, traînant toujours derrière lui la première taupe, agitée de soubresauts nerveux. Sa prochaine victime se trouvait un étage au-dessus. Quand ils arrivèrent, la nouvelle s'était déjà répandue. Les *siloviks* les accueillirent dans un silence stupéfait.

Karpov allait passer dans le bureau de la troisième taupe mais le colonel Lemtov crut bon d'intervenir.

« Colonel Karpov, tonna-t-il en se ménageant un passage à travers la foule. Que signifie cet outrage ?

— Ôtez-vous de mon chemin, colonel. Je ne le répéterai pas deux fois.

— Qui êtes-vous pour…

— Je suis un émissaire du Président Imov, dit Karpov. Appelez-le, si ça vous chante. Mieux que ça, appelez Cherkesov. »

Puis il empoigna la taupe et la poussa devant lui pour écarter Lemtov. Dakaev, le troisième membre du trio, n'était pas à son poste. Karpov allait téléphoner à la sécurité quand une secrétaire lui annonça en claquant des dents que son patron présidait une réunion. Elle désigna la salle de conférences. Karpov s'y engouffra avec son prisonnier.

Douze hommes étaient assis autour d'une table rectangulaire, avec Dakaev tout au bout. En tant que chef de département, Dakaev lui serait plus précieux vivant que mort. Karpov jeta la première taupe sur la table. Tout le monde recula le plus loin possible, sauf Dakaev qui resta impassible, les mains jointes posées devant lui. Contrairement au colonel Lemtov, il ne semblait ni choqué ni embarrassé. Karpov se dit qu'il savait pertinemment de quoi il retournait.

Il fallait que ça change. Karpov traîna son prisonnier le long de la table, éparpillant au passage papiers, stylos, verres d'eau, jusqu'à ce qu'il arrive devant Dakaev. Puis, en regardant l'homme au fond des yeux, Karpov posa le canon de son pistolet sur la nuque de la première taupe, terrorisée, et pressa la détente. La tête de l'homme percuta la table, rebondit et retomba dans son propre sang. L'ensemble formé par les éclats d'os et de cervelle parsemant le costume de Dakaev, sa chemise, sa cravate et son visage fraîchement rasé rappelait une toile de Jackson Pollock.

Karpov agita son pistolet.

« Debout.

— Vous allez m'abattre moi aussi ?

— Peut-être bien, grogna Karpov en le saisissant par la cravate. Ça dépend entièrement de toi.

— Je vois, fit Dakaev. Je réclame l'immunité.

— L'immunité ? Je vais t'en donner de l'immunité », répliqua Karpov en lui écrasant sa crosse contre la tempe.

Voulant esquiver, Dakaev se heurta à son voisin de table, paralysé sur sa chaise. Il trébucha et tomba assis contre le mur. Karpov se pencha sur lui.

« Tu vas tout me dire. Je veux savoir ce que tu fais, quels sont tes contacts – les noms, les lieux, les dates, tout ce qui te passera par la tête, même si ça doit durer des heures. Et ensuite seulement, je déciderai ce que je fais de toi. »

Il attrapa Dakaev et l'obligea à se relever.

« Vous autres, je vous conseille de vous remettre au boulot, et plus vite que ça. »

Dans le couloir régnait un silence absolu. Aussi raides que des soldats de plomb, les employés n'osaient même pas respirer. Le colonel Lemtov évita le regard de Karpov au moment où ce dernier entraîna Dakaev vers les ascenseurs.

Ils descendirent au sous-sol, dans les tréfonds de l'édifice dont les boyaux humides accueillaient des cellules de détention taillées dans la roche. Il faisait si froid dans ces caves que les gardiens portaient des pardessus et des toques de fourrure rabattues sur les oreilles, comme en plein hiver. De la vapeur sortait de la bouche quand on parlait.

Karpov poussa Dakaev dans la dernière cellule à gauche. Elle contenait une chaise métallique vissée dans le sol en ciment, un énorme évier et une cuvette de WC en aluminium. Une planche dépassant d'un mur supportait un matelas peu épais. Une rigole passait sous la chaise.

« Voilà, tout est prêt pour l'interrogatoire, dit Karpov en l'obligeant à s'asseoir. J'avoue que je suis un peu rouillé mais tu ne verras pas la différence.

— Pourquoi toute cette mise en scène ? dit Dakaev. Je vous dirai tout ce que vous voulez savoir. La loyauté est un sentiment qui m'est étranger.

— Je n'en ai jamais douté, fit Karpov en commençant à remplir le lavabo. D'un autre côté, comment croire à la sincérité d'un homme qui se déclare ouvertement déloyal ?

— Mais je… »

Karpov lui enfonça le canon de son pistolet dans la bouche.

« Écoute-moi, monsieur Déloyal. Un homme qui ne croit en rien ni personne ne mérite pas le cœur qui bat dans sa poitrine. Avant que tu passes aux aveux, je vais t'enseigner la droiture. Quand tu sortiras d'ici – à moins que ce ne soit les pieds devant – tu seras devenu l'élément le plus fidèle du FSB-2. Plus jamais tu n'écouteras les discours des tentateurs, comme Dimitri Maslov. Tu seras incorruptible. »

Karpov lui balança un coup de pied qui le fit tomber à quatre pattes. Puis il l'attrapa par le col et le traîna au-dessus du lavabo, à présent rempli d'eau glacée.

« C'est parti », dit-il en lui plongeant la tête dedans.

Arkadine dansait avec Moira. Probablement pour la rendre jalouse, se dit Soraya en les regardant. Ils étaient à Puerto Peñasco dans l'une des nombreuses cantinas de nuit fréquentées par les équipes d'ouvriers qui faisaient les trois-huit dans les maquiladoras voisines. Une ranchera triste braillait dans le juke-box éclairé comme une version fauchée du vaisseau spatial de *Rencontres du troisième type*.

Les hanches d'Arkadine bougeaient comme si elles étaient bourrées de mercure. Cet homme savait danser ! se dit Soraya, sa tasse de café à la main. Puis elle sortit son PDA. Peter Marks lui avait envoyé plusieurs textos. Le dernier lui expliquait comment inciter Arkadine à se rendre à Tineghir. D'où Peter tenait-il ces infos ?

Elle avait réussi à cacher son étonnement de voir Moira dans son rôle de composition. Quand elle était montée à bord du yacht, le sol s'était dérobé sous ses pieds. La situation évoluait plus rapidement qu'elle ne l'avait imaginé. Elle allait devoir jouer vite et bien. Raison pour laquelle elle gardait en mémoire la conversation entre Moira et Arkadine. Chaque mot était important mais aussi chaque intonation. Elle espérait y découvrir la raison de la présence de Moira. En quoi Arkadine l'intéressait-il ? L'affaire qui semblait les préoccuper tous les deux était sans doute aussi bidon que celle qu'elle-même avait inventée pour approcher sa cible.

Dehors, la nuit était profonde. Des nuages cachaient la lune, ne laissant qu'un léger halo d'étoiles tout en haut de la voûte céleste. La cantina puait la bière et diverses odeurs corporelles. Les fêtards s'enivraient pour échapper au désespoir. Pour eux, demain n'existait pas, se dit Soraya.

Elle aurait aimé discuter en privé avec Moira, au moins un petit moment, mais avec Arkadine dans le coin, c'était impossible. Le simple fait de se rendre aux toilettes dames ensemble risquait de susciter sa méfiance. Et comme elle ignorait son numéro de portable, impossible de lui envoyer un texto. Ne restait qu'une solution : glisser des messages codés dans la conversation. Ayant des objectifs voisins, peut-être même similaires, elles devaient s'accorder pour ne pas piétiner les plates-bandes de l'autre.

Arkadine et Moira revinrent en sueur s'asseoir à la table. Arkadine commanda des bières pour Moira et lui, un autre café pour Soraya. Quoi qu'il puisse arriver demain, il était aux anges entre ces deux beautés.

« Moira, dit Soraya, connaissez-vous le Moyen-Orient ou votre domaine d'activités est-il strictement limité au continent américain ?

— Je navigue exclusivement entre le Mexique, la Colombie, la Bolivie et dans une certaine mesure, le Brésil.

— Et vous travaillez seule ?

— J'exerce pour mon propre compte mais actuellement, je suis en mission spéciale pour Berengária Moreno. Et vous ? demanda Moira avec un mouvement du menton.

— Moi aussi, j'ai une société mais en ce moment, un conglomérat cherche à mettre la main dessus.

— Une multinationale ?

— Non, une boîte américaine.

— Import-export, vous disiez ?

— Exact.

— Vous pourriez utiliser mon… expertise pour lutter contre les enchérisseurs hostiles.

— Non merci, répondit Soraya en reposant sa tasse sur sa soucoupe. J'ai mes propres soutiens.

— Comment s'appelle une idée dans la tête d'une femme ? les interrompit Arkadine en se penchant vers l'une puis vers l'autre. Une touriste ! » Il rit si fort qu'il faillit s'étrangler avec sa bière. Puis, remarquant que sa blague tombait à plat, il s'écria : « Merde, réveillez-vous mesdames, nous sommes ici pour nous amuser, pas pour parler affaires.

— Qu'est-ce qu'on obtient quand on croise un Russe avec un Vietnamien ? demanda-t-elle en le prenant au mot. Un voleur de voiture qui ne sait pas conduire. »

Soraya éclata de rire.

« Ça c'est drôle.

— Vous en avez d'autres ? demanda Arkadine.

— Voyons voir, fit Moira en pianotant sur la table. Que dites-vous de celle-là ? Deux Russes et un Mexicain sont dans une voiture. Qui conduit ? La police. »

Arkadine s'esclaffa en désignant Moira d'un doigt appréciateur.

« Où allez-vous chercher ces blagues ?

— En prison, dit Moira. Roberto Corellos adore se moquer des Russes.

— Il est temps de passer à la tequila, lança Arkadine en faisant signe à la serveuse. Amène-nous une bouteille. Quelque chose de bon. Reposado ou añejo. »

Au lieu d'une autre ranchera, le juke-box se mit à jouer *Twenty-four Hours from Tulsa*. Les accents nasillards de Gene Pitney résonnèrent au-dessus des rires et des cris. Le matin arrivait et avec lui une autre clientèle. Pendant que les oiseaux de nuit sortaient en titubant, les ouvriers de l'équipe suivante affluaient, la tête douloureuse, la queue basse. Ils étaient peu nombreux car la plupart d'entre eux rentraient chez eux. Ils s'écrouleraient sur leur lit sans même prendre le temps de se déshabiller.

Avant que la tequila arrive sur leur table, Arkadine saisit la main de Moira et l'attira sur la piste de danse dépeuplée. Ils dansèrent collés serrés sur une mélodie de Burt Bacharach.

« Vous êtes plutôt maligne dans votre genre, dit-il avec son sourire de requin.

— Ça m'a demandé du travail, rétorqua-t-elle.

— J'ai du mal à l'imaginer, s'esclaffa-t-il.

— Ne vous fatiguez pas.

— Vous perdez votre temps en Amérique du Sud. Vous devriez venir travailler avec moi.

— Il faut d'abord que je m'occupe de Corellos.

— Alors, que ce soit votre dernière mission, fit-il en reniflant la peau de son cou à pleins poumons. Comment comptez-vous le liquider ?

— Je croyais qu'on ne devait pas parler affaires.

— Dites-moi juste ça et après on arrête. Je le jure.

— Corellos est accro au sexe. Je me suis mise en cheville avec son fournisseur. À quel moment un homme est-il plus vulnérable qu'après l'amour ? Je trouverai une fille qui sait manier le couteau. »

Arkadine l'attira encore plus près de lui.

« Ça me plaît. Dépêchez-vous de passer à l'action.

— Je veux un bonus. »

Il lécha la sueur qui perlait sur sa nuque.

« Tout ce que vous voudrez, murmura-t-il.

— Alors je suis à vous. »

Pendant que Karpov reprogrammait la taupe de Dimitri Maslov, son téléphone portable sonna. Dakaev se noyait ou, plus précisément, il croyait se noyer, ce qui était le but recherché, après tout. Quand, dix minutes plus tard, Dakaev eut réintégré sa chaise en aluminium, le portable sonna de nouveau. Karpov posa son verre de thé et répondit. Une voix familière résonna à l'autre bout de la ligne.

« Jason ! cria Karpov. Ça fait plaisir de t'entendre.

— Tu es occupé ? »

Karpov jeta un coup d'œil sur Dakaev effondré, le menton sur la poitrine. Il n'avait plus grand-chose d'humain, ce qui était, encore une fois, le but recherché. On ne pouvait rien reconstruire avant d'avoir fait table rase.

« Occupé ? Oui. Mais tu ne me déranges jamais. Que puis-je faire pour toi ?

— Je pense que tu connais le lieutenant de Dimitri Maslov, Viatcheslav Oserov.

— Tu penses bien.

— Crois-tu qu'on puisse l'envoyer quelque part ?

— Si tu veux dire en enfer, tu as ma bénédiction.

— Je songeais à une destination un peu moins définitive. Disons, le Maroc. »

Karpov prit une gorgée de thé. Décidément ce breuvage manquait de sucre.

« Puis-je te demander ce que tu veux faire avec Oserov au Maroc ?

— Je veux m'en servir comme d'un appât, Boris. Pour attraper Arkadine. »

Karpov repensa à son séjour à Sonora, à l'accord qu'il avait passé avec Arkadine, et ajouta Arkadine sur la liste du Président Imov et de Viktor Cherkesov. Il lui avait promis de lui livrer Oserov, mais tant pis. *Je suis trop vieux et trop têtu pour devoir trop de choses à trop de gens dangereux*, songea-t-il. *Ça en fera toujours un de moins.*

Puis il se tourna vers Dakaev, le lien vers Dimitri Maslov et, par conséquent, Viatcheslav Oserov. Après ce qu'il venait d'endurer, il serait certainement trop heureux de le satisfaire.

« Dis-moi ce dont tu as besoin, dans les moindres détails », dit-il à Bourne.

Puis il écouta en souriant de contentement. Lorsque Bourne lui eut exposé sa demande, il partit d'un rire sardonique :

« Jason, mon ami, comme j'aimerais être à ta place ! »

Au lever du soleil, ils eurent envie de piquer une tête dans la mer, histoire de se rafraîchir après cette nuit torride. Arkadine conduisit les deux femmes dans le couvent. Il leur donna des T-shirts qui lui appartenaient. Quant à lui, il enfila un bermuda de surfeur qui lui descendait aux genoux. Sur son torse et ses membres, une impressionnante collection de tatouages retraçait, pour qui savait les déchiffrer, l'ensemble de sa carrière dans la *grupperovka*.

Ils se jetèrent à l'eau et nagèrent, ballottés par les vagues qui se brisaient sur le sable doré. Le ciel encore rose virait doucement à l'azur. Les mouettes plongeaient en piqué. De minuscules poissons leur mordillaient les pieds et les chevilles. Une vague plus forte les éclaboussa. Ils riaient comme des enfants savourant la joie de s'ébattre librement dans l'océan.

Moira s'étonnait de voir Arkadine plonger pour ramasser des coquillages au lieu de lorgner ses seins dont la courbe se dessinait sous le T-shirt mouillé. Leurs danses lascives dans la cantina lui avaient fait entrevoir une autre issue à cette soirée. Sa conversation cryptée avec Soraya ne lui avait pas appris grand-chose, d'autant plus qu'Arkadine s'y était grossièrement immiscé en leur balançant sa blague misogyne.

Voyant Arkadine absorbé par sa pêche, elle voulut se rapprocher de Soraya qui faisait la planche. Plongeant dans une vague qui arrivait, elle nagea entre deux eaux mais au moment où elle refaisait surface, elle sentit une main se refermer sur sa cheville gauche.

Moira se débattit et quand elle se retourna, Arkadine était derrière elle. Elle chercha à le repousser en collant ses mains contre sa poitrine, mais il l'immobilisa en l'attrapant à bras-le-corps. Ils émergèrent ensemble.

« Qu'est-ce qui vous prend ? s'écria-t-elle en se passant la main sur le visage pour évacuer l'eau. J'ai des vertiges. »

Il la libéra aussitôt.

« J'en ai marre de nager et je meurs de faim », lança-t-il.

Moira se retourna vers Soraya en criant :

« On va déjeuner. »

Les deux femmes sortirent de l'eau, suivies de près par Arkadine. Lorsqu'ils atteignirent la limite du sable mouillé, Arkadine se pencha. Avec le tranchant d'un coquillage en forme de faucille, il sectionna les tendons à l'arrière du genou gauche de Moira.

25

Trente kilomètres à l'ouest d'Oxford, sur les rives de la Windbrush, le village de Whitney, Oxfordshire, semblait sorti d'un conte de fées. N'y manquaient que les Hobbits et les Orcs. Bourne avait quitté Londres dans l'après-midi au volant d'une voiture de location. Le temps était froid et sec et, malgré les nuages, le soleil pointait parfois son nez. Il n'avait pas menti à Peter Marks en disant qu'il comptait se rendre à Tineghir. Mais au préalable, il devait s'acquitter d'une dernière tâche.

Basil Bayswater habitait l'une de ces chaumières pittoresques qui peuplent les romans de Tolkien, avec ses curieuses petites fenêtres rondes et ses parterres de fleurs tracés au cordeau le long d'une allée de gravier blanc conduisant à la porte d'entrée en bois massif. Le heurtoir de cuivre représentait une tête de lion rugissant. Bourne s'en servit pour s'annoncer.

Quelques secondes après, il vit apparaître un homme dont la jeunesse le surprit.

« Oui ? Que puis-je pour vous aider ? »

Ses longs cheveux coiffés en arrière dégageaient un front large, des yeux sombres au regard pénétrant, un menton carré.

« Je cherche Basil Bayswater, dit Bourne.

— Vous l'avez en face de vous.

— Il doit y avoir une erreur, répondit Bourne.

— Ah ! Vous cherchez le professeur Basil Bayswater. Hélas, mon père est mort voilà trois ans. »

Moira poussa un cri strident. Son sang coulait sur son mollet trempé comme des filaments de méduse. Arkadine la rattrapa juste avant qu'elle chute.

« Mon Dieu, hurla Soraya, mais qu'est-ce que vous avez fait ? »

Moira, pliée en deux, protégeait sa jambe gauche avec ses deux mains.

Arkadine la fixait avec un sourire malsain sans s'occuper des protestations de Soraya.

« Vous pensiez m'avoir. Mais je vous ai démasquée. »

Un bloc de glace se forma dans l'estomac de Moira.

« Que voulez-vous dire ?

— Je vous ai aperçue à Bali. Vous étiez avec Bourne. »

En un éclair, elle revit la course-poursuite à moto dans le village de Tenganan, à l'issue de laquelle un sniper non identifié, caché dans un arbre, avait tiré sur Bourne, le blessant grièvement.

Elle écarquilla les yeux.

« Eh ouais, c'était moi, s'esclaffa-t-il en s'amusant à jongler avec le coquillage couvert de sang. Et vous, vous êtes la maîtresse de Bourne. C'est marrant, comme le monde est petit. »

Hésitant entre l'indignation et l'effroi, Soraya intervint :

« Mais qu'est-ce qui se passe ici ?

— Nous sommes sur le point de le découvrir, fit Arkadine en se tournant vers elle. Cette femme est la maîtresse de Jason Bourne et, dans ma petite tête, je me dis que vous vous connaissez peut-être, toutes les deux. »

Soraya usa de toute sa volonté pour conserver son sang-froid.

« Je ne vois pas ce que vous voulez insinuer.

— OK, j'explique. Depuis le début, je sais que vous me racontez des salades. Mais je n'avais pas l'intention de vous laisser filer avant de savoir ce que vous avez derrière la tête. À mon avis, c'est Willard qui vous envoie. Il a déjà essayé ce truc sur moi. Il m'a envoyé une femme nommée Tracy Atherton, pour m'espionner. Elle surveillait tout ce que je faisais. Et je n'y ai vu que du feu. Quand j'ai compris, elle était déjà morte. Mais vous, je vous ai repérée au premier coup d'œil. Willard a une fâcheuse habitude. Je le connais bien. Il emploie toujours les mêmes recettes. Quand un truc a fonctionné une fois, il recommence.

— Laissez-la tranquille, dit Soraya toujours plus inquiète.

— Je pourrais le faire, répondit Arkadine. Je pourrais même la laisser en vie. Cela dépend entièrement de vous. »

Soraya s'avança vers Moira et l'allongea sur le sable avec des mouvements délicats. Puis elle se débarrassa de son T-shirt pour l'enrouler autour de la cuisse blessée. Quand le garrot fut terminé, Moira s'était évanouie. Le choc, la douleur, ou peut-être les deux, avaient eu raison d'elle.

« C'est vous que je veux, poursuivit Arkadine. Vous m'avez parlé de Khartoum, vous vouliez qu'on y aille ensemble. Si vous me dites qui vous êtes et ce que vous savez, je me montrerai peut-être clément avec Moira.

— Il faut l'emmener à l'hôpital, dit Soraya. Cette blessure doit être nettoyée et désinfectée aussi vite que possible.

— Encore une fois, fit Arkadine en écartant les mains, cela dépend entièrement de vous. »

Soraya baissa les yeux sur le genou de Moira. *Mon Dieu*, se demanda-t-elle, *pourra-t-elle remarcher un jour ?* Plus vite elle passerait entre les mains d'un chirurgien compétent, moins lourdes seraient les séquelles. Elle avait déjà vu ce type de blessure. Des tendons sectionnés ne se ressoudaient pas facilement, surtout lorsque les nerfs étaient touchés.

Elle relâcha son souffle.

« Que voulez-vous savoir ?

— Pour commencer, qui êtes-vous ?

— Soraya Moore.

— *La* Soraya Moore, la directrice de Typhon ?

— Plus maintenant, dit-elle en caressant les cheveux mouillés de Moira. Willard a ressuscité Treadstone.

— Pas étonnant qu'il me tienne à l'œil. Quoi d'autre ?

— Des tas de choses, dit Soraya. Je vous en parlerai sur le chemin de l'hôpital.

« — Non, maintenant.

— Vous n'avez qu'à nous tuer toutes les deux, dans ce cas. »

Arkadine l'injuria mais se rendit à ses raisons. Il prit Moira dans ses bras, la souleva et la ramena vers le couvent. Pendant qu'il la déposait sur la banquette de la voiture, Soraya alla chercher une chemise. Elle fouillait le bureau quand Arkadine débola, furieux.

« Putain, qu'est-ce que vous foutez là ? dit-il en la traînant dehors par le poignet. J'aurais dû vous tuer dès que je vous ai vue, tonna-t-il.

— Vous avez raison, admit Soraya en maintenant la jambe de Moira en hauteur pendant qu'ils filaient à travers les faubourgs de Puerto Peñasco. Willard voulait que je me rapproche de vous, que j'enquête sur les affaires que vous traitez ici.

— Et ensuite ? J'ai l'impression qu'il y a encore autre chose.

— En effet », dit-elle.

Le moment était venu. Elle allait devoir déployer tous ses talents de comédienne, bien qu'elle eût échoué la première fois.

« Willard s'intéresse à un type que vous connaissez certainement, reprit-elle, puisqu'il travaille pour Maslov : Viatcheslav Oserov. »

Les articulations d'Arkadine blanchirent sur le volant mais sa voix demeura ferme.

« Qu'est-ce qu'il lui veut ?

— Je l'ignore, répondit Soraya sans mentir, cette fois. Tout ce que je sais c'est qu'un agent Treadstone a identifié Oserov à Marrakech, hier. Il l'a filé jusque dans un village appelé Tineghir, au cœur des montagnes de l'Atlas. »

Quand ils arrivèrent devant le Santa Fe General, sur l'avenue Morua, Arkadine resta figé sur son siège.

« Qu'est-ce qu'il fabrique à Tineghir ?

— Il cherche une bague.

— En clair ?

— C'est un anneau permettant de déverrouiller un fichier caché dans un disque dur d'ordinateur. Je sais, je n'y comprends rien moi non plus », ajouta-t-elle en se tournant vers lui. Elle tenait cette information du dernier texte que Peter lui avait adressé. « Maintenant, il faut vraiment transporter Moira aux urgences. Je vous en prie. »

Joignant le geste à la parole, elle descendit ouvrir la portière arrière. Arkadine se précipita et la referma violemment.

« J'en veux davantage.

— Je vous ai dit tout ce que je savais.

— Vous voyez ce qui arrive aux gens qui essaient de me doubler.

— Je ne suis pas en train de vous doubler, répliqua Soraya. Pour vous, j'ai trahi un serment. Que voulez-vous de plus ?

— Tout. Je veux tout. »

Ils firent entrer Moira dans la salle des urgences. Tandis que le personnel la prenait en charge et commençait à l'examiner, Soraya demanda à l'accueil le nom du meilleur neurochirurgien de Sonora. Elle parlait couramment espagnol ; elle ressemblait à une latina. Ces qualités lui ouvrirent des portes. Elle obtint le numéro personnel du chirurgien et l'appela elle-même. Comme son secrétaire l'assurait qu'il n'était pas disponible, elle le menaça de débarquer pour lui tordre le cou. Quelques secondes plus tard, le chirurgien prenait la communication. Soraya lui décrivit la blessure de Moira. Il accepta d'intervenir dans l'heure, moyennant un bonus de 2 000 dollars en espèces.

« C'est bon, on s'en va, dit Arkadine quand elle raccrocha.

— Je ne quitterai pas Moira.

— Nous avons à discuter de choses sérieuses.

— On peut le faire ici.

— Non. On rentre au couvent.

— Je ne baiserai pas avec vous, dit-elle.

— Encore heureux. Je préférerais baiser un scorpion. »

Sa repartie lui arracha un rire, malgré l'inquiétude qui la tenaillait. Elle alla chercher un café au distributeur. Il la suivit.

Bourne rejoignait Oxford en roulant vite sans toutefois risquer d'attirer l'attention de la police. Il retrouva la ville comme il l'avait laissée, avec ses rues paisibles, ses boutiques au charme désuet, ses salons de thé, ses librairies et ses habitants vaquant à leurs occupations routinières, comme dans une miniature tout entière calquée sur le rythme et le style d'une université inchangée depuis le XVIIIe. Conduire dans les rues d'Oxford donnait l'impression de circuler dans une boule à neige.

Bourne se gara près de l'endroit où Chrissie avait laissé sa Range Rover la première fois qu'ils étaient venus ensemble. Il escalada les marches du Centre de Recherche sur les Documents anciens. Le professeur Liam Giles, lui non plus, n'avait pas bougé depuis sa dernière visite. Penché sur sa table de travail, il leva les yeux et cligna ses paupières de hibou comme s'il ne le reconnaissait pas. En fait, ce n'était pas Giles mais un homme ayant à peu près sa corpulence et son âge.

« Où est le professeur Giles ?

— En congé.

— Je le cherche.

— Cela m'en a tout l'air, en effet. Puis-je vous demander pourquoi ?

— Où est-il ?

— Loin. »

En chemin, Bourne avait parcouru la biographie officielle de Giles sur le site web de l'université.

« C'est au sujet de sa fille.

— Est-elle souffrante ?

— Je n'ai pas le droit d'en parler. Où puis-je trouver le professeur Giles ?

— Je ne pense pas…

— C'est urgent, insista Bourne. Une question de vie ou de mort.

— Je vous trouve franchement mélodramatique, monsieur. Est-ce intentionnel ? »

Bourne lui montra les papiers qu'il avait volés dans le véhicule de secours, après l'accident sur l'autoroute.

« Je suis tout à fait sérieux.

— Oh mon Dieu ! » L'homme lui montra une porte.
« Il est aux toilettes. À cause du pâté d'anguille qu'il a
mangé hier soir, à mon humble avis. »

Le neurochirurgien était un homme jeune à la peau
cuivrée comme celle d'un Indien. Il avait des mains de
pianiste, longues et fines, des traits délicats et un sens
des affaires très affirmé. Il attendit que Soraya lui
remette un rouleau de billets de banque puis s'esquiva
pour aller discuter avec les médecins urgentistes qui
avaient accueilli Moira. Dans la foulée, il entra en salle
d'opération.

Soraya buvait son jus de chaussettes sans se soucier
du goût. Dix minutes plus tard, alors qu'elle faisait les
cent pas dans le couloir, elle sentit les premières brûlures d'estomac. Aussi, lorsque Arkadine lui proposa
d'aller manger un morceau, elle ne se fit pas prier. Ils
trouvèrent un restaurant non loin de l'hôpital. Avant de
s'installer, elle vérifia que l'endroit ne servait pas de
refuge aux cafards. Ils commandèrent leur repas et
attendirent, assis l'un en face de l'autre. Soraya regardait ostensiblement ailleurs.

« J'ai bien apprécié quand vous avez enlevé votre
T-shirt, dit Arkadine.

— Allez vous faire foutre.

— C'était une ennemie, dit-il en parlant de Moira.
C'est le jeu. »

Soraya se concentra sur la rue, derrière la fenêtre.
Cet endroit lui paraissait aussi étranger que la face
cachée de la lune.

Dès que les plats arrivèrent, Arkadine attaqua le sien
tandis que Soraya observait dehors les femmes qui

partaient travailler. La plupart étaient jeunes, trop maquillées et trop peu vêtues. Les latinas exposaient leur corps avec un tel naturel. Leur culture était si éloignée de la sienne. Et pourtant, elle se sentait en harmonie avec la tristesse diffuse qui planait ici. Le manque d'espoir, elle connaissait, comme toutes les autres femmes dans le monde, et ce depuis des temps immémoriaux. C'était pour échapper à cette fatalité qu'elle avait choisi de s'engager dans les services secrets. Bien sûr, en entrant à la CIA, elle avait été confrontée à la misogynie mais elle avait fait sa place et en était fière. Et voilà qu'aujourd'hui, pour la première fois, elle voyait ces filles aux débardeurs trop moulants, aux jupes trop courtes, sous un jour différent. Leurs vêtements étaient une manière – peut-être la seule – de s'affirmer dans une société qui s'obstinait à les rabaisser, à les dévaloriser.

« Si Moira meurt, ou si elle ne peut plus marcher…

— Épargnez-moi les menaces inutiles », dit-il en enfournant son dernier œuf ranchero.

Arkadine était un macho comme les autres, pensa-t-elle. Même s'il pensait autrement dans son for intérieur, il faisait profession de rabaisser et dévaloriser les femmes. Son comportement, ses paroles, tout en lui révélait le mépris. Il n'avait pas de cœur, pas de remords, pas d'âme – en bref, il n'avait rien d'un être humain. *S'il n'est pas humain*, songea-t-elle dans un frisson de peur irraisonnée, *alors qu'est-il ?*

Les toilettes messieurs se trouvaient un peu plus loin dans le couloir. Le professeur Giles devait être malade, en effet, se dit Bourne, à en juger d'après l'odeur qui lui monta aux narines dès qu'il entra. Il ouvrit la fenêtre en grand. Une brise humide s'engouffra et purifia l'atmosphère.

Bourne attendit que les bruits derrière la porte de la cabine s'apaisent.

« Professeur Giles ? »

Son appel demeura sans réponse puis la cabine s'ouvrit à la volée. Le professeur Giles sortit, la mine défaite, passa devant Bourne d'un pas incertain, se pencha sur le lavabo, ouvrit le robinet d'eau chaude et se passa la tête sous le jet.

Appuyé contre le mur, les bras croisés sur la poitrine, Bourne lui tendit une poignée de serviettes en papier. Giles les prit sans faire de commentaires et s'essuya le visage et les cheveux. Ce ne fut qu'après les avoir jetées à la poubelle qu'il sembla reconnaître Bourne.

Aussitôt, il se redressa en tentant de reprendre contenance.

« Ah, le retour de l'enfant prodigue, dit-il de son ton le plus doctoral.

— Vous m'attendiez ?

— Pas vraiment. D'un autre côté, je ne suis guère surpris de vous voir, fit-il avec un sourire triste. Un malheur n'arrive jamais seul.

— Professeur, j'aimerais que vous repreniez contact avec votre collègue amateur d'échecs.

— Ce ne sera pas facile. C'est un type solitaire et il n'aime pas les questions. »

Je l'imagine sans peine, songea Bourne.

« Néanmoins, j'aimerais que vous essayiez.

— Très bien, dit Giles.

— Au fait, comment s'appelle-t-il ?

— James, répondit-il après un temps d'hésitation.

— James comment ?

— Weatherley.

— Ce ne serait pas plutôt Basil Bayswater ? »

Le professeur se détourna pour regarder la porte.

« Quelle question voulez-vous lui poser ?

— J'aimerais qu'il me décrive la vie après la mort. »

Giles allait sortir. Il se ravisa et pivota sur les talons.

« Je vous demande pardon ?

— Son fils l'a enterré voilà trois ans, dit Bourne. J'en déduis que ce monsieur est bien placé pour me parler de l'au-delà.

— Je vous dis qu'il s'appelle James Weatherley, rétorqua Giles, maussade.

— Professeur, vous mentez mal, fit Bourne en attirant Giles au fond du local. Maintenant dites-moi pourquoi vous me cachez la vérité. »

Comme le professeur gardait le silence, Bourne poursuivit :

« Vous n'aviez pas besoin de Bayswater pour traduire l'inscription à l'intérieur de l'anneau. Vous saviez déjà ce qu'elle signifiait.

— Bon d'accord. Nous avons menti l'un et l'autre, avoua-t-il en haussant les épaules. Mais les choses sont ainsi. Dans la vie, tout n'est qu'apparence.

— Vous appartenez à Severus Domna. »

Le sourire de Giles tournait à la grimace.

« Il n'est pas question de le nier, puisque vous allez nous remettre l'anneau. »

À cet instant, comme s'il avait attendu cette réplique, l'oreille collée à la porte, l'homme que Bourne avait croisé dans le bureau de Giles fit son entrée. Avec un SIG Sauer en main, il avait un peu moins l'air d'un hibou. Deux malabars armés de pistolets avec silencieux surgirent derrière lui.

« Comme vous le constatez, dit le professeur Giles, vous n'avez pas le choix. »

26

Viatcheslav Oserov nourrissait une rancune indéfectible envers Arkadine. Non seulement cet individu le tourmentait depuis des années, mais voilà qu'à cause de lui il était aujourd'hui hideusement défiguré. Les blessures reçues à Bangalore avaient mis du temps à cicatriser, les produits chimiques ayant pénétré la peau de son visage jusqu'à la chair. Il resterait marqué à vie.

Après son retour à Moscou, il avait souffert le martyre pendant des jours, la tête enveloppée de bandages imbibés de sang et d'un fluide jaune et visqueux dégageant une odeur fétide. Malgré cela, il avait refusé les antidouleurs et quand le chirurgien, sur l'ordre de Maslov, avait tenté de lui injecter un sédatif, il lui avait cassé le bras et presque rompu le cou.

Jour après jour, on l'entendait hurler jusque dans les bureaux et les toilettes où les hommes de Maslov se réfugiaient parfois pour souffler. Ses braillements épouvantables rappelaient les cris d'un animal qu'on écartèle. Ils traumatisaient même les criminels les plus endurcis. De temps en temps, Maslov l'attachait à un pilier, comme Ulysse à son mât, et lui collait une bande adhésive sur la bouche pour avoir un peu la paix. Les tempes d'Oserov étaient creusées de profonds cratères sanglants, telles des cicatrices tribales. C'était lui qui s'infligeait ces blessures ; quand la douleur devenait trop insupportable, il s'arrachait les derniers lambeaux de peau intacte qu'il lui restait.

Dans un certain sens, il était retombé en enfance. Maslov ne pouvait l'expédier à l'hôpital sans devoir répondre à des questions gênantes qui déboucheraient sur une enquête du FSB-2. Il avait donc pensé à le renvoyer chez lui mais l'appartement d'Oserov était dans un état épouvantable, infesté d'insectes et de rongeurs comme un temple abandonné au cœur de la jungle. Personne n'aurait accepté de rester seul avec lui dans un tel taudis et Oserov avait absolument besoin que quelqu'un prenne soin de lui. Le bureau était donc la seule solution.

Oserov ne supportait plus son image. Il évitait les miroirs avec plus d'obstination qu'un vampire. De même, il détestait qu'on le voie en pleine lumière. Les hommes de la Kazanskaïa s'empressèrent de l'affubler d'un nouveau sobriquet : *Die Vampyr*.

À présent, il broyait du noir dans les bureaux de Maslov qui changeaient d'emplacement chaque semaine, par mesure de sécurité. Dans la pièce qu'on lui avait assignée, les lumières restaient éteintes et les rideaux tirés toute la journée. Une lampe posée loin de lui projetait un petit cercle de lumière sur le plancher éraflé.

Oserov enrageait. Non seulement Arkadine vivait encore mais Maslov n'avait pas récupéré l'ordinateur portable. Le fiasco de Bangalore l'avait marqué sur plusieurs plans. Son aspect physique avait changé.

Mais il y avait pire : Maslov ne lui faisait plus confiance. Sans la Kazanskaïa, Oserov n'était rien. Sans le soutien de Maslov, il n'était rien à l'intérieur de la Kazanskaïa. Depuis des jours, il se torturait les méninges. Comment faire pour regagner les bonnes grâces de son chef ? Comment redevenir le grand manitou des opérations de terrain ?

Mais il avait beau ruminer, aucune idée n'affleurait. Son esprit accablé de souffrance ne fonctionnait plus normalement. Seule émergeait l'obsession de la vengeance. Il aurait la peau d'Arkadine, tôt ou tard. Et il se rachèterait aux yeux de Maslov en lui rapportant l'objet qu'il convoitait le plus au monde : ce maudit ordinateur. Oserov ignorait ce qu'il contenait de si précieux mais cela importait peu. Soit il menait à bien cette mission, soit il mourrait. Tel était son destin. Il y avait consenti en entrant dans la Kazanskaïa et il en serait toujours ainsi.

Mais la vie est étrange. Le salut d'Oserov se présenta sous un jour inattendu. Son portable sonna. Trop occupé à remâcher son désespoir, il ne répondit pas tout de suite. Puis son assistant l'informa qu'on l'appelait depuis une ligne téléphonique cryptée. C'est alors qu'il comprit. Malgré cela, il rechigna, au prétexte qu'il n'aurait pas la patience d'écouter les discours d'Iasha Dakaev.

L'assistant d'Oserov passa la tête à la porte, ce qui lui était strictement interdit.

« Quoi ? aboya Oserov.

— Il dit que c'est urgent, insista l'homme en s'éclipsant tout de suite après.

— Bordel, marmonna Oserov en prenant le téléphone. Iasha, t'as intérêt à ce que ce soit important.

— Ça l'est. » La voix de Dakaev n'était qu'un murmure dépourvu de toute intonation. Pour passer ses appels, il devait se cacher dans un coin discret du FSB-2. « J'ai localisé Arkadine.

— Enfin ! s'écria Oserov en se redressant d'un coup.

— D'après le rapport qui vient de tomber sur mon bureau, il est en route pour le Maroc, dit Dakaev. Ouarzazate, plus précisément un village dans les montagnes du Haut Atlas nommé Tineghir.

— Qu'est-ce qu'il irait foutre dans le trou du cul du monde ?

— Je n'en sais rien, répondit Dakaev. Mais nos renseignements disent qu'il s'y rend. »

Voilà ma chance, pensa Oserov en sautant sur ses pieds. *Si je ne la saisis pas, je n'ai plus qu'à bouffer mon Tokarev*. Pour la première fois depuis la fameuse nuit à Bangalore, il sentit ses forces revenir. Son échec l'avait paralysé, rongé de l'intérieur. Cette nouvelle venait le galvaniser.

Il appela son assistant et lui donna des directives.

« Fais-moi sortir de cette taule, ordonna-t-il. Réserve-moi une place sur le premier vol partant de Moscou pour le Maroc.

— Est-ce que Maslov sait que tu repars ?

— Est-ce que ta femme sait que ta maîtresse s'appelle Ivana Istvanskaïa ? »

L'assistant se hâta de disparaître.

Le cerveau d'Oserov tournait à plein régime. Une deuxième chance lui était donnée. Il l'utiliserait au mieux.

Bourne leva les mains et, en même temps, décocha un coup de pied tournant qui atteignit Giles au niveau des reins. Déséquilibré, les bras battant l'air, le professeur tomba sur les trois hommes armés. Pivotant sur lui-même, Bourne bondit et sauta par la fenêtre ouverte.

Dès qu'il toucha terre, il partit en courant. Peu après, voyant le bâtiment universitaire voisin se profiler au-dessus de lui, il décida de calquer son allure sur le pas tranquille des citoyens d'Oxford. Il ôta son pardessus noir, l'enfonça dans une poubelle puis se mit à inspecter les alentours. Un groupe d'adultes, sans doute des professeurs, venait de sortir d'un bloc pour passer dans un autre. Il se glissa parmi eux.

Un moment plus tard, les trois tueurs de Severus Domna surgirent et se divisèrent à la manière des commandos.

L'un d'eux partit dans la direction de Bourne mais sans le voir. Les professeurs parlaient philosophie, débattant de l'influence des philosophes allemands, et de Nietzsche en particulier, sur la doctrine nazie.

Ayant dû renoncer à s'entretenir avec le professeur Giles, Bourne n'avait aucune envie de se coltiner ses acolytes de Severus Domna. Cette organisation était comme une hydre : chaque tête tranchée en engendrait deux autres.

Le tueur s'approcha du groupe de débatteurs en cachant son arme sous son manteau. Les professeurs, enfermés dans leur tour d'ivoire philosophique, ne s'apercevaient de rien. Quant à Bourne, il se plaça de telle façon que l'homme ne voie que son dos. Et comme il cherchait un manteau noir, il en fut pour ses frais.

Après avoir grimpé les marches, les professeurs pénétrèrent dans le bâtiment en se faisant moultes courtoisies. Bourne causait linguistique avec un vieux monsieur, spécialiste de vieil allemand. Ils franchirent ensemble le seuil.

Quand la porte en verre se referma, le tueur entrevit le reflet de Bourne. Il se précipita dans l'escalier et se jeta au milieu du groupe sans aucun égard pour ces messieurs qui, malgré leur âge vénérable, réagirent vivement en voyant ce goujat fouler aux pieds la bienséance et leur protocole centenaire. Se dressant comme un mur devant lui, ils repoussèrent l'intrus aussi résolument qu'une phalange romaine montant à l'assaut des barbares. Le tueur interloqué dut battre en retraite.

Cette diversion permit à Bourne de disparaître dans un couloir. Les gens qu'il croisait discutaient à voix basse, leurs semelles de cuir s'entendaient à peine sur le sol de marbre poli. Par une rangée de fenêtres carrées, placées à bonne hauteur, le soleil répandait sur eux sa lumière bienfaisante. Bourne, lui, marchait si vite que les portes en bois de chaque côté semblaient défiler dans le flou. Une sonnerie retentit. Les cours de 16 heures commençaient.

Il bifurqua, passa dans un autre couloir menant à l'arrière de l'édifice. À peine eut-il aperçu la porte de sortie que le tueur de Severus Domna s'encadra sur le seuil. Il n'y avait personne d'autre dans le couloir.

L'homme dissimulait son pistolet sous le manteau rabattu sur son bras droit mais Bourne repéra l'œil du silencieux braqué sur lui.

Il se jeta par terre et entama une glissade sur le marbre, le dos au sol, les pieds en avant. Une balle siffla au-dessus de sa tête. Il percuta le tueur avec les semelles. Comme l'homme basculait en lâchant son arme, Bourne roula sur lui-même et lui projeta son genou sous le menton. Le tueur perdit connaissance.

Des voix venaient vers lui, au coin du couloir. Bourne se releva, ramassa le pistolet et traîna le tueur par les pieds. Il lui fit passer la porte et descendre les marches avant de le déposer derrière une épaisse haie de buis. Empochant le pistolet, il repartit tranquillement sur les sentiers du campus. En chemin, il dépassa des étudiants qui bavardaient en riant. Un professeur à la mine austère se dépêchait de rejoindre sa classe en maugréant qu'il était en retard. Quand Bourne arriva à St. Giles, le soleil s'était caché. Un vent glacé balayait les caniveaux et les devantures des magasins. Les passants marchaient d'un bon pas, la tête dans les épaules, comme des navires pressés de gagner le port avant l'orage. Suivant son habitude, Bourne se mêla à la population et récupéra vite son véhicule.

« Va-t'en, dit Moira en reprenant connaissance.

— Je ne te laisserai pas.

— Le pire s'est déjà produit, répondit Moira avec raison. Tu n'as plus rien à faire ici.

— Tu ne dois pas rester seule, insista Soraya.

— Toi non plus. Arkadine est toujours dans les parages, que je sache. »

Soraya sourit d'un air triste. Moira disait la vérité.

« Mais…

— Il n'y a pas de mais, la coupa Moira. Quelqu'un va venir s'occuper de moi. Quelqu'un qui m'aime. »

Un peu interloquée, Soraya demanda :

« Tu parles de Jason ? Jason va venir ici ? »

Moira sourit doucement. Elle s'était endormie.

Arkadine l'attendait mais Soraya devait d'abord s'entretenir avec le jeune neurochirurgien sur l'état de santé de Moira.

« Dans des cas comme celui-là, où les nerfs et les tendons sont endommagés, tout dépend de la rapidité de l'intervention. » Il s'exprimait en termes châtiés comme s'il était castillan et non mexicain. « À cet égard, votre amie a eu beaucoup de chance. Toutefois, la coupure n'était pas nette et l'instrument qui a causé la blessure était loin d'être propre. Résultat, l'opération a pris plus de temps que prévu. J'ai dû passer par des procédures plus délicates et plus complexes. Mais j'insiste, vous avez très bien fait de m'appeler. Je ne dis pas cela pour me faire mousser. Il s'agit d'une simple constatation. Aucun autre chirurgien n'aurait réussi.

— Alors elle va se rétablir.

— Naturellement, elle va se rétablir. À condition qu'elle bénéficie des soins et de la rééducation nécessaires.

— Elle remarchera normalement, n'est-ce pas ? Je veux dire, sans boiter. »

Le médecin prit un air mitigé.

506

« Chez un enfant, les tendons sont assez élastiques pour cela. Chez un adulte, ce n'est pas aussi évident. Non, non, elle boitera. Je ne peux pas vous dire si cela se remarquera beaucoup, tout dépendra de la réussite de sa rééducation. Et bien sûr, de sa volonté personnelle.

— Est-elle au courant ?

— Elle m'a posé la question et je lui ai répondu. C'est préférable, croyez-moi. Pour s'adapter, l'esprit a besoin de plus de temps que le corps.

— C'est bon ? On peut y aller ? », grogna Arkadine après que le neurochirurgien eut disparu dans le couloir.

Soraya lui décocha un regard assassin, passa devant lui et traversa le vestibule encombré pour sortir. Puerto Peñasco lui fit l'effet d'un rêve. Le paysage urbain lui parut aussi insolite qu'une vallée du Bhoutan. Les gens marchaient à pas lents, comme des somnambules. En voyant leurs traits aztèques, mixtèques ou olmèques, elle se mit à songer aux cœurs encore battants que les anciens prêtres arrachaient des poitrines, lors des sacrifices humains. Du sang coagulé recouvrait son corps. Elle voulait courir mais ses jambes étaient paralysées, clouées au sol par les mains des suppliciés gisant dans la terre sous ses pieds.

Quand elle sentit Arkadine se rapprocher d'elle, elle frissonna comme au sortir de ces cauchemars dont on croit se réveiller avant de s'apercevoir qu'on a déjà basculé dans un autre. Elle se demanda comment elle supportait la présence de cet homme, comment elle pouvait lui parler après ce qu'il avait fait à Moira. S'il avait exprimé ne serait-ce qu'un infime remords, les choses auraient été différentes. Mais il s'était contenté de dire : « C'était une ennemie. » Ce qui sous-entendait que Soraya, elle aussi, risquait de subir le même sort, voire pire.

Sans échanger un seul mot, ils remontèrent en voiture et partirent pour le couvent.

« Que voulez-vous de moi, à présent ? demanda-t-elle d'une voix morne.

— La même chose que vous de moi, répondit-il. La destruction. »

Aussitôt arrivé, Arkadine se mit à faire ses bagages.

« Pendant que vous vous occupiez de la paperasse à l'hôpital, j'ai réservé un vol pour nous deux.

— Comment ça, nous deux ?

— Eh oui, répondit-il du tac au tac. Nous allons à Tineghir.

— À l'idée de voyager avec vous, j'ai envie de vomir.

— Vous me serez utile quand j'arriverai au Maroc. Donc, je ne vous tuerai pas. À moins que vous ne me laissiez pas le choix, ajouta-t-il en retournant à ses bagages. Contrairement à vous, je sais limiter les pertes quand il le faut. »

C'est alors que Soraya aperçut l'ordinateur portable, cet objet devenu mythique à ses yeux. Il n'avait pas tout à fait tort, pensa-t-elle. Tout comme Moira. Il était temps de faire taire sa répugnance personnelle. Il était temps de se comporter en professionnelle et de limiter les pertes.

« J'ai toujours rêvé de visiter les montagnes du Haut Atlas, dit-elle.

« — Vous voyez ? dit-il en glissant le portable dans sa valise. Ce n'était pas si dur, hein ? »

Assis dans une voiture ordinaire, Jalal Essai regardait Willard sortir du Monition Club. Apparemment, il ne se comportait ni comme un intrus refoulé à l'accueil ni comme un homme ayant attendu en vain un membre du club. Au contraire, Willard descendait les marches avec une allure guillerette, à la Fred Astaire. On l'aurait presque entendu chantonner. Essai en fut décontenancé. Pire encore, les petits poils sur sa nuque se dressèrent au garde-à-vous.

Essai, qui craignait pour sa vie depuis que Severus Domna avait fait une descente chez lui, savait d'expérience que la fuite ne débouchait que sur la mort. L'organisation ne le lâcherait jamais. Un jour, quelque part, elle le retrouverait et ce serait fini pour lui. S'il voulait rester en vie, il n'avait pas le choix.

Willard passa le coin de la rue et s'arrêta pour héler un taxi. Essai tourna le volant, se rapprocha du trottoir puis baissa la vitre du côté passager.

« Vous avez besoin d'une voiture ? »

Étonné, Willard recula comme si on l'insultait.

« Non merci, cracha-t-il avant de se remettre à guetter un taxi.

— Monsieur Willard, je vous en prie, montez. »

Quand il s'aperçut que l'inconnu braquait sur lui un pistolet Hunter Witness EAA 10 mm, Willard changea d'attitude.

« Montez donc, insista Essai, ne nous donnons pas en spectacle. »

Willard ouvrit la portière et monta sans récriminer.

« Puis-je vous demander comment vous allez faire pour conduire tout en me menaçant avec un pistolet ? »

Pour toute réponse, Essai lui écrasa le canon de son Hunter Witness sur la tempe, juste au-dessus de l'oreille gauche. Willard soupira, ses yeux se révulsèrent. Essai poussa l'homme inconscient contre la vitre, rengaina le pistolet dans son étui d'épaule, démarra et attendit son tour pour s'engager dans la circulation.

Il traversa le district vers le sud. Les grosses bâtisses gouvernementales disparurent, remplacées par divers commerces, bazars, chaînes de fast-foods et autres routiers. Devant les bars, des jeunes gens en capuche traînaient, troquant de petits sachets de drogue contre des liasses de billets. De temps en temps, ils passaient devant des vieillards assis sur des vérandas, la tête dans les mains, ou sur des marches en pierre, yeux mi-clos, tête branlante. Les Caucasiens devenaient de plus en plus rares puis ils disparurent complètement. C'était une autre facette de Washington, loin des parcours touristiques. Les membres du Congrès n'y mettaient jamais les pieds, les flics rarement. Quand une voiture de patrouille s'aventurait ici, elle roulait à toute vitesse comme si ses passagers étaient pressés d'arriver quelque part. Mais où ? En tout cas, pas ici.

Essai se gara devant une sorte d'hôtel. On y louait des chambres pour une heure. Quand il traîna Willard à l'intérieur, les prostituées supposèrent qu'il était ivre mort. Elles montrèrent leurs charmes défraîchis à Essai qui fit comme s'il ne les voyait pas.

Il déposa ostensiblement une sacoche noire de médecin sur le comptoir du réceptionniste auquel il refila un billet de 20. L'homme était mince comme un fil et d'âge indéterminé. Son visage faisait penser à du lait caillé. Il regardait un film porno sur sa télé portable.

« Quoi, s'étonna Essai, il n'y a personne pour prendre les bagages ? »

Le réceptionniste éclata de rire et, sans détourner les yeux de l'écran, décrocha une clé du tableau et la jeta sur le comptoir.

« Je ne veux pas être dérangé, dit Essai.

— Comme tout le monde. »

Il lui tendit un autre billet, l'autre s'en empara et décrocha une autre clé en disant :

« Premier étage au fond. Dans cette piaule, on pourrait crever que personne ne le saurait. »

Essai prit la clé et la sacoche noire.

Comme il n'y avait pas d'ascenseur, monter un étage avec Willard se révéla une entreprise ardue, quoique réalisable. La vitre crasseuse s'encadrant au bout du corridor laissait filtrer une lumière de couleur indéterminée. À mi-chemin, une ampoule pendait du plafond, mettant en valeur les constellations de graffitis obscènes couvrant les murs.

La chambre ressemblait à une cellule de prison. Ses meubles grisâtres se résumaient à peu de choses : un lit, une commode dont un tiroir manquait, un rocking-chair. La fenêtre donnait sur un puits d'aération où il faisait toujours nuit. Ça puait le phénol et l'eau de Javel. Essai s'efforça de ne pas songer aux ignominies qui se commettaient ici, jour après jour.

Il jeta Willard sur le lit, posa par terre la sacoche de médecin, l'ouvrit et aligna quelques objets sur le couvre-lit maculé. Ce matériel ne le quittait jamais, par une habitude qu'il avait acquise étant jeune, quand il faisait ses classes chez Severus Domna. Ensuite, l'organisation l'avait envoyé espionner des gens haut placés. Il ignorait comment ils étaient tombés sur le nom de Bud Halliday. Il se demandait encore d'où leur était venue la prémonition de sa brillante carrière dans la politique américaine. Mais Severus Domna l'avait toujours étonné par ses mystérieuses intuitions.

Au moyen d'un cutter, il déchira les vêtements de Willard, puis déplia une couche-culotte et l'en affubla. Pour le réveiller un peu, il lui administra quelques petites gifles et, dès qu'il commença à remuer, lui souleva la tête et les épaules pour lui faire absorber le contenu d'un flacon d'huile de castor. D'abord, Willard s'étouffa. Essai ralentit le rythme pour éviter qu'il régurgite. Willard avala l'infect breuvage jusqu'à la dernière goutte.

Reposant la bouteille, Essai le gifla à toute volée sur une joue puis sur l'autre. Une fois la circulation rétablie dans son cerveau, Willard émergea pour de bon en clignant les yeux.

« Où suis-je ? », dit-il d'une voix pâteuse.

Quand Willard se passa la langue sur les lèvres, Essai attrapa le rouleau d'adhésif.

« C'est quoi, ce goût ? »

Willard eut un haut-le-cœur. Essai lui colla un morceau d'adhésif sur la bouche.

« Si vous vomissez, vous vous étouffez. Je vous conseille donc de contrôler vos réflexes. »

Puis il s'installa dans le rocking-chair et entreprit de se balancer en attendant que Willard se reprenne. Quand ce fut chose faite, il annonça :

« Je m'appelle Jalal Essai. »

Il écarquilla les yeux en constatant que Willard connaissait son nom.

« Ah, je vois que vous avez entendu parler de moi, reprit-il. Parfait. Ma tâche n'en sera que plus facile. Vous venez de rencontrer Benjamin El-Arian. Il a dû me casser du sucre sur le dos, j'imagine. Il m'a fait passer pour le méchant, j'en suis sûr. Vous savez, tout dépend du point de vue. Les héros et les méchants ont des rôles interchangeables. El-Arian ne le reconnaîtra jamais mais il a trop tendance à pencher d'un côté et de l'autre, comme un roseau dans le vent. »

Essai se leva, s'approcha du lit et arracha la bande collante.

« Je sais, vous vous demandez quel est ce mauvais goût dans votre bouche, fit-il en souriant. Vous avez ingurgité un flacon d'huile de castor. D'où cette couche-culotte. Dans pas longtemps, quelque chose de très désagréable va sortir de vous. La couche aidera à contenir cette matière, en partie du moins. Je crains que ce ne soit pas suffisant. Ensuite…

— J'ignore ce que vous attendez de moi mais sachez que vous n'obtiendrez rien.

— Bravo ! Quel courage ! Mais hélas pour vous, j'ai déjà obtenu ce que je voulais. Comme tous ceux qu'El-Arian a envoyés pour m'assassiner, vous finirez comme un vieux sac-poubelle sur son paillasson. Et cela continuera ainsi jusqu'à ce qu'il renonce et m'oublie.

— Il n'est pas près de vous oublier.

— Dans ce cas, il nous reste un long chemin à parcourir, lui et moi. » Essai fit une boule avec le morceau d'adhésif et la jeta dans la corbeille. Puis il rangea le rouleau dans la sacoche noire. « Vous, en revanche, vous êtes bientôt arrivé.

— Je ne me sens pas bien, dit Willard sur un ton bizarre, comme un enfant colérique grommelant dans son coin.

— Eh bien, ça ne m'étonne pas », déclara Essai en s'éloignant du lit.

27

Le lendemain matin, quand Bourne arriva à l'aéroport de Heathrow, la nuit recouvrait encore les routes bitumées et les trottoirs en ciment. En regardant tomber la pluie fine et glaciale, Bourne se réjouit de quitter Londres. Décollant à 7 h 25, son avion devait arriver à Marrakech à 13 h 15, après une courte escale à Madrid. Il n'y avait pas de vols directs.

Assis tout seul au milieu des chaises et des tables en plastique éclairées au néon du seul café ouvert à cette heure matinale, Bourne sirotait un café réchauffé au goût de cendre quand Don Fernando Hererra s'installa en face de lui.

« Toutes mes condoléances », fit Bourne.

Don Fernando resta coi. Nageant dans son costume chic, il semblait avoir pris de l'âge depuis leur dernière rencontre. D'un air absent, il fixait les bagages exposés dans la vitrine d'une maroquinerie.

« Comment m'avez-vous trouvé ?

— Je soupçonnais que vous partiriez pour Marrakech, marmonna-t-il. Pourquoi avoir tué mon fils ? Il ne faisait que vous aider comme je le lui avais demandé.

— Je ne l'ai pas tué, Don Fernando. Est-ce bien raisonnable ? ajouta-t-il en sentant la pointe d'une lame contre sa cuisse.

— Le raisonnable m'importe peu, désormais, cher monsieur. » Son regard pâle et vitreux vacillait d'angoisse. « Aujourd'hui, je ne suis qu'un père pleurant la mort de son fils. Ma vieille carcasse n'abrite rien d'autre.

— Je n'aurais jamais fait de mal à Diego, dit Bourne. Je pense que vous le savez.

— C'est vous qui l'avez tué. » Don Fernando parlait bas mais sa voix vibrait comme une lamentation. « Trahison, trahison ! fit-il en agitant la tête. À part vous, il n'y avait que mon filleul, Ottavio Moreno. Il n'aurait jamais porté la main sur Diego. »

Bourne immobile sentait un filet de sang dégouliner le long de sa jambe. Il pouvait arrêter cela à tout moment mais il choisit de laisser la scène se dérouler jusqu'au bout. Une fin violente n'aurait rien arrangé. En plus, il avait de l'affection pour Don Hererra.

« Et pourtant, c'est bien Ottavio qui a poignardé Diego, dit-il.

— Mensonges ! lança le vieillard en frémissant de rage. Pour quelle raison… ?

— Severus Domna. »

Don Hererra cligna les yeux. Un muscle se crispa sur sa joue droite.

« Qu'avez-vous dit ?

— J'en conclus que vous avez déjà entendu parler de Severus Domna.

— J'ai croisé le fer avec certains de ses membres, par le passé. »

516

Bourne n'en demandait pas tant. Il se félicita doublement de n'avoir pas interrompu cette conversation.

« Je possède un objet que Severus Domna convoite, dit Bourne. Ils m'ont suivi jusqu'à Londres, à Oxford – partout. D'une manière ou d'une autre, l'un d'entre eux a contraint Diego à me conduire au Vesper Club. C'était un guet-apens. Ils m'attendaient. Ottavio l'a découvert. Peut-être a-t-il agi trop précipitamment mais c'était pour me protéger, je vous assure.

— Vous vous connaissez ?

— Nous nous connaissions, corrigea Bourne. Il est mort hier.

— Comment ?

— L'un des sbires de Jalal Essai l'a abattu. »

Don Hererra tourna la tête. Ses joues commençaient à reprendre des couleurs.

« Essai ?

— Il court après la même chose que Severus Domna.

— Il n'appartient plus à l'organisation ?

— Non, dit Bourne tout en remarquant que le couteau s'éloignait de sa cuisse.

— Acceptez mes sincères excuses, dit le vieillard.

— Vous deviez être fier de Diego. »

Don Hererra ne répondit pas tout de suite. Bourne fit venir un serveur et commanda du café pour le vieil homme. Quand la tasse et la soucoupe arrivèrent, Hererra versa un peu de sucre, prit une gorgée et grimaça. Le goût était toujours aussi horrible.

« Je dois rentrer à Séville. Avant que vous partiez, je dois vous dire quelque chose. Je faisais sauter Ottavio Moreno sur mes genoux quand je rendais visite à sa

mère. Elle s'appelle Tanirt et vit toujours à Tineghir. »
Il fit une pause. Son regard pénétrant avait retrouvé
toute sa brillance. « C'est là que vous vous rendez,
n'est-ce pas ? »

Bourne confirma d'un signe de tête.

« Soyez très prudent, señor. Tineghir est le centre
vital de Severus Domna. C'est là que cette organisation a pris naissance, qu'elle a commencé à prospérer,
en partie grâce à la famille de Jalal Essai. Puis le clan
s'est divisé. Le frère de Jalal a renoncé à Severus
Domna pour aller s'installer à Bali avec sa famille. »

Il veut parler du père de Holly, sans doute, songea
Bourne.

« Le clan de Benjamin El-Arian jalousait le pouvoir
des Essai. Ce départ brutal lui a permis de renforcer
son influence. Je crois savoir qu'El-Arian dirige
Severus Domna depuis quelques années.

— Donc Jalal Essai et El-Arian sont à couteaux
tirés.

— D'après ce que j'ai entendu dire, Severus Domna
se montre impitoyable envers ceux qui lui tournent le
dos. Œil pour œil, fit-il en vidant sa tasse. Mais
revenons à Tanirt. Je la connais depuis des lustres. Je
ne me suis jamais senti aussi proche d'une femme. Y
compris ma défunte épouse.

— Je dois savoir si elle est votre maîtresse.

— Tanirt est une personne très spéciale. Vous le
constaterez par vous-même quand vous lui parlerez.
Escúchame, señor, ajouta-t-il en se penchant vers
Bourne. Passez la voir dès que vous arriverez.
Appelez-la. Elle vous attendra. Ses conseils vous

seront précieux, je n'en doute pas. Elle sait peser le pour et le contre dans chaque situation.

— Dois-je en conclure qu'elle était la maîtresse de Gustavo Moreno avant d'être la vôtre ?

— Quand vous la rencontrerez, vous comprendrez, répéta Don Fernando. Je n'en dirai pas plus. Tanirt n'est la maîtresse de personne. Elle est au-dessus de cela. Aucun homme ne la possédera jamais de cette manière. Elle est... sauvage », dit-il en laissant son regard errer au loin.

Quand on lui apprit que le colonel Boris Karpov se faisait couper les cheveux et raser chez le barbier du Métropole, Dimitri Maslov modéra son enthousiasme. Il savait que, par prudence, Karpov changeait de barbier chaque fois.

Maslov voulut convoquer Oserov mais on l'informa que ce dernier était introuvable. En fait, il avait quitté Moscou la veille. Maslov piqua une colère et jura de se débarrasser de lui. Il ne l'avait gardé si longtemps que pour emmerder Arkadine envers lequel il ressentait un amour paternel mêlé d'une haine indéfectible. Mais depuis son échec cuisant de Bangalore, Oserov ne lui servait plus à rien, sauf à trimballer partout l'odeur âcre de la défaite.

« Où est-il allé ? demanda Maslov à l'assistant d'Oserov.

— À... Tineghir, bredouilla l'homme. Au Maroc.

— Pourquoi le Maroc ?

— Il... Il ne me l'a pas dit.

— As-tu essayé de le découvrir ?

— Comment aurais-je fait ? »

Maslov sortit son Makarov customisé et lui logea une balle entre les deux yeux. Puis il scruta chacun de ses hommes, l'un après l'autre. Les plus proches reculèrent d'un pas, comme frappés par un poing invisible.

« Ceux qui croient qu'ils peuvent aller pisser sans mon autorisation, un pas en avant. »

Personne ne bougea.

« Ceux qui croient pouvoir désobéir à mes ordres, un pas en avant. »

Silence total.

« Ievgeni, cria-t-il à l'intention d'un gros balèze avec une cicatrice sous l'œil. Prends des armes et choisis deux de tes meilleurs hommes. Vous venez avec moi. »

Puis il regagna son bureau à grands pas, ouvrit le râtelier d'armes et fit son choix. La débâcle de Bangalore lui avait appris une chose : les missions épineuses, il valait mieux les accomplir soi-même. Les temps avaient changé, même s'il refusait de l'admettre. Tout était plus dur qu'avant. Le gouvernement ne laissait rien passer, les *siloviks* avaient fui les oligarques les plus accommodants et le personnel de qualité devenait rare. Autrefois, l'argent coulait à flots. Maintenant, on devait batailler pour le moindre dollar. Maslov travaillait deux fois plus, rien que pour réaliser le bénéfice qu'il se faisait dix ans plus tôt. Les belles années de sa jeunesse étaient bien loin. *Le crime n'a plus rien d'amusant*, pensait-il tout en vissant un silencieux sur le canon de son Makarov. *Aujourd'hui, c'est un boulot comme un autre.* Il se voyait rabaissé au même rang que les apparatchiks et il détestait cela. La pilule était dure à avaler. Déjà, il avait du mal à garder la tête hors de l'eau. Et voilà que, par-dessus le marché, Boris Karpov lui cherchait des poux dedans.

Dûment armé, il referma d'un coup sec les portes du placard. Quand il soupesa le Makarov, il se sentit tout ragaillardi. Après tant d'années passées derrière un bureau, c'était bon de retourner battre le pavé, d'affronter la loi : il se voyait déjà l'attraper par le cou et la secouer jusqu'à ce qu'elle crève.

Le barbier du Métropole tenait boutique dans le grand hall en marbre de l'hôtel Federated Moskva, vénérable établissement situé entre le théâtre du Bolchoï et la place Rouge. Truffé de corniches sculptées, de balustrades, de lambris en pierre, de linteaux massifs et de vertigineux parapets, l'édifice semblait près d'imploser.

Le Métropole comportait trois fauteuils à l'ancienne, derrière lesquels s'étiraient un long miroir et une série de placards abritant tous les outils du métier : ciseaux, coupe-choux, machines à fabriquer de la crème à raser, flacons remplis de liquide bleu désinfectant, serviettes impeccablement pliées, peignes, brosses, tondeuses électriques, boîtes de talc et bouteilles d'after-shave tonifiant.

Les trois fauteuils étaient occupés par des messieurs affublés de blouses en nylon noir serrées au cou. Les deux assis à droite et à gauche se faisaient couper les cheveux par des coiffeurs en uniforme blanc traditionnel. Une serviette chaude couvrait le visage du client allongé dans le fauteuil du milieu. C'était Boris Karpov. Pendant que le barbier repassait la lame de son coupe-chou, Karpov sifflait une vieille mélodie du folklore russe apprise dans son enfance. Dans le fond, sur une radio préhistorique encombrée de parasites, un journaliste annonçait les dernières mesures gouvernementales contre le chômage. Un jeune homme et un autre plus âgé attendaient leur tour sur des chaises en bois tout en lisant la *Pravda*.

Les hommes d'Ievgeni avaient passé une dizaine de minutes à repérer les lieux. Ne voyant aucun agent du FSB-2 dans le hall de l'hôtel, ils avaient contacté leur patron. Vêtu du même long manteau d'hiver que ses hommes, Ievgeni pénétra dans le Federated Moskva, en même temps qu'une famille conduite par un guide Intourist peu aimable. Laissant le guide et les touristes se présenter au comptoir de réception, il se dirigea vers le Métropole, histoire de s'assurer que le type couché dans le fauteuil du milieu était bien Boris Karpov. Quand le barbier souleva la serviette chaude, Ievgeni fit signe au type montant la garde près de la porte à tambour. Celui-ci transmit le signal à Maslov qui descendit de sa BMW noire garée devant l'hôtel et grimpa les marches du perron.

Au moment où il s'engagea dans la porte à tambour, Ievgeni et son équipe passèrent à l'action, comme prévu. Les deux hommes se plantèrent de chaque côté de l'entrée du Métropole. Il n'y avait pas d'autre issue.

Ievgeni entra dans le salon, sortit son Makarov et l'agita pour signifier qu'il était temps de déclencher les hostilités. Sans bruit, il braqua son arme sur les clients et les coiffeurs en leur enjoignant de rester tranquilles. Maslov apparut.

« Karpov, Boris Karpov, claironna Maslov, la main sur la crosse de son Makarov. Il paraît que vous me cherchez. »

Karpov ouvrit les yeux et les posa un instant sur l'homme qui venait de l'interpeller.

« Merde, c'est embarrassant, dit-il.

— Seulement pour vous. »

Toujours recouvert de sa blouse, Karpov leva une main. Le barbier éloigna le rasoir de sa joue et recula. Karpov regarda Maslov puis Ievgeni puis les deux gardes du corps qui venaient de les rejoindre.

« J'ai l'impression d'être en mauvaise posture. Mais si vous m'écoutez, je pense que nous pourrons arriver à un accord.

— Écoutez-moi ça, l'incorruptible colonel Karpov supplie qu'on lui laisse la vie.

— Je cherche uniquement à me montrer pragmatique, répondit Karpov. Je serai bientôt le patron du FSB-2. Alors, pourquoi me tuer ? Je pourrais devenir un bon ami pour vous, non ?

— Un bon ami est un ami mort », répondit Maslov.

Il braqua son arme sur Karpov mais n'eut pas le temps de presser la détente. Une détonation retentit. Maslov fut projeté en arrière. La balle que Karpov venait de tirer avait percé un trou dans sa blouse. Il s'en débarrassa. Au même moment, les deux autres clients – des agents du FSB-2 – firent feu. Les deux gardes s'écroulèrent. Ievgeni réussit à abattre l'un des hommes de Karpov avant que ce dernier lui loge trois balles dans la poitrine.

Le visage couvert de crème à raser, Karpov s'avança vers Maslov qui gisait sur le carrelage en damier.

« Alors, ça fait comment ? demanda-t-il en visant la tête. Tu ne crois pas qu'il est temps de tourner la page ? »

Et sans attendre de réponse, il appuya sur la détente.

Moira avait l'impression d'avoir dormi des jours, des semaines. Quand elle rouvrit les yeux, elle vit le visage de Berengária Moreno penché sur elle.

Berengária souriait sans parvenir à cacher son inquiétude.

« Comment tu te sens ?

— Comme si j'étais passée sous un train. »

Un plâtre suspendu par un système de poulies immobilisait sa jambe gauche depuis la hanche.

« Tu es superbe, *mami*, dit Berengária sur un ton enjoué, puis elle lui déposa un petit baiser sur la bouche. J'ai fait venir une ambulance privée. Elle nous attend en bas pour nous ramener à l'hacienda. J'ai engagé une infirmière et un kiné. Ils sont déjà installés dans les chambres d'amis.

— Tu n'étais pas obligée de faire cela », répliqua sottement Moira. Berengária eut la délicatesse d'ignorer sa réflexion.

« Il va falloir que tu t'habitues à m'appeler Barbara.

— Je sais. J'étais sûre de ne plus jamais te revoir, lui murmura-t-elle à l'oreille.

— Ce qui prouve que rien n'est jamais sûr, dans cette vie.

— Tant mieux.

— Barbara…

— *Mami*, je t'en prie, ne crois pas que j'attends quoi que ce soit de ta part en retour. Si tu ne veux pas de moi, je te laisserai tranquille. »

Moira caressa la joue de Barbara.

« Pour l'instant, je ne veux qu'une seule chose, guérir, dit-elle en soupirant à fendre l'âme. Barbara, je veux pouvoir courir de nouveau.

— Cela ne tient qu'à toi. Je t'aiderai, si tu le souhaites. Sinon…, ajouta-t-elle en haussant les épaules.

— Merci.

— Guéris. Ce sera la meilleure façon de me remercier.

— Tu sais, j'ai dit à Arkadine que j'allais m'occuper de Corellos. Et j'étais sincère. Le plus tôt sera le mieux.

— Je sais, fit Barbara d'une voix si ténue qu'on l'entendait à peine.

— Il va falloir y réfléchir. Cela me permettra de me concentrer sur autre chose et d'oublier un peu ma jambe.

— J'ai envie de te dire que tu ferais mieux de te concentrer sur des choses plus intéressantes, mais je sais que tu vas te moquer de moi.

— Tu ferais mieux de tout laisser tomber. C'est trop dangereux. Tu le sais, n'est-ce pas ?

— C'était la vie de mon frère, dit Barbara.

— J'ai envie de te dire que ce n'est pas une excuse, mais je sais que tu vas te moquer de moi.

— Dieu sait qu'on n'échappe pas à sa famille », répliqua Barbara avec un sourire triste. D'un air absent, elle caressait le plâtre de Moira. « Mon frère était bon pour moi, il me protégeait, il me défendait quand on me cherchait des ennuis. » Elle regarda Moira dans les yeux. « C'est lui qui m'a appris à m'endurcir, à garder la tête droite dans ce monde d'hommes. Sans lui, je ne sais pas ce que je serais devenue. »

Moira médita ces paroles. Si, malgré ses réticences, elle réussissait à convaincre Barbara d'abandonner les affaires de son frère, elle resterait avec elle. Devant cet argument, Barbara fléchirait peut-être. Moira avait rompu avec sa propre famille depuis des années, elle ignorait même si ses parents étaient encore de ce monde. Et cela lui importait peu. En revanche, elle tenait à son frère. Elle savait où il était, ce qu'il faisait, qui il fréquentait. Mais elle ne lui avait jamais donné de nouvelles d'elle. Ils avaient à peine vingt ans quand ils s'étaient perdus de vue. Elle avait encore de l'affection pour lui, tout en sachant pertinemment qu'elle en pâtissait.

Elle emplit ses poumons et expulsa l'air vicié de son passé.

« Je récupère plus vite que le prévoyait le chirurgien. Ce qui n'est pas peu dire car j'ai rarement vu quelqu'un d'aussi satisfait de lui-même.

— Les choses ne se passent jamais comme on s'y attend, tu es bien placée pour le savoir. »

Les deux femmes éclatèrent de rire en même temps.

Assis à son bureau, Benjamin El-Arian discutait au téléphone avec Idir Syphax, un membre haut placé de Severus Domna, en poste à Tineghir. Syphax lui avait confirmé la prochaine venue d'Arkadine et de Bourne au Maroc. El-Arian voulait s'assurer que leur stratégie avait été respectée dans ses moindres détails. Il ne fallait rien laisser au hasard avec ces deux-là.

« Tout est prêt à l'intérieur de la maison ?

— Oui, répondit Idir. Le système a été vérifié et revérifié. Je l'ai fait moi-même, la dernière fois, comme vous l'avez demandé. Une fois entrés, ils ne pourront plus ressortir.

— Comme un piège à rats amélioré.

— À peu de chose près, gloussa Idir.

— Que faisons-nous de la femme ? » Il ne pouvait se résoudre à prononcer le nom de Tanirt.

« On ne peut pas la toucher. Les hommes ont peur d'elle. »

Ils ont raison, songea El-Arian.

« Dans ce cas, laissez-la tranquille.

— Je prierai Allah », conclut Idir.

El-Arian était satisfait. Tout allait pour le mieux. En plus, Willard avait parfaitement joué son rôle. Il était sur le point d'ajouter un commentaire quand il entendit une voiture démarrer sur les chapeaux de roues, devant son brownstone de Georgetown. Sans couper la communication, il se leva pour aller voir ce qui se passait dans la rue, à travers les stores.

Un vieux tapis enroulé reposait de guingois sur les marches du perron, comme si quelqu'un l'avait jeté négligemment. Vu de la fenêtre, le paquet devait faire dans les deux mètres de long.

Tout en continuant à parler dans le micro de son portable, il descendit le couloir, ouvrit la porte d'entrée, empoigna les bords du tapis et le traîna dans le vestibule. L'effort lui arracha un grognement ; c'était très lourd. Le tapis était attaché à trois endroits par de la ficelle ordinaire. Il trouva un canif dans un tiroir de son bureau, revint sur ses pas, s'accroupit, trancha les trois ficelles et déroula le tapis. Une odeur pestilentielle le fit bondir en arrière.

Quand il vit le corps, le reconnut et réalisa qu'il était encore vivant, il raccrocha au nez de Syphax. Les yeux baissés sur Frederick Willard, il pensa : *Qu'Allah m'ait en sa sainte garde, Jalal Essai m'a déclaré la guerre.* Il considérait cet acte comme un affront personnel, contrairement au meurtre des hommes de main qu'il lui avait envoyés pour l'éliminer.

Mettant de côté sa répulsion, il se pencha sur Willard. L'un de ses yeux était fermé et l'autre si enflammé que le blanc avait disparu.

« Je prierai pour toi, mon ami, dit El-Arian.

— Dieu ne m'intéresse pas, Allah non plus. »

Les lèvres sèches et fendillées de Willard bougeaient à peine. On avait dû lui couper les cordes vocales parce que sa voix n'avait plus rien d'humain. On aurait dit le bruit d'un rasoir tranchant la chair.

« Tout n'est que ténèbres, reprit-il. Plus personne à qui faire confiance. »

El-Arian lui posa une question mais la réponse se fit attendre. Alors, il se pencha et posa le doigt sur le cou de Willard. Il n'avait plus de pouls. El-Arian prononça une courte prière, sinon pour l'infidèle, du moins pour lui-même.

LIVRE QUATRE

28

« Vous semblez surpris », dit Tanirt.

En effet, Bourne était surpris. Il s'attendait à rencontrer une femme de l'âge de Don Fernando, peut-être une dizaine d'années de moins. Or, Tanirt semblait avoir un peu moins de quarante ans. C'était impossible, elle ne pouvait pas être la mère d'Ottavio.

« Je suis venu au Maroc sans a priori, dit-il.

— Menteur », rétorqua-t-elle.

Tanirt avait la peau et les cheveux sombres, un corps aux courbes voluptueuses et un port de reine. Ses grands yeux transparents ne laissaient rien échapper.

Elle l'examina un moment.

« Je vois en vous. Votre nom n'est pas Adam Stone, déclara-t-elle.

— C'est important ?

— La vérité est la seule chose qui soit vraiment importante.

— Je m'appelle Bourne.

— Ce n'est pas le nom que vous avez reçu à la naissance mais c'est celui que vous portez maintenant, fit-elle en hochant la tête d'un air satisfait. Donnez-moi votre main, je vous prie, Bourne. »

Il l'avait appelée juste après avoir atterri à Marrakech. Comme Don Fernando l'avait promis, elle attendait son coup de fil. Elle lui avait donné rendez-vous dans une confiserie, au centre d'un marché du sud de la ville. Il avait vite trouvé l'endroit, s'était garé et avait poursuivi à pied à travers le labyrinthe des étals et des boutiques. On y vendait de tout, depuis les objets en cuir travaillé jusqu'au fourrage pour les chameaux. La confiserie appartenait à un vieux berbère ratatiné. L'homme avait paru le reconnaître ; avec un grand sourire, il lui avait fait signe d'entrer dans sa boutique embaumant le caramel et les graines de sésame. Bien qu'il y fît très sombre, Tanirt s'était découpée devant ses yeux, comme éclairée par une lumière intérieure.

À présent, il lui offrait sa main, paume ouverte. Tanirt le regardait dans les yeux. Elle portait une tunique longue toute simple, serrée à la taille par une ceinture. Elle ne montrait rien de son corps et pourtant d'elle émanait une sensualité, une énergie vitale qui rayonnait sur Bourne.

Elle lui tenait la main avec douceur, suivant d'un index léger les lignes marquant sa paume et ses doigts.

« Vous êtes Capricorne, et vous êtes né le dernier jour de l'année.

— Oui. »

Comment pouvait-elle savoir ? En tout cas, elle le savait. Un fourmillement prit naissance dans les orteils de Bourne et se diffusa à travers son corps. Une chaleur se répandit en lui, une chaleur qui le liait à cette femme comme un faisceau d'énergie. Légèrement perturbé, il voulut sortir de la boutique mais n'en fit rien.

« Vous avez… »

Elle s'arrêta net et emprisonna sa main dans les siennes comme pour bloquer une vision.

« Que se passe-t-il ? », demanda Bourne.

Quand elle releva la tête, il crut se noyer dans ses yeux. Elle ne lui avait pas lâché la main. Au contraire, elle la serrait de plus en plus fort. Son magnétisme l'excitait au plus haut point et, en même temps, il avait de quoi inquiéter. À l'intérieur de lui, des forces antagonistes se déchaînaient.

« Vous voulez réellement que je vous le dise ? »

Elle avait une voix de contralto, profonde, riche et sonore. Même quand elle murmurait, cette vibration semblait investir les moindres recoins de l'échoppe.

« C'est vous qui avez commencé », fit remarquer Bourne.

Elle sourit mais son sourire n'avait rien de joyeux.

« Venez avec moi. »

Il la suivit dans l'arrière-boutique. Après une porte étroite, ils émergèrent dans le cœur labyrinthique du marché regorgeant de marchandises en tous genres : coqs vivants, chauves-souris aux ailes de velours, cacatoès juchés sur des perchoirs en bambou. Des citernes d'eau de mer contenaient de gros poissons. Un agneau écorché saignait encore, suspendu à un crochet. Une poule brune cavalait entre les étals en s'égosillant comme si on l'étranglait.

« Il y a beaucoup d'animaux et de produits différents, ici, mais en ce qui concerne les personnes, vous ne trouverez que des amazighs, des berbères », dit Tanirt, puis elle désigna le Sud, le Haut Atlas. « La ville de Tineghir est perchée à quinze cents mètres d'altitude au cœur d'une vaste oasis, dans une vallée fertile coincée entre la chaîne du Haut Atlas au nord et l'Anti-Atlas au sud.

« Les Amazighs constituent l'essentiel de la population. Les Romains nous appelaient Mazices ; pour les Grecs, nous étions des Libyens. Quels que soient les noms qu'on a pu nous donner au cours des âges, nous sommes des berbères et nous habitons l'Afrique du Nord et la vallée du Nil depuis des temps immémoriaux. L'auteur romain Apulée était berbère, tout comme saint Augustin d'Hippone et, bien sûr, l'empereur Septime Sévère. Abd ar-Rahman Ier, qui a conquis le sud de l'Espagne et fondé le califat omeyyade de Cordoue, autrement dit l'Andalousie moderne, était berbère lui aussi. Je vous dis cela pour que vous compreniez mieux ce qui va se passer. Ce pays est un lieu chargé d'histoire et de conquêtes. Il a connu de grands événements, de grands hommes. Des énergies puissantes le traversent. C'est un point nodal, en quelque sorte. Bourne, vous êtes une énigme. Votre ligne de vie est étonnamment longue. Et pourtant…

— Pourtant ?

— Pourtant vous allez mourir bientôt. Aujourd'hui, peut-être demain. En tout cas, avant la fin de la semaine. »

La ville de Marrakech n'était qu'un immense souk dont tous les habitants semblaient avoir quelque chose à vendre. Dans les vitrines, sur les éventaires, on trouvait toutes les marchandises possibles et imaginables.

Arkadine et Soraya avaient été repérés à leur descente d'avion, ce qui était dans l'ordre des choses. Mais curieusement, la surveillance s'était arrêtée là.

Personne ne les aborda, personne ne les fila entre l'aéroport et la ville. Loin de rassurer Arkadine, cette apparente indifférence accrut sa méfiance. Si les agents de Severus Domna ne leur avaient pas emboîté le pas, c'était qu'ils n'en avaient pas besoin. Il en conclut que ces gens-là infestaient la ville, et probablement toute la région d'Ouarzazate.

Dans un taxi sentant les lentilles à la vapeur, les oignons frits et l'encens, il fit part de ses craintes à Soraya qui confirma :

« C'est absurde. Pourquoi êtes-vous venu ? Pourquoi foncez-vous tête baissée dans ce piège ?

— Parce que je peux me le permettre, dit Arkadine en effleurant la petite sacoche posée sur ses genoux, laquelle contenait l'ordinateur portable.

— Je ne vous crois pas.

— Je me fiche de ce que vous croyez.

— Encore un mensonge. Sinon je ne serais pas là avec vous.

— En moins de dix secondes, je pourrais vous faire hurler de plaisir. Vous en oublieriez tous vos précédents amants.

— Quelle délicatesse !

— Moi qui vous prenais pour Mata-Hari. Vous seriez plutôt Mère Teresa, articula-t-il avec un dégoût évident comme s'il la méprisait à cause de sa chasteté.

— Croyez-vous que je me soucie le moins du monde de votre opinion sur moi », répliqua-t-elle d'un ton qui n'appelait pas de réponse.

Après s'être fait ballotter quelques minutes sur la banquette arrière, Arkadine annonça à brûle-pourpoint :

« Vous me servez de police d'assurance. Bourne tient à vous. Quand le moment sera venu, j'ai l'intention d'en tirer parti. »

Soraya se renfrogna et garda le silence pendant le reste du trajet.

Dans le dédale de rues où Arkadine venait de l'entraîner, les hommes lorgnaient Soraya en se pourléchant comme s'ils s'apprêtaient à savourer sa chair tendre. Une rumeur permanente, parfois percée de grands cris, les accompagnait. Ils finirent par pousser la porte d'une échoppe mal aérée empestant le cambouis. Un petit homme chauve et rondouillard accueillit Arkadine avec maintes courbettes obséquieuses, en se frottant les mains l'une contre l'autre. Il écarta le tapis persan au fond de la boutique et tira sur un gros anneau de métal. Une trappe s'ouvrit. L'homme alluma une petite torche et descendit l'escalier en colimaçon. Au sous-sol, le plafond était si bas qu'il fallait se courber pour ne pas se cogner la tête aux néons. Contrastant avec la boutique poussiéreuse, encombrée de cartons, de tonneaux et de caisses en tous genres, cette pièce-là était impeccable. Le long des murs, des déshumidificateurs bourdonnaient tranquillement près d'une rangée de purificateurs d'air. La cave se divisait en allées régulières, flanquées de placards montant à hauteur de taille, chacun muni de trois tiroirs contenant une panoplie complète d'armes de poing dernier cri, étiquetées avec le plus grand soin.

« Eh bien, puisque vous connaissez mon stock, dit le petit homme, je vous laisse choisir. Quand vous aurez fini, retrouvez-moi là-haut. Je vous fournirai les munitions qui vont avec et nous établirons la facture. »

Arkadine hocha la tête d'un air absent. Déjà, il passait d'un tiroir à l'autre, comparant la puissance de feu, le maniement, la rapidité, le poids et la taille de chaque arme.

Quand ils furent seuls, il sortit d'un tiroir ce que Soraya prit pour une lampe-torche munie d'une grosse batterie en dessous. Il se tourna vers elle et secoua la torche. Le bloc de la batterie s'ouvrit dans un déclic. Il s'agissait en fait d'un fusil-mitrailleur pliable.

« Je n'avais jamais vu ce genre de chose, fit-elle, fascinée malgré elle.

— C'est un prototype, il n'est pas encore sur le marché. Un Magpul FMG. Il utilise des munitions standard Glock 9 mm mais il les crache foutrement plus vite qu'un pistolet, commenta-t-il en laissant courir ses doigts le long du canon trapu. Joli joujou, hein ? »

Soraya ne le contredit pas. Elle aurait aimé en posséder un.

Remarquant sa convoitise, Arkadine dit :

« Tenez. »

Elle lui prit l'arme, l'examina d'un œil expert, la démonta puis la remonta.

« Sacrément ingénieux. »

Arkadine ne semblait pas pressé de lui reprendre le FMG. Il la regardait d'un œil vague, comme s'il apercevait autre chose derrière elle, dans le lointain.

À Saint-Pétersbourg, il avait raccompagné Tracy à son hôtel. Bien qu'elle ne l'eût pas invité à monter, elle n'avait pas protesté quand il était entré dans sa chambre. Posant son sac à main et ses clés sur une table, elle avait traversé la pièce moquettée pour passer dans la salle de bains, lui fermant la porte au nez. Il n'avait pas entendu claquer le verrou.

Dehors, le clair de lune se reflétait dans l'eau noire, épaisse comme un gros serpent repu. La chambre sentait le renfermé. Il alla ouvrir la fenêtre. Une bourrasque de vent aussi odorante que le fleuve fit voler les rideaux. Il se retourna pour contempler le lit vide en imaginant Tracy allongée dessus, ses courbes intimes soulignées par la clarté lunaire.

Un léger bruit, comme un soupir ou une déglutition, attira son attention. La porte de la salle de bains venait de s'ouvrir, poussée par le courant d'air. Un triangle de lumière jaunâtre se dessina sur la moquette. Il entra dans le halo et coula un regard à l'intérieur. Le dos pâle de Tracy se découpait dans l'entrebâillement. Plus bas, la cambrure des reins, le renflement des fesses. Le désir gonfla son sexe jusqu'à la douleur. Quelque chose en elle le rendait faible et vulnérable. Il n'aimait pas cela. Malgré lui, il posa la main sur la porte et l'ouvrit d'une poussée.

En entendant grincer les gonds, Tracy tourna la tête vers lui. Il la vit dans toute sa nudité. Le regard de pitié mêlée de dégoût qu'elle lui lança alors lui causa un choc. Il poussa un gémissement animal et se dépêcha de refermer. Quand enfin elle sortit de la salle de bains, il préféra éviter son regard. Il l'entendit traverser la pièce et fermer la fenêtre.

« Où avez-vous été élevé ? »

538

Cette question lui fit l'effet d'une gifle. Faute de trouver les mots pour lui répondre, il eut envie de la tuer, sentir le cartilage de sa gorge craquer sous ses doigts, voir son sang tiède rouler sur ses mains. Mais c'était impossible. Ils étaient inextricablement liés, piégés dans une orbite de haine dont jamais ils ne s'échapperaient.

Pourtant Tracy avait fini par s'en échapper, pensa-t-il. *En mourant.* Aujourd'hui, elle lui manquait. Et il enrageait. Tracy s'était toujours refusée à lui. C'était la seule femme à lui avoir fait cet affront. Enfin, jusqu'à présent. En observant Soraya replier le FMG, il ressentit un frisson prémonitoire. Pendant un instant, il crut voir une image de mort danser sur le visage de la jeune femme. Puis la vision se dissipa et il se remit à respirer normalement.

Contrairement à Tracy, sa peau était brune comme du bronze doré. Comme Tracy, il l'avait vue dévêtue, quand elle avait ôté son T-shirt pour bander la cuisse de Moira. Ses seins étaient lourds, ses mamelons sombres et dressés. À présent, il les voyait pointer sous son chemisier, aussi nettement que si elle était encore torse nu.

« Vous vous dites que vous ne m'aurez jamais, fit Soraya comme si elle lisait dans ses pensées.

— Vous rigolez ? Je pourrais vous posséder là, tout de suite, dans cette cave.

— Me violer, vous voulez dire.

— Oui.

— Si telle avait été votre intention, répondit-elle en lui tournant le dos, vous l'auriez déjà fait.

539

— Ne me tentez pas.

— Votre rage est tournée vers les hommes, pas vers les femmes. »

Il lui adressa un regard cinglant mais ne fit pas un geste.

« Les hommes, vous les tuez. Les femmes, vous les séduisez. Me violer ? Allons donc. Ça ne vous intéresse pas plus que moi. »

Arkadine repensa à sa ville natale de Nijni Taguil, au gang de Stas Kuzine dont il avait fait partie pendant quelque temps. Il était chargé de ramasser des filles dans la rue et de les emmener dans le bordel de Kuzine. Nuit après nuit, il avait entendu leurs cris, leurs lamentations pendant que les soudards les prenaient de force ou les battaient comme plâtre. Toute cette horreur s'était achevée dans le sang. Arkadine avait descendu le caïd et la moitié de sa bande.

« Le viol c'est pour les animaux, dit-il d'une voix traînante. Je ne suis pas un animal.

— C'est l'histoire de votre vie : vous luttez pour être un homme, alors que tout concourt à faire de vous un animal. C'est à cause de Treadstone ? s'aventura-t-elle.

— Treadstone n'y est pas pour grand-chose, s'esclaffa-t-il. C'est plutôt ce qui s'est passé avant que j'ai envie d'oublier.

— Curieux. Pour Bourne, c'est tout à fait le contraire. Il cherche à se rappeler son passé.

— Alors, il a de la chance, gronda Arkadine.

— Quel dommage que vous soyez ennemis.

— Dieu en a décidé ainsi, fit Arkadine en lui reprenant l'arme. Un dieu nommé Alexander Conklin. »

« Savez-vous comment on doit mourir, Bourne ? »,
murmura Tanirt.

Vous êtes né le jour de Shiva : le dernier du mois. La
fin et le commencement. Comprenez-vous ? Vous êtes
destiné à mourir et à renaître. Ainsi avait parlé Suparwita quelques jours auparavant, à Bali.

« Je suis mort une fois, dit-il, et j'ai ressuscité.

— La chair, la chair, seulement la chair, chuchota-
t-elle. Là, c'est différent. »

Tanirt s'exprimait avec une telle conviction qu'il
sentit ses paroles pénétrer chaque fibre de son être. Il
se pencha vers elle. Ses cuisses et ses seins l'attiraient
comme un aimant.

Il s'ébroua.

« Je ne comprends pas. »

Elle le saisit par sa chemise et l'attira contre elle.

« Il n'y a qu'une seule façon d'expliquer », dit-elle
en le ramenant dans la boutique. Elle poussa plusieurs
ballots odorants, posés dans un coin. Derrière, un escalier de bois couvert de poussière et de cristaux de sucre
menait à l'étage. Ils grimpèrent jusqu'à la chambre où
avait dû vivre la fille du propriétaire, à en juger d'après
les affiches de films et les photos de chanteurs qui
décoraient les murs. Il y faisait plus clair car les
fenêtres laissaient entrer une lumière aveuglante, mais
aussi plus chaud. Tanirt parut s'accommoder de cette
touffeur.

Arrivée au centre de la pièce, elle se tourna vers lui.

« Dites-moi, Bourne, en quoi croyez-vous ? La main
de Dieu, la chance, le destin ? Des choses comme
cela ?

— Je crois au libre arbitre, dit-il après réflexion. Je crois que chaque homme doit pouvoir faire ses choix sans l'interférence du destin ou de quoi que ce soit d'autre.

— En d'autres termes, vous croyez au chaos, parce que l'homme ne contrôle rien dans cet univers.

— Ce qui voudrait dire que je suis désarmé face au monde. Or c'est faux.

— La Loi et le Chaos sont des entités aussi puissantes que vous croyez l'être, fit-elle en souriant. Votre parcours est très particulier. Vous avancez dans un entre-deux. Sur un chemin que personne n'a jamais emprunté.

— Je ne l'aurais pas dit comme cela.

— Évidemment. Vous n'êtes pas philosophe. Comment le diriez-vous, alors ?

— Où tout cela nous mène-t-il ? s'impatienta Bourne.

— Revoilà le soldat, le soldat impatient, répliqua Tanirt. Tout cela nous mène vers une chose : la nature de votre mort.

— La mort est la fin de la vie, dit Bourne. Point barre.

— Dites-moi, je vous prie, combien d'ennemis vous voyez. »

Bourne la rejoignit. Il sentit une chaleur intense se dégager d'elle comme lorsqu'on passe devant un moteur ayant tourné à plein régime pendant un long moment. Depuis son perchoir, il avait une vue panoramique sur les rues avoisinantes.

« Entre trois et neuf. C'est difficile d'être plus précis, dit-il après quelques minutes d'observation. Lequel d'entre eux me donnera la mort ?

— Aucun.

— Alors ce sera Arkadine. »

Tanirt pencha la tête.

« Cet Arkadine sera le messager. Mais c'est quelqu'un d'autre qui vous tuera.

— Alors qui ?

— Bourne, savez-vous qui vous êtes ? »

Maintenant, il la connaissait suffisamment pour savoir qu'elle n'attendait pas de réponse.

« Quelque chose a eu lieu, poursuivit Tanirt. Vous étiez une personne, et à présent vous êtes deux. »

Elle posa la main à plat sur sa poitrine. Bourne sentit son cœur bondir, ou plus exactement s'emballer. Il eut un petit sursaut.

« Ces deux personnes sont incompatibles – diamétralement opposées. Voilà pourquoi la guerre fait rage à l'intérieur de vous. Cette guerre vous conduira à la mort.

— Tanirt… »

Quand elle retira sa main et la leva, Bourne se sentit comme aspiré au fond d'un marécage.

« Le messager – cet Arkadine – arrivera à Tineghir avec la personne qui va vous tuer. C'est quelqu'un que vous connaissez très bien. Une femme.

— Moira ? S'appelle-t-elle Moira ? »

Tanirt secoua la tête.

« Non. Une Égyptienne. »

Soraya !

« C'est… C'est impossible. »

Tanirt produisit un sourire énigmatique.

« Là se trouve l'énigme, Bourne. L'un de vous deux croit la chose impossible. Mais pas l'autre. »

Bourne ne se rappelait pas avoir déjà ressenti une telle impuissance.

« Que dois-je faire ?

— Tout dépendra de vos réactions, de vos actes. C'est vous qui déciderez entre la vie et la mort. »

29

« Bon anniversaire », chantonna Danziger quand Bud Halliday répondit au téléphone.

— Ce n'est pas mon anniversaire, grommela le secrétaire à la Défense. Qu'est-ce que vous voulez ?

— Je vous attends en bas, dans ma voiture.

— Je suis occupé.

— Pas pour cela. »

Halliday allait lui souffler dans les bronches mais quelque chose dans la voix de Danziger l'en dissuada. Il appela son assistant, lui dit de décaler ses rendez-vous d'une heure, puis attrapa son manteau et descendit les escaliers. Le voyant traverser les espaces verts de la Maison-Blanche, les gardes et les agents des services secrets lui adressèrent des petits signes de tête déférents. Il accorda un sourire à ceux dont il connaissait le nom.

En rejoignant Danziger à l'arrière de son véhicule, il bougonna :

« J'espère pour vous que c'est intéressant, sinon…

— Faites-moi confiance, répondit Danziger. C'est mieux qu'intéressant. »

Vingt minutes plus tard, ils s'arrêtaient devant le 1910 Massachusetts avenue, SE. Danziger, assis du côté trottoir, descendit le premier et lui tint la portière.

« L'immeuble Vingt-Sept ? s'étonna Halliday pendant qu'ils montaient les marches d'un bâtiment moderne faisant partie du complexe du General Health Campus. Qui est mort ? » L'immeuble 27 abritait le service du légiste en chef du district.

« Un ami à vous », s'esclaffa Danziger.

Ils franchirent deux contrôles de sécurité avant d'accéder à l'ascenseur. L'énorme cabine tapissée d'aluminium les emmena à la cave. Elle puait le chlore et une odeur douceâtre que Halliday refusa d'identifier. On les attendait. L'assistant du coroner, un petit homme mince avec des lunettes, un nez crochu et une allure austère, leur fit signe de le suivre. Arrivé dans la chambre froide, il se planta devant une cloison constituée de portes en aluminium. Il en ouvrit une, fit coulisser le chariot et, sur un regard de Danziger, rabattit le drap qui couvrait le visage du cadavre.

« Marie, sainte mère de Dieu, ce ne serait pas Frederick Willard ? s'écria Halliday.

— Lui-même », répondit Danziger d'un air si joyeux qu'on aurait pu s'attendre à le voir exécuter un entrechat.

Halliday se rapprocha d'un pas, sortit un miroir de poche et le colla devant les narines de Willard.

« Il est bien mort. Mais enfin, que lui est-il arrivé ? ajouta-t-il en se tournant vers l'assistant du coroner.

— Difficile à dire pour l'instant, répondit l'homme. Tant de choses, en si peu de temps...

— Grosso modo, insista Halliday.

— Torture. »

Halliday partit d'un éclat de rire involontaire puis il regarda Danziger.

« Quelle ironie, n'est-ce pas ?

— C'est exactement la réflexion que je me suis faite. »

À ce moment, le PDA du secrétaire bourdonna. L'écran disait qu'on le réclamait à la Maison-Blanche.

Le Président avait choisi de réunir son équipe dans la War Room, au troisième sous-sol de l'Aile ouest, plutôt que dans le bureau Ovale. Au centre de la salle tapissée d'écrans d'ordinateurs trônait une table oblongue avec douze emplacements dûment équipés en matériel électronique.

Bud Halliday débeula en pleine conférence. Aux côtés du Président, il reconnut Hendricks, le Conseiller pour la Sécurité nationale, ainsi que Brey et Findlay, les patrons du FBI et du Département de la Sécurité intérieure. Leurs mines d'enterrement disaient qu'il y avait de l'urgence dans l'air.

« Je suis content que vous ayez pu venir, Bud, dit le Président en désignant un siège en face de lui.

— Que s'est-il passé ?

— Quelque chose se prépare, dit Findlay. Et nous aimerions avoir votre avis sur la manière de procéder.

— Une attaque terroriste sur une de nos bases outre-mer ?

— Plus près de chez nous », intervint Hendricks en poussant un dossier sur la table avant d'ajouter avec un geste d'invite : « Je vous en prie, regardez. »

Halliday tomba tout de suite sur une photo de Jalal Essai. Il ne laissa rien paraître et constata avec bonheur que sa main restait ferme en tournant les pelures d'oignon du dossier.

Quand il fut certain de maîtriser parfaitement ses expressions corporelles, il leva les yeux.

« En quoi cet homme nous intéresse-t-il ?

— D'après nos informations, il aurait trempé dans le meurtre de Frederick Willard.

— Des preuves ?

— Pas encore, non, dit Findlay.

— Mais nous en aurons bientôt, c'est garanti, ajouta Hendricks.

— Vous espérez vraiment me faire avaler ça ? répliqua Halliday d'un ton caustique.

— Ce qui nous dérange, monsieur le secrétaire, c'est que le dénommé Essai opère en sous-marin, déclara Findlay. Et pourtant nous savons qu'il constitue une menace claire et actuelle pour la sécurité nationale.

— Les infos que nous avons ici remontent à des années en arrière, dit Halliday en tapotant le dossier. Alors comment… ?

— C'est justement la question qui nous préoccupe, Bud, le coupa le Président.

— Enfin, je veux dire, d'où sortez-vous ces informations alors ? insista Halliday en penchant la tête.

— Pas de chez vous, de toute évidence, lança Brey.

— Ni de chez vous, répliqua Halliday en plantant son regard dans celui de l'impudent. Vous n'avez pas l'intention de nous faire payer cette omission, j'espère.

— Ce n'est pas une omission, répondit Findlay. Du moins, pas de *notre* part. »

Un silence tendu s'installa, que le Président finit par briser sur ces mots :

« Bud, nous pensions que vous seriez plus bavard.

— Pas moi, je vous assure, précisa Brey.

— Enfin, vous avez la preuve devant les yeux ! ajouta Hendricks.

— La preuve de quoi ? dit Halliday. Je ne vois rien qui m'oblige à fournir une quelconque explication, sans parler d'excuses.

— Vous me devez cent dollars chacun », dit Brey en gratifiant ses collègues d'un sourire satisfait.

Halliday le foudroya du regard.

Hendricks décrocha le téléphone, dit quelques mots et le reposa.

« Pour l'amour du ciel, Bud, fit le Président, vous ne nous facilitez pas les choses.

— Quelles choses ? rétorqua Halliday en se levant. C'est un interrogatoire ?

— Vous vous êtes enfoncé, j'en ai peur, fit le Président avec une profonde tristesse dans la voix. Dernière chance. »

Aussi rigide qu'une statue sur un monument aux morts, Halliday les dévisageait en grinçant des dents.

C'est alors que la porte de la War Room s'ouvrit. Les jumelles Michelle et Mandy apparurent sur le seuil. Leurs yeux pétillaient de malice. Elles se moquaient de lui.

Seigneur, pensa-t-il. *Seigneur Dieu.*

« Restez assis, monsieur le secrétaire. »

En entendant la voix du Président trembler de colère et de déception, Halliday se sentit perdu. Un frisson lui parcourut l'échine.

Il vit se profiler devant lui le long chemin des humiliations, de la disgrâce et de la ruine. Pendant que défilaient les enregistrements fournis par les jumelles de ses conversations avec Jalal Essai, dans l'appartement clandestin, il se demandait s'il aurait le cran de se retirer dans un endroit tranquille et discret pour se faire sauter la cervelle.

Oserov arriva au Maroc, le visage caché sous des bandages. À Marrakech, il trouva une boutique fabriquant des masques en latex à partir de moulages à la cire. Ses traits déformés furent bientôt recouverts d'une figure de Pierrot lunaire dont l'inexpressivité contrastait avec la rage couvant dessous. Satisfait de pouvoir enfin circuler incognito, il s'acheta une djellaba à rayures noir et ocre dont il rabattit la capuche sur son front. L'ombre fit le reste.

Après un court repas qu'il engloutit sans le savourer, il loua une voiture, repéra son itinéraire et partit en direction de Tineghir.

Idir Syphax s'était introduit dans la demeure située au centre de Tineghir. Telle une ombre furtive, tel un courant d'air, il passait d'un coin sombre à l'autre tout en inspectant les lieux. Ayant grandi dans la région de Ouarzazate, Idir avait l'habitude du froid et de la neige. On racontait de lui qu'il faisait geler le désert. Autrement dit, c'était quelqu'un de spécial. Comme Tanirt, Idir faisait peur aux berbères locaux.

Mince et bien musclé, il avait une bouche large, de grandes dents blanches et un nez aussi proéminent que la proue d'un navire. Un chèche bleu traditionnel lui enveloppait la tête et le cou. Il portait une tunique à carreaux bleus et blancs.

Du dehors, cette maison ressemblait à ses voisines. En revanche, à l'intérieur, elle tenait de la forteresse, avec ses nombreuses pièces comme agglutinées autour d'un donjon. Des tiges d'acier renforçaient les murs en béton ; des plaques de métal épaisses de cinq centimètres blindaient les portes, les rendant invulnérables même aux tirs à l'arme semi-automatique. Pour entrer, on franchissait deux systèmes de sécurité électroniques différents : des détecteurs de mouvement dans les pièces ouvrant sur l'extérieur et des détecteurs de chaleur dans les autres.

La famille d'Idir et les Etanas étaient étroitement liés depuis plusieurs siècles. C'était les Etanas qui avaient fondé le Monition Club afin que les membres de Severus Domna puissent se réunir en secret dans n'importe quelle ville de la planète. Aux yeux du monde, le Monition Club était une organisation philanthropique encourageant la recherche en anthropologie et en philosophie ancienne. En fait, c'était un univers en soi, refermé sur lui-même, au sein duquel les initiés avaient tout loisir de se rencontrer, de comparer leurs travaux et de monter des projets, sans risquer les indiscrétions.

Idir avait brigué la tête de l'organisation à une certaine époque mais Benjamin El-Arian lui avait coupé l'herbe sous le pied, en profitant du pouvoir laissé vacant par la fuite du frère de Jalal Essai. Mais à présent que Jalal avait montré son vrai visage, la famille Essai n'existait plus aux yeux de Severus Domna. Idir avait déjà eu plusieurs entretiens avec Marlon Etana, le membre le plus haut placé en Europe. Il lui avait proposé une alliance à laquelle El-Arian ne pouvait s'opposer, selon lui. Etana, pour sa part, n'était pas très emballé. Mais il est vrai que l'homme était devenu timide, voire timoré, après toutes ces années passées en Occident. Il n'avait pas l'étoffe d'un leader. Idir formait des plans pour Severus Domna – des plans ambitieux – bien au-delà de ce que des gens comme El-Arian ou Etana étaient capables de concevoir. Il avait d'abord tenté de les convaincre, de les raisonner, puis avait fait appel à leur vanité en flattant leur ego. Mais tout avait échoué. Ne restait que la violence.

Ayant inspecté l'ensemble de la maison, il ferma à clé et s'en alla. Mais pas trop loin. Il s'était réservé une place de choix au premier rang car le spectacle n'allait pas tarder à commencer.

Dès l'instant où Arkadine, se laissant conduire par ses soupçons, avait cruellement blessé Moira au genou, il avait dû renoncer aux plaisirs de son séjour à Sonora. À présent, il voyait cette région telle qu'elle était vraiment : une illusion. Les promenades au bord de la plage, le soleil torride, les danseuses aguichantes, les rancheras nostalgiques, rien de tout cela n'était fait pour lui. Son destin le conduisait ailleurs. En comprenant cela, il n'avait plus songé qu'à une chose, quitter le Mexique. Il se sentait trahi. Sonora n'était en fait que le miroir de sa vie. Une vie qu'il brûlait de laisser derrière lui mais qui s'attachait à ses pas, où qu'il aille.

Au Maroc, il replongeait dans son élément. Arkadine se voyait comme un requin fendant une eau profonde fourmillant de dangers. Or depuis des milliers d'années, les requins survivent dans des eaux sombres fourmillant de dangers. Leonid Arkadine survivrait lui aussi.

Armé et plus dangereux que jamais, il sortit de Marrakech en voiture avec Soraya, une femme étonnamment compliquée. Jusqu'à ce que Tracy le roule dans la farine, il avait toujours tenu le rôle du mâle dominant, et ce sur tous les plans. Sa mère, il l'avait reléguée depuis longtemps aux tréfonds de sa mémoire. Petit, elle l'enfermait dans un placard infesté de rats. Les sales bêtes lui avaient même grignoté trois orteils. Mais il ne s'était pas laissé faire. Il avait décapité les rats d'un bon coup de dents et assassiné sa tortionnaire de mère. Il l'abhorrait à tel point qu'il l'avait presque oubliée. N'en subsistaient que quelques fragments à demi effacés, comme tirés d'un vieux film.

Et pourtant c'était à cause de sa mère qu'il traitait si mal les femmes. Il les séduisait à tour de bras et quand elles succombaient à ses charmes, les écrasait de son mépris. En bon tombeur, il consommait et jetait après usage, dès que ses conquêtes commençaient à l'ennuyer. Il lui était arrivé de rencontrer une résistance – Tracy, Devra, la DJ de Sébastopol, et maintenant Soraya – assez puissante pour le faire changer de comportement. Abandonnant sa mâle assurance, il laissait alors le doute s'insinuer en lui et ses relations tournaient au fiasco. Avec Tracy, il s'était trompé en croyant la percer à jour. Devra ? Il avait été incapable de la protéger. Et avec Soraya, que se passerait-il ? Il l'ignorait encore, bien qu'il ne cessât de songer à ce qu'elle avait dit de lui. *Vous luttez pour être un homme, alors que tout concourt à faire de vous un animal.* À une époque, ce genre d'accusation l'aurait fait rire mais quelque chose avait changé en lui. Pour le meilleur ou pour le pire, il avait pris conscience de ce qu'il était, et cette conscience lui disait qu'il ne s'agissait pas d'une accusation mais d'un fait.

Il remâcha toutes ces pensées entre Marrakech et Tineghir. La température, déjà basse au départ, devenait glaciale au fur et à mesure qu'ils grimpaient dans le Haut Atlas. Des sommets enneigés descendaient des vents redoutables qui sifflaient à travers les canyons et remplissaient le wadi d'un souffle givré.

« Nous y sommes presque », dit-il soudain.

Soraya ne répondit pas. Elle n'avait pas desserré les dents de tout le voyage.

« C'est tout ce que ça vous fait ? », se moqua-t-il.

Elle se contenta de sourire et de regarder par la vitre. Ce brusque changement d'attitude le troubla. Il ne savait comment l'interpréter. Cette femme résistait à toutes ses tentatives, qu'elles soient de séduction ou d'intimidation. Que lui restait-il ?

Puis, du coin de l'œil, il aperçut un homme – trop grand pour être un berbère – drapé dans une djellaba rayée noir et ocre. Une capuche ombrait son visage. Pourtant, quand il passa près de lui, quelque chose dans son allure le mit en alerte. Il marchait comme Oserov. Mais était-ce bien lui ?

« Soraya, avez-vous remarqué ce type en djellaba ? »

Elle acquiesça d'un signe de tête.

Il s'arrêta et lui ordonna :

« Descendez. Approchez-vous de lui et débrouillez-vous pour voir s'il est russe. Si c'est le cas, essayez de savoir s'il ne s'appellerait pas Oserov. Viatcheslav Guermanovitch Oserov.

— Et ensuite ?

— Je ne bouge pas d'ici. Si c'est bien cela, faites-moi signe et je le tuerai.

— Je me demandais si vous alliez recommencer, dit-elle avec un sourire énigmatique.

— Recommencer quoi ?

— À vous laisser submerger par la rage.

— Vous ne savez pas ce qu'il a fait. Vous ne savez pas ce dont il est capable.

— Peu importe, dit-elle en ouvrant la portière. Puisque j'ai vu de quoi *vous* étiez capable. »

Soraya s'engagea dans la rue bondée et se dirigea vers l'homme encapuchonné. L'essentiel était de rester calme, de garder son sang-froid. Arkadine l'avait déjà coincée une fois ; elle ne le laisserait pas déjouer ses plans une seconde. Sur la route de Tineghir, elle avait imaginé diverses tactiques de fuite mais avait renoncé à les mettre en pratique pour deux raisons. Primo, elle n'était pas vraiment sûre de pouvoir semer Arkadine. Secundo, elle s'était juré de ne pas abandonner Jason. Il lui avait sauvé la vie à plusieurs reprises. Malgré toutes les histoires malsaines qui circulaient à son sujet dans les couloirs de la CIA, elle savait que cet homme était la loyauté même. Elle ne le lâcherait pas à présent qu'il courait un danger mortel et imminent. Mieux que cela, elle ferait tout pour le protéger d'Arkadine.

Ayant rejoint l'homme à la djellaba, elle se mit à lui tenir un discours en arabe sans pour autant atténuer son accent égyptien. D'abord, il ne fit pas attention à elle. Peut-être ne l'avait-il pas entendue dans ce brouhaha. Peut-être croyait-il qu'elle s'adressait à quelqu'un d'autre. Elle se planta donc devant lui et se remit à lui parler. La tête toujours penchée dans l'ombre, l'homme restait silencieux.

« J'ai besoin d'aide. Comprenez-vous l'anglais ? », demanda-t-elle.

L'homme fit non de la tête. Soraya haussa les épaules, se retourna en faisant semblant de partir puis, pivotant sur les talons, lui lança en russe :

« Je te reconnais, Viatcheslav Guermanovitch. Ne serais-tu pas un collègue de Leonid ?

— Quoi ? Tu le connais ? fit-il d'une voix sourde et inarticulée comme s'il avait quelque chose de coincé dans la gorge. Où est-il ?

— Juste là, déclara-t-elle en montrant la voiture. Assis au volant. »

Ensuite, tout se passa en un clin d'œil. Soraya recula. Oserov fit un quart de tour sur lui-même en fléchissant les genoux. Sous la djellaba, était caché un fusil d'assaut AK-47. D'un seul mouvement fluide, il le leva, visa et tira sur la voiture. La foule paniquée s'éparpilla dans toutes les directions. Oserov traversa la rue sans cesser de tirer. Les impacts de balles secouaient la voiture d'Arkadine.

Quand il arriva à sa hauteur, il essaya d'ouvrir la portière mais elle était si déformée qu'elle résista. Lâchant une bordée de jurons, Oserov enfonça plusieurs fois la crosse de l'AK-47 dans ce qu'il restait de la vitre. Il regarda à l'intérieur. Personne.

Alors, il fit demi-tour et braqua son arme sur Soraya.

« Où est-il ? Où est Arkadine ? »

Il s'était caché sous la voiture. Soraya le vit s'extirper de là et bondir sur Oserov en lui faisant une clé au cou. Il le tira en arrière si violemment que ses pieds décollèrent du sol. Oserov essaya de se défendre en lui enfonçant la crosse du fusil dans les côtes mais Arkadine para chacun de ses coups. À moitié étranglé, Oserov se débattait en secouant la tête. Son masque glissa. Voyant cela, Arkadine l'arracha carrément, révélant le visage boursouflé de son ennemi.

Les passants avaient tous disparu. Soraya traversa la rue et s'approcha des deux hommes à pas lents. Oserov laissa tomber l'AK-47 pour s'emparer d'un poignard impressionnant. Trop concentré sur l'étranglement, Arkadine n'avait pas remarqué son geste.

Arkadine renifla soudain une odeur fétide. Elle émanait d'Oserov. L'homme pourrissait de l'intérieur comme si tous les gens qu'il avait assassinés au cours de sa vie étaient sortis de leurs tombes pour s'insinuer dans son corps, pareils à des racines carnivores. Arkadine serra plus fort. Oserov gigotait pour se dégager. Ni l'un ni l'autre ne lâchaient prise. Ce combat épique semblait opposer non pas deux personnes mais une seule divisée en deux. Deux êtres luttant pour le pouvoir au fond d'un gouffre de rage infinie. Arkadine ne se battait pas seulement contre un tueur sanguinaire, mais aussi contre son propre passé criminel, un passé qu'il tentait sans cesse d'extérioriser pour mieux l'enterrer ensuite. Mais comme un zombie, ce passé n'en finissait pas de ressurgir d'entre les morts.

Vous luttez pour être un homme, alors que tout concourt à faire de vous un animal, avait dit Soraya.

Les êtres qui peuplaient ce passé avaient tous œuvré à la destruction de l'être humain qui sommeillait en lui. Puis un jour, Tracy Atherton était apparue et il avait cru pouvoir s'extraire de la bestialité. Il avait beaucoup appris à son contact mais elle avait fini par le trahir. Il avait souhaité la voir morte. Aujourd'hui, elle l'était. Quant à l'homme qui incarnait sa déchéance, cet Oserov qui rassemblait en lui tout ce qu'il exécrait, voilà qu'il le tenait enfin en son pouvoir. Arkadine prenait son temps mais dans quelques secondes, Oserov n'existerait plus.

Tout à coup, un mouvement sur sa gauche attira son attention. Soraya se précipitait vers lui. Elle frappa Oserov au poignet, ce qui lui paralysa la main. Quand le poignard tomba, Arkadine comprit ce qu'elle venait de faire.

Pendant un instant fugace mais distendu, il regarda Soraya au fond des yeux. Un message tacite passa de l'un à l'autre, puis s'effaça tout aussi vite. Laissant jaillir la rage qui bouillonnait dans son cœur depuis tant d'années, Arkadine frappa la tempe d'Oserov du talon de la main. Sa tête s'inclina brusquement sur la droite et vint buter contre le rempart formé par le bras d'Arkadine. Les vertèbres craquèrent. Le temps d'un spasme, Oserov s'agita comme un pantin désarticulé. Ses ongles déchirèrent l'avant-bras d'Arkadine. Puis, tel un buffle luttant pour sa survie, il se mit à beugler et à ruer si puissamment qu'il faillit se libérer.

Arkadine fit de nouveau craquer son cou, en y mettant toute sa force. Le flux d'énergie qui animait encore Oserov s'écoula au fond du caniveau. Il poussa un cri terrible comme pour exprimer une chose essentielle, primordiale à ses yeux, puis plus rien ne sortit de sa bouche, à part sa langue et un filet de sang.

Arkadine ne lâchait pas. Il continuait de le frapper sur la tempe alors que son cou portait déjà les marques de multiples fractures.

« Arrêtez, murmura Soraya. Il est mort. »

Il lui lança un regard dément auquel elle répondit en lui retenant le bras. Mais il ne sentait rien. Ses terminaisons nerveuses reproduisaient indéfiniment les derniers instants de cette lutte à mort, comme s'il voulait tuer Oserov encore et encore.

Pourtant, l'ouragan se calma peu à peu. Arkadine sentit les mains de Soraya posées sur lui, entendit sa voix qui répétait : « Il est mort ». Il déplia le bras. Le cadavre s'écoula comme un tas de chiffons.

En baissant les yeux sur le visage méconnaissable d'Oserov, Arkadine ne ressentit ni triomphe ni satisfaction. Il ne ressentit rien du tout. Juste le vide. Il n'y avait rien à l'intérieur de lui, rien qu'un gouffre toujours plus sombre, toujours plus profond.

Il composa un code sur son téléphone portable, marcha jusqu'au coffre de la voiture, l'ouvrit et sortit l'ordinateur de son étui.

Autour d'elle, Soraya vit un certain nombre d'hommes en tenue traditionnelle. Ils avaient assisté à la scène, tapis dans l'ombre. Dès qu'Oserov s'était écroulé inanimé, ils avaient commencé à converger vers la voiture.

« Severus Domna, dit Soraya. Ils viennent nous chercher. »

Au même instant, un véhicule freina près d'eux. Arkadine ouvrit la portière arrière.

« Montez », ordonna-t-il.

Arkadine se glissa à côté d'elle sur la banquette. Pendant qu'ils démarraient, Soraya dénombra trois hommes lourdement armés. Arkadine leur aboya ses ordres dans un russe familier. Soraya se rappela leur conversation à Puerto Peñasco.

« Que voulez-vous de moi, à présent ? lui avait-elle demandé.

— La même chose que vous de moi. La destruction », avait-il répondu.

Quand elle identifia dans son discours les mots *terre brûlée*, elle comprit qu'il était venu à Tineghir pour faire la guerre.

30

Bourne entra dans Tineghir en se remémorant les paroles de Tanirt. Tout de suite, il remarqua la foule entourant la voiture criblée de balles et le cadavre méconnaissable qui gisait à côté. En voyant son visage brûlé, il devina qu'il s'agissait d'Oserov.

Pas de policiers autour du corps, ni nulle part ailleurs. En revanche, les soldats de Severus Domna avaient investi la place, ce qui revenait au même, sans doute. Personne ne semblait se préoccuper d'Oserov dont la dépouille attirait déjà des essaims de mouches. L'air commençait à répandre ses miasmes à travers la ville comme une épidémie.

Bourne roula encore sur quelques dizaines de mètres puis descendit de voiture et continua à pied. Depuis les révélations de Tanirt, il avait dû revoir ses plans. Ce n'était pas dans ses habitudes, il n'aimait pas cela, mais il n'avait pas le choix. Tanirt s'était montrée explicite.

Le ciel se teintait de rose pâle comme à l'aube, alors que l'après-midi était déjà bien avancé. Au lieu de se rendre directement à l'adresse qu'on lui avait donnée – la maison Severus Domna –, il chercha un endroit où se restaurer. Ayant choisi une table face à l'entrée, il commanda une assiette de couscous et un whisky berbère, c'est-à-dire du thé à la menthe. Les jambes croisées, l'esprit vide, il se concentra sur Soraya. Le serveur venait de poser le petit verre et de le remplir adroitement d'un thé odorant versé à grands traits mousseux, quand il vit un Russe passer lentement devant le café, avec l'air de chercher quelqu'un. Ce n'était pas Arkadine, mais c'était bien un Russe. Les traits de son visage, la manière dont il se servait de ses yeux n'avaient rien de berbère ou de musulman. Ce regard-là parlait de lui-même mais ne disait pas grand-chose d'utile.

Quand le couscous arriva, Bourne n'avait plus faim. Soraya entra la première, suivie de près par Arkadine. L'air décidé de la jeune femme l'étonna. Il avait cru la voir désemparée mais, apparemment, il l'avait sous-estimée. Et c'était mieux ainsi. Enfin un signe encourageant.

Soraya traversa le café et s'assit sans mot dire. Planté sur le seuil, Arkadine ne perdait pas une miette de la scène. Bourne se mit à manger son couscous selon la coutume, avec la main droite en gardant la gauche sur les genoux.

« Comment te sens-tu ?

— Emmerdée.

— Combien d'hommes a-t-il avec lui ?

— Trois. »

Arkadine s'avança vers eux. En chemin, il ramassa une chaise à une table voisine.

« Comment est le couscous ? s'enquit-il en s'asseyant.

562

— Pas mauvais », répondit Bourne avant de pousser l'assiette vers lui.

Arkadine pinça la graine entre les doigts de sa main droite puis, ayant goûté, approuva d'un hochement de tête. Il lécha ses lèvres grasses et s'essuya les doigts à la nappe.

« On se court après depuis un bout de temps, hein ? dit-il en se penchant vers Bourne.

— Et nous voilà face à face.

— Peinards comme trois poux sur un tapis marocain.

— Évite de te servir de l'arme que tu planques sous la table, s'il te plaît.

— Tu es mal placé pour me donner des conseils, pas vrai ?

— C'est une question de point de vue. En ce moment, je vise tes couilles avec un Beretta 8000 chargé de balles .357 à pointe creuse. »

Arkadine troqua son rictus menaçant contre un gloussement rauque. On aurait dit que personne ne lui avait jamais appris à rire.

« Oui, c'est bien ce que je disais. Des poux sur un tapis, gloussa Arkadine.

— En plus, ajouta Bourne, si tu me tues, tu sortiras de la maison les pieds devant.

— Permets-moi d'en douter.

— Écoute, Leonid, il y a d'autres forces à l'œuvre ici, des forces qui nous échappent, à toi comme à moi.

— Rien ne m'échappe jamais. Et je ne suis pas venu seul.

— L'ennemi de mon ennemi est mon ami, dit Bourne en citant un proverbe arabe.

— Qu'est-ce que tu proposes ?

— Nous sommes les deux seuls diplômés Tread-stone. On nous a formés à survivre à ce genre de situation mais nous sommes légèrement dissemblables. Comme une chose et son reflet dans le miroir, peut-être.

— Je te donne dix secondes. Arrête de tourner autour du pot, putain.

— Ensemble nous vaincrons Severus Domna.

— Tu as perdu la tête, ricana Arkadine.

— Réfléchis un peu. Severus Domna nous a attirés ici. Ils ont préparé la maison pour notre venue et ils croient qu'une fois réunis, nous nous entre-tuerons.

— Et alors ?

— Et alors, jusqu'à présent, tout s'est passé selon leur plan. Notre seule chance consiste à les surprendre, ajouta Bourne après s'être ménagé une pause.

— L'ennemi de mon ennemi est mon ami. »

Bourne hocha la tête.

« Jusqu'à un certain point, évidemment. »

Arkadine posa sur la table le Magpul qu'il avait tenu caché. Bourne fit de même avec le Beretta remis par Tanirt.

« Nous formons une équipe, dit Bourne. Tous les trois.

— Alors vas-y, crache le morceau.

— Avant toute chose, dit Bourne, je voudrais vous parler du dénommé Idir Syphax. »

La maison était coincée entre deux autres. La nuit venait de tomber aussi vite qu'on rabat une capuche. La masse circulaire des montagnes noires dominait la vallée. Un vent amer sifflait à travers la ville, projetant partout des flocons de neige mêlés de grains de sable. Des étoiles s'écoulait une lumière psychédélique.

Idir Syphax était accroupi sur un toit-terrasse situé de l'autre côté de la rue. De là, il voyait parfaitement l'arrière de la maison. De part et d'autre de lui, des tireurs d'élite appointés par Severus Domna se tenaient prêts à utiliser leurs Sako TRG-22. Idir regardait la maison comme s'il attendait que sa fille rentre de l'école, comme si la maison elle-même était son enfant. Dans un sens, il n'avait pas tort, puisqu'il en était l'architecte. *Je veux bâtir une forteresse*, avait-il confié à Tanirt. *Alors, suis les plans du grand temple de Baal*, avait-elle conseillé. *C'est la plus formidable forteresse jamais construite*. Après avoir réfléchi et étudié les croquis fournis par Tanirt, il avait accepté, mettant même la main à la pâte. Sa sueur avait mouillé chaque planche, chaque clou, chaque poutrelle, chaque plaque de ciment. Cette maison était conçue non pour des gens, mais en l'honneur d'une idée, ou mieux, d'un idéal. En tout cas, quelque chose d'intangible. C'était un lieu sacré, comme une mosquée. Le commencement et la fin de toute chose. L'alpha et l'oméga, un microcosme.

Tout le monde n'en avait pas conscience parmi les membres de Severus Domna. Pour Benjamin El-Arian, par exemple, cette maison était comme une plante carnivore. Pour Marlon Etana, c'était un moyen d'accéder à autre chose. Mais en tout cas, pour ces deux-là, elle n'existait pas vraiment et n'avait rien de sacré. Ils ne comprenaient pas qu'elle ouvrait sur le divin. Ils ne comprenaient pas que Tanirt avait choisi cet endroit en se servant de l'ancienne incantation qu'elle possédait et que lui, Idir, convoitait. Un jour, il lui avait demandé quel était ce langage. C'était de l'ougaritique, une langue parlée par les alchimistes exerçant à la cour du roi Salomon, dans l'actuelle Syrie. Voilà pourquoi il avait placé la statue au cœur même de la maison, d'où irradiait sa sainteté. Il avait dû la faire entrer en secret parce que la charia interdisait les statues. Et bien sûr, ni Benjamin El-Arian ni Marlon Etana ne connaissaient son existence. Ils lui auraient fait subir le sort des hérétiques. Pourtant, Tanirt lui avait enseigné que d'anciennes forces – des *mystères*, plus précisément – avaient précédé les religions, toutes les religions, même le judaïsme, et que ces religions avaient été inventées par les hommes pour conjurer la terreur que nous éprouvons devant la mort. En revanche, les mystères, d'origine divine, n'avaient aucun rapport avec la conception humaine de Dieu. Et Tanirt, le prenant à témoin comme un disciple attentif, avait dit : *Baal a-t-il existé ? J'en doute. Mais les mystères cachés sous la figure de Baal, si.*

Mis à part le vent qui soufflait, la nuit était calme. Il savait qu'ils arrivaient mais il ignorait d'où. Il avait bien tenté de les suivre mais s'était heurté à des échecs – ce qui n'avait rien d'étonnant, se dit-il. Il avait dû sacrifier quatre de ses hommes pour neutraliser les trois comparses d'Arkadine. Ces Russes étaient de féroces combattants. Mais peu importait : Arkadine n'entrerait pas. Toutes les maisons ont leurs points faibles ; on y pénétrait par les égouts, par exemple, les canalisations ou le système électrique. Mais comme cette maison-ci n'était pas conçue pour les hommes, elle n'avait ni égouts, ni installation de chauffage ou de climatisation, ni réfrigérateur, ni four. Un générateur géant logé dans une pièce protégée fournissait l'électricité. Chaque point d'entrée disposait de nombreuses alarmes branchées sur d'autres mesures de sécurité.

Son fils Badis avait voulu venir mais Idir ne s'était pas laissé fléchir. Badis lui demandait toujours des nouvelles de Tanirt. Pourtant, à onze ans, il était assez grand pour savoir qu'il ne devait pas le faire. Badis ne se souvenait que de l'époque où Tanirt aimait son père, ou du moins prétendait l'aimer. À présent, Idir la craignait. Elle suscitait en lui une terreur telle qu'il en faisait des cauchemars épouvantables.

Tout avait basculé le jour où il lui avait demandé de l'épouser et qu'elle l'avait repoussé.

« *C'est parce que tu ne crois pas à mon amour ? avait-il demandé.*

— *Je sais que tu m'aimes.*

— *Alors, c'est à cause de mon fils. Comme j'aime Badis plus que tout, tu crains que je ne te rende pas heureuse.*

— *Ce n'est pas à cause de ton fils.*

— *Alors quoi ?*

— *Si tu poses cette question*, avait-elle dit, *c'est que tu ne comprendras jamais.* »

Commettant l'erreur fatale de la croire pareille aux autres femmes, il avait essayé la contrainte mais plus il la menaçait, plus elle semblait le dominer. En fait, elle s'était mise à grandir devant ses yeux. Littéralement. Bientôt sa présence avait rempli toute la pièce ; l'air s'était raréfié. Idir avait cru mourir étouffé. Hors d'haleine, il avait dû fuir sa propre demeure.

En entendant les rafales des Sakos, il redescendit sur terre. À travers l'obscurité, il aperçut une ombre flottant sur le toit de la maison. À côté de lui, les tireurs d'élite ne réagirent pas. Sous la lumière trompeuse de la lune, la forme floue disparut aussitôt. Le calme revint, absolu. Puis, du coin de l'œil, il revit l'ombre spectrale. Son cœur s'emballa. Il allait ordonner le tir quand, derrière lui, quelqu'un prononça son nom.

Il se retourna vivement. Leonid Arkadine se tenait là, jambes écartées, armé d'un pistolet étrangement trapu.

« Surprise ! », dit Arkadine avant de faire exploser le crâne des deux tireurs d'élite. Quand le Magpul se tut, les hommes s'affalèrent comme des marionnettes.

« Tu ne me fais pas peur », cracha Idir. Sur son visage et sa tunique imbibés de sang, des morceaux de cervelle étaient éparpillés. « Je n'ai pas peur de la mort.

— De la tienne peut-être. »

Arkadine fit un geste de la tête. La femme, Soraya Moore, sortit de l'ombre. Idir eut un hoquet de surprise. Elle tenait Badis devant elle.

« Papa ! », Badis voulut s'élancer vers son père mais Soraya l'attrapa par le col de son vêtement et le ramena sèchement contre elle.

Un masque de désespoir assombrit le visage d'Idir.

« Idir, balance tes hommes par-dessus le parapet, ordonna Arkadine.

— Mais pourquoi ?

— Les autres en bas comprendront ce qui s'est passé ici et réfléchiront à deux fois avant d'attaquer. »

Idir refusa.

Alors Arkadine s'avança vers Badis, lui enfonça le canon du Magpul dans la bouche.

« J'appuie sur la détente et même sa propre mère ne le reconnaîtra pas. »

Idir pâlit mais, à part lui décocher des regards assassins, il ne pouvait rien faire qu'obéir. Il dut s'y reprendre à deux fois car l'un des cadavres gluants de sang lui glissa des mains.

Badis regardait fixement la scène en tremblant de tous ses membres.

Enfin, Idir réussit à faire basculer l'homme par-dessus le parapet. En entendant le bruit du corps s'écrasant sur le sol, Badis tressaillit. Très vite, Idir balança le deuxième. De nouveau, ce bruit épais, presque visqueux fit sursauter Badis.

Sur un geste d'Arkadine, Soraya traîna le garçon au bord du toit et lui mit la tête dans le vide.

Idir voulut porter secours à son fils qui se débattait mais Arkadine l'en dissuada en agitant le Magpul.

« Tu vois bien que la mort peut revêtir différents aspects, fit Arkadine. Finalement, la peur n'épargne personne. »

Et enfin, les deux principaux acteurs du drame se retrouvèrent. En entendant les détonations, Bourne s'était mis en route. Bientôt, il rejoignit Arkadine qui descendait du toit en poussant Idir Syphax devant lui. Les deux hommes se dévisagèrent comme deux agents s'apprêtant à échanger des prisonniers, à la frontière d'un no man's land, pendant la Guerre froide.

« Soraya ?

— Sur le toit avec le gosse, dit Arkadine.

— Tu ne lui as pas fait de mal, j'espère. »

Arkadine regarda Idir du coin de l'œil puis se tourna vers Bourne, avec une grimace de mépris.

« Si j'avais dû le faire, je n'aurais pas hésité.

— Nous étions d'accord pourtant.

— Nous étions d'accord pour faire le boulot, point barre », rétorqua Arkadine.

Idir ne cessait de gigoter en les regardant l'un et l'autre.

« Vous devriez définir vos priorités, vous deux. »

Arkadine le frappa au visage.

« Ferme ta gueule. »

Finalement, Bourne tendit à Arkadine l'ordinateur portable dans sa mallette, puis il saisit Idir au collet et lui dit :

« Tu vas nous conduire dans la maison. Tu passeras le premier chaque barrage, électronique ou autre. Il sortit son téléphone et le lui colla sous le nez. Je suis en contact permanent avec Soraya. Si quelque chose se passe mal…

— Je comprends », fit Idir d'une voix sourde. Ses yeux lançaient des éclairs de haine et de rage.

Il déverrouilla la porte d'entrée avec une paire de clés. Le seuil franchi, il composa un code sur un pavé de touches fixé dans le mur à gauche.

Silence.

Un chien aboya. Les bruits résonnaient étonnamment fort dans le calme de la nuit. L'atmosphère était si lourde que les particules lumineuses du clair de lune semblaient frapper la maison comme des flocons de neige fondue.

Idir toussa puis alluma les lumières.

« Les détecteurs de mouvement se déclenchent en premier, puis les infrarouges. Je peux les éteindre d'ici, avec une télécommande.

— Si on coupe le générateur, tout s'arrêtera, dit Bourne. Conduis-nous dans cette pièce. »

Une expression de terreur traversa le visage d'Idir.

« Vous avez parlé à Tanirt », murmura-t-il. En prononçant son nom, il tressaillit.

« Bourne, si tu connais le chemin, tonna Arkadine, pourquoi nous encombrer de lui ?

— Il sait comment éteindre le générateur sans que le bâtiment explose. »

Cette remarque sensée fit taire Arkadine pendant un moment. Idir changea de direction. Ils empruntèrent un chemin contournant les pièces qui donnaient sur l'extérieur. Parvenus devant le premier détecteur de mouvement, ils virent son œil rouge posé sur eux.

Ils se présentèrent devant une porte qu'Idir déverrouilla. Au-delà, un autre couloir se déployait en zigzag. Bourne lui trouva une ressemblance avec les corridors des grandes pyramides de Guizeh. Une autre porte se profila devant eux, qu'Idir ouvrit pareillement, puis un nouveau couloir, plus petit et parfaitement rectiligne cette fois. Ses murs lisses étaient enduits d'un stuc couleur chair. Il débouchait sur une troisième porte, celle-ci en acier. Quand ils la franchirent, ils devinèrent dans la pénombre un escalier en spirale qui descendait.

« Allume, qu'on y voie, commanda Arkadine.

— Il y a pas d'électricité là en bas, l'informa Idir. Juste des flambeaux. »

Arkadine voulut le frapper mais Bourne l'arrêta à temps.

« Empêchez-le de me toucher, supplia Idir. Ce type est un malade. »

Ils descendirent. Tout en bas, Idir alluma une torche de roseau, la tendit à Bourne avant d'en prendre une autre dans un panier en fer forgé posé au creux d'une niche.

« Où sont les systèmes d'alarme ? demanda Bourne.

— Il y a trop d'animaux ici », répondit Idir.

Arkadine regarda autour de lui le sol couvert d'une chape de béton. L'endroit sentait le renfermé, l'eau croupie.

« Quel genre d'animaux ? »

Idir continua sa route. Sous la lumière vacillante des flambeaux, cette cave paraissait immense. On ne voyait que les flammes crépitant dans le noir. La fumée épaississait l'atmosphère déjà étouffante. Soudain apparut un étroit passage. Quarante pas plus tard, il s'incurva sur la droite où ils retrouvèrent des murs lisses, convexes, sans portes. Plus ils marchaient, plus Bourne parvenait à la certitude qu'ils progressaient à l'intérieur d'une spirale. Ils se déplaçaient en cercles concentriques toujours plus étroits, vers le cœur du bâtiment. Une force invisible pesait sur eux, rendant la respiration pénible. Bourne avait l'impression de nager dans un lac souterrain.

Quand le couloir se termina, ils entrèrent dans une pièce ayant vaguement la forme d'un pentagone. Comme les battements d'un cœur gigantesque, une profonde pulsation emplissait l'espace caverneux.

« On y est, fit Idir en désignant du menton une sorte de socle posé au centre, supportant une statue en basalte du dieu Baal.

— C'est quoi cette merde ? demanda Arkadine.

— Le générateur se trouve sous la statue, expliqua Idir.

— Y en a marre de ces trucs religieux débiles…

— Les instructions manquantes sont cachées à l'intérieur de la statue.

— Ah, nous y voilà enfin. »

Laissant Arkadine s'approcher de la statue, Idir se tourna vers Bourne.

« Je vois bien que vous vous détestez, chuchota-t-il. S'il déplace la statue, la charge de C-4 à sûreté intégrée fixée sur le générateur explosera dans les trois minutes. Même moi je ne peux pas l'arrêter. Mais je peux vous faire sortir d'ici à temps. Tuez cet animal. Sauvez mon fils. »

Bourne vit Arkadine tendre la main vers la statue. Idir retint son souffle ; il s'apprêtait à leur fausser compagnie. L'instant crucial était arrivé. L'instant dont Suparwita et Tanirt avaient eu la prémonition. Bourne voyait les choses très clairement. Il allait pouvoir venger la mort de Tracy mais, par ce geste, les deux personnalités conflictuelles qu'il portait en lui le déchireraient de l'intérieur. Cet instant était celui de sa mort. Suparwita et Tanirt le lui avaient prédit. Avaient-ils raison ou tort ? Le mystère de son existence résidait-il vraiment dans cette zone obscure dont il n'avait aucun souvenir ? Face au danger, il avait le choix entre fuir et faire face. Ce choix déterminerait son avenir, le modifierait à jamais. Qui trahir ?

Arkadine ou Idir ? Puis, tout à coup, il comprit qu'il s'interrogeait en vain. Les dés étaient déjà jetés et son avenir s'étendait devant lui, aussi lumineux que le désert sous la clarté de la lune.

La proposition d'Idir était parfaitement sensée mais hélas hors de propos.

« Leonid, arrête ! cria Bourne. Si tu bouges la statue, tout va sauter. »

La main d'Arkadine s'immobilisa à quelques centimètres de la pierre noire. Il tourna la tête :

« C'est ce que ce salopard t'a dit derrière mon dos ?

— Pourquoi avoir fait cela ? gémissait Idir.

— Parce que vous ne m'avez pas dit comment éteindre le générateur », répondit Bourne.

Le regard d'Arkadine coulissa vers Bourne.

« Pourquoi est-ce si important ?

— Parce que ce générateur contrôle toute une série de mesures de sécurité qui nous empêcheront à jamais de sortir d'ici. »

Arkadine s'avança vers Idir et le frappa au visage avec le canon de son Magpul. Idir cracha du sang et une dent.

« J'en ai marre de toi, brailla-t-il. Maintenant je vais te travailler au couteau et dis-toi que je vais prendre mon temps. Tu finiras bien par cracher le morceau. Tu ne crains peut-être pas la mort mais je sais ce qui te tient. Quand je sortirai d'ici, je prendrai ton fils et je le balancerai dans le vide de mes propres mains.

— Non, non ! hurla Idir, en se rapprochant du coffrage abritant le générateur. Voilà, voilà », marmonna-t-il pour lui-même. Il appuya sur une pierre à la base du socle. Quand la pierre pivota, Idir actionna un commutateur et le générateur cessa de vrombir. « Vous voyez ? C'est bon. Je l'ai coupé. J'ai fait ce que vous demandiez. Ma vie n'est rien mais je vous supplie d'épargner celle de mon fils. »

En souriant jusqu'aux oreilles, Arkadine posa la mallette sur le socle, la déverrouilla et sortit l'ordinateur portable.

« Bon maintenant, l'anneau », dit-il en allumant la machine.

Idir se rapprocha discrètement du socle et, d'un geste preste, posa le doigt sur le couvercle du portable. Arkadine lui envoya une taloche qui le déséquilibra.

Comme Bourne sortait l'anneau, Idir intervint :

« Ça ne vous avancera à rien.

— Ferme ta grande gueule, aboya Arkadine.

— Laisse-le parler, dit Bourne. Idir, que voulez-vous dire ?

— Ce n'est pas le bon ordinateur.

— Tu mens, tonna Arkadine. Regarde ça… » Il prit l'anneau des mains de Bourne et voulut l'insérer dans la fente… « Et voilà, c'est pas plus difficile. »

Idir partit d'un rire hystérique.

Arkadine s'acharnait à enfoncer l'anneau dans la fente tout en essayant vainement d'ouvrir le fichier fantôme.

« Vous n'êtes que des idiots ! lança Idir entre deux crises d'hilarité. Vous vous êtes bien fait avoir. Je vous dis que ce n'est pas le bon ordinateur. »

Arkadine poussa un cri de rage et pivota sur lui-même.

« Leonid, non ! », hurla Bourne.

Il se jeta sur lui mais trop tard pour l'empêcher de tirer. La rafale fut déviée mais Idir reçut quand même deux balles, l'une à la poitrine, l'autre dans l'épaule.

Par terre, les deux torches achevaient de se consumer en crépitant. D'un même élan, Bourne et Arkadine s'empoignèrent. Arkadine cognait en se servant du canon de son Magpul comme d'un marteau. Contraint de se protéger le visage avec les mains, Bourne reçut de nombreuses blessures aux poignets. Le sang jaillit. Le coup de genou qu'il balança dans le bas-ventre de son adversaire ne produisit aucun effet, si bien qu'il décida de lui arracher l'arme des mains. Il empoigna le canon mais dérapa. Ayant assuré sa prise, Arkadine braquait le Magpul sur Bourne quand ce dernier, dépliant vivement le bras, écrasa sa paume sanglante sur le nez du Russe qui bascula en arrière. Son crâne heurta le sol. Il appuya sur la détente. Dans l'espace clos, la courte rafale produisit un bruit assourdissant. Bourne se jeta sur lui et se mit à le frapper à la tête. Au même instant, il vit quelque chose se déplacer rapidement à sa droite.

C'était un gros rat. Effrayé par le bruit, l'animal bondit et atterrit sur la figure d'Arkadine qui voulut l'attraper mais le rata. Prolongeant son geste, Arkadine roula sur lui-même, s'empara d'une torche mourante et la jeta sur le rat qui détala en grimpant sur Idir, qui gisait dans son sang. Les flammes mordirent la queue du rat ; il glapit. Idir fit de même car sa tunique venait de s'enflammer, répandant une odeur âcre. Il sauta sur ses pieds, voulut étouffer le feu en frappant ses vêtements de son bras valide mais ne réussit qu'à se prendre les pieds dedans. Il perdit l'équilibre, tomba contre le socle, sa tête heurta la statue de Baal qui bascula et se brisa.

Bourne voulut l'aider mais les flammes le dévoraient déjà. L'odeur écœurante de la chair brûlée, le jaillissement incandescent s'accompagnèrent bientôt d'un bruit angoissant : le tic-tac égrenant les trois minutes qu'il leur restait à vivre.

D'un mouvement pivotant, Arkadine visa et tira sur Bourne qui esquiva en s'abritant derrière Idir. Les flammes de la torche tremblaient toujours plus fort. Bourne la ramassa, se précipita dans le couloir et, après s'être mis à couvert, sortit son Beretta. Il allait s'en servir quand il vit Arkadine à quatre pattes, occupé à fouiller les morceaux de la statue brisée. Il ramassa une carte mémoire, la brossa sur sa manche et l'enfonça dans la fente du portable.

« Leonid, laisse tomber, hurla Bourne. Cet ordi n'est pas le bon. »

Comme il n'obtenait pas de réponse, il se remit à hurler :

« Il nous reste à peine deux minutes pour sortir d'ici.

— C'est ce qu'il voulait nous faire croire, rétorqua Arkadine. Mais qu'est-ce qui te dit que c'est vrai ?

— Il était terrifié. Il craignait pour la vie de son fils.

— Au royaume des aveugles…, répliqua Arkadine.

— Leonid, viens ! Renonce ! Tu perds du temps. »

Il n'y eut pas de réponse. Quand Bourne passa la tête au coin du couloir, Arkadine lui tira dessus. Sa torche cracha des étincelles comme si elle allait s'éteindre. Bourne décida de sortir de cet enfer. Il refit à l'envers le chemin qu'ils avaient emprunté pour venir. À la moitié, la flamme s'éteignit. Il jeta le flambeau et continua d'avancer dans le noir. Sa mémoire photographique le guida vers l'escalier en colimaçon.

Il jouait contre la montre, à présent. D'après ses estimations, il lui restait moins de deux minutes pour sortir de la maison avant que la charge de C-4 explose. Il n'y avait aucune lumière en haut des marches. La porte était fermée.

Il redescendit, prit une autre torche et remonta à toute vitesse. Vingt secondes encore s'étaient écoulées. Ne restait plus qu'une minute et demie. Au sommet de l'escalier, il inspecta la porte à la lumière de la flamme. Pas de poignée de ce côté-ci. Pas même une serrure sur la surface lisse. Pourtant, il devait bien y avoir une façon de sortir. Il eut beau inspecter du bout des doigts la démarcation entre la porte et l'encadrement, il ne trouva rien. Puis, au niveau du linteau, un petit carré céda sous la pression. Bourne s'écarta d'un bond. La porte s'ouvrit. Il lui restait une minute pour trouver la sortie de ce labyrinthe de cercles concentriques.

En tenant la torche au-dessus de sa tête, il s'engagea dans le corridor incurvé. Le courant était coupé depuis qu'Idir avait éteint le générateur. Bourne s'accorda une courte pause. Il avait cru entendre des pas résonner derrière lui. Il reprit sa course en suivant toujours le tracé en spirale qui menait vers l'extérieur, le mur d'enceinte.

Après avoir franchi deux portes ouvertes, il trouva le dernier couloir. Plus que trente secondes. La porte d'entrée se dressait devant lui. Il tira sur la poignée. Rien ne bougea. Il cogna dessus. En vain. Il se retourna en marmonnant une bordée de jurons. *N'oubliez pas que tout dans cette maison n'est qu'illusion*, lui avait dit Tanirt. *C'est le meilleur conseil que je puisse vous donner.*

Vingt secondes.

De la main, il effleura le dernier mur. Le mur d'enceinte. De l'autre côté, la liberté. Un courant d'air lui caressa la joue. Il n'y avait pas de ventilateurs. Alors d'où venait-il ? Posant la main à plat, il chercha une fissure, un renflement. Puis il se mit à toquer sur le mur, à écouter le bruit qu'il rendait. Plein. Plein. Il continua en revenant sur ses pas.

Quinze secondes.

Puis le bruit changea. Creux. Bourne recula et balança sa semelle contre la cloison qui s'enfonça. Encore une fois. Dix secondes. Il n'aurait pas le temps. Il fit passer la torche dans la brèche qu'il venait de percer. Les flammes mangèrent la peinture puis le bois. Laissant tomber la torche, il se couvrit la tête avec les bras et plongea au travers.

On entendit du verre exploser. Au même instant, Bourne atterrit dans la rue, se rétablit après une roulade et partit en courant. Derrière lui, une boule de feu incendiait la nuit. La maison se dilata. L'onde de choc le souleva de terre et le projeta contre le bâtiment d'en face.

Il n'entendait plus rien. Quand il réussit à se relever, il s'appuya contre le mur et s'ébroua. Puis un cri lui parvint. Quelqu'un l'appelait par son nom. Il reconnut la voix de Soraya. Elle courait vers lui. Badis n'était pas avec elle.

« Jason ! Jason ! » Elle arriva à sa hauteur. « Tu vas bien ? »

Pour toute réponse, il hocha la tête. Elle l'examina et très vite se débarrassa de sa veste. Après avoir déchiré une manche de sa chemise, elle se mit à panser les mains ensanglantées de Bourne.

« Et Badis ?

— Quand la maison a explosé, je l'ai laissé partir. Son père ? » Bourne secoua la tête. « Et Arkadine ? J'ai fait le tour du bâtiment. Je ne l'ai pas vu, dit Soraya en se tournant vers l'incendie qui faisait rage.

— Il a refusé d'abandonner le portable et l'anneau. »

Après que Soraya lui eut bandé les mains, ils regardèrent ensemble les derniers vestiges de la maison s'écrouler dans le brasier. La rue était déserte mais des centaines d'yeux devaient observer la scène derrière les volets clos. Les soldats de Severus Domna demeuraient invisibles. Bourne savait pourquoi. Tanirt se tenait à l'autre bout de la rue, un sourire de Joconde sur les lèvres.

« J'imagine qu'Arkadine a fini par obtenir ce qu'il cherchait », lâcha Soraya.

C'était possible, après tout, songea Bourne.

31

« J'ai dit que je ne voulais voir personne », gronda Peter Marks. Vous avez déjà oublié.

C'était un reproche, pas une question. Elisa, l'infirmière qui s'occupait de lui depuis son admission au Centre médical militaire Walter Reed, ne releva même pas. Couché dans son lit, la jambe bandée de haut en bas, Marks souffrait le martyre. Il avait refusé les antidouleurs, ce qui était son droit le plus strict, mais à son grand dépit, son héroïsme n'impressionnait nullement Elisa. Et c'était fort dommage pour lui, songea Marks, parce que cette fille n'était pas seulement intelligente. C'était un vrai canon.

« Je parie que vous allez changer d'avis dans pas longtemps.

— À moins qu'il ne s'agisse de Shakira ou de Jennifer Lopez, les visites ne m'intéressent pas.

— Le fait que vous ayez eu le privilège d'être admis dans cet établissement ne vous donne pas le droit de vous comporter comme un enfant capricieux. »

Marks inclina la tête.

« Ouais, pourquoi ne pas vous rapprocher, histoire de voir mes privilèges de plus près ?

— Si vous me promettez de ne pas me molester »,
rétorqua-t-elle avec un sourire rusé.

Marks éclata de rire.

« Bon d'accord, dites-moi qui c'est. »

Elle avait le don de dissiper sa mauvaise humeur.

Elisa tapota son oreiller et releva le lit en position
assise.

« Soyez gentil. Redressez-vous.

— Vous ne voulez pas que je fasse le beau, aussi ?

— Pourquoi pas ? Ce serait marrant. Essayez juste
de ne pas me baver dessus.

— Pour en baver, ça oui, j'en bave. Seigneur, j'ai
mal au cul. »

Elle se mordit ostensiblement la lèvre.

« Vous êtes vraiment trop pitoyable. Je ne vous
humilierai pas davantage. » Elle prit une brosse sur la
table de chevet et mit un peu d'ordre dans ses cheveux.

« Qui est-ce, pour l'amour du ciel ? dit Marks. Le
Président ou quoi ?

— Vous brûlez, dit-elle, la main sur la poignée de la
porte. C'est le secrétaire à la Défense. »

Nom de Dieu, songea Marks. *Qu'est-ce que Bud
Halliday peut bien me vouloir ?*

Mais au lieu de voir apparaître Halliday, ce fut Chris
Hendricks qui franchit le seuil. Marks le regarda,
médusé.

« Où est Halliday ?

— Le plaisir est partagé, cher monsieur Marks. »

Hendricks lui serra la main, approcha une chaise et
sans enlever son pardessus, s'assit à son chevet.

« Excusez-moi, monsieur, bonjour, balbutia Marks.
Je… suis désolé pour l'accueil.

— Laissons cela, fit Hendricks, débonnaire. Alors, comment vous vous sentez ?

— Je serai sur pied dans pas longtemps, dit Marks. Je reçois les meilleurs soins, ici.

— Je n'en doute pas, rétorqua Hendricks en croisant les mains sur les genoux. Monsieur Marks, nous n'avons pas beaucoup de temps, aussi irai-je droit au but. Pendant que vous étiez à l'étranger, Bud Halliday a donné sa démission. Oliver Liss est incarcéré et, franchement, je ne le vois pas sortir de son trou avant longtemps. Votre supérieur direct, Frederick Willard, est mort.

— Mort ? Mon Dieu ! Mais comment ?

— Nous en parlerons un autre jour. Sachez seulement que ce soudain bouleversement a créé un vide au sommet de la pyramide, du moins à l'un de ses sommets, déclara Hendricks qui s'éclaircit la gorge avant de poursuivre. Comme la nature, les services secrets ont horreur du vide. Ces derniers temps, j'ai suivi le démantèlement systématique de la CIA d'un œil, disons, réprobateur. J'apprécie le travail qu'a accompli votre collègue dans le cadre de Typhon. À notre époque, une organisation clandestine composée de musulmans modérés surveillant les faits et gestes de musulmans fanatiques me paraît constituer une solution plutôt élégante à notre problème le plus pressant.

« Malheureusement, Typhon appartient à la CIA. Dieu seul sait combien de temps il nous faudra pour remettre le navire à flot. Et le temps est une denrée précieuse. » Il se pencha en avant, le dos courbé. « Par conséquent, j'aimerais que vous preniez la tête de

Treadstone, que vous lui redonniez vie et que vous preniez en charge les missions précédemment dévolues à Typhon. Vous ne rendrez des comptes qu'à deux personnes : le Président et moi. »

Marks fronça les sourcils.

« Qu'est-ce qui vous tracasse, monsieur Marks ?

— Tout. D'abord, comment avez-vous entendu parler de Treadstone ? Ensuite, si Typhon vous passionne à ce point, pourquoi n'avoir pas contacté Soraya Moore, son ancienne directrice ?

— Qui vous dit que je ne l'ai pas fait ?

— Elle vous a envoyé sur les roses ?

— Une seule chose importe, insista Hendricks. Êtes-vous intéressé ?

— Bien sûr que je suis intéressé, mais je veux savoir ce qu'a dit Soraya.

— Monsieur Marks, je suis certain que vous êtes aussi impatient de sortir d'ici que de connaître sa réponse. » Hendricks se leva pour aller ouvrir la porte. D'un mouvement de tête, il invita Soraya à entrer.

« Monsieur Marks, dit le secrétaire Hendricks, j'ai le plaisir de vous présenter votre codirectrice. » Comme Soraya approchait, il ajouta : « Je suis sûr que vous avez beaucoup de sujets à discuter, d'ordre opérationnel et autres, aussi vais-je vous demander de bien vouloir m'excuser. »

Ni Marks ni Soraya ne lui accordèrent la moindre attention lorsqu'il sortit de la chambre et referma doucement la porte derrière lui.

« Ça alors, quel bon vent t'amène ? », clama Deron en allant à la rencontre de Bourne, sur le perron. Deron le serra fort contre lui. « Bon sang, mec, t'es pire qu'un feu follet. T'es là et l'instant d'après, t'as disparu.

— C'est plus fort que moi, tu le sais, non ?

— C'est quoi ça ? demanda-t-il en voyant les mains bandées.

— J'ai eu un petit accrochage avec un truc qui a bien failli me croquer.

— Eh bien, dans ce cas, tout baigne. Entre. »

Il accueillit Bourne dans sa maison du nord-est de Washington. Deron était un bel homme élancé, au teint chocolat au lait avec beaucoup de lait. Il s'exprimait avec un fort accent britannique.

« Que dirais-tu d'un verre ou, mieux que ça, d'un petit casse-croûte ?

— Désolé, vieux, pas le temps. Je m'envole pour Londres ce soir.

— Eh bien, ça tombe à pic. J'ai justement un passeport pour toi.

— Pas cette fois, s'esclaffa Bourne. Je suis venu récupérer mon paquet.

— Ah, il t'en a fallu du temps !

— J'ai fini par trouver une maison où le poser, répondit Bourne en souriant.

— Excellent. Les SDF dans ton genre me fichent le bourdon. »

Deron précéda Bourne dans les coins et recoins de sa tanière. Ils passèrent dans la grande salle qui lui servait d'atelier. Les odeurs de peinture à l'huile et d'essence de térébenthine imprégnaient tout. Bourne vit une toile sur un chevalet.

« Jette un œil sur mon petit dernier », lança Deron avant de disparaître dans une autre pièce.

Bourne s'approcha pour examiner le tableau presque achevé. C'était beau à couper le souffle. Une femme en blanc, tenant une ombrelle pour se protéger du soleil, marchait dans l'herbe haute pendant qu'un petit garçon, sans doute son fils, regardait au loin d'un air mélancolique. Le rendu de la lumière était tout bonnement extraordinaire. Bourne se pencha pour mieux détailler les touches de peinture. Le style de Claude Monet lui semblait parfaitement respecté. *La Promenade* avait été peint en 1875.

« Qu'en penses-tu ? »

Bourne se retourna vers Deron qui revenait, un attaché-case au bout du bras.

« Splendide, s'extasia Bourne. Encore mieux que l'original.

— Comme tu y vas ! J'espère bien que non ! plaisanta-t-il en lui tendant la mallette. Voilà la chose. En parfait état de marche.

— Merci, Deron.

— Tu peux me remercier. C'était coton. Je suis un bon faussaire, j'aime bien copier des tableaux de maître, pour toi je fabrique des passeports, des visas et tout le reste. Mais un ordi ? Pour te dire la vérité, ce boîtier composite était un foutu casse-tête. Je n'étais pas sûr d'y arriver.

— Tu as fait un boulot formidable.

— J'aime les clients satisfaits, s'esclaffa-t-il.

— Comment va Kiki ?

— Comme toujours. Elle est repartie en Afrique pour six semaines, histoire d'améliorer le sort des populations. Je m'ennuie sans elle.

— Vous devriez vous marier tous les deux.

— Tu seras le premier au courant, vieux. » Quand ils arrivèrent devant la porte, Deron serra la main de Bourne. « Toujours branché sur Oxford ?

— Eh bien, oui.

— Salut les vieux murs de ma part.

— Je n'y manquerai pas, répondit Bourne en ouvrant. Et merci pour tout. »

Deron éluda d'un geste.

« Bonne chance, Jason. »

Dans le vol de nuit pour Londres, Bourne rêva de Bali. Il se tenait au sommet du temple de Pura Lempuyang et regardait au loin le mont Agung, entre les montants du portail monumental. Dans son rêve, il vit Holly Marie se déplacer lentement de droite à gauche. Quand elle passa devant la montagne sacrée, Bourne se mit à courir vers elle et la rattrapa avant qu'elle tombe dans l'escalier de pierre. Il la prit dans ses bras, baissa les yeux sur elle et découvrit le visage de Tracy.

Tracy sursauta. Un gros éclat de verre lui sortait du corps. Le sang qui la couvrait ruisselait sur les mains et les bras de Bourne.

« Que m'arrive-t-il, Jason ? Pourtant, ce n'est pas mon heure. »

Cette voix n'appartenait pas à Tracy mais à Scarlett.

Londres s'offrit à lui dans ses plus beaux atours : une matinée claire et ensoleillée. Chrissie avait tenu à venir le chercher à Heathrow. Elle l'attendait derrière la barrière de sécurité. Elle lui sourit quand il lui déposa un baiser sur la joue.

« Tu as des bagages ?

— Cette mallette, c'est tout », dit Bourne.

Glissant son bras sous le sien, elle répondit :

« Quel plaisir de te revoir si vite ! Scarlett était tout excitée quand je le lui ai appris ton retour. Nous déjeunerons à Oxford et ensuite nous irons la chercher à la sortie de l'école. »

Ils passèrent sur le parking où ils retrouvèrent la Range Rover cabossée.

« Le bon vieux temps, dit-elle en riant.

— Comment Scarlett a-t-elle pris la nouvelle de la mort de sa tante ? »

Chrissie soupira en démarrant.

« Ç'aurait pu être pire. Elle est restée prostrée pendant vingt-quatre heures. Je ne pouvais même pas l'approcher. Mais ça va mieux maintenant.

— Les enfants ont de la ressource.

— Oui, fort heureusement. »

Après avoir quitté le périmètre de l'aéroport, elle s'engagea sur l'autoroute.

« Où est Tracy ?

— Nous l'avons enterrée dans un très vieux cimetière, près d'Oxford.

— J'aimerais m'y rendre tout de suite, si cela ne t'ennuie pas.

— Non, pas du tout. »

Perdus dans leurs pensées, ils firent la route sans piper mot. À Oxford, ils s'arrêtèrent chez un fleuriste puis, dans le cimetière, ils déambulèrent parmi les sépultures. Certaines étaient fort anciennes, en effet. Près d'un grand chêne, le vent d'est fit voler les cheveux de Chrissie. Elle se tenait légèrement en retrait, pour laisser Bourne se recueillir devant la tombe de Tracy.

Il y resta un moment avant de déposer le bouquet de roses blanches sur la pierre. Il voulait garder d'elle l'image de cette dernière soirée, la veille de sa mort. Il voulait se souvenir uniquement de leurs instants d'intimité. Pourtant, jamais ils n'avaient été plus intimes qu'au dernier moment. Il garderait toujours au fond de lui la moiteur du sang qui recouvrait ses mains, ses bras, comme un foulard de soie pourpre déployé entre elle et lui. Le regard de Tracy resterait à jamais fixé sur lui. Ce jour-là, il aurait tout donné pour retenir la vie qui s'écoulait d'elle. Il entendit sa voix murmurer à son oreille. Sa vision se troubla. Dans ses yeux s'accumulaient des larmes qui refusaient de déborder. Il aurait tant aimé sentir son souffle sur sa joue.

C'est alors que Chrissie glissa son bras autour de sa taille.

Scarlett abandonna ses camarades de classe pour courir se jeter dans ses bras. Il la souleva de terre et la fit tourner.

« Je suis allée aux funérailles de tante Tracy, dit Scarlett avec la terrible gravité de l'enfance. J'aurais voulu la connaître mieux. »

Bourne serra la petite fille contre lui puis ils regagnèrent tous les trois la Range Rover. Dans l'All Souls College, Chrissie occupait un grand bureau carré dont les fenêtres donnaient sur les pelouses de la vénérable université. Dans l'air flottaient l'odeur des vieux livres et un parfum d'encens.

Laissant Bourne et Scarlett s'installer sur le canapé où elle avait coutume de corriger ses copies, Chrissie alla faire du thé.

« Qu'est-ce que vous avez dans cette valise ? demanda Scarlett.

— Tu vas voir », dit Bourne.

Chrissie amena le thé sur un vieux plateau noir laqué. Bourne attendit patiemment qu'elle remplisse sa tasse. Scarlett se tortilla jusqu'à ce que sa mère lui offre un biscuit.

« Bon, dit Chrissie en tirant une chaise pour s'asseoir en face d'eux. De quoi s'agit-il ?

— C'est ton cadeau d'anniversaire.

— Mon anniversaire est dans cinq mois, répondit Chrissie en fronçant les sourcils.

— Prends ça comme un avant-goût », répliqua-t-il en déverrouillant la mallette. Il installa l'ordinateur près du service à thé. « Viens t'asseoir à côté de moi. »

Chrissie s'exécuta pendant que Bourne allumait le portable dont il avait rechargé la batterie pendant le vol. Scarlett avança les fesses au bord du coussin pour se rapprocher au maximum de l'écran.

Des images apparurent.

« Scarlett, dit Bourne, tu as gardé l'anneau que je t'ai donné ?

— Je l'ai tout le temps avec moi, fit Scarlett en le sortant de sa poche. Il faut que je vous le rende ?

— Donner c'est donner, dit-il en tendant la main. Prête-le-moi juste un instant. »

Il le prit et l'inséra dans la fente conçue pour l'accueillir. C'était l'ordinateur portable qu'il avait autrefois volé à Jalal Essai, l'oncle de Holly, à la demande d'Alex Conklin auquel il ne l'avait jamais remis pour la bonne raison que son disque dur contenait des informations trop importantes pour qu'elles tombent entre les mains du patron de Treadstone, ni d'ailleurs entre celles d'un autre membre des services secrets, quel qu'il fût. Il avait demandé à Deron d'en construire un semblable. En accompagnant Holly dans l'un de ses voyages d'affaires à Sonora, il avait fait la connaissance de Gustavo Moreno et s'était arrangé pour que ce dernier entre en possession du faux portable en se disant qu'en agissant ainsi, Conklin ne le soupçonnerait pas de l'avoir trahi.

De la même manière, il avait échangé l'anneau de Salomon avec celui que Marks avait arraché du doigt de son agresseur, à Londres. Par chance, c'était Scarlett qui avait ramassé cet anneau quand Marks s'était fait tirer dessus ; la substitution s'était ainsi déroulée très discrètement. Il avait estimé que l'anneau de Salomon serait plus en sécurité entre les mains de la petite fille qu'entre les siennes, et il avait eu raison.

Les deux pièces s'emboîtèrent parfaitement. La mystérieuse inscription gravée à l'intérieur de l'anneau déverrouilla le fichier fantôme : un PDF reproduisant un texte en ancien hébreu.

Chrissie se pencha sur l'écran.

« Qu'est-ce que c'est ? s'étonna-t-elle. On dirait… Un mode d'emploi ?

— Tu te rappelles la discussion que nous avons eue avec le professeur Giles.

— C'est drôle que tu me parles de lui. Des agents du MI-6 ont débarqué hier. Ils l'ont emmené.

— C'est ma faute, je le crains, répondit Bourne. Ce brave professeur faisait partie de l'organisation qui nous a causé tant de soucis.

— Tu veux dire que… ? » Ses yeux revinrent sur le texte ancien. « Seigneur, Jason, ne me dis pas que… !

— D'après ce qui est inscrit sur ce document, dit Bourne, l'or du roi Salomon est enterré en Syrie.

— À Ougarit, près du mont Cassius où paraît-il le dieu Baal vivait. » Elle fronça les sourcils en arrivant à la fin du texte. « Mais où, exactement ? Le document est incomplet.

— C'est vrai, répondit Bourne en songeant à la carte mémoire trouvée par Arkadine dans les morceaux brisés de la statue de Baal. Le dernier élément est perdu. J'en suis désolé.

— Ne le sois pas, dit-elle en serrant Bourne contre elle. Mon Dieu, quel fantastique cadeau !

— À condition qu'il te permette de retrouver l'or du roi Salomon.

— Non. En lui-même, ce texte est inestimable. C'est un trésor pour la science puisqu'il nous aidera à faire la part entre fiction et réalité. Les chercheurs vont enfin tout savoir sur la cour du roi Salomon. Je… je ne sais pas comment te remercier.

— Considère ça comme une donation faite à l'université au nom de ta sœur, dit Bourne en souriant.

— Pourquoi, je… Mais bien sûr ! Quelle merveilleuse idée ! Ainsi, Tracy restera tout près de moi. Elle entrera à Oxford, elle aussi. »

Soudain, Bourne eut une étrange impression, comme si l'âme de Tracy, enfin heureuse et soulagée, remplissait l'espace autour de lui. Désormais, il pourrait songer à elle sans ressentir cette douleur accablante.

Il prit Scarlett dans ses bras.

« Tu sais, c'est grâce à ta tante que j'ai pu faire ce cadeau. »

La fillette leva vers lui des yeux remplis d'admiration.

« C'est vrai ?

— Je vais te raconter une histoire… Tracy était une femme très courageuse. »

Eric Van Lustbader :

LE GARDIEN DU TESTAMENT

SÉRIE « JASON BOURNE » *(d'après Robert Ludlum)* :

    LA PEUR DANS LA PEAU.
    LA TRAHISON DANS LA PEAU.
    LE DANGER DANS LA PEAU.
    LA POURSUITE DANS LA PEAU.
    LE MENSONGE DANS LA PEAU.

De Robert Ludlum :

Aux Éditions Grasset

SÉRIE « RÉSEAU BOUCLIER » :

    OPÉRATION HADÈS, avec Gayle Lynds.
    OBJECTIF PARIS, avec Gayle Lynds.
    LA VENDETTA LAZARE, avec Patrice Larkin.
    LE PACTE CASSANDRE, avec Philip Shelby.

Le Livre de Poche s'engage pour
l'environnement en réduisant
l'empreinte carbone de ses livres.
Celle de cet exemplaire est de :
550 g éq. CO$_2$
Rendez-vous sur
www.livredepoche-durable.fr

PAPIER À BASE DE
FIBRES CERTIFIÉES

Composition réalisée par FACOMPO (Lisieux)

Achevé d'imprimer en janvier 2013 en France par
CPI BRODARD ET TAUPIN
La Flèche (Sarthe)
N° d'impression : 71546
Dépôt légal 1re publication : février 2013
LIBRAIRIE GÉNÉRALE FRANÇAISE – 31, rue de Fleurus
75278 Paris Cedex 06